U0528943

儒勒·凡尔纳海洋三部曲

神秘岛

L'Île mystérieuse

〔法〕儒勒·凡尔纳 著
Jules Verne

顾微微 译

人民文学出版社
PEOPLE'S LITERATURE PUBLISHING HOUSE

图书在版编目(CIP)数据

神秘岛/(法)儒勒·凡尔纳著;顾微微译.—北京:人民文学出版社,2022
(儒勒·凡尔纳海洋三部曲)
ISBN 978-7-02-014888-2

Ⅰ.①神… Ⅱ.①儒… ②顾… Ⅲ.①幻想小说—法国—近代
Ⅳ.①I565.44

中国版本图书馆CIP数据核字(2022)第062546号

策划编辑	王瑞琴
责任编辑	翟　灿
装帧设计	刘　远
责任印制	苏文强

出版发行	人民文学出版社
社　　址	北京市朝内大街166号
邮政编码	100705
印　　刷	三河市延风印装有限公司
经　　销	全国新华书店等
字　　数	462千字
开　　本	710毫米×1000毫米　1/16
印　　张	28.5　插页3
印　　数	1—8000
版　　次	2010年1月北京第1版
印　　次	2022年6月第1次印刷
书　　号	978-7-02-014888-2
定　　价	56.00元

如有印装质量问题,请与本社图书销售中心调换。电话:010-65233595

目 录

第一部分　空中遇险　　　　　　　　　　　　001
第二部分　被遗弃的人　　　　　　　　　　　157
第三部分　林肯岛的秘密　　　　　　　　　　311

第一部分　空中遇险

第 1 章

1865年的那场飓风——空中喊叫——龙卷风卷走了气球——气球破裂——只见大海一片——五名乘客——悬篮里发生的事——天际海岸——惨剧结束

"我们是在上升吗？"

"不！恰恰相反！我们是在下降！"

"比这更糟,赛勒斯先生！我们是在下坠！"

"看在上帝的分儿上,赶紧把压载物扔掉！"

"最后一口袋已倒空了！"

"气球升高了吗？"

"没有！"

"我仿佛听见波涛在哗哗作响！"

"大海就在悬篮下面！"

"大概离我们不到五百英尺！"

于是,一个强有力的声音划破长空,只听得这样一些话在回荡：

"把所有的重物都扔出去！……所有的！然后便听天由命吧！"

这就是在1865年3月23日的白天,下午四点左右,在辽阔、广漠的太平洋的上空,突然响起的几句话。

想必谁都没有忘记那场可怕的风暴,它是在那年的春分时节,从东北方向刮来的。当时,气压计已下降到七百一十毫米。这是一场飓风,它不停地怒吼,从3月18日开始持续了二十六天。它所造成的灾害是大面积的,范围遍及美洲、欧洲和亚洲,广达一千八百海里；它斜穿过赤道,从北纬35°,直到南纬40°！城市被摧毁,森林被根除,堤岸被怒潮般涌来的大水冲垮。据法国船级社[①]统计,

---

[①] 法国船级社,向船舶的持有者颁发证书,以证明其船舶级别的机构。

有数百条船被抛上海岸,整片整片的领土被龙卷风夷为平地。龙卷风所到之处,一切都被碾碎,有好几千人丧生,或在陆地上被压死,或在海上被吞没:这就是其狂怒的明证,这就是那场可怕的风暴过后所留下的惨状。论灾难程度,它超过了大肆蹂躏哈瓦那和瓜德罗普岛的那两场,一场发生在1810年10月25日,另一场发生在1825年7月26日。

然而,就在那么多的灾难在陆地上和海洋上形成之时,同样惊心动魄的一幕正在动荡不安的空中上演。原来,有只气球被龙卷风带到了风顶,又被卷进了风柱的回旋运动中,它正在以每小时九十海里的速度穿越空间,同时自转着,仿佛被某股气流的旋涡控制住了似的。

该气球的下方,有只悬篮在摆动,里面有五名乘客,不过仅勉强可见,因为他们被夹杂着水汽的浓雾包围着。那悬篮荡来荡去,一直荡到了洋面上。

这只气球——这场可怕风暴的真正的玩具,是从哪儿来的呢?是从世界的何处升起的呢?它显然不可能是在风暴期间出发的。然而,飓风已持续了五天,而在18日那天,其最初的征兆便已有所显示。这便有充分的理由可以认为,该气球来自很遥远的地方,因为,它每昼夜得穿越近两百海里,难道不是吗?

可自从出发以来,究竟飞越了多少路程,这些乘客们无论如何是无法估算出来的,因为他们缺乏任何参照依据。甚至大概还发生了这等怪事:尽管他们身处凶猛的风暴之中,却并没有在经受这种凶猛。他们在挪动、自转,却丝毫感觉不到这种转动,也感觉不到自己在水平方向挪动。他们的双眼无法穿透聚集在悬篮下的浓雾。在他们周围,除了雾,还是雾。云层的不透光甚至到了这种程度:无法分辨白昼和黑夜。当他们待在高空区时,便是置身在这茫茫的黑暗之中,任何光线,任何有人居住的地面上的声音,任何太平洋上的咆哮,都到不了他们那儿。唯有气球的急剧下降能让他们意识到,他们正在滚滚波涛上面经受着危险。

然而,在扔掉了弹药、武器、粮食之类的重物后,气球又升到了大气的高层,达到了四千五百英尺的高度。乘客们一旦辨认出大海就在悬篮下面后,顿感上面的危险其实没有下面来得可怕,便毫不犹豫地把所有的东西,哪怕是最有用的,都扔出去,他们已别无所求,只求别失去这气体——他们那飞行器的灵魂,因为是它在维持着他们,使他们居于这深渊之上。

黑夜在惶惶不安中过去了,如果他们是些不那么坚强的人,光这种心态就能要了他们的命。接着,白昼又出现了。而随着白昼的到来,飓风显示出有减弱的趋势。从3月24日这天开始,就有了某种风暴平息下来的征兆。黎明时,那些呈泡状的云,已升到了高空。几个小时内,龙卷风的风筒扩大了,并折断了。风从飓风状态转入了"疾风",也就是说,大气层的移动速度减缓了一半。这尽管仍然是水手们所谓的"三缩帆风",但它对生活环境的扰乱已大大减轻。

十一点左右,天空的下部显然已被清洗过。大气渐渐变得清澈、潮湿了,而这往往是在大气现象过后可以看得见,甚至可以闻得到的。飓风似乎并未去了较远的西方。它好像自行消亡了。也许,在龙卷风过后,它转化成了电层,印度洋上的台风有时便是这样。可是,也就是在这个时间,可以再次发现,气球正在缓慢、持续地下降到下层空间去。它甚至好像在一点点地漏气,而气囊则在逐渐变长,由圆形转为椭圆形。

快中午时,气球已只是在海面上空两千英尺的高度上飘荡。它的容量为五万立方英尺。多亏了它的容量,它才显然能够长时间地待在空中,要不到达很高的高度,要不沿水平方向移动。

此时,乘客们扔掉了仍然会使悬篮变得沉重的最后那些东西,扔掉了他们所保存的食物,扔掉了一切,乃至装在他们口袋里的小工具。而其中一人还爬到了和网绳相连的圆框上,试图加固气球下面的延伸部分。

显而易见,乘客们已不能将气球维持在高空区了,因为氢气不足了!

他们完了!的确,在他们下面延伸的,既不是一片陆地,甚至也不是一座岛屿。空间没有提供任何着陆点,任何可以抛锚的坚实面。

这是广袤无垠的大海,波涛仍然在猛烈无比地撞击着!这是一望无际的太平洋,哪怕对他们来说也是如此,尽管他们在居高临下地俯视它,而目光所及,能达四十海里!这正是那片被飓风鞭挞过,又被无情地击败的沧海,在他们看来,它就像一支刀剑狂舞的马队,而上面被罩了一张白浪翻滚的大网!眼前没有一片陆地,也没有一条船!

因此,无论如何也要阻止下降运动,以防气球被巨浪吞没。悬篮里的乘客们全力以赴在做的,正是这项紧急行动。可是,不管他们怎么努力,气球始终是在下降,同时还顺着风向,也就是说从东北往西南方向,神速地移动。

这些不幸者的处境委实可怕!他们显然已控制不了气球。他们的尝试都无果而终。气囊越来越瘪。氢气在外泄,怎么也止不住。下降运动明显加快了,午后一点,悬篮悬浮在太平洋上空的高度,已不足六百英尺。这的确是因为阻止不了氢气的泄漏,而它是从飞行器的一个裂缝中自由逸出的。

扔掉了悬篮里的所有东西,为它减负后,乘客们又得以在空中悬浮了几个小时。可是,不可避免的灾难只是被推迟而已,假如天黑前某片陆地还不出现,乘客、悬篮、气球终将消失在滔滔巨浪中。

唯一还可做的事,在此时都已做了。气球上的乘客们显然都是些意志坚强者,他们懂得正视死亡。没听到他们口吐半句怨言。他们决心抗争到最后时刻,决心竭尽全力来延迟自己的坠落。悬篮不过是一种柳条筐,是不适于在水中漂浮的,它一旦掉下去,是根本无法保持在海面上的。

两点钟时,气球距波涛仅有四百英尺了。此时,一个雄壮的声音,一个无所畏惧的男子汉的声音响起来。和它相呼应的,是一些同样坚毅的声音。

"东西全都扔掉了?"

"不,还有一万金法郎!"

一个沉甸甸的钱袋顿时便落入了大海。

"气球上升了吗?"

"上升了一点,可它很快还会下落的!"

"还有什么可扔的?"

"没有了!"

"有!……悬篮!"

"让我们抓住网绳,把悬篮扔到海里去!"

这果真是给气球减负的唯一也是最后的一招。悬篮和圆框相连的绳子被割断了,而悬篮坠海后,气球又上升了两千英尺。五名乘客早已爬到了网子里,爬到了圆框上面。他们待在有网眼的网子里,注视着深渊。

人们都知道气球具有什么样的静态灵敏度。只要扔掉最轻的物体,就足以引起垂直方向的移动。在空中飘浮的飞行器,就像一台精确的天平。于是便可明白,当它去掉的压载分量比较重时,它的移动便会是大幅度的和猛烈的。当时发生的情况正是如此。可是,在高空区平衡片刻后,气球开始重新下降。氢气在通过无法修补的裂缝往外泄漏。

乘客们已做了他们所能做的一切。从今后,任何人类的方法都已救不了他们。他们只有指望上帝帮忙了。

四点时,气球离海面只有五百英尺了。突然传来了一阵响亮的狗吠声。原来有条狗在陪伴着乘客们,它挨着其主人,并紧紧地抓住网眼。

"托普看见什么东西了!"其中一位乘客喊道。

然后很快又有人大声喊:"陆地!陆地!"

风一直在不停地把气球往西南方向带,从黎明时起,它已经穿越一段可观的距离,估计有几百海里,而果真有一片相当高的陆地,刚才出现在这个方向。可是这片陆地还在下风处三十海里的地方。起码还得整整一个小时才能到达,而且还得是在不偏离方向的条件下。一个小时!在此之前,气球难道不会把它所保存的氢气都漏光吗?

这正是那个可怕的问题!乘客们已清晰地看见了那个坚实的地方,无论如何也要到达那里。他们并不知晓那是陆地还是岛屿,因为,他们几乎不清楚飓风已把他们带到了世界的哪个部分!可是这片陆地,不管它是否有人居住,不管它是否好客,都必须到达!

然而,四点钟时,显而易见,气球已支撑不住了。它已擦着了海面。巨浪峰有好几次舔到了网底,又加重了它。气球已只能处于半起状态,就像一只翅膀受了重伤的鸟儿。

半小时后,距离那片陆地只有一海里了,可气球已筋疲力尽、软弱无力,它已变得松弛而皱巴,有了一些大褶,仅在上部还保留着氢气。紧紧抓住网的乘客们,对它来说还是太重了,很快地,他们的半截身子就浸到了海里,他们受到了狂怒的巨浪的拍打。气囊此时成了一个袋子,而风直往里灌,它就

终于,在两分钟后,气球斜着靠岸了,并最终落在了海浪冲不到的沙滩上。

像推着一条顺风船似的推着它。也许,它就会因此靠岸吧!

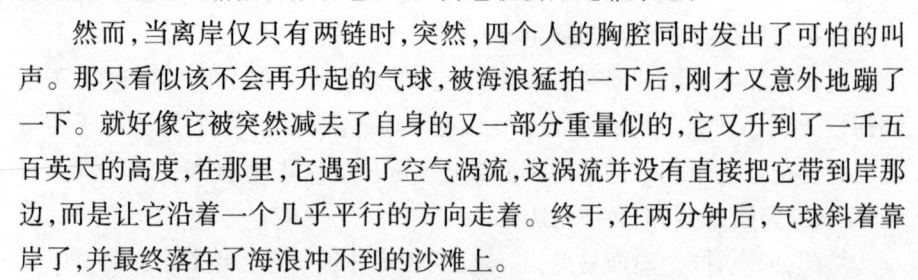

然而,当离岸仅只有两链时,突然,四个人的胸腔同时发出了可怕的叫声。那只看似该不会再升起的气球,被海浪猛拍一下后,刚才又意外地蹦了一下。就好像它被突然减去了自身的又一部分重量似的,它又升到了一千五百英尺的高度,在那里,它遇到了空气涡流,这涡流并没有直接把它带到岸那边,而是让它沿着一个几乎平行的方向走着。终于,在两分钟后,气球斜着靠岸了,并最终落在了海浪冲不到的沙滩上。

乘客们我帮你、你帮我,得以摆脱了网子。那气球在减去了他们的重量后,又被风带走了,它就像一只恢复了片刻活力的受伤的鸟儿,消失在了空中。

悬篮原先载有五名乘客,外加一只狗,但现在气球却只在海岸上扔下了四名。缺了的那名,显然是被刚才拍击网子的那股海浪卷走了,而正因如此,气球才变轻了,并最后又上升了一回,接着,片刻之后,抵达陆地。

那四位落难者——可以这么称呼他们——刚一踏上陆地,就都想起了那位失踪者,于是便都喊了起来:

"他也许正在尽力向岸边游呢!我们去救他!我们去救他!"

第 2 章

南北战争的一个片断——工程师赛勒斯·史密斯——杰丁·斯皮莱——黑人纳布——水手彭克洛夫——年轻的哈伯特——一个意外的建议——晚上十时会合——暴风雨中出发

刚才被飓风抛上岸的那些人,既不是热气球的职业驾驶员,也不是空中探险的业余爱好者。那是些战俘。是他们的勇敢大胆促使他们在特殊情况下逃跑的。他们本该死上百次了!破裂的气球本该有上百次机会把他们抛进深渊!可是上苍要留下他们去经历一种奇特的命运。3月24日,在逃离了被尤利赛斯·格兰特将军的部队围困的里士满,他们便来到了离弗吉尼亚的这个首府的七千海里之处。在可怕的南北战争期间,里士满是分离主义者们最重要的要塞。他们的空中航行持续了五天。

此处,我们来看一看,战俘们的逃跑是在何种奇怪的情况下发生的,而这次逃跑,将导致我们正在了解的那场灾难。

就在那年,即1865年的2月,为了夺取里士满,格兰特将军组织了几次突袭,可都没成功,其中一次,有好几位军官落入敌人的手中,并被关押在城里。俘虏中最杰出者之一是联邦参谋部的赛勒斯·史密斯。

赛勒斯·史密斯是马萨诸塞州人,是一名工程师,也是一位一流的学者。战时,联邦政府委托他领导铁路方面的工作,而铁路的战略作用在当时是极其重要的。他是真正的北美人,一副瘦骨嶙峋的样子,年龄大约在四十五岁,他的平顶式头发和胡子已经花白,而他只蓄了一副浓密的髭须。他的头型很漂亮,酷似"货币人头像",那类头型像是专供轧制纪念章、奖章用的。他目光如炬,嘴巴紧闭,相貌是富有战斗精神的学者所具有的。一如有些将军愿意从当普通一兵开始,有些工程师愿意从使用镐锤做起,他正是其中之一。因此,他不仅具有创造精神,手还极巧。他的肌肉明显具有身强体健的特征。的确,他既是一位行动者,同时又是一位思想家,他干什么都毫不费力,因为他生命力旺盛，具有挑战一切噩运的永恒的持久力。他学识渊博，经验丰富，"很有办法"，用法国军中的行话来说。他气质极佳，因为，无论何种情况下他都能控制自己同时在最高程度上达到决定人的毅力的三个条件：精神和身体富有活力，欲望强烈，意志坚强。而他的座右铭也许就是十七世纪的纪尧姆·德·奥朗日①的座右铭：我无须希望便能行动，也无须成功便能坚持。

同时，赛勒斯·史密斯又是勇敢的化身。在这场南北战争中，他参加了所有的战役。开始投奔格兰特将军，加入由伊利诺伊人组成的志愿军后，他在帕迪尤卡、贝尔蒙特、匹兹堡埠头打过仗，参加过科林斯包围战，又在吉布森港、黑河、查塔努加、莽原、波托马克河作过战。他无处不在而且骁勇善战，不愧是做出这样回答的将军的士兵："我从不统计我的阵亡者！"而有上百次，赛

赛勒斯·史密斯是一名工程师，也是一位一流的学者。

---

① 纪尧姆·德·奥朗日，十二至十三世纪法国二十四首史诗或武功歌中的核心人物。

勒斯·史密斯早该列入可怕的格兰特不作统计的阵亡者数目中了。可尽管他在那些战役中几乎不吝惜自己，好运却始终惠顾他，直到他受了伤，并在里士满战役的战场上被俘为止。

在和赛勒斯·史密斯被俘的同一天，另一位重要人物也落入了拥护南部同盟者的手中。他不是什么国会议员，这位杰丁·斯皮莱是《纽约先驱报》的记者，此前他负责跟踪报道北军中战事方面的意外情况。

杰丁·斯皮莱是英美杰出的专栏编辑，就像斯坦利等人。为了获得一条准确的消息，并在最短的期限内发给报社，他不管面对什么都不会退却。像《纽约先驱报》那样的一些合众国的报纸，形成了真正的势力，而它们的代表，都不是等闲之辈。杰丁·斯皮莱则属于一流代表，十分引人注目。此人功勋卓著。他性格刚毅，行动迅速，并准备应付一切。他曾周游世界，既是士兵也是艺术家，出点子时情绪激动，行动时态度坚决，不计较苦累和危险。若说到他什么都想知道，这首先是为他自己，其次才是为报社。他猎奇、捕捉新闻、发掘新鲜事物和未知事物，做办不到的事，在这些方面，他是个真正的英雄。这是那种在枪林弹雨下写作，撰写"专栏文章"的大无畏的旁观者，对他来说，一切危险都是良好的机遇。他也参加过所有的战役，上过火线，一手握枪，一手拿笔记本，机枪的扫射并没有使他的铅笔抖动。当时的电报线忙个不停，而他却不会去搅扰它们，不像有些人，没话说还偏要说，可他的每篇笔记尽管简短、清楚、明白易懂，要点却带有说明。此外，他还不乏"幽默感"。"黑河事件"后，是他，无论如何也要占着电报局的营业窗口，以向自己的报社报告战役的结果。他整整拍了两个小时的电报，叙述的战况就像《圣经》的头几章似的。他为此花了《纽约先驱报》两千美元，可该报却最先掌握了情况。

杰丁·斯皮莱身材高大。他至多有四十岁。近乎红色的金黄色颊髯环绕他的面庞。他目光沉静，炯炯有神，移动时很迅速。这种目光，是惯于很快辨出视野中的全部细枝末节的人所特有的。他身体结实，因为他经受过各种气候的磨炼，一如一根钢杵在冷水里淬过似的。

十年来，杰丁·斯皮莱一直是《纽约先驱报》最具吸引力的记者，他用自己的专栏文章和素描充实着它，而他的铅笔和钢笔运用得同样熟练。当他被俘时，他正在描绘战役并作速写。从他的笔记本上抄录的最后一句话如下："一个拥护南部同盟的人举枪瞄准了我并……"杰丁·斯皮莱没被击中，因为，按照他一成不变的习惯，他连层皮都没被伤着。

赛勒斯·史密斯和杰丁·斯皮莱素不相识，除了彼此都久闻对方的大名。这两人都被押送到了里士满。工程师的伤很快就痊愈了，而他正是在恢复期认识记者的。两个人彼此喜欢,并互相赏识。很快,他们的共同生活便只有一个目标,那就是逃跑,重返格兰特的部队,并继续在他的队伍中为联邦的统一而战。两位美国人决定利用一切机会,但他们虽然在城里可自由行动,里士满却防守得甚严,要想逃跑,看来是不可能的。

就在此时,赛勒斯·史密斯的一位永远的忠实仆人找来了。这个顽强不屈者是位黑人,出生于工程师的领地,父母均为奴隶,可是从理智和感情上来讲都是个废奴主义者的赛勒斯·史密斯,早就解放他们了。这位奴隶虽已获自由,却不愿离开自己的主人。他爱主人,甚至愿意为他去死。小伙子三十岁,身强力壮,机智敏捷,聪明伶俐,温和沉静,有时很天真,总是笑嘻嘻的,而且热心助人、心地善良。他名叫纳布乔多诺索尔,可只有用"纳布"这个亲热的简称叫他时,他才会答应。

当纳布得知自己的主人当了俘虏时,便毫不犹豫地离开马萨诸塞州,来到里士满城门前,他巧施计谋,凭着机灵,冒了二十次生命危险后,终于潜入了被围困的城里。赛勒斯·史密斯见到其仆人时的喜悦心情,和纳布找到其主人时的高兴劲儿,都是难以言表的。

可是,纳布虽然能进里士满,想要出去却难上加难,因为联邦部队的俘虏被看管得非常严。得有一次特殊的机会,才能尝试着做一次有几分可能的逃跑,而这样的机会不仅没出现,就是想要它产生也谈何容易。

此时,格兰特在继续顽强作战。为夺取匹兹堡战役的胜利,他付出了巨大的代价。他的部队再加上巴特莱的,尚未在里士满城前取得任何结果,因此根本无法预料,俘虏会在近期内获释。而记者呢,因为他的监禁生活已不能给他提供任何值得一写的有趣的细节,便再也待不下去了。他只有一个念头:逃出里士满,而且不惜一切代价。有好几次他试图冒险,可是一些障碍无法逾越,他只得作罢。

此时,围困在继续,如果说俘虏们急于出逃,想回到格兰特的部队中去,那么被围困者也同样急于逃跑,想重返分离主义者的部队,而他们中间有个叫约拿旦·福斯特的,是南部同盟的狂热拥护者。其实,别说联邦派没法离城,同盟派也一样,因为北军在围困他们。里士满的军政府长官早就无法和李将军联系了,而为了让援军加快行进速度,让对方了解城里的情况,联系是至关重要的。这位约拿旦·福斯特便出了个乘气球升空的主意,为的是越过包围圈,到达分离主义者们的阵营。

长官准许一试。一只氢气球被制造出来了,并被交给约拿旦·福斯特使用,他的同伴中的五位将随他一起升空。他们配备了武器,万一着陆时需要自卫的话；他们还配备了食物，万一空中旅行会延长的话。

气球的出发时间定在3月18日，而升空将在夜间进行，因为是刮中等强度的西北风，气球的驾驶员和乘客们打算在几小时内到达李将军的司令部。可是这股西北风并不是一股普通的微风。从18日起，可以看出，它在转化成飓风。很快地，风暴便变得如此之大，以致福斯特的出发不得不推迟，因为，让气球和它将载送的人到狂风大作的环境中去冒险，这是不可能的。

在里士满的大广场上充了气的气球，于是便停在那儿，准备等风一平静下来就出发。而在城里，人们看到大气状况并无改变则焦急万分。

3月18日和19日过去了，风暴毫无变化。人们甚至感到，要想保存气球已很困难，因为气球被拴在地上，而阵阵狂风则贴着地面刮来。

19日到20日的这个黑夜过去了，到了早晨，飓风又有所发展，变得更猛烈了。出发已属不可能。

那天，在里士满的一条街上，一位陌生人走上前来和工程师赛勒斯·史密斯搭讪。这是位水手，名叫彭克洛夫，年龄在三十五至四十岁之间，他态度和蔼可亲，体魄健壮，皮肤黝黑，目光炯炯有神而眼睛眨个不停。这位彭克洛夫是北美人，他已跑遍了地球上的所有大海，说到奇遇，凡是有腿无翅的生灵可能经历的稀奇古怪的事，他都经历过了。不用说，这是个大胆敢闯的人，凡是能干的事他都准备去干，而且对任何事物都不会感到惊讶。这年年初，彭克洛夫来里士满经商，一同来的还有一个十五岁的男孩，叫哈伯特·布朗，新泽西州人，是个船长的儿子，一名孤儿，他爱他就像爱自己的亲生孩子。由于未能在最初的围困行动前离城，结果他被困在了那儿，大为恼火之余，他也只有一个念头，那就是想方设法逃走。他久仰工程师赛勒斯·史密斯的大名。他知道这个果敢的人在何等不耐烦地咬紧牙关忍受。因此，那一天，他便毫不犹豫地上前和他攀谈，而且并不多加考虑，就对他说："史密斯先生，您对里士满厌烦了吗？"

工程师定睛看了看跟他如此说话的这个人，而此人又低声补充道：

"史密斯先生，您想逃走吗？"

"什么时候？……"工程师迅速答道。可以肯定，这一回答他是脱口而出的，因为他还没有审查过对他说话的这个素不相识的人。

可是，在用锐利的目光打量过水手正直的面容后，他便不用再怀疑——面前是个正派人。"您是谁？"他生硬地问道。

彭克洛夫自我介绍了一番。

"好吧，"赛勒斯·史密斯答道，"那您建议我用什么办法逃走呢？"

"用那只懒鬼似的气球,它被丢在那里无所事事,而我觉得它像是特意在等我们似的!……"

水手无须把话说完,工程师只听了一句就明白了。他抓住彭克洛夫的胳膊,把他带到了自己的住所。在那里,水手详细地说明了自己的计划。计划其实很简单,只是在实施时得冒生命危险。的确,飓风猛烈无比,可像赛勒斯那样机智勇敢的工程师,会出色地驾驭一只气球的。如果他,彭克洛夫,会操纵的话,早就毫不犹豫地出发了。当然,得带上哈伯特。他见得多了,而一场风暴算什么!

赛勒斯·史密斯听水手说时,虽然一言不发,眼睛却在发亮。机会来了。他可不是会放过机会的那种人。计划只是太危险,但却是切实可行的。夜里虽然有人看守,但还是可以靠近气球,钻进悬篮的,然后便割断拴住它的绳子!诚然,有可能会被打死,可反过来也有可能会成功,而假如没有这场风暴……但假如没有这场风暴,气球就早已出发了,而那苦苦寻求的机会,也便不会在此时出现!

"我可不是一个人!……"赛勒斯·史密斯结束时说。

"那您想带走几个人?"水手问道。

"两个,我的朋友斯皮莱和我的仆人纳布。"

"那就是三个,"彭克洛夫答道,"加上我和哈伯特,一共五个。不过气球得载上六个……"

"这就够了。我们出发吧!"赛勒斯·史密斯说。

这"我们"算上了记者,可记者并不是退缩之人,当把计划告诉他时,他举双手表示赞成。让他感到惊讶的是,这么简单的主意他却没有想到。至于纳布,其主人想去哪儿,他就跟到哪儿。

"那就今晚见,"彭克洛夫说,"我们五个人都溜达到那儿去,装出好奇的样子!"

"今晚十点见,"赛勒斯·史密斯回答,"但愿老天别在我们出发前让风暴平息下来!"

彭克洛夫辞别工程师,回到了住所,而小哈伯特·布朗留在那儿了。这个勇敢的孩子了解水手的计划,所以他在等去工程师那里活动的结果时,心情不免有几分焦虑。情况已明了,即将这样冲进风暴、置身于飓风中的,是五个果敢的人!不!飓风没有平息下来!约拿旦·福斯特及其同伴们都不可能想到要乘坐这不结实的悬篮去迎击它!整个白天是可怕的。工程师只担心一件事:那就是,固定在地上、被风刮倒的气球,没准会被撕得粉碎。有好几个小时，他都在几乎阒无一人的广场上转悠，注视着那个飞行器。彭克洛夫那方面也一样，他双手插在兜里，需要时打打呵欠，就像一个不知如何消磨时光的人，可他也怕气球被撕碎，或挣断绳子，逃到空中去。

夜幕降临了。黑夜变得非常阴沉。浓雾如云一般地掠过地面。天空下着雨，还夹杂着雪。一种雾压在里士满城上面。似乎是，猛烈的风暴使围困者和被围困者之间形成了休战状态，而那大炮，仿佛也愿意在飓风的可怕的巨响面前保持沉默。气球在广场中间挣扎。可在这恶劣的天气里看守这广场，甚至显得是不必要的。一切都有利于俘虏们的出逃，显然；可这旅行，是要在阵阵狂风之中呀！……

"这该死的风！"彭克洛夫自言自语道，同时用拳头压住风要从他脑袋上夺走的帽子，"啊，我们还是会战胜它的！"

九点半时，赛勒斯·史密斯和他的伙伴们，从各个方向溜到了广场上。风已将瓦斯灯吹灭，致使广场陷入一片漆黑之中。甚至连那巨型气球也看不见了，它现在已完全被吹倒在地。除了一袋袋固定网绳的压载物之处，悬篮被一根结实的缆绳拴住了，而缆绳穿过一个砌进路面的环，再回到悬篮上。

五名俘虏在悬篮旁会合。他们并未被发现，天黑得要命，他们甚至都看不见自己。赛勒斯·史密斯、杰丁·斯皮莱、纳布和哈伯特一言不发，就坐进了悬篮，而此时，彭克洛夫在按照工程师的吩咐，逐一地解一袋袋的压载物。片刻工夫，事情就办完了，水手回到了同伴们中间。此时气球只是被双股缆绳拴着，而赛勒斯·史密斯只需下令出发即可。就在此刻，一只狗一跃而起，爬进了悬篮。这是托普，工程师的爱犬，它挣断了锁链，追它的主人来了。赛勒斯·史密斯生怕超重，想把这只可怜的动物打发回去。

"得啦！不就多了一个嘛！"彭克洛夫说道，一边给悬篮去掉了两袋沙。然后，他解开了双股缆绳。而气球，因为启动猛烈，撞倒了两根烟囱，它的悬篮碰着了它们，然后才斜向地飘走并消失了。

风暴当时凶猛异常。夜间，工程师不可能考虑下降，而当白昼来临时，浓雾又遮住了陆地的全部景象。直到五天后，一线青天才让他们看见了气球下面的茫茫大海，而这时风正以可怕的速度带着它！

大家现在已经知道，从3月20日出发的这五个人中，怎么会有四个人在3月24日被抛了在一个荒凉的海岸上。而这海岸，离他们的国家有六千海里！而失踪的那个，即气球上的四位幸存者一上岸便跑去救的那个，是他们的当然头头。他就是工程师赛勒斯·史密斯！

第 3 章

傍晚五点钟——失踪者——纳布的绝望——往北寻找——一座小岛——忧愁焦虑的一夜——晨雾——纳布游水——陆地的景象——涉水过水道

穿过弯曲的网眼的工程师,被一股海浪卷走了。他的狗也同样消失了。忠实的动物是自愿扑过去救它的主人的。

"往前走!"记者喊道。

而四个人,杰丁·斯皮莱、哈伯特、彭克洛夫和纳布,全都忘记了疲惫和劳累,开始了寻找。

可怜的纳布在狂怒而又绝望地哭泣,因为他想到自己已失去了这世上他所爱的一切。

从赛勒斯·史密斯失踪,到他的同伴们着陆,这中间过了不到两分钟,于是他们希望能及时赶到,好去救他。

"让我们去找吧!让我们去找吧!"纳布嚷道。

"对,纳布,"杰丁·斯皮莱答道,"我们会找到他的!"

"他还活着?"

"活着!"

"他会游泳吗?"彭克洛夫问道。

"会!"纳布答道,"再说,托普在那儿!……"

水手听见海在咆哮,不禁摇了摇头!

工程师是在海岸的北面消失的,那儿离落难者们刚才的着陆地点有半海里远。如果他已到达最靠近海岸的地方,那地方大概至多也就是半海里的距离。

当时已快六点。雾刚刚升起,而夜变得十分黑暗。落难者们朝北方向沿着这片陆地的海岸行走。而偶然性把他们抛在上面的这片陆地,是一片陌生之地,他们甚至无法猜测它的地理位置。他们的脚下是一片夹杂着石子的沙地，上面像是寸草不长的。这片地高低不平，非常粗糙，有些地方还似乎布满小坑，而不时地有一些飞翔笨拙的大鸟从中逃逸，消失在各个方向。另一些则比较灵活，它们成群结队地升空，如大块乌云般掠过。水手认为可能是海鸥和猎隼，而它们在用尖叫声与海啸对抗。

落难者们不时止步，大声呼喊，并聆听海洋方面是否有什么呼救声传来。实际上他们大概在想，不知他们是否已接近工程师可能着陆的地点，万一赛勒斯·史密斯无法提供存活的迹象，托普的叫声也会传来。可是，隆隆的海浪声和清脆的拍岸声中，并没有突现任何叫声。于是，小部队继续前行，搜索海岸每一个小小的凹处。

行走了二十分钟后，四位落难者突然停止不前，原来他们来到了浪花翻滚的陆地的边缘。坚实的土地不见了。他们正置身在尖尖的沙嘴上，海涛狂怒地在上面碎成浪花。

"这是一处岬角，"水手说，"得靠右往回走，这样方可到达真正的陆地。"

落难者们不时止步，大声呼喊，并聆听海洋方面是否有什么呼救声传来。

"可他要是在那儿呢?"纳布答道,同时用手指着太平洋,只见巨浪在暗影中变白。

"那好,我们来叫叫他!"

于是大家齐声发出了有力的呼叫,然而毫无回音。他们等风暂时平静下来后,又重新开始呼叫,还是毫无回音。

落难者们于是沿着岬角的相反面,来到了一片同样是多石而多沙的土地上。然而彭克洛夫注意到,此处的海岸更为陡峭,地形呈上升趋势,他于是猜想,想必能顺着一个相当长的斜坡,来到一处地势很高的海岸,而其高地,已在暗影中隐约显现。在海岸的这一部分,鸟儿的数量没那么多,大海也不那么汹涌喧闹。值得注意的是,波浪的起伏在明显减弱,拍岸浪声勉强可闻。大概,岬角的这一边形成了一个半圆形的小海湾,而那尖尖的沙嘴为它抵挡住了波涛起伏的海水的冲击。

可是,沿着这个方向,却是在往南走,是和赛勒斯·史密斯可能登陆的那部分海岸背道而驰。走了一海里半,海岸仍未显示出任何能让人回到北面去的弯曲部分。然而,刚才已绕过了其沙嘴的这个岬角,必定是和真正的陆地相连的。落难者们尽管已筋疲力尽,却仍在勇敢地走着,希望随时能找到某个意外的、能让他们回到最初的方向上去的拐角。

他们是多么沮丧啊,当他们在走了两海里左右后,又一次地被大海挡在了一个相当高的、由光滑的岩石组成的沙嘴上。

"我们是在一个小岛上!"彭克洛夫说,"我们已从它的一端走到了另一端!"

水手的观察是正确的。落难者们不是被抛在了一片陆地上,甚至也不是被抛在了一个岛上,而是被抛在了一个小岛上,它的长度不超过两海里,而宽度显然也是微不足道的。

这个布满石子、不长植物的干旱小岛,某些海鸟的荒凉的藏匿地,是否和一个比较大的群岛相连呢?无法肯定。气球的乘客们,当他们从悬篮上透过雾层隐约看到这片陆地时,并不能充分地辨认出它的大小。但是,彭克洛夫用他那双惯于识破暗影的眼睛,觉得自己此刻在西方分辨出了一些模糊的石块堆,表明那是一处地势比较高的海岸。

可是,当时天太黑,无法确定这个小岛是属于哪种类型的,是单一型还是复杂型。他们也同样无法离开它,既然大海包围了它。寻找工程师的事,只好推到明天了,唉,他还没有用任何喊叫来表明他的存在。

"赛勒斯·史密斯的沉默证明不了什么,"记者说,"他有可能昏迷了,受伤了,暂时无法做出回应,我们可不要灰心呀。"

记者于是出了个主意：在小岛的某地点燃一堆火，这可以给工程师充当信号。可是他们寻找了一番，却没找着干枯的树枝或荆棘。除了沙子和石块，别无其他。

　　可以理解，纳布和他的同伴们该有多痛苦，因为他们非常喜爱这位顽强勇敢的赛勒斯·史密斯。他们当时已无法去救他，这再明显不过了。只有等到天亮了。要么工程师已能够自救，他已在海岸的某一处找到了藏身之地，要么他已经永远消失了！

　　要度过的那几个钟头是漫长而艰难的。天气非常寒冷，落难者们苦不堪言，可他们几乎察觉不到，他们甚至没想到要休息片刻。他们为了他们的头头忘记了自己，而只是在希望，而且愿意永远希望。他们在这个干旱的小岛上走来走去，不停地回到它北面的沙嘴上，在那里，想必比较靠近出事地点。他们聆听、喊叫，力图意外地捕捉到某种最重要的呼唤，而他们的声音大概传到了远方，因为大气中有了几分宁静，而海啸声也开始和波涛一起落下。

　　纳布的一声喊叫甚至好像在某一时刻还产生了回音。哈伯特提请彭克洛夫注意，并补充道：

　　"这也许表明，西面有一处离这里相当近的海岸。"

　　水手点头称是。况且，他的眼睛是不会欺骗他的，如果他辨出了一片陆地，哪怕只是隐隐约约的，那儿就会果真有一片陆地。可这远方的回音，只是纳布的喊叫引起的唯一回答。小岛这整个部分上面的广袤无际的空间，依然是一片寂静。

　　不过天空倒是在逐渐放晴。到了快午夜时，亮起了几颗星星，工程师若是在的话，他就会注意到，这些星星已不是北半球的那些。的确，北极星并没出现在这新的天际，天顶的星座已不是他通常在新大陆的北部所观察到的那些，而南十字座当时在世界的南极闪耀。

　　黑夜过去了，3月25日清晨五点左右，天空的高处有了细微的变化。天际依然幽暗，可随着晨曦微露，浓雾在海上升起，以致视线到不了二十步以外。浓雾呈巨大的涡状物展开，笨重地移动着。

　　这可真是个意外情况。落难者们无法分辨他们周围的任何东西。当纳布和记者把目光投在太平洋上时，水手和哈伯特则在西面的海岸寻找。可是连半点陆地也看不见。

　　"没关系，"彭克洛夫说，"虽然我看不到海岸，可我能感觉到……它在那儿……在那儿……就像我们已不在里士满一样肯定！"

　　可雾倒是不会迟迟不散。这不过是晴天的薄雾而已。灿烂的阳光晒暖了它的上层,而这股热量经过筛滤,一直到了小岛的表面。

六点半左右,太阳升起后三刻钟,薄雾果真变得比较透明了。它在高空变浓,而在低空消散。很快地,小岛显露了,仿佛自云而降一般。接着,大海顺着一个圆面出现了,它在东方是无边无际的,但在西方却被一处高耸而陡峭的海岸挡住了。是的,陆地在那儿。在那儿能得救,至少暂时是这样。在小岛和海岸之间,隔着一条宽半海里的水道,湍急的水在哗哗地流开去。

这时,其中一位落难者,只听从心灵的支配,马上就冲进了激流,他没采纳同伴们的意见,甚至连句话都没说。这是纳布。他急于要到那海岸上去,并登上它的北面。没人能拦得住他。彭克洛夫一再喊他回来,可是白搭。记者准备效仿纳布。

于是彭克洛夫走过去问记者:"您想越过这水道吗?"

"是的。"杰丁·斯皮莱回答。

"那好,得等一等,请相信我。"水手说,"光纳布自己,就足以帮助他的主人了。如果我们进入这水道,我们就有可能被水流带入大海,这水流可是极猛的。我要是没弄错的话,这是股退潮水。瞧,沙滩上的潮水退了。所以我们得耐心点,到海水低落时,可能会找到一条可涉水而过的通道……"

"您说得对,"记者回答,"我们还是尽量少分开为妙……"

此时,纳布正在奋力与水流搏斗。他在斜向地穿越它。只见他每划一下水,黑肩膀都要露出水面。他是在速度极快地漂流,可也是在游向海岸。这阻隔小岛和陆地的半海里,他花了半个多小时来穿越,而他靠岸的地方,离面对其出发地点的地方,尚有好几千英尺。

纳布在一座花岗岩的悬崖峭壁下落脚,使劲地抖了抖身子,然后便奔跑着很快消失在一个岩石结构的、伸向大海的沙嘴后面,该沙嘴与小岛的北端高度大致相当。

纳布的同伴们惴惴不安地注视着他的大胆尝试,而当他脱离视线后,他们又把目光转向这片他们将向其寻求庇护的陆地,同时一边吃着遍布沙滩的贝壳。这是一顿粗劣的饭,但总还算是一顿饭。

对面的海岸形成了一个宽阔的小港湾,这小港湾到南面为止,终极部分是一个尖尖的沙嘴,上面不见一点草木,显得十分荒凉。这个沙嘴随意地与岬角相连,紧靠在高大的巨岩上。而在朝北方向,小港湾的口却开得很大,形成一处线条比较圆的海岸,它从西南到东北,止于一个逐渐变细的岬角。海湾的这张弓被安装在这两个顶端上,中间的距离能有八海里。距离海岸半海里处,小岛占据着大海中的一个狭长地带,它酷似一条巨鲸,张开它那已长大的骨骼。其最宽处不到四分之一海里。

在小岛前面,海岸的近景部分是由沙滩构成的,上面布满发黑的岩石。而此时,它们渐渐从落下的潮水中露出。在中景部分,突现出一种陡峭笔直的壁嶂,顶上是一个起码高达三百英尺的尖脊,而其形状十分随意。这座壁嶂就这样显现在三海里的长度上,并猝然结束于一个像是用人的手切削成的面。而在右面则相反,那种散发出棱镜光泽的、一个接一个的不规则峭壁,是由积成堆的崩塌的岩石构成的,它们通过一个延伸的斜坡降下来,而这斜坡渐渐和南面岬角的岩石相汇合。

海岸上面的高地不长任何树。这是一个光光的平台,就像在好望角俯视开普敦的那个,不过比例缩小了。至少从小岛上看来是如此。然而在右面,在那个切削面后边,却不乏青枝绿叶。不难辨出那里有杂乱的大树群,而树群一直延伸到视野之外。这青枝绿叶真让人赏心悦目,而那些花岗岩边石的粗糙不平的线条,则令人看了黯然神伤。

最后,在远景中和在平台上方,起码相距有七海里,一个白顶在阳光的照耀下熠熠闪光。这是一顶雪帽,是戴在某座远山上的。因此,这片陆地究竟是构成了一个岛,还是属于某个大陆的,人们无法就这个问题发表意见,可是,看到这些堆在左边的痉挛似的岩石,一位地质学家会毫不犹豫地指出,它们源于火山爆发,因为,它们无可争辩的是火成作用的产物。

杰丁·斯皮莱、彭克洛夫和哈伯特认真地观察着这片陆地。如果它不在航线上的话,没准他们即将在上面度过漫长的岁月,甚至在上面死去。

"哎,"哈伯特问道,"你怎么看,彭克洛夫?"

"是这样,"水手回答,"就像一切事物一样,有好的一面,也有不好的一面。以后再说吧。可是瞧,已经能感觉出退潮了。三小时后,我们尝试着过去,一旦到了那儿,再设法摆脱困境,并找到史密斯先生!"

彭克洛夫的预见是正确的。三小时后,海水低落了,构成水道底部的绝大部分沙子都露了出来。在小岛和海岸之间,只剩下了一条窄沟,那想必是很容易越过去的。

十点左右,果真,杰丁·斯皮莱及其同伴们脱去了衣服,并把它们打成包顶在头上,然后便大胆地跳进了沟里,其水深都不超过五英尺。对哈伯特来说,水位可能还是太高了,他便像条鱼般地游着,并出色地游了过去。三个人都毫不费力地到了对岸。在那里,太阳很快就把他们晒干了,然后他们便又穿上避免和水接触的衣服,商量下一步怎么办。

第 4 章

石蛏——河口的河流——"烟囱"——继续寻找——绿树林——储备燃料——等待退潮——从海岸高处——木筏——返回海滩

首先,记者叫水手在原地等他,说他会回来找他们,然后便刻不容缓地朝着黑人纳布几小时前去的那个方向,沿海岸而上,接着很快消失在海岸的一个角的后面,因为他急于要得到工程师的消息。

哈伯特本想陪他一起去。"留下吧,小伙子,"水手对他说,"我们得准备一个宿营地,还得看看是否能找到可往嘴里送的东西,宿营地比贝壳坚实一些才是。我们的朋友回来后需要恢复体力。各有各的任务嘛。"

"我准备接受任务,彭克洛夫。"哈伯特答道。

"好!"水手又说道,"说干就干。让我们一步步来。我们又累、又冷、又饿,所以嘛,重要的是要找个住处,生堆火,弄点吃的。森林里有木头,鸟巢里有蛋,剩下的就是找栖身之处了。"

"好吧,"哈伯特答道,"我到这些岩石中去找个洞穴,我最终会找到一个我们能钻得进去的。"

"说得是,"彭克洛夫答道,"上路吧,小伙子。"

他们两人走在了巨大的峭壁下,落下的海浪使之充分露出在海滩上。他们没有北上,而是南下。彭克洛夫早已注意到,在离他们上岸地点下方几百步处,海岸呈现出一个狭窄的豁口,据他看来,这该是一条河或一条小溪的出口。一方面,在可饮用的水流附近安营扎寨很重要,另一方面,水流会把赛勒斯·史密斯冲到这边来,这不是没有可能的。

前面已经说过,这悬崖峭壁高达三千英尺,可这整块岩石到处都是满的,哪怕是在它的底部,在海水几乎能舔到之处,也没有丝毫能充当临时住所的缝隙。这是一种垂直状峭壁,由非常坚硬的花岗岩构成,而海浪从未能侵蚀它。在接近顶部之处,整整一群水鸟在飞来飞去,尤其有各种蹼足类鸟,它们的喙又长、又扁、又尖——这类鸟爱瞎叫唤,见到有人在场并不怎么害怕,而也许这是人类初次打扰它们的清静。在这些蹼足类鸟中,彭克洛夫认出了好几只海鸥类的拉贝贼鸥,它们有时被称作贼鸥,还认出了一些贪吃的小海鸥,它们在花岗岩的凹处搭窝筑巢。要是朝这一大群鸟儿开上一枪,没准能打下不少,可要想开一枪,就得有支枪,而彭克洛夫和哈伯特都没有。再说,这些海鸥和贼鸥几乎不可食,就连它们的蛋味道也很差。

这时,已在左边多走了几步的哈伯特,很快看见有几块岩石上覆盖着海藻,而几小时后,上涨的海水会将它们淹没。在这些岩石上,在滑溜溜的海藻中间,充斥着许多双瓣贝类动物,而饥肠辘辘的人是不会轻视它们的。于是哈伯特叫了一声彭克洛夫,那位赶紧跑了过去。"哟!这是贻贝!"水手嚷道,"这下可有东西代替我们正缺的鸟蛋了!"

"这并不是贻贝,"哈伯特答道,他正在专注地观察附着在岩石上的软体动物,"这是石蛏。"

"这东西能吃吗?"彭克洛夫问道。

"当然能。"哈伯特答道。

"那好,我们就吃石蛏吧。"在这方面,水手可以信赖哈伯特。小伙子在博物学方面很棒,而且对这门科学始终有着真正的迷恋。是他父亲促使他走上这条道路的,并让他去听波士顿最出色的教授们的课程,而那些教授们都很喜爱这个聪明勤奋的学生。因此,他那博物学爱好者的本能,以后将不止一次地得到利用,而他一开始就没弄错。

这些石蛏是一种椭圆形的贝类动物,它们成串地、很黏地附着在岩石上。它们属于钻孔类软体动物,这类软体动物能在最坚硬的石头上打洞,而它们的外壳两端呈圆形,这一特征在一般的贻贝中是看不到的。

彭克洛夫和哈伯特饱餐了一顿石蛏,它们的壳,当时在阳光下半开着。他们像吃牡蛎一样地吃它们,并觉得它们有一股很浓的辛辣味,于是他们不再为没有胡椒和任何的调味品而感到遗憾。

他们的饥饿状态暂时得到了缓解,但口渴还是照样,而且在吃了这些本身带有辛辣味的软体动物后,口渴得更厉害了。问题在于要找到淡水,而在这样一个地形如此起伏多变的地区,要说是缺淡水,像是不大可能的。为谨慎起见,彭克洛夫和哈伯特采集了大量的石蛏,把口袋和手帕装得满满的,然后便回到了高地下面。

走出两百步,他们来到那个河口,根据彭克洛夫的预感,有条小河会由此处滔滔不绝地流出。在这个地方,峭壁像是曾经被某种强烈的火的力量分开过。在它的底部，有一个深凹进去的小海湾，而湾底构成了一个相当尖的角。那里的水流有一百英尺宽，而两边的陡岸，每边仅二十英尺。小河几乎是直接地扎在这两座花岗岩壁之间。这两座岩壁，在河口的上游呈下降趋势，然后突然拐弯，消失在半海里处的一片矮林下。"这里有水！那里有木头！"水手说，"得，哈伯特，就只缺住处了！"

河水是清澈的。水手看出，潮水在这个时候，也就是当海水低落，上升的波浪达不到它那儿时，它是淡的。这个重要的问题一旦解决，哈伯特便寻找起可充当藏身之处的洞穴来。但他白找了。哪儿的峭壁都是光滑的、平坦的、垂直的。然而，就在水流的那个河口，在被上涨的海水轮番冲击之处的上方，崩塌的岩石虽没有形成一个岩洞，却形成了一个巨大的岩石堆，这种岩石堆在花岗岩地区可常见，素有"烟囱"之称。

彭克洛夫和哈伯特相当深入地进到岩石之间，进到那些铺沙的过道里，

"这东西能吃吗？"彭克洛夫问道。

"当然能。"哈伯特答道。

那里不乏阳光,因为它是通过花岗岩之间留出的空隙射进来的,其中有些仅靠奇迹般的平衡保持着一定的状态。可随着阳光一起进来的还有风——一种真正的穿堂风,而随着风一起进来的,是外面的刺骨的严寒。但是水手认为,堵住这些过道的某些部位,用沙石的混合物堵住某些开口,就可将"烟囱"变得能够住人。它们的几何图形相当于活版印刷符号&,即拉丁文词"等等"的缩写形式。然而,使符号上面那个进南风和西风的环形部分隔热,大概就可利用它的下面部分了。

"这就是我们的事了,"彭克洛夫说,"万一我们能再见到史密斯先生,他会利用这座迷宫的。"

"我们一定会再见到他的,彭克洛夫,"哈伯特大声说道,"等他回来时,他也一定会发现这里有个大致还过得去的住所。这样的住所会好的,假如我们在左边的过道里安个炉子,再在那里留个出烟口的话。"

"这我们能办到,小伙子,"水手答道,"而这些'烟囱'(这是彭克洛夫为这临时住所保留的名称)将由我们来处理。不过首先,我们去找些燃料吧。我想,要想堵住这些开口,木头对我们不会没用,而魔鬼在通过这些开口吹喇叭呢!"

哈伯特和彭克洛夫离开了"烟囱",绕过拐角,他们开始沿河流的左岸而上。水流相当湍急,顺流冲走了几根枯木。上涨的潮水——此时已可感觉到——想必会把这股水推出相当远的距离。水手于是认为,可利用潮涨潮落运送重物。走了一刻钟,水手和小伙子来到一个突然出现的拐角,那是河流向左拐时形成的。从此处起,水流穿过一片树木长势极好的森林继续往前。这些树木保留了它们的绿色,尽管生长的季节快要结束,因为它们属于针叶类。这类树遍布地球上的各个地区,从北方的气候直到热带地区。年轻的博物学家尤其认出了"德奥达尔",这是一种在喜马拉雅地区大量生长的树,它们散发出一种宜人的芳香!在这些美丽的树木间,生长着一丛丛松树,其不透光的太阳伞敞开着。彭克洛夫觉得自己的脚踩断了枯树枝,它们噼啪作响,如鞭炮一般。"得,小伙子,"他对哈伯特说,"我虽然不知道这些树的名称,可我起码知道把它们归入'可燃木'之列,眼下这可是唯一适合我们的树木!"

"那就让我们储备燃料吧!"哈伯特回答,同时马上就干起来。

收集工作并不难。甚至无须损伤树木,因为大量的枯树枝就躺在他们的脚下。可是,燃料虽不缺,运输工具却让人渴求。这些树枝非常干燥,因而想必燃烧迅速。所以,必须把数量可观的树枝带回烟囱去,光靠两个人干是不够的。哈伯特指出了这一点。

"嗨!小伙子,"水手说,"得有一个运送这些木头的方法。不论干什么,有方法才行。假如我们有辆大车或有条船,那可就太方便了。"

"可我们有河呀!"哈伯特说。

"说得对,"彭克洛夫回答,"河对我们来说将是一条自己会走的路,而木筏也不是白白地被发明出来的。"

"只是,"哈伯特提醒道,"我们这条路此时所走的方向,与我们所走的方向恰恰相反,因为海水上涨了嘛!"

"等海水落下,我们就摆脱困境了,"水手回答,"而且将由它来把我们的燃料运回'烟囱'去。我们只管准备木筏便是。"

水手朝森林边缘和河流形成的那个角走去,哈伯特尾随其后。两人都按照自己的体力,扛了一些捆扎好的木头。陡峭的河岸上也有大量枯树枝在草丛里,而这草丛,人的脚可能从未大胆踏进过。在由河岸岬角产生的、击碎水流的漩涡中,水手和小伙子放了一些相当粗大的、被他们用干藤捆扎在一起的木段,就这样,形成了一个木筏,全部的收获——起码相当于二十个人的负荷——被连续不断地堆了上去。一个小时后,工作完毕了,而木筏停泊在陡峭的河岸边,须等潮汐交替方可出发。

还有几个小时要打发,彭克洛夫和哈伯特经过商量,决定到上游的高地去,以便在更广的范围内观察一下该地区。

在河流形成的那个拐角后面走出两百米,正巧有座峭壁止于岩石的崩塌,其结束部分在森林的边缘呈缓坡形。这就好比一座天然楼梯。哈伯特和水手于是开始攀登。多亏双腿有劲,片刻工夫他们就到达了峰顶,并来到它在河流的出口上面所形成的拐角处。一到那里,他们首先把目光投向太平洋,那是他们刚刚在十分可怕的条件下穿越的!他们心情激动地注视着海岸北面的那个部分,那正是出事地点,是赛勒斯·史密斯的失踪之地。他们用目光搜寻了一番,看是否有气球的残骸,因为有可能曾有个人紧紧地抓住过它。什么也没有!大海只是荒漠般的一片浩瀚之水。至于海岸,则同样荒无人烟,不论是记者还是纳布,都踪影全无。也可能这两个人此时所在的距离,使得别人无法瞥见他们。

"我觉得,"哈伯特大声说,"像赛勒斯先生那样坚毅的人,是不会轻易让自己淹死的。他大概已到了海滩的某一处。对不对,彭克洛夫?"

水手忧伤地摇了摇头。他对再见到工程师几乎已不抱希望,可是他愿意留给哈伯特某种希望:"有可能,有可能,"他说,"我们的工程师是个能摆脱困境的人,在那种情况下,换个人也许就没命了!……"

此时,他正全神贯注地观察着海岸。只见眼前沙滩一片,直到被一排岩礁挡住为止。这些仍然露出在水面的岩石,仿佛一群群水陆两栖的怪物,卧在拍岸浪里。在礁石带外面,大海在阳光下闪亮。在南面,有个尖尖的岬头形成了地平线,无法辨认陆地是在往该方向延伸,还是在往东南方向或西南方向延伸,如果是,这片海岸就成了一种拉得很长的半岛。在小海湾的北端,海岸线继续延伸了很长距离,但线条比较圆。在那里,海滩低矮、平坦,无悬崖峭壁,有大片的沙洲,那是落潮后露出的。彭克洛夫和哈伯特于是转身朝西望去。他们首先留意到了那座顶部覆盖着白雪的山,它耸立在六七海里处。从它最初的斜坡起,直到离海岸两海里处,只见大片大片的树群连绵不断,而大片的绿色则使其格外突出,那是因为其中有常绿树。接着,从这片森林的边缘起直至海岸,是一片青葱翠绿的宽阔高地,上面长满一丛丛分布随意的树。在左边,透过林中空地,可不时地看见河水在闪烁,它那相当蜿蜒的水流又把它带到山梁的分支,而在分支之间,大概有它的源头。在水手放木筏的地点,它开始在两排高高的花岗岩壁之间流淌。可是,如果说在其左岸石壁始终是光洁而陡峭的,那么在右岸则相反,它逐渐变化,岩石堆变成孤立的岩石,岩石变成石子,石子又变成鹅卵石,直到岬角的尽头。

"我们是在一个岛上吗?"水手喃喃地说。

"不管怎样,它好像是挺大的!"小伙子回答。

"一个岛,哪怕是再大,也终归只是个岛而已!"彭克洛夫说。

可这个重要的问题目前尚不能得到解答。它的答案得推迟到另一个时刻,至于陆地本身,不管是岛还是大陆,看起来土壤是肥沃的,景色是宜人的,出产是多样的。"这可真是万幸!"彭克洛夫道,"而我们在困境中,应当为此感谢上苍。"

"谢天谢地!"哈伯特说,他那颗虔诚的心,对造物主充满了感激。

对于这个命运把他们抛入的地区,他们观察了很久,可是,光这么粗略地观察一番,要想象他们将来会怎样,还是困难的。

然后,他们沿着花岗岩高地南面的山脊返回,这山脊是由一长排的不规则岩石组成,它们具有最稀奇古怪的形状。在那里,有数百只鸟儿栖息在石洞里。哈伯特跳到岩石上,吓跑了这些飞禽中的整整一群。

"啊!"他嚷道,"这些鸟既不是海鸥,也不是隼鸟!"

"那它们是什么鸟?"彭克洛夫问道,"说真的,像是些鸽子!"

"的确是鸽子,不过是野鸽或原鸽,"哈伯特答道,"我认得出,看它们翅膀上的两道宽宽的黑条纹、白色的尾部、青灰色的羽毛便可知道。然而,要说原鸽的肉好吃,那它的蛋想必味道也是鲜美的。只要它们稍微在窝里留点就行！……"

"我们可不会给它们时间来孵蛋，除非它们孵出来的是煎蛋！"彭克洛夫兴高采烈地回答。

"可你用什么来做煎蛋呢？"哈伯特问道，"用你的帽子吗？"

"得啦，"水手回答，"我可没有这个本事。我们只好吃煮蛋了，小伙子，而那些最硬的，就由我来负责处理好了！"

彭克洛夫和小伙子认真察看了一番花岗岩的凹处，而他们果真在某些洞里找到了一些！拾了几打后，便装在水手的手帕里，等海水该满潮的时刻一临近，哈伯特和彭克洛夫便开始朝水流方向下去。

当他们到达河流的拐弯处时，时间是午后一点。水流已在反向流淌。所以，得利用退潮把木筏带到河口去。彭克洛夫无意让这木筏毫无方向地随流而去，也不打算上去驾驭它。可一名水手，一旦涉及缆绳或绳索之类时，从来就难不倒。彭克洛夫飞快地用干藤编了一根长绳。这根植物缆绳被拴在了木筏后面，水手用手拉着它，而哈伯特用一根长竿推着木筏，就这样把它维持在水流中。一如所希望的，此举成功了。由水手在岸上边走边控制着，大量的木头顺流而下。河岸十分陡峭，无须担心木筏会搁浅。两点前，它到达河口，那里离"烟囱"仅几步之遥。

第 5 章

  布置"烟囱"——火这个重要的问题——火柴盒——海滩搜寻——记者和纳布的归来——唯一的一根火柴——噼啪作响的炉子——第一顿晚餐——席地而睡的第一夜

  一木筏的木头一卸完,彭克洛夫首先便想到要把过道里那些灌风的口子堵上,让"烟囱"变得可以住人。沙子、石头、互相缠绕的树枝、湿土,将&形物的长廊堵得严严实实,而那些长廊是朝着南风开口的。同时又把上面那个环隔离开。只有一条窄而弯曲、在侧面开口的过道,被治理了一番,以便起导烟和炉子的通风作用。"烟囱"就这样被分成三四个房间,假如不管怎样,可以由此来称这么多幽暗的藏身之处的话,其实就连一只野兽,也几乎不会对它们感到满意。可里面是干燥的,而且人可以直立,起码在居中的主要房间里是如此。地上还铺了一层细沙,总之,在境遇改善之前,他们会设法安排的。
  哈伯特和彭克洛夫边干边聊。"没准,"哈伯特说,"我们的同伴已找到了一个比我们这个更好的安身之处?"
  "有可能,"水手回答,"可是,拿不准,还是不说的好!弓上多一根弦,总比根本没有弦来得强!"
  "啊!"哈伯特又说道,"但愿他们把史密斯先生带回来,但愿他们能找到他,那我们就只需感谢上苍了!"
  "是啊!"彭克洛夫喃喃地说道,"那是个男子汉,一个真正的男子汉!"
  "这……"哈伯特说,"莫非你绝望了,怕再也见不到他了?"
  "上帝保佑我,让我再见到他吧!"水手回答。
  清扫工作很快就结束了,彭克洛夫表示非常满意。"现在,"他说,"我们的朋友可以回来了。他们会发现一个令人满意的简陋住所。"
  剩下的就是建炉灶和做饭了。事实上,这是个简单而又容易的活。宽而扁的石头被安放在左边第一条过道的尽头,即在被保留的那个窄过道的开口处,因为烟不会把热量带到外面去,这显然足以使里面保持合适的温度。备用的木头被储存在一个房间里,水手在炉灶的石头上放了几块劈柴,其中还夹杂着小木块。

水手正忙着干这件活时,哈伯特突然问他是否有火柴。

"当然有,"彭克洛夫回答道,"我要补充的是:幸亏有,因为,若没有火柴或火绒,我们可就太难了!"

"我们总还能像野蛮人那样取火的,"哈伯特回答,"不是可以用两块干木头相互摩擦吗?"

"那好,试试吧,小伙子,我们来看看,除了累断胳膊,你还能有什么结果。"

"可是,这在太平洋的诸岛上,是个简单而常用的方法呀。"

"我不否认,"彭克洛夫回答,"不过得相信,野蛮人知道该怎么干,不然他们用的就是一种特殊的木头,因为,已经不止一次,我想用这种方法取火,可从未成功过!所以我承认,我宁可用火柴!可我的火柴在哪儿呢?"

彭克洛夫在他的上衣口袋里找他从不离身的火柴盒,因为他烟抽得很凶。没有找到。他在裤兜里搜寻了一番,令他惊讶的是,他还是没找到。

"我可真糊涂!何止是糊涂!"他望着哈伯特说,"这火柴盒大概从我兜里掉出去了。我把它弄丢啦!可是你,哈伯特,难道你就什么都没有,没有火镰或任何可以用来取火的东西吗?"

"没有,彭克洛夫!"

水手出去了,后面跟着哈伯特,他使劲地挠额头。

在沙地上,在岩石堆里,在河流的陡岸旁,两人仔仔细细地找了一遍,但徒劳无果。那盒子是铜的,按说是逃不过他们的眼睛的。

"彭克洛夫,"哈伯特问,"你是不是把这盒子扔到悬篮外面去了?"

"我还是挺当心的,"水手回答,"可是,像我们刚才那个晃法,这么小的东西是有可能丢失的。我的烟斗,就完全是自行离去的!这鬼盒子,它会在哪儿呢?"

"得,海水退潮了,"哈伯特说,"让我们跑到登陆的地方去看看吧。"

找到这个盒子的可能性不大了,涨潮时,海浪已从鹅卵石中把它卷走了,有必要考虑到这一情况。哈伯特和彭克洛夫飞快地朝他们前一天的登陆地点跑去,那里距离"烟囱"有两百步。

在那儿,在鹅卵石中,在岩石的凹处,搜寻工作进行得非常仔细,然而却毫无结果。假如盒子是掉在此处的,那它大概也已被波涛带走了。随着海水的退去,水手搜遍了岩石的所有缝隙,一无所获。在当时的情况下,这可是一起严重的丢失,而眼下,却是无法补救的。

彭克洛夫沮丧之极,而且不加掩饰。他蹙额皱眉,一言不发。哈伯特想安慰他,便提醒道:很可能,火柴已被海水浸湿,无法使用了。

"可是不,小伙子,"水手回答,"它们是装在一个关闭得严严实实的铜盒子里的!我们现在可怎么办?"

"我们肯定会有法子点着火的,"哈伯特说,"史密斯先生或斯皮莱先生不会像我们这样缺乏取火工具的!"

"这倒是,"彭克洛夫答道,"可眼下我们没有火,我们的同伴一旦回来,只能吃一顿很差劲的晚饭了。"

"不过,"哈伯特迅疾说道,"他们不可能既没有火绒,也没有火柴呀!"

"我抱有怀疑。"水手摇了摇头回答道,"首先,纳布和史密斯先生是不抽烟的,而且我还很担心,斯皮莱先生多半是保留着他的笔记本,而不是他的火柴盒!"

哈伯特没有作答。盒子的丢失显然是一件憾事。但小伙子坚信,会用这种或那种方法得到火的。彭克洛夫比较有经验,他不这么认为,虽说他不是一个无论事情大小都会感到犯难的人。不管怎么样,只能等纳布和记者回来了。不过得放弃煮鸽蛋了,他本想给他们准备这样一顿饭的。在他看来,生吃肉食,对他们和对他自己来说,都不是一种令人愉快的饮食方法。

在返回"烟囱"前,水手和哈伯特怕万一真没有火,便又采集了一些石蛏,然后便默默地走上了回住所的路。

彭克洛夫双眼盯着地面,始终在找他那遍寻不见的盒子。他甚至沿河流的左岸而上,从河口直到木筏停泊的拐角处。然后,他又来到高地上,跑遍各个方向;他还在森林边缘的高高的草丛中寻找,但哪儿都没有。

他和哈伯特回到"烟囱"时,已是傍晚五点。无须说,过道里都搜寻过了,连那最幽暗的角落;也无须说,只好果断地停止寻找了。

六点左右,当太阳渐渐消失在西方的高地后面时,东海滩上来回走动的哈伯特示意,纳布和杰丁·斯皮莱回来了。

光他们自己回来了!……小伙子感到心里有说不出的难过。水手的预感没错。工程师赛勒斯·史密斯没有找到!

记者一到,便一屁股坐在岩石上,不发一言。他累得筋疲力尽,饿得要死,连说句话的力气都没有了!至于纳布,他双眼通红,这证明他曾痛哭过,而现在他忍不住又掉泪了,这再清楚不过地说明,他已丧失了全部希望!

记者讲述了他们为找到赛勒斯·史密斯所进行过的种种尝试。他和纳布跑遍了海岸,距离超过八百海里,因此,远远越过了气球倒数第二次坠落的地点。那次坠落后,工程师和托普便失踪了。海滩荒无人烟。毫无痕迹,也毫无印记。没有一块石子新近被翻动过,沙地上没有一点迹象,整个海岸上没有一只人的脚印。显而易见,没有任何居民光顾过这一海岸。大海像海岸一样荒凉,就是在那儿,在离海岸几百英尺处,工程师已找到了他的坟墓。

此时,纳布站了起来,大声喊道:"不,不!他没有死!不!不是这样的!他死了?得了吧!我,任何其他人,都有可能!可他,绝不会!这是个无论如何都会回来的人!"

那喊声表明,希望的感情是怎样地在他内心抗拒着。

然后,他没力气了,喃喃地说道:"啊,我筋疲力尽了!"

哈伯特向他跑去。"纳布,"男孩说,"我们会找到他的!上帝会把他还给我们的!不过这会儿,您肚子饿了!吃吧,吃一点东西吧,求求您了!"

说着,他递给可怜的黑人几把贝类生物,一点粗劣而且不足以果腹的食物!

纳布已有好几个钟头没进食了,可他拒绝了。失去了自己的主人,纳布已没法活,或已不想活!

至于杰丁·斯皮莱,他狼吞虎咽地吃完了那些软体动物,然后躺在了一块岩石下面的沙地上。他疲惫不堪,但心境平和。

此时,哈伯特走近他,抓住他的手说道:"先生,我们发现了一个栖身处。您会觉得在那儿比在这儿好。瞧,夜幕降临了。来休息吧!明天再说……"

于是记者起身,由小伙子领着,向"烟囱"走去。

这时,彭克洛夫走近记者,口气极其自然地问他,身上是否有火柴。记者停下来,翻找了一下口袋,并没找到什么,便说:

"我有过,可我大概全扔了……"

水手于是叫纳布,问了他同样的问题,并得到了同样的回答。

"该死!"水手嚷道,他禁不住骂出了这个词。

记者听见了,便走了过去。"一根火柴也没了?"

"是啊,所以没法生火了!"

"啊,"纳布喊了起来,"他要是在,也就是说我的主人要是在,他肯定能帮您生火!"

四位落难者一动不动地待着,不无忧虑地互相看了看。是哈伯特首先打破了沉默。他说:"斯皮莱先生,您是吸烟的,怎么说您身上也是有火柴的!也许您没好好找?再找找吧!只要一根我们就够了!"

记者又在他的裤子、背心和外套的口袋里搜寻了一番,终于,令彭克洛夫大喜过望和极其意外的是,他觉得有根小木棍进了他衣服的衬里。他的手指已经隔着布抓住了这小木棍,但没法把它取出来。这可能是根火柴,而且是唯一的一根,所以要格外注意别让上面的磷磨损掉。

"让我来干好吗?"男孩对他说。

小伙子非常灵巧,没把它折断,而最后终于取出了这根小木棍,这微不足道但非常宝贵的麦秆似的东西,它是完好无损的。对这些可怜的人来说,它具有何等的重要性!。

"一根火柴!"彭克洛夫喊道,"啊!就像我们有了整整一船似的!"

他接过火柴,回到了"烟囱"那儿,后面跟着同伴们。

在有人居住的地区,这种小木棍被人们毫不在乎地大量浪费掉,因为其价值是微乎其微的,可是在这儿,使用时得极其小心才是。水手查明火柴是干燥的。然后,他便说:"得有纸。"

"这儿有。"杰丁·斯皮莱答道,他犹豫片刻后,从笔记本上撕下了一页。

彭克洛夫接过记者递给他的纸,便蹲在了炉灶前。那儿有几把干燥的草、树叶和苔藓被放置在柴捆下面,而且被摆放得能让空气自由流通,枯木迅速燃烧。

彭克洛夫把那张纸折成圆锥形,一如吸烟斗者在刮大风时所为,然后,他把它塞进苔藓中间。接着,他拿起一块略微有点粗糙的鹅卵石,将其仔细擦拭了一下,开始在上面轻轻划火柴。这时,他屏住了呼吸,心怦怦直跳。

最初的一划没产生任何效果。彭克洛夫没使劲,他生怕把磷擦破。

"不行,我干不了,"他说,"我的手直抖……火柴会划不着的……我干不了……也不想干了!……"他站起来,让哈伯特代替他。

的确,小伙子有生以来从未这么激动过。他心跳得厉害。普罗米修斯从天上盗火种时,想必也不会比他更激动。不过他没犹豫,而是迅速划了一下鹅卵石。只听得噼啪一声轻响,冒出了一朵发蓝的小火苗,同时还产生了呛人的烟。哈伯特慢慢地倒转了一下火柴,以便维持火苗。然后便把它塞进了纸做的圆锥中。几秒钟后,纸点着了,而苔藓也马上燃烧起来。

片刻之后,干燥的木头噼啪作响,而欢快的火焰被水手使劲一吹更旺了,在黑暗中燃烧着。

"终于着了,"彭克洛夫站起来喊道,"我这辈子从没这么激动过!"

的确,这火在扁平石炉子上着得很好。烟很容易地从窄道里出去了,"烟囱"拔着风,于是令人舒适的热量很快就扩散开来。

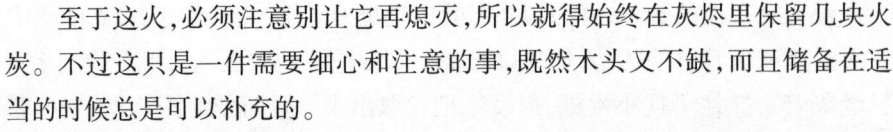

至于这火,必须注意别让它再熄灭,所以就得始终在灰烬里保留几块火炭。不过这只是一件需要细心和注意的事,既然木头又不缺,而且储备在适当的时候总是可以补充的。

彭克洛夫首先想到的是,要利用炉子做一顿比石蛏那道菜营养更丰富的晚餐。哈伯特送来了两打鸟蛋。而记者则倚在一个角落里,默默地看他们准备晚餐。他在专心致志地思考三个问题。赛勒斯还活着吗?如果活着,他又会在哪里?如果他坠地后幸免于死,他又怎么会想不出办法来让人知道他还活着呢?至于纳布,他在沙滩上徘徊。这已只是一个没有灵魂的躯壳了。

彭克洛夫知道五十二种蛋类的烹调法,但此时他没得选择。他只得满足于把它们放入热乎乎的灰烬中,让其慢慢煨熟。

几分钟后,蛋煨熟了,水手邀请记者共进晚餐。这是落难者们在这个陌生的海岸上的第一顿饭。这些煨蛋味道鲜美,而且,由于蛋类包括人类食品

片刻之后,干燥的木头噼啪作响,而欢快的火焰被水手使劲一吹更旺了,在黑暗中燃烧着。

所必须具备的各种成分，这些可怜的人食后感觉非常好，而且觉得自己精神振作了。

啊，如果这顿饭不缺他们之中的一位就好了！如果从里士满出逃的五名俘虏都在场，在这聚集成堆的岩石下，明亮而噼啪作响的火堆前，干燥的沙地上，也许他们要做的，就唯有感谢上帝了！可是，最具创造才能的，也是最博学多才的，即他们那无可争议的头儿赛勒斯·史密斯，却不在此，唉，他的遗体甚至都未能得以埋葬！

3月25日的这个白天，就这样过去了。夜已来临。只听得外面风在呼啸，单调的拍岸浪在拍打海岸。被海浪推出去又送回来的鹅卵石在发出震耳欲聋的滚动声。

记者已退到幽暗过道的深处，此前，他扼要地记录了当天的事件：这片新陆地的初次出现，工程师的失踪，对海岸的勘察，火柴之事，等等。因疲劳过度，他终于睡着了。

哈伯特也很快入睡了。至于水手，他半睡半醒地在炉边过了夜，而且没给它省燃料。只有一位落难者没在"烟囱"里休息。那就是无法得到安慰的、绝望的纳布。尽管他的同伴们劝他回去休息，他还是整夜地在沙滩上游荡，呼唤着他的主人！

第 6 章

> 落难者们的物品清单——一无所有——焦布——到森林中去——绿树群——鹩鹨逃跑——野兽的踪迹——"咕鸱咕"鸡——松鸡——一次奇特的垂钓

这些被抛在了一个像是无人居住的海岸上的高空落难者们,其所拥有的物品之清单,将即刻被列出。他们一无所有,除了遇难时身上穿的衣服。然而还是得提及一个笔记本和一块表,那大概是记者因疏忽大意才保存下来的,可是没有武器,没有工具,甚至连把袖珍刀也没有。为了给气球减负,悬篮上的乘客们把什么都扔到悬篮外面去了。

笛福①或威斯②作品中虚构的主人公,一如塞尔扣克③们和雷纳尔④们,胡安·费尔南德斯群岛或奥克兰群岛的落难者们,也从未处于如此绝对的一种匮乏状态。或者,他们从自己搁浅的船上提取大量的物资,即谷物、牲畜、工具、弹药;或者,某些漂流物到达能够向他们提供基本生活需求的海岸。他们一开始绝不是手无寸铁地面对大自然的。可是在这儿,没有任何工具、任何器皿。他们得从一无所有到样样都有!

假如赛勒斯·史密斯仍和他们在一起,假如工程师能在目前的状况下运用他的实践技术,发挥他的创造才能,也许不至于完全没有希望!唉,不该再指望能见到赛勒斯·史密斯了。落难者们唯有寄希望于自己,寄希望于从不抛弃真诚者的上帝。但是,不管怎样,这一部分海岸属于哪个大陆,上面是否有人居住,或者,这一处海岸是否只是一个荒岛的海滩,这些问题难道不该力求弄清楚了再定居下来吗?

这些问题很重要,得先行解决,而且要在最短的期限内。只有解决了这

---

① 笛福(1660—1713),英国小说家,著有《鲁滨孙漂流记》。
② 威斯(1743—1818),瑞士牧师,著有《瑞士鲁滨孙》。
③④ 上述两部作品中的原型。

些问题,才能决定下一步怎么办。不过按彭克洛夫的意见,过几天再去勘察似乎比较合适。的确,得准备食物,并获取一种更有营养的食品,而不是光用鸟蛋和软体动物来充当。勘察者们得承受长时间的疲劳,没有遮风挡雨处可躺下休息,所以,首先得恢复体力。

"烟囱"提供了一个暂时还算令人满意的住所。火一直在烧着,保存炭火并不困难。眼下,岩石里和海滩上不乏软体动物和鸟蛋。只见有数百只鸟儿在高地顶上飞,而他们会想出办法来打死几只的,哪怕用棍子或者用石块。没准附近森林里的树木还能给他们提供可食用的果子呢!毕竟,那里有淡水。于是大家商定,先在"烟囱"待几天,为勘察做准备工作,而勘察将沿海岸或者深入内地进行。

该计划尤其合纳布的意。他的想法和预感都很固执,所以他根本不急于离开这部分海岸,即灾难现场。他不相信,也不愿意相信他的主人已丧生。被一股海水卷走,淹死在离海滩数百步的波涛中,不,他觉得这样一个人不可能以这种寻常的方式结束生命。只要海浪没把工程师的遗体抛上岸,只要他纳布没亲眼见到、亲手摸到其主人的遗体!在他固执的心里,这个念头比任何时候都更根深蒂固。也许是幻想,然而是值得尊重的幻想,水手可不想去毁灭它!对他来说,希望已不复存在,工程师真的已在波涛中丧生。但是和纳布没什么可争论的,他就像是不愿离开主人落水地点的狗;他痛苦成这样,没准他会死的。3月26日清晨,从黎明起,纳布便沿海岸往北走,他又回到了大海可能埋葬不幸的史密斯的地方。

那天的午餐光是由鸽蛋和石蛏构成。哈伯特已在岩石的凹处找到了海水蒸发后留下的盐。这种矿物质来得十分及时。

吃罢饭,彭克洛夫问记者可愿意伴随他们去森林,而他和哈伯特将试图在那里打猎!可是,经再三考虑,必须得有人留下来看火,而且万一纳布需要帮助的话,当然这种可能性是不大的。记者于是留下了。"打猎去,哈伯特。"水手说,"我们会在路上找到弹药,将到森林里去砍我们的枪。"

可在临出发时,哈伯特提醒道,既然没有火绒,用另一种物质来代替它也许是谨慎的做法。"哪种物质?"彭克洛夫问道。

"焦布,"小伙子回答,"需要时可充当火绒。"

水手觉得这主意很明智。只是,其弊端在于必须牺牲一块手帕。但这也是值得的,于是彭克洛夫的那块大格子手帕的一部分,便很快变成了半焦的破布状态。这易燃物便被放在了中间的那个房间里,在一个小岩洞的深处,那里既避风又防潮。当时是上午九点,天气像是暴风雨要来临的样子,刮着东南风。哈伯特和彭克洛夫绕过"烟囱"的拐角,看了一眼在岩石顶端缭绕的烟雾,然后便沿河流的左岸而上。

到了森林,彭克洛夫从第一棵树上掰下两根结实的树枝,并把它们做成短粗的木棍,而哈伯特则把它们在岩石上磨尖。啊,为了得到一把刀,他有什么不能干的呢!然后,两位猎人便沿着陡岸,在高高的草丛中前行。从把水流转到西南方向的拐角起,河流渐渐变窄,而它两边的岸则形成陡峭的河床,被交叉的树木覆盖着。彭克洛夫为了不迷路,决定沿水流走,因为它终归会把他带回到出发地点去。可是陡岸上并非没有障碍,这里有树,其柔韧的树枝一直弯到水面;那里有藤或荆棘,必须用棍把它们弄断。哈伯特像小猫一样灵巧,经常在断了的树桩之间钻来钻去,并消失在矮林里。不过彭克洛夫会马上把他叫回来,要求他千万别走远。

此时,水手在专注地观察周围的布局和自然环境。在左岸,地势平坦,并不易察觉地向内部升高。有的地方很潮湿,看起来就像沼泽。可感觉到有一张隐蔽的水网,通过某种地下断层,那些细流便注入河流。有的地方还会有小溪穿过矮林流淌,不过这种小溪穿越起来毫不费力。对岸显得比较有起伏,而山谷——河流占据着其最深谷底线——的轮廓在那里清晰地显现。丘陵覆盖着层层树木,形成了一个遮挡视线的帷幕。在右岸行走想必会很艰难,因为斜坡陡然下降,弯到水面的树,全靠根部的力量维持着。

无须补充,这片森林和已被跑遍的海岸一样,都是毫无人迹的处女地。彭克洛夫只注意到里面有四足动物的足迹,和其他动物的新鲜脚印,只是他辨认不出它们的种类。确凿无疑的是——这也是哈伯特的看法——其中一些足迹是猛兽留下的,对它们想必不可掉以轻心;可是哪儿的树干上都没有斧子砍过的痕迹,也没有熄灭的火的余烬和人的脚印,也许应当为此感到庆幸,因为,在这片土地上,在太平洋当中,人的出现没准更是一件可怕的事,而不是一件令人向往的事。

哈伯特和彭克洛夫几乎不交谈,因为路非常难走。他们只能缓慢前进。走了一小时后,他们才越过了一海里的路程。直到那时为止,狩猎还毫无成果。此时,有几只鸟儿在细枝下鸣叫、飞来飞去,显得很胆小,仿佛是,人的出现本能地唤起了它们的惧怕,而这种惧怕是合情合理的。在其他的飞禽中间,在森林的一个沼泽地带,哈伯特指出,有一只喙又尖又长的鸟,从解剖学上讲,它与翠鸟相似,然而它与后者的区别在于,它的羽毛相当粗硬,而且带有金属的光泽。

"这大概是一只鹩哥。"哈伯特说,同时试着走近射程范围内的鸟。

"这正是品尝鸸鹋肉的机会,"水手答道,"假如这只鸟有意让人把自己烧烤的话!"

此时,小伙子灵巧而有力地扔出一块石头,石头击中飞禽的翅根,可是这一击还不够,因为鸸鹋转瞬便消失了。"我可真笨!"哈伯特喊道。

"不,小伙子!"水手回答,"你击得很准,而击不中的何止你一个人。得了,别气恼了,改天我们会逮住它的!"

勘察继续进行。猎人们往前走着走着,原来较为稀疏的树木,变得茂密了,但没有一棵结着可食用的果子。彭克洛夫一直在找几棵棕榈树,却没找到。这类宝贵的树木在日常生活中用途十分广泛,它在北半球的存在直到北纬40°,而在南半球,仅到南纬35°。可这片森林仅由针叶类树木构成,诸如哈伯特已经认出的"德奥达尔",与生长在美洲西北部海岸的某些树相似的"杜格拉",还有令人赞叹的枞树,它们高达一百五十英尺。此时,一群羽毛美丽、尾巴长而带有闪色的小型鸟,散落在树枝间,撒下了它们那易掉的羽毛,使地面铺上了一层细绒。哈伯特拾起几根,端详了一番,然后说道:"这是些'咕鸩咕'鸡。"

"我倒宁可这是只珍珠鸡或大松鸡,"彭克洛夫说,"不过,它们的肉到底是否好吃?"

"好吃,甚至还很鲜嫩呢。"哈伯特又说,"再说,如果我没弄错的话,它们是很容易靠近的,也很容易被棍子打死。"

水手和小伙子钻进了草丛,来到一棵树的根部,只见低矮的树枝上布满了小鸟。这些咕鸩咕鸡在等昆虫经过,好拿它们充饥。它们的爪子紧紧抓住了中等粗细的嫩枝,这些嫩枝给它们充当着支撑物。

猎人们于是起身,就像使用镰刀似的用他们手中的棍,把整串整串的"咕鸩咕"鸡都打了下来,这些小鸟丝毫没想到要飞走,而是愚蠢地任人打落。已经有上百只铺了一地,其余的才决定逃走。

"太好了,"彭克洛夫说,"瞧,这类猎物是我们这种猎人完全可以捕捉到的!即使用手都能抓住它们!"

水手把云雀似的"咕鸩咕"鸡,用柔韧的小棍穿了起来,勘探继续进行。可以观察到,水流微微呈圆形,形成了一个朝南方向的急弯,可这个拐弯并不真的像是在延伸,因为河流得进山起源,给自己进融化的雪水,而那白雪,覆盖着中间那个圆锥的斜坡。

大家知道,这次远足的具体目的,是给"烟囱"的主人们弄到数量尽可能多的猎物。不能说,目的至此已达到。因此,水手便积极地继续搜寻,而当某只动物甚至没等他认出来就逃进深草丛里时,他则会发一通牢骚。要是托普那只狗还在该有多好！可是托普已与其主人同时失踪了，而且可能已和他一起丧生了！

午后三点，透过某些树，又一群鸟隐约可见，它们在啄食芳香的浆果，其中有些树是刺柏。突然，一阵真正的喇叭声回荡在森林里。这奇特而响亮的军乐，是由那些在美国被称之为"松鸡"的鸡形目发出的。他们很快就看见了几对，其羽毛的颜色多变，呈浅黄褐色和棕褐色，而尾巴则是棕褐色的。哈伯特认出了雄性的，因为它们的两个翅端是尖的，那是由脖子上翘起的羽毛形成的。彭克洛夫认为有必要抓上一只，这类鸡形目飞禽大如家养的母鸡，而其肉质相当于通常的松鸡。但要抓一只却不容易，因为它们根本不让人靠近。试了好几次都不成，唯一的结果是吓着了它们，于是水手对小伙子说：

"这样显然不行，既然它们在飞时打不死，那就得试着钓。"

"像钓鲤鱼似的？"哈伯特嚷道，他对这一建议感到非常惊讶。

"像钓鲤鱼似的。"水手一本正经地回答。

彭克洛夫在草丛中已发现了六个窝，而每个窝里有二三个蛋。他很注意地不去碰这些窝，因为它们的主人必然会回来的。他设想要在它们周围设置一些绳，不是一些套索，而是带钓鱼钩的真正的钓鱼线。他把哈伯特带到离窝有一段距离的地方，在那儿，他准备他那特殊的渔具，而那股细心劲儿，是沃尔顿①的弟子才会有的。哈伯特饶有兴味地看着这项工作，至于他为什么饶有兴味，这也不难理解，因为他怀疑这能否成功。钓鱼线是用细藤做的，一根根接起来，长达十五至二十英尺。由矮刺槐荆棘丛提供的、顶端弯曲的粗壮的棘，作为钩子，拴在了藤绳的一头。至于诱饵，则由在地上爬的大红虫来代替。

做完这些，彭克洛夫便钻进草丛中，机智地隐蔽起来，并把带钩的绳子的一端放在松鸡窝旁，然后他回来拽住另一端和哈伯特躲在一棵大树后面。两人于是耐心地等着，应当说，哈伯特对足智多谋的彭克洛夫的成功，并不抱多大希望。半个多小时过去了，不出水手所料，好几对松鸡回窝来了。它们蹦蹦跳跳，在地上啄食，丝毫没有感觉到猎人们的存在，再说他们已注意把自己置于这些鸡形目飞禽的下风处。

不用说，小伙子此时感到兴趣盎然。他屏息静气，而彭克洛夫则睁大了眼睛，张开了嘴，探出了嘴唇，像是要品尝一块松鸡肉似的，呼吸几乎停止。此时，松鸡在钓钩之间踱来踱去，对它们并不太在意。彭克洛夫于是轻轻地抖动了几下绳子，让钓饵晃动起来，就好像虫子还活着似的。水手此时的心情，肯定要比垂钓者的心情激动得多，后者毕竟看不到被钓的鱼越过水层游过来。

---

① 沃尔顿(1593—1683)，英国传记作家，《高明的垂钓者》一书的作者。

抖动很快就唤起了松鸡的注意，钓钩受到了喙的攻击。三只想必是很贪吃的松鸡，把诱饵和钓钩一起吞下了。突然，彭克洛夫猛一扯绳子，翅膀的拍打声向他表明，松鸡被逮住了。

"好！"他一边喊一边朝猎物冲去，顷刻间，他已把它们据为己有。

哈伯特拍手叫好。他这是首次见识钓鸡，但水手却很谦虚，他说，他并不是在进行尝试，何况，他也不具备发明创造的优点。"不管怎样，"他补充道，"鉴于我们目前的处境，应当料到会有许多这样的尝试！"

松鸡的脚被缚了起来，彭克洛夫为没有空手而归感到高兴，他看到天开始暗下来，便认为还是返回住地为宜。

要走的方向完全由河水的流向来指引，只需顺流而下即可。六点左右，因为这次远足而搞得相当疲惫的哈伯特和彭克洛夫，回到了"烟囱"。

突然，彭克洛夫猛一扯绳子，翅膀的拍打声向他表明，松鸡被逮住了。

第 7 章

纳布尚未归来——记者的思考——晚餐——艰难之夜即将来临——可怕的暴风雨——夜间出发——与风雨搏斗——离最初的营地八海里

杰丁·斯皮莱一动不动、两臂交叉地站在海滩上,他凝望着大海,只见其地平线在东方与一大片乌云相汇合,而乌云正迅速向天顶升去。风已经很大,而随着日暮,天气渐渐变凉。整个天空的状况显得很糟,暴风雨即将来临的最初征兆已明显出现。

哈伯特进了"烟囱",彭克洛夫则向记者走去。而那位太专心,竟没有看见他过来。

"我们要度过一个艰难之夜了,将会有令海燕高兴的风暴!"

记者于是转过身来,他看见了彭克洛夫。他说的头几句话是:

"据您看来,悬篮在受到海浪冲击时,离海岸有多远?而正是那股海浪,卷走了我们的同伴。"

水手没料到他会提这个问题。他思索了片刻,答道:"至多有两锚链。"

"可一锚链是多少?"杰丁·斯皮莱问。

"一百二十英寻或六百英尺。"

"那么说,"记者说道,"赛勒斯·史密斯的失踪地点可能是在离海岸至多一千二百英尺处?"

"大约如此。"

"那他的狗也是在那儿?"

"也是。"

"我感到奇怪的是,"记者补充道,"假定我们的同伴丧生了,那托普也会死的,可无论是狗的尸体,还是它主人的尸体,都没有被冲到岸上来!"

"这并不奇怪,当时的海浪这么大。"水手回答,"再说,有可能水流把他们带到了海岸上更远的地方。"

"那么说,您的意见是,我们的同伴在波涛中丧生了?"记者又一次问道。

"我正是这么看的。"

"而我的意见则是,"杰丁·斯皮莱说,"请恕我不相信您的经验,彭克洛夫,赛勒斯和托普,无论他们是死是活,在他们绝对失踪这一双重事件中,具有某种无法解释和难以置信的东西。"

"我倒愿意像您那样想,斯皮莱先生,"彭克洛夫回答道,"可惜,我的信念已经形成了!"

说完此话,水手就回"烟囱"去了。着得正旺的火在炉子上噼啪作响。哈伯特刚添了一抱干柴,火焰把大片的亮光投在了过道的幽暗部分。

彭克洛夫马上张罗着做晚饭。他觉得在菜单中引进某道主菜正是时候,因为大家都需要恢复体力。那一串串"咕鸪咕"鸡,将留着第二天享用,可他们煺了两只松鸡的毛,并很快用一根小棍穿上,鸡形目飞禽便在一堆熊熊燃烧的火前烤上了。

晚上七点,纳布还没回来。这黑人已很长时间不在了,彭克洛夫为此深感不安。他大概是生怕他在这片陌生的土地上遭遇了某种意外,或者是生怕这个可怜的人做出了某种绝望之举。可哈伯特对他的不在却做出了迥然不同的推论。对他来说,纳布之所以不回来,是因为发生了新情况,他延长了寻找时间。然而,所有的新情况都只能是对赛勒斯·史密斯有利的。若不是有某种希望留住了纳布,那他干吗不回来呢?也许他已找到了某种迹象,一个脚印,一点漂流物的残骸,而这使他的寻找上了路?也许,他此刻正沿着一条确实可靠的踪迹在走?甚至也许他已在其主人的身边?

小伙子是这样推理的,也是这样说的。他的同伴们由他去说。只有记者点头表示赞同。可对彭克洛夫来说,可能的情况是,纳布把他在海岸上的寻找推进到了比前一天更远的地方,所以他现在还回不来。

然而,哈伯特被隐约的预感搅得心神不宁,好几次表示要去迎纳布。彭克洛夫让他明白,他只能是白跑一趟,外面这么黑,天气又这么恶劣,他不可能找到纳布的足迹的,所以最好还是等。如果纳布翌日还不出现,彭克洛夫将毫不犹豫地和哈伯特一道去寻找纳布。

杰丁·斯皮莱赞成水手的意见,同意大家不要分开。于是哈伯特只好放弃自己的计划,可是两大滴泪水却从他的眼睛里流了下来。

记者不禁拥抱了这宽厚的孩子。

坏天气绝对是出现了。一股东南风猛烈无比地在海岸上刮过,只听见正在退潮的海水在咆哮,在撞击沿海地带的头一排岩石的边缘。被风暴雾化的雨,如液态雾一般地升起。蒸气仿佛破衣烂衫一般拖在海岸上。鹅卵石发出猛烈的沙沙声,就像一车车石子在倒空。沙子被风扬起,与骤雨相混,并使骤雨变成一种不可抵挡的攻击。空气中有等量的矿物尘和水溶尘。在河口和悬崖峭壁之间,巨大的旋涡在旋转,而层层空气从这旋涡中逸出,除了有流水在底部翻腾的狭小的山谷,找不到别的出路,便冲了进去,其势之猛,不可阻挡。同样的,炉子的烟通过狭窄的过道被推了回来,常常倒灌,弥漫了所有的过道,使之变得无法住人。

因此,等松鸡一烤熟,彭克洛夫便让火熄灭,只保留埋在灰烬里的炭火。

八点了,纳布仍未出现,不过现在可以假定,是这可怕的天气让他回不来的,而且,他大概在某个洞穴里设法藏身了,以便等风暴结束,或起码等天亮。至于要去迎他,试图在这种条件下找到他,那是不可能的。

野味成了晚餐的唯一的一道菜。大家很乐意吃这种肉,因为味道好极了。彭克洛夫和哈伯特徒步旅行了很长时间,不禁胃口大开,狼吞虎咽了一番。然后,各人退到前一天夜里已经睡过的角落里。哈伯特在水手身边很快就入睡了,而水手早已直挺挺地躺在了炉子旁。

外面,随着夜越来越深,暴风雨也越来越可怕。当初那股风,把俘虏们从里士满一直刮到了太平洋的这片陆地,而现在的这股风则堪与它相比。秋分时期暴风雨频繁,多灾难,尤其是在这开阔地带,它不用任何东西来对抗它们的狂怒!于是便可明白,像这样面朝东的一个海岸,即直接面朝风暴、直接受到鞭打的一个海岸,所遭到的打击的力度,是任何描述都无法让人想象出来的。

幸好,形成"烟囱"的岩石堆是结实稳固的。这是些大块的花岗岩,然而其中有几块平衡得不够好,它们的底部像是在抖动。彭克洛夫感觉到了。在他撑着石壁的手下面,有种快速的微颤。可他一再理智地对自己说,没什么可怕的,他的临时住所是不会倒塌的。不过他听到了石头的声音,它们脱离高原之巅,被风的涡流卷去,又落在了沙滩上。有几块甚至滚到了"烟囱"的高处,或在那里炸得粉碎,当它们被垂直抛下时。有两次水手起身,爬到过道的开口处去观察外面的情况。可是崩塌并不是大规模的,构不成任何危险,他就又回到了炉子前,而炉子的炭火正在灰烬下面噼啪作响。

虽然狂风怒吼、雷声隆隆、暴风雨哗哗作响,哈伯特却睡得很沉。彭克洛夫终于也困了,而其水手生涯已使他对所有这些凶猛的现象习以为常。只有杰丁·斯皮莱因焦虑不安而一直醒着。他责备自己没陪纳布一块去。可以看出,他并没有失去全部希望,让哈伯特心神不定的预感,也一直在让他心神不定。他的思想都集中在纳布身上了。为什么纳布没有回来?他在沙床上辗转反侧,仅隐约注意到自然界的暴力争斗。有时,他那双因疲惫而发沉的眼睛会闭上片刻,可某个一闪而过的想法,几乎让它们马上又睁开了。

此时,已是夜深人静,大概是深夜两点,酣睡的彭克洛夫突然被猛烈地摇醒了。"什么事?"他嚷道,并马上清醒过来,以海员特有的敏捷恢复了思维。

记者俯在他身上,对他说:"听呀,彭克洛夫,您听听!"

水手竖起了耳朵,却辨不出任何有异于阵阵狂风的声音。

"那是风。"他说。

"不,"杰丁·斯皮莱又听了听回答道,"我好像听见了……"

"听见了什么?"

"狗的叫声!"

"狗!"彭克洛夫喊道,一跃而起。

"是的……有狗叫声……"

"这不可能!"水手答道,"再说,风暴在怒吼,怎么会有……"

"喂……听呀……"记者说。

彭克洛夫更加专心地听了听,于是,在风暴暂时平静的片刻之中,他觉得自己果真听到了远远的犬吠声。

"怎么样?……"记者说道,同时紧紧抓住了水手的手。

"没错……没错!……"彭克洛夫回答道。

"是托普!是托普!……"哈伯特嚷道,他刚刚醒来。于是三人朝"烟囱"的开口处冲去。

想出去困难之极,风把他们推了回来。不过他们最终还是出去了,而且只能倚着岩石站立。他们张望了一番,却无法说话。外面漆黑一团。在均匀一致的黑暗中,天地合一。大气中没有一粒光原子在漫射。

记者和两位同伴就这么待了几分钟,像是被狂风吹垮、被暴雨淋透、被沙子迷了眼似的。然后,他们在暴风雨的暂息中又听见了狗叫声,并辨出声音大概相当远。这么叫的只能是托普!可它是单独的还是和人在一起的?有可能它是单独的。因为,如果纳布和它在一起,纳布会急忙朝"烟囱"跑来。

水手按了一下记者的手,因为他无法让对方听见自己的话,便设法示意他"等一等",随之便进了过道。

片刻之后,他拿着一个点燃的柴捆出来了,他把它投在了黑暗中,并发出了尖锐的哨声。这信号就像是期待中的——真让人会这么认为,因为,几声比较近的狗叫回应了它,而且很快就有一只狗冲进了过道。彭克洛夫、哈伯特和杰丁·斯皮莱也跟着进去了。

一抱干柴被扔到了炭火上,过道顿时被熊熊烈焰照亮了。

"这是托普!"哈伯特嚷道。

这的确是托普,一只出色的盎格鲁-诺曼底混血狗,它兼有这两种狗的奔跑速度和敏锐嗅觉,这两者是猎犬的典型优点。

这是工程师赛勒斯·史密斯的狗!可只有它自己!它的主人和纳布都没和它在一起!然而,它的本能怎么会把它引到"烟囱"这儿来的?它并不知道这个地方呀。这似乎是无法解释的,尤其是在这漆黑一团的夜里,在这样的一个暴风雨的天气中!可还有更无法解释的细节,托普既不劳累也不疲惫,身上甚至也没有沾上淤泥和沙子!

哈伯特把它拽到自己身边,紧紧地抱住它的头。狗任由他这么做,并用自己的脖子去蹭小伙子的手。

"狗既然找到了,主人也会找到的!"记者说。

"愿上帝保佑!"哈伯特说,"我们走吧,托普会给我们带路的!"

彭克洛夫没表示异议。他确实感到,托普的到来否定了他的推测。

"上路吧!"他说。

彭克洛夫仔细地把炉子的炭火盖上。他在灰烬下面放了几块木头,以便回来能有火。接着,狗在头里跑——它小声地叫着,像是在催他们走——记者和小伙子在后面跟着,他带上剩余的晚饭,冲到了外面。

风暴刮得正猛,甚至猛烈到了极点。月亮呢,当时是朔月,因此便和太阳合,不让一丝一毫的光透过云层。沿笔直的路走大概不容易。最好是听凭托普的本能。情况正是如此。记者和小伙子跟着狗走,水手殿后。任何交谈都是不可能的。雨下得不是很大,因为风暴使它雾化了,然而风暴却很可怕。

不过有一种情况幸好有利于水手及其两位同伴。其实,风是从东南方向刮来的,因此,它便在背后推他们。被它狂怒地扬起,让人受不了的沙子,只要不转身,就只是由后背去承受,他们不会因为被妨碍了行走而感到有什么不便。总之,他们不想走那么快也得走那么快,他们为了不被风刮倒而加快步伐,可是巨大的希望使他们力量倍增,而这次沿海岸而上已不再是盲目的了。他们并不怀疑纳布已找到了自己的主人,并给他们派来了忠实的狗。但工程师还活着吗?或者纳布招他们去是为了向不幸的史密斯的遗体告别?

他们越过了峭壁的断面,小心翼翼地脱离了那块高地,便停下来喘了口气。岩石的凸角为他们挡着风,他们正好歇歇脚。这一刻钟的行走,多半是在奔跑。

此时,他们能互相听见、互相回答了,而小伙子一说出"赛勒斯·史密斯"这一名字,托普便轻吠了几声,仿佛是说,它的主人得救了。

"得救了,是吗?"哈伯特反复说道,"得救了,托普?"

于是狗叫了起来,像是回答。

他们继续行路。时间大约是深夜两点半。海水开始上涨,在风的推动下,这次涨潮,有可能来势汹汹。巨浪隆隆作响,撞击着礁石边缘,凶猛无比地攻击着它,它们很有可能越过当时已完全看不见的小岛。这个长堤已护不住海岸,而海岸在直接地遭受着大海的冲击。

水手及其同伴们一脱离断面,风便又极其狂怒地袭击他们。他们弯着腰,背顶狂风,跟着托普疾步行走,而托普则对要去的方向毫不犹豫。他们在北上,右面是一道漫无尽头的浪峰,它汹涌澎湃,哗哗作响。而左面则是一个无法看清其貌的暗区。不过他们明显地感觉到它想必是相对平坦的,因为风暴现在从他们上面经过时并没有把他们打回去,没有产生袭击花岗岩峭壁时的那种效果。

凌晨四点时,可估计出已穿越了五海里的路程。云层已稍稍升起,不再拖拉在地面上。不那么潮湿的狂风,扩散成了比较干燥、比较寒冷、非常凛冽的空气流。衣服已不足以御寒,彭克洛夫、哈伯特、杰丁·斯皮莱想必是很受罪的,可他们毫无怨言。他们决心跟着托普走下去,一直走到聪明的动物想带他们去的地方。

五点左右,天开始发亮。首先是在天顶,那里的雾气不那么浓了。一些浅灰的色调勾勒出了云边,在一条不透明的带子下面,一根比较明亮的线条,清晰地画出了大海的天际。浪峰上稍稍被布了些浅黄色的微光,而浪花变成了白色的。与此同时,在左边,海岸的高低不平的部分开始变得朦胧,但那还只是黑上加灰。

清晨六点,天亮了。云团急速地在一个较高的区域移动。水手及其同伴们当时离"烟囱"有六海里左右。他们在沿着一个平坦的海滩走,海滩以岩石为边,而岩石仅仅是顶部露出水面,因为这是在大海中。左边那块地方,有几个沙丘,地势因此显得起伏不平,而沙丘上耸立着刺菜蓟。这块地方是一个开阔的沙质地区,看上去相当荒凉。海岸不怎么呈锯齿状,除了一排相当不规则的小山冈,没别的屏障。这里或那里,有一两棵怪模怪样的树,它们朝西卧着,枝杈也都伸向这个方向。在后面很远处,在西南方向,最后一片森林的边缘呈现出圆形。

此时，托普显出了无疑是烦躁不安的样子。它往前走，又回到水手身边，像是在劝他加快步伐。它当时已离开沙滩，在惊人的本能的驱使下，毫不犹豫地进到了沙丘之间。

大家尾随其后。该地区显得荒凉之极，没有任何活物，毫无生气。沙丘的边缘很宽阔，是由小山冈甚至是由分布随意的丘陵组成的。这就好比是一个沙土结构的小瑞士，完全需要一种神奇的本能才不至于迷失在其中。

离开沙滩后五分钟，记者及其同伴们来到了一个洞穴前，这是挖在一座高高的山丘背面的。托普停住了，并发出清脆的叫声。斯皮莱、哈伯特和彭克洛夫钻进洞里。

纳布在那里，他跪在一个躯体旁，而躯体直挺挺地躺在一层草上……

这是工程师赛勒斯·史密斯。

纳布在那里，他跪在一个躯体旁，而躯体直挺挺地躺在一层草上……

这是工程师赛勒斯·史密斯。

第 8 章

赛勒斯·史密斯还活着？——纳布的叙述——脚印——一个难以解答的问题——赛勒斯·史密斯的头几句话——察看脚印——回到"烟囱"——彭克洛夫惊呆了

纳布一动不动。水手只对他说了一个词："活着？"他喊道。

纳布不作回答。杰丁·斯皮莱和彭克洛夫脸色顿时变白了。哈伯特双手合十,静止不动。很明显,可怜的黑人沉浸在痛苦之中,既没有看见其同伴,也没有听见水手的话。

记者跪在了这毫无生气的躯体旁,他解开工程师的衣服,把耳朵贴在其胸脯上。一分钟——一个世纪!——过去了,他力图捕捉到少许心跳。纳布已稍稍挺起身子,但目光呆滞。就算是绝望,也不比这更能改变人的一张脸。纳布已变得让人认不出来了,他筋疲力尽,悲痛欲绝。他以为自己的主人已经死了。

经过一番长时间的认真观察,记者站了起来。"他活着!"他说。

彭克洛夫也跪在了赛勒斯·史密斯身边,他的耳朵同样听到了几声心跳,而他的嘴唇则感觉到了从工程师的嘴里呼出的气息。

哈伯特照记者的话冲到外面去找水。走出百步,他找到一条清澈的小溪,显然是由于前一天夜里下雨的缘故,溪水上涨了,正在往沙里渗透。但根本没东西可盛水,在这些沙丘中,连个贝壳也没有!小伙子只得将手帕在溪水中浸了浸,很快跑回了洞穴。

幸好,这浸透的手帕对杰丁·斯皮莱来说足够了,他不过是想润一润工程师的嘴唇而已。这些清凉的水分子产生了近乎立竿见影的效果。一声叹息从赛勒斯·史密斯的胸中发出,他甚至似乎试图说几句话。

"我们会救活他的!"记者说。这句话使纳布恢复了希望。他脱去了主人的衣服,想看看身体上是否有伤。不论是头部、上身还是四肢都没有挫伤,而且连擦伤都没有,这真是出人意料;那双手也是完好无损的。这便很难解释,工程师身上怎么竟然不带任何用力的痕迹?要知道,他为了越过那排暗礁必定是用了力的。

对这一情况的解释以后会有的,等工程师一旦能说话,他就会说出事情的经过。眼下是要让他苏醒过来,也许按摩能达到这一效果。他们便用水手的粗布短工作服这么做了。经过这番粗糙的按摩,工程师暖和过来,微微动了动胳膊,而他的呼吸也开始恢复到比较均匀的状态。如果记者及其同伴不赶来,赛勒斯·史密斯会死于衰竭,那他就完了。

"那么您以为他死了,您的主人?"水手问纳布。

"是呀,死了!"纳布回答,"假如托普没找到你们,假如你们没来,那我就会埋葬我的主人,然后在他身边死去!"

由此可见,赛勒斯·史密斯能活下来是由于什么!

纳布于是讲述了事情经过。前一天,黎明时他离开"烟囱"后,便往西北方向沿海岸而上,并到达了他已经去过的那部分地区。

在那里,纳布并不抱任何希望,据他自己承认。在海滩上、在岩石中间、在沙地上,他寻找着能够指引他的哪怕一点点迹象。他尤其是察看了涨潮时海水没有盖住的那部分沙滩,因为,在它的边缘,潮起潮落有可能已把所有的迹象抹掉了。纳布对能找到其活着的主人已不抱希望,他这么去是为了找一具尸体,一具他想亲手埋葬的尸体!

纳布找了很久。他的努力都白费了。这片荒凉的海岸不像是曾经有人光顾过。贝类动物,凡那些海水冲击不到的——它们在潮水的相互交替处以外成千上万地相遇——都完好无损。没有一个贝壳是踩碎的。在一个两到三百码①的空间里,不存在登陆的痕迹,过去的没有,最近的也没有。纳布于是决定沿海岸往上登几海里。有可能水流已把尸体带到某个比较远的地方去了。当一具尸体在一片平坦的海岸附近的洋面上漂浮时,情况往往是:波涛迟早会把它抛上海滩。纳布明白这一点,所以他想再见自己的主人最后一面。

"我又沿着海岸走了两海里,潮落时我察看了那整排的暗礁,潮涨时则察看了那整个的海滩,而令我失望的是,我什么也没发现。直到昨天傍晚五点左右,我才注意到沙地上有脚印。"

"有脚印?"彭克洛夫喊道。

"是的!"纳布回答。

---

① 码,英美长度单位,1码等于3英尺,合0.9144米。

"那这些脚印是从暗礁开始的吗?"

"不,"纳布回答,"直到潮水的交替处才开始,因为,在交替处和暗礁之间,其他的脚印都消失了。"

"继续说,纳布。"杰丁·斯皮莱说。

"当我见到这些脚印时,我便像发了疯似的。它们太好辨认了,而它们是冲着沙丘方向而去的。我沿着它们走了四分之一海里,是跑着的,不过我注意不抹掉它们。五分钟后,这时天色渐暗,我听见了狗叫声。是托普!它把我带到了这儿,我主人的身旁!"

纳布讲到最后说,当他见到这一动不动的身躯时,真不知有多痛苦。他力图在这身躯上发现一点残存的生命!他原本想找到他的遗体,既然找到了,他就愿意他是活着的!他全部的努力都无济于事。他那么爱他,但也只能向他告别了!纳布当时想到了同伴们。他们大概会希望再见这位不幸者最后一面!托普在那儿。难道不能求助于这忠实的动物的聪明吗?纳布于是说了好几次记者的名字——托普最熟悉的工程师同伴的名字。然后,他给它指了指海岸的南面,狗便朝着所指的方向冲去了。

托普是怎样在本能的指引下到达"烟囱"的,这大家已经知道。而这本能,几乎可被视为是超自然的,因为它从未去过那儿。

纳布的同伴们专心致志地聆听了这番叙述。赛勒斯·史密斯在翻越礁石时,为了避开波涛他想必是经过一番努力的,可他身上竟连擦伤的痕迹都没有,这真无法解释。而更无法解释的是,工程师居然能够到达这个离海岸一海里的、消失在沙丘中间的洞穴。

"那么说,纳布,"记者说,"是你把你的主人一直背到这地方来的?"

"不,不是我。"纳布回答。

"很显然,是史密斯先生自己来的。"彭克洛夫说。

"的确,显然如此,"杰丁·斯皮莱提醒道,"可这是难以置信的!"

关于这件事的解释,只能从工程师的嘴里得到了。因此,必须等到他恢复说话能力。幸运的是,生命的进程已重新开始了。按摩已恢复了血液的流通。赛勒斯·史密斯又动了动胳膊,然后是脑袋,他的嘴里又一次吐出了几个难以听懂的词。

纳布俯下身去叫他,可工程师好像听不见,而且双眼始终紧闭着。生命在他身上只是通过动作在显示,意识还根本没有参与进去。

彭克洛夫很遗憾没有火,也没有取火的工具,因为他不幸忘记带焦布了,否则的话,用两块石子一击,是很容易使它点燃的。至于工程师的口袋,那绝对是空的,除了背心的口袋,那里面装着表。于是得把赛勒斯·史密斯运送到"烟囱"去,而且要尽快。这是全体一致的意见。

这时,对工程师的尽心竭力的照料,想必使他恢复了知觉,而且比大家所希望的要快。用来给他润嘴唇的水,渐渐使他苏醒过来。彭克洛夫还想到要把他所带来的那块松鸡肉的汁,与水相混。哈伯特已径直跑到海滩边,带了两个硕大的双壳贝类动物回来。水手调制了一种混合饮料,将它送到工程师的嘴里,而那位像是很贪婪地吮吸着。

他的双眼于是睁开了。纳布和记者已朝他俯下身子。

"我的主人!我的主人!"纳布喊道。

工程师听见了。他先是认出了纳布和记者,然后是其他两位同伴——哈伯特和水手,他用手轻轻地按了按他们的手。他嘴里又吐出了几个字——几个大概已吐出过的字,这表明,即使在那种时候,仍有着不知是什么样的想法在困扰着他。这回,这些字大家听懂了。

"是岛屿还是大陆?"他低语道。

"啊,"彭克洛夫不禁惊呼道,"让它见鬼去吧,我们才不在乎它呢,只要您活着,赛勒斯先生!是岛屿还是大陆?以后再说吧。"

工程师点了点头,表示同意,然后便好像睡着了。大家不去打扰他的睡眠,而记者则马上采取措施,以便让工程师在最好的条件下被运走。纳布、哈伯特和彭克洛夫离开洞穴,朝一个高高的山丘走去,那小丘顶上有几棵生长不良的树。水手边走边忍不住翻来覆去地说:"岛屿还是大陆!只剩一口气了居然还在想这个!多了不起的人!"

到达山丘顶,彭克洛夫和同伴们除了胳膊没别的工具,便去掰一棵树的主要树枝,这棵相当娇弱的树是一种被风吹细了的海松。然后,他们便用这些树枝做了一顶轿子,一旦铺上树叶和草,它便可用来抬工程师了。做这件事花了四十分钟左右,水手、纳布和哈伯特回到赛勒斯·史密斯身边时是十点钟。杰丁·斯皮莱则一直守着他。

这时,工程师从睡眠中醒来,确切地说是从昏睡状态中醒来,当他被找到时,他就是在这种状态中。他的面颊恢复了红润,而此前它则具有死人的那种苍白。他稍稍起身,环顾了一下四周,像是在问自己身在何处。

"您不用费劲就能听见我说话吧,赛勒斯?"记者问。

"是的。"工程师回答。

"据我看,"水手说,"史密斯先生会听得更明白的,如果他再吃点松鸡冻的话,因为这是松鸡呀,赛勒斯先生。"他补充道,同时给他送上一些鸡冻,这次,他在里面加了些鸡块。

赛勒斯·史密斯把这些鸡块嚼碎吃了,剩下的则由其三位同伴分享,他们饥饿难忍,觉得午餐的量未免太少。

"得!"水手说,"食物在'烟囱'里等着我们呢,因为,您有必要知道,赛勒斯先生,我们在那儿,在南面,有所带卧室、床和炉子的房子,而在配餐室,有几打鸟,我们的哈伯特叫它们'咕鸪咕'鸡。您的担架已准备好,等您感到有力气了,我们就抬您去我们的住所。"

"谢谢,我的朋友们,"工程师回答,"再过一两个小时,我们就可以出发了……而现在,请说说吧,斯皮莱。"

于是记者讲述了所发生过的事。他讲述了赛勒斯·史密斯想必是不知道的事情:气球的最后一次坠落,在这片陌生的、像是荒无人烟的,或者是岛或者是大陆的土地上的登陆,"烟囱"的发现,为找到工程师所进行的寻找,纳布的忠诚,应当归功于忠实的托普之聪明的一切,等等。

"可是,"赛勒斯·史密斯问道,他的声音仍显得很微弱,"那么,你们是在沙滩上找到我的?"

"不是。"记者回答。

"难道不是你们把我带到这个洞穴里来的?"

"不是。"

"这个洞穴离那些礁石有多远?"

"大约半海里。"彭克洛夫回答,"要说您感到惊讶,见到您在这个地方我们也同样感到惊讶!"

"的确,"工程师回答道,他正在渐渐恢复精力,并对这些细节产生了兴趣,"的确,这事很奇怪!"

"不过,"水手又说道,"您被海水卷走后都发生了什么,您能给我们说说吗?"

赛勒斯·史密斯回忆了一下。他知道得很少。海浪把他从气球的网子里拽了出来。他先是沉到了几英尺的海水深处。回到海面后,在这半明半暗中,他感到身边有个活物在动。那是托普,它扑过来救他了。他抬眼一望,已不见气球,原来,气球在减去了他和狗的重量后,已箭也似的飘走了。他意识到自己正处在怒涛之中,和海岸相距大概不下半海里。他奋力地游,试图与海浪搏斗。托普咬住他的衣服,不让他下沉。可是一股闪电般迅速的水流朝他袭来,把他往南推,在努力拼搏了半小时后,他带着托普到了深渊。从那时起,直到他刚才发现自己又回到了朋友们的怀抱里,这中间的事他就什么也不记得了。

"那时，"彭克洛夫又说，"您必定是被抛上了海岸，而且您还有力气一直走到了这儿，因为纳布发现了您的脚印！"

"是的……必定是这么回事……"工程师边思索边回答，"在这个海岸上，难道你们就没有看到人的踪迹吗？"

"没有，"记者回答，"再说，要是碰巧有个救命恩人正好在那时出现，那他为什么在把您从波涛中救出后又把您扔下了呢？"

"您说得有理，我亲爱的斯皮莱。告诉我，纳布，"工程师一边补充道，一边转向他的仆人，"该不是你干的吧……你莫非有一段时间失去意识了……而在这段时间里……不，这是愚蠢的……这些脚印是不是还有？"

"有啊，我的主人，"纳布回答，"瞧，在洞口，就在这沙丘的背面，能避风躲雨的地方，其他的脚印已被暴风雨抹掉了。"

"彭克洛夫，"史密斯回答，"请拿上我的皮鞋，看看它们是否与那些脚印完全相符！"

水手按工程师的要求去做了。他和哈伯特在纳布的带领下，去了有脚印的地方。赛勒斯·史密斯则对记者说："简直是发生了一些无法解释的事！"

"的确是无法解释！"杰丁·斯皮莱答道。

"可我们眼下不必非解释不可，亲爱的斯皮莱，让我们以后再来谈吧。"工程师说道。

片刻之后，水手、纳布和哈伯特回来了。毫无疑问，工程师的皮鞋与保留的脚印完全吻合。那么说，是赛勒斯·史密斯把脚印留在沙地上的。

"得啦，"他说，"是我自己神思恍惚、丧失意识了，我竟然把它算在了纳布的账上！我像个梦游者似的走着，对自己的脚步毫无意识，是托普凭着本能把我带到这儿的，先前也是它把我从波涛中救出的……来吧，托普，我的狗！"

这出色的动物又叫又蹦，一直来到主人的跟前，并接受着他的尽情抚摸。人们将会同意，赛勒斯·史密斯的得救没别的解释，事情的全部荣誉应属于托普。

快中午时，彭克洛夫问史密斯是否可以把他运走了。作为全部回答，赛勒斯·史密斯先生经过一番努力站了起来，这番努力证明他具有最坚强的意志。可他得倚着水手，因为他会摔倒的。

"好！好！"彭克洛夫说，"把史密斯先生的担架抬来！"

担架抬来了。那横向的树枝上面铺着地衣和长草。他们让工程师平躺在上面，然后便朝海岸走去，水手抬担架的一头，纳布则抬另一头。

有八海里要穿越,可因为走不快,而且还得经常停下来,估计至少要六个小时后才能到达"烟囱"。

风始终很猛烈,好在已不再下雨。工程师一边躺着,一边用胳膊支起身子来观察海岸,尤其是观察大海对面那部分的海岸。他不说话而只是看,这个地区的轮廓以及高低不平的地形、森林和各种各样的出产,肯定都印在了他的脑海里。然而,行了两小时路后,他疲惫已极,便在担架上睡着了。

五点半,小部队到达那个断壁,又过了一小会儿,来到"烟囱"前。全体停下来,担架被放在了沙地上。工程师睡得正沉,尚未醒来。

彭克洛夫极为吃惊地发现,前一天可怕的暴风雨已改变了这块地方的面貌。这里曾发生过大面积的崩塌。大块的岩石躺在沙滩上,整个海岸铺满了一层厚厚的海草,有褐藻和海藻。很显然,海水越过了小岛,涌到了巨大的花岗岩峭壁的下面。

在"烟囱"的开口处,地面经受了海浪的猛烈冲击,被冲刷成了深沟。

彭克洛夫的脑子里仿佛有预感闪过。他冲进了过道。

可他几乎又马上出来了,呆呆地站在那儿,望着同伴们……

火灭了。被淹过的灰烬成了淤泥。本该充当火绒的焦布已不知去向。海水一直进到了过道深处,"烟囱"内部的一切都乱了套,全被毁掉了!

第 9 章

有赛勒斯在——彭克洛夫的试验——摩擦木头——岛屿还是大陆——工程师的计划——在太平洋的哪个位置——在森林里——意大利五针松——猎水豚——一缕吉祥之烟

通过寥寥数语,杰丁·斯皮莱、哈伯特和纳布得知了所发生的情况。这个事故有可能会引起十分严重的后果——起码彭克洛夫是这么看的,但水手的同伴们,对此却产生了各不相同的反应。

纳布沉浸在重新找到主人的喜悦中,对彭克洛夫所说的他没在意听,或者多半是不愿操这份心。

哈伯特则似乎在某种程度上分担了水手的忧虑。

至于记者,对于彭克洛夫的话,回答得十分简单:

"说真的,彭克洛夫,这对我无所谓!"

"可是,我已一再对你们说,我们没火了!"

"那有什么!"

"也没办法使它重新燃起来了。"

"得啦!"

"可是,斯皮莱先生……"

"不是有赛勒斯先生在吗?"记者回答,"我们的工程师,他不是还活着吗?他呀,准会有办法给我们生火的!"

"用什么?"

"不用什么。"

彭克洛夫回答了什么?他没回答。因为,他和同伴们一样,是十分信任赛勒斯·史密斯的。对他们来说,工程师是一个小宇宙,是一切科学和一切人类智慧的复合体!有了赛勒斯,哪怕是待在一个荒岛上,也相当于没有赛勒斯而待在合众国最发达的工业城市。有了他,什么也不会缺。有了他,你不会感到绝望。若有人来对这些勇敢的人说,火山爆发将要毁灭这片土地,这片土地将要陷入太平洋的深渊,那他们也会沉着冷静地回答:

"有赛勒斯在!瞧赛勒斯的吧!"

可眼下,工程师尚处于又一次的衰竭状态中,这是由运送引起的,所以此时无法求助于他的创造性。晚餐必然是非常粗劣的。的确,全部的松鸡肉都已吃光,没有任何办法来烧煮不管是什么猎物。再说,作为储备的"咕鸬咕"鸡也已不翼而飞。做饭的事必须得考虑了。

赛勒斯·史密斯被抬到了中间的过道里。在那里,大家设法给他铺了一层近乎干燥的藻类植物。他沉睡不醒只会使他迅速恢复体力,这也许比给他做顿丰盛的饭菜要来得好。

黑夜来临了,由于风向急转,刮起了东北风,气温也随之起了变化。天气变得十分寒冷。彭克洛夫曾在过道的某些地方建了些隔墙,不料它们被海水冲垮了,于是便产生了穿堂风,"烟囱"因此变得无法居住了。要不是工程师的同伴们脱下自己的上衣或粗布短工作服给他仔细盖上,他就会处在相当恶劣的环境中。

那天晚上的晚餐,就只有那些老吃的石蛏,哈伯特和纳布在海滩上拾了一大堆。不过,在这些石蛏中,小伙子加了一定数量的可食海藻,那是他在高高的岩石上捡的,而只有在涨大潮时,海水才会浸湿岩石壁。这些海藻属鹿角菜科植物,是一种马尾藻,晒干后能提供一种营养成分相当丰富的胶状物质。记者及其同伴们在吃了数量可观的石蛏后,便吸食这些马尾藻,而他们觉得其味道还是很可以接受的。应当说,在亚洲沿海地区,它们在当地人的食品中占有显著的比例。

"没关系!"水手说,"现在应该由赛勒斯先生来帮助我们了。"

此时,天已经变得很冷了,不幸的是,竟然没有任何办法来和寒冷做斗争。水手实在是恼火得很,他千方百计地想得到火。纳布甚至帮他搞这项试验。他找到了一些干苔藓,用两块鹅卵石相击,冒出了些火星,可是苔藓的易燃性不足,着不起来,再说这些火星只是炽热的燧石的火星,很不稳定,不像从日常使用的打火机里的钢块中冒出的那种。

彭克洛夫尽管毫无信心,还是试着用野蛮人的办法摩擦两块干木头。诚然,他和纳布所做的运动,若转化成热量,足以使轮船锅炉里的水烧开!然而却毫无结果。木块热了,仅此而已,而且还远不如操作者本身热。干了一个小时后,彭克洛夫汗流浃背,一气之下,他把木块扔了。

"以后要是有人让我相信,野蛮人就是用这种方法取火的,那准是在天暖时,哪怕是在冬天!像这么摩擦,我的胳膊倒要点着了!"

水手否定这一方法其实是错误的。野蛮人确实是用快速摩擦的方法来点燃木头的,但并非每种木头都适于这么操作,再说,按约定俗成的说法就是,肯定有"诀窍",有可能彭克洛夫没有"诀窍"。

彭克洛夫的坏心情并没持续多久。那两块被他扔掉的木头被哈伯特捡了起来,他竭尽全力,更加起劲地摩擦它们。身强力壮的水手不禁哈哈大笑,因为他见少年努力想干成他干不成的事。

"摩擦呀,小伙子,摩擦呀!"他说。

"我是在摩擦,"哈伯特笑着说,"不过我别无奢望,只是也想暖暖身子罢了,免得冻得发抖,我很快也会和你彭克洛夫一样热的!"

情况果真如此。不管怎样,今天晚上得放弃取火了。杰丁·斯皮莱第二十遍地重复道,赛勒斯·史密斯是不会被这区区小事难倒的。眼下,他暂且在一个过道里,在一层沙子上躺下睡觉了。哈伯特、纳布和彭克洛夫也跟着这么做了,托普则睡在其主人的脚旁。

第二天,即3月28日,工程师在清晨八点醒来了,他看见同伴们守在自己身边,在等自己醒来,于是,他像前一天一样,说出的头一句话是:

"是岛屿还是大陆?"可见,这是他固定不变的念头。

"好吧,"彭克洛夫回答,"我们对此也是一无所知,史密斯先生!"

"你们还不知道?……"

"可我们会知道的,"彭克洛夫补充道,"那要等您带领我们在这个地区进行考察后。"

"我可以试试了。"工程师回答,他没费太大力气便站了起来。

"这可太好了!"水手嚷道。

"我尤其是衰竭得要死,"赛勒斯·史密斯答道,"朋友们,来点吃的,我就可以完全好了。你们有火,不是吗?"

这一询问并没马上得到回答,可是过了片刻,彭克洛夫说道:

"唉!我们没火,或确切地说,赛勒斯先生,我们已没有火啦!"

于是水手讲述了前一天所发生的事,讲了他那唯一的火柴的故事,又讲了他为了按野蛮人的方法取火所做的失败的尝试。工程师被逗乐了。

"我们将考虑考虑,"工程师说,"如果我们找不到一种与火绒相似的物质……"

"那又如何?"水手问。

"那我们就自己做火柴。"

"化学的?"

"化学的。"

"再难也不过如此。"记者拍着水手的肩膀大声说。

水手倒并不觉得事情有那么简单,可他没反驳。大家出去了。天气又变得晴朗了。一轮红日在海平面上升起,一道道金光射在巨大峭壁的棱柱形的凹凸不平处。工程师迅速地环顾了一下四周,然后坐在一块岩石上。哈伯特给了他几把贻贝和马尾藻,并说道:

"我们只有这些了,赛勒斯先生。"

"谢谢,小伙子,"赛勒斯·史密斯回答道,"这就够了,起码今天早晨是这样。"

他津津有味地吃了这粗劣的食物,又喝了点清凉的水,那是用一个大贝壳从河里舀来的。他的同伴们默默地望着他。然后,等好歹吃饱了,赛勒斯·史密斯把双臂往胸前一交叉,说道:

"那么说,朋友们,命运是把我们抛在一个大陆上呢还是一个岛屿上,你们目前还不知道?"

"不知道,赛勒斯先生。"小伙子回答。

"我们明天会知道的,"工程师又说,"在此之前,没什么要干的。"

"有啊。"彭克洛夫反驳道。

"那要干什么呢?"

"生火。"水手说,他也有固执的时候。

"我们会生火的,彭克洛夫,"赛勒斯·史密斯答道,"你们昨天抬我时,我看见西面有座山俯视着这个地区,是不是有这么一座山?"

"是的,"杰丁·斯皮莱回答,"是有座挺高的山……"

"好,"工程师又说,"明天我们就登到它的顶上去看看这片陆地究竟是岛屿还是大陆。在此之前,我再重复一句,什么也别干。"

"不,得生火!"固执的水手又说道。

"火嘛,会生的!"杰丁·斯皮莱反驳道,"急什么,彭克洛夫!"

水手望了望杰丁·斯皮莱,那神情仿佛是在说:"如果光靠您来生火,我们就别想很快吃到烤肉了!"但他没吭声。

赛勒斯·史密斯倒没答话。他好像没怎么把生火这个问题放在心上。他沉思了片刻,然后说:"朋友们,"他说,"我们的处境也许是不幸的,但不管怎么说,它也是很简单的。要么我们是在一个大陆上,那我们多少辛苦点,就能到达某个居住点;要么我们是在一个岛屿上。如果是后者,那么又有两种情况:若岛是有人住的,那我们就能在岛民们的帮助下摆脱困境;若岛是荒无人烟的,那我们就得完全靠自己摆脱困境了。"

"的确,没有比这更简单的了。"彭克洛夫答道。

"可是,不管是大陆还是岛屿,赛勒斯,您认为这场飓风把我们抛在了什么地方呢?"

"我无法确切知道,"工程师回答,"但据推测,这里是太平洋的一片陆地。因为,当我们离开里士满时,刮的是东北风,它那股猛烈劲儿证明,它的方向大概没有变。如果这个方向一直维持在从东北到西南,那我们就越过了北卡罗来纳州、南卡罗来纳州、乔治亚州、墨西哥湾和墨西哥本土那狭窄的部分,然后是一部分太平洋。我认为气球的行程不少于六千到七千海里。而风只要稍稍改变半个方位点①,它就有可能把我们带到了曼达纳群岛或帕摩图群岛,而假如风力比我料想的还要大,那甚至有可能把我们一直带到了新西兰。假如这最后一个假设成立,那我们回国就很容易了。不论是英国人还是毛利人,我们总能找到可说话的人的。要是情况相反,这片海岸属于一个小群岛的某个荒岛——这可从俯视整个地区的那座山的顶上辨认出,那我们就得考虑在此定居了,就当是我们永远也出不去了!"

"永远!"记者喊道,"您是说永远,我亲爱的赛勒斯先生?"

"最好是马上做出最坏的打算,而把对最佳结果的惊喜保留在后面。"

"说得好!"彭克洛夫搭腔道,"还应当希望这个岛——如果它的确是一个岛的话——别正好坐落在航线以外!否则的话,那可真是走背运啦!"

"不管怎么样,"工程师回答,"只有在上山后才能知道该如何应付。"

"可是明天,赛勒斯先生,"哈伯特问,"您受得了登山之累吗?"

"但愿能,"工程师回答,"只要你和彭克洛夫师傅,我的孩子,显示出你们是聪明而又能干的猎人。"

"赛勒斯先生,"水手答话道,"既然您提到野味,我确信能带回来,而我也同样确信能将它烤熟……"

"只管带回来便是,彭克洛夫。"赛勒斯·史密斯回答。

于是便商定,工程师和记者白天在"烟囱"这里度过,以便踏勘海岸和高地。在此期间,纳布、哈伯特和水手则重返森林,再拾些木柴作储备,并逮些在他们能及的范围内经过的飞禽走兽。

于是他们在早晨十点左右出发了,哈伯特信心十足,纳布兴高采烈,彭克洛夫则在心里嘀咕:

---

① 半个方位点,即罗经盘11.15度的一半,为5.575度。

"我要是回来时发现家里有火,那准是雷公亲自来点燃的!"

三人沿陡岸而上,来到河流形成的拐角处,水手停下来对两位同伴说:"我们是先打猎还是先拾柴?"

"先打猎,"哈伯特回答,"瞧,托普已经在搜索猎物了。"

"那就先打猎吧,"水手又说,"然后我们再回到这里来拾储备用的木柴。"

话音一落,哈伯特、纳布和彭克洛夫便从一棵小冷杉的树干上掰了三根棍子,跟随在深草丛中蹦跳的托普往前走去。

这回,猎人们不是沿河流而行,而是直接扎进了森林的深处。始终是同样的一些树,它们大部分都属于松柏科。在某些地方,这些冷杉长得比较稀疏,成丛而不成群,体积十分可观,像是在通过它们的展开表明,这个地区的纬度比工程师设想的要高。有几块林中空地上竖着一些被岁月腐蚀的树桩,并铺满了枯木,就这样形成了一个取之不尽的燃料库。然后,过了林中空地,矮林便越来越密,并变得几乎难以进入。

这些树丛中间没有开辟出来的路,要在其中行走并非易事。因此,水手不时地折断一些树枝,以设置路标。而这些断枝想必是很好辨认的。可他和哈伯特第一次远足时是沿水流而上的,而他们这一次却不然,这想必是错了。因为,走了一个小时后,还没见到一只猎物露面。在低矮的细枝下跑着的托普,也只惊动了一些无法靠近的鸟儿。"咕鸪咕"鸡则根本见不到。恐怕水手只得回到森林中的沼泽地去了,在那里他曾幸运地钓得了松鸡。

"唉,彭克洛夫,"纳布用略带嘲讽的口吻说,"如果那就是您答应带给我主人的全部猎物,那就无须用旺火来烧烤啦!"

"别着急嘛,纳布,"水手答道,"回去后缺的可不会是猎物!"

"您对史密斯先生没信心?"

"有啊。"

"您不相信他能生着火?"

"当木头在炉子里燃烧时我会相信的。"

"木头会燃烧的,既然我的主人说了。"

"那就等着瞧吧!"

此时,太阳尚未达到其在天际之上运行的最高点。勘察于是便继续进行,哈伯特的发现表明勘察是卓有成效的,原来他发现了一棵树,而这棵树的果实是可食用的。这是意大利五针松,这种松树结一种优质果仁,而这种果仁在欧美温带地区深受好评。这棵树上的果仁已完全成熟,哈伯特便指给两位同伴看,他们津津有味地享用了一番。

"得,"彭克洛夫说,"海藻当面包,生贻贝当肉食,果仁当餐后点心,这正是某些人的晚餐,他们呀,口袋里连一根火柴都没有了!"

"别抱怨啦!"哈伯特回了一句。

"我没抱怨,小伙子,"彭克洛夫答道,"只是,我要重复一遍,在这种饭食里,肉类未免有点过于节省了!"

"托普看见了某样东西!……"纳布喊道,他跑向一个矮树丛,而狗早已叫着消失在了其中。托普的叫声中还夹杂着奇特的咕噜声。水手和哈伯特追随纳布而去。如果那里有某个猎物,那现在要讨论的不是如何烹调它,而是如何捕获它。

猎人们刚进入矮林,就看见托普正在和一只动物搏斗,它咬住了那动物的耳朵。这四足动物是一种长两英尺半左右的猪,身体呈黑褐色,腹部的颜色较浅,其毛粗硬但不大稠密,而其足趾,当时紧贴着地面,像是被膜连着的。

猎人们刚进入矮林,就看见托普正在和一只动物搏斗,它咬住了那动物的耳朵。

哈伯特认为自己认出了这动物是一头水豚,即啮齿动物中的最大型品种之一。此时,水豚没再和狗搏斗。它愚蠢地转动着那双深陷在一层厚厚的脂肪中的大眼睛。也许,它这是初次看见人类吧。

纳布将他那根棍紧握在手,准备上去击毙这只啮齿动物,不料它挣脱了托普的利齿,只留下了一块耳朵。它猛叫一声,便扑向哈伯特,几乎将他撞倒,然后便穿过树林消失了。

"啊!这无赖!"彭克洛夫喊道。

三个人马上冲出去跟踪托普,就在他们快要追上托普时,那动物消失在一个被百年老松遮蔽的大水潭中。纳布、哈伯特、彭克洛夫停在那里,一动不动;托普跳进水里;可那头水豚则藏在了水潭深处,不再露面。

"我们等等吧,"小伙子说,"它很快就会浮到水面上来呼吸的。"

"它不会被淹死吗?"纳布问。

"不会,"哈伯特回答,"因为它长着蹼足,所以这几乎是一种两栖动物。不过我们得守候它。"

托普一直在游水。彭克洛夫和他的两位同伴各去陡岸的一处把守着,以切断水豚的全部退路,而狗在水面上边游边寻找。

哈伯特没弄错。几分钟后,那动物浮到了水面上。托普一跃扑到了它身上,阻止它再次下潜。片刻之后,水豚被拖到了陡岸上,又被纳布一棍子打死。

"好啊!"彭克洛夫喊道,他乐意使用这胜利的欢呼声,"只需一堆炽热的炭火,这只啮齿动物就会被啃得只剩下骨头!"

彭克洛夫把水豚扛上肩,从太阳的高度判断出该有两点左右了,便发了回去的信号。托普的本能对猎人们并非无益,他们多亏了这聪明的动物,得以找到了来时的路。半小时后,他们来到了河流的拐弯处。

一如上次所为,彭克洛夫很快做了个木筏,尽管因为缺火,他觉得这是一件徒劳无益的活。木筏顺流而下,大家朝"烟囱"方向走去。

可是,离"烟囱"还剩不到五十米时,水手停住了,又发出了极响亮的欢呼声,并伸出手来指向悬崖峭壁的拐角:

"哈伯特!纳布!你们看呀!"他喊道。

一缕轻烟逸出,缭绕在岩石上空!

第 10 章

工程师的一项发明——令赛勒斯·史密斯操心的问题——动身上山——森林——火山地面——野鸡——绵羊——第一平台——扎营过夜——火山锥顶

不一会儿,三位狩猎者便来到噼啪作响的炉子前。赛勒斯·史密斯和杰丁·斯皮莱在那儿。彭克洛夫手里拎着水豚,一言不发地望着他俩。

"嘿,我的朋友,"记者大声说,"是火,是真正的火,它会把这只出色的猎物烤得香喷喷的,一会儿我们就可以享用了!"

"可那是谁生的火呢?……"彭克洛夫问。

"是太阳!"

杰丁·斯皮莱的回答是千真万确的。是太阳提供了令彭克洛夫赞叹不已的热量。水手不愿意相信自己的眼睛,他甚至惊讶得都没想到要问问工程师。

"您是有个透镜吧,先生?"哈伯特问赛勒斯·史密斯。

"没有,我的孩子,"那位回答,"可我做了一个。"

于是他出示了他用来充当透镜的那个装置。这仅仅是两块玻璃,是他从记者和他自己的表上取下来的。他将它们盛满水,边缘用一点黏土粘上,就这样给自己做了个真正的透镜。这透镜把阳光聚集在一片非常干燥的苔藓上,就这样引起了它的燃烧。

水手端详了一番这装置,默默地望了望工程师,一句话都说不出来。只不过他的目光是意味深长的!对他来说,虽然赛勒斯·史密斯不是一位神,但他肯定是一位超人。终于,他又恢复了说话能力,并喊道:

"把这记下来,斯皮莱先生,把这记在您的本上!"

"记下来了!"记者答道。

接着,由纳布帮忙,水手准备了烤肉的铁钎,而那只水豚,在经过适当的清除内脏后,便像一只普通的乳猪一样,在明亮而噼啪作响的火焰前烤了起来。

"烟囱"又重新变得比较可住人了,这不仅是因为过道靠了炉火变暖和了,而且还是因为沙石隔墙又建起来了。

可见,工程师及其同伴充分利用了白天的时间。赛勒斯·史密斯几乎完全恢复了体力,他尝试着登上了高地。他那双惯于估量高度和距离的眼睛,久久地盯着那火山锥,而他想明天到达其顶峰。那座位于西北方向大约六海里处的山,在他看来高出海平面估计有三千五百英尺。因此,站在其顶上观测的人,其视野至少可达五十海里的范围。所以,有可能赛勒斯·史密斯会轻而易举地解决"是大陆还是岛屿"这一问题。而对这一问题,他不无道理地要将其摆在前头。

大家吃了一顿像样的晚餐。水豚肉据称味道好极了。马尾藻和意大利五针松果仁使这顿饭完整无缺。席间工程师说话很少。他一心在考虑明天的计划。

有一两次,彭克洛夫就该做的事发表了某些看法,可赛勒斯·史密斯显然是个有条不紊的人,他仅摇了摇头。"明天,"他一再地说,"我们将知道该怎么对付,并因此而行动起来。"

吃罢饭,又抱了几捆柴扔在炉子上,包括忠实的托普在内的"烟囱"的主人们,便沉沉入睡了。没有任何事件来打扰这宁静的夜晚,而翌日——3月29日——他们醒来时都精神抖擞,准备进行这将会决定他们命运的远足。

出发的准备工作都已做好。剩下的水豚肉还够赛勒斯·史密斯及其同伴们吃上一整天的。另外,他们还很希望能在路上获得补给。由于那两片玻璃已放回到工程师和记者的怀表上去了,彭克洛夫便烧了一点焦布,以充当火绒。至于火石,在这火成岩之地,该是不缺乏的。

清晨七点半,勘察者们便手持木棍,离开了"烟囱"。依彭克洛夫之见,穿过森林,走已经走过的路为好,哪怕回来时走别的路。这也是到达那座山的最直的路。于是他们绕过南面的那个拐角,沿河流的左岸前行,而河流到了朝西南拐的地方,便从容放宽了。已在绿树下辟出的小路找到了,九点钟,工程师及其同伴们到达了森林西面的边缘。

走到那里时,地面已不大有起伏,先是沼泽,后是干燥而多沙,并略显坡度,以海岸朝内地增高。有几只善于奔跑的动物,在乔林下隐约可见。托普敏捷地将它们赶出,但其主人马上把它召回,因为尚未到追捕它们的时候,回头再说吧。工程师可不是那种肯放弃自己的固定想法的人。甚至下这样的断言也并没弄错:他既不是在观察这个地区的地形,也不是在观察其天然物产,他唯一的目标,便是他声称要爬的那座山,于是他径直朝它走去。

十点钟,大家休息了几分钟。一走出森林,该地区的山岳形态便展现在眼前。那座山由两个火山锥构成。第一个高达两千五百英尺左右,是由变化无常的山梁分支支撑的,那些山梁分支酷似一只紧贴着地面的巨爪。它们之间形成了那么多狭窄的山谷,谷里树木林立,而最后一些树丛与第一个火山锥齐平。然而,在山的东北部分植物却不那么茂密,而在那里可以看到一些挺深的条纹,那大概是熔岩流。

第二个火山锥倚在第一个火山锥上面,其顶部略呈圆形,并稍稍有点歪斜,好似一顶戴在耳朵上面的大圆帽。它像是由一处光秃秃的土地构成的,许多地方都露出了淡红色的岩石。适合登上去的是这第二个火山锥的顶部,而山梁分支的山脊提供了到达那里的最佳道路。

"我们是在一个火山地带。"赛勒斯·史密斯早已这么说过。他的同伴们跟着他开始沿山梁分支的脊背一点点往上爬,这是一条弯弯曲曲、因此也是较为容易通过的路线,它通到第一个平台。

地面有多处隆起,这显然是火成力所引起的动荡所致。这里和那里,有漂石、大量的玄武岩碎块、浮石、黑曜石。这些隆起呈独立状,耸立在那些针叶类树木中间,而那些树则要低几百英尺,在狭窄的山谷深处,形成稠密的、阳光几乎透不过去的树丛。

在下面的斜坡上进行第一部分的攀登时,哈伯特指出有脚印,这表明新近有大型动物、猛兽或其他动物通过。

"这些野兽或许不会心甘情愿地把它们的地盘让给我们。"彭克洛夫说。

"那好,"记者回答,他曾在印度捕猎过老虎,在非洲捕猎过狮子,"我们要注意摆脱它们,但眼下还是小心为妙!"

此时,他们在渐渐往上爬。由于有无法直接越过的拐角和障碍,路变长了。有时,地面突然没有了,他们发现自己正置身于裂缝边缘,必须绕着走。像这样走回头路,沿某条可通行的小道前进,既花了时间,又受了累。到了中午,小部队停下来吃午饭,歇脚处选在一大丛冷杉树下,靠近一条飞流直下的小溪。这条小溪还只是在第一平台的中途。从那时起,很可能要到黄昏时分才能到达。

从该处望去,海平面显得比较开阔了,可是在右面,视线却被东南面的尖尖的岬角挡住了,这便无法确定,海岸是否通过一个突然的拐弯,与某片处于远景中的土地相连。在左面,视线足可达北面的几海里;然而,从西北方向起,到勘察者们所占的地点,视线却被一个奇形怪状的山梁分支的脊背一下子切断了,它像是形成了那个主要的火山锥的强有力的支撑柱。于是,对赛勒斯·史密斯想解决的问题,尚无法做出任何猜测。

一点钟,攀登继续进行。得朝西南方向迂回前进,并再次进入相当稠密的矮林。在那儿,在绿荫下,有好几对雉类鸡形目鸟儿在飞来飞去。这是些野鸡,其喉下悬有肉垂,而眼睛后面长着两根细细的圆柱形触角。这一对对野鸡大小如家养公鸡,母的通体为褐色,公的则布满泪珠状白点的红色羽毛,且浑身发亮。杰丁·斯皮莱拿起一块石头灵巧而有力地一扔,杀死了一只野鸡。彭克洛夫因为户外活动而早已饥肠辘辘,望着那只鸡不由得垂涎欲滴。

离开矮林,攀登者们用手和肩互相帮着,爬过了距离为一百英尺的一个十分陡峭的坡,到达了上一层,那里树木不大茂密,而地面具有火山的痕迹。必须折回去朝东,迂回曲折地前进,那样会使那些坡变得比较好爬,因为它们

离开矮林,攀登者们用手和肩互相帮着,爬过了距离为一百英尺的一个十分陡峭的坡,到达了上一层……

非常陡,而每个人得小心翼翼地选择落脚点。纳布和哈伯特打头,彭克洛夫殿后,中间是赛勒斯和记者。经常在这些高地上出没的动物——而且不乏足迹——想来必然是属于岩羚羊或比利牛斯岩羚羊之类的,它们的脚步稳健,脊骨柔软。他们看到了几只,但彭克洛夫没说对它们的名称,因为,在某一个时刻,他喊道:"绵羊!"

大家都停下了脚步,只见在前面五十步远的地方,有六七头体型高大的动物,它们头上长着粗壮的、朝后弯曲而尖端呈扁平的角,而身上长着蓬松的绒毛,覆盖在上面的是又长又光滑的褐色毛。

这并不是普通的绵羊,而是通常散布在温带山区的一种羊,哈伯特称它们为岩羊。

"它们有羊后腿和羊排吗?"水手问。

"有。"哈伯特回答。

"那好,这就是绵羊嘛。"彭克洛夫说。

这些动物一动不动地站在玄武岩碎块之间,目光惊讶地望着他们,像是第一次见到两足行走的人类似的。接着,它们突然产生了恐惧,蹿到岩石上消失了。

"再见!"彭克洛夫油腔滑调地冲它们嚷道,赛勒斯·史密斯、杰丁·斯皮莱、哈伯特和纳布不禁笑了起来。

攀登继续进行,可他们经常观察到,在某些斜坡上,有熔岩的痕迹,它们呈非常不规则的条纹状。一些小的硫黄喷气口有时会截断攀登者的去路,那就得沿着它们的边缘绕行。在某些处,硫黄已以结晶状沉积在一些物质中,而那些物质往往比熔岩流先行到达,它们是一些颗粒不规则的、高温焙烤过的白榴灰,即由无数细小的长石质结晶体构成的微白色灰烬。

快到第一平台时,攀登之艰难可想而知。而第一平台是由下面那个火山锥的平切面构成的。四点左右,林区的尽头已越过。这里和那里,只剩下几棵怪模怪样、瘦骨嶙峋的松树,它们想必生命力顽强,能在这样的高度抵御得住海上狂风。对工程师及其同伴们来说,幸好此时天气晴朗、大气平静,因为,在海拔三千米的高度,一旦刮起狂风,势必会妨碍他们的行进。空气透明,因此可感觉到天顶那片天空的纯净。在他们周围,万籁俱静。他们已看不见太阳,因为它已被上面那个大屏障似的火山锥遮住,这火山锥挡住了西面的半边天际,而其阴影一直延伸到海岸,并随着光芒四射的太阳白天运行的结束,而逐渐扩大。一些雾气——多半是轻雾而不是云——开始在东方出现,在阳光的作用下染上了光谱的所有颜色。

此时,勘探者们距离他们想要到达、以便在那里扎营过夜的平台只剩下五百英尺了。可因为得曲折而行,这五百英尺被增至为两海里。斜坡常常呈现出角度很大的拐角,以致他们总在熔岩流上打滑。当那些条痕被空气侵蚀,无法提供一个足够用的支撑点时,往往会踩不着地面。终于,天色渐暗,而当赛勒斯·史密斯及其同伴们在攀登了七个小时,疲惫不堪地到达第一个火山锥的平台时,几乎已是夜里了。

　　眼下要做的便是安排宿营,恢复体力,于是先吃晚饭,然后睡觉。这山的第二层耸立在一个岩基上,而在这些岩石中很容易找到一个藏身之处。燃料并不充足。然而,可以用干枯的苔藓和灌木丛得到火,而这些植物布满平台的某些部位。水手在一些石头上准备生火,而这些石头是他搬来专作此用的。纳布和哈伯特则负责供应燃料。他们很快就弄了些荆棘回来了。火石一打,冒出了火星,焦布被点燃,经纳布一吹,片刻之间,在岩石的背风处,一堆噼啪作响的火,便熊熊燃烧起来了。

　　夜里的气温有点低,这堆火只是用来御寒的,而不是用来烤野鸡的,纳布要把它们留到第二天吃。剩余的水豚肉和几十颗意大利五针松果仁构成了这顿晚饭。等一切都结束时,还不到六点半。

　　于是,赛勒斯·史密斯想在半明半暗中勘察一下那个圆形大底座,它所承受的,是山的上面那个火山锥。在休息之前,他想弄清,是否可在其基部绕过这个火山锥,万一其侧面太陡,无法从那里到达顶部的话。这一问题让他操心不已,假如无法绕过火山锥的基部,或假如无法到达山顶,那就不可能观察到该地区的西面部分,而攀登的目的也就不可能完全达到。

　　于是,不知疲倦的工程师让彭克洛夫和纳布张罗宿营的事,而让杰丁·斯皮莱记下当天发生的事情,自己则开始沿着平台的环形边缘,朝北面方向而去。哈伯特与他同行。

　　黑夜美丽而宁静。天色还不是很暗。赛勒斯·史密斯和哈伯特互相挨着,默默无语地走着。有些地方很开阔,他们毫无阻碍地便过去了。而另一些地方则被崩塌物堵住,只留出一条小窄道,两个人并排走是过不去的。甚至在走了二十分钟后,赛勒斯·史密斯和哈伯特不得不停下来。从此处起,两座火山锥的斜坡开始汇合,不再有将山的两部分开的悬崖。要在七十度的斜坡上绕过这座山,是不可能的。

　　不过,虽然工程师和小伙子不得不放弃绕行的打算,相反,对他们来说,重新直接攀登火山锥却是有可能的。

　　因为,在他们面前出现了高地的一个深洞。原来这是上面的火山口的裂口,愿意的话也可称之为细颈,在火山尚处于活动时期时,岩浆便由此喷出。凝固的熔岩和板结的火山渣,便形成了一种台阶很宽的天然阶梯,这将有助于他们到达山顶。

赛勒斯·史密斯一眼就看出了这一布局,在小伙子的跟随下,他毫不犹豫地进入了裂口,而越往里走,也就越显得黑暗。

这样走仍有一千英尺的高度要越过。火山口里面的斜坡能行走吗?回头便知。工程师将继续攀登,只要不被挡住。幸好这些斜坡延伸得很长,而且弯弯曲曲的,在火山内部形成螺旋状的大足迹,有利于登高。

至于火山本身,无须怀疑,它已完全熄灭。侧面不见一缕烟逸出,深洞里也不见一缕火苗显露。隆隆声、潺潺声、颤动声都听不见从这些黑洞洞的井里传出。这些井也许一直通到地球的腹地,而火山口里面的空气,则没有任何硫黄蒸气。这何止是火山的沉睡,而是它的彻底熄灭。

赛勒斯·史密斯的尝试想必会成功的。他和哈伯特沿内壁而上,渐渐看见在他们头顶上扩大的火山口。被火山锥的边缘框住的那部分环形天空的范围,明显扩大了。可以说,赛勒斯·史密斯和哈伯特每走一步,都会有一些星星进入他们的视野。这南半球天空的璀璨群星在闪耀着光辉。在天顶,天蝎座α星的纯净光芒在闪烁,而不远处,是那半人马座的β星,它被认为是离地球最近的星星。然后,随着火山口的扩大,出现了南鱼座α星、南三角星座,而最后,几乎是在地球南极的上空,是那耀眼的南十字星座,它取代了北半球的北极星。

快八点时,工程师和哈伯特登上了那座山的顶部,即火山锥的顶端。此时,天色已完全暗了,视线所及,不到两海里。是大海围绕着这片陌生的土地呢,还是这片土地在西方与太平洋的某个大陆相连? 现在尚无法辨认。朝西望去,一条云带清晰地显现在天际,增加了黑暗的程度,而视力不能全部辨出天水是否在同一条环形线上混为一体。

可是,在这天际的某一点,一道朦胧的微光突然出现,并缓缓下降,与此同时,那云带则升向天顶。

这是已快要消失的蛾眉月,可它的光足以清晰地突出在地平线上。此时地平线已与那云带相脱离,于是工程师得以看见,它那微微颤动的形象有那么一刻映照在水面上。

赛勒斯·史密斯抓住小伙子的手,用低沉的嗓音说道:"是个岛屿!"

此时,蛾眉月渐渐消失在波涛之中。

第 11 章

在火山锥顶——火山口内部——周围是海——不见陆地——鸟瞰海滨——水资源情况与山岳形态——小岛有人居住吗？——给海湾、海角、水流等命名——林肯岛

半小时后，赛勒斯·史密斯和哈伯特返回营地。工程师仅对同伴们说，他们偶然被抛在上面的这块陆地是个岛屿，而这点明天会看出来的。然后每个人各尽所能，设法解决自己的睡觉问题。于是，在那个玄武岩洞穴里，在海平面以上两千五百英尺的高度，在一个宁静之夜，"岛民们"沉沉入睡了。

翌日，即3月30日，匆匆吃过饭——烤鸡为其全部内容——以后，工程师想登上火山顶，以便仔细观察一下这个岛屿。他们也许会被终身囚禁在此，假如这个岛屿远离任何陆地，或它并不在造访太平洋诸群岛的船只的必经之路上的话。这回，其同伴都跟他一起去进行这又一次的勘察。他们也想看看这个岛屿的全貌，因为从今以后，他们将向它索取一切需要。

赛勒斯·史密斯、哈伯特、彭克洛夫、杰丁·斯皮莱和纳布离开营地时，大约是清晨七点。对已成定局的处境，没人显得不安。大概他们对自己有信心。但应当指出，赛勒斯·史密斯的信心，以及其同伴们的信心，并不是基于同一个支点上的。工程师有信心是因为，他觉得自己有能力向这蛮荒的大自然索取一切，即索取他和同伴们的生活必需品。而那些同伴们无所畏惧恰恰是因为赛勒斯·史密斯和他们同在。这一细微的差别将可以理解的。尤其是彭克洛夫，自从生火事件以来，他一刻也没绝望过，哪怕他是在一块光秃秃的岩石上，只要有工程师同在就行。

"啊！"他说，"我们没有得到当局的同意，照样离开里士满，如果我们不能在某一天有个法子离开此地，那才怪呢，何况这里肯定不会有人阻拦我们！"

赛勒斯·史密斯一行沿着前一天夜里的路走着。他们由形成谷肩的高地绕过火山锥，一直来到巨大洞穴的开口处。太阳升上了纯净的天空，阳光布

满了山的整个东侧。

火山口到了。情况正如工程师在黑暗中所辨认的那样,也就是说,是一个漏斗式的大坑,而口子越来越大,直到平台上面的一千英尺高度。在裂口下面,是又宽又厚的熔岩流,它们蜿蜒延伸,就此勾勒出一条由喷发物质所形成的路,直到下面的山谷,而那些山谷给岛屿平添了一些条纹。

火山口内部——其倾斜度不超过三十五至四十度,攀爬起来既无困难也无障碍。可注意到很久远的熔岩痕迹,它们大概是从火山锥顶流出的,那是在侧面那个裂口为它们开辟一条新路之前。至于贯通地下层和火山口的那个火山"烟囱",光凭目测无法估量其深度,因为它消失在了黑暗中。至于说到火山的彻底熄灭,这是不容置疑的。

八点之前,赛勒斯·史密斯及其同伴们聚集在了火山口的顶端,那是火山锥隆起的部位,它使北面的边缘鼓了起来。

"大海!到处都是大海!"他们喊道,似乎是,他们克制不住地要说出这个使他们成为岛民的词。

大海,的确,他们被一片无边无际的大海包围着!也许,再度登上火山锥的顶部,赛勒斯·史密斯原本是希望发现某个海岸、某个临近的岛屿,那是前一天在黑暗中未能看出的。可是,直到地平线的极限处,也就是说在超过五十海里的范围内,什么也没出现。

工程师及其同伴们默默无语,一动不动,在几分钟的时间内,用目光扫遍了太平洋的每一处。这个太平洋呀,他们的眼睛直搜寻到它的极限之处。可是,连视力好得惊人的彭克洛夫也一无所见,而且,可以肯定,如果地平线上有一处陆地突起,而且当它被蒙上一层抓不住的雾气时,水手也必定能辨认出来,因为,大自然固定在他眉弓下的,是一副真正的望远镜!

他们的目光从太平洋转到了小岛,而他们现在正将其尽收眼底。这时,杰丁·斯皮莱提出了第一个问题:

"这个岛有多大?"

其实,在这无垠的太平洋中,它并不显得有多大。

赛勒斯·史密斯思索了片刻。他认真观察了一下岛的周边,考虑了一下他所在的高度,然后说道:

"朋友们,这个岛的海岸线有一百多海里,我想我不会弄错。"

"那么,它的面积呢?……"

"难以估计,"工程师回答,"因为它的形状太不规则了。"

假如赛勒斯·史密斯对海岸线的估计不错的话,这个岛屿的面积和地中海中的马耳他岛或桑德岛大致相当,但是,它的形状要不规则得多,海角、岬头、小海湾或港湾也没那么丰富。它的形状确实很怪,令人惊讶,当杰丁·斯皮莱按工程师的建议画出其轮廓来时,大家觉得它像一只神奇的动物,某种在太平洋表面沉睡的翼足目巨兽。

这果真是该岛的准确形状,有必要让大家认识它,于是,记者以足够的精确度画出了它的地图。

那个部分是属于沿海地带的,也就是指落难者们的着陆地点,它粗略地呈凹形,是一个大海湾的边,而这大海湾止于东南面的一个尖尖的海角,当彭克洛夫初次勘察时,这海角被一个岬头遮住了。在东北面,其他两个岬头形成一个海湾,这两个岬头之间是一个狭窄的海湾,它酷似某条巨型角鲨的半张着的嘴。

从东北到西北,海湾呈圆形,如猛兽扁平的头顶,然后又驼背似的隆起,这使得这部分岛屿的轮廓不太确定。而岛屿的中央被火山所占据。

从该处起,沿海地带从南到北的轮廓就相当规则了,在其周长的三分之二处有一个狭窄的小海湾,由此起,这部分轮廓止于一条长尾巴,它就像一条巨大的钝吻鳄的尾部。

这条尾巴形成了一个真正的半岛,从上述的那个东南面的海角算起,它在海上的延伸部分有三十海里,然后它又变圆,形成了一个敞开的对外的锚地,这就是这片形状奇特的土地下面的沿海地带的轮廓。

岛的最窄处,即在"烟囱"和小海湾之间,仅十海里,这个小海湾可从纬度与其相同的西海岸上观察到。而岛的最长处,即从东北的下颌到西南的尾巴的顶端,不少于三十海里。

至于岛的内部,其概况如下:从那座山到沿海地带的整个南面部分,树木十分繁茂,而其北面则干燥多沙。在火山和东海岸之间,赛勒斯·史密斯相当惊讶地看见了一片湖,而湖的周围有绿树环绕。该湖的存在是他们没想到的。从他们所在的高度望下去,湖像是和大海同在一个水平面上,可工程师经过一番思索后对他的同伴们说,这一小片水的海拔高度大概是三百英尺,因为,接受它的那块高地只不过是海岸高地的延伸。

"那么,这是个淡水湖喽?"彭克洛夫问道。

"肯定是的,"工程师答道,"因为,湖水是由山上流下来的。"

"我发现有条小河注入其中,"哈伯特说,同时指着一条小溪,"其源头想必是从西面的山梁分支流出的。"

"确实如此,"赛勒斯·史密斯回答,"既然这条小溪往湖里供水,那就有可能在海岸那边存在着一个出水口,以排泄过量的水。我们回去时可以看看。"

这一小股水,再加上已确认的那条河,岛上的水系便是如此,至少展现在勘察者们眼前的情况是如此。然而,要说在这些把三分之二的岛变成一片茫茫林海的树群下,有其他的水流注入大海,也是有可能的。甚至应该做这样的假设,因为,这个地区显得肥沃而富饶,犹如温带地区的植物区中的出色样板。至于北面部分,则毫无水流的迹象,也许在东北面的沼泽地带有积水,但也仅此而已。总之,沙丘、沙地,一种十分明显的干燥与其绝大部分土地的富饶,形成了强烈的对照。

火山并未占据岛的中央部分。相反,它耸立在西北地区,像是标出了两个地区的界线。在西南面、南面和东南面,山梁分支的头几层消失在郁郁葱葱的群树中。而在北面则相反,可以观察到它们分叉的情况,而那些分叉一直延伸到沙土平原上才消失。也是在这一面,在火山爆发时期,喷吐出的岩浆开辟出了一条通道,于是,一条宽阔的熔岩路一直延伸到那个窄窄的下颌,即东北部的那个海湾。

赛勒斯·史密斯及其同伴们就这样在山顶待了一个钟头。整个岛犹如一幅五颜六色的立体地图展现在他们眼前:绿色为森林,黄色为沙地,蓝色为水。而唯有这片被茫茫林海遮盖住的土地、绿树成荫的山谷的最深谷底线、火山脚下的深凹的峡谷,未被他们探究到。

还剩一个重大的问题需要解决,而它将对这群落难者们的未来产生巨大的影响。

岛上有人居住吗?

这个问题是记者提出来的。经过刚才对岛上的各个地区所做的仔细观察,回答似乎可以是否定的。

没发现任何地方有人类的迹象。没有茅屋群,没有孤立的木屋,海滨也没有一条渔船。没有一缕轻烟在空中袅袅上升,并表明有人存在。的确,在观察者们和那些位于尽头的地方之间,也就是说和那条向西南甩的尾巴之间,有三十海里的距离,因此很难发现一处住宅,哪怕是凭彭克洛夫的眼力,也无法撩起这遮住四分之三小岛的绿色帷幕,看看它是否掩蔽着某个村镇。但一般来说,在这些从太平洋波涛中露出的狭窄的空间里,岛民们多半会居住在沿海地带,而这里的沿海地带绝对是荒无人烟的。

直到经过更加彻底的勘察后,他们才承认,该岛的确是无人居住的。

可它是不是经常被邻岛的土著人光顾呢?哪怕是临时性的?这个问题就不好回答了。没有任何陆地出现在五十海里左右的范围内。但五十海里

没发现任何地方有人类的迹象。没有茅屋群,没有孤立的木屋,海滨也没有一条渔船。

是很容易逾越的,或乘马来人的帆船,或乘波利尼西亚人的大独木舟。一切都取决于该岛的位置,看它是孤零零地在太平洋上呢,还是和一些群岛相邻。赛勒斯·史密斯以后能在没有仪器的情况下,测出它在经纬度上的位置吗?这可就难了。既然疑惑不决,那最好还是采取某些措施,来防备附近的土著人,因为他们有可能会登陆的。

对该岛的勘察工作已结束,其形状已确定,其地势的高低已标出,其面积已计算出,其水资源情况和山岳形态也已得到确认。森林和平原的分布,都已用通常的方式画在记者的地图上。现在只需下山,从其矿物、植物和动物资源这三方面去勘察这片土地了。

可是,在示意同伴们出发前,赛勒斯·史密斯却用平静而严肃的声音对他们说:

"瞧,上帝的手把我们抛在这块狭窄的土地上了,我们将在这里生活,没准时间会很长,也没准我们会意外获救,假如某条船偶尔经过的话……我是说偶尔。因为这个岛不大重要,它甚至连个能充当船只停泊地的港口都没有。而且恐怕它地处通常的航线之外,也就是说,对那些经常去太平洋诸群岛的船只来说,它太靠南,而对那些绕过合恩角去澳大利亚的船只来说,它又太靠北。我丝毫不想对你们隐瞒这种状况……"

"您言之有理,亲爱的赛勒斯,"记者迅疾地回答,"您是在和一些男子汉打交道,他们信任您,而您则可以依靠他们。对吗,朋友们?"

"我全听您的,赛勒斯先生。"哈伯特抓住工程师的手说。

"无论何时何地,您都是我的主人!"纳布喊道。

"至于我,"水手说,"我要是赌气不好好干活,那我就不叫彭克洛夫,而假如您愿意,我们将把这个岛变成一个小美洲!我们将在此建城市,修铁路,设电报局,而当某一天,它面貌焕然一新了,整治好了,完全开化了,我们就把它献给合众国政府!不过我有一事相求。"

"什么事?"记者问。

"那就是不再把我们视为落难者,而完全看成是移民,我们来这里是为了移民的!"

赛勒斯·史密斯禁不住笑了,水手的提议被采纳。然后,他向同伴们致谢,并补充道,他将依靠他们的毅力和上苍的帮助。

"那好,动身回'烟囱'去吧!"彭克洛夫嚷道。

"稍等片刻,朋友们,"工程师道,"我觉得我们有必要为这个小岛,以及我们眼皮子底下的海角、岬头和水流命名。"

"很好,"记者说,"这样我们今后下指令或遵从指令就简单了。"

"的确如此,"水手又说,"这就可以说出是去哪儿或是从哪儿来了。起码,看起来是在某地了。"

"比如说,'烟囱'。"哈伯特说。

"正确!"彭克洛夫回答,"有这个名称,就已经比较方便了,而且它还是我顺口说出来的。赛勒斯先生,就把'烟囱'这个名称留给我们最初的宿营地吧。"

"好的,彭克洛夫,既然您已经给它这样命名了。"

"好!至于其他的,也不难,"水手又说,他正在兴头上,"就像鲁滨孙他们那样给它们起名字好了;而鲁滨孙他们的故事,哈伯特不止一次地给我读过。我们可以这样起名字:'天意海湾''抹香鲸岬头''失望海角'……"

"倒不如用史密斯先生、斯皮莱先生和纳布的名字来命名……"哈伯特说。

"我的名字?"纳布喊道,同时露出他那洁白而闪亮的牙齿。

"为什么不?"彭克洛夫反驳道,"'纳布港',这样很好嘛!还有'杰丁海角'……"

"我倒宁可借用我们国家的地名,"记者答道,"它们会使我们想起美国来。"

"是的,对于那些主要的地方,"赛勒斯·史密斯说,"对于那些海湾或海洋,我完全同意这样做。比如,让我们命名东面那个宽阔的海湾为合众国湾,南面那个宽阔的凹入处为华盛顿湾,此刻承载着我们的这座山峰为富兰克林峰,而展现在我们眼前的这片湖为格兰特湖,这样再好不过了,朋友们。这些名字会令我们想起自己的国家和为它争光的伟大公民,可是,对那些从这座山的顶峰所望见的河流、海湾、海角、岬角,我们还是选择一些多半能令人联想到它们那特殊形状的名称吧。这样能让我们记得更牢,同时也更实用。岛的形状相当古怪,所以我们并不难想象出一些形象化的名称,至于对那些尚不为我们所知的水流,我们今后将勘察的森林的各个部分,将被发现的小海湾,等它们出现在我们面前时,我们就给它们命名。你们认为怎么样,朋友们?"

工程师的建议被其同伴们一致采纳。他们眼前的岛就像一幅展开的地图,只需给所有的凹角或凸角,以及所有的凸起部分命名便可。杰丁·斯皮莱会给它们逐个登记的,而这个岛的地理名称,也将最终被通过。

首先,大家把那两个海湾和这座山,命名为合众国湾、华盛顿湾和富兰克林峰,一如工程师所说的那样。

"现在,"记者说,"对那个在岛的西南面伸出的半岛,我建议命名为蛇形半岛,而对其末端那个弯曲的尾巴,命名为蛇尾岬角,因为它的确是一条蛇尾。"

"通过。"工程师说。

"现在,"哈伯特说,"这岛的另一端,那个酷似张开的颌的海湾,我们就叫它鲨鱼湾吧。"

"这名字起得好!"彭克洛夫喊道,"为更形象起见,我们可将颌的两部分命名为颌骨角。"

"可是有两个海角呢。"记者提醒道。

"那好,"彭克洛夫答道,"那我们将有北颌骨角和南颌骨角了。"

"它们都被记下来了。"杰丁·斯皮莱答道。

"就剩下给岛的东南端的海角命名了。"彭克洛夫说。

"就是那合众国湾的末端吗？"哈伯特问。

"爪形海角。"纳布马上嚷道，他也想当其领地的某一处的命名者。

纳布确实想出了一个绝妙的名字，因为，这个海角果真相当于那神奇动物的强有力的爪子，而那神奇动物，则代表轮廓如此奇特的岛屿。

事情的发展令彭克洛夫喜出望外，在有点过度的刺激之下，他很快就发挥了想象力：为移民们提供饮用水，即气球把他们抛在其附近的那条河，被命名为感恩河——对上苍真诚的感恩。

落难者们最先着陆的那个小岛，被命名为安全岛。

有块高地环绕着"烟囱"上方的那座花岗岩峭壁，而从那里，可将整个宽阔的海湾一览无余。这块高地被命名为眺望岗。

最后，那片难以进去、覆盖整个蛇形半岛的森林，被命名为远西森林。

对岛上那些看得见的、已知的部分的命名，就这样结束了，以后等有了新的发现，再加以补充。

林肯岛全图

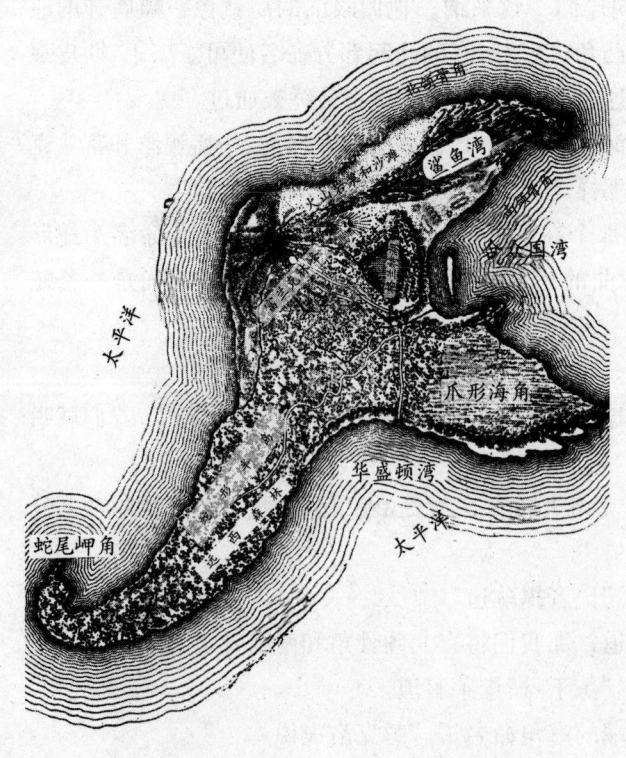

落难者们为岛的各个部分起了恰如其分的名字。

至于岛的方位,工程师根据太阳的高度和位置大致确定了一下,确定的结果是:合众国湾和眺望岗都在东面。可翌日,通过记下太阳升起和落下的确切时间,并测出它在升起和落下这段时间里的位置,他准确地断定了岛的正北方向。因为,海岛在南半球,当太阳正过中天时,它偏于北边,而不是南边,这和在北半球看到的太阳的视动不一样。

于是,一切都告结束,移民们只需走下富兰克林峰,回"烟囱"去便可。就在这时,彭克洛夫突然嚷了起来:

"哎呀,我们真是太糊涂了!"

"为什么这么讲?"杰丁·斯皮莱问道,他已合上笔记本,起身要走了。

"而我们的岛呢?我们竟忘了给它命名了?"

哈伯特正要提议赋予其工程师的名字,他知道其同伴们也会拍手叫好的,不料工程师却爽直地说:

"让我们用一位伟大公民的名字来称呼它吧,朋友们,而这位公民正在为捍卫美利坚合众国的统一而战!就让我们叫这座海岛为林肯岛吧!"

三声欢呼是对工程师的建议所作出的反应。

那天晚上,临入睡前,新移民们聊了一番他们那离别的国家。他们谈到了那场使它被鲜血染红的战争,他们不可能怀疑,南方地区很快会缩小,而北方的事业,即正义的事业,因为有了格兰特,有了林肯,必定会取胜!

这是发生在1865年3月30日的事。他们哪里知道,十六天后,华盛顿将发生一起恐怖的谋杀案,在耶稣受难日那天,亚伯拉罕·林肯倒在了一名狂热分子的枪口下。

第 12 章

校准怀表——彭克洛夫很满意——一缕可疑的烟——红河的水流——林肯岛上的植物区系——动物区系——刺豚鼠——格兰特湖——返回"烟囱"

林肯岛的移民们最后环顾了一下四周,在火山口狭窄的山脊转了一圈。半小时后,他们便回到了第一平台,回到了夜间的宿营地。

彭克洛夫认为该吃饭了,一提到吃饭问题,那就得把赛勒斯·史密斯和记者的表校准一下。要知道,杰丁·斯皮莱的表并未受到海水的侵蚀,因为记者首先把表扔到了海浪冲击不到的沙地上。这是一件精工制作的器具,一块真正的怀表,杰丁·斯皮莱每天都要给它上弦,这他从未忘记过。

工程师的那块表则停了,这必定是发生在他进沙丘的那段时间里。

于是工程师给它上了弦,他根据太阳的高度大致估计了一下,当时大概是早晨九点左右,他便把表按这个时间拨正了。

杰丁·斯皮莱正要照工程师的样子办,却被工程师用手止住了。工程师对他说:"不,亲爱的斯皮莱,请等等。您保留了里士满的时间,对吗?"

"对,赛勒斯。"

"因此嘛,您的表是按那座城市的子午线校准的,而它的子午线差不多就是华盛顿的子午线,是不是?"

"大概是的。"

"那好,就让它保留原样吧。您只要准时上弦就可,但别去碰那些针,这对我们会有用的。"

"有什么用呢?"水手想。

于是大家吃饭,而且吃得那么香,储存的野味和果仁全部一扫而光。但彭克洛夫毫不担忧,反正路上还可以再进货的。托普所得到的那部分只够它勉强充饥,不过它肯定会在枝叶繁茂的矮林下找到某个新的猎物的。另外,水手想直截了当地请求工程师制造火药和一两支猎枪,而他认为,这不会有任何困难的。

离开平台,赛勒斯·史密斯建议同伴们走一条新路回"烟囱",他想察看一下绿树环绕、景色优美的格兰特湖。大家于是便沿着一座山梁分支的山脊走,而给湖供水的小溪,想必就是在那些山梁分支间发源的。交谈中,移民们已开始用他们刚才选择的专有名词,这大大方便了他们之间的思想交流。哈伯特和彭克洛夫——一位青春年少,另一位则有点孩子气——都高兴得很,水手边走边说:"嗯!哈伯特,这有多好!我们哪儿还会迷路呢,小伙子!因为,无论我们沿着去格兰特湖的路走也好,穿过远西森林和感恩河汇合也好,反正都会到达眺望岗的,因此嘛,也都会到达合众国湾!"

大家说好,就是不形成紧凑的一队,彼此之间也不要离得太远。必定会有些危险的动物生活在岛上的这些密林里,所以,为谨慎起见,大家要提高警惕。彭克洛夫、哈伯特和纳布往往打头,托普则在前面开路,搜寻哪怕是最小的角落。记者和工程师则结伴而行,杰丁·斯皮莱准备记下每一个事件,工程师呢,大部分时间都是沉默不语,他有时会偏离自己的路,但只是为了捡东西,时而是这个,时而是那个,不是矿物就是植物,而他连想也不想就把它们装进了兜里。

"他这是在拾什么鬼东西呀?"彭克洛夫喃喃自语道,"我看也白看,因为我看不出有什么值得弯腰去捡的!"

十点左右,小部队下了富兰克林峰的最后几个坡。地面仍旧只是布满了灌木和一些稀有树种。他们走在一片焙烧过的、暗黄的土地上,这片土地形成了一个长一海里左右的平原,平原尽头便是森林的边缘。大块大块的玄武岩——根据比肖夫实验,这种岩石的冷却需三亿五千万年——铺满整个平原,造成有些地方极其坎坷不平。然而,却没有熔岩的痕迹,而熔岩大部分是从北面的坡泻下来的。

工程师原以为可以平安无事地到达小溪,据他看来,这小溪是在树木下流淌,直到平原的边缘。突然,他看见哈伯特匆忙返回,纳布和水手则躲在岩石后面。"怎么回事,小伙子?"杰丁·斯皮莱问。

"有一缕烟,"哈伯特回答,"我们看见有一缕烟从岩石间升起,离我们有百步远。"

"这地方有人?"记者嚷道。

"在没弄清对方是谁之前,先不要露面。"赛勒斯·史密斯回答,"我担心是土著人。如果这岛上有土著人的话,我可不想见到他们。托普呢?"

"它在前面。"

"它没叫吗?"

"没有。"

"这就怪了。我们还是设法把它叫回来吧。"

片刻之后,工程师、杰丁·斯皮莱、哈伯特和他们的两位同伴汇合了,而且也像他们一样,隐蔽在玄武岩堆后面。从那里,他们很清楚地看到,有一缕烟在空中袅袅上升,其暗黄的颜色是它的明显特征。

主人一声轻轻的口哨,把托普叫了回来。赛勒斯·史密斯示意同伴们等待他,然后便钻进了岩石间。

移民们一动不动,怀着几分焦虑等这一勘察的结果。突然,工程师发出一声呼唤,于是他们跑了过去。他们很快便和他碰头,并为空气中弥漫着的一股难闻的气味而感到惊讶。这股很容易辨认的气味,足以让工程师知道这

他们很清楚地看到,有一缕烟在空中袅袅上升,其暗黄的颜色是它的明显特征。

股烟是什么了,它最初让他感到不安,当然也不无道理。

"这火呀,"他说,"或确切来说这烟呀,仅是大自然所为。那儿只不过有个硫黄泉罢了,它能有效地治疗我们的喉炎。"

"得!"彭克洛夫嚷道,"真遗憾,我没有患感冒!"

移民们于是走向冒烟的地方。在那里,他们看见一股碱性的含硫黄的泉水在岩石之间流淌,水量相当丰富;在吸收了空气中的氧气后,水中还释放出一股强烈的硫酸味。赛勒斯·史密斯将手浸入泉中,发现这水摸起来滑腻腻的。他又尝了尝,觉得有点甜。至于其温度,他估计在华氏95度(摄氏35度)。哈伯特问他是根据什么来估计的,他说:

"很简单,孩子,因为,我把手伸进水里时,我没有任何冷和热的感觉,所以嘛,它和人体是同一个温度,即95度左右。"

然后,既然硫黄泉目前尚无任何用途,移民们便朝稠密的森林边缘走去,那片森林就在几百步以外展开。

在那儿,不出所料,小溪清澈的活水在高高的红土陡坡之间流淌,陡坡的颜色表明有氧化铁存在。这种颜色马上就使这股流水获得了"红河"之称。这只是一条宽阔的溪流,它又深又清,是由山上的水形成的,而且半是河流,半是激流;这里,是在沙地上静静地流淌,那里,则是在岩石顶上轰鸣或飞流直下,就这样奔向那片湖。其长度为一海里半,其宽度则是有变化的,从三十变化至四十英尺。其水为淡水,由此可推测湖水亦为淡水。这可是一个有利情况,万一要在湖畔寻觅一个比"烟囱"更合适的住所的话。

至于那些在下游几百英尺处遮蔽小溪两岸的树,它们大部分属于在澳大利亚和美国塔斯马尼亚这类温带地区大量生长的树种,而不属于针叶类,那些针叶树都林立在岛上已勘察过的离眺望岗几海里的地方。在一年中的这个时期,即四月初,在南半球相当于北半球的初秋,树上的叶子还不少。这里主要是一些铁树和桉树,其中有些到来年春天将提供一种甘露蜜,这种甘露蜜类似于东方的甘露蜜。林中空地上耸立着一丛丛澳洲杉,地面上覆盖着高高的细草,在荷兰被称之为"草甸"。在太平洋诸群岛盛产的椰子树,该岛似乎没有,大概是其纬度太低的缘故。

"真可惜没有椰子树!"哈伯特说,"一种那么有用的树,而结的果实又是那么大!"

在桉树和铁树的枝叶间,鸟儿成群。因为枝叶有些稀疏,它们可以自由展翅。黑色、白色和灰色的美冠鹦鹉,色彩斑斓的虎皮鹦鹉,身披亮绿色、头顶红冠的"鹦鹉王",蓝色吸蜜小鹦鹉,"蓝色巨鹦",像是在让人透过棱镜看它们。它们一边飞来飞去一边发出震耳欲聋的噪声。

突然,矮树丛中响起一阵奇怪的、不和谐的齐奏声。移民们相继听到了鸟叫声和四足兽的吼叫,以及像是土著人唇间发出的声音。纳布和哈伯特朝这灌木丛冲了过去,竟把那最基本的小心谨慎的原则忘得一干二净。幸好那里既没有可怕的野兽,也没有危险的土著人,只不过有六七只爱嘲弄、爱鸣叫的鸟儿罢了,他们认出这原来是山鸡。几下棍棒,熟练击中,结束了模仿场面,并为晚餐弄到了出色的野味。

哈伯特还指出了一些极漂亮的鸽子,它们长着青铜色的翅膀,有的头顶华冠,还有的身披绿羽,一如它们那麦加利港的同类。不过休想逮住它们,也休想逮住一些乌鸦和喜鹊,它们成群结队地飞走了。用铅砂猎枪放上一枪,没准能打下一群,可这些狩猎者眼下的投掷武器还只有石块,长柄武器还只有棍棒,这些原始工具的功能的确很有限。

而当一群四足兽经过时,它们的功能不足便更加明显了。这群四足兽蹦蹦跳跳的,能跃三十英尺高,是真正的巨兽,越过矮林逃跑时速度之快、高度之高,竟让人以为它们是在像松鼠一样从这棵树跳到那棵树。

"袋鼠!"哈伯特喊道。

"能吃吗?"彭克洛夫问。

"炖着吃,抵得上最好的野味!……"

杰丁·斯皮莱尚未结束这句刺激性的话,水手就已经冲出去追袋鼠了,纳布和哈伯特紧随其后。赛勒斯·史密斯叫他们回来,可是白搭,而狩猎者们想必同样也是白追,这猎物富有弹性,蹦起来像球似的。跑了五分钟,他们已气喘吁吁,而那群袋鼠则消失在了矮林中。托普也不比主人们更有成果。

"赛勒斯先生,"彭克洛夫说,此时工程师和记者已赶上了他,"赛勒斯先生,您可是看到了,非造些枪不可啦。这有可能吗?"

"说不定有可能,"工程师回答,"但我们一开始先造些弓箭,我不怀疑,您使用起来会像澳大利亚猎人一样灵巧。"

"弓箭!"彭克洛夫轻蔑地撇了撇嘴,"这只适合孩子们。"

"请别自命不凡,彭克洛夫朋友,"记者说,"在多少个世纪中,弓箭已足以血染整个世界。火药才刚刚发明,而战争就已和人类一样古老啦——这有多少不幸!"

"这话一点不假,斯皮莱先生,"水手回应道,"我总是话来得太快。您可得原谅我!"

此时,迷恋于自己最喜爱的科学即博物学的哈伯特,又把话题扯回到了袋鼠上,他说:"此外,我们是在和最难逮住的一种动物打交道。这是一些长灰色长毛的巨型动物。不过,我若是没搞错的话,还有黑色和红色袋鼠,岩石袋鼠和鼠袋鼠,这些都比较好逮。总共有十来个品种呢……"

"哈伯特,"水手用教训人的口吻反驳道,"对我来说,只有一种袋鼠,那就是'用铁钎烤的袋鼠',这正是我们今晚所缺的!"

听到彭克洛夫师傅的新分类法,大家不禁笑了。晚饭只得吃鸣禽野鸡了,对此,老实厚道的水手毫不掩饰其遗憾。可是,好运大概会再次惠顾于他的。果然,托普明显感到自己的利益在起作用了,它四处搜寻,既是凭着本能,也是凭着强烈的食欲。甚至有这种可能:假如某个猎物落到它的牙齿下面,它是几乎不会给狩猎者们留下什么的,所以托普是在为自己搜寻猎物。可纳布在监督它,而且他做得很好。

三点左右,狗消失在了荆棘丛中,而低沉的叫声很快就表明,它正在和某只动物搏斗。纳布冲了过去,果然,他发现托普在贪婪地吞食一只四足兽,要是再晚十秒钟,那四足兽就进了它的胃,认不出来了。幸好托普袭击的是一窝,它一下子逮到了三只,其他两只啮齿动物(这些动物均属此类)躺在地上,已被咬死。

纳布得意扬扬地又露面了,他每只手里都提着一只这种啮齿动物,其大小超过野兔。它们的黄毛中掺杂着浅绿斑点,而它们的尾巴只有一点痕迹而已。合众国的公民们毫不犹豫地给这些啮齿动物起了个适合于它们的名字。这是"马拉",是刺豚鼠的一种,稍大于其热带地区的同类,是真正的美洲兔,它们的耳朵很长,上下颌的每边有五颗臼齿,这正是它们与一般刺豚鼠的不同点。

"啊!"彭克洛夫喊道,"烤肉来了!现在我们可以回家了!"

一时中断了的行进又开始了。红河那清澈的水,始终在高大的铁树、山茂栏和桉树的拱形树荫下流淌。美丽的丁香树高达二十英尺。还有一些年轻的博物学者所不熟悉的树木,它们朝着小溪倾斜,而小溪则在这绿荫棚下发出潺潺之声。此时,河水明显变宽,工程师认为,它大概快到河口了。果然,一走出美丽、稠密的树丛,河口便突然出现了。

勘察者们来到了格兰特湖的西岸。此地值得一看。这片水的周长为七海里左右,面积为二百五十英亩,边上长着各种各样的树。朝东走,越过耸立在某些地方的秀丽别致的绿色屏障,眼前便出现了闪闪发亮的海平面。在北面,湖的曲线微微有些凹陷,与湖下方尖角那尖锐的轮廓线恰成对照。大量的水鸟常来这小安大略湖畔栖息。而其美洲同名湖中的"千岛",则是由露出湖面的一块岩石来代表的,该岩石距离南岸有几百英尺。在那里,共同生活着好几对翠鸟,它们栖息在某块石头上,一本正经地、一动不动地静候鱼儿游过,然后它们会冲出去,尖叫着潜入水中,等出来时,猎物就已叼在嘴中了。在别处,在河畔和小岛上,大摇大摆地走着一些野鸭、鹈鹕、黑水鸡、红嘴鸟、刷舌鸟以及一两只美丽的琴鸟,其尾巴展开时如一把优雅的竖琴。

至于湖水,是淡的、清澈的,颜色有点深,有些地方在冒水泡,一个个同心圆在水面互相交叉,于是你无法怀疑,水中有许多鱼。

"真美呀,这湖!"杰丁·斯皮莱说,"我们要住在这湖畔!"

"会的!"赛勒斯·史密斯回答。

移民们因为想走捷径回"烟囱",便一直到达湖岸的接合处所形成的拐角,他们不无困难地越过灌木和荆棘丛,开辟了一条路,而这些灌木和荆棘是人的手从未拨开过的。他们就这样朝着沿海地带走,以便到达眺望岗的北面。在这个方向走了两海里,又穿过了最后一排树,眼前便出现了那铺着厚厚一层细草的高地,而再过去,便是一望无际的大海。

要回"烟囱",只需斜向地穿过有一海里空间的高地,再往下走,一直来到由感恩河的第一个拐弯形成的拐角便可。可工程师想察看一下,当湖水过满时,它是怎样又是从哪里泄出去的,于是勘察在树木下向北进行了一海里半。事实上,有可能在某处存在着一个排水口,而且大概是越过一面花岗岩断壁。总之,这片湖只是一个巨大的盆地,当它渐渐被红河的水流量注满时,那过多的水必然会形成一个瀑布流向大海。若果真如此,工程师认为有可能利用这个瀑布,并借助于它的力量,而目前这股水力却是白白地浪费掉了,无人受益。他们于是沿着格兰特湖畔走,登上了高地,可在这个方向又走了一海里后,赛勒斯·史密斯并未发现排水口,然而它应该是存在的。

当时是四点半。该准备晚餐了,因此移民们只得返回住所。小部队于是往回走,赛勒斯·史密斯及其同伴们沿着感恩河左岸,回到了"烟囱"。

火生起来了,厨师自然是纳布和彭克洛夫,他们一个以黑人的身份,一个以水手的身份,麻利地做好了烤豚鼠肉,而大家都吃得津津有味。

晚餐结束,每个人都要去睡觉了,此时,赛勒斯·史密斯从口袋里掏出几块种类不同的矿石样品,并说了这么一段话:

"朋友们,这块是铁矿石,这块是黄铁矿石,这是黏土,这是石灰石,这是煤。瞧,这就是大自然为我们提供的东西。在我们这项共同的工作中,大自然已经参与进来了!——明天就看我们的了!"

第 13 章

托普身上找到的东西——制造弓箭——一个砖厂——制陶器的窑炉——各种厨房用具——第一个熬汤锅——蒿类植物——南十字座——一次重要的天文观察

"那么,赛勒斯先生,我们从何开始呢?"翌日早晨,彭克洛夫问工程师。
"从头吧。"赛勒斯·史密斯答道。

的确,这些移民将不得不"从头"开始。他们甚至没有制造工具所必需的工具,甚至不具备大自然那样的条件,而大自然是"有时间,因而省力气"的。他们没时间,因为他们得马上为自己提供生活必需品,如果说,他们可利用已获得的经验,而自己无须发明什么,那他们起码得制造一切,他们的铁、他们的钢,还只是处于矿石状态,他们的陶器还只是处于黏土状态,而他们的织物和衣服还只是处于纺织原料状态。

此外还应当说,这些移殖民是高尚而能干意义上的"人"。工程师史密斯不可能得到更聪明、更忠诚热忱的伙伴来辅助自己了。他已经考察了他们。他了解他们的能力。

杰丁·斯皮莱是富有才华的记者,他博闻强识,话题广阔,将会用自己的头脑和双手为小岛的开发做出多方面的贡献。他将不会在任何任务面前退却,而他酷爱狩猎,他将把这变成一种职业。在此之前,狩猎对他来说只是一种乐趣而已。

哈伯特是个好孩子,在博物学方面已受过出色的教育,他将为他们共同的事业提供重要的帮助。

纳布是忠诚的化身。他机智、聪慧,不知疲倦,身强力壮,具有钢铁般的体魄,他多少懂得一点打铁,对这个移殖民群体只能是大有用处。

至于彭克洛夫,他在所有的海洋上当过水手,他在布鲁克林建筑工地上当过木匠,在国有巨轮上当过助理裁缝,而在休假期间,则当过园丁、种过地

这些移殖民是高尚而能干意义上的"人"。

等,他像样样都会的海员们一样,什么都会干。

要想凑齐五个比他们更能和命运抗争、更有把握战胜之的人,这实在不是件易事。

"从头开始。"赛勒斯·史密斯曾这样说过。然而,工程师所说的这个"头",是指建造一种能用来改变天然物质的器具。而热量在这改变中所起的作用,是众所周知的。而木头或煤这类燃料,要用马上就可用。问题在于要建造一个利用燃料的炉子。

"这炉子有什么用呢?"彭克洛夫问。

"用来制作我们所需要的陶器。"赛勒斯·史密斯回答。

"那我们又用什么来建造炉子呢?"

"用砖。"

"那么砖呢?"

"用黏土做。开始干吧,朋友们。为避免运输,我们将把车间设在原材料产地。吃的东西将由纳布送来。而烧煮食物用的火是不会没有的。"

"那倒是,"记者回答,"但假如因为没有狩猎工具,食物万一短缺呢?"

"啊,我们要有把刀就好了!"水手嚷道。

"然后呢?"赛勒斯·史密斯问。

"然后我就会很快造出弓箭来,配餐室里就会有大量的野味了。"

"是啊,一把刀,一个锋利的薄片……"工程师像是自言自语似的说。

此时,他把视线转向了托普,只见它正在海滩上走来走去。

赛勒斯·史密斯的目光突然活跃起来。

"托普,过来!"他说。

听到主人的召唤,狗跑来了。赛勒斯·史密斯用双手抱住托普的头,取下了它脖子上的项圈,然后又把项圈折成两部分,并说道:

"这就是两把刀,彭克洛夫!"

水手用两声欢呼回答了他。托普的项圈是用淬过火的薄钢片做成的。于是,只需先在一块砂岩上将其磨快,以使刀口的角变尖,然后再在一块较细的砂岩上去掉毛刺。而沙滩上这类沙质岩大量存在,因此,两个钟头后,这个移殖民群体的工具就由两把锋利的刀构成了,而给它们装上结实的柄,则不是什么难事。

这第一件工具的获得,是作为一项胜利来欢呼的。这的确是宝贵的收获,而且它来得正是时候。

他们出发了。赛勒斯·史密斯意欲回到湖的西岸去,昨天,他注意到那儿有片黏土,而他手头有它的样品。于是大家经感恩河的河岸,穿过了眺望岗,在至多走了五海里后,到达了一片林中空地,那里离格兰特湖有二百步。

途中,哈伯特发现了一种树,它的树枝是被南美洲的印第安人用来制作弓的。这是克来金巴树,属棕榈树类,结的果实不能食用。长而直的树枝被砍下、去树叶,削成中间粗两头细的状态,然后只需找到一种适合做弓弦的植物即可。他们找到了一种锦葵科类的植物,是一种变异木槿,它提供的纤维非常有韧性,几乎可与动物的腱相比。彭克洛夫就此得到了一些相当有威力的弓,现在就只缺箭了。箭倒不难做,用硬直而无节的树枝即可,可是用来武装它们的尖端,即一种可替代铁的物质,却不是那么容易找到的。彭克洛夫寻思,只要自己尽了力,其余的,老天会解决的。

移殖民们来到前一天已察看过的那块地。它是由制作砖、瓦的黏土构成的,因此非常适合完成这项工作。而这项工作干起来毫无困难,只需加上沙土降低黏土的可塑性,用模子制造出砖来,再用柴火的热量烘烤便可。

通常,砖都是用模子压出来的,可工程师只得用手来制作了。整个白天再加上接下来的一个白天,都用来做这项工作了。黏土先是用水浸透,然后制作者们手脚并用地将其和匀,再分成大小相等的棱柱体。一个熟练工人不用机器每十二小时甚至可制作一万块砖,可林肯岛上的制砖工们整整干了两天,最多只制作了三千块。这些砖一块块排列起来,等到它们干透,即三四天后,便可进行烘烤了。

直到4月2日那一天,赛勒斯·史密斯才顾得上测定岛的方位。

前一天,他已准确地记下了太阳消失在海平面的时间,同时把光的折射差也考虑在内。那天早晨,他也同样准确地记下了太阳出现的时间。在这日落和日出之间,总共过去了十二小时二十四分。所以,在那天,在太阳升起后过了六小时十二分,太阳正好到达子午线,它当时在天空中所占的位置,便是正北。

工程师按上述时间记下了这个位置,并找出与太阳连成线的两棵树,它们将为他充当标记。就这样工程师得到了一条不变的子午线。

在烧砖的前两天,大家忙于贮备燃料。在林中空地周围,一些树枝被砍下,他们拾起落在树下的所有树枝。与此同时,他们还到附近去打猎,何况彭克洛夫现在已有几打端头锋利的箭了。是托普提供了这些箭头。它带回来一头箭猪,这箭猪作为野味不算太好,但由于它身上长满硬刺,便具有了无可争议的价值。这些硬刺被牢牢地装在箭的顶端,再用白鹦的羽毛来确保其方向。记者和哈伯特很快便成了灵巧的弓箭手。因此,"烟囱"里便有了大量猎到的飞禽走兽,如水豚、鸽子、刺豚鼠、大松鸡。这些动物中的大部分是在感恩河左岸的森林中被猎杀的,他们称这片森林为中南美鸳森林,以纪念彭克洛夫和哈伯特首次勘察时追逐过的那只鸟。

这些野味都趁新鲜吃了,不过还留有水豚火腿,火腿是用绿木生着的火熏制的,事先用芳香的树叶使其带上了香味。然而,这种食物虽然营养丰富,但毕竟总是顿顿吃烤肉让人难以忍受,若能听到炉子上有熬肉汤的声音,那该有多美!但是,得等砂锅制造出来,因此嘛,得先建造窑炉。

在远足过程中——远足仅在制砖工场周围十分有限的范围内进行——狩猎者们得以发现,最近有大型动物经过,它们有强有力的爪子,但却无法确认它们的种类。赛勒斯·史密斯于是嘱咐他们要特别谨慎。因为,有可能森林里藏匿着某些危险的猛兽。

他做得对。果然,杰丁·斯皮莱和哈伯特有一天看见了一头像美洲豹似的动物。幸好这头猛兽没有袭击他们,否则的话,他们就是能脱身,也会受重伤。但一旦有了一件正经武器,也就是说有了支彭克洛夫要的那种枪,杰丁·斯皮莱就决定向猛兽猛烈开战,把它们从岛上除掉。

在这几天里,"烟囱"并没有得到整修,因为,如果需要的话,工程师打算发现或建造一个更舒适的住所。他们仅在过道的沙地上新铺了一层干苔藓和枯树叶。在这有点原始的床铺上,干活的人们因疲惫不堪而睡得极香。

自从移殖民们在林肯岛上着陆后,他们便记下了在岛上逝去的日子,而从此他们便有了笔一丝不苟的账。4月5日,是星期三,那股飓风把落难者们抛到这个海岛上已有十二天了。

4月6日,从黎明起,工程师及其伙伴们便聚集在林中空地上,那儿是烧砖的地点。当然,这项活动是要在露天进行的,而不是在窑炉里,或确切地说,聚集在一起的砖只是一个巨大的自我焙烤的窑炉。燃料是一些准备好的柴捆,被摆放在地面上,周围则摆了好几排干燥的砖,它们很快就形成了一个巨大的立方体,在立方体外面则设了好几个通气孔。这项工作持续了一整天,直到晚上,他们才将柴捆点燃。

那天夜里,没人睡觉,为了不让火势减弱,大家都在精心地照看着。

这项活动持续了四十八个小时,并取得了圆满成功。得让这大批冒热气的砖冷却下来。在此期间,纳布和彭克洛夫在赛勒斯·史密斯的带领下,用树枝编的箩筐,运来了好几筐石灰石。这种很普通的石头,在湖的北面有的是。这些石头加热分解后,提供很黏稠的生石灰,而火一旦熄灭则大大膨胀,最终则纯到像是从白垩或大理石中产生的。这种石灰和沙子掺杂在一起——其作用是减弱灰浆固化时的收缩——是一种优质灰浆。

这各项工程干下来的结果是,到了4月9日,工程师有了一定数量完全备制好的石灰和数千块砖可支配。

于是,大家一刻都不耽误,开始建造一个窑炉,这将用来焙烤各种必不可少的家用陶器。他们没遇到太大困难就成功了。五天后,窑炉就用上了煤,而煤的矿层是工程师在露天的红河河口发现的。第一缕烟从二十英尺高的"烟囱"中逸出。林中空地变成了工厂,而彭克洛夫几乎相信,这个窑炉即将出产所有的现代工业产品。

而眼下,移殖民们首先生产的是一种非常适合烧煮食物用的普通陶器。原料就是地上的黏土,赛勒斯·史密斯在其中加了点石灰和石英。这种泥团因此便成了名副其实的"烟斗土",他们用形状合适的卵石当模子,做了一些罐子、杯子,还做了一些盘子和用来盛水的大坛子和缸等。这些物体形状笨拙而不规范,但它们被用高温焙烧之后,"烟囱"的厨房便具有了一定数量的器皿,其宝贵程度,就好像它们的成分中含有最优质的高岭土似的。

在此应当提及的是,彭克洛夫渴望知道如此备制的黏土是否真符合"烟斗土"之名,便为自己制作了几个相当粗糙的烟斗。他觉得它们很可爱,可惜里面没有烟草。唉!应当说,这对彭克洛夫来说是一大剥夺。

"可烟草会有的,样样东西都会有的!"他信心十足、感情冲动地重复道。

这些工程持续到了4月15日,大家明白,这段时间被很认真地利用了。当上了制陶工的移殖民们,这些日子除了制陶器就没干别的。当赛勒斯·史密斯认为该让他们变成铁匠时,他们也会当铁匠。翌日是星期天,而且还是复活节,大家一致同意以休息来庆祝这个圣节。这些美国人都是些笃信宗教者,《圣经》教规的严格奉行者,而他们当时的处境只能激发他们对造物主的信任感。

4月15日晚,他们最终回到了"烟囱"。剩余的陶器都带了回来,窑炉熄灭了,等有了新的用途时再点燃。

一件令人欣喜的事庆祝了他们的归来:工程师发现了一种适于代替火绒的物质。须知这种海绵状的柔滑的东西,来自某种多孔类蘑菇。经过适当的备制,它极易燃烧,尤其是当它事先吸足火药,或在硝酸盐或氯酸钾的溶液中煮沸时。然而此前他们没有找到任何这种多孔类蘑菇,甚至也没找到任何可取代它的羊肚菌。那天,工程师认出了某些蒿类植物,主要品种有苦菜、香橼、龙蒿、茵陈蒿等。他拔了好几束那种植物,递给水手,同时说道:

"拿着,彭克洛夫,您这下该高兴了。"

彭克洛夫将那植物仔细端详了一番,见它覆盖着丝一般的长须,而叶子上则有一层绒毛。

"这是什么,赛勒斯先生?"彭克洛夫问,"上帝的恩赐!莫非是烟草?"

"不是,"赛勒斯·史密斯回答,"这是蒿类植物,对学者们来说是中国蒿类植物,而对我们这些人来说,这是火绒。"

的确,这种蒿类植物适当晒干后能提供一种易燃物质,特别是后来工程师把它在氯酸钾的溶液中浸泡过后。岛上有好几层氯酸钾,而这种物质不是别的,只是硝酸罢了。

那天晚上,所有的移殖民都聚集在中间那个房间里,吃了一顿还算过得去的晚餐。纳布焖了一罐刺豚鼠肉,还准备了一只加香料的水豚火腿,此外还有煮熟的杯芋块茎。这是一种属天南星科的草本植物,在热带地区,它会长成乔木状。这些块茎味道极好又富有营养,大致就像在英国出售的那种叫"波特兰西米"的物质。在一定程度上,它们可用来代替面包,而林肯岛的移殖民至今仍没有面包。

晚餐结束,睡觉前,赛勒斯·史密斯和同伴们来到海滩上散步。此时是晚上八点,夜色很美。五天前圆过的月亮尚未升起,可海平面已闪耀着柔和而浅淡的银白色,不妨将这称为月亮的黎明。在南半球的天顶,南极附近的星座在闪闪发亮,而所有这些星座中,有工程师于几天前在富兰克林山顶向其致过意的南十字星座。

赛勒斯·史密斯对这个灿烂的星座观察了一阵,发现其顶部和下部有两颗一等星,左面有一颗二等星,右面有一颗三等星。

接着,他在经过一番思索之后问小伙子:

"哈伯特,今天是不是4月15日?"

"是的,赛勒斯·史密斯先生。"哈伯特回答。

"那好,一年中有四天,实时和平时相合,而明天就是其中的一天,假如我没弄错的话。也就是说,我的孩子,明天,大约有几秒钟的出入,太阳正好在时钟上的十二点到达子午面。如果天气晴好,我想,我就可以确切地得到这座岛的经度了,误差大约只有几度。"

"不用仪器,不用六分仪吗?"杰丁·斯皮莱问。

"不用,"工程师又说,"此外,既然夜色纯净,那我要通过计算南十字座的高度,也就是海平面上南极的高度,试图得出我们的纬度。朋友们,你们都很明白,在着手进行重大的安家工程之前,光证实这片陆地是个岛是不够的,还得尽可能确认它和美洲大陆,或和澳洲大陆,或和太平洋主要群岛之间的距离。"

"的确如此,"记者说,"万一我们距离有人居住的海岸仅一百海里左右,那我们就不造房子了,而是可能有兴趣造船了。"

"所以嘛,"赛勒斯·史密斯继续说道,"今天晚上我要设法得到林肯岛的纬度,而明天中午,我要试图计算出它的经度。"

假如工程师有一个六分仪,即一种能通过反射,精确测出物体角距的仪器,那这项工作不会出现任何困难。那天晚上,通过南极的高度,而翌日,通过太阳到子午面,便可得到岛的坐标。可是没仪器,只得找替代品了。赛勒斯·史密斯便回到"烟囱"。借助炉火的微光,他削了两把小平尺,并把它们各自的一端连起来,让它们形成一种圆规,而这圆规的脚是可分开也可靠拢的。连接点则用一根刺槐的大刺来固定,而这刺槐,柴堆的枯木中就有。

仪器一旦做好,工程师就来到海滩。可因为他得在轮廓清晰的海平面上测高度,而爪形海角却遮住了南面的海平面,所以他必须去寻找一个比较合适的地点。最理想的地点显然是冲着正南方向的那部分海岸，可那得穿过感恩河，而当时河水很深，要过去不容易。

赛勒斯·史密斯因此决定去眺望岗进行观察，而对眺望岗在海平面上的高度则暂时不作考虑——他打算翌日来计算高度，而且是通过一个运用初级几何的简单方法。

移殖民们于是前往眺望岗。他们沿感恩河的左岸而上，来到对着西北和东南方向的边缘，即来到形状不规则而且沿河的那排岩石上。

这部分高地俯临右岸，比它要高出五十英尺，它通过两面斜坡，一直延伸到爪形海角的顶端和岛的南海岸。没有任何障碍阻挡视线，所以便可一览无余地看到海平面的边界，从爪形海角直到蛇形岬角。在南面，这海平面在下面被最初的月光所照亮，鲜明地突现在天幕上，所以对准起来能有一定的准确性。

此时，南十字座在观察者看来是处于一个颠倒的状况，α星表示其下方，距南极较近。这个星座距南极不像北极星距北极那么近。α星在南极的二十七度左右，这赛勒斯·史密斯知道，他在计算中想必会把这距离考虑进去的。当它到下面的子午面时，他也会仔细观察它，而且这时观察起来会比较容易。

赛勒斯·史密斯把他那木制圆规的一脚对着海平面，另一脚对着α星，而两脚的开口度给了他α星和海平面之间的角距。为了使得到的角度固定不变，他用刺槐的刺，把仪器的两块小木板钉在横放的第三块小木板上，这样一来，它们的间距就能牢固地保持了。

做完这个，就只剩下计算得到的角度了，这得通过重新来观察海平面，以便把海平面的下降考虑进去，所以有必要测出眺望岗的高度。这个角的值就这样提供了α星的高度，也因此提供了海平面上面的天极的高度，也就是岛的纬度，因为地球某一点的纬度，总是与这一点地平线上的天极的高度相等。

这些计算被留到翌日来进行。十点钟，所有的人都沉沉入睡了。

第 14 章

测量花岗岩峭壁——应用相似三角形定理——小岛的纬度——去北面远足——牡蛎群——未来计划——太阳到子午面——林肯岛的坐标

翌日,4月16日,是复活节的星期天,移殖民们天一亮就走出"烟囱",清洗他们的衣物。工程师打算一弄到皂化所必需的原料——苏打或钾碱,油脂或油料——便制造肥皂。更新衣服这个如此重要的问题,也将在适当的时间和地点进行研究。不管怎样,衣服还能穿上半年,因为它们很结实,经得起体力劳动的磨损。可一切都取决于小岛的位置,看它是远离还是靠近有人居住的陆地。如果天气许可,今天就可确定这一点。

此刻,太阳从纯净的地平线上升起了,预示着将是一个极好的天气,一个风和日丽的秋日,这仿佛是在向炎热的季节作最后的告别。

要做的事是补足前一天的观测数据,测出海平面上的眺望岗的高度。

"您难道不需要一个工具吗?就像您昨天用的那种。"哈伯特问工程师。

"不需要,孩子,"工程师回答,"我们将采用另一种方法,这种方法差不多也同样准确。"

喜欢了解一切事物的哈伯特跟随在工程师后面,而工程师离开花岗岩峭壁的基部,一直来到海滩边。在此期间,彭克洛夫、纳布和记者在忙其他的工程。

赛勒斯·史密斯带了一根长十二英尺的直杆,这是他比着自己的身高尽可能准确地测出的,而他知道自己的身高,误差超不过一法分①。哈伯特拿着赛勒斯·史密斯交给他的一根垂线。所谓垂线,即一块普通的石头固定在一根柔韧的纤维的一端。

---

① 1法分约合2.25毫米。

来到离沙滩边缘约二十英尺、离垂直耸立的花岗岩峭壁约五百英尺的地方,赛勒斯·史密斯把直杆插进沙地两英尺,并将其仔细固定,他通过垂线,使它和海平面保持垂直。

工程师往后退,一直后退到趴在沙地上,视线能同时触到直杆的顶端和峭壁的顶端为止。接着他用一根木桩把这一地点仔细标出。

工程师对哈伯特说:

"你知道几何的基本原理吗?"

"知道一点儿,赛勒斯先生。"哈伯特回答,他不想过于表现自己。

"相似的两个三角形的特点是什么,你准记得吧?"

"记得,"哈伯特回答,"它们的对应边是成比例的。"

"那好,孩子,我刚才作了两个相似的三角形,两个都是直角三角形:第一个比较小,它的两条边是垂直的杆,和木桩与杆的下端之间的距离,而我的视线就是那斜边;第二个的两条边是垂直的峭壁——得测出其高度——和木桩与这座峭壁基部之间的距离,我的视线同样形成了它的斜边,而这条斜边是第一个三角形的斜边的延伸。"

"啊!赛勒斯先生,我懂了!"哈伯特喊道,"同样的,木桩和直杆之间的距离,与木桩和峭壁基部之间的距离成比例;也同样的,直杆的高度和这座峭壁的高度成比例。"

"正是这样,哈伯特,"工程师回答,"当我们测出前两个距离后,既然已知直杆的高度,我们就只需计算比例即可,这便将得出峭壁的高度,就不必费劲直接去测量了。"

两个水平距离用直杆测出了,而直杆在沙地上的长度正好是十英尺。

第一个距离为十五英尺,是从木桩到插直杆的地方。

第二个距离为五百英尺,是从木桩到峭壁的基部。

完成这些测量,赛勒斯·史密斯和小伙子回到了"烟囱"。

在那里,工程师拿起一块扁平的石头,那是他第一次远足带回来的。那是一种岩石板,很容易用尖锐的贝壳在上面写出字来。他排出了如下的比例:

$15 : 500 = 10 : X$
$500 \times 10 = 5000$
$5000 / 15 = 333.33$

由此得出,花岗岩峭壁的高度为三百三十三英尺。

赛勒斯·史密斯于是又拿起前一天制作的仪器,其两块小木板分开,给了他α星与海平面之间的角距。他把一个圆周分成三百六十等份,然后用它非常准确地量出了这个角的开度。这个角是十度。南极与海平面之间的九十度,加上α星和南极之间的二十七度,再减去观测地点即眺望岗在海平面上的高度,赛勒斯·史密斯从中得出的结论是:林肯岛位于南纬37°,或大概位于南纬35°和40°之间,若考虑到操作的不完善,有五度的偏差的话。

剩下的就是得出经度,以完成岛的坐标。工程师打算当天中午就确定,即在太阳到达子午面时。

已经决定,这个星期天作一次远足,或确切地说是作一次勘察,勘察的部分在湖的北面和鲨鱼湾之间。若时间允许,他们将继续往北,一直到南颌骨海角的背面。午饭就得在沙丘吃了,直到晚上才能返回。

早晨八点半,小部队沿水道的边缘行进。在另一面,在安全岛上,许多鸟儿在庄重地走来走去。这是潜水鸟,属企鹅类,从它们难听的叫声很容易辨认出。它们的叫声令人联想到驴的叫声。彭克洛夫仅从食用的角度来看待它们,得知它们的肉虽然发点黑,却完全可吃,不免流露出几分高兴。

还可看到有些肥胖的动物在沙地上爬行,那大概是海豹,它们像是把小岛当成了自己的藏身之地。几乎不可能从食用角度来观察这些动物,因为它们那油腻的肉令人生厌。然而,赛勒斯·史密斯却认真地打量着它们,他虽然没说出自己的打算,却向同伴们宣布,他们最近要光顾这个小岛。

移殖民们经过的那片海岸,布满了无数的贝壳,其中有些准会让软体动物爱好者喜出望外,因为些三浆贝和三角蛎夹杂在其中。可是比较有用的,却是一大群牡蛎,是海水低落时,纳布在岩石中间发现的,那些岩石大约距"烟囱"有四海里。

"纳布这一天不会白过了。"彭克洛夫望着延伸到海上的牡蛎群嚷道。

"这的确是一次幸运的发现,"记者说,"据说每只牡蛎每年能产五万至六万枚卵,真要是那样的话,那我们就有了一种取之不尽的储备。"

"只是,我认为牡蛎并不是很有营养的。"

"不错,"赛勒斯·史密斯搭话道,"牡蛎只含有很少量的氮物质,如果光吃牡蛎,每天的需要量应不少于十五至十六打才行。"

"那好!"彭克洛夫答道,"在牡蛎群枯竭之前,我们将可以成打成打地吞食啦。午饭吃上一些怎么样?"深知自己的建议一定会得到赞成,便不等他人做出回答,水手和纳布就捡了一些这类软体动物。他们把牡蛎装进一种木槿纤维质地的网袋里,那是纳布做的。然后,他们便继续沿沙丘和大海之间的海岸而上。

赛勒斯·史密斯不时地看表，他要准时做好准备，以便观察太阳，而这项工作得在正午进行。

岛的这部分都十分荒凉，直到使合众国湾合拢的那个海角——它已被命名为南颌骨海角。除了混有熔岩碎片的沙子和贝壳，看不见别的。有几种鸟经常光顾这片荒凉的海岸，如海鸥、大型信天翁以及野鸭，它们理所当然地引得彭克洛夫垂涎欲滴。他试图用箭射杀它们，可是不成，因为它们几乎不停留，必须在它们飞行时射中它们。

水手因此翻来覆去地对工程师说：

"您看见了吧，只要我们没有一两杆猎枪，我们的装备就有待改进。"

"大概是吧，彭克洛夫，"记者答道，"可这全靠您了！造枪管的铁，造击发器的钢，制火药的硝石、炭和硫黄，制雷汞的水银和硝酸，最后还有造子弹的铅，您都去给我们弄来吧，赛勒斯会给我们造出优质枪来的。"

"哦！"工程师答道，"所有这些物质，我们大概都会在岛上找到的，然而一件火器是一种很精巧的器具，得有精确度很高的工具才行。总之，以后再说吧。"

"为什么非得，"彭克洛夫嚷道，"为什么非得让我们把随身带的武器，都扔到悬篮外面去呢？还有我们的工具，甚至我们的袖珍刀！"

"可是，假如我们不扔掉它们，彭克洛夫，那气球就有可能把我们抛入海底！"哈伯特说。

"这您可是说对了，小伙子！"水手答道。

然后他思路一转，又说道：

"可我在想，约拿旦·福斯特和他的同伴们，第二天发现广场上一干二净，气球不翼而飞，真不知该怎么吃惊呢！"

"我最想知道的是他们可能会怎么想！"记者说。

"这主意可是我想出来的！"彭克洛夫得意扬扬地说。

"倒是个好主意，"杰丁·斯皮莱笑着说，"可它却把我们弄到这儿来了！"

"我宁可在这儿，也不愿落到拥护南部同盟的人手中！"水手大声说道，"尤其是自从赛勒斯先生仁慈地来和我们重聚！"

"其实我也一样，"记者接话说，"再说我们又缺什么呢？什么也不缺！"

"假如这并不是……一切的话！"彭克洛夫答道，他抖动着他的宽肩膀，不禁哈哈大笑起来，"不过总有一天，我们会想办法离开的！"

"而且也许比你们所想象的要早，"工程师说，"假如林肯岛离有人居住的群岛或大陆不太远的话。一点钟前,我们就会知道的。我没有太平洋地图,可我对它的南面部分记得很清楚,根据我昨天得到的纬度,林肯岛西面靠近新西兰,东面是智利海岸。可在这两片陆地之间的距离起码有六千海里。有待确定的是,在这辽阔的海洋空间上,这岛究竟占据着哪一点。这正是一会儿经度要向我们提供的,而且会相当的准确,但愿如此。"

"在纬度上离我们最近的,莫不是帕摩图群岛?"哈伯特问。

"是的,"工程师回答,"可我们和它之间的距离要超过一千二百海里。"

"而那儿呢?"纳布说,他一直在兴趣盎然地聆听着谈话,此时他用手指了指南面。

"那儿呀,什么都没有。"彭克洛夫回答。

"的确,什么都没有。"工程师补充道。

"那好,赛勒斯,"记者问,"假如林肯岛距离新西兰或智利仅两三百海里呢?……"

"那样的话,"工程师回答,"我们就不造房子,而是要造船了,而且将由彭克洛夫师傅负责来驾驶……"

"那又怎样,赛勒斯先生,"水手大声说道,"我时刻准备被提升为船长……等您一旦设法造出一条能在海上航行的船来!"

"我们会的,如果必要的话!"赛勒斯·史密斯回答。

这些的确是信心十足的人。聊着聊着,该进行观察的时间不觉快到了。不用任何仪器,赛勒斯·史密斯怎样才能看到太阳在小岛上空到达子午面?这是哈伯特无法猜到的。

观察者们当时所在的位置距离"烟囱"有六海里,离有沙丘的那个部分不远,而工程师在神秘地得救后,正是在那里被找到的。他们在那个地方停下休息,把午饭所需的一切全都准备好,因为已经是十一点半了。哈伯特到附近的小溪去取水,用纳布带着的水罐将水取回来。

在做这些准备工作时,赛勒斯·史密斯则在为他的天文观察部署一切。他在沙滩上选了一个很光洁的地方,海水在退潮时,已把它弄得非常平整。这层很细的沙宛如一面平镜,表面无一粒沙子突出。另外,这层沙子是否水平并不重要,而高六英尺的插在那里的细棍是否垂直,也同样不重要。相反,工程师甚至把它向南倾斜,即倾斜到太阳的相反面,因为别忘了,由于林肯岛位于南半球,岛上的移殖民们看到太阳白天是在北面的海平面上空运行,而不是在南面的海平面的上空。

哈伯特于是明白,工程师将怎样来确定太阳的中天,也就是说来确定它已到达子午面,换言之,确定当地的午时,原来是通过细棍在沙地上的投影。因为没有仪器,这个方法会给他提供一个恰当的近似值,让他得到想要的结果。

其实,这个投影变得最短之时,便是正午,所以,为了确定投影在连续不断地缩短之后又重新拉长的那一刻,只需注视其顶端即可。赛勒斯·史密斯把细棍往太阳的相反方向倾斜,使投影变长,也因此使它的变化更容易观察。的确,钟面上的指针越长,就越容易注视其顶端的移动,而细棍的投影不是别的,只是钟面上的指针而已。

赛勒斯·史密斯认为时间已到,便跪在沙地上,把一些小木棍插进沙地,开始为投影的逐渐缩短做记号。其同伴们怀着极大的兴趣,俯身看着他操作。

记者手上拿着表,准备记下投影最短时的那一刻。另外,因为赛勒斯·史

赛勒斯·史密斯认为时间已到,便跪在沙地上,开始为投影的逐渐缩短做记号。

密斯进行操作的那一天是4月16日,即真时和平时的相合之日,所以杰丁·斯皮莱记下的时间,也将是华盛顿当时的真正时间,这样便可简化计算。

此时,太阳在缓慢前移,投影则在渐渐缩短,当赛勒斯觉得它又开始拉长时,便问道:

"现在是几点?"

"五点零一分。"杰丁·斯皮莱马上回答道。

现在,只需将操作过程用数字记录便可。这再容易不过。于是便可看到,华盛顿和林肯岛之间的子午面整整相差五个小时,也就是说,华盛顿已是傍晚五点时,林肯岛是午时。然而,太阳绕地球做视运动时,每四分钟移动一度,相当于每小时移动十五度。15(度)×5(小时)=75(度)。

因此,既然华盛顿的经度是77°3′11″,即从格林尼治(美国人与英国人一致认为格林尼治为经线的起点)算起为77°,那小岛便是位于格林尼治子午线以西77°加75°,即西经152°。

赛勒斯·史密斯向同伴们宣布了这一结果,并如同计算纬度时那样,考虑到观测时的误差,他认为可以断定,林肯岛的位置在纬度35°和37°之间,在经度格林尼治子午线以西150°和155°之间。

观测时可能有的误差两个方向均为五度,每度为六十海里,为使测定准确起见,经度或纬度的误差可按三百海里计算。

可这一误差不会对他要做的决定产生影响。显而易见,林肯岛距离任何一片陆地或群岛都十分遥远,要想冒险乘一条简易而不结实的小船穿越它们之间的路程,是不可能的。

的确,根据他的测定,小岛的位置距泰地岛和帕摩图群岛起码有一千二百海里,距新西兰有一千八百多海里,距美洲海岸有四千五百多海里!

当赛勒斯·史密斯搜索他的记忆时,他无论如何也想不起来在太平洋的这部分海域,有什么岛占据着林肯岛所确定的位置。

第 15 章

> 过冬问题已完全定下来——冶炼金属——勘察安全岛——捕猎海豹——捕获一只针鼹——考拉——所谓的加泰罗尼亚冶炼法——炼铁——如何获取钢

第三天,即4月17日,水手的第一句话是对杰丁·斯皮莱说的。
"嘿,先生,"他问,"今天我们干什么?"
"那得看赛勒斯喜欢干什么了。"记者回答。

在此之前,工程师的同伴们当过制砖工和陶器工,现在则要当冶炼工了。

前一天午饭后,他们的勘察工作一直推进到颌骨海角,它距离"烟囱"有七海里。一长列的沙丘到那里终止,而地面具有火山的外观。这已不是眺望岗上的那种高大的峭壁,而是一种奇形怪状的边缘,它环绕包括那两个海角在内的那个狭长的海湾,而那两个海角,是由火山喷出的矿物质构成的。到了这个岬头,移殖民们便往回走,夜幕降临时,他们便回到了"烟囱"。可是,在有个问题最终解决之前,他们无法入睡。那就是,他们想知道是否该考虑要不要离开林肯岛。

该岛和帕摩图群岛之间的距离为一千二百海里,这可是一段很可观的距离,一条小船无法穿越,尤其是当气候恶劣的季节临近时。这一点彭克洛夫已说得很明确。然而,造一条简易船,哪怕是拥有必要的工具,干起来也是有难度的,而移殖民们却没有工具。必须首先制造锤子、斧头、锯子、横口斧、刨子、木工钻等,这就需要一定的时间。于是他们便决定,在林肯岛上过冬,并找一个比"烟囱"舒适的住所来度过冬季的那几个月。

首要的问题是要利用铁矿——工程师已注意到该岛的西北部分有些铁矿层,并把铁矿或变成铁,或变成钢。

地下蕴藏的金属一般都不处于纯净状态,它们大部分都是和氧或和硫结合在一起的。赛勒斯·史密斯带回来的两块样品,正巧一块是未经碳酸化的磁铁矿石，另一块是黄铁矿石，换言之即硫铁矿石。于是第一种矿石，即氧化铁，就必须用煤来还原，也就是去氧，以获得纯铁。这个还原过程，是通过让矿石经受高温煤的煅烧来完成的。或者是用快速而简便的"加泰罗尼亚冶炼法"，其优势在于，只用一道工序就能把矿石直接变成铁；或者是用高炉冶炼法，这种方法是首先将矿石熔化，然后再把熔化的矿石变成铁，同时去除化合在其中的3%—4%的煤。

然而，赛勒斯·史密斯需要什么呢？是铁而不是熔化的矿石。因此，他得寻求最快捷的还原法。此外，他所捡到的矿石本身就是很纯、含铁量很丰富的。这种氧化铁矿石以一种深灰色的、排列杂乱的块状物存在，能产生一种黑色粉末，能结晶成正八面体，能提供天然磁石，而在欧洲，则用来冶炼一级铁，在瑞典和挪威就大量拥有这种铁。离这矿层不远，是移殖民们已开采过的泥煤矿层。既然生产资料互相挨得很近，炼铁就非常方便了。这种情况使得联合王国的矿石开采量出奇地丰富，在那里，煤就用来冶炼从同一块土地而且是同时开采出来的金属矿石。

"那么，赛勒斯先生，"彭克洛夫对他说，"我们是不是就要炼铁了？"

"是的，我的朋友，"工程师回答，"而要炼铁，我们首先要去小岛上猎海豹，这您不会不喜欢。"

"猎海豹！"水手转身对着杰丁·斯皮莱大声说道，"这么说，炼铁需要海豹？"

"既然赛勒斯这么说！"记者回答。

工程师已离开"烟囱"，彭克洛夫虽然没得到别的解释，也已准备去猎豹了。

赛勒斯·史密斯、哈伯特、杰丁·斯皮莱、纳布和水手很快在沙滩上的某一地点集合。海水低落时，在那里，水道可涉水而过。海潮已落到最低点，于是，狩猎者们便得以在膝盖以上不湿的情况下，穿过了水道。

赛勒斯·史密斯是第一次踏上小岛，而其同伴们则是第二次，因为气球当初就是把他们抛在这里的。他们上岸时，有数百只海雀目光天真地望着他们。手持木棍的移殖民们本可以不费吹灰之力地打死它们，但他们并不想进行这绝对是徒劳无益的屠杀。因为，重要的是别吓跑那些两栖动物，它们正卧在几链远的沙地上。他们同样也不去打扰某些无辜的企鹅，企鹅的翅膀已退化成短肢，弯成鳍状，上面的羽毛犹如鳞片。

移殖民们小心翼翼地朝着北面的海岬前进，他们行走在布满小坑的地面上，这些小坑全都成了水鸟窝。在小岛的尽头，出现了一些在水面上游动的大黑点。仿佛是礁石的顶端在动。

这便是他们要捕猎的海豹。要想捕猎它们，得让它们上岸，因为，由于它们骨盆狭窄、被毛短密、体形呈纺锤状，水游得极好，很难在海里抓住它们；至于在陆地上，它们则由于足短而有蹼，便只能慢吞吞地爬行。彭克洛夫熟悉这些两栖动物的习性，便建议等它们躺在沙地上晒太阳、要不了多久就会酣然入睡时下手。到那时，再设法切断它们的退路，并敲打它们的鼻子。狩猎者们便隐藏到海岸的岩石后面去静候。

一小时之后，海豹们便来到沙地上嬉戏。共有六七只。此时彭克洛夫和哈伯特离开藏身处，绕过小岛的海岬，以便从后面逮住它们，并切断它们的后路。在此期间，赛勒斯·史密斯、杰丁·斯皮莱、纳布则沿岩石爬行，朝即将展开搏斗的地方溜过去。

突然，水手高大的身躯显现了，发出了一声喊叫。工程师及其两位同伴连忙扑到大海和海豹之间。这些动物中的两只遭到了猛击，死在了沙地上，其余的则得以回到了大海，逃走了。

"这就是您要的海豹，赛勒斯先生！"水手边说边向工程师走去。

"很好，"赛勒斯·史密斯回答，"我们将用来做炼铁炉的风箱！"

"做炼铁炉的风箱！"彭克洛夫大声说道，"好啊，瞧这些海豹，它们可真走运！"

的确，工程师打算用这些海豹的皮来制造炼铁时必不可少的鼓风机。它们的体型属中等，体长超不过六英尺，而它们的脑袋像狗头。这两头海豹很重，没必要把它们扛回去，纳布和彭克洛夫便决定就地剥皮，赛勒斯·史密斯和记者趁这工夫结束了对小岛的勘察。

水手和黑人熟练地完成了他们的作业，三小时后，赛勒斯·史密斯便有两张海豹皮可支配了，他打算就这样使用它们，而不再对它们进行任何鞣制。

移殖民们只得等海水退潮。然后他们越过水道，回到了"烟囱"。

把这些皮子绷在使它们撑开的木框上，既要能将空气储存在里面，又不能留太多的缝隙，这可不是件区区小活。得重干好几次。赛勒斯·史密斯可使用的工具只有来自托普项圈的那两个薄钢片，然而他是那样地灵巧，而他的同伴们又发挥出聪明才智来帮他，结果三天后，这个移殖民小群体的工具中又增加了一台鼓风机，那是在炼铁时往铁矿石中注空气的，而这是操作成功必不可少的条件。

4月20日，从清晨起，"冶金阶段"开始了，正如记者在笔记中所称。一如所知，工程师决定在煤矿和铁矿的地层上进行操作。然而根据观察，这些矿层位于富兰克林山峰的山梁分支的下面，有六海里的路程。于是休想每天回

"烟囱"了,大家商定,在那里用树枝搭棚过夜,以便夜以继日地进行这项重要工作。

计划一确定,他们便从清晨起就出发了。纳布和彭克洛夫用一个筐拖着鼓风机,而筐里还有一定数量的食物,有植物的,也有动物的。此外,途中还可更新补充。

他们走的是中南美鸳森林中的路。他们从东南到西北,斜向地穿越它那最茂密的部分。得开辟出一条路来,而这条路,以后将形成眺望岗和富兰克林山峰之间的最直接的交通要道。属于已知品种的那些树,长势极好。哈伯特又指出了一些新品种,其中有龙血树,彭克洛夫则说成是"假韭葱"。因为,尽管它们很高大,却和洋葱、细香葱、分葱和芦笋一样,是属百合科的。这些龙血树可提供木质根,而这种木质根煮熟吃味道极好,而经过发酵,还能产生可口的饮料。他们储存了一些。

穿越森林的这段路十分漫长,他们花费了整整一天,不过这能让他们观察动植物。托普专门负责动物,在草丛和荆棘丛中跑来跑去,不加区别地将各种猎物都赶出来。哈伯特和杰丁·斯皮莱射杀了两只袋鼠,外加一只很像刺猬又很像食蚁兽的动物:像前者是因为它蜷成一团,而且浑身布满刺;像后者是因为它有掘地的爪子,长而细的、末端为鸟嘴的嘴筒,可伸长的、上面布满逮昆虫的小刺的舌头。

"当它在汤锅里煮时,"彭克洛夫直截了当地说,"它又像什么呢?"

"像一块鲜美可口的牛肉。"哈伯特回答。

"这就够好的啦。"水手回答。

在这次旅行中,他们看见了几头野猪,而它们并不打算袭击他们,看来也不会遇到什么猛兽了。当时,在一片稠密的矮树丛中,记者像是看见了一头动物,他以为是熊,离他只有几步远,在一棵树的最下面的树枝间,于是他泰然自若地画了起来。杰丁·斯皮莱可真幸运,那动物其实并不属于可怕的跖行类。那只是一只考拉,素有"懒熊"之称,其个头如同一只大狗,毛竖起,毛色灰暗,脚长爪利,所以它能爬上树去吃树叶。核实了该动物的身份后,他们便不去打扰它,杰丁·斯皮莱则把他那张速描的标题"熊"擦去,换成了"考拉",然后大家又继续赶路。

傍晚五点,赛勒斯·史密斯示意大家休息。他们正身处森林之外,在强有力的山梁分支的起点,富兰克林山峰向东延伸。在几百步处流淌着红河,因此,饮用水离得不远。

很快就安排了宿营。不到一个小时,在森林的边缘,在树木之间,他们用爬藤把树枝交织在一起，再糊上黏土，搭起一间茅屋，有了一个足以栖身的场所。而地质勘探工作则放到翌日来进行。晚餐已准备好，篝火在茅屋前熊熊燃烧，烤肉钎在转动。八点钟，除了有一位守夜照看火，以防有什么危险的野兽在周围转悠，其他几位则已睡得很香甜。

翌日，4月21日，在哈伯特的陪同下，赛勒斯·史密斯去勘探古代形成的地层，他在那些地层上面拾到了一块矿石样品。他发现了齐地面的矿层，几乎就在红河的源头，在东北面的山梁一个分支的侧下方。这矿石含铁量丰富，杂质易熔，完全适宜工程师打算用的还原法，即加泰罗尼亚冶炼法，不过是简化了，就像科西嘉岛上的人们使用的那种。

其实，严格意义上的加泰罗尼亚冶炼法要求建炼炉和坩埚，矿石和煤在里面一层层交替码放，然后起反应并还原。可是赛勒斯·史密斯想省去建设备这一步，而只想用矿石和煤堆一个立方体，中间用鼓风机往里鼓风。这大概是土八该隐①和有人居住的世界的早期冶金工人所采用的方法。然而，既然亚当的后代能用这种方法取得成功，在铁矿石和燃料蕴藏量都很丰富的地区也能用这种方法取得良好的效果，那在林肯岛的移殖民们所处的环境里，用这种方法，也只会成功。

矿石采来了，煤采来了，不费劲，也不远，都在地面表层。他们事先把矿石砸成小块，用手去除其表面的杂质。然后，煤和矿被一层层堆起来——如烧炭工要把木头烧成炭时所做的那样。这样一来，在鼓风机注入的空气的作用下，煤将转化为碳酸，接着又转化为氧化碳，氧化碳则还原氧化铁，也就是使其释放出氧气。

工程师就是这样操作的。海豹皮鼓风机被放置在矿石堆旁。鼓风机的顶端有一根耐高温的陶土管子，这是事先在窑炉里烧制的。由木框、纤维绳和平衡锤这些配件构成的鼓风机，往矿石堆中送空气，而空气在提高温度的同时，也有助于将提供纯铁的化学反应。

操作起来并不容易，移殖民们得很有耐心、很有创造性才能圆满完成全过程，可毕竟还是成功了。最终的成果是一块呈海绵状的熟铁，它还需经过锻打，以清除杂质。很显然，这些临时铁匠连第一把锤子都没有，他们的情况和世界上第一位冶金工人的情况差不多，于是他们做了那位大概做过的事。第一块熟铁装上一根木棍作柄，当锤子用，在当铁砧用的花岗岩上锻打第二块熟铁，并终于得到了一块粗糙的然而却是可用的金属。

---

① 土八该隐，《圣经·旧约》中拉麦和妻子洗拉所生之子，是铜匠和铁匠的祖师。

在费了好大劲,付出了许多辛苦后,4月25日那天,好几根铁条终于被锻打出来,并变成了一些工具,如钳子、镘子、鹤嘴锄、十字镐。彭克洛夫和纳布声称它们是精美的杰作。可是这种金属,纯铁状态还派不了大用场,得是钢铁状态才行。然而,钢是铁和碳的合金,这种合金,要么通过去除多余的碳,由生铁获得;要么通过加上所缺的碳,由纯铁获得。第一种通过脱碳获得的钢,是原钢;第二种通过渗碳获得的钢,是硬化钢。

赛勒斯·史密斯将试图炼制的,是这后一种钢,既然他拥有纯净状态的铁。他把铁和煤末放进用耐高温陶土做的坩埚,结果成功了。

然后,他把这种在热冷状态下都具有可锻性的钢,用锤子进行加工。纳布和彭克洛夫在工程师的精心指导下,做出了一些斧子,它们先是被烧红,接着猛地浸入水中,就这样得到了一次极好的淬火。

其他的工具——不用说,做工是粗糙的——就这样被制造出来了,有刨刀、斧子、小斧子、要加工成锯子和剪子的钢条,还有十字镐、铁锹、鹤嘴锄、锤子、钉子等。

终于,5月5日那一天,第一个冶金阶段结束,铁匠们回到了"烟囱",而新的工程将让他们采用一种新的称号。

第 16 章

重新讨论居住问题——彭克洛夫忽发奇想——勘察湖北——高地的北面边缘——蛇——湖的尽头——托普烦躁不安——水下搏斗——儒艮

那天是5月6日,气候相当于北半球的11月。几天来,天空一直是大雾弥漫,必须为过冬做些准备了。然而气温尚未明显下降,若捎个摄氏温度计到林肯岛上去,它显示的温度平均仍会在零上10℃到12℃。这个平均数不至于让人感到惊讶,既然很可能是位于南纬35°和40°之间的林肯岛,其气候条件大概和北半球的西西里岛和希腊相同。可是,如同希腊和西西里岛会经受严寒、会下雪结冰一样,在冬天最冷的时候,林肯岛上的气温也会有某些下降,所以应当有所防备。

不管怎样,就算冷天还早,雨季也已临近了,而这个在太平洋上的孤岛,遭受着海上的各种恶劣气候的威胁,那里的坏天气想必是很频繁,也是很可怕的。找个比"烟囱"更舒适的住所这一问题必须得认真考虑,并要马上解决了。彭克洛夫对他所发现的这个藏身之地自然有所偏爱,但他也很清楚,必须得另找一个了。海水已光顾过"烟囱",当时的情景记忆犹新,不能再遭遇此类意外事故了。

"另外,"赛勒斯·史密斯补充道,他当时正在和同伴们聊这些事情,"我们得采取某些预防措施。"

"为什么?小岛又没人居住。"记者说。

"可能是这样,"工程师回答,"尽管我们还没有对它进行全面勘察,但即使上面没人,恐怕伤人的动物也不会少,所以得防备有可能遭受的侵犯,另外这样也不必天天守夜看火了。再说,朋友们,事事都得预料到。我们所在的这部分太平洋海域,是马来海盗们经常出没之地……"

"什么,"哈伯特说,"在远离整个大陆的地方?"

"是的,孩子,"工程师回答,"这些海盗既是些厚颜无耻的水手,又是些令人生畏的坏蛋,所以我们得采取措施。"

"那好,"彭克洛夫回答,"我们就修筑堡垒来对付两条腿和四条腿的野兽吧。可是,赛勒斯先生,是不是在着手干之前,先考虑勘察一下岛的各个部分呢?"

"这样最好,"杰丁·斯皮莱补充道,"我们在这边海岸找不到一个山洞,没准在对面海岸能找到呢?"

"这倒是真的,"工程师回答道,"可你们忘了,朋友们,我们应该居住在水流附近,从富兰克林峰顶往西看,我们既没有发现小溪,也没有发现河流。在这里则相反,我们是在感恩河和格兰特湖之间,这一优势很重要,可别忽视了。再则,这边海岸朝东,不像那边朝西,迎着信风,而信风正是从这个半球的西北方向吹来的。"

"那么,赛勒斯先生,"水手回答,"我们就在湖畔盖幢房子吧。现在我们不缺砖也不缺工具了。既然已经当过制砖工人、制陶工人、炼铁工人、锻造工人,建筑工人也一定能当好,没什么难的!"

"是的,朋友们,可在做决定之前,先要寻找一番。一个天然住所能让我们省掉许多工作,而且也比较安全可靠,因为它能同时抵御岛内外的敌人。"

"的确如此,赛勒斯,"记者答道,"可我们已经察看过这整个的花岗岩高地了,不见有一个洞,甚至也不见有一个缝隙!"

"是的,没有!"彭克洛夫补充道,"啊,假如我们能在这岩壁中,在一定的高度挖一个住所,那就不会受到侵犯了,这该有多合适!从这儿望出来,在面对大海的那一面,挖它五六个房间……"

"再开些采光的窗户!"哈伯特笑着说。

"再建座可以上去的楼梯!"纳布补充道。

"你们在笑话我,"水手说,"为什么?我的建议难道是不可能的吗?我们不是有鹤嘴锄和十字镐吗?赛勒斯先生不是会造炸药来让地雷爆炸吗?对不对,赛勒斯先生,一旦我们需要,您会造炸药的吧?"

赛勒斯·史密斯听取了热情洋溢的彭克洛夫的这番话,他在详细阐述他那有点异想天开的计划。破坏这片花岗岩高地,哪怕是用炸药来炸,也是一项海格力斯①般的工作。大自然没把这最硬的活给干了,这真让人恼火。可工程师没回答水手,而只是建议更仔细地察看峭壁,从河口直到峭壁北面尽

---

① 海格力斯,古希腊神话中的英雄,以非凡的力气和勇武的功绩著称。

头的那个拐角。

于是大家出去极为仔细地察看了一番,范围有两海里左右。可是,峭壁平坦而笔直,哪儿都看不出有什么洞穴。只见岩鸽在岩石顶上飞来飞去,而它们的窝,其实只是那花岗岩的峭壁上参差不齐的坑。这种情况着实令人不快,至于破坏这高地,用鹤嘴锄也好,用炸药也好,要想挖出一个足够大的洞来那是休想。水手在这部分海岸上发现了那个临时能住人的藏身之处,也就是他们即将打算放弃的"烟囱",这纯属偶然。

勘察结束,移殖民们来到峭壁的北角,它的尽头,接下来是那些斜坡,它们一直延伸到沙滩上。从此地一直到它西面的尽头,它只是一面陡坡,由厚厚的石块、土、沙子堆积而成,上面生长着植物,有灌木丛和杂草,陡坡的倾斜度仅四十五度。在这儿和那儿,仍可看到花岗岩,是峭壁的尖角露了出来。树丛在它的斜坡上层层叠叠,而一层厚厚的草覆盖在上面。植物的力量没延伸多远,一片长长的沙土平原从陡坡脚下开始,一直伸展到海滨地带。

工程师不无理由地想,过满的湖水大概是从这边呈瀑布状溢出的。的确,由红河供应的过多的水,必定是在某一处流走的。然而,这一处,工程师尚未在已经勘察过的湖岸的任何一个部位找到,也就是说,从西面的小溪口,直到眺望岗都没有水流走的出口。于是工程师建议其同伴们攀登他们正在察看的陡坡,并由高地回"烟囱",沿途勘察湖的北岸和东岸。

此建议被采纳,几分钟后,哈伯特和纳布就到了上面的高地。赛勒斯·史密斯、杰丁·斯皮莱和彭克洛夫,也步履稳健地随后跟上。

走出二百英尺,透过叶丛,只见那片平静美丽的水在阳光下闪闪发光。此处景色迷人。已变成黄色调的树木,排列组合得十分悦目。因树龄过大而倒下的几根巨大的老树干,其发黑的树皮,与覆盖在地面上的绿草地形成鲜明对照。在那儿,一大群白鹦闹哄哄的,叽叽喳喳地叫个不停,又如真正的变幻不定的棱镜,它们从一根树枝跳到另一根树枝。仿佛,阳光照到这奇特的枝叶时,也被分解成了单色。

移殖民们没有直接抵达湖的北岸,而是绕过高地的边缘,去红河左岸的河口。这段弯路最多有十五海里。走起来不费劲,因为树木的间距很大,能让他们自由通行。他们明显感到,肥沃的地带到此为止,而比起红河和感恩河之间的那整个地带来,这里的植物也显得不那么茂盛。

在这片对他们来说是陌生的土地上,赛勒斯·史密斯和同伴们行走起来不免带着几分谨慎,弓、箭、带尖铁的木棍,便是他们仅有的武器。只是不见任何野兽出现,可能那些动物多半是去光顾南面稠密的森林了。但移殖民们很快吃惊地发现,托普竟停在了一条大蛇前,这条大蛇长十四至十五英尺。纳布一棍子把它打死了。赛勒斯·史密斯察看了这条蛇,声称它是无毒的,因为它属钻石蛇类,是新南威尔士土著人经常食用的一种。不过有可能还存在着能咬人致死的其他蛇,如尾巴分叉、能直立的无声蜂蛇,或长着一对能使之极快地前冲的小耳的飞蛇。托普一开始吃了一惊,随后便追逐另一条蛇去了,那股猛烈劲儿令人为之担忧。他的主人马上把它叫了回来。

红河河口,即红河水注入湖泊的地方,很快就到了。勘探者们在对岸认出了他们从富兰克林山峰下来时察看过的地方。赛勒斯·史密斯注意到红河水的输出量相当大,于是,大自然必定在某个地方为过多的湖水提供了一个泄水口。要发现的正是这泄水口,因为,它大概形成了一个瀑布,而这瀑布的机械能是可利用的。

移殖民们虽然在随意地行走,但彼此并没有分开。他们开始绕着十分陡峭的湖岸走。水里像是有很多鱼,水手决定做些渔具来进行开发。

首先得绕过东北方向的那个尖锐的海角。可以假定,泄水正是在这儿进行的,因为,湖的尽头几乎与高地的边缘齐平。可这儿什么都没有。移殖民们便继续勘察湖岸,这湖岸在微微出现了一点弧度后,便又平行地往下,直到沿海地带。

在这边,陡峭的湖岸上树木不那么繁茂,可也有几丛树散布在这里和那里,使风景显得更加秀丽别致。格兰特湖一览无余,没有一丝风来吹皱水面。托普在拍打灌木丛,把各种鸟群赶出,记者和哈伯特则射出箭矢,以向它们表示致意。其中一只甚至被小伙子灵巧地射中,落了在沼泽地的草丛中。托普冲过去,叼回来一只漂亮的水鸟,只见它呈深灰色,喙很短,额骨很发达,爪子被一道月牙形边加宽,翅膀则镶有一道白边。这是一只骨顶鸡,大小如一只肥山鹑,属长趾类水禽,是涉禽类与蹼足类之间的过渡。总之,是一种劣等野味,味道想必不算好,但托普大概不会像其主人们那样挑剔,所以大家同意把骨顶鸡给它当晚餐。

移殖民们于是沿湖的东岸前进,而他们大概很快就会到达已勘察过的部分。工程师十分惊讶,因为,过满的湖水是从哪里排出,他一直没看到任何迹象。记者和水手与他聊天时,他毫不掩饰这诧异之情。

此时,一直很安静的托普,突然躁动不安起来。聪明的动物在陡峭的湖岸上走来走去,又突然停下来望着湖水,并抬起一只爪子,像是停在了某只看不见的猎物前。然后,它狂叫着,搜索着——可以这么说,又猝然沉默了。

赛勒斯·史密斯及其同伴们,起先都没有注意到托普的这一举动,可狗叫

移殖民们很快吃惊地发现,托普竟停在了一条大蛇前,这条大蛇长十四至十五英尺。

很快就变得十分频繁,以致引起了工程师的关注。

"怎么啦,托普?"他问道。

狗冲着主人蹦了好几下,让人看出它的确很不安,然后便又冲向了陡岸。接着它倏地跳入了湖中。"回来,托普!"赛勒斯·史密斯喊道,他不愿让他的狗到可疑的水中去冒险。

"那下面发生了什么?"彭克洛夫察看着水面问道。

"托普准是嗅到了某只两栖动物。"哈伯特回答。

"没准是一条钝吻鳄?"记者说。

"我不认为,"赛勒斯·史密斯回答,"钝吻鳄只有在纬度较低的地区才能遇到。"

此时,托普听到主人的呼叫已回来,并到了岸上,可它无法保持安静。它跳进了深草丛中,在本能的引导下,像是在追踪某个看不见的、贴着湖岸、潜入湖水中的生灵。然而湖水是平静的,湖面上没有一丝涟漪。有好几次,移殖民们停在湖岸上,他们注意地观察着。什么也没出现。那儿有某种秘密。

工程师大为困惑。"我们还是把这次勘察进行到底吧。"他说。

半小时后,他们全都来到了湖的东南角,并置身在眺望岗上。到此,对湖岸的考察大概算是结束了,可工程师并未能发现湖水是从哪里又是怎样排泄的。"这个泄水口是存在的,"他一再地说,"既然表面不显,它必定是深入到海岸的花岗岩高地的里面去了!"

"可是,知道这个,究竟有多重要呢,我亲爱的赛勒斯?"记者问。

"相当重要,"工程师回答,"因为,如果水是穿过高地流走的,那里面就有可能有个洞穴。让水改道后,便很容易把这洞穴变得可以住人。"

"可是,难道湖水不能从湖底流走吗?它通过一个地下管道入海了。"

"这的确有可能,"工程师回答,"若果真如此,那我们就只好自己建房了,既然大自然不肯出力。"

移殖民们于是准备越过高地回"烟囱",因为已经傍晚五点了,不料托普又有了烦躁不安的迹象。它狂叫着,没等它的主人阻拦,就再次跳入了水中。

大家都跑向湖岸。狗已经游到离岸二十英尺的地方去了,工程师连忙叫它回来,这时,一个大脑袋突然露出水面,而该处的水似乎并不深。

这个大脑袋呈圆锥形,上面长着一双大眼睛,吻部有又长又光滑的胡须。哈伯特马上认出,它属于两栖类。"一头海牛!"他喊道。

这不是海牛,而是一种属于鲸目类的哺乳动物,它的名字叫"儒艮①",其鼻孔在脸的上半部张开。

巨型动物向狗冲去,而狗向岸边游来,徒然地想要避开它。它的主人一筹莫展,救不了它。还没等杰丁·斯皮莱或哈伯特想到要使用弓箭,托普已被儒艮抓住,消失在了水中。纳布手握包铁长矛,想扑过去救狗,还打算进入到那动物的生活场所向其发动进攻。

"别去,纳布。"工程师说,他拦住了其勇敢的仆人。

此时,一场搏斗正在水下展开。这是一场无法解释的搏斗,因为,在那环境里,托普显然是抵挡不住的;这也是一场想必很激烈的搏斗,这点可以从水面冒出来的水泡看出;总之,这是一场只能以狗的死亡而告终的搏斗!可是突然,在一圈泡沫中,大家看见托普又出现了。它不知道是被一种什么力量

---

① 儒艮,世界珍稀动物,生活在海洋中,俗称人鱼。

总之，这是一场只能以狗的死亡而告终的搏斗！可是突然，在一圈泡沫中，大家看见托普又出现了。

抛起，升到了湖面上空十英尺的高度，然后又落到了被搅得很浑的水中间。而不一会儿，它游到了岸上，奇迹般地逃生了，只受了一点轻伤。

赛勒斯·史密斯及其同伴们一直在迷惑不解地观望着。情况仍然是无法解释的！仿佛搏斗还在水中继续。儒艮大概受到了某只强大动物的攻击，在放过了狗后，正在为自身的利益而战。

可是这种情形并没持续多久。湖水被鲜血染红了，儒艮的躯体从一大片充分扩展开的猩红色中浮现，并很快被冲到了湖南面拐角处的小沙滩上。

移殖民们向那里跑去。儒艮已死。这是一头巨型动物，身长十五英尺，体重约三千至四千磅。颈部有一处伤，像是被用锋利的刀子割开一般。

能以这猛烈的袭击杀死可怕的儒艮的，是什么样的两栖动物？没人能说得清楚。赛勒斯·史密斯及其同伴们心存疑虑地回到了"烟囱"。

第 17 章

考察湖泊——起指示作用的流水——赛勒斯·史密斯的计划——儒艮的脂肪——片状黄铁矿的利用——硫酸铁——怎样制作甘油——肥皂——硝石——硫酸——硝酸——新瀑布

翌日,5月8日,留下纳布准备午饭,赛勒斯·史密斯和杰丁·斯皮莱登上眺望岗,与此同时,哈伯特和彭克洛夫则沿河而上,重新储备木柴。

工程师和记者很快来到了那个位于湖南沙嘴的小沙滩,即儒艮搁浅的地方。群鸟已经在进攻这堆肉,得用石头驱赶它们,因为赛勒斯·史密斯想保留儒艮的脂肪,并利用它,以供移殖民们之需。至于动物的肉,它必然会提供一种优质食品,因为,在马来亚地区,它是专供当地的君主享用的。不过这是纳布的事。

此刻,赛勒斯·史密斯脑子里还在想别的事。前一天的事件并没从他脑海里抹去,而是一直在纠缠着他。他想揭穿这水场下搏斗的秘密,想知道是乳齿象的什么同类或别的什么水怪,给儒艮造成了如此奇怪的一个伤口。

他站在湖边注视着、观察着,然而什么也没从水下出现,此时平静的湖水在初升的太阳的照耀下闪闪发光。

在搁置儒艮尸体的这个小沙滩上,水不太深,可从此处起,湖底渐渐下降,有可能在湖中央,水是很深的。该湖可被视为一个大盛水盘,里面装满了红河的水。

"哎,赛勒斯,"记者道,"我觉得这湖水并没有什么可疑之处!"

"是没有,亲爱的斯皮莱,"工程师回答,"可我实在不知道如何来解释昨天的事件!"

"我承认,"杰丁·斯皮莱又说,"那两栖动物身上的伤口起码是奇怪的,而更让我无法解释的是,托普怎么会被如此使劲地抛出水面?真好像是有只强有力的胳膊把它扔出来似的,而且也就是这只胳膊,用一把匕首杀死了儒艮!"

"是的,"工程师回答,他已经陷入了沉思,"有件事我弄不明白。可您弄明白了吗,亲爱的斯皮莱。我是怎么得救的,我是怎么从波涛中脱身,并被送进沙丘的?这难道不是真的吗?所以,我觉得其中有秘密,而我们不定哪天会发现的。让我们留意观察吧,但别在同伴们面前老提这些怪事。有什么看法先留着。继续干活吧。"

大家知道,工程师尚未能发现过满的湖水是从哪里排出去的,可他又没见到湖水曾经泛滥过的任何迹象,所以必定在某处有个排泄口。然而,恰恰就在此时,赛勒斯·史密斯很惊讶地辨出有股声音相当响的水流,它让人感到它就在此处。他扔出几块小木头,只见它们朝南面的拐角漂去。于是他沿着水流在湖岸上行走,并来到湖南面的那个沙嘴。

在那里,湖水发生了下陷,像是突然进入了某个地面裂缝。

赛勒斯·史密斯把耳朵贴在湖面上聆听,结果他清晰地听到了一股地下瀑布的声音。

"是这儿,"他起身说道,"这儿正是湖水的排泄口,湖水大概是通过花岗岩高地中的一根地下管道,穿越某些洞穴,汇入大海的。而那些洞穴正可以为我们所用!啊,我会弄清楚的!"

工程师砍下一根长树枝,去除树叶,将其伸进两岸之间的那个拐角,他辨出,在水面下仅一英尺处,有个大洞,这正是在此之前他们一直找又找不到的排水口,而水流的力量之大,使树枝从工程师手中被冲走,并消失了。

"现在已无须再怀疑,"赛勒斯·史密斯一再地说,"那儿就是排水口,而这排水口,我要让它露出来。"

"怎么做?"杰丁·斯皮莱问。

"把湖水降低三英尺。"

"如何降低?"

"另开一个比这更大的出水口。"

"在哪儿开,赛勒斯?"

"在离海岸最近的湖岸。"

"可那是花岗岩湖岸呀!"记者提醒道。

"那好,"赛勒斯·史密斯答道,"我就炸开它,而湖水流走时就会降低,这样排水口就露出来了……"

"而湖水落在沙滩上时就会形成一个瀑布。"记者补充道。

"一个我们要利用的瀑布!"赛勒斯答道,"来吧,来吧!"

工程师拽着他的同伴走了,而这位同伴对赛勒斯·史密斯无比信任,他毫不怀疑此举将会取得成功。可是,这花岗岩湖岸,怎样才能炸开呢?在没有炸药、工具又不完善的情况下,怎样才能瓦解这些岩石呢?这岂不是一项超出工程师的能力、要他拼命干的工作吗?

赛勒斯·史密斯和记者回到"烟囱"时,发现哈伯特和彭克洛夫正忙着卸木排。

"樵夫们就要干完活了,赛勒斯先生。"水手笑着说,"您需要泥水匠时……"

"泥水匠倒不需要,而是需要化学家。"工程师答道。

"是啊,"记者补充道,"我们要炸岛……"

"炸岛!"彭克洛夫喊道。

"起码是炸一部分!"杰丁·斯皮莱搭腔道。

"听我说,朋友们。"工程师说。

他把自己的观察结果告诉了他们。据他看来,承载眺望岗的花岗岩堆中可能有个大小不定的岩洞,而他打算钻进去看看。为此,首先得使洞口变得畅通,而水正是从那里排出的。所以嘛,得另开一个更大的出口,以此来降低水面。因此,必须得制造出一种可在湖岸的另一处开一条大排水沟的炸药。这正是赛勒斯·史密斯要尝试的事,他要用大自然为他准备的矿物来干。

无须说,大家是何等热情地——尤其是彭克洛夫——同意了这一计划。采取断然措施,炸开这花岗岩,制造出一个瀑布来,这可真合彭克洛夫的意!他能当好泥瓦匠或鞋匠,也准能当好化学家,既然工程师需要化学家。要他当的,他都会去当,"哪怕当舞蹈和礼仪教师",他对纳布说,一旦需要的话。

纳布和彭克洛夫首先负责提取儒艮的脂肪,并保存它的肉,以备食用。他们马上就出发了,甚至没要求工程师讲的更明白。他们对工程师是百分之百地信任。

他们走后不久,赛勒斯·史密斯、哈伯特和杰丁·斯皮莱拖着箩筐,沿河而上,朝煤矿层走去,那里片状黄铁矿藏量丰富。的确,它们存在于最新形成的过渡地层。而赛勒斯·史密斯已带回过一块样品。

整整一天都用来运送这些黄铁矿,到了晚上,他们的住处已有了好几吨。

翌日,5月9日,工程师开始操作。这些片状黄铁矿的主要成分是煤、硅石、氧化铝和硫化铁——后者含量过多,得把硫化铁分离出来,并尽快使之转化为硫酸铁,得到硫酸铁,就可提取硫酸了。

到这一步,其实目的已经达到了。硫酸是最常用的物质之一,一个国家的工业发展情况,从其硫酸的消耗量便可衡量出。这种硫酸以后会对移殖民们极其有用,将用来制造蜡烛和鞣制皮革等。而眼下,工程师却要将其留作他用。

赛勒斯·史密斯在"烟囱"后面选择了一块场地,并将地面仔细平整好,他在这地面上放了一堆树枝和劈好的木柴,又在这柴堆上放了些片状黄铁矿石,让它们互相支撑着;然后,又覆盖上薄薄一层黄铁矿石,这些黄铁矿石事先已砸成核桃般大小。

做完这些,便将木柴点燃,热量传到了板岩上,板岩着起来了,因为它里面含有煤和硫黄。于是,又放置了几层砸碎的黄铁矿石,以便形成一大堆,外面则用泥土和草覆盖,并留了几个通气孔,就像是为了制炭而烧木头一样。

接下来,便让转化工作自行去完成,所需的时间不得少于十至十二天,才能使硫化铁变成硫酸铁,而使氧化铝变成硫酸铝,这两种物质都能溶于水,其余的,如硅石、焦炭和灰烬则不然。

在这项化学工作自行完成之际,赛勒斯·史密斯则让同伴们去干别的。大家岂止是干劲十足,简直是在拼命。

纳布和彭克洛夫已剥离了儒艮的脂肪,并将其装进了一些大瓦罐。须通过皂化,提取脂肪的一种成分,即提取甘油。然而,要取得这一结果,只需用苏打或石灰来处理脂肪即可。的确,这两种物质中的任何一种,在和脂肪起化学反应后,都能分离甘油,生成肥皂,而这甘油,正是工程师想要得到的。众所周知,他不缺石灰,只是用石灰来处理大概只能产生钙质肥皂,这种肥皂因为不溶于水而毫无用处,而用苏打来处理则相反,能提供一种溶于水的肥皂,这种肥皂能用于日常清洗。作为一个注重实际的人,赛勒斯·史密斯想必多半是要力求得到苏打。这很难吗?不难,因为海滩上有大量的海洋植物,如海蓬子、松叶竹以及所有那些鹿角菜科植物,它们构成了各种海藻。于是他们收集了许多这类植物,先是将它们晒干,然后放在露天的坑里烧。一直烧了好几天,以便让温度高到能熔化植物的灰烬。焚烧的成果是一堆结构紧密的东西,呈浅灰色,长久以来都有"天然苏打"之称。

得到了这一成果后,工程师便用它来处理脂肪,这一方面产生可溶性肥皂,另一方面产生中性物质甘油。

可这还不是全部。为了以后的配制,赛勒斯·史密斯还需要另一种物质,即硝酸钾,俗称硝盐或硝石盐。

赛勒斯·史密斯本可用碳酸钾来处理,制得这种物质,而碳酸钾通过硝盐很容易从植物灰烬中提取。可他没有硝酸,而他想得到的,又恰恰是这种酸。这便产生了一个他老也摆脱不了的恶性循环。幸好这次大自然给他提供了硝石,他无须费什么力,只要拾一拾即可。哈伯特在岛的北面富兰克林峰脚下发现了硝石矿层,只需提纯这种盐就行了。

各项工程持续了一周。硫化铁还没转化成硫酸铁,它们就结束了。随后的几天,移殖民们还有一些时间,他们用塑性陶土制作了一些耐火陶管,并用砖砌了一个有特殊用途的炉子,一旦得到硫酸铁,它将用来进行蒸馏。所有这些也都在5月18日左右结束了,差不多也就是化学转变完成之时。杰丁·斯皮莱、哈伯特、纳布和彭克洛夫在工程师的精心指导下,成了世界上最灵巧的工人。另外,在所有的教师中,需要的是那种最能吸引学生听讲,而又教得最好的人。

当那堆黄铁矿石完全被火还原后,操作的成果——由硫酸铁、硫酸铝、硅石、煤渣和灰烬构成——便被放进了一个盛满水的盆里。他们将这混合物搅拌,并让其沉淀,然后将液体滗出,就此得到了一种清澈的液体,溶解在其中的有硫酸铁和硫酸铝,其他的物质则仍为固体状态,因为它们是不溶于水的。最后,这液体被部分地气化,结晶状的硫酸铁沉积了下来,而母液,即含有硫酸铝的未汽化液体,则倒掉不要了。

赛勒斯·史密斯因此便有了相当数量的结晶状硫酸铁可支配,问题是要从中提取硫酸。

在工业实践中,制造硫酸需要昂贵的设备。因为需要规模很大的工厂,特殊的设备,白金制作的仪器,不受酸腐蚀的、进行化学反应用的铅室,等等。工程师没有这些设备可使用,可他知道,尤其是在波西米亚,是用一些比较简便的方法制造硫酸的,这些方法甚至有其优点,可生产出浓度很高的硫酸来。有诺德豪森硫酸之称的硫酸就是这样制造的。

为了得到硫酸,已知有一道工序要做:用密封的瓦罐焙烧结晶状硫酸铁,以便使其中的硫酸蒸馏成蒸气,而蒸气冷凝后就产生硫酸了。

那些耐火的陶罐就是用来干这个的,把结晶物装在里面,而炉子的热量将蒸馏出硫酸。整个操作过程非常顺利,到了5月20日,也就是这道工序开始后十二天,工程师便拥有了这种他日后打算用多种方法使用的物质。

然而,他为什么要拥有这种物质呢?很简单,是为了制造硝酸,而这是很容易的,因为,硝石和硫酸起化学反应,并通过蒸馏,便可向他提供硝酸。

可是,他究竟将如何使用硝酸呢?这是其同伴们不知晓的,因为他的活还没干完。

不过工程师快达到目的了,而最后一道工序使他获得了需要经过这么多步骤的物质。

得到了硝酸后,他便将它加进甘油中去,而甘油事先已用隔水炖的方法经汽化而被浓缩,于是,他甚至无须用制冷剂,便获得了好几品脱①的浅黄色油状液体。

这最后一项操作,是赛勒斯·史密斯独自进行的,而且是在一定距离之外,远离"烟囱"的地方,因为它有爆炸的危险。而当他给同伴们带回一小瓶这种液体时,也只是对他们说:

"这就是硝化甘油!"

这的确是那种可怕的产品,其爆炸力也许要比普通炸药大十倍,而它不知已造成了多少起事故!不过,自从有人设法将它制成炸药,将它与一种固体物质混合,这种可怕的液体便可安全使用了。这种固体物质是黏土或糖,有相当多的细孔可吸住它。可是,移殖民们在林肯岛上操作的那个时期,炸药尚不为世人所知。

"将炸掉我们那些岩石的,就是这种液体吗?"彭克洛夫显出一副怀疑的神情说道。

"是的,我的朋友。"工程师回答,"这硝化甘油将产生巨大的效力,何况这花岗岩极其坚硬,爆炸时的抗力也会比较大。"

"我们何时能见到这一幕,赛勒斯先生?"

"明天,等我们挖好一个炮眼后。"工程师回答。

翌日,5月21日,从黎明起,爆破兵们便出发去一个沙嘴,它形成了格兰特湖的湖岸。而那儿离海岸仅五百英尺。该处的高地位于湖水的下方,而湖水仅被一道花岗岩边框拦住。很显然,只要炸开这个边框,水就会从这个出口流出,形成一条小溪,而小溪流到高地倾斜的表面后,便会一直泻到海滩上。因此,湖的水面便会全面下降,并使排水口露出——这便是最终目的。

问题就是要炸边框。在工程师的指导下,彭克洛夫用鹤嘴锄,灵巧而有力地开始凿花岗岩的表层。要凿的炮眼是从湖岸的一个水平方向的山脊上起,斜向地深入进去,直深入到明显低于湖的水面为止。这样一来,只要一炸开岩石,湖水便能大量流到外面,而湖面也便因此下降到令人满意的程度。

这活很费时。由于工程师想要产生巨大的效果,他打算用不少于十升的硝化甘油来进行爆破。彭克洛夫和纳布轮换着凿炮眼,干得非常出色。到傍晚四点左右,炮眼便完成了。

剩下的活儿便是点燃爆炸物质。硝化甘油通常是用雷汞雷管来点燃的,

---

① 品脱,法国旧时液体容量单位,1品脱合0.93升,英国是1品脱合0.568升。

雷管的爆炸,能引发硝化甘油的爆炸。的确,需要一股冲击力来引发爆炸,如果仅仅是点着,这种物质只能燃烧而不会爆炸。

赛勒斯·史密斯肯定能制造出雷管来。虽然他没有雷酸盐,但他很容易得到一种类似于硝化棉的物质,因为他有硝酸可支配。把这种物质压进一个筒状物,再把它插进硝化甘油,然后再用导火线将它引爆,它就能引起爆炸。

可赛勒斯·史密斯知道,硝化甘油具有受冲击而爆炸的属性。于是他决定利用这一属性,如果不成功,大不了再用别的方法。

其实,只要在坚硬的石头表面洒几滴硝化甘油,再用锤子去砸,就足以引起爆炸。可是,操作者若是在现场抡锤的话,就必然会成为这一行动的牺牲者。赛勒斯·史密斯于是便设想,可在炮眼上方固定一根栓子,再用植物纤维在上面拴一块好几磅重的铁。而另一根事先浸过硫的植物纤维,其一端系在第一根的中间,另一端则被拽到高炮眼好几英尺的地面上。用火去点着这第二根纤维,它将一直烧到和第一根纤维的接触点。而这第二根纤维便也被烧着,并被烧断,于是铁块便猛地落到硝化甘油上。

这套装置于是安放好了,工程师便叫同伴们离开现场,然后,他往炮眼里灌硝化甘油,直灌到与炮眼口齐平,并在岩石表面洒了几滴,而那块岩石上面已悬挂了铁块。

做完这些,赛勒斯·史密斯拿起浸过硫的纤维的一端,并将它点燃,然后便离开现场,回去和同伴们一起待在"烟囱"里。

纤维应在二十分钟内点着,而果真,二十分钟后,一片让人无法想象的爆炸声响起了,仿佛整个岛都在它的底部上面震动。一堆石头被抛到了空中,像是被火山喷出一般。由移动的空气所产生的震荡之剧烈,连"烟囱"的岩石都晃动起来了。移殖民们尽管离炮眼有两海里,却也被掀翻在地。

他们爬起来,又登上高地,朝爆破处跑去。在那里,陡峭的湖岸已被炸开……

连续三遍叫好声从他们的胸腔里发出!花岗岩边框被炸开了一个大口子!一股急流从中涌出,泛着泡沫流过高地,到达山脊,从三百米的高度直泻而下,落到了沙滩上!

第 18 章

彭克洛夫不再怀疑什么——湖的原来的排水口——地下坑道——穿越花岗岩的路——托普失踪了——主岩洞——洞内井——秘密——使用鹤嘴锄——返回

赛勒斯·史密斯的计划成功了,可是,他一如既往,并没有流露出任何得意之情,而是双唇紧闭,两眼凝视,一动不动地站在那里。哈伯特欣喜若狂,纳布欢欣雀跃,彭克洛夫则晃着大脑袋,喃喃地说:

"哎呀,我们的工程师,真行啊!"

硝化甘油果真非常有效。在湖岸上炸开的缺口是那么大,以致从这个排水口流出的水量,至少是先前从原来的排水口流出的三倍。因此,爆炸过后不久,湖的水面大概起码就下降了两英尺。

移殖民们回"烟囱"去取了一些鹤嘴锄、尖端包铁的长矛、纤维绳和一块火石,还有一些火绒,然后又返回高地。托普一直伴随着他们。

途中,水手忍不住对工程师说:

"您准知道吧,赛勒斯先生,用这富有魔力的液体,也许能把我们的岛全部炸毁?"

"毫无疑问,岛呀大陆呀,甚至地球,都能,只不过是个用量问题。"

"那么说,您用它来当火器的弹药了?"

"不能,彭克洛夫,因为这种物质太具爆炸性。不过很容易制造出硝化棉甚至普通炸药来,既然我们有硝酸、硝石、硫黄和煤。可惜我们没有枪。"

"哦,赛勒斯先生,"水手回答,"只要有决心就行!……"

彭克洛夫已坚决地把"办不到"三个字从林肯岛的词典上划去了。

移殖民们来到眺望岗后,便马上朝湖的沙嘴走去,原先的排水口就开在那附近,而现在它大概已露出。那个排水口想必已变得可通行了,既然水已改道;而且也许很容易察看里面的布局。

不一会儿，移殖民们便到达湖下方的那个角，只一眼便可看出，预期的效果已达到。

在湖的花岗岩壁内——现在是湖水的上方，果真出现了他们苦苦寻找的排水口。一条窄窄的陡坡，在水退后已露出，沿着它可以到达排水口了。这个排水口宽约二十英尺，高却只有两英尺。它就像人行道边的下水道口，所以移殖民们要想进去并不容易。可是纳布和彭克洛夫抡起了他们的鹤嘴锄，不到一个小时，就使它有了足够的高度。

工程师于是走过去察看，发现排水口上部的岩壁，其倾斜度不超过三十至三十五度。所以里面是可以通行的，只要倾斜度不变大，就很容易到达与海水齐平的地方。假如这花岗岩高地里存在着某个宽大的洞穴的话——这是很有可能的，没准还能利用它。

"赛勒斯先生，我们干吗停步不前？"水手问道，他急于要冒险进入那狭窄的过道，"您看，托普已走在我们前头啦。"

"好吧，"工程师回答，"可是得看清楚了。纳布，去砍几根含树脂的树枝来。"

纳布和哈伯特朝绿荫遮蔽的湖岸跑去，那里有松树和其他的树。他们很快就带着些树枝回来了，并将它们整理成火把状。火把用火石点着了，然后由赛勒斯·史密斯打头，移殖民们进入了幽暗的坑道，那里面不久前曾灌注了过满的湖水。

与料想的相反，这坑道的直径在渐渐变大，以致移殖民们很快就能直着身子往下走了。被水侵蚀了无限长时间的花岗岩壁很光滑，得小心别摔倒。所以，移殖民们用一根绳子彼此连在一起，一如登山运动员在山上所为。幸运的是，有几处花岗岩的突起，形成了真正的台阶，于是这下坡路走起来不那么危险了。似悬在岩石上的小水滴，在火把的映照下呈现彩虹色，叫人以为岩壁上覆盖着无数的钟乳石。工程师观察了一番这黑色的花岗岩。他没看到任何断层、任何裂痕。石壁结构紧密，纹理极细。这坑道甚至是和岛屿同时起源的，而不是被湖水冲击成的。是普路托①，而不是尼普顿②，亲手挖掘了它，岩壁上可辨出火山喷发的痕迹，而湖水的冲刷并未能完全抹去。

移殖民们只是在极其缓慢地往下走。在这高地的深处探险，他们不免有几分激动，因为这里面显然是初次有人类来光顾。他们虽不说话，脑子却没闲着，而且不止一个人在想，某条章鱼或另一种巨型头足纲动物有可能占据

---

①② 普路托是罗马神话中的冥王。尼普顿是罗马神话中的海神。

着里面的洞穴,而这些洞穴是和大海相通的。所以探险得小心谨慎地进行。

另外,托普走在小部队的前面,这狗很聪明,他们完全可以信赖它,一有情况,它必然会发出警报。

沿着一条相当弯曲的路往下走了一百英尺后,走在前面的赛勒斯·史密斯止步了,而同伴们赶了上去。他们的歇脚处被挖空了,形成了一个直径不很大的岩洞。水滴自拱顶落下,但这并非来自透过高地的渗漏,而仅仅是在这洞穴里长时间隆隆作响的急流留下的最后一点痕迹。而略显潮湿的空气,并未散发出任何恶臭。

"怎么样,亲爱的赛勒斯?"杰丁·斯皮莱说,"这可是一个不为人知、隐蔽在这深处的藏身之地。但是不管怎样,它是无法住人的。"

"为什么无法住人?"水手问道。

"因为它太小也太暗了。"

"难道我们就不能使它变大吗?我们可以挖掘它,再开些口来通风采光呀!"彭克洛夫回答道,他已不再怀疑什么。

"让我们继续,"赛勒斯·史密斯回答,"继续我们的勘察吧。也许,在下面,大自然会让我们省去这项工作的。"

"我们还只是在这高地的三分之一处。"哈伯特提醒道。

"三分之一左右吧,"赛勒斯·史密斯回答,"因为从排水口算起,我们往下走了有一百英尺,而由此再往下一百英尺处,并不是没有可能……"

"托普在哪儿?"纳布打断了主人的话问道。

大家在岩洞里寻找一番。狗没在那儿。

"它大概是继续往前走了吧。"彭克洛夫说道。

"那我们赶上去。"赛勒斯·史密斯答道。

他们又开始往下走。工程师仔细观察那些拐弯,尽管拐弯那么多,他还是挺容易地就看出了这坑道的大致方向;它是通向大海的。

移殖民们又往下走了五十米,突然,他们的注意力被来自高地深处的远远声音吸引住了。于是他们驻足聆听。那声音越过坑道传来,就像越过一个传声筒般,清晰地传到了身边。

"是托普在叫!"哈伯特喊道。

"没错,"彭克洛夫回应道,"我们勇敢的狗甚至是在狂叫。"

"我们有铁头长矛,"赛勒斯·史密斯说,"提高警惕,勇往直前!"

"事情越来越有趣了。"记者对水手耳语道,那位则点了点头。

赛勒斯·史密斯及其同伴们冲过去救狗。托普的叫声越来越清晰可闻,可感觉到它那断断续续的声音中有一种非同寻常的狂怒。托普莫非是打搅了一只隐居在此的动物,并和它展开了搏斗?可以说,移殖民们现在是被克制不住的好奇心攥住了,而已不去顾及他们所面临的危险。他们不再是往下走,而是在身不由己地——可以这么说——在石壁上滑行。几分钟后,滑行了六十英尺,他们和托普会合了。

在那里,坑道通向一个宽大而壮观的小洞,托普在里面走来走去,并狂叫着,彭克洛夫和纳布晃动着火把,把大片的光亮投在花岗岩的所有的凹凸不平的表面上。与此同时,赛勒斯·史密斯、杰丁·斯皮莱、哈伯特手持长矛,准备应付一切意外事件。

巨大的岩洞空空荡荡的。移殖民们把它的各处都跑遍了。什么都没有,没有一只动物,没有一个活物!而此时,托普一直在叫,抚摸、呵斥都不能使它闭嘴。

"不定什么地方有个出口,湖水就是从那儿流向大海的。"工程师说。

"的确如此,"彭克洛夫答道,"我们要小心别掉进窟窿里去。"

"去吧,托普,去吧!"赛勒斯·史密斯大声说。

在主人话语的鼓励下,那狗跑向岩洞的尽头,在那里,它叫得更凶了。

大家在后面跟着它,而在火把的光里,出现了一个真正的井口,它是开在花岗岩里的。以前进入高地里的水,正是从这儿出去的,而这回,这已不是一个倾斜的、可通行的坑道,而是一口垂直的井,想要进去探险,是不可能的。

火把倾斜地在井口上面照着。什么也看不见。赛勒斯·史密斯从火把里取出一根燃烧的树枝,投进了这深渊。明亮的松脂——其亮度由于它的快速坠落似在加大——照亮了井的内部,可还是没出现任何东西。接着,随着一阵轻微的抖动,火焰熄灭了,这表明它已到达水面,即海面。

工程师计算了一下坠落所用的时间,得以估计出井深,那大约是九十英尺。

岩洞的地面因此位于高出海平面九十英尺处。

"这就是我们的住所。"赛勒斯·史密斯说。

"可它正被某个生灵占据着呢。"杰丁·斯皮莱说,他觉得自己的好奇心并没得到满足。

"得啦,某个生灵,是两栖动物还是别的,反正是从这个出口逃走了。"工程师答道,"而它把地方让给我们了。"

"这无所谓,"水手补充道,"一刻钟前,我倒真希望自己是托普,因为,它这么叫,毕竟不是无缘无故的!"

赛勒斯·史密斯望着他的也是同伴们的这只狗,而它要是走近他,就会听见他在喃喃地说着这样一些话:

"是的,我深信,托普比我们更清楚许多事情的来龙去脉!"

此时,移殖民们的愿望大部分已得以实现。很幸运,靠着他们头头的远见卓识、精明能干,偶然性给他们帮了大忙。他们有了一个巨大的岩洞可供使用,由于火把的亮度不足,他们尚无法估计出其容量,但用砖砌成隔墙,肯定能将其分成若干房间。即使不能把它归为一幢房子,起码也能将其说成是一套宽敞的住房。湖水已经放弃它了,不会再回来了。地方空出来了。

还剩下两个难题:首先是,要使这个在整块实心岩石中形成的岩洞有可能变得亮堂;其次是,必须使进出变得方便些。关于采光,休想从上面来进行,因为岩洞顶上的花岗岩极厚,可也许能凿穿前面的、面向大海的岩壁。赛勒斯·史密斯在往下走时,已经约略地估计出了这坑道的斜度,因此也便估计出了它的长度,所以他有充分理由相信,前面部分的岩壁厚度不大。如果采光问题能这样解决,进出问题也同样能,因为凿一扇门和凿几扇窗户难易程度相等,而在外面设置一把梯子也同样不是什么难事。

赛勒斯·史密斯把自己的想法告诉了同伴们。

"那么,赛勒斯·史密斯先生,我们动手干吧。我有鹤嘴锄,完全能凿穿这墙。该从哪儿下手?"

"从这儿。"工程师回答,一边给身强力壮的水手指出岩壁上的相当大的一处凹陷,这凹陷处的岩壁想必会薄些。

彭克洛夫开始凿花岗岩,在半小时内,在火把的微光下,只见花岗岩碎片在他周围乱飞,而岩石在他的鹤嘴锄下迸出了火星。纳布接替了他,杰丁·斯皮莱又接替了纳布。

这活已持续了两个小时,他们可能在担心,该处岩壁的厚度都超出了鹤嘴锄的长度,突然,随着杰丁·斯皮莱的最后一下,工具竟穿过岩壁,落到了外面。

"好啊!好啊!"彭克洛夫喊道。

那个地方的岩壁只有三英尺厚。

赛勒斯·史密斯走过来把眼睛贴在那口子上,那口子离地面有八十英尺。展现在他面前的是海岸的边缘、小岛,再过去是茫茫的大海。

这个窟窿还是相当大的,因为岩石已经明显风化了。大量的光线射了进来,充斥着这个壮观的岩洞,从而产生了一种神奇的效果!如果说它的左面部分高和宽超不过三十英尺,长度为一百英尺,那么右面部分则相反,空间非常之大,拱顶的高度达八十英尺以上。有几处,布局不规则的花岗岩柱石支撑着拱顶的拱底石,而那些拱底石就像是大教堂中殿的那种。那倚在侧面拱脚柱上的拱顶,在这里降下来呈弧形,在那里升上去到达拱肋的上面,又消失在幽暗的梁间距之间,而这些梁间距,能在暗影中隐约看到它们那奇形怪状的拱,这些拱饰有大量突起,而这些突起像是形成了同样多的弯隅。人类之手曾经建造出具有拜占庭、罗马和哥特式风格的建筑物,而这拱顶,则别致地将所有这些风格融合成一体。然而在此,这却是大自然的杰作!是它独自在这花岗岩高地中挖掘出这仙境般的文勒哈卜拉宫①!

移殖民们惊叹不已。他们原以为发现的只是一个狭窄的岩洞,结果却发现了一座神奇的宫殿。纳布摘下帽子,就像是置身于一座庙宇中似的!大家都赞不绝口。叫好声在回荡,并引起阵阵回声,直到消失在幽暗的殿堂尽头。

"啊,朋友们,"赛勒斯·史密斯大声说,"等这高地的内部有了充足的光照,我们就把卧室、仓库、配餐室安排在左面部分,剩下这富丽堂皇的岩洞,我们将把它变成我们的自修室和博物馆!"

"那我们叫它什么?"哈伯特问。

"花岗岩宫。"赛勒斯·史密斯回答,这一名称引起了其同伴们的又一阵欢呼。

此时,火把已几乎全部燃尽,要想回去,就得沿坑道而上,回到高地的顶上。于是大家决定,把与整治新住宅有关的工作放到翌日去做。

临走前,赛勒斯·史密斯再次俯身在那口垂直地下陷、直达海平面的黑洞洞的井上,他全神贯注地聆听了一番。没有任何声音,甚至连水声也没有,那是在那深处有时会发出的波涛起伏声。又扔下了一根燃烧的树枝。井壁被照亮了片刻,可这次和上次一样,并没有显示出任何可疑的情况。如果有某只水怪由于湖水的退去而突然受惊,它现在已通过延伸到海滩的地下管道回到大海里去了;在有新的出口前,过满的湖水正是从那地下管道流走的。

然而,工程师却一动不动,他耳朵竖起,目光扎进深渊,一言不发。

水手走过来,用胳膊碰了碰他:

"赛勒斯先生?"他说。

"怎么啦,朋友?"工程师如梦初醒地回答。

"火把马上就要灭了。"

---

① 文勒哈卜拉宫,中世纪西班牙著名的伊斯兰建筑,阿拉伯文原意为红宫,是当时西班牙安达鲁西亚地区摩尔人的王宫。

"走吧!"赛勒斯·史密斯答道。

小部队离开岩洞,开始穿过幽暗的排水道往上走。托普殿后,它仍在发出古怪的低吠声。上坡路相当难走。移殖民们在上面的岩洞里,停留了片刻,这岩洞像是个平台,在这长长的花岗岩阶梯的中间部位。然后,他们又开始攀爬。

他们很快就感觉到空气比较新鲜了。水珠已蒸发,不再在岩壁上闪烁。火把的烟灰色的光在逐渐暗淡。纳布举着的火把已熄灭,得加快步伐了,免得在漆黑一团中冒险行走。

他们果真加快了步伐,于是,在快到四点时,也就是在水手的火把也熄灭了的那一刻,赛勒斯·史密斯及其同伴们走出了排水口。

第 19 章

  工程师的计划——花岗岩宫的正面——绳梯——水手的梦想——香草——天然养兔林——为新居引水——花岗岩宫的窗景

  5月22日,整修新居的工程开始了。移殖民们急于要换住所,从他们那条件较差的"烟囱"搬到这宽敞而干净的地方来。它位于实心岩石中,可使他们不受海水和雨水的侵袭。但"烟囱"也不该放弃,工程师计划把它变成一个干活的车间。工程师首先想到的是,要认出花岗岩宫的正面是在哪个位置上被凿开的。他去了海滩,到了巨大的悬崖峭壁下,因为从记者手中脱出去的鹤嘴锄想必是垂直落下的,所以只需找到鹤嘴锄,便能认出已经凿开的那个洞。鹤嘴锄轻而易举地被找到了,它插在沙地上,果然有个洞开在这一地点的垂直方向上,大约在海滩上面八十英尺处,有几只岩鸽正从这狭小的洞口里飞进飞出。这花岗岩宫真好像是为它们而建的呢!

  工程师的意图是要把岩洞的右面部分分成好几个房间,而房间前面设一个进出的过道,并在正面开五扇窗户和一扇门用来采光。彭克洛夫完全同意开五扇窗户,可他不明白门的用途,因为原先的排水道提供了一个天然阶梯,而从那个阶梯进出花岗岩宫怎么说也是很容易的。

  "朋友,"工程师说,"如果我们从排水道到我们的住所很容易,那对外人来说也很容易。相反,我打算堵住排水口,并封死它,如果需要的话,就把进出口完全掩盖住,办法是通过筑一道水坝,恢复水位。"

  "那我们怎么进去呢?"水手问。

  "在外面设一把梯子,"赛勒斯·史密斯答道,"一把绳梯。一旦收了梯子,就没法进入我们的住所了。"

  "可干吗那么小心谨慎呢?"彭克洛夫说,"至今为止,动物在我们看来并不是很可怕的,至于要说岛上有土著人住,那是没有的事!"

  "您能肯定吗,彭克洛夫?"工程师望着水手问道。

"当然，我们只有在全面勘察这个岛后才能肯定。"彭克洛夫回答。

"是的，"赛勒斯·史密斯说，"因为我们还只是了解它的一小部分。可不管怎么说，如果岛内没有敌人，那么敌人也有可能会来自岛外，因为太平洋海域是险恶的海域。所以我们得提防任何意外情况的发生。"

赛勒斯·史密斯的这番话说得很明智，彭克洛夫没有再提出任何异议，而是准备执行他的命令。花岗岩宫的正面于是将开五扇窗户和一扇门，为严格意义上的"套房"来采光，另外还要开一扇大窗和五扇小圆窗，让光线大量进入那神奇的中殿，而它将充当大厅。这正面距离地面有八十英尺，方向朝东，红日升起时，用第一缕阳光向它致意。它在一面护墙上展开，这部分护墙在一个角和一条垂直线之间，这突角在感恩河河口形成拐角，而那垂直线则在构成"烟囱"的岩石堆上面。因此，有害的风，即东北风，只能斜侧地刮来，是突角的朝向保护了它。另外，在窗框做好之前，工程师打算用厚厚的护窗板来封闭窗洞，这样既挡雨又挡风，必要时还可将护窗板掩盖住。

第一项工作是凿这些窗洞。用鹤嘴锄来凿这坚硬的岩石速度太慢，要知道工程师是个很有办法的人，他手头还有一定数量的硝化甘油可供其使用，于是他有效地利用了它。爆炸物质被限定在局部起作用。由于它的爆炸力，花岗岩就在工程师选定的位置上被洞穿了。然后，鹤嘴锄和十字镐完成了五扇窗户、一扇大窗户和几扇小圆窗户以及门的尖形图案。他们修平了框架，因为框架的轮廓相当任意。几天后，在东方的阳光照射下，花岗岩宫显得非常亮堂，阳光一直射到它那些最隐秘的深处。

按照赛勒斯·史密斯制定的计划，套房将分成五个面朝大海的房间。右面是进出口，口上安一扇门，门外面设把梯子，然后是一个厨房，宽三十英尺，接着是一个饭厅，宽四十英尺，还有一个同样宽的寝室，是一间"客房"，这是彭克洛夫要求的，它挨着大厅。这些房间，确切来说是这一连串房间，形成了花岗岩宫的套房，但它们占不满岩洞的深处。于是他们准备在那里建一个长形仓库，在房间和仓库之间设一个过道。仓库里可存放用具、食物、储备物资，地方十分宽敞。所有在岛上获得的产品，不论是植物的还是动物的，进了仓库就是进了极好的保存环境，完全不会受潮。空间有的是，每件物品都能有条不紊地摆放。此外，移殖民们还有位于大岩洞上面的小岩洞可使用，这小岩洞将作为新居的顶楼。计划一旦制定，就只待将其实施了。矿工又成了制砖工，然后，砖被运来了，被码放在花岗岩宫下面。

直到那时为止，赛勒斯·史密斯及其同伴们还都是从原先的排水道进出岩洞。这种来去方式使他们不得不先从河岸绕过来，登上眺望岗，再沿着坑道往下走二百米,而当他们想回到眺望岗时,则要往上走同样的距离。这样既浪费时间,又令人疲累。工程师于是决定尽快制作一把结实的绳梯,绳梯一旦收回,花岗岩宫外的人就绝对进不去了。

绳梯制作得极为认真,梯帮是用白藤纤维做的,用小风车编制而成,结实得像一根粗缆绳。梯级则来自一种红雪松,其树枝既轻又坚固。这器具是由彭克洛夫制作成的。其他的绳子也是用植物纤维制作的,于是门口安装了一组粗糙的滑轮。这样一来,砖就可以轻而易举地吊到花岗岩宫的高度。材料的运输被大大简化了,严格意义上的室内装修马上开始。石灰不缺,数千块砖在那里待用。隔墙的构架没费事就竖起来了,何况是十分简陋的。在很短的时间里,按照商定的计划,套房被分成了若干房间和仓库。

在工程师的带领下,各项工程进展很快,工程师自己也抡起了锤子,操起了镘刀。赛勒斯·史密斯对人工活样样在行,他就这样为聪明而勤奋的同伴们做出了榜样。大家信心十足甚至是兴高采烈地干着,彭克洛夫老有逗乐的话,他时而当木工,时而当绳索工,时而又当泥瓦匠,用自己的好心情感染着这一小群人。他对工程师绝对信任,他在这方面是不受任何干扰的。他相信工程师样样能干,而且样样能干成。衣服和鞋的问题——无疑是个重要的问题,冬夜的照明问题,岛的肥沃部分开发和利用的问题,把野生植物变成栽培植物的问题,一切在他看来都不是什么难事,有赛勒斯·史密斯在,到什么时候都会解决的。他梦想着开凿运河以便利运输土地上的资源,梦想着开采石场和矿山,梦想着制造从事一切工业生产用的机器,梦想着兴建铁路。是的,铁路!有朝一日,铁路网肯定会覆盖林肯岛的。工程师由他去说。对这个老实厚道人的夸张说法,他丝毫没加以制止,他知道信心是多么能感染人,听到他讲这番话时他甚至还微笑了,面对未来有时在他心头唤起的不安,他却只字不提。事实上,身处航线之外的太平洋的这部分海域,他担心他们有可能永远也不会获救。移殖民们要靠就只能靠他们自己,因为林肯岛距离其他任何陆地都非常遥远,要想乘船去冒险,何况是一条建造质量肯定是不太好的船,将是一件重大而棘手的事。

可是,正如水手所说,他们比昔日的鲁滨孙强多了,因为对鲁滨孙来说,在当时,一切都只是有待奇迹出现。的确,他们"能",在其他人必然会过不好而且会丧失生命的环境中,"能"人却能取得成功。

干活期间,哈伯特表现出色。他聪明勤快,悟性强,活干得好,工程师越来越喜欢这个孩子了。哈伯特则对工程师怀有强烈的敬意和友爱之情。彭克洛夫看得出,这两人之间关系密切,彼此很有好感,但他并不忌妒。纳布仍旧是纳布。他总是那样勇敢、热情、忠诚，具有独特的忘我精神。他对自己主人的信任程度并不亚于彭克洛夫，但他不像他那么张扬。当水手兴奋不已时，纳布总像是在对他说："这再正常不过了。"他和水手彼此非常喜欢，他们很快就用"你"相称了。至于杰丁·斯皮莱，他也和大家一起干活，而且并不笨拙。这始终让水手感到惊讶，一位精明能干的"记者"，不仅样样懂，而且样样会！

绳梯最终于5月28日安装好了。在这八十英尺的垂直高度上，绳梯的级不少于一百个。赛勒斯·史密斯很幸运地得以将它分成了两部分，因为他利用了石壁的突起，这突起离地面有四十英尺。经鹤嘴锄仔细整平，它成了一种平台，可在上面固定第一部分绳梯，这样绳梯的摆动性就减少了一半，而且用一根绳子就可将它吊到花岗岩宫的高度。至于第二部分，下面的一头固定在突起上，上面的一头则固定在门上。因此，攀爬就显然变得较为容易了。另外，赛勒斯·史密斯还打算日后安装一部水力升降机，那样花岗岩宫的住户们就完全不用费力和费时了。

移殖民们很快就习惯使用绳梯了，他们动作敏捷而又灵活，而彭克洛夫作为一名水手，惯于快速攀爬桅索，所以便能教他们。可还得教托普。可怜的狗长着四条腿，生来就不是干这个的，不过水手是一位非常热心的教师，托普因此攀爬得还可以，并很快就像马戏团里其同类们那样熟练了。水手为自己的学生感到骄傲，他无以表达，便不止一次地把托普驮在背上，托普对此倒从不抱怨。工程进行得很快，因为天气恶劣的季节临近了。在此期间，食品问题没有被忽略。记者和哈伯特已成了移殖民们的食品供应者，他们每天都要花几个小时去打猎，目前还只是在感恩河左岸开发利用中南美鸳森林，因为，在没有桥和小船的情况下，他们仍无法越过感恩河。所以，那片被命名为远西森林的茫茫林海，至今未被勘察过。他们要把这重要的远足，留到来年春天去进行。不过中南美鸳森林里的猎物已够多，有大量的袋鼠和野猪，猎人们的铁头长矛、弓和箭颇有用武之地。此外，在潟湖的西南角，哈伯特发现了一片天然养兔林，这是一片略显潮湿的草地，上面长着柳树，覆盖着在空气中散发着阵阵清香的香草，如百里香、欧百里香、罗勒、风轮菜及其他各种唇形科的香草，这都是兔子爱吃的。

按照记者的意见，既然餐桌已为兔子摆好，若没有兔子岂不让人感到奇怪，两位猎人便仔细搜索了这片养兔林。不管怎样，这片林子盛产有用的植物，一位博物学家若到此，便有了好好研究植物界标本的机会。哈伯特因此采集了一定数量的罗勒、迷迭香、蜜蜂花、药水苏等的嫩芽，它们具有各种治疗性能，一些祛痰镇咳的、收敛的、退热的，另一些是镇痉或治疗风湿病的。

后来,彭克洛夫问所有这些采集来的草有何用。

"用来治病,"小伙子回答,"我们有病时可以用来治疗。"

"我们干吗要有病,岛上又没有医生!"水手一本正经地说。

这话让人无言以对,不过小伙子照样采集药草,而它们在花岗岩宫大受欢迎。何况除了这些药草,他还采集了数量不少的一种叶子对称的植物。在北美,它有"奥斯威戈茶"之称,能产生一种味道极好的饮料。

终于,在那天,两位猎人经过认真寻找,来到了养兔林的真正位置。那里的地面满是窟窿。"兔子洞!"哈伯特喊道。

"没错,"记者说,"我看见了。"

"可它们在里面吗?"

"这倒是个问题。"

问题很快就有了答案。几乎马上,数百只酷似兔子的小动物,向四面八方逃去,速度之快,连托普也自叹弗如。猎人们和狗白白地追赶了一番,这些啮齿动物轻易地逃脱了。可记者决意起码逮它半打再离去。他想首先用它们来装满配餐室,以后再抓一些来驯养。只要在洞口设一些套子,此举便肯定能成功。可眼下没有套子,也没有制作的材料。于是只得搜查每一个巢穴,用棍子伸进去寻找,既然别无他法,就只好耐着性子这么干了。终于,在搜寻了一个小时后,四只啮齿动物在巢穴里被逮住了。这些兔子相当像它们的欧洲同类,俗称"美洲兔"。猎物于是被带回了花岗岩宫,并出现在晚餐中。这片养兔林中的主人可不容轻视,因为它们是美味可口的。对移殖民们来说,这是一种宝贵的资源,而这些资源看来将是取之不尽的。

5月31日,隔墙砌好了。只剩下用家具布置房间了。这将是漫长的冬日里的活计。烟囱装在用作厨房的第一个房间里。用来导烟的管道让临时砌炉工们费了点事。赛勒斯·史密斯认为用造砖用的黏土制作一个比较简单;因为无须考虑让它通到上面的高地,他们便在厨房窗户上方的花岗岩上凿了个洞,管道被斜向地通到这个洞,一如铁皮炉的管子。也许,甚至有可能,东面刮来的大风袭击正面时,烟会倒灌,可这样的风很罕见,再说,纳布师傅,即厨师,对此也并不那么在意。

室内一装修完,工程师便忙着堵原来的那个通向湖的排水口,以绝对禁止由此进入。他们把大块的岩石滚到洞口,并用水泥加固。工程师没有实施用湖水淹没这排水口的计划,他打算筑一道坝,让湖水恢复到最初的高度。他现在只是用草、灌木和荆棘,把堵住的洞口掩盖起来。这些植物被种在了石缝里,到来年春天,它们就会生长得很茂盛。

然而,他还是利用这坑道,把湖里的一小股淡水引到了新居。在水面下挖的一道沟渠产生了这一效果。一股纯净而源源不断的泉水经这么一分流,便能提供日产量达二十五至三十加仑的水。于是花岗岩宫将永远不会缺水。

一切总算都结束了,而且结束得很及时,因为天气恶劣的季节到了。厚厚的窗板能把正面的窗户封闭住,只等工程师有时间来制作窗户玻璃。在窗户周围的岩石突起处,记者很艺术地布置了各种植物和长长的浮草,如此一来,窗洞便镶上了一个秀丽别致的绿色框架,具有令人赏心悦目之效。

这个住所坚固、整洁、安全,其居住者们对自己的劳动成果感到十分满意。透过窗户,他们的视线能在一望无际的地平线上展开,只见北面是两个颌骨海角,南面是爪形海角,整个合众国湾雄伟地展现在他们面前。是的,这些正直勇敢的移殖民们有理由感到满意,彭克洛夫则对新居大加赞扬,并幽默地称之为"中二楼上位于第六层的套房"!

几乎马上,数百只酷似兔子的小动物,向四面八方逃去,速度之快,连托普也自叹弗如。

第 20 章

  雨季——衣服问题——捕猎海豹——制作蜡烛——花岗岩宫里的室内活——两座桥——从牡蛎场归来——哈伯特在衣袋里找到的东西

  随着六月的到来，冬季真的开始了。这里的六月相当于北半球的十二月那么寒冷。刚入冬时狂风和骤雨接连不断，但恶劣的天气无损于花岗岩宫，移殖民们这下可衡量出新居的好处了。"烟囱"那个栖身之处实在是不足以抵御冬天的严寒，而且还得担心海风掀起的大潮会涌入。赛勒斯·史密斯甚至采取了一些预防措施来防备这种可能性，以便尽量保护好安装在那里的炼铁炉。在这整个六月份，时间都用于做各种杂活了，其中也包括打猎和捕鱼，所以配餐室里始终都储有大量的食物。彭克洛夫一有空闲，便建议设置一些陷阱，他期待着从中得到最大的好处。他已用植物纤维制作了一些套子，于是养兔林便天天为他们提供一份啮齿动物。纳布把他的时间几乎都用来制作腌肉和熏肉了，这便确保他拥有一些优质的、易于保存的肉食。
  衣服问题已经过了严肃认真的讨论。当气球把移殖民抛在岛上时，他们没别的衣服，除了身上穿的这些。这些衣服很暖和很结实，他们穿得很仔细，并让它们保持清洁和完好状态，可所有这些很快就需要替换了。此外，如果冬天很寒冷，移殖民们很可能就要受冻了。
  在这方面，赛勒斯·史密斯缺乏创造性。他大概是光顾着去解决最紧迫的问题了，如修建住所、确保食品供应，不等衣服问题解决，寒流就有可能袭来，那就只好忍气吞声地度过这第一个冬天了。等美好的季节一到，他们将认真地去捕猎那些岩羊，在富兰克林峰勘察时，他们就曾注意到了它们的出现。一旦收集到羊毛，工程师准能把它们织成暖和而结实的衣料。怎么织？到时候就会考虑的。
  "得啦，大不了在花岗岩宫烤烤腿肚子算了！"彭克洛夫说，"燃料有的是，没有任何理由去节省。"

"再说,"杰丁·斯皮莱搭话,"林肯岛并不是处在纬度很高的地区,有可能冬天并不很冷。您不是对我们说过吗,这35°的纬度相当于北半球西班牙的35°的纬度?"

"大概如此,"工程师回答,"可是在西班牙,有时冬天是非常寒冷的!下雪和结冰,全齐了,而林肯岛也会经受严寒的。不过这是个海岛,但愿气温会比较适中。"

"那是为什么呢,赛勒斯先生?"哈伯特问。

"因为大海可视为是一个巨大的仓库,里面储存着夏天的热量,冬天一来,它就把这些热量释放出来,这便保证了海洋附近的地区有一个适中的温度。夏天不那么热,冬天也不那么冷。"

"那我们就等着瞧吧,"彭克洛夫答话,"我只求自己别太在意天会不会冷。有一点倒是肯定的,那就是日短夜长了。我们是不是来研究一下照明问题。"

"那再容易不过了。"赛勒斯·史密斯回答。

"是指研究?"水手问。

"是指解决。"

"那我们什么时候开始?"

"明天,搞一次猎海豹。"

"是为了做蜡烛吗?"

"当然了!彭克洛夫,是做蜡烛。"

这果真是工程师的计划,而且是一个可以实现的计划,既然他有石灰和硫酸,而小岛上的两栖动物又可提供给他制蜡烛所需的脂肪。

那天是6月4日,星期天,也是圣灵降临节。大家一致同意遵守这一节日的规定。所有的活都暂停,大家对天祈祷,但这祈祷现在成了感恩之举。林肯岛的移殖民们已不再是被抛在小岛上的可怜落难者,他们不再乞求,而是感恩。

翌日6月5日,天气变化不定,但他们还是出发去小岛了。得利用低落的海潮涉水穿过那水道,而关于这点,大家商定好歹要制造一条小船。有了船,过水道就比较方便了,而且还可沿感恩河而上,对岛的西南面进行重要的勘察,不过这是春暖花开时节的事。

海豹的数量很多,猎人们用铁头长矛很容易地刺死了五六只。纳布和彭克洛夫将它们的皮剥下来,只把它们的脂肪和皮革带回花岗岩宫,这皮将用来制作结实的鞋子。

这次狩猎的成果是,有三百磅脂肪将完全用于制作蜡烛。

制作工序极为简单，而且，就算出来的成品不是十全十美，起码也是可用的。赛勒斯·史密斯手头只有硫酸可使用，他将这硫酸和那些中性脂肪体——海豹脂肪属于此类——一起加热，得以分离出甘油，然后又用沸水，从这新的化合物中轻而易举地分离出甘油三油酸酯、人造黄油和硬脂精来。可是，为了简化工序，他宁可用石灰碱化油脂。他因此而得到了一种碳酸钙质肥皂，这种肥皂用硫酸很容易分解，硫酸使石灰呈硫酸盐状沉淀下来，并分离出脂酸。

在油酸、十七烷酸和硬脂酸这三种酸中，第一种是液体，是用足够的压力挤压出来的。至于其他的两种，它们正是即将用于制作模压蜡烛的物质。整道工序持续的时间不超过二十小时。经过多次试验，蜡烛芯用植物纤维做成，并浸在熔化的上述物质中，它们便成了真正的手工模压硬脂酸蜡烛，就只差涂白和磨光了。蜡烛蕊若用硼酸浸泡，在燃烧过程中便能成玻璃状物体，并能全部燃尽，但他们制作的蜡烛想必没有这个优点。不过赛勒斯·史密斯制作了一把漂亮的烛剪。在花岗岩宫度过的那些夜晚，这些蜡烛颇受好评。

在这整个六月里，他们并没在新居里闲待着，细木工匠们有活要干。他们制作了一些工具，但这些工具很简陋，他们还要作进一步加工。

剪刀也被制作出来了，移殖民们终于能理发了，即使剃不了胡子，起码也能按他们各自的喜好修剪。哈伯特没胡子，纳布也几乎没有，可他们的同伴们的下巴却布满了胡子，可见制作剪刀是完全有理由的。

制作一把手锯——属所谓的刀锯之类，不知要费多少力，但他们最终还是制得了一种工具，只要使用时使点劲，便可用来把木头的木质纤维分开。他们于是做了些桌子、椅子、柜子，把那些主要的房间布置了一下，又做了些床架，床垫则是由大叶藻构成的。厨房里装了些搁板，上面放置了陶土器皿、砖炉、洗涤用石板，看起来很不错，纳布则在里面一本正经地操作，就像是在化学实验室里似的。

可是细木工匠很快就得去改做木匠了。因为，通过爆破而形成了新排水渠，这样一来，就必须建两座桥了。一座建在眺望岗上，另一座就建在海滩上。现在，眺望岗和海滩的确被一股水流横向地切断了，而要想去岛的北面，又非穿过这股水流不可。为了避开它，移殖民们不得不绕一个大弯，并在西面攀爬，直到红河的源头那边。最简单的做法就是在眺望岗和海滩上架两座桥，它们各长二十至二十五英尺，而只要用斧子把几棵树弄方正，整座桥的构架就形成了。这件事花费了几天时间。桥一建好，纳布和彭克洛夫就利用上了，他们一直到了牡蛎群那儿，那片牡蛎群当初是在沙丘周围发现的。他们拉着一辆四轮运货车,它取代了原来的那个筐,而那筐实在太不方便了。他们运回了数千只牡蛎,它们很快就在那些岩石中间被养了起来,而那些岩石在感恩河口形成了那么多的天然牡蛎养殖池。这些软体动物属优质食品,移殖民们几乎天天都要食用一些。

可以看到,这林肯岛已满足了其居民们的全部需求,尽管他们才勘察了它的很小一部分。而也许,当深入到它的最隐秘之处,到从感恩河起延伸至蛇形岬角的林区去搜索时,它还将慷慨奉献出新的宝藏。

让林肯岛的移殖民们感到为难的是,他们还缺一样东西。他们不缺含氮食品,也不缺冲淡其作用的植物性产品:经发酵后的龙血树的根茎,可为他们提供一种略带酸味的饮料,这饮料类似于啤酒,比纯净的水更受欢迎。他们甚至在既无甘蔗又无甜菜的情况下制出了糖,办法是收集"糖枫"蒸馏出来的液体。"糖枫"是一种槭树,属枫树科,在所有的温带地区生长茂盛,而这种树岛上有很多;他们运用从养兔林带回的植物泡出了非常好喝的茶;最后他们还有大量的盐,这是食物中唯一的矿物产品……可就是没有面包。

也许以后移殖民们会用一种等同物来替代这种食品,如西谷椰子粉或面包树淀粉,而其实南部森林的树种中可能就有这些宝贵的树,可迄今为止他们尚未遇到。在这种情况下,也许上帝会来帮忙,当然,这种概率极小。可不管怎样,赛勒斯·史密斯再聪明再有创造性,也绝不可能生产出哈伯特极为偶然地在上衣的夹层里找到的东西,而他当时正在缝补这件上衣。

那天,大雨滂沱,移殖民们都聚集在花岗岩宫。突然,小伙子喊了起来:"瞧,赛勒斯先生,一粒麦子!"

于是他给同伴们看一粒麦子,唯一的一粒麦子,它是从他那有洞的口袋掉进夹层里去的。这粒麦子存在的原因,可通过哈伯特的习惯来说明。哈伯特在里士满时,喂了几只鸽子,那是彭克洛夫送给他的。

"一粒麦子?"工程师迅疾地问道。

"是的,赛勒斯先生,可只有一粒,仅此一粒而已!"

"哎呀,小伙子,"彭克洛夫笑嘻嘻地大声说道,"我们可算是得了便宜啦!可我们能拿一粒麦子来干什么呢?"

"我们将用它来做面包。"赛勒斯·史密斯回答。

"做面包、蛋糕、馅饼!"水手接话道,"用这粒麦子做的面包,肯定不会马上把我们噎住的!"

哈伯特对自己的发现并不是很重视,他准备扔掉麦粒。可赛勒斯·史密斯接过去仔细端详了一番,看出这麦粒状态完好。他便注视着水手,语气平静地问道："彭克洛夫，一颗麦粒能结多少麦穗，您知道吗？"

"我想是一个！"水手回答，他对这个问题感到很意外。

"是十个，彭克洛夫。您知道一个麦穗上有多少粒麦子？"

"说真的，我不知道。"

"平均八十粒，"赛勒斯·史密斯说，"所以，我们若种下这麦粒，第一次便可收获八百粒，而这八百粒第二次能产六十四万粒，第三次能产五亿一千二百粒，第四次能产四百亿粒以上。这就是比例。"

赛勒斯·史密斯的同伴们光听而不答话。这些数字令他们吃惊得发呆。然而它们却是正确的。

"是的，朋友们，"工程师又说道，"这就是多产的大自然的算术级数。再说，相比之下，麦穗的增殖又算什么呢？一个麦穗结八百粒麦子，而一株罂粟结三万两千颗子，一株烟草结三十六万颗子，要不是有许多破坏因素去阻挠它们的多产，这类植物在几年内就会布满整个地球。"

不过工程师并未结束他的询问。

"现在，彭克洛夫，"他又说，"您知道四百亿粒麦子等于多少斗吗？"

"不知道，"彭克洛夫回答，"而我所知道的，就是我是个笨蛋！"

"好吧，按每斗十三万粒算，四百亿粒约三十多万斗。"

"三十万！"彭克洛夫喊道。

"三十万。"

"四年之后呢？"

"四年之后，"赛勒斯·史密斯答道，"甚至两年之后，按我所愿，不知我们是否能够在这个纬度每年收获两次。"

听到这句话，彭克洛夫连连叫好，这是他在无法做出回应时的习惯做法。"因此，哈伯特，"工程师补充道，"你的发现对我们来说是极其重要的。一切，我的朋友们，在我们目前的境况下，一切都是可以为我们所用的。请你们记住这一点。"

"是的，赛勒斯先生，是的，我们不会忘记的，"彭克洛夫回答，"而万一我发现一颗能结三十六万颗子的烟草，我向您保证，我是不会扔掉的！而现在，您知道我们要干什么吗？"

"我们要种这粒麦子。"哈伯特回答。

"是的，"杰丁·斯皮莱补充道，"而且要精心照料它，因为它会给我们带来今后的收成。"

"但愿它会长出来！"水手嚷道。

"它会长出来的！"赛勒斯·史密斯回答。那天是6月20日，正是种这颗唯一而宝贵的麦粒的有利时机。先是要把它种在一个盆里，可经过考虑又果断地决定把它托付给大自然，托付给大地。他们当天就这么做了，无须再补充，为使本次行动获得成功，他们采取了各种措施。

　　天气已略微转晴，移殖民们爬到了花岗岩宫的上面。在那儿，在高地上，他们选择了一个背风处，一到中午，这地方能得到太阳的全部热量。他们把它清理了一下，并清除了杂草，甚至还进行了挖掘，以驱除昆虫或幼虫，他们在上面加了一层用一点石灰改良过的沃土，然后便用篱笆围上。接着，麦粒被深埋在潮湿的土层中。

　　这些移殖民们难道不像是在为一座大厦奠基吗？这令彭克洛夫想起了他点燃那唯一的一根火柴那天的情景，而他当时是那么小心翼翼。可这次，事情更为重大。的确，通过这样或那样的方法，落难者们总能弄到火的，可这粒麦子若不幸万一遭难，那可是任何人力都无法补救的！

第 21 章

零下几度——勘察东南部的沼泽地带——白狐——海景——关于太平洋未来的谈话——珊瑚虫在不停地干活——地球将变成什么样——打猎——冠鸭沼地

从此,彭克洛夫没有一天不去看那块地。他一本正经地称其为"麦地"。那些胆敢光顾它的昆虫可就倒霉了,它们休想得到宽恕。

快到六月底了,在不停地下过雨之后,天气明显转冷,29日,若有个华氏温度计,它肯定会显示气温只有零上20度(零下6.67℃)。

翌日,6月30日,相当于北半球的12月31日,这天是星期五。纳布提醒道,今年的最后一天是个不吉利的日子,可彭克洛夫回答他,那明年的第一天当然是个吉利的日子了——这样更好。

总之,新年一开始非常寒冷。感恩河河口已堆积了冰块,而格兰特湖很快也全面上冻。

他们不得不多次补充燃料。不等河面结冰,彭克洛夫就已用木排运回了大量的木头。水流是一部永不疲倦的发动机,它被用来放排,直到寒冷降临、河面冰封为止。除了由森林大量提供燃料外,他们还运回了好几车煤,那得去富兰克林峰的山梁分支的山脚下去找。泥煤释放出的强热量在低温的天气里很受欢迎,而在7月14日,气温降到了华氏零上8度(零下13℃),第二个壁炉被安装在了饭厅里,那是大家集体干活的地方。

在这寒冷时期,一小股格兰特湖的水,被引到了花岗岩宫,赛勒斯·史密斯为此感到庆幸。水因为取自结冰的湖面下,又流经原来的排水道,便保持了液体状态。它来到一个室内蓄水池,这蓄水池挖在后面那个仓库的角上,而满出来的水便通过那口井一直流进大海。

这一时期的天气非常干燥,移殖民们尽可能穿得暖暖的,决定花一天时间勘察岛的东南部分,这部分在感恩河和爪形海角之间,是一大片沼泽地,有可能是打猎的好去处,因为那里想必水很多。去得走上八九海里,回来也一样,因此,这一天就被充分利用了。因为这是去勘察岛的一个陌生部分,所以全体都参加了。7月5日早晨六点,赛勒斯·史密斯、杰丁·斯皮莱、哈伯特、纳布、彭克洛夫,带上长矛、套子、弓箭,备上足够的食物,离开了花岗岩宫,托普蹦跳着,走在他们的前面。

他们走捷径,即从浮冰上穿过感恩河。这时河面上充斥着浮冰。

"可是,"记者指出,"这并不能代替一座正经的桥呀!"他的话很有道理。

所以,建一座"正经"的桥,便被列入未来的一系列工程中。

移殖民们这是第一次踏上感恩河右岸,并在那些当时覆盖着白雪的美丽高大的针叶树中间探险。

可他们走了还不到半海里,就发现一窝四足兽从一个稠密的矮树丛里蹿

过冬了,移殖民们去打猎。他们走捷径,即从浮冰上穿过感恩河。

了出来,原来它们把家安在那里了,而托普的叫声惊跑了它们。

"啊!像是一群狐狸!"哈伯特嚷道,他看见这群四足兽在拼命逃跑。

果真是群狐狸,不过是群大型的狐狸,它们发出了一种叫声,这种叫声连托普听了也显得很惊讶,因此它停止了追赶,这样给了这群快速奔跑的动物以消失的时间。

狗有权感到惊讶,因为它不懂博物学。可这些毛色灰红、黑尾巴梢上有个小白饰结的狐狸,这么一叫,便暴露了它们的产地。因此,哈伯特毫不犹豫地说出了它们的真名:白狐。在智利、福克兰群岛和纬度30°到40°的所有美洲海域,这类白狐很常见。托普竟未能逮住一只这类食肉动物,哈伯特对此深感遗憾。

"这种动物能吃吗?"彭克洛夫问,他向来只从专门的角度来看待岛上的野兽代表。

"不能,"哈伯特回答,"不过动物学家尚未弄清,这类狐狸的瞳孔是白天开放呢还是晚上开放,也不知是否该把它们归入本义上的狗类。"

听了小伙子的思索,赛勒斯·史密斯不禁微微一笑。他这番思索表明了一种严肃认真的精神。至于水手,既然这些狐狸不能被归入可食类,这件事就和他关系不大了。不过他提醒道,等花岗岩宫建起了家禽饲养场,有必要采取一些措施来防备这些四足强盗,因为它们有可能会来光顾。对此没人提出异议。

绕过堆积着漂流物的那个岬头,移殖民们发现了一处濒临大海的长形海滩。当时是早晨八点。天空非常纯净,这种现象发生在持续时间很长的大冷天里。不过赛勒斯·史密斯及其同伴们走得浑身发热,对凛冽的空气并没有太明显的感觉。此外,也没有刮风,这种情况大大提高了人对温度大幅度下降的耐受力。此时,灿烂而没有热效应的太阳从海洋中升起,其巨大的圆盘在海平面上晃动。大海湛蓝、干净,一如天空纯净时某个地中海海湾。顶端弯曲、形如一把土耳其弯刀的爪形海角,朝东南方向明显变细,这段距离约有四海里。沼泽的边缘突然被一个海角中断,而其轮廓,被阳光用火红色的线条勾画出。显然,合众国湾的这部分没有任何东西覆盖,甚至连片沙滩也没有,受到东南风袭击的船只,在此找不到任何避风港。这里的海面平静,没有任何浅滩来搅动,海水的颜色均匀一致,不带任何土黄色。这里也没有任何礁石。由此可感到,这片海洋是危险的,海水是深不可测的。在后面,在西方,距此四海里,展现出远西森林的第一排树。他们仿佛是在冰天雪地的南极地区的某个孤岛的海岸上。移殖民们停在此地进餐。他们用干枯了的荆棘和海藻点起了一堆火,而纳布则为这顿饭准备了冷吃的熟肉,外加几杯"奥斯威戈"茶。

大家边吃边环顾四周。林肯岛的这一部分实在是贫瘠,它和整个西部形成了鲜明的对照。这引起了记者如下的思索:若最初把落难者们抛在这片海滩上,他们没准会对自己的未来产生一种可悲的看法。

"我甚至认为,我们有可能连岸也上不了,"工程师说道,"因为海水很深,而且这里连块藏身的岩石都没有。在花岗岩宫前,起码有沙滩、小岛,这便增加了得救的机会。而这里,什么也没有,除了深渊!"

"相当奇怪的是,"杰丁·斯皮莱指出,"这个岛虽然相对来说是个小岛,却具有一片如此多变的土地。这地段的多样化,逻辑上只属于有一定面积的陆地。林肯岛的西部是如此富庶、如此肥沃,就好像是濒临墨西哥湾的暖流,而它北面和东南面的海岸,又好像是在北冰洋上延伸。"

"您说得对,亲爱的斯皮莱,"赛勒斯·史密斯应道,"这点我也注意到了。无论形状还是自然状况,我都觉得它是奇特的。它仿佛概括了一片大陆的方方面面。如果说它从前是大陆,我是不会感到惊讶的。"

"什么?太平洋中的一片大陆?"彭克洛夫嚷道。

"为什么不可能?"赛勒斯·史密斯说,"澳大利亚、新爱尔兰,所有被英国地理学家称之为澳大利亚并归入太平洋诸岛的陆地,难道它们不是在从前形成了世界的第六部分吗?而这部分难道不是和欧洲、亚洲、非洲或两个美洲同样重要吗?我在思想上绝不会拒不承认,所有露在这浩瀚的大海上的岛屿,是现已被淹没的一片大陆的峰顶,只不过这片大陆是在史前时期高出水面的。"

"一如从前的大西岛①。"哈伯特搭话道。

"是的,我的孩子……如果它存在过的话。"

"没准林肯岛是这片陆地的一部分呢?"彭克洛夫问。

"有这可能,"赛勒斯·史密斯回答,"这也说明了岛上的出产为什么这么多样化。"

"还说明了至今仍生活在岛上的动物数量为什么这么多。"哈伯特补充道。

"是的,我的孩子,"工程师回答,"你为我的论点提供了一个新论据。据我们所见,岛上的动物很多,这点确凿无疑,而比较奇怪的是,它们的品种也极其繁多。对我来说,有一个理由可以对此做出解释,那就是,林肯岛从前是

① 大西岛,西方传说中的岛屿。

某个大陆的一部分,而这个大陆已渐渐降到了太平洋下面。"

"那么,总有一天,"彭克洛夫接着说,他似乎对此并不完全相信,"从前这个大陆的剩余部分也会消失?美洲和亚洲之间莫非将是一片空白?"

"不,"赛勒斯·史密斯回答,"还会有新大陆的,数以亿万计的微小动物此时正在建造呢。"

"谁是这些泥瓦匠呢?"彭克洛夫问道。

"珊瑚虫所属的纤毛虫纲,"赛勒斯·史密斯回答,"它们不停地干呀干呀,于是便形成了克刘蒙-托内尔岛、环形礁,和太平洋上的其他许多珊瑚岛。需要四千七百万只珊瑚虫,才能得到一格令①。然而,这些微小动物用它们吸收的海盐、水中的固体物质,产生出钙质,而这钙质便形成了巨大的海底建筑,其坚硬和结实程度和花岗岩的一样。从前,在创世初期,大自然运用火靠隆起的方式产生了陆地;可现在它用微小的动物来代替这种原动力,因为地球内部的这种原动力已明显减弱——地球表面目前已大量熄灭的火山证明了这点。而我深信,随着一个个世纪过去,和这微小的动物前仆后继地干下去,这太平洋总有一天会变成一片大陆,而一代代新人将在上面居住,并使之变得开化。"

"这该有多漫长啊!"彭克洛夫说。

"大自然有的是时间。"工程师回答。

"可这些新大陆有何用呢?"哈伯特问,"我觉得目前适合居住的面积,对人类来说已经足够了。当然,大自然创造出来的一切都是有用的。"

"的确,都是有用的,"工程师又说,"而我们就来听听未来的人们会怎样来解释新大陆的必要性,而这新大陆恰恰就将出现在珊瑚岛所处的热带地区。起码,我觉得这番解释是合情合理的。"

"我们洗耳恭听,赛勒斯·史密斯先生。"哈伯特回答。

"我是这样看的:学者们普遍认为,总有一天我们的地球会毁灭,或确切来说由于地球遭遇到了强降温,动植物已不可能生存下去。正是在这点上,在降温的原因上,他们有分歧。一些人认为,这降温来自千百万年后太阳的降温,而另一些人则认为,它来自我们地球内火的逐渐熄灭。这内火对地球的影响,比人们通常所设想的要大。我赞成这后一种假设。我的根据是:月亮真正是一个变冷的星球,已无法居住,尽管太阳始终在继续向它的表面注入同等的热量。月亮之所以变冷,这是因为其内火已完全熄灭。而内火是恒

---

① 格令,法国古代重量单位,1格令合53毫克。

星世界的一切星球的起源。总之,不管原因是什么,我们的地球有朝一日也会变冷,但这变化将是逐步的。到时候会发生什么情况呢?到时候——怎么说也是在一个遥远的时期——温带地区将再也无法居住,如现在的两极地区。于是人类和动物的群体就会涌向太阳的作用比较直接的纬度地区。一个大规模的迁徙将完成。欧洲、中亚、北美将逐渐被放弃,澳大拉西亚或南美洲的近海地区也一样。植物将随人类一道迁徙。植物将和动物同时向赤道方向退却,南美洲和非洲中部将成为最佳居住大陆。拉普人①和萨摩亚人②将会在地中海沿岸重新找到极地海的气候条件。谁说到那时赤道不是太小了呢?因为它得容纳地球人,还得养活他们。然而,为了给所有的动植物以安身之地,有远见卓识的大自然干吗不从现在起,就在赤道下面打下新大陆的基础,并委托微小的动物来建造它呢?我常常考虑所有这些事情,朋友们,我真的认为,有朝一日我们地球的面貌将彻底改观。由于新大陆的升起,海水将淹没旧大陆,而在未来的世纪里,哥伦布们将发现琛玻拉索山、喜马拉雅山或勃朗峰这些岛屿,还有被淹没的美洲、亚洲和欧洲的残存部分。而最后,这些新大陆也将变得无法居住;热量会消失,一如灵魂刚刚离去的躯体的热量;而生命会灭绝,即使不是永久性的,起码也是暂时性的。也许,到那时我们的地球将安息,在死亡中养精蓄锐,准备有朝一日等条件好了东山再起!可所有这些,朋友们,这是造物主的秘密,关于微小动物的这个话题,我扯得远了点,也许探索了一下未来的秘密。"

"我亲爱的赛勒斯,"杰丁·斯皮莱说,"这些理论对我来说是预言,而它们总有一天会实现的。"

"所有这些都是千真万确的,"全神贯注倾听的彭克洛夫说道,"可您能不能告诉我,赛勒斯先生,林肯岛是不是您那些微小动物建造的呢?"

"不是,"赛勒斯·史密斯回答,"它纯粹是来源于火山。"

"那它有一天会消失吗?"

"有这可能。"

"但愿那时我们已不在岛上。"

"不会在的,您尽管放心好了,彭克洛夫,因为我们根本不想死在这里,而且说不定最终会离去的。"

"而眼下,"杰丁·斯皮莱搭话道,"就让我们照永远定居来安家吧,任何事

---

① 拉普人,斯堪的纳维亚半岛北部地区的居民。
② 萨摩亚人,俄罗斯北部鄂毕河与叶尼塞河下游居民。

情都决不要半途而废。"

谈话就此结束。饭也吃完了。移殖民们继续勘察,他们来到了沼泽地区开始的地方。

这的确是一片沼泽,它一直延伸到使林肯岛在东南面终止的那片线条呈圆形的海岸,面积约有二十平方海里。土壤由硅质黏性淤泥构成,夹杂着大量植物残渣。黄绿藻、灯芯草、萱草、莎草等草本植物到处都是,浓密得像厚地毯,覆盖着整个地面。许多地方有结冰的水潭在阳光下闪烁。雨水、暴涨的河水都不可能形成这些水潭。他们想必很自然地会推断,这沼泽地里的水是土壤里渗出来的。事实也的确如此。有一点甚至还很让人担心,到了热天,空气里会充满动植物腐烂后散发出的气体,这种气体将引起沼泽地区热病。在水草上面,死水的表面,一群鸟儿在飞来飞去。沼泽地的猎人和专打水禽的猎人准会百发百中。野鸭、针尾鸭、绿翅鸭、扇尾沙雉成群地在此生活,而且这些飞禽不大胆怯,很容易让人靠近。

这些鸟儿排列得很紧凑,若用铅砂枪放上一枪,准能击中几打。不过他们只好满足于用箭射它们。成绩虽小些,但无声的箭也自有其好处,它不会吓跑这些飞禽,而枪声则会让它们四处逃散。猎人们这次便满足于一打鸭子,只见这些鸭子身体是白的,上面有一道褐色条纹,而脑袋是绿的,翅膀是黑、白、橙相间的,嘴则是扁平的。哈伯特认出这是"冠鸭"。托普也灵巧地帮着逮这些飞禽,而岛的这个沼泽地就将用它们的名字命名。移殖民们于是便有了丰富的水禽储备。到时候,只需来进行适当的开发便可,其中有几种鸟也许有可能驯养,起码也能让它们适应格兰特湖周围的环境,这样便可比较直接地将它们置于食用者的手边。

傍晚五点左右,赛勒斯·史密斯及其同伴们便打道回府,他们穿过冠鸭沼泽地,又从冰桥上过了感恩河。

晚上八点,全体回到了花岗岩宫。

第 22 章

陷阱——狐狸——西猯——风向突变，刮起了西北风——暴风雪——篾匠——严冬——晶状枫糖——神秘井——打算去勘察——铅弹

严寒一直持续到 8 月 15 日，然而最低温度也就是前面所观察到的，再没有新的突破。当大气平静时，这低温好忍受，可当刮风时，对衣服穿得不够多的人来说，这似乎就难以忍受了。彭克洛夫因此而感到遗憾：林肯岛竟没有给几只熊提供住所，却给狐狸或海豹提供了住所，而它们的毛皮并不是那么令人向往的。

"熊嘛，"他说，"通常都穿得很好，它们身上有暖和的带风帽的大氅，我若能向它们借来过冬就好了。"

"可是，"纳布笑着回答他，"也许这些熊不同意借给你呢，彭克洛夫，这些畜生呀，可不是圣·马丁①！"

"那就强迫它们借，纳布，强迫它们借。"彭克洛夫反驳道，其语气十分专横。不过岛上并不存在这些可怕的食肉动物，起码到目前为止它们尚未露面。

然而，哈伯特、彭克洛夫和记者，却忙着在眺望岗和森林边缘布陷阱。按照水手的意思，任何动物，不管是什么样的，只要能捕获就好，来光顾新陷阱的啮齿类或食肉类动物，都将在花岗岩宫受到款待。

这些陷阱何况极其简单：在地上挖些坑，上面盖些树枝和草把口掩住，坑底放些其气味能吸引动物的食饵，仅此而已。还应当说明，这些坑并不是盲目挖的，而是在某些脚印比较多的地方挖的，这些脚印表明四足兽经常在此经过。他们每天都来察看陷阱。在头几天里，他们有三次在里面找到了白狐，就是在感恩河右岸已见过的那种。

---

① 圣·马丁，法国一圣徒，传说一次外出时见路边有人挨冻，他便将自己的外衣割下一半来给其御寒。

"哎呀,那么说这个地区只有狐狸!"彭克洛夫嚷道,当时他第三次从坑里取出一只这种动物。他站在那里感到很窘迫,"这些动物毫无用处!"

"不见得,"杰丁·斯皮莱说,"它们还是有点用的。"

"有什么用?"

"用来作食饵,引诱其他动物!"

记者言之有理,从此,陷阱便用狐狸尸体做诱饵。

水手还用白藤纤维做了些套子,这些套子的利用率比陷阱高,几乎天天有兔子被逮住。虽然总是兔子,可纳布会变着花样做,所以没人抱怨。

然而,在八月的第二周,有一两次,陷阱给猎人们交出的不再是白狐,而是别的比较有用的动物。这是几头野猪,这些野猪他们已在湖的北面见过。彭克洛夫无须再问这些畜生是否可食。这是显而易见的,因为它们与美洲或

"哎呀,那么说这个地区只有狐狸!"彭克洛夫嚷道,当时他第三次从坑里取出一只这种动物。

欧洲的猪很相似。

"这并不是猪，"哈伯特对他说，"我可告诉你呀，彭克洛夫。"

"小伙子，"水手回答，"就让我认为这是猪好了！"当时，他正俯身在陷阱上，抓住那小东西的尾巴，把它从里面拽出来。

"为什么？"

"因为这能让我高兴！"

"那么说你很喜欢猪啦，彭克洛夫？"

"我非常喜欢猪，"水手回答，"尤其是喜欢它的脚，如果它有八只脚而不是四只，那我就加倍地喜欢它啦！"

这种该动物的名字叫西猯，是苏里科的一种；该科共有四种，它们属于"达雅苏"类。它们颜色深，没有它们的同属嘴里所长的犬齿长牙。根据这些特点，可将它们辨认出。这些西猯通常是群居，岛的森林部分可能有很多。总之，它们从头到脚都可吃，彭克洛夫对它们别无所求。

8月15日左右，风向突变，转成了西北风，大气状况也因此骤然发生了变化。气温上升了几度，聚集在空气中的水汽，很快就转化成了雪。整个海岛银装素裹，向它的居民们展现出一派新貌。接连几天都是大雪纷飞，雪的厚度达两英尺。

风力很快就增强了，变得极猛。从花岗岩宫的高处，可听到海水撞击礁石的隆隆声。在某些拐角，形成了快速的空气涡流，而雪在那里则形成了高大的旋转柱，就像是那种在基部旋转、被海船用大炮轰的水柱。然而，来自西北的飓风，只是从背面袭击了小岛，而花岗岩宫因为朝东，便没有遭到正面攻击。可是大雪下得如同两极地区的一样可怕，赛勒斯·史密斯及其同伴们就是想出去也出不去了，从8月20日到25日，他们一连有五天闭门不出。只听见暴风雪在中南美鸳森林里呼啸，想必这片森林要遭殃了，好多树木大概将被连根拔起。可彭克洛夫一想到无须去砍伐了，便不再为此而感到难过。

"风成了樵夫了，由它去干吧。"他一再地说。

再说也根本没法去阻止它。

花岗岩宫的主人们幸好搬到了这结实而撼不动的藏身之处，他们该怎样地感谢上苍啊！赛勒斯·史密斯也理应得到感激，可归根结底，是大自然建造了这个大岩洞，他只不过是发现了它而已。在岩洞里，大家是安全的，暴风雪的袭击伤害不了他们，但如果他们在眺望岗上建了栋砖木结构的房子，它肯定经受不住这猛烈的飓风。至于"烟囱"，光听到那海浪发出的巨大的撞击声，便可断定，那里面是绝对无法居住的，因为漫过小岛的海水，肯定在狂怒地冲击它。而在这儿,在花岗岩宫,在这高地中间,遭受不到海水和狂风的侵袭,什么都不用怕。

在这被幽禁的几天里,移殖民们并非无所事事。仓库里不乏被锯成木板的木头,于是他们逐步做了些桌椅,补充了家具,它们无疑是结实的,因为无须省料。这些家具笨重了点,有些名不副实,而所谓家具,可动性是一个基本条件,不过它们是纳布和彭克洛夫的骄傲,就是用布尔①的家具来换,他们也不肯。

接着,这些细木工匠变成了篾匠。他们在这方面虽然缺乏经验,可干得还不错。在湖向北面伸出的沙嘴方向,他们发现了一片茂盛的柳林,那里生长着大量紫红色的柳树。在雨季前,彭克洛夫和纳布收割了这些有用的灌木,而它们的枝条经过必要的处理,便能有效地被利用。一开始编得不大像样,可由于工人们心灵手巧、聪明能干,他们互相切磋,回忆见过的式样,并相互比赛,各种大小的箩筐和篮子便编制而成,他们的用品便因此很快增多了。这些柳条制品被存放在仓库里,纳布还在一些专用的篮子里放进了他所收集的龙血树块茎、根茎以及松子。

在这八月的最后一周,天气再次起了变化。气温稍有下降,但暴风雪停了。移殖民们冲到外面。海滩上的雪肯定有两英尺厚,但在变硬了的雪的表面行走,并不太艰难。工程师及其同伴们登上了眺望岗。

多大的变化呀!那些苍翠葱绿的树木,尤其是附近高耸着针叶树那一片,消失在了单一的颜色下面。一切都变白了,从富兰克林峰到海岸、森林、草地、湖泊、河流、沙滩。感恩河的水在冰形成的拱顶下流淌,而每次涨潮和落潮时,这拱顶都会淌凌和碎裂,并隆隆作响。许多鸟儿在冰封的湖面上飞来飞去,有鸭子与沙雉,针尾鸭和海雀,总共有数千只。岩石上布满了冰,而瀑布从这些岩石中间泻下来,落到眺望岗的边缘,仿佛水是从一个奇形怪状的檐槽喷口流出来似的。而那种喷口,则像是文艺复兴时期的某位艺术家凭着全部的想象雕刻而成的。至于要判断飓风给森林造成的损失,目前尚不可能,得等无边无际的白雪消融才行。

杰丁·斯皮莱、彭克洛夫和哈伯特,借此机会去察看了一下他们布的陷阱。他们好不容易才找到,因为它们被雪盖住了。他们甚至得小心别掉进去,这既危险又丢人:竟然自投罗网!不过他们最终还是避免了这种扫兴的事,找到了原封未动的陷阱。没有任何动物掉进去,但周围有许多脚印,其中

---

① 布尔(1642—1732),法国著名家具工匠。

有些爪印非常清晰。哈伯特毫不犹豫地断定,曾有某只猫科食肉动物在此经过。这便证实了工程师的见解:岛上有危险的野兽存在。大概这些野兽平时都是藏在稠密的远西森林里的,但它们迫于饥饿,便冒险来到了眺望岗。也许,它们嗅到了花岗岩宫主人的气息?

"总之,这些猫科动物是什么野兽呢?"

"是老虎。"哈伯特回答。

"我还以为这些野兽只是在热带地区才有呢。"

"在新大陆,"小伙子回答,"从墨西哥到布宜诺斯艾利斯的潘帕斯草原,都可看见它们。林肯岛的纬度,和拉普拉塔河沿岸各省的纬度大致相同,所以有几只老虎也就不足为怪了。"

"那好,得小心才是。"彭克洛夫答道。

此时,温度回升了。由于温度的影响,雪终于融化了。碰巧下了场雨,多亏了它的溶解作用,雪层消失了。尽管天气恶劣,移殖民们还是对各种东西的储备作了补充。植物方面有意大利五针松种仁、龙血树块茎、枫树根茎与汁;动物方面有养兔林的兔子、刺豚鼠和袋鼠。为此需要去几次森林,他们发现,有一定数量的树木被最近的那场飓风刮倒了。水手和纳布甚至拉着那辆四轮货车到了煤层,以便运回几吨燃料。途中他们看到,烧制陶器的土窑的"烟囱"由于那场风而严重受损,顶部至少被去掉了足有六英尺。在补充煤的同时,木头的储备也得到了补充。他们利用又变得畅通无阻的感恩河的流水,放了好几次排。但严寒季节并未结束的可能性是存在的。

移殖民们还去查看了一下"烟囱",他们只能庆幸暴风雪期间没有那里面住。那里已遭到了海水的破坏,并留有明显的痕迹。海水被海风掀起,对过道进行了猛攻,现在过道有一大半空间都被沙子淤塞了,岩石上覆盖着一层厚厚的海草。纳布、哈伯特和彭克洛夫去打猎或补充燃料储备时,工程师和记者则忙于清理"烟囱",他们发现炼铁炉几乎完好无损,因为他们事先堆上了沙子,对它进行了保护。

补充燃料储备,并非是不必要的。移殖民们并没有摆脱严寒。要知道,在北半球,二月份天气的特征是大幅度的降温。而南半球的八月大概也如此,想必也逃脱不了这个气候规律。

25日左右,经过了又一次雪和雨的交替,风向转了,刮起了东南风。天气突然变得寒冷异常。据赛勒斯·史密斯估计,华氏温度计的水银柱所指的温度不会比零下8度(零下22.22℃)高。严寒再加上凛冽的寒风,就更让人难以忍受了。而这样的天气持续了好几天。移殖民们又只好蛰居在花岗岩宫里。因为得把正面所有的开口都堵得严严实实，而只留起码的换气口，蜡烛的消耗量便很大。为节约起见，移殖民们便经常只用炉子的火焰照明，反正燃料是不用省的。有好几次，他们曾结伴去海滩，到涨潮时堆积起来的浮冰中间去，但他们很快又登上了花岗岩宫，当他们用手抓住梯级往上爬时，他们感到既费力又疼痛。由于天太冷，梯级使他们的手指产生了灼痛感。

花岗岩宫的主人们闭门不出，于是便有了闲暇。得找事干。赛勒斯·史密斯便搞了一项可关起门来进行的活动。

要知道，移殖民们没有糖可食用，除了一种液体物质，那是他们将枫树切开一个很深的口子提取的，他们只需把这种液体收集到盆里即可，然后用于各种烹调。比较好的做法是，将液体存放一段时间，使其具有糖的黏稠度。但还有更好的做法。有一天，赛勒斯·史密斯向同伴们宣布，他们要改行当炼糖工了。

"炼糖工！"彭克洛夫应道，"干这行有点热吧，我想？"

"很热！"工程师回答。

"那正合时宜！"水手说。

但愿"炼糖"这个词，别在大家脑子里唤起对那些工厂的回忆。在那里，设备很复杂，而工人分工很细。而在这里可不是那么回事。为了使这种液体结晶，只需通过一道极为简单的工序提纯便可。把盛液体的大陶土盆放在火上，液体就会蒸发掉一部分，并在表面起沫。当它开始变稠时，纳布便用一把木刀仔细搅动，这样可促其蒸发，并同时阻止其沾上焦臭味。在旺火上沸腾几小时后——这对操作者和被操作的物质同样有好处，该物质便成了一种黏稠的糖浆。这糖浆被倒在一些陶土模子里，而这些模子是事先用厨房的炉子制作的，并具有不同的形状。翌日，这冷却了的糖浆，便成了糖块和糖片，它们的颜色有点发红，但几乎是透明的，而且味道极佳。

严寒一直持续到九月中旬，花岗岩宫的囚禁者们开始感到这监禁期太长了。几乎每天，他们都要尝试着出去几次，但每次时间都不长。于是他们经常致力于布置居所。大家边干边聊。赛勒斯·史密斯向自己的同伴们传授各方面的知识，并主要给他们讲解科学的实际应用。移殖民们无书可看，但工程师是一本永远准备好的书，它永远翻在每个人所需要的那一页。这本书给他们解决所有的问题，所以他们常常翻阅。时间就是这样度过的，而这些勇敢的人似乎并不惧怕未来。

然而，囚禁期该结束了，大家都急于重新见到美好的季节，即使不是这样，起码也是急于重新见到这不堪忍受的严寒的终止。要是他们能穿得够暖,不怕严寒就好了,那他们能尝试着去远足多少回,或者去沙丘,或者去冠鸭沼地!那些猎物想必不难靠近,若去打猎的话肯定会大有收获。但赛勒斯·史密斯坚持要每个人爱惜自己的身体,因为他需要他们大家给他当助手。于是他们便按他的忠告去做。

不过得说,对监禁感到最不耐烦的,除了彭克洛夫,便是托普了。这只忠实的狗觉得花岗岩宫里地方太狭窄了。它来回地走动着,从一个房间到另一个房间,以自己的方式来表明,它对囚禁生活感到厌倦。

工程师常常注意到,当他走近那口黑洞洞的井时,托普总会发出奇怪的叫声,而那口井连着大海,井口则冲着仓库的尽头。这井口上面盖着块木板,托普总围着它——有时甚至把爪子伸到木板下面,像是要把木板掀开似的。这时,它会以特殊的方式发出尖叫,以示愤怒和不安。

工程师多次观察到狗的这番表现。这口井里到底有什么呢,竟会搅得这只聪明的动物如此惶惶不安?这井通向大海,这点已是确凿无疑。这井内是否有穿过整座岛的窄道?它是否连着另外一些内洞?是否有某个水怪不时地到这井底来透气?工程师不知该如何猜测才是,不禁胡思乱想起来。他往往只深入到科学的现实领域,所以不能原谅自己竟不由自主地被带到了怪诞而近于超现实的领域。可是,托普的表现该如何解释呢?须知托普是那类明白事理的狗,它是从不会浪费时间来乱叫的。它固执地嗅呀、听呀,想探查这深渊,若里面太平无事,那又是什么在引起它的不安呢?托普的行为令赛勒斯·史密斯十分困惑,他甚至觉得,自己有别的想法是不合适的。总之,工程师仅把自己的感受告诉了杰丁·斯皮莱,他觉得没必要发动大家来做非自愿的思考,而引起他自己这番思考的,没准只是托普的一个怪念头而已。

严寒终于结束了。后来又下过雨,有过风雪交加的天气,下过冰雹,还刮过风,但这些恶劣的气候都不持久。冰雪已消融,沙滩、高地、感恩河畔、森林,重又变得可以通行了。春天的回归令花岗岩宫的主人们心花怒放,很快地,他们已只在那里度过睡眠和进餐的时光。

九月下旬,他们多次去打猎,彭克洛夫因此又嚷着要火器,他说这是赛勒斯·史密斯答应过的。而赛勒斯·史密斯则很清楚,没有专门的工具,他几乎不可能制造出一支能有某种用途的枪,所以他总是把这项工作往后推。另外他说,杰丁·斯皮莱和哈伯特已成了熟练的弓箭手,所有好吃的动物,如刺豚鼠、袋鼠、水豚、鸽子、大鸹、鸭子、沙雉,总之不管是毛皮类还是羽毛类的猎物,都纷纷倒在他们的箭下。所以,可以等嘛。可固执的水手却不以为然,他老缠着工程师,要工程师满足他的愿望。况且,杰丁·斯皮莱也支持彭克洛夫。

"如果岛上如所料的那样藏有猛兽,"他说,"那就得想着和它们斗,把它们消灭。到一定的时候,这将成为我们的首要任务。"

可在那个时期,赛勒斯·史密斯操心的并不是火器问题,而是衣服问题。移殖民们身上穿的衣服已经过了一个冬天,它们不可能一直持续到下一个冬天了。食肉类动物的皮或反刍类动物的毛,是他们无论如何也要搞到的,而且,既然岛上不乏岩羊,那就得考虑养他一群,以供移殖民们之需。建一个家畜栏,建一个家禽场,总之,在岛上某一处建个农场,这就是在春暖花开的季节要实施的两项重要计划。

因此,为了这下一步的安排,深入到林肯岛的未知部分去勘察,就成了件刻不容缓的事。也就是说,他们要在延伸到感恩河右岸的高大森林下,从河口一直勘察到蛇形半岛,乃至整个西海岸。可得等到天气靠得住了才行,那就还得过上一个月,才能卓有成效地进行这次勘察。

他们有些焦急地等待着,不料这时突然发生了一件事,这便更激起了移殖民们全面勘察他们的领地的欲望。

那是在10月24日。那天,彭克洛夫去察看陷阱,检查一下里面的诱饵是否仍在合适的位置。在其中一个陷阱里,他发现了三只动物,它们想必将在配膳室里大受欢迎。这是一只母西猁和它的两只小崽。

彭克洛夫提着猎物回到花岗岩宫,他对自己的捕获物感到非常满意,便一如既往地大肆炫耀着:"来吧,让我们来做一顿好饭吧,赛勒斯先生!"他嚷嚷道,"您也一样,斯皮莱先生,您也有得吃啦!"

"我倒是很想吃,"记者回答,"可让我吃什么呢?"

"吃乳猪。"

"啊!真的是吃乳猪吗?听您刚才的话,我还以为您带回来一只小山鹑呢!"

"怎么?"彭克洛夫大声说,"您竟看不上乳猪?"

"不是,"记者回答,他显得毫无热情,"只是不要老吃它……"

"好,好,记者先生,"水手反唇相讥,他不喜欢听到有人贬低他的猎物,"您是在挑三拣四?七个月前,当我们刚来到小岛时,若能碰到这样的猎物,您还不得高兴死?……"

"就是,就是,"记者回答,"人永远都是不完美的,也是不满足的。"

"总之,"彭克洛夫又说,"我希望纳布能有出色的表现。您看!这两只西猁连三个月都不到!它们嫩得就像鹌鹑。"

水手于是到厨房里一门心思干他的烹调活去了,纳布则在后面跟着。

大家由他按自己的方式去烹制。他和纳布做出了一顿精美的晚餐：两只小西猯，一锅袋鼠汤，一只熏火腿，一些意大利五针松种仁，龙血啤酒，奥斯威戈茶——总之，都是最好的。可所有这些菜肴里，居于首位的当数美味可口的烤西猯。

五点钟，他们在花岗岩宫的餐厅里用晚餐。袋鼠汤在桌上冒着热气，大家都觉得味道很不错。汤之后是烤西猯，彭克洛夫要亲自来切，他给在座的每位都送上了一大块。这些乳猪味道确实鲜美，彭克洛夫狼吞虎咽地吃着他那一份。突然间，他发出了一声喊叫，又骂了一句。

"怎么啦？"赛勒斯·史密斯问。

"我……我……我刚才弄碎了一颗牙！"水手回答。

"哎呀，那么说您的西猯里有石头？"杰丁·斯皮莱说。

"只好这么认为了。"彭克洛夫回答，同时从唇边取出那个断送了他一颗嚼牙的东西。

这哪里是石头……分明是一颗铅弹！

第二部分　被遗弃的人

第 1 章

铅弹事件——建造独木舟——狩猎——在卡里松顶——毫无迹象证明有人存在——纳布和哈伯特的海边所得——翻转海龟——海龟失踪——赛勒斯·史密斯的解释

气球上的乘客被抛到林肯岛上已整整七个月了。从那时起,不管他们怎么搜寻,岛上都没有见到一个人。从没有一缕烟暴露出有人存在,也从没有任何体力活证明有人到过此地,不论是古代的还是近代的。这座岛不仅眼下像是无人居住,不妨认为大概一向如此。而现在,在一颗普通的铅弹面前,所有这些逐步建立起来的判断全被推翻了,而这颗铅弹是从一只不伤人的啮齿类动物的体内找到的!的确,这颗铅弹出自一种火器,而除了人类,又有什么生灵会使用这种武器呢?

当彭克洛夫把铅弹放在桌上时,他的同伴们都惊讶地仔细看着它。这个事件看起来微不足道,然而却非同小可,其全部的后果一下子抓住了他们的思想。即使有一个超自然的生灵突然出现,也不会比这更令他们震惊。

这惊人而又意外的事件可能引起的种种假设,赛勒斯·史密斯毫不犹豫地首先提了出来。他拿起铅弹,把它转来转去,用食指和拇指触摸着它。然后,他问彭克洛夫:"您能肯定,中弹的西猯才三个月大吗?"

"才三个月大,赛勒斯先生,"彭克洛夫答道,"我在坑里发现它时,它还在吃它妈的奶呢。"

"好,"工程师说,"这本身就证明,在至多三个月前,有人在林肯岛上开过枪。"

"一颗铅弹击中了这只小动物,"杰丁·斯皮莱补充道,"但不是致命的。"

"无可置疑,"赛勒斯·史密斯又说,"应从这个事件中推断出以下结论:或者在我们到来之前该岛有人居住,或者至少在三个月前曾有人在此登陆。这些人是特意来的还是偶然来的,是着陆还是遇险?这只好等以后再弄清了。至于他们是谁,是欧洲人还是马来人,是敌人还是朋友,我们根本无从猜测,而他们仍在岛上居住呢还是已离去,也同样不得而知。可这些问题与我们太有关系了,所以我们不能再这么不确定了。"

"不可能有人住!绝不可能!说什么也不可能!"水手离席而大声地说,"除了我们,林肯岛上没别人!见鬼!岛又不大,如果有人住,我们肯定早就发现其中的几位了!"

"的确,事情若相反,那倒真是奇怪了。"哈伯特说。

"可我认为,若这西猯生下来体内就有这颗铅弹,那就更奇怪了。"

"除非,"纳布一本正经地说,"彭克洛夫本来就有……"

"您是这么看的吧,纳布,"彭克洛夫反驳道,"我五六个月前嘴里就有这颗子弹,可自己竟没发现!但它能藏在哪里呢?"水手补充道,同时张开嘴,露出那漂亮的三十二颗牙,"仔细看看吧,纳布,如果你能发现有颗牙是假的,那

当彭克洛夫把铅弹放在桌上时,他的同伴们都惊讶地仔细看着它。这个事件看起来微不足道,然而却非同小可……

我就让你拔去半打！"

"的确,纳布的假设是无法接受的,"赛勒斯·史密斯回答,他尽管在严肃地思考,却也忍不住笑了,"林肯岛上肯定有人放过枪,至多在三个月前。可我倾向于:登陆这片海岸的人,只待了很短的时间,或者说他们只是路过而已,因为,在我们从富兰克林峰顶勘察该岛时,岛上若是有人居住,我们就会看出来,或我们就会被看见。所以很有可能,几星期前有些落难者被一场风暴抛到了海岸的某一处。不管怎样,确定这一点对我们来说是至关重要的。"

"我想我们应该谨慎从事。"记者说。

"我也这么认为,"工程师答道,"因为,恐怕登陆该岛的是马来海盗!"

"赛勒斯先生,"水手问,"在去搜索前,是否该造一条船？这样我们可以沿河而上,或在必要时绕海岸而行。可不要让人打个措手不及。"

"您的主意倒是不错,彭克洛夫,"工程师回答,"可我们不能等啊。而造一条船起码得要一个月……"

"造一条真正的船是要这么多时间,"水手答道,"可我们并不需要一条航海船,至多花上五天时间,我保证造出一条足能在感恩河上航行的独木舟。"

"五天造一条船？"纳布嚷道。

"是的,纳布,一条印第安式的船。"

"用木头？"纳布显出一副不大相信的样子问道。

"用木头,"彭克洛夫回答道,"或确切来说是用树皮。我再说一遍,赛勒斯先生,五天之内,事情就可搞定了!"

"五天之内,好吧!"工程师回答。

"可在此期间,我们还是严加防范为好!"哈伯特说。

"要采取非常严格的防范措施,朋友们,"赛勒斯·史密斯答道,"打猎的范围就限制在花岗岩宫附近好了。"

晚餐结束了,而气氛不像彭克洛夫所期望的那么欢快。

因此,除了移殖民们,岛上还有其他人住或住过,铅弹事件后这便成了无可争辩的事实。像这样的发现,只能引起移殖民们的极度不安。

就寝前,赛勒斯·史密斯和杰丁·斯皮莱就这些事情进行了长谈。他们寻思,该事件是否凑巧与工程师那无法解释的得救情况有某些关联？也和多次令他们感到震惊的其他怪异而特殊的情况有联系？然而,赛勒斯·史密斯在权衡了事情的利弊后,终于说道:

"总之,您想知道我的看法吗,我亲爱的斯皮莱？"

"是的,赛勒斯。"

"那好,我的看法是:不论我们多么仔细地勘察该岛,我们都将一无所获!"

翌日起,彭克洛夫开始干活。这并不是要造一条有甲板有船舷的船,只是要造一件平底的浮动器具,它能在感恩河上自如地航行,尤其是在靠近水源、水不太深的地方。将一块块树皮相互缝合,想必就足以构成一条轻便小舟,万一遇到自然障碍,需要搬动时,它也不会显得笨重。彭克洛夫打算用铆钉来缝合树皮,由于它们的附着性强,能保证小舟完全密封。

这就需要选择树皮柔韧、适合这项工作的树木。而上一场飓风恰恰刮倒了一定数量的杉树,它们完全适合用来造这类船。有几棵冷杉倒伏在地,只需剥去他们的树皮即可。但这活却是最难干的,鉴于移殖民们拥有的工具不够完善。不过他们终究还是完成了。

在工程师的帮助下,水手便这么一刻不停地忙活着,在此期间,杰丁·斯皮莱和哈伯特也没闲着。他们成了这个群体的供应者。记者对小伙子的欣赏总也没个够,因为后者在使用弓箭或长矛方面,已显得身手不凡。哈伯特还表现得非常勇敢、非常冷静,真可谓是"智勇双全"。另外,这两位猎伴很重视赛勒斯·史密斯的嘱咐,其活动的范围不超出花岗岩宫周围两海里,不过前几排森林已能提供足够的刺豚鼠、水豚、袋鼠、西猯等,虽说自从严寒结束后陷阱的收益已不大,但起码养兔林的那一份则照供不误,这确保了林肯岛的移殖民们的食物供应。

在打猎期间,哈伯特经常和杰丁·斯皮莱聊起这铅弹事件和工程师从中得出的结论,有一天,即10月26日,他对斯皮莱说:"斯皮莱先生,如果真有几位落难者登上了这岛,却至今仍未在花岗岩宫这边露面,您不觉得太奇怪了吗?"

"非常奇怪,假如他们还在的话。"记者回答,"可假如他们已不在了,那就一点也不奇怪了!"

"这么说,您认为那些人已经离岛了?"哈伯特又说。

"非常有可能,小伙子,因为,如果他们在岛上逗留的时间比较长,尤其是如果他们仍在岛上的话,总该有某个事件暴露他们的存在。"

"但是,假如他们能离开,"小伙子提醒道,"那他们岂不就不是落难者了?"

"对,哈伯特,或最起码我可称他们为临时落难者。的确,很可能是一阵风将他们抛到了岛上,但并没有损坏他们的船只,而等这阵风过去,他们便又出海了。"

"有件事情得承认,"哈伯特说,"那就是史密斯先生总是显得有点怕岛上有人,而不是希望岛上有人。"

"因为，"记者答道，"他知道只有一些马来人经常光顾这片海域，而那些人都是些恶棍，有必要避开他们。"

"斯皮莱先生，"哈伯特又说，"说不定哪天我们会找到他们登陆的踪迹，这不是不可能，我们还是在这方面多加留意吧。"

"说的是，小伙子，一个遗弃的宿营地，一堆熄灭的火，都可以给我们提供线索，而这些就是我们下次勘察时要寻找的。"

两位猎人这般交谈的那一天，他们是在感恩河附近的森林区，那一带有非常美丽的树。其中耸立着几棵高达近二百英尺的长势极好的针叶树，在新西兰，当地人称之为"卡里松"。

"我有个主意，斯皮莱先生，"哈伯特说，"我要是爬到一棵卡里松的顶上，说不定能在一个相当大的范围内观察该地区呢！"

"主意倒是不错，"记者回答，"可你能爬到这些巨树的顶上吗？"

"不管怎样，我要试一试。"哈伯特回答。

小伙子动作灵活而又敏捷，他往前一冲，上了最下面的几根树枝。这些树枝的布局，使攀爬变得相当容易，于是他用了几分钟便到了露出在一大片绿色平原之上的树顶。这片平原，是由许多圆形枝叶的树木构成的。

从这制高点，视线可延伸到岛的整个南部地区，从东南面的爪形海角，直到西南面的蛇尾岬角。岛的西北面则耸立着富兰克林峰，它遮住了整整四分之一的地平线。可哈伯特从他那观察台上，却可清楚地观察到岛的这个陌生部分。它有可能给外来者提供藏身之处，说不定那些人现在仍在那里。移殖民们怀疑那些人有可能是存在的。

小伙子观察得极为认真，首先是海面上一无所见。地平线上和岛的近海岸处，连条船都没有。然而，可能会有条船，尤其是一条折了桅杆的船，已很近地靠了岸，因为树群遮住了海岸，哈伯特便无法看见。

远西森林中间也是什么都没有。这森林构成了一个无法穿透的穹形圆盖，有好几平方海里，但没有一片林中空地。甚至无法顺着感恩河的流水去辨认它在山中的发源地。也许有别的溪水在向西流，但无从证实。

但如果说哈伯特没有看到任何宿营的迹象，起码他总能在空气中发现一缕表明有人存在的烟吧？然而空气是纯净的，没有丝毫的烟雾清晰地显现在天空这个背景上。

有那么一刻，哈伯特以为自己看见一缕轻烟在西方升起，可再认真地观察一下，他发现自己弄错了。他极其仔细地看了看，而他的视力极好⋯⋯没有，确实没有什么。

哈伯特从卡里松上爬了下来，两位猎人回到了花岗岩宫。在那里，赛勒斯·史密斯听了小伙子的讲述，摇了摇头，什么也没说。显而易见，只有对该岛进行全面的勘察后，才能就此问题发表意见。

翌日，10月28日，又发生了一件事，所作出的解释想必仍然不尽如人意。在离花岗岩宫两海里的沙滩上闲逛时，哈伯特和纳布挺幸运地逮住了一只龟。这是一只天然龟，属米达斯品种，其外壳呈现出奇妙的绿色光泽。

哈伯特发现这只龟正在岩石中间爬行，它想回大海。

"过来，纳布，过来呀！"他喊道。

纳布跑了过去。

"好漂亮的动物！"纳布说，"可我们怎么抓住它呢？"

"再容易不过了，纳布，"哈伯特回答，"我们把它翻过来，让它背朝下，那样它就无法再逃跑了。拿起您的长矛，跟着我做。"

那爬行动物感到了危险，缩进了外壳和腹甲之间。它的脑袋和爪子都看不见了，它一动不动，犹如一块岩石。

哈伯特和纳布把他们的棍子伸到海龟的腹甲下面，虽然有点费力，但他们终于合力把它翻了过去。这龟长三英尺，起码重四百磅。

"好！"纳布大声说，"彭克洛夫老兄会高兴的！"

的确，彭克洛夫老兄必然会高兴的，因为这种龟吃大叶藻，其肉极其鲜美。此刻，这龟只露出它那扁平的小脑袋，但脑袋的后部被大大的颞腔拓宽了，而颞腔藏在颅顶下。

"那么现在，我们拿这个猎物怎么办呢？"纳布说，"总不能把它拖回花岗岩宫去吧！"

"让它留在这儿，因为它翻不过来。"哈伯特说，"我们拉上车再来取它。"

"就这么办。"

为谨慎起见，哈伯特多了个心眼，他用一些大卵石把龟固定住了，纳布则认为此举纯属多余。然后，两位猎人沿着海滩回到了花岗岩宫。当时是退潮，海滩露出得很充分。哈伯特想给彭克洛夫一个惊喜，便闭口不提被他翻在沙滩上的那只"漂亮的龟鳖样品"。可两小时后，当他和纳布拉着车回到留下龟的地方，不料那"漂亮的龟鳖样品"已不见了。

纳布和哈伯特先是对视了一下，然后便环顾四周。这的确是留下海龟的地方，小伙子甚至还找到了他用过的卵石，他断定自己没弄错。

"哎呀，"纳布说，"这家伙竟自己会翻身？"

"看来是。"哈伯特回答，他实在搞不懂是怎么回事，便一味地望着分散在沙地上的卵石。"

"得,彭克洛夫会不高兴的!"

"而史密斯先生要感到为难了,若要他解释这一失踪事件的话!"哈伯特心想。

"哎,"纳布说,他想隐瞒这件不如意的事,"这事我们就别提了。"

"正相反,纳布,得说。"哈伯特回答。

于是两人拉起他们白拉来的车,回到了花岗岩宫。

到了工程师和水手一起干活的工地上,哈伯特讲述了所发生的事。

"啊,两个笨蛋!起码放跑了五十碗汤!"

"可是,彭克洛夫,"纳布反驳道,"那畜生跑了又不是我们的错,我不是对你说我们已经把它翻过来了吗!"

"那你们就是翻得不够!"难对付的彭克洛夫开玩笑地回击道。

"不够?"哈伯特大声地说。

他讲述了他曾想用卵石来固定海龟。

"这办法要是能行,那就是奇迹了!"彭克洛夫反驳道。

"我认为,赛勒斯先生,"哈伯特说,"海龟一旦翻过来放置,就恢复不了原状了,尤其对于个头大的海龟来说,对不对?"

"没错,我的孩子。"赛勒斯·史密斯回答。

"那它怎么能……?"

"你们把这只龟留在离海多远的地方?"工程师问道,他已停止干活,正在思索这件事。

"十五英尺左右吧。"哈伯特回答。

"当时是退潮吧?"

"是的,赛勒斯先生。"

"那好,"工程师回答,"海龟在沙地上做不到的,有可能在水里做得到。等涨潮时它就翻过来了,然后便不慌不忙地回到了海水中。"

"呵!我们真笨哪!"纳布大喊道。

"这正是我刚才要对你们说的话!"彭克洛夫答道。

赛勒斯·史密斯做出了一番想必是可以接受的解释。可他难道真的相信这番解释是正确的吗?这让人不敢肯定。

第 2 章

初试独木舟——海岸上的漂流物——牵引——漂流物海角——清点箱内物品：工具、武器、仪器、衣服、书籍、厨具——彭克洛夫所缺之物——《福音》——一段经文

10月20日，树皮船全部完工。彭克洛夫说到做到，一只独木舟在五天之内造好了，其外壳的肋骨是用克来金巴树的柔软枝条构成的。船上有三个座位，一个在前，一个在中间，用来保持间距，还有一个在后，一个舷缘用来支撑两支桨的桨架，一个橹用来掌舵。这样一来，船就完整了。船身长十二英尺，船重不到二百英磅。至于下水的操作则极其简单。把轻便的独木舟搬到花岗岩宫前的沙地上，海岸的边缘，上涨的潮水就使它浮起来了。彭克洛夫立时便跳了进去，摇起了橹，他觉得它非常适合他们所要的那种用途。

"好啊！"水手喊道，他就这样来庆祝自己的胜利，"有了这个，就可以周游……"

"世界？"杰丁·斯皮莱问。

"不，周游本岛。弄些石子压舱，在船艏竖根桅杆，再叫史密斯先生哪天给我们做张帆，我们就可以远航啦！哎，赛勒斯先生，还有您，斯皮莱先生，还有你，哈伯特，还有你，纳布，难道你们不来试试我们的新船？见鬼！总还得看看它是否能把我们五个都载上！"

的确，得试验一下，彭克洛夫从岩石之间的一个狭窄的通道，把船摇到了海滩边，于是大家说定，就在当天，试试这独木舟，他们将沿着海岸，一直到南面的岩石的终止处，即第一个岬头。

正要上船时，纳布喊起来："你的船里可有不少水呀，彭克洛夫！"

"没关系，纳布，"水手答道，"木头是密封的！两天后，就完全不这样了，我们独木舟腹中的水，不会比酒鬼胃里的水更多。上船吧！"

于是大家上船了，彭克洛夫把船驶到了海上。天气好极了，大海平静得

就像是海水装在狭窄的湖岸中一样,独木舟能够很安全地面对它,一如在平静的感恩河中溯流而上。

两支桨,纳布和哈伯特各划一支,而彭克洛夫留在船尾摇橹。

水手先是穿过了水道,然后便擦着小岛南面的岬头过去。一阵微风从南面吹来。水道和海上都没有波浪。只有一些长长的水波很有规律地在海面上鼓起,但独木舟几乎感觉不到,因为它的载荷很重。他们驶离海岸有半海里,这样便能看到富兰克林峰的全貌。

接着,彭克洛夫掉过船头,返回来向河口驶去。独木舟于是沿着海岸航行,圆形的海岸一直延伸到尽头的岬角,遮住了整个冠鸭沼地。

由于海岸线弯弯曲曲,这个岬角的距离也就加长了,它离感恩河有三海里。移殖民们决定去尽头,并再稍稍驶过去一点,匆匆看一眼从海岸到爪形角的概貌。小船于是沿着海滨行驶,离岸至多有两链,以避免触礁,因为近岸布满了礁石,而上涨的潮水开始将它们淹没。

悬崖峭壁从河口到岬角逐渐呈现下降趋势。它由花岗岩堆积而成,布局随意,和构成眺望岗的护墙迥然不同,而外观十分荒凉,像是被挖掉了一大车岩石似的。尖锐的凸角延伸到森林前面两海里处,上面没有任何植物,这个岬角挺像是从一只绿色袖子中伸出的巨人手臂。

小船在双桨的推动下轻松前进。杰丁·斯皮莱一手拿铅笔,一手拿笔记本,粗线条地勾画着海岸的轮廓。

纳布、彭克洛夫和哈伯特一边聊天,一边观察着他们的这部分领域。在他们看来,这部分领域是全新的。随着独木舟逐渐南下,那两个颌骨海角像是在移动,更狭窄地构成了鲨鱼湾。

至于赛勒斯·史密斯,他不说话而只是看,目光中流露出怀疑的神情,这总让人觉得,他是在观察某个奇特之地。

此时,在航行了三刻钟后,独木舟几乎到了岬角的尽头,彭克洛夫正准备超过去,哈伯特突然站起来,指着一个黑点说道:

"我看见那边海滩上有东西,不知是什么。"

所有的目光都投向他所指的地方。"果然,"记者说道,"是有个东西。像是个漂流物,有一半被埋在沙子里了。"

"啊,"彭克洛夫嚷道,"我看出是什么了!"

"是什么?"纳布问。

"是一些小木桶,一些小木桶!它们有可能是满的!"水手回答。

"靠岸,彭克洛夫!"赛勒斯·史密斯说。

划了几下桨,独木舟便在一个小海湾的深处靠岸了,而它的乘客们则跳到了沙滩上。彭克洛夫没弄错,是有两只小木桶在那儿。它们半埋在地里,有一个大箱子和它们牢牢地拴在一起。这箱子靠着这两只小木桶,一直漂浮到海岸上搁浅为止。

"这么说,岛的附近有过一次船舶失事?"哈伯特问。

"显然是这么回事。"杰丁·斯皮莱回答。

"可是这箱子里装着什么呢?"彭克洛夫嚷道,同时显出一副急不可耐的样子,而这完全是出自他的本性,"这箱子里有什么呢?它是关着的,根本没有东西可以用来砸开盖子!那好,就用石头吧。"

水手举起一块沉重的石头,正要向箱子的一块板砸去,工程师拦住了他:"彭克洛夫,"他说,"您能克制一下您的急躁情绪吗?哪怕只是一个小时?"

"可是,赛勒斯先生,想想吧,也许里面有我们所缺的一切呢!"

"这我们会知道的,彭克洛夫。"工程师回答,"请相信我,不要砸烂这箱子,它会对我们有用的。让我们把它运回花岗岩宫,在那里,要打开它就比较容易了,而用不着砸烂它,它完全是为旅行准备的,而既然它能一直漂到这里,当然也能一直漂到河口。"

"您说得对,赛勒斯先生,"水手答道,"但人们并不总能克制住自己的!"

工程师的意见是明智的。的确,独木舟有可能会装不下这箱子里大概会有的东西,而这箱子想必很沉,竟然得用两只空桶来给它"减负"。那么,最好就这样把它一直拖到花岗岩宫的海岸。

而现在要弄清的是,这个漂流物是从何而来的?这可是个重要的问题。赛勒斯·史密斯及其同伴们仔细地环顾了一下四周,在几百步的空间范围内扫视了一遍海岸,没有任何其他残骸出现在他们眼前。海面也被观察了。哈伯特和纳布登上了一块高耸的岩石,可海面上空空荡荡的,什么也没有,既没有因损坏而无法操纵的船,也没有正扬帆航行的船。

然而,有过船舶失事,这一点是无可怀疑的。甚至,也许这一事件和铅弹事件有关?也许一些陌生人曾在岛的另一处上了岸?也许他们还在那里?但移殖民们很自然地做出的思考是,这些陌生人不可能是马来海盗,因为漂流物显然不是美国货,而是欧洲货。

大家又回到了箱子旁边。这箱子长五英尺、宽三英尺,用橡木制成,关闭得很严实,表面还覆盖着一张厚厚的皮,并用铜钉钉住。两个木桶是密封的,敲击一下能感觉到里面是空的,它们被用结实的绳子拴在箱子的侧面,并打着结,彭克洛夫很容易看出那是"水手结"。箱子似乎完好无损,这说明它是搁浅在沙滩上,而不是撞在礁石上的。通过仔细检查甚至可以肯定,它在海水里待的时间并不长,而且到达这片海岸也是最近的事。海水好像并没有渗进箱内,里面装的物品想必也未受损。

显而易见,这箱子是从一条无法操纵的船上扔下来,并朝该岛漂来的,船上的乘客希望它能到达海岸,好等日后再来找它,所以用浮动装置,为它采取了减负措施。

"我们将把这漂流物一直拖到花岗岩宫去,"工程师说,"然后我们来清点一下箱内的物品。以后我们要是在岛上发现这起船舶失事的幸存者,那我们就物归原主。如果我们找不到什么人……"

"那就把它留给我们自己吧!"彭克洛夫大声说,"但是,天哪,里面到底会有什么呢?"

潮水已开始触及漂流物了,海水满潮时它必定会浮起来。拴桶的绳子被解开了一部分,用来把浮动装置和小船系在一起。然后,彭克洛夫和纳布用桨把沙地挖开,以便移动箱子。不一会儿,船拖着箱子绕过海角,而从现在开始,这个地方就被命名为"漂流物海角"了。箱子拖起来很沉,木桶几乎不足以使箱子浮在水面上。所以水手每一刻都在担心箱子会脱离小船而沉入海底。不过很幸运,他所担心的事没有发生。

出发后一个半小时——穿过这段三海里的路程需要这么长时间——独木舟在花岗岩宫前靠了岸。

船和漂流物被拖了沙地上。此时海水正在退去,它们很快便处于无水地带了。纳布已取来了撬开箱子的工具,以便尽可能不损坏它,然后他们便着手清点。彭克洛夫激动至极,他丝毫不想加以掩饰。

水手解开两个桶,它们完好无损,还可使用,这就无须说了。锁是用起钉棒撬开的,箱盖便随之掀开。里面还有一层包裹物是用锌制的,衬在箱内,很显然这是为了使装在里面的物品在任何情况下都不受潮。

"啊!"纳布喊道,"莫非里面装的是罐头!"

"但愿不是。"记者答道。

"要是里面有……"水手低语道。

"有什么?"纳布问道,他听见他说了。

"什么都不会有的!"

锌制的防水层完全被割开了,然后翻开箱子的侧面,渐渐地,各种物品被取了出来,放在了沙地上。每取出一件物品,彭克洛夫都要欢呼一番,而哈伯特鼓掌,纳布则跳舞……他是黑人嘛。那堆物品里有令哈伯特欣喜若狂的书籍和令纳布吻个不够的厨房用品！移殖民们都感到满意至极，因为箱子里装有工具、书籍、仪器、衣服，下面便是确切清单，一如杰丁·斯皮莱在笔记本上记载的那样：

工具：三把多面刀，两把砍柴斧，两把木工斧，三个刨子，两个横口斧，一把两头木工凿，六把冷錾，两把锉刀，三把锤子，三把螺旋钻，两把木工钻，十包铁钉和螺丝钉，三把大小各异的锯子，两盒缝衣针。

武器：两支燧发枪，两支撞针枪，两支卡宾枪，五把大刀，四把格斗军刀，两小桶火药（每桶可能装有二十五磅），十二盒雷汞雷管。

仪器：一个六分仪，一副双筒望远镜，一副望远镜，一个袖珍指南针，一个华氏温度计，一个无液气压计，一盒罗盘，一盒成套照相器材，还有物镜、玻璃感光片、化学物品等。

衣服：两打衬衫，料子很特殊，像是羊毛，但显然是植物纤维。三打质地相同的长袜。

厨具：一个铁制水壶，六个带柄小铜锅，三个铁制盘子，十副铝制餐具，两个烧水壶，一个轻便小炉子，六把餐刀。

书籍：一本《圣经》，一本地图册，一本《波利尼西亚方言词典》，一套六卷本《自然科学词典》，三令白纸，两本空白簿。

"应当承认，"清点完毕后记者说，"这箱子的主人是个有实际经验的人！工具、武器、仪器、衣服、厨具、书籍，一应俱全！真像是他预料到了要落难，事先做好了准备似的！"

"的确，一应俱全。"赛勒斯·史密斯若有所思地喃喃地说。

"可以肯定，"哈伯特补充道，"装载这箱子及其主人的船，不是一般的马来海盗船！"

"除非，"彭克洛夫说，"这位主人已成了海盗的俘虏……"

"这个假设让人无法接受，"那位记者应声道，"更为可能的是，一条美洲或欧洲船被风暴带到了这个海域，而乘客们希望起码能保全必需品，因此便准备了这个箱子，并把它抛入了大海。"

"您也这么看吗，赛勒斯先生？"哈伯特问道。

"是的，我的孩子，"工程师回答，"事情经过大概如此。可能在遇难时或预料到要遇难时，他们把各种最有用的物品汇集到了这个箱子里，以便能在海岸的某一处，重新找到它……"

"甚至还有一盒照相器材!"水手提醒道,同时显出一副怀疑的神情。

"至于这照相器材,"赛勒斯·史密斯答道,"我也不太明白它的用途,对于我们或其他所有的落难者来说,品种比较齐全的衣服和数量比较大的弹药和粮食会更有用!"

"难道这些仪器、工具、书籍上没有任何标记、地址吗?我们如何来辨认它们的产地呢?"杰丁·斯皮莱问。

这得看一看。于是每件物品都被仔细地检查了,而尤其是书籍、仪器和武器。和通常的做法相反,武器和仪器都不带有商标,而且状态完好,像是未使用过似的。工具和厨具也都具有同样的特点。一切都是新的,总之这便证明,这些物品并不是被随手拈来扔进这箱子里的,恰恰相反,选择它们是经过考虑的,而对它们的分类则是很仔细的。这用来防潮的第二层金属包裹物也表明了这点,而且,它也不可能是在一个匆忙的时刻被焊接上的。

至于《自然科学词典》和《波利尼西亚方言词典》,它们都是英文版的,但没标有任何出版者的名字,也无出版日期。

《圣经》也同样是英文版的,从排版的角度来看是出色的四开本,而且它似乎是经常被翻阅的。

至于那本地图册,是一部精美的作品,它包括全世界的地图和好几幅按麦卡托[①]投影法制作的地球平面球形图,而其专门术语则是法文的。它同样也没标有出版日期和出版者的名字。

所以,在这些物品上,没有任何标志能说明它们的产地,因此也就无从猜测那条船的国籍,想必它是最近通过这个海域的。可不管这箱子是打哪儿来的,它反正是使林肯岛的移殖民们变得富有了。迄今为止,他们通过改造大自然的产物,自己创造了一切,并依靠自己的聪明才智,摆脱了困境。可上帝给他们送来了这各种各样的人类工业产品,这不好像是他要奖赏他们吗?于是他们对着上苍,一致表达了他们的感激之情。

然而其中一位却并不感到十分满意,那就是彭克洛夫。似乎是,这箱子里并没装有他非常想要的一样东西。随着物品一件件被取出,他的欢呼声也逐渐减少,而清点一结束,只听得他在嘀咕着:

"所有这些都非常好,可你们看,这箱子里没有我想要的东西!"

引得纳布对他说:"哎呀,彭克洛夫老兄,你想要什么呢?"

"半磅烟草!"彭克洛夫一本正经地答道,"那样我就心满意足了!"

---

① 麦卡托(1512—1594),佛来米数学家和地理学家。

听了彭克洛夫的话,大家不禁都笑了。

由于发现了漂流物,现在比任何时候都有必要对该岛作一次认真的勘察了。于是大家商定,翌日拂晓上路,沿感恩河而上,去西海岸。如果有几位落难者在这海岸的某一处登陆,恐怕他们会一无所有,那就得赶快给他们提供救援了。就在那天,所有的物品都被搬进了花岗岩宫,并井然有序地摆放在了大厅里。

那天是10月29日,恰恰是礼拜天。临睡前,哈伯特问工程师是否愿意给他们读段《福音书》中的经文。

"非常乐意。"赛勒斯·史密斯答道。他拿起《圣经》,正要打开,彭克洛夫止住了他,对他说:"赛勒斯先生,我这个人很迷信,请随便打开,先看到哪一段,就给我们读哪一段。"

赛勒斯·史密斯先生对水手的想法报以微笑,并依从了他的愿望。工程师翻到了《福音书》,而那一处正好夹着一根书签。

他的目光蓦地落在了一个铅笔画的红十字上,而这红十字后面,是《马太福音》第七章第8节。于是他读了这一段,内容如下:

求则得之,寻则寻见。

第 3 章

　　出发——涨潮——榆树和朴树——各种植物——中南美鹨——森林景观——巨型桉树——为何叫"热病树"——猴群——瀑布——宿营

　　翌日，10月30日，计划中勘察的一切准备工作均已做好，而最近发生的事情使这次勘察变得尤为紧迫。情况发生了如此的变化，林肯岛上的移殖民们自以为无须再寻求救援，而能为他人提供救援了。

　　于是大家商定沿感恩河而上，而且能行驶多远就多远，这将依河流通航的情况而定。如此一来，很大一部分路程将轻松走完，而且，勘察者们还可将他们的食品和武器一直运到岛的西部的某一处。

　　其实，不仅应当想到带去的东西，还应当想到偶然事件有可能让他们带回花岗岩宫的东西。如果像推测的那样，海岸上有过一起船舶失事，漂流物没准少不了，而那将是一大批物品。按照这样的推测，车子就比那不结实的独木舟更合适，可这又大又沉的车得拉着，使用起来显然不那么方便，这便又让彭克洛夫深表遗憾了。箱子里不光没装他那"半磅烟草"，也没装两匹新泽西州的骏马，它们可是对移殖民们大有用处的！

　　已被纳布装上船的食品，包括一些肉罐头和几加仑啤酒、发酵的饮料，这些东西足够维持三天的生活。三天则是赛勒斯·史密斯给此次勘察定的最长期限。再说，他们打算必要时在路上补充一些。纳布绝不会忘记带上那轻便小炉子。

　　工具方面，移殖民们拿了两把砍柴斧，它们将用来在稠密的森林中开辟道路。而仪器方面则是望远镜和袖珍罗盘。

　　至于武器，他们选了两把燧发枪。在这个岛上，燧发枪比撞针枪有用，因为前者只使用容易更换的火石，而后者则需雷汞雷管才行，若经常使用，雷汞雷管很快就会用完。他们还拿了一把卡宾枪和一些子弹。至于火药，那两只桶里装了大约有五十磅。得带上一些，但工程师打算自制一些爆炸物，那样就可以省着用了。除了火器,他们还带上了五把插在皮鞘里的大刀。在这样的条件下,移殖民们就可以在大森林里冒险,而不至于脱不了身。

无须补充,如此武装起来的彭克洛夫、哈伯特和纳布总算是如愿以偿,尽管赛勒斯·史密斯要他们保证,不到万不得已时不开枪。

清晨六点,独木舟被推入大海。全体上了船,其中包括托普,然后小船便向感恩河河口驶去。海水上涨了才半小时,还有几小时的满潮可利用,因为,晚些时一退潮,逆流而上可就难了。潮水已成汹涌之势,因为,三天后月亮就圆了。于是,只需将独木舟维持在水流中,它就能在高耸的两岸之间飞速行驶,而不必用桨来加速。

几分钟后,勘察者们来到感恩河的拐角,正是在那里,彭克洛夫于七个月前制作了他的第一个木筏。驶过这呈锐角的拐角,感恩河便呈圆弧形,斜向地朝西南方向而去,水流在高大的常绿针叶树的浓荫下展开。

感恩河畔景色优美。赛勒斯·史密斯及其同伴们只顾尽情地欣赏这美景,而这是大自然凭着水流和树木轻而易举地获得的。他们往前驶去,而树木的种类也随之起了变化。河的右岸展示着榆科植物的出色样品,那珍贵的天然榆树,它们为建筑师们所苦苦寻求,因为它们具有能长期浸泡于水的特性。接着便是属同科的大量树群,其中有朴树,其果仁可出一种十分有用的油。再往前走,哈伯特注意到几棵柳科植物,它们那柔韧的枝条在水中浸泡后,可提供出色的绳索。他还注意到两三棵柿科乌木,这些乌木呈漂亮的黑色,并带有不规则纹理。

小船不时地停在某些易于靠岸的地方。杰丁·斯皮莱、哈伯特、彭克洛夫便手握枪支,由托普打头,上岸搜索猎物。除了猎物,还能遇到某些不容忽视的有用的植物,而年轻的博物学家如愿以偿,因为他发现了一种藜科的野菠菜,和许多属白菜类的十字花科野菜,通过移植来"优化"它们肯定能行。还有水田芥、辣根菜、萝卜,总之是些多分枝的细茎,略微有些毛茸茸的,高一米,结近乎褐色的子。

"你知道这是什么植物吗?"哈伯特问水手。

"烟草!"彭克洛夫大声说道,显然,他只在他那烟斗的烟锅里见到过他所偏爱的植物。

"不!彭克洛夫!"哈伯特回答,"这不是烟草,是芥菜。"

"去他的芥菜吧!"水手答道,"不过,万一要是出现一棵烟草,小伙子,你可别不放在眼里。"

"我们总有一天会找到的!"杰丁·斯皮莱说。

"说得对!"彭克洛夫大声说道,"到了那一天,我可就真不知我们岛上还缺什么啦!"

各种植物被小心翼翼地连根拔起,并被搬到独木舟上,而工程师一直没离开它们,他始终在沉思。记者、哈伯特、彭克洛夫就这样多次下船,时而上感恩河的右岸,时而上它的左岸。左岸不那么陡峭,但右岸树木比较繁茂。通过查看袖珍罗盘,工程师得以看出,从第一个拐弯起,河流的方向显然是西南向东北,而且有大约三海里长的距离几乎是笔直的。但可以猜想,再往前,这个方向会改变,而感恩河将朝西北而去,流向富兰克林峰的山梁分支,那些山梁分支将用它们的水给它补充。

一次上岸时,杰丁·斯皮莱抓住了两对活野鸡。这些飞禽长着细长的嘴,长脖子、短翅膀,但看不出有尾巴。哈伯特有正当的理由称它们为"鹈",于是

"你知道这是什么植物吗?"哈伯特问水手。

大家决定让它们成为未来的家禽饲养场的首批客人。

但直到这时为止,枪还根本没响过。而在这远西森林响起的第一枪声,是由一只美丽的鸟儿引起的,这只鸟从解剖学上来讲酷似翠鸟。

"我认出它来了!"彭克洛夫喊道,可以说,他是无意中开的枪。

"您认出什么了?"记者问道。

"在我们第一次远足时逃脱的鸟,我们还曾用它给这部分森林命名呢!"

"一只中南美鸳啊!"哈伯特大声说。

的确是一只中南美鸳,这美丽的鸟儿羽毛粗硬,并具有金属的光泽。几颗铅弹使它坠落在地,托普将它衔到了小船上。他们还打到了十二只火鹦鹉,是鸽子般大小的攀禽类鸟,全身的羽毛为绿色,部分翅膀为深红色,笔直的羽冠饰有一道白边。这一枪打得好,而这荣誉要归小伙子,他因此显得颇为自豪。这吸蜜小鹦鹉作为野味要胜过中南美鸳,因为后者的肉质有点粗。但很难让彭克洛夫相信,他并没有打到最好的可食用的飞禽。

上午十时,独木舟到达感恩河的第二个拐弯,该处离河口大约有五海里。他们在此停留并就餐。在美丽的大树下,他们休息了半小时。

该处的河流仍有六十至七十英尺宽,而其河床则深五至十英尺。工程师观察到,有许多支流在给这条河增加水量,但那些支流只是一些无法通航的小溪。至于森林(叫中南美鸳林和远西森林都一样)则一望无际。无论是在高大的乔木林下,还是在感恩河两岸的树群下,没有一处显示出有人存在。勘察者们找不到一丝可疑的痕迹,很显然,樵夫的斧子从未砍过这些树,而开拓者的刀也从未割过这些藤,它们在稠密的荆棘和长长的青草中,从一根树干伸到另一根树干。如果有几位落难者登上了这个岛,那他们就是还没有离开海岸,所以也就不该在这浓密的树盖下寻找这推测中的海难的幸存者了。

工程师显得有些着急,他要赶快去林肯岛的西海岸,据他估计,这中间的距离起码有五海里。船又继续航行了,从感恩河现在的方向来看,它像是在流向富兰克林峰,而不是流向海岸。于是他们决定,只要船的龙骨下有足够的水能使船浮起,他们便继续使用它。这样既省力,又可赢得时间,否则的话他们就得用斧子在密林中开辟道路了。

可是很快地,河水的滔滔之势消失了,或者是潮水低落了——这时候也该退潮了,或者是在感恩河口的这段距离上已感觉不到它了。那就得用桨了。纳布和哈伯特各就各位,彭克洛夫摇橹,然后便继续溯流而上。

此时在远西森林,树木像是逐渐变得稀疏了。它们不再那么紧凑,而是显得孤零零的。可恰恰是因为它们的间隔较大,它们才得以充分地利用周围自由而纯净的空气,长得这般高大美丽。多么出色的植物样品啊!无疑,它们的存在足以让一位植物学家毫不犹豫地说出林肯岛所穿越的纬度!

"桉树!"哈伯特喊道。

的确,这些美丽的植物,非热带地区最高大的树,与澳大利亚、新西兰的桉树是同属,而这两地和林肯岛所处的纬度相同。有几棵高达二百英尺,树干下部的周长达二十英尺,而树皮厚五英寸,芳香的树脂在上面纵横交叉。这些桃金娘科的巨型样品再奇妙不过,也再独特不过,它们的叶子以侧面对着阳光,能让阳光直达地面!在这些桉树的根部,是一片鲜嫩的草,一群群小鸟从草丛中飞出,它们在光束中闪闪发亮,如长了翅膀的红宝石!

"这是树!"纳布嚷道,"可它们有什么用呢?"

"呸!"彭克洛夫答道,"就像有巨人一样,想必也有巨型树。而这种树几乎没别的用处,除了供在博览会上展出!"

"我觉得您弄错了,彭克洛夫,"杰丁·斯皮莱说,"桉木已经开始用于制造高级家具了,而且这样做是很有利可图的。"

"我再补充几句,"小伙子说,"桉树所属的这一科包括许多有用的树:结番石榴的番石榴树,结丁香的丁香树,结石榴的石榴树;桃金娘、丁香的果实可酿造一般的酒,乌山桃树含有出色的酒精液体,石竹山桃树的皮是颇受青睐的肉桂,尤热椒树产牙买加辣椒,普通香桃树的果实可代替胡椒,罗布桉树可提供一种可口的甘露蜜,古内桉树的液汁经发酵后可转化成啤酒,总之,所有这些'长寿树'或'硬木',都是属于桃金娘科的,共计有四十六属一千三百种呢!"

大家听凭小伙子滔滔不绝、劲头十足地讲他那简短的植物课,赛勒斯·史密斯边听边微笑,而彭克洛夫则怀有一种无法表达的自豪感。

"好,哈伯特,"彭克洛夫说,"可我敢保证,你刚才列举的所有这些有用的样品,并不属于那类巨型树!"

"的确如此,彭克洛夫。"

"这便证实了我刚才所说的话,"水手反驳道,"要知道,巨型树实在是毫无用处的!"

"那您就搞错了,彭克洛夫,"工程师说道,"这些遮蔽我们的巨大的桉树,恰恰是有某种用途的。"

"什么用途呢?"

"可净化它们所在地的环境。在澳大利亚和新西兰,人们是怎么称呼它们的,您知道吗?"

"不知道,赛勒斯先生。"

"称它们为'热病树'。"

"是因为它们能引起热病?"

"不,是因为它们能防止热病。"

"好,我要把这记下来。"记者说。

"记下来吧,亲爱的斯皮莱,因为,似乎已经证明,桉树的存在足以中和沼泽地里的动植物腐烂后散发出来的气体。在南欧和北非的某些地区,人们已经在设法采用这种天然预防措施,因为那里的土壤对人体绝对是有害的。而现在已可看到,那里居民的健康状况正在逐渐改善。在桃金娘科森林覆盖的地区,已不再有间歇热了。这一事实目前是无可怀疑的了,对我们这些林肯岛的移殖民来说,这可是个令人欣喜的情况。"

"多么好的岛!多么有福的岛!"彭克洛夫喊道,"我对你们说呀,它可什么也不缺……要是……"

"那东西会有的,会找到的,"工程师答道,"不过我们还是继续航行吧,这河能把我们的独木舟带多远,我们就走多远!"

勘察于是便继续了,在布满桉树的一个地区中,他们至少行进了两海里。这些桉树俯视着这部分岛的所有树木。它们从感恩河的两岸延伸出去,一眼望不到头,而感恩河的河床则在高耸的、青翠葱绿的河岸中蜿蜒向前。这河床常常被高高的草和尖锐的岩石堵住,航行于是变得相当困难。因为桨的作用难以发挥,彭克洛夫使用一根木杆推。还可感觉到河底渐高,而因为缺水,小船有可能被迫停止行驶,而这已为时不远了。太阳已西沉,把树木的巨大阴影投在地面上。赛勒斯·史密斯眼见当天到不了岛的西海岸了,便决定就在因为缺水而被迫停航的地方宿营。他估计离海岸大概还有五至六海里,而这段距离太长,无法于夜间在这些陌生的树木中穿越。

小船于是便一刻不停地在森林中推进,而森林渐渐变得茂密起来,居住者似乎也多了些。因为,如果水手没看错,他觉得自己发现了一群群猴子在矮林下跑来跑去。甚至有时会有两三只停在离小船有某段距离的地方,毫无惧色地望着移殖民们,似乎是,因为是初次见到人类,它们尚不懂得害怕。用枪击毙这些四足兽是件很容易的事,但赛勒斯·史密斯反对这徒劳无益的屠杀,而这对彭克洛夫这个狂人还是有点诱惑力的。再说,这是个谨慎之举,因为这些猴子身强力壮,动作极其灵活,有可能是很可怕的,所以最好是不要去招惹它们,对它们发动显然是很不适当的攻击。

说真的,水手是从纯食用的角度来看待猴子的,而这些光食草的动物也的确是一种上乘的野味,不过既然储备丰富,就不必消耗弹药了。

四点钟左右,在感恩河上的航行变得十分艰难起来,因为它的水流被水草和岩石堵住了。陡岸越来越高,河床已进入富兰克林峰的前几个山梁分支。水源想必不远了,既然它是由南山坡的所有的水供给的。

"到不了一刻钟,"水手说,"我们就不得不停船了,赛勒斯先生。"

"那好,我们就停下来吧,彭克洛夫,随后便安排宿营。"

"我们离花岗岩宫能有多远呢?"

"大致有七海里吧,"工程师回答,"不过这是把河流的弯曲处都考虑在内了,而这条河已把我们带到了西北面。"

"我们要继续往前走吗?"记者问。

"是的,能走多久就走多久,"赛勒斯·史密斯回答,"明天天一亮我们就弃船,希望能用两小时穿越这段距离,到达海岸,这样我就有整整一天可用来勘察沿海地带了。"

"前进!"彭克洛夫说。

可是很快,独木舟就擦着多石的河底了,而河的宽度超不过二十英尺。茂密的树木在河床上形成了一个圆形绿廊,使河流陷入了半明半暗中。可听到相当清晰有力的瀑布声,这表明,在上游,离他们几百步的地方,有一道天然水坝。果真,在河流的最后一个拐弯处,透过树木,有道瀑布出现了。小船触碰到了河床的底部,片刻之后,它便被系在了靠近右岸的一根树干上。

当时是五点左右。落日的余晖从浓密的枝叶下掠过,斜照在小瀑布上,水沫闪着棱柱的颜色。在那边,感恩河的河床消失在矮林下,而河的某个源头就隐藏在那里。沿途汇拢来的各条小溪,在较低处形成了一条真正的河流,可还只是一条清澈而并不深的溪流。他们就在这里宿营了,而此处景色迷人。移殖民们下了船,火在一丛巨大的朴树下生着了。需要时,赛勒斯·史密斯及其同伴们会在树枝间找到能过夜的藏身之处。

晚餐很快便狼吞虎咽地吃完了,因为大家已饥肠辘辘。剩下的问题就是睡觉了。可是夜幕降临前传来了几声可疑的咆哮,炉火整夜都燃着,以它那噼啪作响的火焰保护着睡眠者。纳布和彭克洛夫甚至轮流守夜,毫不吝啬地添加燃料。也许他们并没有弄错,因为他们好像影影绰绰地看见有几只动物在营地周围游荡。它们时而在矮林下,时而在枝叶间,然而一夜无事。翌日,10月31日,清晨八点,大家便起身,准备出发了。

第 4 章

>　　走向海岸——几群四足动物——一条陌生的河流——为何感觉不到涨潮——海滨森林——蛇尾岬角——杰丁·斯皮莱令哈伯特羡慕——竹子的爆炸声

　　清晨六点,早餐之后,移殖民们便上路了。他们打算走捷径到达岛的西海岸。得花多长时间他们才能到达呢?赛勒斯·史密斯说过得花两小时,但这显然取决于有可能出现的障碍的性质。远西森林的这一部分,树木显得非常紧凑,就像是一大片品种极其繁多的矮林。大概得从野草、荆棘、藤本植物中开辟道路了,所以得手握斧子前进。若凭那夜里听见的野兽的叫声的话,也许还得拿着枪。

　　营地的确切位置,已通过富兰克林峰的位置得以确定,既然火山耸立在北面不到三海里处,那就只需笔直朝西南方向走,便可到达西海岸。

　　仔细把独木舟拴好后,他们便出发了。彭克洛夫和纳布带上了足够供小部队至少食用两天的食物。不可能再打猎了,工程师甚至嘱咐他的同伴们要避免任何不合时宜的开枪,免得让人注意到他们就在沿海一带。

　　头几斧砍在了位于瀑布上面的荆棘丛中,乳香黄连树丛中,赛勒斯·史密斯手拿罗盘,为大家指明要走的路。构成森林的树木,大部分已在湖泊和眺望岗周围辨认过。那是"德奥达尔"树、"杜格拉"树、柽柳、产树胶的树、桉树、龙血树、木槿、雪松,以及其他品种。这些树普遍都长得不太高,因为它们的数量妨碍了它们的生长。移殖民们只能缓慢前进,因为他们得边走边开路。在工程师的思想上,这条路以后应当是和红河岸边的那条路相连的。

　　自从出发以来,移殖民们一直沿着矮坡往下走,那些坡构成了岛的山岳形态。他们行走在一片干燥的土地上,不过生长茂盛的植物能让人感觉到地下水网的存在,或者是附近有某条小溪在流淌。然而赛勒斯·史密斯不记得他在火山口勘察时,除了红河和感恩河,还有什么别的河。

在这次远足的最初时段,他们又看见了猴群,那些猴子看见这些人,似乎显得非常惊讶,因为他们的外貌对它们来说是陌生的。杰丁·斯皮莱开玩笑地问,不知这些健壮而灵活的四足动物是否会把他们——他和同伴们——视为退化了的兄弟。说实在的,这些普通的步行者每走一步都会受到荆棘的束缚、藤本植物的妨碍、树干的阻挡,而那些灵活的动物却从这根树枝蹦到那根树枝,毫无阻碍地行进。相比之下,他们要逊色多了。那些猴子数量众多,不过幸好它们没有表现出任何敌对情绪。

他们还看到了几头野猪,一些刺豚鼠、袋鼠以及其他啮齿动物,还有两三头无尾熊,彭克洛夫很想朝它们开几枪。"不过,"他说,"狩猎期还没开始呢,你们就放心大胆地蹦吧、跳吧、飞吧,朋友们!有什么话等回来时再跟你们说!"

上午九点半时,直接通向西南方向的路突然被一条陌生的河挡住了。这条河宽三十至四十英尺,水流湍急,那是由河床的坡度引起的。河水撞在许多岩石上碎成浪花,并带着可怕的隆隆声直泻而下。这条河很深,水很清澈,但绝对不能通航。"我们的路被切断了!"纳布嚷道。

"哪儿啊,"哈伯特答道,"这不过是条小溪,我们完全可以游过去。"

"不必,"赛勒斯·史密斯说,"这条河肯定是流到海里去的。我们还是留在它的左岸,沿着它的陡岸走吧,它若不能很快把我们带到海边,我倒觉得奇怪了。走吧!"

"稍等片刻,"记者说,"这条河叫什么呢,朋友们?可不能让我们的地图不完整啊。"

"说得对!"彭克洛夫说。

"那就给它起名吧,我的孩子。"工程师对小伙子说。

"是不是最好等勘察完它的全程?"哈伯特指出。

"也好,"赛勒斯·史密斯回答,"那我们就不停地沿着它走吧。"

"再等一会儿!"彭克洛夫说。

"什么事?"记者问。

"打猎禁止,钓鱼总允许吧,我想。"水手说。

"我们没时间可耽搁了。"工程师答道。

"啊,五分钟!"水手反驳道,"为了我们的午餐,我求您给五分钟!"

于是,彭克洛夫趴在陡岸上,把双臂伸入湍急的水中,并很快抓住了几十只麇集在岩石间的漂亮鳌虾。"这肯定好吃!"纳布边喊边过来帮忙。

"我不是说了吗,除了烟草,这岛上什么都有!"彭克洛夫叹息一声,喃喃地说。

没用五分钟,就捕到了许许多多的虾,因为这虾在河里大量繁殖。这类甲壳动物呈钴蓝色,还长有带小齿的额剑。他们装满一口袋,便又继续上路了。移殖民们自从沿着这条陌生河流的陡岸走,行路便比较容易了,而速度也比较快了。另外,两岸从未有人涉足过。他们不时地会发现有大型动物留下的足迹,它们通常是来这小溪边饮水的,但除此以外再无其他,而且,这还不是在远西森林那个部分——那只西猯中铅弹的地方。而那颗铅弹断送了彭克洛夫的一颗嚼牙。

此时,工程师正在打量这股奔向大海的激流。他因此设想,他和同伴们离西海岸比他们所认为的要远得多。因为此刻,潮水涌上了海岸,有可能使河水折回,如果河口离他们仅几海里的话。然而,这一结果并未产生,而水流仍在沿着河床的天然坡度流淌。工程师于是感到奇怪,他频频查看罗盘,以核实河流的拐弯并没有把他们带回到远西森林中。

这时,河床渐渐变宽,河水也不那么喧闹了,右岸的树木和左岸一样密集了,目光已不可能延伸到那边去,不过这密林肯定是人迹罕至之地,因为托普不叫了,而如果水流附近有陌生人存在,这聪明的动物必然会发出信号。十点半时,令赛勒斯·史密斯颇感意外的是,稍稍走在前面的哈伯特突然止步,并大声喊道:"大海!"

片刻之后,移殖民们便停在了森林边缘,他们看见岛的西海岸就展现在他们的眼前。可这西海岸和一开始就把他们抛在上面的东海岸相比,反差是何等的强烈!这里再没有花岗岩峭壁,海上也没有任何礁石,甚至连沙滩也没有。森林构成了沿海地带——那最后一排树木已被海浪打倒,就俯在水面上。这完全不是大自然通常造就的那种海岸——要么是大片的沙地,要么是一堆堆岩石——而是一个由世上最美丽的树木组成的绝妙的森林边缘。陡岸增高了,俯视着辽阔大海的海面。尤其是俯视着这片以花岗岩为基础层的繁茂的土地,各种壮观美丽的树,根扎得和聚集在岛内的那些一样牢固。

移殖民们当时置身在一个无关紧要的小海湾的凹处,它甚至容纳不了两三条小渔船,而它充当着那条陌生河流的细颈。但这样的安排未免让人感到奇怪;这河水并没有通过一个斜度不大的河口注入大海,而是从四十多英尺的高度直接落下,涨潮时,之所以在河的上游根本感觉不到,这便是原因所在。的确,太平洋的潮水,即使是涨到最高点时,大概也永远达不到河面的高度,可河床像是形成了一个上游河段,哪怕是数百万年过去,河水也侵蚀不了这花岗岩基础层,挖掘出一个可通航的河口。因此,大家一致同意将这条河流命名为"瀑布河"。

在那边,森林的边缘向北延伸两海里左右,树木变得稀疏了,再过去,景色秀丽的高地几乎按照一条南北方向的直线勾画出来。相反,在瀑布河和蛇尾岬角之间的整个海滨部分,都只是些树群,一些美丽高大的树,有的笔直,有的倾斜,长长的海波浸泡着它们的根。而勘察正是要朝着这面海岸,也就是要在蛇形半岛上继续进行,因为这部分海岸能提供藏身之处,而另一部分海岸则干旱而荒芜,显然是不能庇护任何避难者的。

天清气朗,从纳布和彭克洛夫正在准备午餐的悬崖顶上,目光可延伸到远方。地平线非常清晰,海面上不见一叶帆船。在整个沿海地带上,凡视力可达之处,没有一条船,也没有一个漂流物。但工程师认为,只有勘察完整个海岸,直到蛇形半岛的尽头,自己才能在这方面拿定主意。

午餐匆匆打发完毕,十一点半,赛勒斯·史密斯示意大家出发。移殖民们没有走悬崖脊,也没走沙滩,他们沿着树荫走,以便顺着沿海地带前进。瀑布河口和蛇尾岬角之间的距离为十二海里左右。如果是在一片畅通无阻的海滩上,移殖民们只需花四小时,就可不慌不忙地走完这段路程,但现在他们得花双倍的时间才可到达目的地,因为,得绕过树木,砍伐荆棘,斩断爬藤,而这使得他们不断地停下来。照这种走法,拐弯增多了,路也大大加长了。

此外,没有什么能证明这沿海地带最近有过一起船舶失事。的确,正如杰丁·斯皮莱所提醒的,海水已把一切都带到外海去了,所以不能因为已找不到任何痕迹,就断定并没什么船曾被抛上过林肯岛的这一部分海岸。记者的推理是正确的,再说,铅弹事件也不容置疑地证明,至多三个月来,林肯岛上曾有人开过一枪。

已是五点了,蛇形半岛的尽头离移殖民们所在的地方尚有两海里。显而易见,到达蛇尾岬角后,赛勒斯·史密斯及其同伴们就再没有时间在日落前返回营地了,而营地已设在了感恩河的源头附近。那样就必须在蛇尾岬角过夜了。好在食品不缺,因为毛皮猎物已不在这一带露面,而这里毕竟只是一个滨海地带而已。相反,鸟儿却在此麇集,有中南美鸳、"咕鸪咕"鸡、绥鸡、松鸡、绿舌鹦、鹦鹉、白鹦、野鸡、鸽子,和上百种其他鸟类。每棵树上都有一只鸟窝,而每只鸟窝里都充斥着拍翼声!

晚上七点,疲惫不堪的移殖民们到达蛇尾岬角,那里很奇怪地显现出一种涡状。半岛的沿海森林终止于此,整个南部的沿海地带又恢复了一个海岸的惯有面貌,有岩石、礁石和沙滩。所以很可能有条无法驾驶的船被搁置在岛的这一部分。可是黑夜来临,只有明天再进行勘察了。

彭克洛夫和哈伯特赶紧寻找一个适宜的地方扎营。远西森林的最后几棵树在这个岬角枯死了,小伙子在它们中间辨出了几丛浓密的竹子。

"好!"他说,"这可是个宝贵的发现。"

"宝贵?"彭克洛夫答话道。

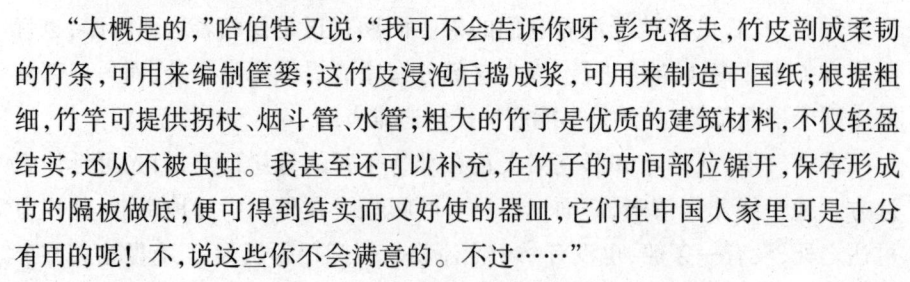

"大概是的,"哈伯特又说,"我可不会告诉你呀,彭克洛夫,竹皮剖成柔韧的竹条,可用来编制筐篓;这竹皮浸泡后捣成浆,可用来制造中国纸;根据粗细,竹竿可提供拐杖、烟斗管、水管;粗大的竹子是优质的建筑材料,不仅轻盈结实,还从不被虫蛀。我甚至还可以补充,在竹子的节间部位锯开,保存形成节的隔板做底,便可得到结实而又好使的器皿,它们在中国人家里可是十分有用的呢!不,说这些你不会满意的。不过……"

"不过什么?……"

"不过我会告诉你——如果你不知道的话,在印度,人们将这些竹子当芦笋吃。"

"三十英尺高的芦笋?"水手嚷道,"那它们好吃吗?"

"好吃极了,"哈伯特回答,"只是他们吃的并不是三十英尺高的竹子,而是很嫩的竹笋。"

"太棒了,小伙子,太棒了!"彭克洛夫答道。

"我还要补充的是,新竹的髓质用醋泡,能形成一种颇受欢迎的作料。"

"越发棒了,哈伯特!"

"我最后要说的是,这竹子的节间会分泌出一种甜味液体,可用来制成一种非常可口的饮料。"

"完了?"水手问道。

"完了!"

"能偶尔用来当烟抽吗?"

"这是不能用来当烟抽的,我可怜的彭克洛夫!"

要想寻找一个适宜过夜之地,哈伯特和水手无须花费很长时间。海岸上的岩石严重风化,因为它们大概在西南风的作用下受到了海水的猛烈冲击,于是它们便形成了一些洞穴,这些洞穴想必可让他们睡觉时不受恶劣天气的侵扰。可是,当他们正准备钻进其中一个洞穴时,一阵可怕的咆哮声令他们停住了脚步。

"往后退!"彭克洛夫喊道,"我们的枪里只有小铅弹,而吼得这么凶的野兽是根本不会拿它当回事的!"

水手于是抓住哈伯特的胳膊,把他拽到岩石后面,就在这时,一只毛色华丽的动物出现在洞口。这是一只美洲豹,其大小至少和其亚洲的同属相当,即从头端到尾根体长五英尺多。它那浅褐色的毛皮上有好几排形状规则的黑色眼状斑,而这浅褐色毛皮,与它腹部的白毛形成了对照。哈伯特认出这是老虎的凶恶对手,比美洲狮要可怕得多,美洲狮只是狼的对手!美洲豹向前走了几步,环顾一下四周。只见它竖起毛,眼里冒着火,仿佛并不是初次闻到人味。此时,记者绕过高高的岩石,而哈伯特以为他没看见美洲豹,便要向他冲过去,但杰丁·斯皮莱向他做了个手势,并继续行走。这又不是他第一次遇到老虎那会儿,所以他一直走到离那动物十步远之处,然后一动不动,用枪托顶住肩,而全身的肌肉没有一块在颤抖。

那美洲豹收起身子,朝猎手猛扑过来,就在它蹦起来时,一颗子弹射在了它两眼之间,它当即毙命。哈伯特和彭克洛夫向美洲豹跑过去。纳布和工程师也从他们那边跑过去。他们停在那里注视了片刻那躺在地上的动物——它那张华丽的皮将用来装饰花岗岩宫的大厅。

"啊!斯皮莱先生!我真佩服您,羡慕您!"哈伯特热情洋溢但毫不做作地喊道。

"好,小伙子,"记者回答,"换了你,你也能。"

"我!会这么冷静吗?……"

"想想吧,哈伯特,一只美洲豹就是一只兔子,那样你就会再冷静不过地冲它开枪了。"

"瞧,这有多聪明!"

"现在,"杰丁·斯皮莱说,"既然美洲豹已离开它的巢穴,朋友们,我不懂,我们何不占它一夜呢?"

"但别的豹有可能会回来的呀!"彭克洛夫说。

"只需在洞口燃堆火,"记者说,"它们就不敢进去了。"

"那就到美洲豹的家里去吧!"水手一边答话,一边拽上那动物的尸体。

移殖民们朝那弃穴走去。到了那里,纳布剥豹皮,其同伴们则在洞口堆了许多干树枝,那是森林大量提供的。赛勒斯·史密斯看见竹子,便去砍了一捆,并将它们混在了那堆树枝里。做完这些,大家便在岩洞里安顿下来,沙地上布满了骸骨,武器都装上了弹药,以防突如其来的入侵。吃罢晚饭,该休息了,于是堆在入口的木头便点着了。

即刻,空中响起了真正的爆竹声!这是竹子,它们被火焰烧着后,便如鞭炮一样发出了巨响!光这噼啪声就足以吓跑最大胆的野兽!而这产生巨响的方法,并不是工程师发明的,因为,据马可·波罗说,好多世纪以来,鞑靼人就是用这种办法成功地使中亚那些可怕的野兽远离他们的营地。

第 5 章

建议从南海岸返回——海岸地形——寻找推测中的失事船只——空中漂流物——一个天然小港——午夜在感恩河畔——一条漂流的小船

在美洲豹如此彬彬有礼地让给他们使用的岩洞里,赛勒斯·史密斯及其同伴们美美地睡了一觉。

日出时,全体来到了那岬角尽头的海岸上,他们的目光又投向了地平线,圆面的三分之二已可看见。工程师再一次观察到,海面上没出现任何帆船和任何船的骨架,而望远镜也没有发现任何可疑之物。沿海地带,起码是在形成那岬角所在的南部海岸的三海里长的直线部分,也是一无所有。再过去,海岸的其余部分就被一块隆起的高地遮住了,甚至在蛇形半岛的尽头也看不到爪形海角,它被高高的岩石挡住了。

接下来,就是要勘察岛的南海岸了。然而,他们打算马上进行这番勘察,把11月2日这一天用在这方面吗?可这并不在原计划之内。其实,当他们在感恩河源头弃船时,就已说好,观察完西海岸,就回来取船,仍走感恩河这条水路返回花岗岩宫。赛勒斯·史密斯当时以为,西海岸有可能会提供避难处,或是为落难船,或是为班轮。可是,这沿海地带无任何着陆点,那就只得到岛的南部去找这边没找着的东西了。

杰丁·斯皮莱建议继续勘察,为的是让那个推测中的落难船问题能彻底解决。于是他问,距半岛尽头的爪形海角还有多远。"三十海里左右吧,"工程师回答,"如果把海岸的曲线考虑在内的话。"

"三十海里!"杰丁·斯皮莱说道,"这得走上整整一天哪。不过我想,我们回花岗岩宫时可沿南海岸走。"

"可是,"哈伯特提醒道,"从爪形海角到花岗岩宫,算起来也起码有十海里呢。"

"就算总共四十海里吧,"记者说,"让我们毫不犹豫地来完成这段路程。

至少我们将观察到这陌生的沿海地带,而用不着重新再来了。"

"非常正确,"彭克洛夫说,"可是独木舟呢?"

"独木舟已在感恩河源头待一天了,"记者回答,"它也可以在那里待上两天! 到目前为止,我们还不能说,小岛已受到小偷的侵扰。"

"可是,"水手说,"我一想起海龟的事,该有的信心就没有了。"

"海龟! 海龟!"记者说,"你们难道不知道是海水把它翻过来的吗?"

"谁知道呢?"工程师喃喃地说。

"可是……"纳布说。

纳布显然有话要说,因为他张开了嘴准备说,可他没说。

"你想说什么呢,纳布?"工程师问他。

"如果我们沿海岸直到那爪形海角,"纳布说,"绕过这海角后,我们有可能被挡住……"

"被感恩河挡住! 的确,"哈伯特答道,"要想过河,我们既无桥,也无船!"

"好吧,赛勒斯先生,"彭克洛夫答道,"用几根浮动的树干,我们就可以顺利过河啦!"

"没关系,"杰丁·斯皮莱说,"建座桥会有用的,如果我们想很容易地进入远西森林的话!"

"建座桥!"彭克洛夫大声地说,"哟,赛勒斯·史密斯先生的职业难道不是工程师吗? 当我们需要桥时,他会给我们建座桥的! 至于今天晚上你们要到感恩河的对岸去,而且不弄湿衣服上的一根布丝,这就由我来负责好了,我们还有一天的食物,这足够了,再说,今天和昨天一样,猎物大概也不会缺少的。上路吧!"

记者的建议不但得到了水手的大力支持,也得到了大家的一致赞成,因为每个人都一心想要弄清疑问,并从爪形海角回去,那样勘察就可圆满结束。可是,不能再耽搁哪怕一小时了,因为四十海里的路程可不短,休想在天黑前到达花岗岩宫。清晨六点,小部队上路了。为防备危险,即遇到两足或四足动物,枪都上了子弹,负责开路的托普,受命搜索森林边缘。从形成半岛尾端的岬头起,海岸在五海里长的距离上呈圆形,这段距离很快就穿越了。经过极为细致的调查研究,未发现任何登陆的痕迹,无论是过去的还是最近的,也未发现有漂流物、营地的残留物、熄灭的篝火的灰烬以及脚印!

移殖民们来到了拐角,海岸的弧形部分到此结束,然后海岸便沿东北方向形成华盛顿湾,他们此时便得以看到岛的整个南部沿海地带。走了二十五海里后,海岸到爪形海角终止了,而这海角在清晨的薄雾中若隐若现,在幻景的烘托下,像是悬在陆地和海水之间。在移殖民们所占的位置到那大海湾的深处之间,海岸先是由一大片非常平坦、色调一致的海滩构成的,而背景是一条林带,接着这沿海地带便变得十分不规则了,一些尖尖的海角伸出在海上,而最后是一些发黑的岩石堆积在一起,那画面虽杂乱无章,却也秀丽别致,这些岩石堆到爪形海角便终止了。

以上便是这部分岛屿的全貌,勘察者们这是初次见到,在停留片刻后,他们便将它扫视了一番。"一条船到了这里,"水手说,"非遇难不可。沙滩一直延伸到外海,再往远处还有暗礁。多么凶险的海域!"

"但起码会有遇难船的遗留物。"记者提醒道。

"礁石上面或许会有些木片,而沙滩上则什么都不会有。"水手说。

"那为什么?"

"因为这沙地比岩石更危险,它能吞没被抛在上面的一切,只需几天工夫,一条好几百吨重的船便会完全消失!"

"这么说来,彭克洛夫,"工程师问道,"若一条船在这些沙滩上失事,而现在都已踪迹全无,那是毫不奇怪的?"

"是的,赛勒斯先生,在时间和暴风雨的作用下。但即使是这样,竟没有桅杆的碎片、原材被抛到海岸上海水冲刷不到的地方,那就太奇怪了。"

"我们就继续搜寻吧。"赛勒斯·史密斯答道。

午后一点钟,移殖民们到了华盛顿湾的深处,而此时,他们已越过了一段二十海里的距离。大家停下来吃午饭。只见柔顺的海波在岩石顶上击碎,化成泡沫,状如长长的流苏。从此处直到爪形海角,沙滩就不大宽敞了,被挤在那排礁石和林带之间。

于是行走变得艰难起来,因为,大量崩塌的岩石充斥着海岸。花岗岩峭壁也呈现出越来越高的趋势,而环绕在峭壁后面的树木,只露出了绿色的树梢,因为没有一丝风,它们便一动不动。

休息半小时后,移殖民们又上路了,他们的眼睛不放过任何一处暗礁和海滩。每当有什么物件吸引他们的目光时,彭克洛夫和纳布甚至冒险进到礁石中间。可是并没有漂流物,他们只是受了岩石的奇异形态的迷惑。不过他们还是得以发现,这片海滩上有大量的可食贝壳类生物,然而,只有当感恩河两岸之间架上桥,而且运输工具完善之后,这片海滩才能被卓有成效地开发利用。因此,这沿海地带上没出现任何与推测中的海难有关的东西,如果发生过海难的话,一些重要的物件,比如船体,总会看得见的,或它的碎片也总会被冲到海岸上来的,就像那个箱子一样,它是在离此地起码二十海里处找到的。然而这里一无所有。

三点左右,赛勒斯·史密斯及其同伴们来到了一个狭窄而封闭的、任何水流都通不到的小水湾。它形成了一个真正的天然小港口,从海上望不见它,而一条位于礁石之间的窄航道则可以通进去。

在这小海湾深处,地壳的激烈运动曾经使那岩石的边缘开裂,于是一个挖成缓坡状的舷门,便可通到上面的高地,那高地可能离爪形海角不到十海里,因此,它与眺望岗之间的直线距离是四海里。

杰丁·斯皮莱建议同伴们在此暂息。大家同意了,因为行走刺激了每位的食欲,尽管还不到晚餐时间,却没人拒绝吃块野味补充一下体力。这顿便餐大概可使他们等到了花岗岩宫再吃晚饭。

几分钟后,移殖民们便坐在一丛美丽的海松的根部,狼吞虎咽地吃起纳布从背囊中取出的食物来。已是五点了,蛇形半岛的尽头距移殖民们所在的地方尚有两海里。显而易见,站在蛇尾岬角可以直望到合众国湾。不过小岛和眺望岗都看不见,也不可能看见,因为地面的凸起部分和那排大树突然遮住了北面的地平线。

无须补充,尽管勘察者们可一览无余地看到大海,尽管工程师用望远镜已一点一点地扫遍了这整条天水合一的环形线,也未发现任何船只。

同样,在尚有待勘察的这部分沿海地带,从海滩到礁石,用望远镜也一样仔细地扫视了一遍,但没有任何漂流物出现在它的镜头中。

"得啦,"杰丁·斯皮莱说,"应该死心了,而且,一想到没人会来和我们争夺林肯岛的拥有权,还应该感到欣慰才是!"

"可说来说去,有那颗铅弹!"哈伯特说,"我想它并不是想象出来的!"

"绝对不是!"彭克洛夫嚷道,他想到了他那颗缺了的嚼牙。

"那么结论呢?"记者问。

"这个嘛,"工程师回答,"那就是在至多三个月前,有条船曾有意无意地靠过岸……"

"什么?赛勒斯,您认为它被吞没了而没留任何痕迹?"记者大声问。

"不,亲爱的斯皮莱,不过请注意,如果肯定有人来过这岛,那么似乎同样肯定的是,他现已离去了。"

"那么,我要是没理解错的话,赛勒斯先生,"哈伯特说,"船又开走了?……"

"显然如此。"

"而我们有可能永远失去了一次返回祖国的机会?"纳布说。

"恐怕是的。"

"那好！既然机会已失去，那我们就上路吧。"彭克洛夫说，他已经在怀念花岗岩宫了。可是，他刚起身，托普便拼命地叫了起来，只见狗从林中蹿出，嘴里叼着一块被污泥弄脏的破布。

纳布把这破布从狗嘴里扯了出来。这是一块很结实的布。托普始终在叫，而且走来走去，仿佛是在以这种方式请它的主人跟它到森林里去。

"那里面有能解释我那颗铅弹的东西！"彭克洛夫嚷嚷道。

"一位落难者！"哈伯特答道。

"也许受伤了！"纳布说。

"或者死了！"记者回答。

于是大家都跟着狗冲进了那片高大的松树林，它们形成了森林的第一排。为以防万一，赛勒斯·史密斯及其同伴们已准备好了武器。

纳布把这破布从狗嘴里扯了出来。这是一块很结实的布。

他们大概已推进到林中相当深的地方了,可是,令他们大失所望的是,他们仍没有看见任何脚印。荆棘和藤原封未动,甚至得用斧子去砍,一如密林的最深处。所以很难设想,曾有人从那里经过。然而托普在来回走动,它不像一只在乱找一气的狗,倒像一个有意志、有固定想法的生灵。走了七分钟后,托普停下来。移殖民们来到一片林中空地,周围是一片参天大树。他们环顾了一下四周,但一无所见,无论是在荆棘下还是在树干之间。

"怎么了,托普?"赛勒斯·史密斯问。

托普叫得更起劲了,并蹦到了一棵巨松的根部。

突然,彭克洛夫喊了起来:"啊,好哇!啊,太好啦!"

"怎么了?"杰丁·斯皮莱问。

"我们是在海上或陆地上寻找漂流物!"

"然后呢?"

"然后呀,它居然是在空中待着!"

水手指了指挂在松树顶上的一样白乎乎的东西,那像是一块很大的破布,托普刚才叼来的,就是掉在地上的一块。

"可这并不是漂流物。"

"对不起!"彭克洛夫答道。

"怎么?这是?……"

"这就是我们那条搁浅在高处、在那树顶上的飞船,即我们那气球的全部残留物!"

彭克洛夫没有弄错,他连声叫好,然后补充道:"多好的布料!这下子够我们用几年的了!足够做手帕和衬衫之类的东西!哎!斯皮莱先生,在一个岛上,衬衫是从树上长出来的,您说这岛是怎么了?"

那气球在最后一次弹到空中后,又落到了岛上,于是他们有幸失而复得。这对林肯岛上的移殖民们来说,实在是一件幸事。或者他们原封不动地保存这气囊,假如他们想尝试着再次从空中逃跑的话,或者等它去除漆之后,他们有效地利用这几百码的优质棉布。因为大家都往好处想这件事,所以都和彭克洛夫一样感到非常高兴。

可是这气囊得从挂着的那棵树上取下来,然后再把它存放在一个安全可靠的地方,而这可不是一件小活。纳布、哈伯特和水手爬到了树顶上,凭着惊人的机智和灵巧,终于把那巨大的瘪了的气球取了下来。

整个过程持续了两个小时。不仅是带有气门、弹簧、铜制配件的气囊,而且还有网兜,即一大堆绳索,以及系索圆框、气球锚,都到了地上。气囊除了有裂口,状态完好,只是它下面的延伸部分被扯破了。

这可是一笔从天而降的财富。

"不管怎样,赛勒斯先生,"水手说,"如果我们一旦决定离岛,是不会乘气球的,对吧?飞船去不了您想去的地方,对此我们已有所领教!知道吧,您要是信得过我,我们就造一条二十来吨位的大船,然后您再让我从这块布上剪下一面前桅帆和一面三角帆来。而剩下的,我们就用来做衣服穿!"

"再说吧,彭克洛夫,"赛勒斯·史密斯答道,"再说吧。"

"眼下,得把所有这一切藏好。"纳布说。

的确,休想把这布呀、绳索之类运到花岗岩宫去。这些东西很重,在有合适的车运它们之前,要紧的是别让这些财富再受接下来的风暴的摆布。于是移殖民们齐心协力,终于把这一切都拖到了海岸。在那里,他们发现一个相当大的岩洞,多亏了它的朝向,风雨和海水都不可能光顾。

"我们需要一个柜子,我们倒是有一个,"彭克洛夫说,"可它没法上锁,为谨慎起见,得把开口处掩盖住,我不说这是为了防两条腿的贼,而是为了防四条腿的贼!"

晚上六点,一切都已储存好,在将那个形成小港湾的小小的凹处合情合理地命名为"气球港"后,他们重新走上了去爪形海角的路。彭克洛夫和工程师谈论着在最短的期限内要实施的各种计划。首先要在感恩河上架座桥,以方便去岛的南部;然后把四轮运货车拉来取气球,因为船不够大运不了;再然后便是建造一条有甲板的小船,彭克洛夫则为它配置缆帆索具,使它成为一条独桅帆船,这样就可进行环球旅行了……环岛而已。接下来还有其他等等。

此时,夜幕降临,天色已暗,而移殖民们已到达漂流物岬头,即他们发现那宝贵的箱子的地点。可那儿和别处一样,也没有任何能表明发生过海难的东西,所以完全应当回到工程师先前做出的结论上来。

从漂流物岬角到花岗岩宫,还有四海里,他们很快就穿越了,可当移殖民们沿着直到感恩河口的沿海地带,到达河流的第一个拐弯时,时间已过半夜。那里的河床宽八十英尺,要想越过谈何容易,可彭克洛夫已把克服这一困难的事承担下来,所以他准备去做。

应当承认,移殖民们已筋疲力尽了。这段路很长,而气球事件又让他们的腿和胳膊不得闲。他们于是急于要回花岗岩宫去吃晚饭和睡觉,要是桥建好了,只需一刻钟他们就可到家了。

天色已很黑。水手准备兑现诺言,他要制作一个能用来过河的木筏。他和纳布手持斧子,在河岸附近选择了两棵树,他们打算用来做筏子,于是他们开始砍它们的基部。

工程师和记者坐在陡岸上,等时候一到,便去帮他们的同伴;而哈伯特则在走来走去,但离得不太远。突然,已沿河而上的小伙子匆匆返回,指着上游的感恩河大声说:"那是什么东西在漂流?"

彭克洛夫停下了正干着的活,他发现了一个移动的物体,而这物体在暗影中仅隐约可见。"一条小船!"他说。

大家都靠了过去,令他们极为惊讶的是,他们看见了一条正顺流而下的小船。

"喂!划过来!"他喊道,他仍然带有一点职业的习惯,而并没想到,也许最好还是保持沉默。

没有回音。小船始终在漂流,当它离他们只有十来步时,水手突然喊了起来:"这可是我们的独木舟呀!它挣断了缆绳,并顺着河水漂流过来了!得承认,它到得正是时候!"

"我们的独木舟?……"工程师喃喃地说。

彭克洛夫言之有理。这的确是他们的小船,它的缆绳大概断了,于是它自个儿从感恩河的源头漂过来了!要紧的是要在它经过时抓住它,不让它被湍急的河水带到河口以外去,彭克洛夫和纳布用一根长杆,很灵巧地做到了这一点。小船靠岸了,工程师第一个跳了上去,他抓住缆绳,摸了摸,确信它果真是在岩石上磨断了。

"瞧,"记者小声对他说,"这就是所谓的情况……"

"一种罕见的情况!"赛勒斯·史密斯答道。

罕见不罕见,反正是件好事!哈伯特、记者、纳布和彭克洛夫也都上了船。他们毫不怀疑,缆绳是被磨断的,可事情的最惊人之处在于,独木舟到达时,移殖民们正巧在那儿,于是他们顺手抓住了它。因为,要是晚一刻钟,小船就会在海上消失了。

若是在相信有神灵的时代,这个事件会让人理所当然认为,岛上经常有超自然的生灵出没,它在施展威力,暗中帮助落难者们!

划了几下桨,移殖民们便到了河口。小船便在沙滩上一直被拖到"烟囱"附近,然后大家便朝花岗岩宫的梯子走去。

但此时,托普却狂怒地叫了起来,正在找第一截梯子的纳布,也发出了一声喊叫……

梯子已不翼而飞!

第 6 章

彭克洛夫呼叫——"烟囱"里的一夜——哈伯特射箭——赛勒斯·史密斯的计划——意外的解决办法——花岗岩宫里曾经发生的事——一名新仆人开始为移殖民们效劳

赛勒斯·史密斯停了下来,却一言不发。其同伴在黑暗中寻找,他们既在岩壁上找,万一风使它移位了呢,也在地面上找,万一它脱落了呢……可梯子绝对是不见了。至于要想察看一下是否有一阵狂风把它掀到了第一平台——岩壁的一半处,在这深沉的黑夜是不可能的。

"如果是个玩笑,"彭克洛夫嚷道,"那这也是恶意的!到家了,却找不着梯子上楼回房间了,这对劳累不堪的人来说,可不是什么乐事。"

纳布则一个劲儿地惊讶!

"可并没有刮风啊!"哈伯特提醒道。

"我开始发现,林肯岛上有怪事在发生!"彭克洛夫说。

"怪事?"杰丁·斯皮莱答道,"不,彭克洛夫,这再自然不过了。我们不在时来了个人,他占了我们的住所,并收起了梯子!"

"来了个人!"水手嚷道,"那个人是谁?……"

"射那颗铅弹的猎人呗,"记者回答,"如果这铅弹不是用来解释我们的不幸遭遇的,那它还有什么用?"

"那好!假如上面有个人,"彭克洛夫赌咒发誓地说,因为他开始不耐烦了,"那我就来叫他,他准会答应的。"

水手用雷鸣般的声音,发出了一个拉长的"喂!"而这声音有力地回响在空间。

移殖民们侧耳聆听,他们好像听到花岗岩宫的高处有一种冷笑声,但他们无法辨别它究竟发自何处。可没有任何声音对彭克洛夫的喊声做出回应,彭克洛夫于是又开始徒劳无益地使劲呼叫。这一事件足以让世上最冷漠的人感到惊愕，而移殖民们又不可能是那些冷漠之人。鉴于他们目前的处境，每个事件都有其严重性，而他们在岛上居住了七个月以来，任何事件都不具有如此出人意料的性质。

不管怎么样，他们忘记了疲劳，为事件的特殊性所左右，待在花岗岩宫下面，不知道该想什么该做什么，互相询问却又不能互相回答，他们提出了多种假设，而它们一个比一个无法接受。纳布在哀叹，为不能进厨房而沮丧，何况旅行用的食品已耗尽，此时又毫无办法去补充。

"朋友们，"赛勒斯·史密斯于是说，"我们只有一件事可做，那就是等天明，然后见机行事。不过要等也得去'烟囱'等，那里我们能有遮挡，虽然吃不上晚饭，但起码可以睡觉。"

"竟跟我们开玩笑！是谁这么放肆？"彭克洛夫又一次问道，他可无法对这个意外事件逆来顺受。

不管他是谁，正如工程师所说，唯一可做的事便是回"烟囱"去等天明。不过还是吩咐托普待在花岗岩宫的窗户底下，而托普每当接到一个命令时，总是默默地去执行。这忠实的狗于是便待在峭壁下，与此同时，其主人与他的同伴们则藏身在岩石中。要说移殖民们尽管有些气馁，却在"烟囱"的沙地上睡得很香，这可就不符合事实了。他们不仅忧心忡忡地认识到这一事件的重要性——或者是偶然性造成的，而其自然原因天亮后便会显露，或者相反，是某个人所为——而且还睡得很不好。不管怎样，他们的住所此刻被占据了，他们回不去了。

然而，花岗岩宫何止是他们的住所，更是他们的仓库。那里有他们的全部物质：武器、仪器、工具、弹药、食物储备等。所有这些东西若被洗劫一空，他们就得重新规划，重新制造武器和工具。那么事情就严重了！因此，他们克制不住内心的焦灼，时时都有人，不是这位就是那位，出去看看托普是否在那儿严加看守。只有赛勒斯·史密斯像往常一样耐心地在等待，尽管因为面对的是一个绝对无法解释的事实，他那坚强的理智被激怒了。一想到在他周围，也许是在他上面，有一种叫不出名堂的力量在起作用，他就很气愤。杰丁·斯皮莱在这方面完全赞同他的看法。就这些无法解释并让他们感到自己缺乏洞察力和经验的情况，他们交谈了好几次，但每次声音都很小。这岛上肯定有个秘密，但如何能识破它呢？哈伯特只会想象，而且喜欢向赛勒斯·史密斯发问。至于纳布，他终于对自己说，这一切与他无关，而与他的主人有关，若不是怕冒犯同伴们，这忠厚老实的黑人这一夜会和在花岗岩宫一样睡得踏实。

最后,彭克洛夫比所有的人都烦躁了,他真的很生气。

"这是个恶作剧,"水手说,"是有人在捉弄我们!我可不喜欢这种玩笑,这个搞恶作剧的家伙若是落到我手里,那他就活该倒霉了!"

从东方晨曦微露起,移殖民们就适当地武装好,去海滩的那排礁石处。花岗岩宫因为受到朝阳的直射,想必很快就会被黎明的曙光照亮。果真,还不到五点,上着护窗板的窗户,就从屏障般的叶丛中显现了。

从这一面看,一切都井井有条,可当移殖民们发现门大开时,不禁发出了一声喊叫,而他们出发前,明明是把门关上的。

有人进过花岗岩宫了。这已无可怀疑。通常垂在平台和门之间的那上半截梯子,仍在老地方,可下半截梯子却被抽走了,一直提到了门口。再明显不过,这些闯入者是想避免受到任何意外袭击。

至于要想弄清他们的类别和数量,目前尚不可能,既然他们当中谁也没有露面。

彭克洛夫又呼叫了一番。没有回音。

"一群无赖!"水手嚷道,"瞧,他们倒是睡得挺安稳,像在自己家里一样!喂!海盗、歹徒、约翰牛①的子孙!"

当彭克洛夫以美国人的身份,说某人是"约翰牛的子孙"时,那就上升到了辱骂的极限。

此时,天已完全亮了,花岗岩宫的正面在阳光的照耀下变得亮堂了。然而,宫内宫外一片沉默和寂静。

移殖民们于是寻思:花岗岩宫究竟有没有人占据着?不过梯子的位置已足以说明问题,甚至还能肯定,不管占领者是何许人,反正他们不可能已逃跑了。可怎样才能到他们那儿去呢?

哈伯特于是出了个主意:在箭上拴根绳子,并把此箭射出去,让它从悬在门口的梯子的头几个横档之间穿过。那样的话,便可用绳子将梯子打开,使之垂到地面,从而恢复地面和花岗岩宫之间的通行。

这显然是唯一可干之事,而稍微机灵点,此法想必是会成功的。值得庆幸的是,弓和箭都存放在"烟囱"的一个过道里,那里还有大约二十来法寻的一根用木槿编的轻便绳。彭克洛夫打开绳子,将它的一端固定在装上了箭羽的箭上。然后,哈伯特拉弓搭箭,极其仔细地瞄准了垂下的梯子的顶端。

赛勒斯·史密斯、杰丁·斯皮莱、彭克洛夫和纳布往后退,以便观察花岗岩

---

① 约翰牛,苏格兰数学家、医生,作家在其讽刺性小册子中创造的用来代表英国人的称呼。

宫的窗口所发生的情况。记者用卡宾枪顶住肩,瞄准了那扇门。

弓松开了,箭带着绳子呼啸而去,穿过了最后两个横档。

此举成功了。

哈伯特立刻抓住了绳端,可是,正当他晃动绳子,要让梯子落下时,一只手伸到了墙和门之间,抓住了梯子,把它拉进了花岗岩宫。

"大无赖!"水手嚷道,"如果一颗子弹能让你幸福,那你就等不了多久啦!"

"可那是谁呢?"纳布问道。

"谁?你没认出来?"

"没有。"

"是猴子呀,是一只猕猴,一只卷尾猴,一只长尾猴,一只猩猩,一只狒狒,一只大猩猩,一只狨猴!我们的居所被一群猴子占领了,而它们是乘我们不在时,爬梯子上去的!"

此时,像是为了证明水手言之有理似的,有三四只四手动物出现在了窗口,它们推开护窗板,做出种种怪相,来和此地的真正主人打招呼。

"我就知道这不过是个恶作剧!"彭克洛夫大声说道,"不过其中的一只要为其同伙付出代价了!"

水手用肩顶住枪,迅速瞄准了一只猴子,接着便开枪了。那些猴子都消失了,除了其中的一只,它被击中要害,猛地落到了沙滩上。

这只猴子体型高大,属四手动物目中猩猩的第一科,这错不了。无论这是一只黑猩猩、大猩猩还是长臂猿,反正它是属类人猿之列的,它们因与人类相似而得此名。另外,哈伯特声明这是一只猩猩,而大家知道小伙子在动物学方面很在行。

"好棒的野兽!"纳布喊道。

"好棒,只要你愿意这么说!"彭克洛夫答道,"可我还是不明白我们怎样才能回家!"

"哈伯特的箭法好,"记者说,"那不是他的弓嘛!叫他重新再来……"

"得啦!那些猴子狡猾着呢!"彭克洛夫大声说道,"它们是不会再出现在窗口的,而我们也就不可能杀死它们,我一想到它们会在房间和仓库里搞破坏……"

"耐心点儿。"赛勒斯·史密斯说,"这些动物是不可能让我们长时间受挫的。"

"这点我可以肯定,只要它们到地面上来。"水手答道,"赛勒斯·史密斯先生,这些搞恶作剧的家伙,您知道上面有多少吗?"

很难回答彭克洛夫,至于重新开始小伙子的尝试,也不大容易,因为梯子的下端已被收进门里,再拽绳子时,绳子断了,而梯子也不再落下。情况实在是令人为难。彭克洛夫怒不可遏。局面有其滑稽可笑的一面,可他一点也不觉得好笑。显然,移殖民们最终会回到住所,并把闯入者赶走,可那是在何时,又是用什么方法,这正是他们说不上来的。

两小时过去了,在此期间,猴子们躲着不露面,而有三四次,会有一张脸或一只爪子在门里或窗户里闪过,结果招来一阵枪声。

"我们躲起来吧,"工程师于是说,"也许猴子们会以为我们走了,那样它们就会露面了。不过斯皮莱和哈伯特要埋伏在岩石后面,一出现什么就开枪。"

工程师的命令被执行了,记者和小伙子,这两位最机灵的射手,守候在射程之内,但又是猴子看不到的地方。纳布、彭克洛夫和赛勒斯·史密斯则爬上高地,到森林里去打野味,因为午餐时间到了,而吃的东西已一点没剩。半小时后,猎人们带着几只岩鸽回来了,大家好歹烤了烤。猴子一只都没有再出现。

杰丁·斯皮莱和哈伯特也回来吃饭了,托普则继续守在窗户下面。吃罢饭,他们又回去站岗放哨。

两小时后,局面仍无丝毫改变。四手动物们已不再显示出任何存在的迹象,真叫人以为它们已消失了。但似乎最有可能的是,它们被一位同伙的死和枪声吓着了,所以它们默不作声地待在花岗岩宫房间的深处,或甚至待在仓库里。当大家一想到仓库里存放的那些财产时,便终于暴怒起来,尽管工程师一再嘱咐要耐心,而老实说,这事也真够气人的。

"这显然太荒唐了,"记者终于说道,"还真没办法让它结束!"

"可非得让那些无赖滚蛋不可!"彭克洛夫大声说,"我们最终会战胜它们的,哪怕它们有二十只,不过这就得跟它们展开肉搏战了!啊,居然就没法子到它们那儿去?"

"不,有的。"工程师回答,他脑子里刚刚闪过一个念头。

"只有一个吗?"彭克洛夫说,"啊,那准是个好法子,既然没别的法子!是什么呢?"

"我们就试着从湖的原先的排水道下到花岗岩宫去吧。"工程师回答。

"啊,真见鬼!"水手嚷嚷道,"我居然没想到!"

这果然是潜入花岗岩宫的唯一办法,那样就可大战猴群,并驱逐它们了。不假,排水口已用一堵水泥浇注的石墙封住了,而现在必须牺牲这堵墙,不过所谓的损失也只是要重砌而已。赛勒斯·史密斯原来是打算用湖水淹没这个排水口的,幸好他还没实施这个计划,要那样的话,就需要一定时间了。

时间已过中午,移殖民们武装好,拿上十字镐和鹤嘴锄,离开了"烟囱",经过花岗岩宫的窗户下面,在吩咐托普留在其岗位上后,他们便准备沿感恩河的左岸而上,去眺望岗。

可他们朝这个方向还没走出五十步,就听到了狗的狂吠声,像是一种绝望的呼叫。他们停下来。

"快跑!"彭克洛夫说。

于是大家又飞快地沿岸而下。

到了拐弯处,只见局面已经改变。

原来,不知什么原因,那些猴子突然受了惊吓,企图逃跑。有两三只猴子又跑又跳地从一扇窗户到另一扇窗户,灵活得像小丑。它们甚至没想到要把梯子重新放好,而从梯子上下来对它们来说会很容易。也许它们在惊恐之中忘记了这个逃跑的方法。很快地,有五六只处在了被射击的位置上,移殖民们轻易地瞄准了它们,并开了枪。一些猴子受了伤或被毙倒在了房间里,并发出了尖叫声;另一些则冲了出来,摔得粉身碎骨。片刻之后,可以假定,花岗岩宫里已没有一只活的四手动物了。

"好啊!"彭克洛夫喊道,"好啊! 好啊!"

"哪有那么多好啊!"杰丁·斯皮莱说。

"为什么?它们都死了呀。"水手答道。

"这我同意,可这并不等于给我们提供了回住所的方法。"

"那我们就去坑道吧!"彭克洛夫回了一句。

"大概得这么做了,"工程师说,"可最好还是……"

正在这时,像是为了呼应赛勒斯·史密斯的意见似的,只见梯子滑到了门口,然后打开了,一直落到了地上。

"啊! 万万想不到! 真叫人难以置信!"水手望着工程师大声嚷道。

"真叫人难以置信!"工程师喃喃地说,他第一个冲上了梯子。

"小心啊,赛勒斯先生!"彭克洛夫喊道,"要是还有几只猿猴的话……"

"看看再说吧。"工程师一边继续往上爬,一边回答。

同伴们都尾随其后,一分钟后,他们到了门口。

他们四处寻找。房间里和仓库里都没有人,而仓库也没遭到那群四手动物的破坏。

"居然是这样! 而梯子是怎么回事?"水手大声说道,"是哪位绅士把梯子送还给我们的?"

此时传来了一阵喊叫声,一只大猴子在纳布的追逐下冲到了客厅里,刚才它躲在了过道里。

"啊,你这歹徒!"彭克洛夫喊道。

他手持斧子,正要劈开这动物的脑袋,不料赛勒斯·史密斯拦住了他,并对他说:"放过它吧,彭克洛夫。"

"要我饶恕这黑鬼吗?"

"是的!是它把梯子扔给我们的!"

工程师说这话时的声音非常奇特,以致很难弄清他这么说是不是认真的。

不过大家还是扑到了那只猴子身上,经过一番英勇顽强的抵抗后,它被摔倒在地,并被捆绑起来。

"哎哟!"彭克洛夫嚷道,"我们现在拿它怎么办?"

"让它当个仆人!"哈伯特回答道。

小伙子这么说,完全不是开玩笑,因为他知道可以怎样来利用四手动物中这聪明的一族。

于是移殖民们走近猴子,仔细打量了它一番。它属于类人猿这一物种。它的脸型并不明显小于澳大利亚人和霍顿督人。这是一只猩猩,像这样的猩猩,没有狒狒的凶猛残暴、猕猴的鲁莽轻率、狨猴的不讲卫生,也没有无尾猕猴的烦躁不安和犬面狒狒的顽劣本性。这么多的特性都是和类人猿这一族有关的,而这些特性表明,这些动物几乎具有人类的智力。在家庭里使用它们,它们能伺候用餐、打扫房间、保养衣服、擦拭皮鞋、灵巧地使用餐刀、匙子和餐叉,甚至还会喝酒……反正会做得和最优秀的不长毛的两条腿的仆人一样好。众所周知,布丰①就有过一只这样的猴子,它侍候了他很久,就像一个忠实而勤勉的仆人。

在花岗岩宫的客厅里捆绑起来的这一只,是个大高个,它身高六英尺,身材非常匀称,胸脯宽阔,脑袋大小适中,颜面角达六十五度,头顶呈圆形,鼻子突出,皮肤上覆盖着一层光滑、柔软、发亮的毛——总之这是一只完美型的类人猿。它那双眼睛稍小于人类的眼睛,但却炯炯有神,闪耀着智慧的光芒。它那洁白的牙齿在髭须下闪闪发亮,而且它还蓄有一小撮卷曲而呈浅褐色的胡子。

---

① 布丰(1707—1788),法国博物学家和作家。

这个移殖民群体增加了一名新成员,它将为他们提供不止一项服务。至于它的名字,简称朱普。

"是个英俊的小伙子!"彭克洛夫说,"要是懂它的语言就好了,那就可以和它对话啦!"

"那么说,"纳布说,"这是当真的,我的主人？我们要收它当仆人？"

"是的,纳布,"工程师微笑着回答,"你可别嫉妒呀！"

"但愿它能做个出色的仆人,"哈伯特补充道,"它显得很年轻,调教起来不会难,我们不必用武力使它就范,或拔去它的尖牙——在这种情况下,人们通常都是这么做的。它只会依恋善待它的主人。"

"我们会善待它的。"彭克洛夫回答,他已忘记了他对那些"捉弄人的家伙"的怨恨。

然后他走近那只猩猩,问道:

"喂,小伙子,这样行吗?"

猩猩用一声轻叫作答,听上去它的情绪并不太坏。

"那么说你愿意加入这个移殖民小群体?"水手问道,"那我们就开始为赛勒斯·史密斯先生效劳好吗?"

猴子又叫了一声,表示赞同。

"我们的工资待遇可只有食物,没意见吧?"

猴子又叫了第三声,表示同意。

"和它交谈有点单调。"杰丁·斯皮莱指出。

"很好嘛!"彭克洛夫反驳道,"最好的仆人是话最少的。另外,没有工钱!——听见了吗,小伙子?一开始我们不给你发工钱,但以后会加倍付的,如果我们对你满意的话。"

就这样,这个移殖民群体增加了一名新成员,它将为他们提供不止一项服务。至于它的名字,水手要求叫它朱庇特,简称朱普,这是为了纪念他所认识的另一只猴子。

瞧,朱普师傅没怎么推辞就在花岗岩宫住下了。

第 7 章

　　有待实施的计划——在感恩河上架桥——变眺望岗为一个岛屿——吊桥——麦收——小溪——小桥——家禽饲养场——鸽舍——两只野驴——套上牲口的大车——驶往气球港

　　移殖民们于是夺回了他们的住所,而没有被迫去走原先的排水道,这样一来,便省得干水泥活了。说来也真幸运,当他们正准备干时,那群猴子突然而且莫名其妙地变得惊恐万状,并就此被逐出了花岗岩宫。这些动物莫非是预感到它们即将受到来自另一个渠道的严肃认真的攻击?除此以外,没别的理由可解释它们的撤退之举。

　　在这个白昼的最后一段时光,猴子们的尸体被运进了树林,并在那里被埋葬了。然后,他们便尽量消除闯入者们所造成的混乱——是混乱而不是损坏,因为,虽说它们弄乱了房间里的家具,却起码没破坏什么。纳布生着了炉子,配餐室里储存的食物为他们提供了一顿营养丰富的饭。他们都吃得津津有味。

　　朱普并未被遗忘,它食欲很好地吃了一些意大利五针松种仁和一些植物根茎,而给它的量很多。彭克洛夫松开了它的胳膊,但他认为朱普的腿还是捆着合适,直到它完全顺从了为止。

　　临睡前,赛勒斯·史密斯及其同伴们围坐在桌旁,讨论了几项需马上实施的计划。最重要最紧迫的计划是在感恩河上架座桥,以便贯通岛的南部和花岗岩宫,然后建一个牲畜栏,用来安置岩羊和其他适宜捕捉的产毛的动物。

　　可以看出,这两项计划旨在解决当时最为严重的衣服问题。的确,桥能方便运送气囊,而气囊能提供布料;牲畜栏能让他们获得羊毛,而羊毛能制冬衣。

　　关于牲畜栏,赛勒斯·史密斯的意思是要建在红河的源头,在那里,反刍动物能找到牧场,获得新鲜而丰富的食物。眺望岗和源头之间已开辟出了一段路,如果有一辆比原先的那一辆条件好的大车,尤其是能捕捉到某只能驾车的动物,那运送东西就会比较方便了。

不过,要说这牲畜栏远离花岗岩宫无任何弊病,那对家禽饲养场来说则不然,纳布提醒大家注意这一点。的确,家禽应饲养在厨师伸手可及之处,而对家禽饲养场来说,任何地点似乎都不如与原先的泄水道相邻的那部分湖岸有利。在那里,水鸟能和其他鸟类一样繁衍。而上次远足抓到的那对花,将用来作首次驯养试验。

翌日,11月3日,新的一批工程开始了。首先是建桥,这项重要的活调用了全部人手。移殖民们现在成了木匠,他们肩扛锯子、斧头、錾凿,下到了沙滩上。在那里,彭克洛夫提出了一个想法:

"假如朱普师傅趁我们不在,一时性起,把它昨天殷勤地送还给我们的梯子抽走怎么办?"

"我们可以固定它。"赛勒斯·史密斯回答。

于是,移殖民们把两根木桩牢牢地扎进沙地里,梯子的下端便被固定住了。然后移殖民们沿感恩河的左岸而上,很快便到了河的拐弯处。他们在那里停下来,以便考察桥是否该架在此处。这个地点似乎是合适的。

因为,从这个地点到昨天在南海岸发现的气球港,只有三海里半的距离,而从桥到港口,很容易开辟出一条可通车的路,这样,来往于花岗岩宫和岛的南部之间就变得很方便了。

工程师还告诉了同伴们一个既简单易行又十分有利的计划,而这个计划他已琢磨了一段时间。那就是把花岗岩宫完全孤立起来,让它免遭四足动物或四手动物的任何袭击。这样一来,花岗岩宫、"烟囱"、家禽饲养场和用来播种的眺望岗的整个上面部分,便可抵御动物们的侵占和破坏。这个计划实施起来再简单不过,下面就来看看工程师打算如何做。

眺望岗已三面环水,这些水流或是人工的,或是天然的。

在西北面,由格兰特湖岸防御,从倚在原泄水口的那个拐角起,直到在湖岸上所炸成的用来泄水的舷门。

在北面,从这个舷门直到大海,由那条新水流防御,其河床在眺望岗和沙滩上,在瀑布的上游和下游,其实,只需将这条小河的河床挖掘到使动物无法通行的程度便可。

在东西的整个边缘地带,由大海本身防御,从小河口直到感恩河口。

最后是南面,从这个河口直到感恩河的拐角。在这个拐角,将架座桥。

剩下的便是眺望岗的西面部分了,它包括在感恩河的拐角和格兰特湖的拐角之间,这段距离不到一海里,而这部分是向所有的人敞开的。不过挖一条又深又宽的沟却是再容易不过。这条沟将灌满湖水,而过满的水将通过第二道瀑布注入感恩河的河床。由于再次泄水,湖面大概会略有下降,不过赛勒斯·史密斯已确认,红河水的水量相当大,足能使他的计划得以实施。

"这样一来,"工程师补充道,"眺望岗将是一个真正的岛,它四面环水,而若要去我们领地的其余部分,只能通过以下几座桥:一座是将架在感恩河上的,另外两座是已建在瀑布的上游和下游的,最后还有两座是待建的,一座将建在我提议挖的沟上,另一座将建在感恩河的左岸上。而如果这些大大小小的桥能随意吊起,眺望岗就能免遭任何袭击了。"

为了让同伴们更好地理解自己的意图,赛勒斯·史密斯事先画了一张眺望岗的地图,所以他的计划马上就被大家全面领会了。因此大家一致表示赞成,而彭克洛夫则挥舞着他的木工斧子,大声说:

"我们先架桥去!"

这项工作最为紧迫。于是大家选树、伐树、将树削去枝杈,并锯成横梁和厚薄不一的木板。这座桥一部分倚在感恩河的右岸,另一部分则和河的左岸相连接,前者是固定的,而后者则是活动的,可用平衡锤吊起的,一如某些闸桥。大家都明白,这是一项大工程,即使干得顺手,起码也要一定的时间,因为感恩河宽达八十英尺左右。得把木桩打进河床中,以便支撑那固定的桥板,所以得安装打桩用的打桩机架,而木桩将因此形成两个桥拱,并能让桥承受重负。

很幸运,不缺做木工活用的工具,不缺加固木头用的金属配件,不缺精通此类工程的那一位的创造性,最后还不缺同伴们的热忱,七个月来,他们势必已具备了很强的动手能力。应当说,杰丁·斯皮莱并不是最笨拙的,论机灵甚至比得上水手,而水手则"怎么也想不到一个普通的记者竟会如此能干"!

感恩河上的建桥工程持续了三周,这段时间真的是非常忙碌。大家就在干活的地点吃午饭,因为天气极好,他们一直干到吃晚饭时才回花岗岩宫。在这段时期,大家发现,朱普师傅已轻易地适应了新环境,并逐渐熟悉了其新主人,它还总是以好奇的眼光望着他们。然而,为谨慎起见,彭克洛夫仍未让它完全获得行动的自由,他是想等计划中的工程完成后,那样眺望岗的边缘就无法逾越了。他这么想是对的。托普和朱普相处得非常好,它们常常在一起玩耍,而朱普干什么都很认真。

11月20日,桥建成了。它的活动部分通过平衡锤来平衡,能轻而易举地扳动。只需稍稍用点力,就能使它开启。在它的连接点和它最后的横梁之间,有二十英尺的间隔,这个宽度足以使动物无法跨越。

接下来便是去取气囊,移殖民们急于要把它收藏在十分安全的地方。可为了把它运走,就必须把车子一直拉到气球港,因此,也就必须穿过茂密的远西森林开辟一条路。而这需要一定时间。因此,纳布和彭克洛夫首先进行一次一直推进到港口的勘察,当他们确认储存在岩洞里的布料丝毫未受损时,便决定把与眺望岗有关的工程不加停顿地继续下去。

"这样一来,"彭克洛夫提醒道,"我们就能在较好的环境中建我们的家禽饲养场了,因为我们不用再怕狐狸的光顾,和其他有害野兽的侵犯。"

"再说,"纳布补充道,"我们还可以开垦高地,移植野生植物……"

"并整出我们的第二块麦地!"水手得意扬扬地大声说道。

的确,那播下了唯一一颗种子的麦田,在彭克洛夫的照料下,已长得惊人地茂盛。果不出工程师所料,那颗种子结了十个麦穗,而每个麦穗上有八十颗麦粒,移殖民们便拥有了八百颗麦粒——耗时半年,便有可能每年收获两次。这八百颗麦粒中,有五十颗出于谨慎而被当作备用,其余的则将被播种在另一块麦田里,并将得到同样精心的照料。

麦地整出来了,并被围上了一道结实的、又高又尖的栅栏,四足动物要想越过是很难的。至于鸟儿,刺耳的旋转风车和可怕的假人足以把它们赶走,这多亏了彭克洛夫的离奇的想象。那七百五十颗麦粒便被撒在了小块的、规则的畦田里,剩下的活,便归大自然了。

11月12日,赛勒斯·史密斯开始设计将在西面围住眺望岗的那条沟渠,它从格兰特湖的南面的拐角起,直到感恩河的那个拐角。这个地方有不到三英尺的腐殖质土,下面便是花岗岩了。于是得重新创造硝化甘油,而硝化甘油产生了它惯有的效果。不到半个月的时间,一条宽十二英尺、深六英尺的沟渠,在眺望岗的坚硬的地面上挖成了。用同样的方法,在多岩石的湖岸,也开了一条排水沟,而湖水便涌入那新河床,形成了一小股水流,它被命名为"甘油渠",并成了感恩河的一条支流。正如工程师所预言的,湖面降低了,但几乎察觉不到。最后,为了使眺望岗完全被围住,沙滩上那条小溪的河床被大大拓宽了,而他们用两道栅栏挡住了沙子。

随着十二月前半个月的过去,这些工程最终完成了,而眺望岗,也就是说某种边长约四海里的不规则的五边形,被围上了一条水带,这样就绝对不会遭到任何侵犯了。

整个十二月,天气酷热难当,但移殖民们并不愿暂停实施他们的计划。因为建造家禽饲养场变得十分紧迫,他们便动手建造起来。

无须说,自从眺望岗完全封闭以来,朱普师傅便自由了。它不再离开主

至于鸟儿,刺耳的旋转风车和可怕的假人足以把它们赶走,这多亏了彭克洛夫的离奇的想象。

人们,也没有任何想要逃跑的表现。这是一只温顺但又非常强壮而且灵活得惊人的动物。啊!要论爬花岗岩宫的梯子,谁都比不过它。它已开始干某些活了:拉载木头的车,用车把石头运走,而那些石头都是从甘油渠的河床里挖出来的。

"这还不是一位泥水匠,但已经是一只猴子了!"哈伯特开玩笑地说,他这是在影射泥水匠们给自己的徒弟们取的"猴子"这一外号。万一给它起外号要说明理由的话,那么这个外号再合适不过!

家禽饲养场占据了一块二百平方码的空地,这块空地选在湖的东南岸。他们用一道栅栏把它圈了起来,并在上面盖了各种可供鸟类动物居住的简易房舍。这是一些用树枝搭建起来的窝棚,而这些窝棚被分成了若干小间,它们就只等它们的主人很快来入住了。

首批入住者是一对,它们不久便繁殖了许多小。和它们做伴的有六只鸭子,这些鸭子栖息在湖畔。有几只属中国品种,它们的翅膀张开时呈扇形,而它们的羽毛光彩夺目、色泽鲜艳,堪与锦鸡相媲美。几天后,哈伯特逮住了一对野鸡,它们的尾巴呈圆形,并由长长的箭羽组成。这对野鸡很快就被驯养了。至于鹈鹕、翠鸟、黑水鸡,它们自己来到了饲养场所在的海岸上,而这个小群体,经过了几番争吵,咕咕咕、叽叽叽、咯咯咯地叫了一阵后,终于和谐相处,以令人放心的比例繁殖,以供移殖民们日后食用。

赛勒斯·史密斯还想进一步完善他的业绩,他在家禽饲养场的一角建了个鸽舍。一打鸽子被安置了进去,它们经常在眺望岗的岩石顶上活动,每天晚上都回它们的新居,它们很容易就养成了这一习惯。

终于,该利用那气囊来制作衣物了,因为,若把它按原状保存下来,冒险乘一只热气球离岛,而且是飞越可说是无边无际的汪洋大海,这只有那些一无所有的人才会接受,而思想很实际的赛勒斯·史密斯,是不会这么想的。

那就得把气囊运回花岗岩宫。移殖民们便忙着把他们那辆沉重的运货车改得好驾驭一些,轻便一些。可虽说车子有了,动力却还没着落!岛上难道没有什么土生土长的反刍动物可用来代替马、驴或牛吗?这便是问题所在。

"其实,"彭克洛夫说,"一头拉车的牲口眼下会对我们十分有用的,当然,赛勒斯先生以后会建造一辆蒸汽车的,甚至是火车头。因为,肯定会有那么一天,我们将拥有从花岗岩宫到气球港的铁路,而富兰克林峰上还有支线!"

忠厚老实的水手这么说,是因为他相信自己的话会实现!啊!当一种想象与信念相结合时,那种想象是何等丰富!

可是,实事求是地说,彭克洛夫要办的那件事,光一头可供套车的四足兽,就足能解决了。老天偏爱他,没让他等得心焦。

有一天,那是12月23日,只听得纳布和托普竞相发出了喊声和叫声。正在"烟囱"里忙碌的移殖民们赶快跑去,生怕发生了什么不幸的事。

他们看见了什么?看见了两只漂亮而又高大的动物。它们很冒失地闯到眺望岗上来了,因为小桥没有吊起。似乎是两匹马,最起码是两头驴,一公一母,外形秀气,背毛呈浅栗色,腿和尾巴的毛呈白色,脑袋、脖子和躯干上有黑色的斑纹。它们不慌不忙地走着,丝毫没有感到不安,并用炯炯有神的目光望着这些人,它们还不可能知道他们将是自己的主人。

"这是野驴呀!"哈伯特喊道,"是介乎于斑驴和斑马之间的四足兽!"

"为什么不是驴呢?"纳布问。

"因为它们的耳朵不长,而它们的形态则比较俊逸!"

"驴也罢,马也罢,"彭克洛夫反驳道,"反正是史密斯先生所说的'动力',

这样的动物,值得一逮!"

水手一方面注意不让两只动物受惊,一方面钻进草丛,一直到了甘油渠的那座小桥那儿,他把桥翻转过来,于是那两头驴子便成了俘虏了。

现在,是不是要用武力抓住它们,并让它们接受强制性的驯化?不。很显然,他们会让它们在眺望岗上自由活动几天,那里青草很丰美。工程师紧接着便让大伙在家禽饲养场旁边建了个牲口棚,并在里面铺上干草,而那两头野驴将在那里过夜。

就这样,这漂亮的一对行动便完全自由了,移殖民们甚至不走近它们,免得吓着它们。但有好几次,这两头驴子似乎感到需要离开这眺望岗,因为这高地对它们来说地方太有限了,而它们可是习惯了开阔的空间和深邃的森林的。于是便可看见它们沿着那条水带走来走去,而那是一道不可逾越的障碍。还可看见它们发出尖叫声,然后便在草丛中奔跑。等恢复了平静,它们便会在那里待上数小时,久久地注视着那些高大的、将永远和它们隔绝的林木!

在此期间,鞍辔和驾车用的套具已用植物纤维制作好,在野驴被监禁了几天后,不仅大车已做好了套牲口的准备,而且一条笔直的路,或确切来说是一个舷门,也穿过远西森林,从感恩河的拐角直到气球港,形成了。于是便可通大车了。十二月底,他们初次试套了这两头野驴。

彭克洛夫已经能哄得这两只动物前来吃他手上的东西了,而它们也已能让人轻而易举地接近;可它们一旦被套上车,就会直立起来,而且很难被控制住。不过它们大概很快就会屈从于这陌生的劳役的,因为野驴不像斑马那么倔强,在北非的山区,它们常常被用来驾车,而且甚至被引入相对寒冷的欧洲地区。

那天,除了彭克洛夫,全体移殖民都上了大车,向气球港进发,而彭克洛夫则走在牲口前面。毋庸说,在这条勉强成形的路上行驶,他们被颠得够呛,不过车子倒也顺利到达;就在当天,气囊和气球的各种索具都被装上了车。

晚上八点,车子再次过了感恩河上的那座桥,沿河的左岸而下,停在了沙滩上。两头野驴被卸了套,并被牵回了牲口棚。彭克洛夫在入睡前,发出了一声满意的叹息,这叹息声在花岗岩宫里引起了响亮的回音。

第 8 章

衣物——海豹皮鞋——制造火棉——种植各种蔬菜——钓鱼——海龟蛋——朱普师傅的进步——畜栏——围猎岩羊——新的动植物资源——回忆离别的祖国

一月份的头一个星期,被用来缝制移殖民小群体所必需的衣物。针是在箱子里找到的,拿针的手指即使算不上灵巧,起码也是刚劲有力的,因此可以肯定,缝制出来的东西是结实耐用的。

线倒不缺,这多亏赛勒斯·史密斯出的主意,他提出要重新利用缝气球的布条已用过的线。这些长长的布条是杰丁·斯皮莱和哈伯特以惊人的耐心拆开的,而彭克洛夫则不得不放弃这项活,因为它太令他厌烦了。然而当缝制时,却没人能比得上他。其实无人不晓,水手们都有着出色的缝纫才能。

构成气囊的布,用苏打和钾碱来去污,这些物质是通过焚烧植物获取的。就这样,脱了漆的棉布又恢复了它原来的柔软和弹性,然后,经过晾晒脱色,它便成了纯白的。几打衬衣和袜子就这样制成了,当然,袜子不是织成的,而是缝成的。移殖民们终于穿上了白衣白袜,他们该有多高兴啊!衣物想必很粗糙,但他们是不会在意这区区小事的。他们睡觉也有了被单和床单,这样一来,花岗岩宫的那些床也就变得非常正规了。

也差不多是在这个时期,他们制作了海豹皮鞋,它们很及时地取代了从美国穿来的皮鞋和靴子。可以肯定,这些新鞋又长又宽松,穿上走路是绝不会挤脚的!

随着1866年的到来,持续高温的天气出现了,但林中狩猎却并没停止。刺豚鼠、西猫、水豚、袋鼠,兽类和禽类野味实在是多极了,杰丁·斯皮莱和哈伯特枪法太好,从此便百发百中。

赛勒斯·史密斯总是叮嘱他们节省弹药,他还采取了一些措施来取代火药和铅弹。这些弹药是在箱子里找到的,他本想留着将来用。万一他们离开自己的领地,偶然性会把他们抛到哪儿,他怎么会知道呢?所以得考虑到在未知的将来所需要的一切,节省弹药,用其他容易补充的物质来代替。

至于取代铅弹,因为赛勒斯·史密斯在岛上没发现任何铅的痕迹,他便使用了铁粒,这铁粒既无太大不利,又易于制造。只是铁粒不如铅粒重,那就得把它们制造得大一些,那样每次装时就得少装一些了,好在猎手们的机智灵活弥补了这一不足。而火药呢,赛勒斯·史密斯原本是可以制造的,因为他有硝石、硫黄和木炭可供使用,但制造火药需极其细心,而且没有专门设备也很难制造出高质量的火药来。

赛勒斯·史密斯于是宁可制造火棉,在这种物质里棉花并不是必不可少的,它在里面只不过是作为纤维素而已。纤维素不是别的东西,只是植物的基本组织,而且,不仅在棉花中,就是在大麻和亚麻的纺织纤维中、纸张中、旧衣物中、接骨木的髓质中,它都处于纯粹状态。而在岛上,在靠近红河河口的地方,恰恰就有大量的接骨木。这种属于忍冬科植物的灌木状的浆果,已被移殖民们用来替代咖啡豆了。

因此,接骨木的髓质,即纤维素,只需收集便可,至于制造火棉所必需的另一种物质,便只是发烟硝酸了。然而,赛勒斯·史密斯因为有硫酸可使用,他便通过使大自然提供给他的硝石和硫酸起化学反应,已轻而易举地生产出了硝酸。于是便决定制造火棉。他们也承认,火棉有相当大的弊病,效果很不稳定,极易燃烧,因为它的燃点是一百七十度,而不是二百四十度,总之太容易发生爆燃,以致损坏火器。但反过来也有好处,那就是它不会因为受潮而变质,不会阻塞枪管,而它的推进力是普通火药的四倍。

要制造火棉,只需将纤维素在发烟硝酸中浸泡一刻钟,然后用大量的清水冲洗,并晾干即可。由此可见,这再简单不过了。

赛勒斯·史密斯可使用的只有普通的硝酸,而没有发烟硝酸或一元水合硝酸,即没有一遇潮湿的空气会释放出白雾的酸。不过在普通的硝酸里按三至五份额的比例加入浓硫酸,工程师大概也能得到同样的结果,而他果真得到了。岛上的猎手们于是很快就有一种制作得极好的物质可使用了,而且因为使用谨慎,产生的效果极佳。

差不多就在这个时期,移殖民们在眺望岗开垦出三英亩的土地,而其余部分则保留牧场状态,用来供养野驴。他们作了好几次远足,是去中南美鸳林和远西森林,而且带回了收集到的野生植物,有菠菜、水田芥、辣根菜、萝卜。经过人工种植,它们将很快得到改良,并将中和一下含氮的食谱,而迄今为止,移殖民们还只能按这样的食谱进餐。他们还运回了数量显著的木头和煤。每次远足,同时也是改善路况的一种方法,路面渐渐被车轮压实了。

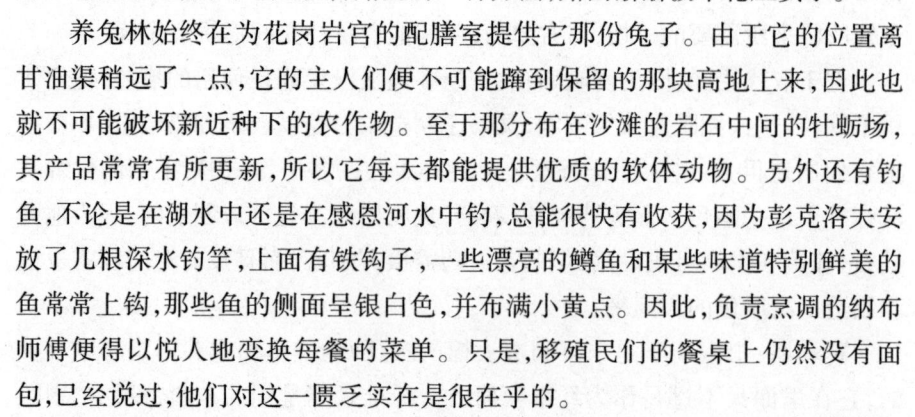

养兔林始终在为花岗岩宫的配膳室提供它那份兔子。由于它的位置离甘油渠稍远了一点,它的主人们便不可能蹿到保留的那块高地上来,因此也就不可能破坏新近种下的农作物。至于那分布在沙滩的岩石中间的牡蛎场,其产品常常有所更新,所以它每天都能提供优质的软体动物。另外还有钓鱼,不论是在湖水中还是在感恩河水中钓,总能很快有收获,因为彭克洛夫安放了几根深水钓竿,上面有铁钩子,一些漂亮的鳟鱼和某些味道特别鲜美的鱼常常上钩,那些鱼的侧面呈银白色,并布满小黄点。因此,负责烹调的纳布师傅便得以悦人地变换每餐的菜单。只是,移殖民们的餐桌上仍然没有面包,已经说过,他们对这一匮乏实在是很在乎的。

大约在这一时期,他们还捕捉海龟,而海龟经常光顾颌骨海角的那片沙滩。沙滩上布满小鼓包,里面藏有一些非常圆的蛋,蛋壳白而硬,而蛋白具有不凝固的特性,这点和鸟蛋不同。太阳负责让它们孵化,而它们的数量自然是很可观的,因为每只海龟每年产蛋达二百五十枚。

"真正是一片蛋田。"杰丁·斯皮莱指出,"只需收获便是了。"

他们并不满足于产品,还捕捉了生产者,有十二只海龟被他们带回了花岗岩宫。海龟确实很有食用价值。龟汤里加上一些香草,并配上一些十字花科植物,色香味俱全,这一道菜经常使其制作者纳布师傅获得赞扬。

在此还需提一个有利的情况,因为它使他们获得了一批新的过冬储备物。一些鲑鱼成群结队地冒险游进了感恩河,并沿河而上,游出了好几海里。这正是雌鱼去寻找合适地点产卵的季节,它们领先于雄鱼,并在淡水中发出很大的响声。这长达两英尺半的鱼有上千条,它们就这样涌进了河里。只需设几道坝便能拦住一大批。于是他们逮了好几百条,并把它们腌起来留到冬天吃,到那时,河水一结冰,也就钓不成鱼了。

就在这个时期,聪明绝顶的朱普升了职,当上了贴身仆人。它穿上了一件男礼服和一条白布短裤,并系上了一条围裙,围裙上的口袋很让它高兴,因为它可以把双手插进去,而且它不许别人来搜查。机灵的猩猩已被调教得极好,简直可以说,当纳布和猩猩聊天时,他们都能听懂对方的话。况且朱普对纳布确实很有好感,而纳布对它也同样如此。除非有人需要朱普做事,或运木头,或爬到某棵树的顶上去,否则大部分时间它都在厨房里度过,看纳布做什么,它也跟着学什么。主人在教徒弟时显得极其耐心,甚至是极其热忱,而徒弟则在学以致用时发挥出非凡的聪明才智。

有一天,朱普师傅不等花岗岩宫的主人们招呼,便手臂上搭着餐巾,主动

就在这个时期,聪明绝顶的朱普升了职,当上了贴身仆人。

前来伺候他们用餐。这真让他们满意。它动作敏捷、做事专心,提供服务时非常机灵,换盘子啦、送菜啦、倒饮料啦,无论做什么都非常认真,这可把移殖民们高兴坏了,彭克洛夫更是兴奋不已。

"朱普,来点汤!"

"朱普,来点刺豚鼠肉!"

"朱普,来个盘子!"

"朱普,诚实的朱普!善良的朱普!"

叫嚷声不绝于耳,而朱普却从不仓皇失措,它有求必应,面面俱到,而且还摇了摇它那聪明的脑袋。因为当时,彭克洛夫又像第一天那样,对它开玩笑说:"很显然,朱普,得给你双倍的工钱啦!"

不用说,猩猩已完全适应了花岗岩宫的生活,而且,它虽然经常陪主人们去森林,却从不显示出有逃跑的欲望。应当看看它是怎么走路的:肩上扛着彭克洛夫给它做的一根木棍,像扛着一杆枪似的,那样子再有趣不过了!如果需要摘树顶上的某个果子,它很快就会爬到那高处!万一车轮陷入泥潭,朱普只要用肩膀使劲一顶,它就会回到好走的路上去!

"这小子!它要是有多好,就可能有多坏,那可就没法子对付它啦!"

快到一月底时,移殖民们着手进行岛的中部的大工程。早已决定,要在靠近红河源头、富兰克林峰的山脚下,建一个牲畜栏,用来圈养反刍动物,不然它们的存在会对花岗岩宫有所妨碍,尤其是那些岩羊,而它们将提供用来制作冬衣的羊毛。

每天早晨,移殖民们都去红河的源头,有时是全体,而通常只是以赛勒斯·史密斯、哈伯特和彭克洛夫为代表,而且有那两头野驴相助。这只不过是一种闲逛,路程为五海里,在绿色的拱顶下,经由那条新开的路,它已被命名为"畜栏路"。在那儿,一片开阔的场地被选中,就在山南面的那个小圆丘的背面。这是一片草地,上面长着一丛丛树,位于一个山梁分支的脚下,而这山梁分支围住了它的一面。一条小溪发源于它的斜坡上,在斜向地流经之后,注入到了红河中。这里的青草新鲜,树木长得比较分散,这能让空气在地面上自由流通。于是只需用一个环形的栅栏将草地围住即可,而这栅栏的每个极端都靠在山梁分支上。栅栏还要够高,让动物,哪怕是最敏捷的,都无法越过。这块被围起来的场地可同时容纳上百只有角动物——岩羊或野山羊,以及随后万一会降生的小羊羔。

畜栏区域被工程师划出,于是大家便动手砍伐建栅栏所必需的树木,不过开辟道路已不得不牺牲了一定数量的树,所以他们便用车将树干运走,而这些树干提供了上百根木桩,这些木桩便都被牢固地插进地里。

畜栏的前面部分设了一个挺大的入口,并用一扇扉门关上,这两个门扇是用结实的厚木板做的,关上后还将在外面用木杠加固。

建这畜栏所需的时间不下三周,因为,除了栅栏工程,赛勒斯·史密斯还用木板建了些大棚,而反刍动物可以在棚下栖身。另外,这些设施必须建得非常牢固才行,因为岩羊是强壮有力的动物,它们的爆发力是很可怕的。木桩的顶端被削尖,并在火上烤硬,然后用拴接在一起的横木加固,每隔一段距离还用支柱加固整个畜栏。

畜栏一完工,就该在富兰克林峰脚下、在反刍动物经常光顾的牧场中间,进行大搜捕了。行动的时间是在2月7日,那是一个美好的夏日,全体都参加了。两头野驴已调教得相当好,由杰丁·斯皮莱和哈伯特骑着,在这次行动中出了大力。这一行动只是要搜捕岩羊和野山羊,并渐渐缩小包围圈。因此,赛勒斯·史密斯、彭克洛夫、纳布和朱普在树林的各个点上把守,而两名骑手和托普则在畜栏四周半海里的范围内来回奔跑。

岛的这一部分有很多岩羊。这些美丽的动物体型高大如黄鹿,角粗壮得赛过牡羊的角,浓密的毛呈浅灰色,并夹杂着长毛,外形酷似大角羊。

这围猎的一天可真累人!来回地奔走、奔跑不知多少趟,大声地喊叫又不知多少回!有上百只岩羊被赶出来了,而其中有三分之二逃脱了,到最后,有三十来只这类反刍动物和十来只野山羊被赶向畜栏。那洞开的门像是在给它们提供一个出口,可它们一旦投身进去,便被关住了。

总之,成绩是令人满意的,移殖民们无可抱怨。这些岩羊中的大部分是母的,其中有几只大概很快就会生产。因此可以肯定,畜群会兴旺起来,用不了多久,就会有大量的羊毛,还会有大量的羊皮。

那天晚上,猎手们疲惫不堪地回到了花岗岩宫。然而翌日,他们照样又去察看畜栏。俘虏们果真曾力图撞倒栅栏,不过它们没有得逞,而且很快就比较平静了。

在这个二月份,没发生任何具有某种重要性的事件。日常的工程在有条不紊地进行,在改善畜栏路和气球港路的同时,第三条路开始动工了,它从畜栏起,通向西海岸。林肯岛的未知部分仍然是那片长着高大树木的地区,那些树覆盖着蛇形半岛。而那半岛上就藏着猛兽,杰丁·斯皮莱一直打算把它们从自己的领地上清除掉。

在寒冷的季节重现之前,他们一直在经常不断地照料从森林移植到眺望岗上来的野生植物。哈伯特每次远足几乎都要带回一些有用的植物。一天是一些菊苣科的样品,其种子可榨出优质油;另一天是一株普通酸模,其抗坏血病的特性不容轻视;接着又是一些宝贵的植物块茎,它们在南美洲常年都可种植,即那些土豆,其品种计有二百多个。菜园子现在搞得很不错,灌溉充足,能防范鸟类,它被分成了若干小方块,上面长着莴苣、卵形土豆、酸模、萝卜、辣根菜,和其他十字花科植物。这眺望岗上的土质出奇地肥沃,可指望会获得丰收。

也不乏各种饮料,只要不求有酒喝,连最挑剔的人都不会抱怨。除了有叶子成双的唇形科植物提供的"奥斯威戈"茶,和从龙血树的根提取并经发酵的饮料外,赛勒斯·史密斯又增加了一种真正的啤酒,他是用含黑色素的冷杉嫩芽煮沸后发酵制成的,英美人称它为"温泉啤酒",即杉啤。

夏末时分,家禽饲养场拥有了一对漂亮的大鸨,属"波斑鸨"类,特点是羽毛像短斗篷；一打琵嘴鸭，它们的上喙每边有膜性的延伸部分；一些华丽的公鸡，其鸡冠、肉瘤和表皮都是黑的，与莫桑比克的公鸡相似，它们神气活现地在湖畔走来走去。

就这样，一切都很成功，这都亏了这些勇敢智慧的人的积极肯干。他们恪守的伟大箴言是：自助者天助。

炎热的白天过去，到了晚上，收工后，起海风的时候，他们喜欢坐在眺望岗的边缘覆盖着攀缘植物的游廊下面，那是纳布亲手搭建的。他们在那里聊天，互相学习，制订计划，而水手大大咧咧的性格和好心情，不停地使这个小世界发出欢声笑语，最完美的和谐始终在其中占据主导地位。

大家也谈论家乡，谈论亲爱的伟大美国。南北战争现在怎么样了？它肯定没能持续多久！里士满大概很快就落到格兰特将军的手中了！夺取南部联邦派的首府，想必是这场灾难性的战争的最后之举！现在，北方的正义事业已获胜，对于林肯岛的放逐者们来说，有份报纸该多好，它必定会大受欢迎！他们和其他人中断联系已有十一个月了，而不久将是3月24日，气球把他们抛到这个陌生海岸的周年纪念日了！他们当时只是些落难者，甚至不知是否能向大自然的暴力夺取他们那可怜的生命！而现在，多亏了他们头头的学识，多亏了他们自己的聪明才智，他们成了真正的移殖民，拥有武器、工具、仪器，得以将岛上的动物、植物和矿物，即大自然的三界，为自己所利用！

是的，他们经常谈论所有这些事情，并构想着许多未来的计划！

至于赛勒斯·史密斯，大部分时间都是沉默寡言的，他听的时候多，而说的时候少。有时候，他会对哈伯特的思索和彭克洛夫的俏皮话报以微笑，但时时处处，他无不在想那些无法解释的事，那奇怪的谜，而他至今都没有揭开它的奥秘！

第 9 章

坏天气——液压升降机——制造窗玻璃和杯子——面包树——经常去查看畜栏——畜群扩大了——记者的一个问题——林肯岛的确切位置——彭克洛夫的建议

三月份的第一个星期,天气起了变化。月初时月亮圆了,而且总是酷热难当。可以感到,大气中充满了电,一个或长或短的雷雨天气要来了,这确实令人担忧。

果真,3月2日那天,雷声隆隆,响得可怕。风从东方刮来,冰雹直袭花岗岩宫正面,噼噼啪啪,有如机关枪扫射一般。得紧闭门窗,否则房间里的一切都会被水淹没。

见下冰雹了,而且有些大如鸽蛋,彭克洛夫只有一个念头:他的麦田要遭大殃了。

于是他立刻跑到了麦地里,只见麦穗已开始抬起它们那绿色的小脑袋,他用一块厚布,总算保护了他的成果。他在现场遭到了冰雹的袭击,但他毫无怨言。

这坏天气持续了一周,期间天空的深处雷声不断。在两次雷雨之间,还可听到天际以外有沉闷的雷声;接着这声音重新变得狂怒起来。天空中闪过一道道电光,而雷电劈倒了岛上的好几棵树,其中有耸立在湖畔和森林边缘的那棵巨松。沙滩也遭到了电击,而沙子熔化了,成了玻璃状。看到这些闪光的物质,工程师于是认为,有可能给窗户配上厚而结实的玻璃,那样就可挡风、挡雨和挡冰雹了。

移殖民们没有紧迫的室外活要干,便利用坏天气在花岗岩宫内干活,于是宫内的设施一天天完善起来。工程师安装了一台车床,用来车了几件盥洗用具和炊具,尤其是车了一些纽扣,这东西他们太需要了。他还安装了一个放置武器的架子,而武器都保养得极为精心。搁物架和柜橱则都做得很地道。大家刨呀、锯呀、车呀，在这整个天气恶劣的时期，只听得工具声和车床声，而这声音与隆隆的雷声在相互呼应。

朱普师傅并没被遗忘，它单独占据着仓库旁边的一个房间，那房间类似于船舱，里面有个吊铺，上面总是铺满了舒适的干草，这房间对它太合适了。

"这老实的朱普呀，从不会顶嘴，"彭克洛夫常常翻来覆去地说，"从不会做出失礼的回答，多好的仆人，纳布，多好的仆人！"

"是我的徒弟，"纳布答道，"而它很快就能干得和我一样好啦！"

"甚至超过你，"水手笑着反驳道，"因为不管怎样，纳布，你干活时说话，而它不！"

不用说，朱普现在精通业务了。它拍打衣服除尘，转动烤肉铁钎，打扫房间，伺候用餐，摆放木柴，而且总要给已躺下睡觉的彭克洛夫塞好被子，自己才去就寝，这个细节让彭克洛夫非常高兴。

至于移殖民群体成员们的健康状况，不论是两足的还是两手的，四手的还是四足的，都非常令人满意。在这个温带地区，在这片有益于身体的土地上，他们过着户外生活，锻炼着手和脑，所以他们认为自己大概永远都得不了病。

的确，大家的身体都非常好。哈伯特一年来已长高了两厘米。他的相貌变得更具男性特点了，而他决心在身体上和道德上都要成为一个十足的男子汉。另外，他还利用体力劳动之余的一切闲暇来学习，他阅读在箱子里找到的那几本书，而且，除了从目前的处境中汲取实际的经验教训，他还向工程师学科学，向记者学语言，这两位老师都很乐意来完成对他的教育。

工程师决意要通过身教言传，把自己所知道的一切都传授给小伙子，而哈伯特则充分利用老师教给他的功课。

"如果我死了，"赛勒斯·史密斯想，"他将可以接替我！"

3月9日左右，暴风雨结束了，可在这夏天的最后一个月，天空始终乌云密布。被雷电的震荡搅得十分混浊的大气，无法恢复先前的纯净，几乎总是下雨和起雾，除了三四个有利于各种远足的好天。

在这段时期，母驴下小驴了，也是一头母的，是顺产。畜栏的情况和先前一样，但羊群扩大了，有几头羊羔已在棚下咩咩地叫了，这令纳布和哈伯特万分欣喜，而新生的小羊羔中有他们各自的最爱。

他们也对驯养西猯进行了尝试，结果取得了圆满成功。又一个畜栏建在了家禽饲养场附近，它很快容纳了好几头小西猯，它们正在被驯养，也就是说在纳布的照料下正在长膘。朱普师傅负责给它们送每天的食物，刷锅水和厨房里的下脚料等，它一丝不苟地执行着自己的任务。它有时也会拿它的小寄宿生寻开心,拽它们的尾巴,但这是淘气而不是恶意,因为它觉得这些扭动的小尾巴很好玩,就像玩具一样,而它本身有着儿童的本能。

三月的一天,彭克洛夫和工程师聊天时,提醒工程师别忘了自己答应过的事,而工程师还没找出时间来做。

"您说过,有一种装置能代替花岗岩宫的长梯,赛勒斯·史密斯先生。"水手对工程师说,"您不定哪天会安装的,是吗?"

"您是想说升降机?"赛勒斯·史密斯问道。

"就叫它升降机吧,您要是愿意的话。"水手回答,"名称无所谓,只要它能让我们轻松地升到我们的住所就行。"

"这再容易不过,彭克洛夫,可这真的有用吗?"

"当然,赛勒斯先生。除了必要,想想吧,这还舒服呢。对人来说,是奢侈的享受,您要是愿意这么看的话,可对东西来说,就是必不可少的了!负重爬长梯,可不是那么方便的!"

"那好,我们来试着让您满意吧。"赛勒斯·史密斯回答道。

"可是您没有机器可使用呀。"

"我们来造。"

"造蒸汽机?"

"不,造水压机。"

其实,为了操纵升降机,有现成的自然力量可供工程师使用,而且他要想利用它并不是很困难的。

为此,只需增加给花岗岩宫内部供水的那股小水流的流量即可。在泄水道上端的那个开在石头和杂草之间的泄水口,于是被扩大了,这样便在过道的深处产生了一个力量很大的瀑布,而那过满的水便从内井流走了。在这瀑布下面,工程师安装了一个带小桨叶的圆筒,而圆筒和外面的一个轮子相连,轮子上则缠着结实的缆绳,缆绳上则系着一个大柳条筐。这样一来,用一根垂到地面的长绳,便可接通或断开水力发动机,而他们就可乘坐大柳条筐一直升到花岗岩宫门口了。

3月17日,升降机首次运行,效果令大家十分满意。从此,所有的重负——木头、煤、生活必需品,以及移殖民们自己,都由这十分简单的装置送上去,它取代了原先的梯子,而没人为此感到惋惜。对这项改善托普显得尤为高兴,因为它爬起梯子来没有也不可能有朱普师傅那么灵巧,有好多次它都是趴在纳布甚至猩猩的背上升到花岗岩宫的。

也是在这个时期,赛勒斯·史密斯试制了玻璃。他首先得让原先制陶器用的炉子适合于这项新用途。这项工作难度不小,多次试验都未成功,但后来他终于装配成了一个制造玻璃的车间,工程师的当然助手杰丁·斯皮莱和哈伯特,接连几天都没离开那里。

至于组成玻璃的物质,只不过是沙子、白垩和苏打(碳酸盐或硫酸盐)而已。而海岸提供沙子,石灰提供白垩,海生植物提供苏打,黄铁矿石提供硫酸,土层提供把炉子加热到所需温度的煤。

于是,操作所需的条件,赛勒斯·史密斯都具备了。

最难制作的工具,是制玻璃的吹管。那是根长五六英尺的铁管,是通过它的一端用来收集保持在熔化状态的物质的。不过,把一块又长又薄的铁皮卷成一个枪管,彭克洛夫制成了这根管子,而它很快就处于可使用的状态了。

3月28日,炉子被烧旺了。一百份沙子,三十五份白垩,四十份硫酸盐苏打,和两至三份煤粉掺在一起,便构成了可放入火泥坩埚中的物质。当炉子的高温使该物质熔化成液态或确切来说熔成胶状时,赛勒斯·史密斯便用吹管"收集"一定的量,并把它在一块事先准备好的金属板上来回地转,直到转成适合于吹的形状。然后他把吹管递给哈伯特,叫他从另一端吹。

"就像吹肥皂泡吗?"小伙子问。

"正是。"工程师回答。

哈伯特于是鼓起腮帮子对着吹管使劲地吹,并注意不停地转动它,他吹得那么好,以致那堆透明的物质膨胀起来了。接着又在最初的量上加了一些量,结果很快就吹成了一个直径为一英尺的气泡。这时,赛勒斯·史密斯又从哈伯特手里取回吹管,像钟摆似的摆动它,他终于把有展性的气泡拉长了,使它成了圆柱状。

吹这道工序于是产生了一个玻璃圆柱,而结束部分是两个半球形的凸起,用一块锋利的铁片在冷水里浸一浸,便轻而易举地把它们去掉了。然后又用同样的方法,把这圆柱纵向地切开,接着又将它再次加热,恢复它的展性,随之把它摊在一块板上,用木滚子压平。

第一块玻璃就此制造出来了,只需照此方法制作五十次,便可得到五十块玻璃。这样一来,花岗岩宫的窗户很快就都安上了半透明的玻璃板,也许不太白,但透明度足够了。

至于制造杯子和瓶子,那就跟闹着玩似的。况且,吹成什么样,就算什么样。彭克洛夫也要求得到优待来吹一吹,而这对他来说是一种乐趣,可他吹得太使劲,以致他的产品非常逗乐,并让他自己赞赏不已。

这个时期他们作了几次远足,其中一次发现了一棵新树,其产品再次增

制造杯子和瓶子，那就跟闹着玩似的。吹成什么样，就算什么样。

加了移殖民们的食品资源。

有一天，赛勒斯·史密斯和哈伯特去打猎，他们冒险进了感恩河左岸的远西森林。像往常一样，小伙子向工程师提了无数的问题，工程师都非常诚恳地一一做了回答。可打猎和世间的任何事一样，不投入所需的热忱，就会有不成功的可能。而赛勒斯·史密斯并不是猎手，另一方面，哈伯特则在谈论化学和物理，所以那天尽管有许多袋鼠、水豚和刺豚鼠到了射程之内，却都躲过了小伙子的子弹。因此，天已经不早，两位猎手很可能要白出来一趟了。正在此时，哈伯特突然停下来，欣喜地叫了一声，并大声说：

"啊，赛勒斯先生，您看见那棵树了吗？"

他当时指着的多半是一棵灌木，而不是一棵树，因为它只是由一根茎构成的，树皮则是鳞状的，树叶上有细小而平行的叶脉。

"这是棵什么树呢？它倒像是一棵小棕榈树。"赛勒斯·史密斯说。

"这是棵'变种苏铁'，我们的博物学词典上有它的画！"

"可我看不到这灌木上有果实呀？"

"是没有，赛勒斯·史密斯先生，"哈伯特回答，"可它的树干里有大自然给我们提供的完全磨好了的面粉。"

"那么这是棵面包树了？"

"对，是棵面包树。"

"好啊，我的孩子，"工程师答道，"这可是个宝贵的发现，既然我们的小麦还没收获。那就着手干吧，但愿上苍别让你弄错！"

哈伯特没弄错。他折断一棵苏铁的茎，只见它是由腺状组织构成的，并藏有一定量的含淀粉的髓质，一些木束横贯其中，而木束又被年轮分隔开。这淀粉里混有一种味道不好的黏液，不过通过压榨很容易把它去掉。这种蜂窝状物质是一种真正的优质面粉，极富营养，从前，日本的法律还禁止它出口呢。赛勒斯·史密斯和哈伯特仔细研究了远西森林的长苏铁的那个部分后，便作了些记号，然后就回花岗岩宫去了，并告知了他们的发现。

翌日，移殖民们便去收获，彭克洛夫越来越迷恋自己的这座岛，他对工程师说："赛勒斯先生，您认为有落难者之岛吗？"

"您这话是什么意思，彭克洛夫？"

"是这样，我听说有些岛是专为落难的人创造的。在那些岛上，可怜的人们总能摆脱困境！"

"这是有可能的。"工程师含笑作答。

"这是肯定的，先生，"彭克洛夫回答，"同样肯定的是，林肯岛就是其中之一！"

他们带着收获到的大量苏铁的茎回到了花岗岩宫。工程师安装了一台压榨机，以去除混在淀粉里的黏液，他因此获得了数量显著的面粉，它们在纳布的手下变成了糕点和布丁。这还不是真正的面包，但已近似了。

也是在这个时期，畜栏里的野驴、山羊和绵羊每天给移殖民们提供着他们所必需的鲜奶。那四轮运货大车，或确切来说那取而代之的轻型畜力车，也常去畜栏；当去转一圈的是彭克洛夫时，他都会带上朱普，并让它驾车，而朱普则挥舞皮鞭，以惯有的机灵劲儿执行自己的任务。

一切都欣欣向荣，无论是在畜栏，还是在花岗岩宫，如果移殖民们不是远离自己的祖国的话，他们就实在是无可抱怨的了。他们已经非常习惯于这种生活，也已经非常习惯于这个岛，一旦要是离开它那片好客的土地，他们会伤感的！

然而,他们在内心深处是那么爱自己的国家,要是有某条船突然出现在从岛上望出去能看到的地方,他们便会发信号,把它引过来,然后便离去!……而眼下,他们在过着这种幸福的生活,要说他们希望有什么事件来中止这种生活,倒不如说他们生怕会发生这种情况。

可谁能认为自己的命运从此就这么定了,而其余的事情也就想想而已?

不管怎样,移殖民们居住了有一年多的这个林肯岛,经常是他们的话题。有一天,他们进行了一番观察,而这番观察后来将引起重大的后果。

那天是4月1日,星期天,而且是复活节,赛勒斯·史密斯及其同伴们以休息和祈祷来庆祝这个圣节。那天风和日丽,一如北半球十月的一天。

晚饭后天快黑的时候,大家聚在眺望岗边缘的凉棚下,望着黑夜在地平线上升起。纳布给大家端来了几杯用接骨木种子沏的茶,它们代替了咖啡。大家谈论着该岛和它在太平洋中的孤立的位置,杰丁·斯皮莱被引出了这样一句话:"我亲爱的赛勒斯,您自从有了在箱子里找到的六分仪后,重测过我们小岛的位置吗?"

"没有。"工程师回答。

"也许该用这个仪器重测一下了,它比您用过的那个要完善。"

"何必呢?"彭克洛夫说,"岛又没动地方!"

"大概是吧,"杰丁·斯皮莱又说,"但有可能仪器的不完善妨碍了观测的准确性,既然核对一下又不难……"

"您说得对,亲爱的斯皮莱,"工程师回答,"而我得尽快核对,但我就算是出了点误差,无论是纬度还是经度也都超不过五度。"

"嗨!谁又能知道呢?"记者又说,"我们是不是离有人居住的陆地比我们想象的要近得多,这谁又能知道呢?"

"我们明天就会知道,"赛勒斯·史密斯回答,"如果我们不是忙得一点空闲时间也没有,就已经知道了。"

"得啦!"彭克洛夫说,"赛勒斯·史密斯的观测能力那么强,哪里会搞错,如果岛没有动地方,那它就在他所测定的位置上!"

"看看再说吧。"

于是翌日,工程师用六分仪作了必要的观测,来核对他已获得的坐标,下面就是他运算的结果:

他通过第一次观测所得到的有关林肯岛的位置的数据是:

西经:150°—155°;

南纬:30°—35°。

第二次得到了确切的数据：

西经：150°3′；

南纬：34°57′。

由此可见，尽管赛勒斯·史密斯的仪器不完善，但他操作起来非常熟练，所以他的误差超不过五度。

"现在，"杰丁·斯皮莱说，"既然我们在拥有六分仪的同时，还拥有地图册，亲爱的赛勒斯，那我们来看看林肯岛在太平洋中所占的确切位置吧。"

哈伯特取来了地图册，要知道，地图册是法国出版的，因此地图册上的词汇都是法文的。

太平洋地图被打开了，工程师手拿两脚规，准备确定林肯岛的位置。突然，两脚规停在了他手里，他说道："太平洋的这个部分已经有一个岛了！"

"有一个岛了？"彭克洛夫喊道。

"也许是我们的这个？"杰丁·斯皮莱说。

"不，"赛勒斯·史密斯又说，"这个岛位于西经153°和南纬37°11′，也就是说比林肯岛要偏西两度半，偏南两度。"

"这是个什么岛？"哈伯特问。

"塔波尔岛。"

"一个重要的岛吗？"

"不，是太平洋中一个偏僻的小岛，那里也许从没有人光顾过！"

"那好，我们上去看看吧。"彭克洛夫说。

"我们？"

"是的，赛勒斯先生，我们来造一条有甲板的船，我负责来驾驶。我们离塔波尔岛有多少路程？"

"大约有一百五十海里，我们在它的东北边。"

"一百五十海里！这算得了什么？"彭克洛夫答道，"要是顺风的话，四十八小时就到了！"

"可有什么用呢？"记者问道。

"不知道。得看了再说！"

根据这一回答，于是他们决定造条船，以便能在十月左右，即美好季节回归时出海。

第 10 章

　　造船——第二次麦收——捕猎无尾熊——一种悦人而不是有用的植物——惹人注目的鲸鱼——葡萄园的鱼叉——肢解鲸鱼——五月底——彭克洛夫再无所求

　　彭克洛夫的脑子里一旦有了个计划,他便非实施不可,否则绝不罢休。既然他想造访塔波尔岛,而一条有一定规模的船对这次出海又是必要的,那就造一条这样的船吧。

　　下面就是工程师所制定的、经水手认可的方案:

　　船的龙骨长三十五英尺,横梁长九英尺,这将使它行驶顺利,如果船底和吃水线都很成功的话。而吃水不应超过六英尺,这个吃水线足以使它保持平衡,不至于失控。甲板将按船的长度铺设,上面开两个舱口,以便进入两个用板壁隔开的房间,并给船配备帆缆索具,使其成为单桅帆船,配备的有后桅帆、三角帆、前桅帆、顶桅、后桅支索帆。这样便非常好操纵,遇暴风雨易于下帆,并利于逆风航行。最后,船体将建有真正的船缘,即船壳板是齐平的,而不是重叠的。至于船的肋骨,在装配船壳时便可及时贴合上,而船壳将装在最下面的肋骨上。

　　用什么样的树木来造这条船呢?是用榆木还是冷杉木?反正这两种树木岛上都很多。大家决定用冷杉木,用木匠的话来说,这种木头有点"劈",但易于加工,而且和榆木一样容易浸入水中。

　　这些细节一旦确定,大家便商量好,既然美好季节的回归还要等上半年,那就先由赛勒斯·史密斯和彭克洛夫来造船好了。杰丁·斯皮莱和哈伯特将继续打猎,而纳布和他的帮手朱普师傅,将不会放弃归他们所做的家务活。

　　树木一选定,就被砍倒、锯开,并锯成木板,如锯木板工人所为。一周后,在"烟囱"和悬崖峭壁之间的凹处,整出了一片工地,一副长三十五英尺的龙骨,后面装上了艉柱,前面装上了艏柱,躺在了沙地上。

在干这件新活时,赛勒斯·史密斯并不是盲目的。他几乎对所有的事都很在行,对造船也不例外。他先在纸上求出了船的尺寸,彭克洛夫给他帮了大忙。彭克洛夫在布鲁克林的一个造船厂干过几年,有这一行的实际经验。经过严格的计算和深思熟虑后,最下面的肋骨被装在了龙骨上。

彭克洛夫热情高涨,一心要出色地完成他的新工作,这点人们是很自然地会想象到的,而且他一刻也不愿把活撂下。只有一件活有让他离开造船工地的特权,不过也仅一天而已。那就是第二次麦收,时间是4月15日。和第一次一样,这次麦收也很成功,产量与预先估计的相符。

"五斗啊!赛勒斯先生。"彭克洛夫在一丝不苟地量过他的财宝后说。

"五斗,"工程师答话道,"而每斗是十三万粒,那么总共便是六十五万粒。"

"我们这次要全部种下去,"水手说,"不过还是要留一点儿。"

"是的,彭克洛夫,假如下次的收成能让我们获得成比例的产量,那我们就有四千斗了。"

"那我们就有面包吃了?"

"有面包吃了。"

"不过得建个磨坊吧?"

"会建的。"

第三块麦地比前两块不知要大了多少。土地在极其仔细地平整后,被播上了宝贵的种子。干完之后,彭克洛夫又回去造船了。

在此期间,杰丁·斯皮莱和哈伯特一直在附近打猎,他们冒险深入到了远西森林的那些尚未涉足过的地方,他们的枪都上了子弹,以防遭遇危险。那里杂乱无章地长着一些高大美丽的树,树和树之间挤得像是没有空间似的。勘察这些树群难度极大,而记者每次冒险进去都必带袖珍罗盘,因为阳光几透遮不过稠密的枝叶,要想返回恐怕连路也难找到。那些地方猎物自然也较为稀少,想必是活动起来不够自由。但是,在这四月份的后半个月,他们还是打死了三只大型食草动物。那是一些无尾熊,移殖民们早已在湖的北面见过一只了。它们试图躲在粗大的树枝间,结果因为动作笨拙让他们杀死了。它们的毛皮被带回了花岗岩宫。借助于硫酸,对这些毛皮进行了某种鞣制,这样它们就能用了。

在一次远足时,他们又有了一个发现,这要归功于杰丁·斯皮莱。从另一个角度来看,这也是一次宝贵的发现。那是4月20日。两位猎人深入到了远西森林的西南面,记者在前,哈伯特在后,两人相隔有五十步。记者到了一片林中空地上,那里的树木较为稀疏,能透进几缕阳光。

杰丁·斯皮莱首先惊讶地闻到了一股味,那是某种植物散发出的,这种植物的茎很直,呈圆柱状,多分枝,顶端生有总状花序,而结的子则很小。记者拔了两根这种茎,转身向小伙子走去,并对他说:"哈伯特,你看这是什么?"

"这种植物你是在哪儿找到的,斯皮莱先生?"

"在那儿,在林中空地上,长得可多了。"

"好啊,斯皮莱先生,"哈伯特说,"这可是一个能让彭克洛夫对您感激不尽的发现!"

"那么这是烟草喽?"

"不错,虽说不是上等的,但终究是烟草!"

"啊!这忠厚老实的彭克洛夫!他该高兴了!唔,可他不会全抽掉的!他会把我们的那一份留给我们的!"

"啊!我有个想法,斯皮莱先生,"哈伯特说,"我们先不要告诉他,花点时间把烟叶制备好,到了某一天,就把装得满满的烟斗递给他!"

"一言为定,哈伯特,到了那天,我们可敬的同伴在这世上就再无所求啦!"

记者和小伙子采摘了大量的这种宝贵的植物,然后便回到了花岗岩宫,他们是偷偷溜进去的,看那股小心翼翼的劲儿,就好像彭克洛夫是最严厉的海关人员似的。

赛勒斯·史密斯和纳布被告知了这个秘密,而水手在整段时间里都毫无察觉。这段时间相当长,是把薄薄的烟叶晒干、切细、在烫石头上进行一定的焙烤所必需的。这得花上一个多月。这一切都是背着彭克洛夫操作的,因为他正忙于造船,只在休息时才回花岗岩宫。

然而又有一次,他心爱的活被打断了,那天是5月1日,意外地出现了捕鱼的好机会,全体都得参加。几天来,在外海两三海里之处,得以观察到了一头巨型动物,只见它在林肯岛周围的海水中游动。这是一种体型最大的鲸鱼,很像是一种南半球鲸,号称"好望角鲸"。

"这可是逮住它的好机会!"水手嚷道,"啊!假如我们有条合适的小船,又有副好使的鱼叉,那我就会说:'追那畜生去,因为它值得一逮!'"

"哎,彭克洛夫,"杰丁·斯皮莱说,"我倒是很喜欢看您使用鱼叉,那想必是挺有趣的!"

"非常有趣,但不无危险,"工程师说,"不过,既然没有袭击它的工具,那也就不必去理会它了。"

"我倒是觉得很奇怪,"记者说,"居然能在这纬度相对比较高的地区见到一条鲸鱼。"

"为什么这么说呢,斯皮莱先生?"哈伯特回话道,"我们恰恰是在英美渔民称之为'鲸鱼区'的那个部分。而正是在这儿,在新西兰和南美洲之间,南半球鲸鱼大量存在。"

"千真万确,"彭克洛夫答道,"可我感到惊讶的是,我们没见到更多。不管怎样,既然我们无法靠近它们,这也就无所谓了。"

于是彭克洛夫又回去干他的活了,同时不无遗憾地叹了口气,因为,任何水手,内心里还是个渔夫,如果说捕鱼的乐趣直接取决于鱼的大小,那便可判断出一位捕鲸者面对一条鲸鱼时的感受了!

而这仅仅是乐趣倒也罢了!可是不能不承认,像这样的一个猎物对移殖民们是大有裨益的,因为鲸油、鲸脂、鲸须,能有多种用途呢!

然而情况是,引起注意的那条鲸鱼,似乎并不愿离开林肯岛周围的海水。于是,从花岗岩宫的窗户里也好,从眺望岗上也好,当哈伯特和杰丁·斯皮莱不去打猎时,他们便总举着望远镜,观察那动物的一举一动,而纳布在照看炉子之余亦如此。而那鲸鱼,深入到宽阔的合众国湾,在它那出奇地有力的尾鳍的推动下,从颌骨海角一直飞快地游到爪形海角,它靠着尾鳍,一跳一跳地游动,速度有时能达到每小时十二海里。还有的时候,它游得离小岛很近,都能完全看清它。这的确是南半球鲸鱼,全身都是黑的,其头部比北半球鲸鱼的头部显得扁平。

还可看见它从鼻孔里往高处喷出一股雾气……或水,因为——该现象显得如此之怪异——博物学家和捕鲸者尚未在这一问题上达成一致。如此喷出的是气还是水?人们通常认为是气,而气与冷空气接触便突然凝结,雨点般落了下来。

然而,这海洋哺乳动物的存在,把移殖民们吸引住了。这尤其对彭克洛夫有着巨大诱惑力,并让他干活时分心。他非常想得到这条鲸鱼,就像一个孩子非常想得到一件他得不到的东西一样。他夜里做梦都会梦见它,还大声嚷出来。无疑,他要是有工具袭击它,要是有条小船能在海上航行,他便会毫不犹豫地追捕它。可移殖民们做不到的,机遇倒是替他们做了。5月3日,在厨房窗口守候观望的纳布大声喊叫起来,向大家报告说鲸鱼在岛的海岸上搁浅了。正要去打猎的哈伯特和杰丁·斯皮莱丢下了枪,彭克洛夫扔下了斧子,赛勒斯·史密斯和纳布则来和同伴们会合,大家一起迅速朝搁浅地跑去。搁浅发生在漂流物岬头,离花岗岩宫和悬崖峭壁三海里。于是有可能鲸鱼是无法轻易脱身了。总之得赶快,以便必要时切断它的退路。大家带上十字镐和铁头长矛跑去,过了感恩河桥,沿河的右岸而下,取道沙滩。不到二十分钟,移殖民们便来到了那巨型动物的躯体旁,它上面已聚集了一大群鸟。

"真是个庞然大物!"纳布喊道。

说得对。因为,这条南半球鲸鱼长八十英尺,是该品种里的巨鲸,其重量不少于十五万磅!

然而,就这样搁浅了的巨鲸,竟一动不动,也不竭力挣扎,趁海水仍处于涨潮时返回大海中去。潮水低落时,他们围着这动物转了一圈,于是他们马上明白了它为何一动不动了。

原来它死了,一根鱼叉插在了它的左侧。

"那么说我们的海域有捕鲸者?"杰丁·斯皮莱立即嚷道。

"为什么这么说?"水手问。

"既然这鱼叉还在这儿……"

"斯皮莱先生,这证明不了什么,"彭克洛夫答道,"有人见过一些鲸鱼身上带着鱼叉行程数千海里,而这条鲸鱼有可能是在大西洋北面被击中的,却游到太平洋南面来死了,不必为此大惊小怪!"

"可是……"杰丁·斯皮莱说,他对彭克洛夫的断言并不满意。

"这完全有可能,"工程师答道,"不过让我们来查看一下这鱼叉。按照一个相当普遍的习俗,也许,捕鲸者们在上面刻了他们那条船的名字?"

果真,彭克洛夫在拔出插在动物侧面的鱼叉后,在上面读到了这样的文字:

玛丽亚-斯泰拉
葡萄园

"一条葡萄园的船!一条我故乡的船!"水手喊道,"'玛丽亚-斯泰拉'号!一条出色的捕鲸船,没错!我太熟悉它了!啊!朋友们,一条葡萄园的船,一条葡萄园的捕鲸船!"

水手挥动着鱼叉,不无激动地重复着这个他牢记在心的名字,他故乡的名字!

可是,因为不可能等"玛丽亚-斯泰拉"号来要回被它用鱼叉刺中的鲸鱼,大家便决定将鲸鱼肢解,趁它还没腐烂。窥伺这肥硕的猎物已多日的猛禽,已急不可耐地想行使拥有者的权利,所以得开枪驱散它们。

这是一条母鲸,其乳房提供了大量的奶,依博物学家德芬巴赫之见,鲸奶可充当牛奶,的确,论味道、颜色、浓度,两者并无区别。

彭克洛夫从前在一条捕鲸船上干过，所以他便能有条不紊地指挥肢解工作。这可不是什么令人愉快的事，而且持续了三天，但没人嫌恶，甚至连杰丁·斯皮莱也没有，用水手的话来说，他最终将成为一名"非常棒的落难者"。

鲸脂被切成两英尺厚的平行片，然后再分割成块，每块约重一千磅，被装在大陶土罐里融化。这些大陶土罐是他们运到肢解现场来的，因为他们不愿把眺望岗周围弄臭。经过融化，鲸脂的重量失去三分之一左右。可鲸脂有的是：光舌头就能提供六千磅油，而下唇为四千磅。此外，在得到这些脂肪的同时，还得到了鲸须。脂肪保证了他们长期有硬脂和甘油的储备，鲸须大概也会有用的，尽管他们既不撑伞，也不穿胸衣。这鲸鱼的嘴的上部的两侧，长有八百片角质物，它们富有弹性，属纤维组织，边缘尖细，如两把大梳子，而梳齿长六英尺，用以留住无数微小动物、小鱼和软体动物，这些都是鲸鱼的吃食。

鲸鱼处理完毕，大家都感到满意，而不要的东西则让鸟儿去支配，它们大概会将这些剩余物统统消灭光。花岗岩宫的日常工程又恢复了。

然而，在回造船工地前，工程师想要制作某些东西，这强烈地激起了其同伴们的好奇心。他取来一打鲸须，将其切成六等份，然后把顶端磨尖。

"赛勒斯先生，"哈伯特等他干完，问道，"这是干吗用的？"

"用来刺杀狼、狐狸，甚至美洲豹。"工程师回答。

"现在？"

"不，等冬天，有冰可用时。"

"我不明白……"哈伯特答道。

"你会明白的，孩子，"工程师回答，"这东西不是我的发明，在俄罗斯族人居住的美洲地区，阿留申群岛的猎人们常用它。你们见到的这些鲸须，等天寒地冻时，我就把它们弄弯，并浇上水，直到它们整个结上一层冰，从而保持弯曲，然后便把它们撒在雪地上，而事先则抹上一层油脂，把它们掩盖住。那么，当一只饥饿的动物吞下这食饵会怎样呢？它胃里的热量会使冰融化，而鲸须会伸直，并用其尖端刺穿它。"

"这可真够巧妙的！"彭克洛夫说。

"而且还能节省火药和子弹。"赛勒斯·史密斯答道。

"这比陷阱强！"纳布补充道。

"那我们就等冬天到来吧！"

"等冬天到来吧。"

此时,造船工程在向前推进,快到月底时,船壳板已装了一半,已可看出,它的形状非常适合在海上航行。

彭克洛夫无比热情地干着,得有他那样强健的体质,才能受得了如此的劳累。不过其同伴们已暗中准备了一样东西来犒劳他。到了5月31日,他将感受到有生以来的一次最大的快乐。

那天,吃罢晚饭,他正要离开餐桌,一只手按住了他的肩膀。

是杰丁·斯皮莱,那位对他说:

"稍等片刻,彭克洛夫师傅,别就这么走了!您忘记餐后点心了吧?"

"谢谢,斯皮莱先生,"水手回答,"可我得回去干活了。"

"哎,来杯咖啡怎么样,朋友?"

"不必了。"

"那就抽斗烟吧?"

彭克洛夫腾地站起来,他那张和善的大脸唰地变白了,因为他看到记者递给了他一个塞满烟丝的烟斗,而哈伯特又为他送上了一块烧红的炭。水手想说句话,但没能说成,不过他抓住烟斗,送到嘴边,用炭火点燃烟丝,一口接一口地吸了起来,一共吸了五六口。

一缕浅蓝色的、芳香的烟雾扩散开来,在烟雾的深处,可听到一个极度兴奋的声音在翻来覆去地说:

"是烟草!是真正的烟草!"

"是的,彭克洛夫,"赛勒斯·史密斯答道,"甚至是优质烟草!"

"啊,万能的上帝!神圣的造物主!"水手喊道,"我们的岛上再不缺什么了!"

彭克洛夫抽呀抽。"这是谁发现的?"他终于问道,"大概是您吧,哈伯特?"

"不,彭克洛夫,是斯皮莱。"

"斯皮莱先生!"水手把记者紧紧地搂在胸前喊道,而那位还从未被人这么搂抱过。

"呃,彭克洛夫!"杰丁·斯皮莱答道,他刚才的呼吸受到了影响,现在缓过来了,"您也得感谢他们几个,是哈伯特认出了这种植物,是赛勒斯焙制了烟草,而又是纳布,好不容易才替我们守住了秘密!"

"好吧,朋友们,总有一天我会为此报答你们的!"水手答道,"而现在,让我们生死与共吧!"

231

第 11 章

> 冬季——毡合羊毛——缩绒机——彭克洛夫的一个固定不变的想法——鲸须——一只信天翁能有何用——未来的燃料——托普和朱普——暴风雨——家禽饲养场受损——沼地狩猎——探井

冬季随六月而至。而这里的六月，气候则相当于北极地区的十二月，此时的头等大事便是缝制暖和而结实的衣服。

高栏里的岩羊已剪过毛了，接下来就是要把这些宝贵的纺织原料加工成衣料。

不用说，赛勒斯·史密斯手头没有纺羊毛用的梳毛机、刷毛机、打光机、拉丝机、拈线机、纺纱机，也没有织毛料用的织机，他便只好采用一种较为简单的方法来进行，以省去纺和织这两道工序。他打算干脆利用羊毛纤维的特性，从各个方向挤压它们，同时把它们弄乱，让它们简单地交织在一起，构成被称之为毛毡的那种料子。这毛毡因此可以通过简单的挤压获得，这道工序虽说降低了料子的柔软程度，却大大提高了它的保暖性。而岩羊提供的羊毛恰恰是由很短的纤维构成的，所以这是制毡的一个有利条件。

工程师在其同伴们——其中也包括彭克洛夫，他不得不再次丢下他的船——的协助下，开始了初步的工序。这些工序的目的是要去除渗进羊毛里的油质和脂肪，即所谓的粗脂。这脱脂过程是在一些盛满水的大桶里进行的，水温则达70℃，羊毛在其中浸上二十四个小时，然后使用苏打作彻底清洗，再将它挤压得足够干，这时羊毛便成了缩绒状，即产生了一种想必是很粗糙的却是很结实的料子，这种料子在欧美工业中心可能毫无价值，但在"林肯岛市场"上却极受重视。

很明显，这种料子大概在远古时期就有了，而事实上，最初的毛料正是用赛勒斯·史密斯即将采用的方法制作的。

其实工程师的才能是在压制羊毛的机器的制造方面，因为他懂得巧妙利用机械力,来驱动缩绒机。而沙滩上的那股瀑布所拥有的机械力,至今尚未被开发利用。

这缩绒机再简陋不过。一棵树,树上装着一些凸轮,这些凸轮能让一些垂直的臼槌轮流地举起和落下;一些石槽,它们是用来装羊毛的,臼槌就落在里面;一个结实的构架,它用来容纳和连接整个装置:这就是正在谈论的这部机器。数世纪以来它就一直是这样,直到有人想到要用压缩滚筒来取代臼槌,从而让原料经受真正的轧制,而不再是捶打。

由赛勒斯·史密斯正确指导的这项工作,如愿以偿地取得了成功。羊毛事先被浸在了肥皂水里,这肥皂水一方面使羊毛易于滑动、压缩和变柔顺,另一方面能防止其被捶烂。等羊毛从缩绒机里出来时,就成了一片厚厚的毛毡了。羊毛纤维天然具有的条痕和粗糙不平处,互相都牢牢地钩在了一起,纠缠在了一起,形成了一种既适于做衣服,又适于做被毯的料子。这当然不是美利内呢、平纹呢、开司米、花毛呢、棱纹呢、中国丝绸、驼绒、丝毛呢、呢绒和法兰绒,而是"林肯岛毡"!于是林肯岛上又多了一项产业。

移殖民们于是便有了质地优良的衣服和厚厚的被子,他们无须忧心忡忡地眼看着1866年到1867年的冬季来临了。

严寒是在6月20日左右真正开始显露的。彭克洛夫不得不暂停造船,他为此感到非常遗憾,何况这项工程本来到春天是必定会完成的。

水手脑子里有个固定不变的念头,那就是去一趟塔波尔岛勘察一番,尽管赛勒斯·史密斯并不赞成这纯粹是出于好奇的旅行,因为,在那个半干旱的荒芜的悬崖峭壁上,肯定无任何救援可找。行程一百五十海里,乘坐的船又比较小,而且还是在一片陌生的海洋中,做这样的一次旅行,不能不使他产生几分顾虑。万一小船出海后到不了塔波尔岛,又回不了林肯岛,在这险象环生的太平洋中,它会怎么样呢?

工程师经常和水手聊这个计划,他发现水手倔得反常,竟然非要做这个旅行不可,而对这股倔劲,他本人可能并没有清醒地意识到。

"因为,不管怎样,"有一天工程师对他说,"我得提醒您,您过去说了林肯岛那么多好话,又有那么多次表示,如果您不得不离开它,您会伤感的,可现在您又是第一个想离开它了。"

"不过是想离开几天罢了,"彭克洛夫回答,"就几天,赛勒斯·史密斯先生!往返的时间,再加上看看小岛是什么样子所需的时间。"

"可它不可能比得上林肯岛!"

"这我没去就能肯定。"

"那您干吗还要去冒险?"

"想知道塔波尔岛上在发生什么!"

"可那儿什么也没发生,也不可能发生什么!"

"谁知道呢?"

"您要是遇上什么风暴呢?"

"在美好季节里用不着担心这个,"彭克洛夫回答,"不过,赛勒斯先生,既然事事都应当料到,请允许我在这次旅行中带上哈伯特。"

"彭克洛夫,"工程师把手放在水手肩膀上答道,"出于偶然,这孩子成了我们的儿子,如果您和他遇到不幸,由此而产生的痛苦,您以为我们此生还能摆脱得了吗?"

"赛勒斯先生,"彭克洛夫回答,他的信心不可动摇,"我们不会给您造成这种悲伤的。再说,等适合做这次旅行的天气到来,我们再来谈它吧。另外,我设想,当您看到我们的船配备好帆缆索具、金属制品,当您注意到它在海上行驶的状态,当我们环岛一周——因为我们将一起环行,我设想,您会毫不犹豫地让我们出发的!不瞒您说,您的船嘛,将是一个杰作!"

"起码要说:我们的船,彭克洛夫!"工程师说,他的态度暂时缓和了些。

谈话就此结束,不过以后还会重新提起,既然他们谁都没说服谁。

六月底左右,下了初雪。畜栏里事先已备足了饲料,无须天天去察看了,但大家决定,不能有一周不去。

他们又布下了陷阱,而且试用了赛勒斯·史密斯制作的那些东西——把鲸须弄弯,装上一个冰套,再抹上一层厚厚的脂肪,然后放在动物们去湖边通常要经过的地方。

令工程师非常满意的是,这项由阿留申群岛的渔民重新使用的发明,竟然十分成功。有一打狐狸、几头野猪甚至一只美洲豹上了当,他们发现这些动物时它们都已死了,胃部都是被伸直的鲸须刺穿的。

在此要插入一项值得一提的试验,因为这是移殖民们为了和自己的同类取得联系而做的首次尝试。

记者曾多次考虑,要么把一篇概况说明装在瓶子里,再抛入大海,没准水流会把它送到有人居住的海岸去;要么把它托付给鸽子。可是,林肯岛距离任何一片陆地都起码有一千二百海里,怎能认真指望鸽子或瓶子会穿越呢?这纯属异想天开。不过在6月30日,他们费了点事逮住了一只信天翁,它被哈伯特一枪射中,爪子上受了点轻伤。这是一只极漂亮的鸟儿,属巨翼类,展开的翅膀长达十英尺,这类鸟能飞越像太平洋那样辽阔的大海。

这只漂亮的鸟儿很快痊愈了,哈伯特好想留下它,并打算驯养它,可杰丁·斯皮莱让他明白,不能放过这个机会,得力图通过这位信使和太平洋地区的大陆取得联系,于是哈伯特只好让步了,因为,假如信天翁来自某个有人居住的地区,当它一旦恢复自由,便必然会飞回那里。

杰丁·斯皮莱有时会接受专栏编辑的约稿,对他来说,不管怎样,总不至于不乐意抛出一篇吸引人的、有关林肯岛移殖民们的遭遇的文章吧!万一这篇文章到达尊敬的社长约翰·贝尼特那里,对《纽约先驱报》的记者来说,对刊登这篇专栏文章的那一期来说,该是多大的成功啊!

于是杰丁·斯皮莱撰写了一篇简短的说明,将其装进一个结实的上了胶的布口袋里,他还在说明中再三恳求,凡发现者请将其送达《纽约先驱报》办公室。这个小口袋被系在了信天翁的脖子上而没被系在爪子上,因为这种鸟

小口袋被系在了信天翁的脖子上而没被系在爪子上,因为这种鸟惯于在海面上栖息。

惯于在海面上栖息。然后,这位快速的空中信使便获得了自由,移殖民们不无激动地看着它消失在远方,消失在西方的薄雾中。

"它这是往哪里飞?"彭克洛夫问。

"往新西兰。"哈伯特回答。

"一路平安!"水手喊道,其实他并不指望这种通信方式能产生神奇的结果。

冬季一到,花岗岩宫的室内活又恢复了,如缝补衣服,制作各种东西,其中包括制作船帆,那是用取之不尽的气球囊剪裁的。

整个七月期间,天气寒冷无比。但他们没节省木头,也没节省煤。赛勒斯·史密斯在大厅里又砌了个壁炉,那些漫长的夜晚正是在那里度过的。大家干活时聊天,而手一闲下来便捧书阅读,时间就这样过去了,而人人都有收获。

吃罢强身健体的晚饭,接骨木咖啡在杯中冒着热气,烟斗散发出烟草的香味,在烛光照得通明、煤烧得暖融融的客厅里,聆听着风暴在外面怒吼,对移殖民们来说,这可是一种真正的享受!他们总是聊他们的国家、离别的朋友,聊美利坚合众国的伟大,而它的影响正与日俱增。赛勒斯·史密斯密切参与过合众国的事务;他的讲述、见解和预测,引起了听众们的强烈兴趣。

"我亲爱的赛勒斯,照您的预言,这全部的工商业活动将持续不断地向前发展,可不管怎样,它们迟早会停止的,难道不存在这种危险吗?"

"停止!因为什么?"

"因为缺煤,而煤这种东西,正可以称之为最宝贵的矿产!"

"是的,的确是最宝贵的,"工程师答道,"似乎是,大自然想证实这点,所以它创造了钻石,而钻石不过是结晶的纯煤而已。"

"赛勒斯先生,您莫不是想说,"彭克洛夫又说,"人们将把钻石扔进炉子里当煤烧吧?"

"不,我的朋友。"赛勒斯·史密斯回答。

"可我要强调,"杰丁·斯皮莱说,"总有一天煤会被消耗光的,对此您不否认吧?"

"哦,煤的储藏量还是非常可观的,而十万名矿工每年才开采一亿公担,还不至于很快将它们开采完!"

"从泥煤消耗的增长比例来看,"记者答道,"可以预言,这十万名矿工很快将增加至二十万,而开采量也将增加一倍,难道不是吗?"

"可能吧,不过很快就能使上新型的机器了,这样便可往深里开采,而欧洲的煤层开采完,美洲和澳洲的煤层还能长期满足工业的消耗。"

"能满足多长时间呢?"记者问。

"起码二百五十年至三百年吧。"

"我们倒是可以放心了,可我们的子孙后代却要担忧了!"

"会找到其他的物质的。"哈伯特说。

"应当这么指望,"杰丁·斯皮莱答道,"因为,说到底,没有煤,就没有机器,没有机器,就没有铁路,没有蒸汽船,没有工厂,没有现代生活发展所需的一切!"

"可是能找到什么呢?"彭克洛夫问,"您想象得到吗,赛勒斯先生?"

"差不多吧,朋友。"

"那么不烧煤又会烧什么呢?"

"烧水。"赛勒斯·史密斯说。

"烧水?"彭克洛夫喊道,"烧水来加热蒸汽船和火车头,烧水来加热水?"

"是的,然而是分解为组成成分的水,"赛勒斯·史密斯回答,"而且大概是由电来分解,而水将成为一种强大的、易于操纵的力量,因为,所有的重大发现,似乎都是通过一种难以解释的法则在相互协调又同时在彼此补充。是的,朋友们,我认为有朝一日水将用作燃料,构成它的氢气和氧气将分别或同时使用,提供一种用之不竭的热源或光源,而其强度是煤所不具备的。总有一天,蒸汽船的储煤室和火车头的煤水车里装的不是煤,而是这两种压缩气体,它们在炉子里燃烧时将产生巨大的热量。因此,根本不用担心。只要这片大地上有人居住,它就会满足其居民的需要,而他们将永远都不会缺乏光和热,就像不会缺乏植物界、矿物界和动物界的产品一样,所以我认为,等煤层开采完了,人们就会用水来加热和取暖,水是未来的煤。"

"我希望能看到这一情形。"水手说。

"你出生得太早了,彭克洛夫。"纳布答道,在这场讨论中,这句话是他唯一的一次发言。

然而,并不是纳布的话结束了谈话,而是托普的叫声,而且这叫声又重新响了起来,外加声调怪异,是曾经引起工程师注意的那种。与此同时,托普又重新围着井口打起转来,而那井口开在室内走廊的尽头。

"托普干吗又这么叫了?"彭克洛夫问。

"而朱普怎么也这么叫呢?"哈伯特补充道。

的确,猩猩和狗一起,在发出无疑是很激动的信号,仔细听听又很怪,这两只动物多半是不安,而不是被激怒。

"很显然,"杰丁·斯皮莱说,"这口井是直接通到大海的,而有某只海洋动物不时地到井底来呼吸。"

"很明显是这么回事,"水手答道,"没别的解释……得啦,住嘴吧,托普,"彭克洛夫转身对着托普补充道,"而你,朱普,回房间去。"

猩猩和狗都不作声了。朱普回去睡觉了,但托普留在了客厅里。这狗整晚都在不断发出低沉的吠声。

已不可能是什么事故,然而工程师却感到忧虑。

在七月份剩下的日子里,不是下雨,就是天冷。温度不如去年冬天低,最低温度没超过华氏8度(零下13.3℃)。虽说今冬没那么冷,可起码有暴风雪和阵风的骚扰,还有海水的猛攻,它不止一次地使"烟囱"受损。看来是某种海底震荡引起的海啸,掀起了这些惊涛骇浪,并把它们往花岗岩宫的石壁上猛推。当移殖民们趴在窗口,观察着这滚滚巨浪在他们眼皮子底下撞碎时,他们无法不赞赏太平洋的无可奈何的狂怒所形成的这壮观场面。

波涛被弹回,形成耀眼的浪花,整个海滩被这场狂怒的洪水淹没,而高原像是浮出在海面上,水沫升到一百多英尺的高度。

在这暴风雨期间,冒险在路上行走是很困难的,甚至是很危险的,因为经常有树木被刮倒。可移殖民们从没有一星期不去查看畜栏,幸好这块圈地有富兰克林峰的东南山梁分支遮挡,没过多地经受狂风暴雨的袭击,树木、牲畜棚和栅栏保住了。但建在眺望岗上的家禽饲养场,因直接对着东风,损失相当严重。鸽子棚两次被掀顶,栅栏也同样被刮倒。所有这些需要以更结实的方式进行修理,因为,显而易见,林肯岛正位于太平洋最险恶的海域,它真像是波及面广阔的龙卷风的中心,龙卷风如鞭子抽打陀螺般地抽打着它。只是在这里,静止不动的是陀螺,而旋转的却是鞭子。

在八月的头一周里,狂风渐趋平息,而大气也恢复了它那似乎一度失去过的平静。温度则随着下降,天气又变得异常寒冷,温度计降到了华氏零下8度(零下22℃)。

8月3日,他们去岛的东南部——冠鸭沼地所在的方向作了一次远足,这次远足已计划了数日。猎人们受到了所有在那里过冬的水栖动物的诱惑。野鸭、沙锥、针尾鸭和水鸭不计其数。于是他们决定,要用一天时间来讨伐这些水禽。

参加这次讨伐的,不仅有杰丁·斯皮莱和哈伯特,还有彭克洛夫和纳布。只有赛勒斯·史密斯借口有活要干,没加入他们的行列,而是留在了花岗岩宫。

猎人们于是取道气球港前往沼地,并答应天黑前回来,托普和朱普也随着去了。等他们一过感恩河桥,工程师就将桥吊起,然后便返回,想着要实施一项他想单独进行的计划。

这项计划就是要仔细勘察一下那口内井。那井的上端与花岗岩宫的过道齐平,而它本身与大海相通,因为它从前是用来作为湖水的下水道的。

托普为何如此经常地围着这井口转呢?当一种烦躁不安的情绪把它引向井口时,它为何要发出如此奇怪的叫声呢?为何朱普也和托普一样处于惶惶不安的状态呢?这口井除了垂直通向大海,是否还有别的支路呢?它是否向岛的其他部分分出了许多岔道呢?这正是赛勒斯·史密斯想知道的,而且是想自己一个人先知道。他于是决定趁同伴们不在时尝试着勘察一下这口井,而做此事的机会出现了。

下到井底并不难,用绳梯即可,自从安装了升降机,它已被搁置不用了,而且它的长度足够。工程师正是这样做的。他把绳梯拽到井口,井口的直径为六英尺左右。他把绳梯的上端牢牢地拴住后,便让它展开,接着点亮一盏灯,拿上一支手枪,并在腰间别上一把刀,然后走下绳梯的头几级。

井壁是平的,不过每隔一段距离会有一些岩石的突起,利用这些突起,一只灵巧的生灵确实有可能攀升到井口。

工程师留意到了这一点,可他将灯在这些突起上仔细地、来回地移动时,却没发现任何痕迹和断口,而这些痕迹和断口有可能使人联想到过去和最近它们曾被用来攀爬过。

赛勒斯·史密斯下得更深了,同时用灯照亮井壁的每一处。

他没见到任何可疑的东西。

当工程师到达最后几级时,他触到了水面,而水面完全是平静的。无论是水面,还是井的其他部位,都没有可通向高地内部的侧面通道。工程师用刀柄敲了敲井壁,听出井壁是实心的,这是结构紧密的花岗岩,任何活物都无法从中开辟出一条路来。要想到达井底,然后升到井口,就必须通过这个总是浸在水中、使这口井越过海滩的地下岩石层和大海相通的水道。而这只有海洋动物才能做到。至于要想知道这水道通向哪里,到达海岸的哪一处,在波浪下面有多深,这个问题则无法解决。

于是赛勒斯·史密斯结束了勘察,又重新登了上来,他抽走梯子,盖好井口,若有所思地回到了花岗岩宫的大厅,一边自言自语:

"我什么也没看到,但肯定有东西!"

第 12 章

小船的帆缆索具——狐狸的一次袭击——朱普受伤——朱普养伤——朱普痊愈——造船完工——彭克洛夫的胜利——"好运"号——在小岛南面的首次试航——一封漂流瓶中的信件

猎人们当天晚上回来了,他们猎到了好多野味,用书面语来说就是"满载而归"。凡四个人能带回来的,他们都带回来了。托普脖子上挂了一串针尾鸭,朱普腰间缠了一圈沙锥。

"喂,我的主人,"纳布嚷道,"这下子我们的时间足可以打发了！罐头肉呀、肉酱呀,我们会有好吃的储备食品啦！不过得有人帮帮我,我就指望你了,彭克洛夫。"

"不行,纳布,"水手说,"我得给船配备帆缆索具,而您会很愿意放过我的。"

"那您呢,哈伯特先生?"

"我么,纳布,我明天得去畜栏。"小伙子回答。

"那么就将是您来帮我了,斯皮莱先生?"

"那就帮帮你吧,纳布。"记者回答,"不过我告诉你,如果你向我透露你的食品制法,我可是要公布于众的。"

"随您的便,斯皮莱先生。"纳布答道,"随您的便！"

就这样,杰丁·斯皮莱成了纳布的助手,就职于烹饪实验室。不过此前,工程师已把自己前一天的勘探结果告诉了他。在这方面,记者赞同赛勒斯·史密斯的意见:尽管他什么也没找到,仍然有秘密需要揭开！

寒冷又持续了一周,移殖民们没离开过花岗岩宫,除了去照料家禽饲养场。居所香喷喷的,充满了好闻的味道,那是纳布和记者在熟练操作时散发出的。不过并不是在沼地猎到的全部野味都被制成了罐头食品,而因为在隆冬季节野味可以保存得很好,所以野鸭和其他的一些水禽就趁新鲜吃了,而且据称它们的味道要好过世上所有其他水生动物。

在这一周里,彭克洛夫在能灵巧使用缝帆针的哈伯特的帮助下,干劲十足,于是船帆缝制完了。而大麻绳索也不缺,因为在找到气球囊的同时,还找到了帆缆索具。气球网的缆绳是用优质麻做的,水手便加以利用了。船帆被加上了结实的帆边绳,剩下的缆绳还足够制作升降索、护桅索和帆脚索之类的。至于船上的滑车装置,按照彭克洛夫的建议,赛勒斯·史密斯用他先前安装的车床制作了必要的滑车。这样一来,船还没完工,帆缆索具倒已完全配备好了。彭克洛夫甚至还竖起了一面红、蓝、白的国旗,而这三种颜色是由岛上盛产的染料植物提供的。只是,除了有通常在美国船的旗帜上闪耀的代表合众国的三十七个州的三十七颗星之外,水手还加上了第三十八颗星,即代表"林肯州"的星,因为,他已把它视为伟大共和国的一部分了。

"尽管它在事实上不是,"他说,"可它在我们心中已经是了。"

这面旗暂且竖在了花岗岩宫正中的窗户上,移殖民们冲着它三声高呼,以表致敬。此时,寒冷的季节即将结束,这第二个冬天像是要安然无恙地度过了,不料在8月11日夜里,眺望岗却险遭彻底破坏。

在忙忙碌碌了一天之后,移殖民们沉沉入睡了,可在凌晨四点左右,他们突然被托普的叫声吵醒了。这次狗没在井口边而是在门口叫,它扑在门上,像是要破门而出。朱普那边也发出了尖叫声。

"得啦,托普!"纳布喊道,他第一个被吵醒了。

但狗仍然在叫,而且叫声更加狂怒了。

"怎么啦?"赛勒斯·史密斯问。

于是大家都急忙穿上衣服,冲过去打开了窗户。

展现在他们眼下的是一层雪,因为那天夜里很黑,白色勉强可见。移殖民们什么也看不清,可他们听到暗影中有奇怪的叫声。很显然,沙滩被一定数量的动物入侵了,可他们无法辨清它们。

"是什么动物?"彭克洛夫喊道。

"是狼、美洲豹或者猴子!"纳布回答。

"见鬼!它们会到高地上面来的!"记者说。

"那我们的家禽饲养场和我们的菜园怎么办?"哈伯特嚷道。

"它们是从哪儿过来的?"彭克洛夫问道。

"他们可能是从沙滩上的吊桥过来的,"工程师回答,"我们当中有人大概忘记把它关闭了。"

"的确,"斯皮莱说,"我想起来了,是我让它开着的。"

"看您干的好事,斯皮莱先生!"水手嚷道。

"事已至此,"赛勒斯·史密斯答道,"还是来想想该怎么办吧。"

这就是赛勒斯·史密斯及其同伴们之间匆匆交换的问与答。毫无疑问,那些动物已经过了吊桥,入侵了沙滩,而不管它们是什么动物,反正它们都有可能沿感恩河左岸而上,到达眺望岗,得赶走它们,必要时还得和它们斗。

"可那都是些什么动物?"当它们叫得更起劲时,有人又这样问道。

这叫声令哈伯特一颤,他记得自己第一次去勘察红河的源头时曾听到过。"是狐狸,是狐狸!"他说。

"走吧!"水手喊道。

于是大家手持斧子、卡宾枪和手枪,冲进升降机,下到了沙滩上。当狐狸数量众多、饥饿难忍时,是一种很危险的动物。移殖民们毫不犹豫地冲进狐群,用手枪射击,头几枪在黑暗中发出的闪电般的光,吓退了第一批狐狸。

至关紧要的是要阻止这些掠夺者爬上眺望岗,因为菜园和家禽饲养场都有可能遭到它们的肆意践踏,从而造成巨大的也许是无法弥补的损失,尤其是那片麦田千万要保护好。但要入侵眺望岗,只能通过感恩河左岸,所以,只需在河流和花岗岩峭壁之间的那一部分狭窄的陡岸上,筑起一道屏障来挡住狐狸便可。这点大家都明白,赛勒斯·史密斯一声令下,他们便到达指定地点,这时狐群正在暗影中蹦跳。

于是,赛勒斯·史密斯、杰丁·斯皮莱、哈伯特、彭克洛夫和纳布,布成了一道无法逾越的防线。托普张开它那可怕的嘴,站在移殖民们的前面,朱普则紧跟着它,像挥舞狼牙棒似的挥舞着一根带结的短木棍。

天黑得伸手不见五指。只有借着射击时发出的微光,才能看见进攻者,它们起码有上百只,眼睛如炭火般闪烁。

"绝不能让它们过去!"彭克洛夫喊道。

"它们过不去的!"工程师答道。

狐群虽然过不去,却没少尝试。后面的一个劲儿推前面的,于是战斗不止,不是用枪射,就是用斧子砍,地上已满是狐狸的尸体,可是狐群却好像没缩小,似乎是通过吊桥这一途径它们不断得到了增援。

很快地,移殖民们就不得不进行肉搏战了。他们都受了些伤,幸好只是些轻伤。一只狐狸小猫似的扑到了纳布的背上,哈伯特一枪帮他摆脱掉了。托普的搏斗劲儿实在凶猛,它扑过去卡住狐狸的喉咙,并将它们一下子咬死。朱普拿棍作武器狠命地打,想让它待在后面根本就是白搭。它大概具有穿透黑暗的视力,总是在战斗最激烈的地方,而且不时地发出尖叫声,这对它来说是极度兴奋的表示。有时,它往前走得很远,在枪击的闪光下,能看到它竟被五六只大狐狸围住,可它勇敢抵抗,表现出罕有的沉着冷静。

此时,搏斗该以移殖民们的胜利而告终了,可那是在他们整整抵抗了两个小时之后！黎明的曙光想必决定了进攻者的撤退,它们越过吊桥向北逃去,纳布赶紧跑过去将吊桥拉起。

当阳光把战场照得足够亮时,移殖民们清点到五十多具分散在沙滩上的尸体。

"朱普呢?"彭克洛夫喊道,"朱普在哪儿?"

朱普不见了。它的朋友纳布到处呼唤它,朱普这是头一回没有回应。

每个人都开始寻找朱普,生怕会在死尸中找到它。大家清理了有尸体的场地,血把雪地都染红了。朱普确实是在一堆狐狸的尸体中找到的,它的颌碎了,腰折了,这证明,那些不屈不挠的动物伤了他。可怜的朱普手中还握着一截棍子,它在失去了武器后便寡不敌众,胸口被抓出了几道深深的伤痕。

"它还活着！"纳布喊道,并朝它俯下了身子。

"我们得救它,"水手说道,"我们要把它当作我们中的一员来照料！"

朱普仿佛听懂了,它把脑袋靠在水手的肩膀上,像是表示感激。水手自己也受了伤,可他的伤和他同伴们的伤一样,都是无关紧要的,多亏他们手中有火器,几乎总是能和进攻者保持距离。只有猩猩伤势严重。

朱普被纳布和彭克洛夫一直抬进了升降机。它嘴里发出了微弱的、几乎听不到的呻吟声。他们使它缓缓地升到了花岗岩宫。在那里,它被安放在一张从床上拿来的垫子上。而它的伤口得到了极其仔细的清洗。它似乎并没有伤到某个重要器官,但因为失血过多,身体十分虚弱,体温也相当高。

包扎完伤口后,他们让它躺下,并给它制定了严格的食谱,"一切就像对一个人一样。"纳布说。他还让它喝了几杯清凉茶,其配料是由花岗岩宫的植物药品橱提供的。

朱普起先睡得很不安稳,可是渐渐地,它的呼吸变得比较均匀了,他们让它在最为安静的环境中休息。托普不时地可谓是"踮起脚尖"走过来看它的朋友,而且似乎也很赞成对它的全部照料。

朱普的一只手垂到了床外,托普就去舔它,一副后悔莫及的样子。

当天早晨,大家着手掩埋尸体,那些尸体被运到了远西森林,并在那里进行了深埋。这次进攻差点造成十分严重的后果,它对移殖民们来说是一次教训。从今往后,他们在就寝前,必定要派一个人去查看所有的桥是否被吊起,以确保不会受到任何侵犯。

这期间,朱普先是让人着实担忧了几天,但它顽强地和伤痛作着斗争。

它的体质占了上风,烧渐渐退了。略懂医学的杰丁·斯皮莱很快就认为它已脱离危险了。8月16日,朱普开始进食。纳布常给它做一些好吃的小甜点心,病人吃得津津有味。如果说它有个小缺点的话,那就是它有点贪吃,而纳布从不说点什么来纠正它这个缺点。

"你要怎样?"纳布对杰丁·斯皮莱说,因为杰丁·斯皮莱有时责备纳布把朱普宠坏了,"除了吃,它没别的乐趣,这可怜的朱普,能这样来感谢它的效劳,我真是太高兴了!"

卧床十天后,朱普师傅下地了。它的伤口已结疤。而且显然它很快就会恢复惯有的灵活和强健。像所有正在康复的病人一样,它饥饿难熬,于是记者让它随心所欲地吃,因为他相信,有理性的人类经常地会暴饮暴食,而猩猩反倒具有节制饮食的本能。纳布看到自己的徒弟恢复了健康,不禁欣喜万分。"吃吧,"他对它说,"我的朱普,把这都吃了!你为我们流了血,至少我要帮你把这点血再造出来!"

终于,8月25日那天,只听得纳布在叫他的同伴们。

"赛勒斯先生,杰丁先生,哈伯特先生,彭克洛夫先生,来呀!来呀!"

聚在大厅里的移殖民们,听到纳布的呼喊都站了起来,纳布当时正在朱普的房间里。

"有什么事"?记者问道。

"你们看!"纳布回答,同时发出了一阵哈哈大笑。

他们看见了什么?朱普师傅在泰然自若、一本正经地抽烟,而且是像土耳其人那样蹲在门槛上!

"我的烟斗!"彭克洛夫喊道,"它拿了我的烟斗!啊!我勇敢的朱普,我就把它作为礼物送给你吧!抽吧,我的朋友,抽吧!"

而朱普在郑重其事地吞云吐雾,这似乎能使它获得无与伦比的快感。

赛勒斯·史密斯对这一事件倒并不显得很惊奇,而且他还举出了几个猴子被驯化的例子,对那些猴子来说,抽烟已成了家常便饭。

不过从那天起,朱普师傅便有了自己的烟斗,即水手原先的烟斗,它被挂在朱普师傅的房间里,挨着它备用的烟草。它自己装烟斗,并用一块烧红的炭将它点着,然后便仿佛是最幸福的四手动物。大家想得对,高尚的朱普和忠厚的水手之间本来已是亲密无间,充满友爱,共同的嗜好只能使他们的这种关系更加密切。

"这也许是个人,"彭克洛夫有时对纳布说,"如果有一天,它对我们开口说话,你会感到奇怪吗?"

"肯定不会,"纳布回答,"我感到奇怪的是它不会说话,因为,不管怎样,它就差会说话啦!"

"我还是会被逗乐的,"水手又说,"如果某一天它对我说:'我们换换烟斗吧,彭克洛夫!'"

"是呀,"纳布答道,"不幸的是,它生下来就是个哑巴!"

一到九月,冬季也就结束了,大家又热情似火地继续各项工程。

造船工程进展迅速。船壳板已完全装上,里面则装上肋骨,把船壳的各个部分都连接上,所用肋骨是用水蒸气熏软的,它们与所有的尺寸相符。因为不缺木料,彭克洛夫建议工程师在船壳里面用双层密封护板,以百分之百保证船的结实耐用。

赛勒斯·史密斯因无法预料未来的情况,便赞成水手的意见,尽量把船造得结实。

9月15日左右,船的内壁和甲板全部完工。为了嵌填船缝,他们用干海藻做成填料,并将填料用木槌打进船壳板、甲板和内壁之间去。然后,这些缝用煮沸的松脂覆盖住,而森林里的松树提供了大量的松脂。

船的布置再简单不过。先是用沉重的花岗岩石块压舱,这些石块被砌在一个石灰槽里,重达1.2万磅左右。这压舱物上被铺上一块甲板,船的内部被分成两个房间,两张充当衣箱的长凳靠边放置。桅杆的基部得支撑两个房间之间的隔板,而进房间则通过两个舱门,舱门则冲着甲板,并装有油布。

彭克洛夫轻而易举地便找到了一棵适合做桅杆的树。他选了一棵笔直无节的小冷杉,他只需使它的桅座成方形,并把它的顶端弄圆就行。桅杆、船舵和船壳的金属配件虽然粗糙,但都很结实,它们是用"烟囱"的炼铁炉制造的。最后是帆架、桅栓、帆杠、风杆和船桨等,一切都在十月份的第一周里完工了,大家商定,在岛的周围试船,以确认船的海上航行情况和可信任程度。

在此期间,那些必要的工程并没有被忽略。畜栏扩建了,因为岩羊和小羊群中有了一定数量的小羊,得供它们吃住。移殖民们也没忘了去牡蛎场、兔场、煤矿和铁矿,以及至今尚未勘察的远西森林的几个部分,那里猎物甚多。

又找到了一些本地特有的植物,虽然它们目前没什么用,但有助于使花岗岩宫的植物储备多样化。都是些杏属植物,有的类似于在好望角生长的那种,其肉质叶可食用,有的则结含淀粉的籽粒。

10月10日,船下海了。彭克洛夫喜气洋洋。操作过程十分成功。配备上帆缆索具的船被用滚筒推到海岸边,一挨着上涨的海水,便漂浮了起来,移

神秘岛

殖民们报以掌声,彭克洛夫的掌声尤其响,在这一场合他表现得一点也不谦虚。况且,船完工后,他的虚荣心也不会消失,因为,他将奉命指挥它,大家一致同意授予他船长的头衔。

为了使彭克洛夫船长满意,首先得给船命名。大家提了好几个建议,又讨论了很久,最后一致赞成"好运"号这一名字,那是忠厚的水手提出的。

"好运"号一被上涨的潮水托起,便可看出,它完全能待在它的吃水线内,而且不管什么航向它都将行驶得不错。

此外,试航将于当天在海岸的外海进行。天清气朗,微风送爽,大海随和,尤其是在南海岸,因为西北风已刮了一个小时。

"上船!上船!"彭克洛夫船长喊道。

可出发前得吃午饭,甚至带些食物上船为好,万一试航要一直持续到晚

为了使彭克洛夫船长满意,首先得给船命名。大家提了好几个建议,又讨论了很久,最后一致赞成"好运"号这一名字。

上呢。

工程师也急于要试试船的性能,因为其平面图是出自他的手,尽管根据水手的建议,他常常对某些部分做出修改。可他对它却不像彭克洛夫那般有信心,而且,鉴于那位已不再提塔波尔岛之行,赛勒斯·史密斯甚至希望他已放弃了这个计划。的确,他很不高兴看到自己的两三位同伴乘坐这条船到远方去冒险,因为它是那么小,吨位不超过十五吨。

十点半,全体上了船,甚至包括朱普和托普。纳布和哈伯特起锚,锚就在感恩河河口附近的沙地上。船帆被张起,林肯岛的旗帜在桅杆顶上飘扬,由彭克洛夫驾驶的"好运"号出海了。

为了驶出合众国湾,首先得倒着航行。他们看出,在这个航向上,船速是令人满意的。

绕过漂流物岬头和爪形海角,彭克洛夫不得不避风航行,以沿着岛的西海岸前进。驶出一段直线距离后,他观察到"好运"号能走到五个向位左右,而且能经受得住偏航。它掉头没问题,按水手们的说法,能"猛烈转舵",而且在转向时能逆风航行。

"好运"号的乘客们由衷地感到高兴。他们有了一条好船,在必要时,它能给他们大帮助。而且,在这风和日丽的日子里,乘着它在海上兜兜风是很悦人的。

彭克洛夫操纵着船在离海岸三四海里处,在气球港附近的外海上行驶。林肯岛于是展现出全貌,而且是一副新貌,从爪形角直到蛇尾岬角的海岸,景象千变万化。在它的森林近景中,针叶树和刚刚抽芽的其他树的新叶形成对照,而富兰克林峰俯视全岛,峰顶上白雪皑皑。

"多美呀!"哈伯特喊道。

"我们的岛既美丽又富饶,"彭克洛夫回答,"我爱它就像爱我那可怜的母亲!它接纳了我们,而我们当时既可怜又什么都没有,而现在这五个从天而降的孩子还缺什么呢?"

"什么都不缺!"纳布回答,"什么都不缺了,船长!"

两位正直善良的人大声欢呼了三声,以向他们的岛致敬!

在这段时间里,杰丁·斯皮莱倚着桅杆的底座,在画展现在他眼前的景致。赛勒斯·史密斯默默地看着。

"喂,赛勒斯先生,"彭克洛夫问道,"您认为我们的船怎么样?"

"它似乎行驶得不错。"工程师回答。

"那好!您现在是不是觉得它能做一次短期旅行?"

"什么旅行,彭克洛夫?"

"比如说,去塔波尔岛?"

"我的朋友,"工程师回答,"我认为,如果情况紧急,就应当毫不犹豫地信赖'好运'号,哪怕是去做一次为时较长的航行。可是要知道,眼睁睁地看着你们去塔波尔岛我会难过的,又不是非去不可。"

"谁都喜欢认识一下自己的邻居,"彭克洛夫回答,他这个人很固执己见,"塔波尔岛是我们的邻居,而且是唯一的邻居,至少出于礼貌也应当去拜访一下!"

"真怪了!"杰丁·斯皮莱说,"我们的朋友彭克洛夫居然也严格按行为准则办事了!"

"我根本不是在按什么准则办事。"水手反驳道,工程师的反对意见有些令他不快,但他也不想让工程师难过。

"想想吧,彭克洛夫,"赛勒斯·史密斯答道,"您是不可能一个人去塔波尔岛的。"

"只要有一个旅伴就够了。"

"就算是一个,"工程师答道,"那样的话,您不就有可能让林肯岛上的移殖民群体失去了五分之二的成员吗?"

"是六分之二!"彭克洛夫答道,"你忘了朱普。"

"是七分之二!"纳布补充道,"托普丝毫不亚于另一个。"

"不会有危险的,赛勒斯先生。"彭克洛夫又说道。

"这有可能,彭克洛夫,可我再对您说一遍,这是不必要的冒险!"

执拗的水手没答话,任由谈话冷落下去,他决定以后再继续。可他几乎没料到,将会有一个小事件来给他帮忙,并把一个无论如何都是有些争议的心血来潮的想法,变成了一个善行。

"好运"号在外海待了一阵后,便向海岸靠拢,朝气球港驶去。必须检查一下沙滩和礁石之间的航道,以便在必要时在其中设置信标,因为这小港湾将成为船的停泊港。

他们距海岸只有半海里了,得逆风行驶才能顶风靠岸。"好运"号的速度被大大降低了,因为微风被高地挡住了一部分,几乎鼓不起帆来。此时,大海平如明镜,只有反复无常的微风拂过时,才会泛起涟漪。

哈伯特站在船头,以便指明航道,不料他突然喊了起来:

"掉转船头迎风行驶,彭克洛夫,掉转船头迎风行驶!"

"怎么啦?"水手站起来喊道,"有岩石吗?"

"不是的……等等,"哈伯特说,"我看不太清楚……再掉转船头迎风行驶……过来一点……"

哈伯特说着,趴在船边上,迅速把胳膊伸进水里,然后又站起来喊道:"有只瓶子!"

他手里拿着一只封口的瓶子,是他刚刚在距海岸几链的地方抓住的。

赛勒斯·史密斯接过瓶子,连话都没说一句,就把瓶塞撬掉了,然后他从中抽出一张潮湿的纸来,只见上面写着这样一行字:

落难……塔波尔岛:西经153°、南纬37°11′。

哈伯特说着,趴在船边上,迅速把胳膊伸进水里,然后又站起来喊道:"有只瓶子!"

第 13 章

决定出发——推测——准备工作——三位乘客——第一夜——第二夜——塔波尔岛——海滩搜寻——林下搜寻——无人——动物——植物——一个住所——是空的

"一个落难者!"彭克洛夫喊道,"他被抛弃在离我们几百海里的塔波尔岛上!啊!赛勒斯先生,您现在不会再反对我的旅行计划了吧!"

"不会了,彭克洛夫,"赛勒斯·史密斯答道,"而且你们要尽早出发。"

"明天就走?"

"明天就走。"

工程师手里拿着那张他刚才从瓶子里抽出来的纸,沉吟了片刻,接着又说道:

"根据这封信,朋友们,"他说,"甚至根据信的措辞,首先应该得出如下结论:第一,塔波尔岛的落难者是个有相当先进的航海知识的人,因为他能提供岛的经度和纬度,而且它们完全符合我们所得知的,甚至连几度几分都近似。第二,他是英国人或美国人,因为信是用英文写的。"

"这完全合乎逻辑,"杰丁·斯皮莱答道,"这位落难者的存在,说明了那只箱子到达林肯岛的海滩上的原因:发生过海难,有位落难者。至于这位落难者,不管他是谁,总之是幸运的,因为彭克洛夫想到要造这条船,而且想到就在今天试航,而若是晚一天的话,这个瓶子就有可能在礁石上撞碎了。"

"的确很走运,"哈伯特说,"'好运'号从那儿经过时,那瓶子恰恰在那儿漂着!"

"您不觉得这很奇怪吗?"赛勒斯·史密斯问彭克洛夫。

"我觉得很幸运,仅此而已,"水手回答,"难道您从中看出了什么非同寻常之事?这个瓶子嘛,它反正是要漂到某处的,那为什么就不能漂到这儿,而非要漂到别处去呢?"

"您也许是对的,彭克洛夫,"工程师回答道,"可是……"

"不过,"哈伯特提醒道,"没什么能证明这瓶子在海上已漂了很久吧?"

"没什么能证明,"杰丁·斯皮莱答道,"甚至信都显得是最近写的,这您怎么看?赛勒斯?"

"这点很难核实,不过我们会知道的!"赛勒斯·史密斯回答。

交谈期间,彭克洛夫并没闲待着。他已掉转船头,于是"好运"号在满后侧风下,鼓起所有的帆,飞快地朝爪形海角驶去。每个人都在想着塔波尔岛上的那位落难者。还来得及去救他吗?这可是移殖民们生活中的一件大事!其实他们自己也是落难者,但恐怕那位不像他们那么幸运,所以他们有责任去救他。

绕过爪形海角,"好运"号于四点左右在感恩河河口抛锚。

当天晚上,对这次新的探险旅行作了详细安排。彭克洛夫和哈伯特懂得驾驶船,看来让他俩去做这次旅行是合适的。翌日是10月11日,若在这天出发,他们就有可能在13日白天到达,因为有风,所以最多也就花上四十八个小时便可穿越一百五十海里了。在岛上待一天,返程需三四天,这样便可指望他们于17日回林肯岛了。天气晴好,气温逐步回升,风向似乎不会再变,一切因素都有利于这两位正直善良的人,出于人道主义的义务,远离自己的岛,去做一次远航。

于是大家商定,工程师、纳布和记者留在花岗岩宫,可是杰丁·斯皮莱提出请求,作为《纽约先驱报》的记者,他并没忘记自己的职责。他声称,他宁可泅水去,也不愿错过这个机会,于是他被获准一同前往。

他们利用晚上的时间把一些东西搬到船上,这些东西是:几件卧具、一些器皿、一些武器弹药、一个罗盘,还有够吃一周的粮食。船很快就装好了,移殖民们又回到了花岗岩宫。

翌日清晨五点,大家互相告别,而双方的心情不免都有些激动。然后,彭克洛夫扬帆驶向爪形海角,他将绕过它,直接走西南方向的水路。

"好运"号驶离海岸四分之一海里时,它的乘客们望见花岗岩宫顶上有两个人,他们在向他们挥手道别,这是赛勒斯·史密斯和纳布。

"我的朋友们!"杰丁·斯皮莱喊道,"这可是我们十五个月来的第一次分别!……"

彭克洛夫、记者和哈伯特最后又挥了一下手,接着花岗岩宫很快便消失在了海角的高大的岩石后面。

在白天的头几个小时里,从"好运"号上始终能望见林肯岛的南海岸,而这岛很快就显得像只绿色花篮,富兰克林峰则从中冒出。因为远,它变得矮小了,似乎不大能吸引船只到它那里去靠岸。

一点左右,他们越过蛇尾岬角,那是在外海十海里处。从这个距离上,已不能辨清西海岸上的任何东西,而西海岸一直延伸到富兰克林峰的那些圆形山顶。三小时后,林肯岛的一切都消失在了他们的视线中。

"好运"号行驶状况良好。它轻松地驶于浪涛之上,飞速前进。彭克洛夫扯起了它的前帆,并按罗盘所指,走直线。

哈伯特不时地来替他掌舵。年轻人掌得那样稳当,从没有出现过偏驶,水手对他无可指责。杰丁·斯皮莱轮流和他们聊天,必要时,他也会亲自驾驶。彭克洛夫船长对他的船员们非常满意,他根本不用对他们说"每抢风航行一次奖赏一小瓶酒"。

晚上,要到16日才处于第一个月相的新月,在黄昏中出现了,但又很快消失了。夜黑沉沉的,但星斗满天,预示着翌日又是个大晴天。

出于谨慎,彭克洛夫放下了帆,他可不想因为桅杆顶上的帆而招来过大的海风。在这样宁静的夜里此举未免过于谨慎,可彭克洛夫是个谨慎的水手,这让人无法去指责他。

记者夜里睡了一阵。彭克洛夫和哈伯特则轮流掌舵,他们每隔两个小时换一次班。水手像信任自己一样地信任哈伯特,他的信任来自小伙子的冷静和理智。彭克洛夫给哈伯特指着路,一如一位船长给他的舵工指路,而哈伯特不让"好运"号有丝毫的偏航。一夜无事,10月22日的白天也没出现什么新情况。这整整一天,都严格地保持着西南方向。"好运"号如果就这样行驶下去的话,它将正好在塔波尔岛靠岸。

至于这艘船正在穿越的这片大海,绝对是荒凉的。有时会有某只大鸟,如信天翁或军舰鸟,飞过步枪的射程。记者便寻思,这是否就是那只能干的飞禽呢,它带走了他写给《纽约先驱报》的最新的专栏文章。塔波尔岛和林肯岛之间的这片海域,似乎只有这类鸟经常来光顾。

"然而,"哈伯特指出,"这个时期通常会有捕鲸队到太平洋南部来。所以我不相信会有一片如此之荒凉的海!"

"它哪里有这么荒凉呢?"彭克洛夫答道。

"您这是什么意思?"记者问。

"不是有我们在嘛!您莫非把我们的船当成了残骸,而把我们这些人当成了鲸鱼?"彭克洛夫竟被自己的玩笑话逗乐了。

到了晚上,据估计可认为,"好运"号自从林肯岛出发以来,即自三十六个小时以来,行程已达一百二十海里,由此得出,时速约为3.1海里。海风已变弱,有平息的趋势。如果估计正确、方向对头的话,似可指望,翌日拂晓时便可辨出塔波尔岛。

因此,从10月12日到13日的夜晚,记者、哈伯特、彭克洛夫都没睡觉。在对翌日的等待中,他们的心情太激动,简直无法抑制,他们尝试的这件事中有太多的不确定因素!他们临近塔波尔岛了吗?他们要去救助的那位落难者还住在岛上吗?此人是谁?他的存在是否会在他们这个移殖民小群体中造成某种不和呢?而至今为止他们一直是很团结的。再说,他是否同意换一座监狱呢?所有这些问题翌日大概都会得到解决,而他们却为此一夜无眠。天刚蒙蒙亮,他们就把目光依次盯住了西面地平线上的每一个点。"陆地!"凌晨六点左右,彭克洛夫喊道。

要说彭克洛夫会搞错,这是不可能的,所以,很显然那就是陆地。

想象一下"好运"号的这个小小的团队该有多高兴吧!用不了几个小时,他们就会上岸了!

塔波尔岛的海岸很低,勉强露出在海面上。它现在离他们至多也就是十五海里了。"好运"号的航向并非完全在岛的南面,于是它便被拨正了。太阳渐渐升起,有几座山顶显现出来。

"这只不过是个小岛,而且比林肯岛小多了。"哈伯特说道,"它大概和林肯岛一样,是由于海底上升引起的。"

上午十一点,"好运"号离该岛仅两海里了,彭克洛夫一边寻找航道靠岸,一边小心翼翼地行驶在这片陌生的海面上。

小岛已一览无余,上面有一丛丛青翠的橡胶树和其他一些参天大树,它们和长在林肯岛上的那些种类相同。不过令人感到惊讶的是,不见有能表明小岛有人居住的炊烟升起,也不见有任何信号出现在沿海地带的任何一处!然而信上写得很明确:有一位落难者。那这位落难者想必埋伏起来了?

此时,"好运"号冒险在礁石之间的、相当不规则的航道中行驶,彭克洛夫全神贯注地观察着那些蜿蜒曲折之处。他让哈伯特掌舵,自己则站在船头察看水流情况,并手握吊绳,准备下帆。杰丁·斯皮莱则举着望远镜搜索整个沿海地带,但一无所获。时近中午,"好运"号的艄柱终于触到了一片沙滩。抛锚、收帆后,小船上的全体人员上了岸。

无须怀疑,这正是塔波尔岛,因为根据最新出版的地图,在新西兰和美洲海岸之间的这部分太平洋上,并不存在任何其他岛屿。

小船被牢牢系住,免得海水退潮时将它带走。然后,彭克洛夫和他的两位同伴武装好,沿海岸而上,打算登上一个火山锥。这火山锥高度为二百五十至三百英尺,耸立在半海里处。

"从这个山冈顶上,"杰丁·斯皮莱说,"我们大概能粗略地了解一下这个小岛,这样搜索起来就方便了。"

"我们在这里所做的,"哈伯特说道,"也正是赛勒斯先生一开始在林肯岛上所做的,他当时登上了富兰克林峰。"

"做法一样,"记者回答,"而且这是最佳做法!"

探险者们边聊,边沿着一片草地的边缘前进,这片草地终止于火山锥的脚下。一群群岩鸽和海鸥在他们面前振翅飞去,它们类似于林肯岛上的那些。一片树林在草地的左方延伸。他们听到林下有荆棘的簌簌声,他们还隐约看见青草在抖动,这表明草里有非常胆怯的动物,但直到那时为止,没什么能表明岛上有人居住。

到了火山锥的脚下,彭克洛夫、哈伯特和杰丁·斯皮莱不多一会儿就爬了上去,他们用目光扫视着地平线的每一处。他们的确是在一个小岛上,它的周长超不过六海里,它的四周海角或海岬、港湾或海湾都不多,整个岛呈一个拉长的椭圆形。周围是一片十分荒凉、一直延伸到天边的大海。视野中没有一片陆地,也没有一叶帆!

这个小岛的表面都是树,不像林肯岛上那样多样化,林肯岛的一部分是干旱而荒芜的,另一部分则是肥沃而富饶的。而这里却是均匀一致的绿色,其中有两三座不太高的山冈。一条小溪在一片草地上流淌,它斜向地穿过椭圆形的岛,在西海岸上通过一个狭窄的河口注入大海。

"范围很有限。"哈伯特说。

"是的,"彭克洛夫回答,"这对我们来说有点小!"

"再说,"记者说道,"好像没人居住。"

"的确,"哈伯特答道,"没什么能显示有人存在。"

"我们下去找吧。"彭克洛夫说。

水手及其两位同伴回到了海岸,回到了他们刚才停船的地方。他们决定先徒步环岛一周,然后再去岛内探险,这样他们的调查研究就毫无疏漏了。沙滩倒是很好走,仅在几处有大块的岩石挡道,不过能轻而易举地绕过去。探险者们朝着南面往下走,一路上吓跑了无数群水禽和一群群海豹。海豹老远地看见他们,就纵身跳入水中。

"这些畜生呀,"记者提醒道,"可不是第一次见到人。它们怕人,可见它们是认得人的。"

出发后一个小时,三位来到了小岛南面的沙嘴,这沙嘴止于一个尖尖的海角。然后他们便沿着西海岸北上。这部分海岸也是由沙子和岩石构成的,远景是一片茂密的树林。四个小时后,他们走完了一圈,没见哪里有人居住的痕迹,也没见哪里有人的脚印。

这起码是很奇怪的,而且不得不让人以为,塔波尔岛是没人住的,或已经没人住了。也许,不管怎么说,那份文件是写于好几个月前或好几年前的,在这种情况下,落难者有可能已经回国,或已悲惨地死去。

彭克洛夫、杰丁·斯皮莱和哈伯特作了种种可信程度不同的假设,同时在"好运"号上匆匆吃了晚饭,以便继续搜索,直到天黑。

傍晚五点,他们在树林里进行了探险。一见他们靠近,许多动物纷纷逃散。而主要是山羊和野猪,甚至可以说只有这两种动物。很容易看出,它们属于欧洲品种。大概是某条捕鲸船把它们卸在岛上的,然后它们便迅速繁殖起来了。哈伯特打算活捉一两对,并把它们带回林肯岛去。

不容置疑,在某个时期,曾有人光顾过这个小岛。当他们穿越树林时,这一点就更明显了。只见林下有开辟出来的小径,用斧子砍倒的树干,而且到处都有人类干活的痕迹。不过那些倒地而腐烂的树,被砍倒已有好多年了,切口处长满了毛茸茸的苔藓,而小径上的草长得又高又密,致使小径变得难以辨认。"可是,"杰丁·斯皮莱指出,"这不仅证明有人登陆过这个小岛,而且还证明他们在此居住过一段时间。现在要知道的是,这些人是谁?他们曾有几位?目前还剩几位?"

"文件上只提到一位落难者。"

"那好,如果他还在岛上的话,"彭克洛夫回答,"那我们就不可能找不到他!"

于是勘察继续进行。水手和同伴们很自然地沿着斜穿小岛的路行走,就这样和流向大海的小溪并行了。

如果说欧洲籍的动物、某些出自于人类之手的活计,无可争议地证明人类已来过此岛,好几种植物也同样证明了这一点。

在某些地方,在林中空地中间,土地上显然种过一些蔬菜,而那大概是在一个相当久远的时期。

因此,当哈伯特辨认出土豆、菊苣、酸模、胡萝卜、卷心菜和芜菁时,他真不知有多高兴!只需收集它们的种子,便可充实林肯岛的土地了!

"好!好!"彭克洛夫说道,"这将是纳布的事,也是我们的事。如果我们找不到落难者,起码不会白来一趟,而且上帝会奖赏我们的!"

"可能吧,"杰丁·斯皮莱答道,"不过从这些植物的现状来看,恐怕小岛已很久无人居住了!"

"的确如此,"哈伯特回答,"一位居住者,不管他是谁,总不至于忽略如此重要的植物吧!"

"是的!"彭克洛夫说,"那位落难者已经走了!……这便可让人假设……"

"应当承认,那份文件是很久以前写的?"

"当然。"

"而那个瓶子也是在海上漂了好长时间才到达林肯岛的?"

"为什么不是呢?"彭克洛夫回答道,"不过现在天黑了,"他补充道,"我想最好还是暂停搜索吧。"

"回船上去吧,明天再继续。"记者说。

这样最明智。这建议正要被采纳,哈伯特突然指着树木之间一堆模糊不清的东西喊道:"一个住所!"

三位马上一起朝哈伯特所指的那个住所跑去。在黄昏的微光下可以看出,它是用木板建成的,顶上盖了一层厚厚的漆布。

门是半关的,彭克洛夫将其推开,疾步走了进去……

住所是空的!

第 14 章

清点物品——夜晚——几个字母——继续搜索——植物和动物——哈伯特好危险——上船——出发——恶劣的天气——一线本能——海上迷路——一团及时点燃的火

彭克洛夫、哈伯特和杰丁·斯皮莱默默地待在黑暗中。

彭克洛夫高喊了一声。没有人回答。水手用打火石取了火,点着了一根树枝。这点光把一个小房间照亮了片刻。这小房间看来完全被遗弃了,深处有一个粗糙的壁炉,里面有一些冷却的灰烬,灰烬上面是一抱干木柴。彭克洛夫把燃烧的树枝扔进了壁炉,木柴噼啪作响,发出了强光。

于是水手及其同伴们看到一张凌乱不堪的床,潮湿而发黄的被子证明,这床已好久不用;壁炉的一个角落里有两把生锈的水壶,一个翻倒的锅;有个衣柜,里面放着几件有些发霉的水手服;桌上有套锡餐具和一本受潮的《圣经》;屋角有几件工具,铲子、鹤嘴锄、十字镐和两把猎枪,其中一支已经折断;在一个木架上,有一桶原封未动的火药、一桶铅弹和好几盒雷管;一切都蒙着一层厚厚的,也许是积了好多年的尘土。

"没人。"记者说。

"是没人!"彭克洛夫应道。

"瞧,这个房间已很久不住人了。"哈伯特说。

"是的,很久了!"记者答道。

"斯皮莱先生,"彭克洛夫说,"与其回船上去,我想我们不如就在这间屋里过夜吧。"

"您说得对,彭克洛夫,"杰丁·斯皮莱答道,"如果屋子的主人回来,嗨!发现地盘被占了,他也许不至于抱怨吧!"

"他不会回来了!"水手摇摇头说道。

"您认为他已离岛了?"记者问道。

"他要是离岛了,就会带上他的武器和工具,"水手说道,"要知道落难者们是多么珍惜这些东西,它们可是海难的最后一点残留物!不!不!"水手语气十分肯定地说,"不!他没有离岛!如果他乘上自制的小船逃生去了,就更不会扔下这些必不可少的东西!不,他在岛上!"

"还活着?……"哈伯特问。

"还活着,或已死了,不过假如他已死,他是不会自己埋葬自己的,我认为,"彭克洛夫回答,"所以我们起码能找到他的遗骸!"

于是大家商定,在废弃的屋子里过夜,储存在角落里的木柴,足以使屋子暖和起来。关上门,彭克洛夫、哈伯特和杰丁·斯皮莱坐在一张长凳上。他们待在那里,聊得少,而想得多。他们当时处在一种假设一切、等待一切的精神状态中,并贪婪地聆听着户外的动静。如果此时门猝然被打开,他们也不会感到特别的惊讶,尽管这废弃的屋子已表明了一切。而且他们准备握那个人、那位落难者、那位陌生朋友的手,告诉他一些朋友正等着他的到来。

但是没传来任何声音,门也没被打开,时间就这么过去了。

对水手和他的两位同伴来说,这一夜显得多么漫长啊!只有哈伯特睡了两个小时,因为在他这个年龄,睡眠是必需的,他们三个人都急于继续前一天的勘察,并搜索这个小岛,直至它的最隐秘的角落!彭克洛夫的推论十分正确,而且几乎可以肯定,既然房子被废弃了,而工具、器皿和武器却还在,那就说明其主人已经死了。所以应该寻找他的遗骸,而且至少要为他举行一个基督教的葬礼。

天亮了。彭克洛夫和同伴们立即着手研究这个住所。它还真是被建在了一个十分有利的位置上,它位于一个小山丘的背面,而小山丘被五六棵橡胶树遮蔽着。在它的正面,有被用斧子在树木之间开出的一大块空地,视线因此可延伸到大海。还有一个小草坪,它一直通到海岸,四面用木栅栏围着,不过栅栏已倒塌。海岸的左面是小溪的入海口。

这所房子是用木板建的,而且不难看出,这些木板来自一条船的外壳和甲板,所以,有可能是一条因失事而无法操纵的船,被抛到了岛的海岸上,而起码船上人员中有一位曾逃生了,此人便用手头的工具,以船的碎片为材料,建了这个住所。当杰丁·斯皮莱围着它转了一圈后,这一点就更加明显了,因为他看见一块木板——可能是那条失事船的舷墙上的一块——上面有这样几个几乎已模糊不清的字母:

BR·TAN·A

"不列颠尼亚!"彭克洛夫喊道,是记者把他叫过来的,"这个名字许多船都用,所以我无法断定这是英国船还是美国船!"

"这无所谓,彭克洛夫!"

"是无所谓,"水手答道,"而那位幸存者,不管他是属于哪国的,只要他还活着,我们就要救他!不过,在继续我们的勘察前,我们还是先回到'好运'号上去吧!"

一提到他的小船,彭克洛夫竟产生了某种不安。如果这小岛其实是有人住的,如果某个居民被劫走了……不过他对这番难以置信的假设耸了耸肩。

尽管如此,回船上去吃午饭,水手倒没什么不高兴。路已开辟出来了,况且也不长,仅一海里。于是大家开步走,同时用目光搜索着树木和矮林,数百只山羊和野猪越过他们逃窜而去。

离开那所房子二十分钟后,彭克洛夫及其同伴们又看到了岛的东海岸和"好运"号,而"好运"号则被深深扎进沙地的锚固定着。

彭克洛夫不禁满意地松了口气。总之,这船是他的孩子,而父亲常常是担心过度。大家上船,吃午饭,而且吃得饱饱的,这样晚饭就可以很晚吃了。接着又继续勘察,而且极其仔细。

总之,小岛上的那位唯一的居民,很可能已经遇难。因此,彭克洛夫及其同伴们寻找的,多半是一个死人而不是一个活人的踪迹!但他们的寻找毫无结果,在半天的时间里,他们徒然地搜遍了那些覆盖小岛的树群。于是不得不承认,假如那位落难者已死,那他的尸体现在也已荡然无存,某只野兽大概已把它吃得连骨头也不剩了。

"明天拂晓时我们回去吧。"彭克洛夫对他的同伴们说,下午两点半左右,他们在一丛松树的阴影下躺下,以便休息一会儿。

"我认为,"哈伯特补充道,"我们可以无所顾忌地带走属于那位落难者的器具。"

"我也这么认为,"杰丁·斯皮莱答道,"这些武器和工具,可补充花岗岩宫的物资。如果我没弄错的话,储存火药和子弹是很重要的。"

"是的,"彭克洛夫答道,"但别忘了捉一两对野猪回去,林肯岛上还没有呢……"

"也别忘了采集那些种子,"哈伯特补充道,"它们将给我们提供新旧大陆的所有蔬菜。"

"也许该在塔波尔岛上多待一天,"记者说,"以便收集能对我们有用的一切。"

"不,斯皮莱先生,"彭克洛夫答道,"我要求你们明天天一亮就出发。我觉得风有转为西风的趋势,这样我们来时顺风,去时也将是顺风。"

"那就别浪费时间了!"哈伯特起身说道。

"别浪费时间了,"彭克洛夫答道,"哈伯特,你负责采集种子,这方面你比我们内行。这段时间里,我和斯皮莱先生去逮野猪,哪怕托普不在,我也希望我们能逮到几只!"

哈伯特于是走上了一条小径,朝小岛的那个被耕作过的部分走去,而水手和记者直接又进了森林。好多猪类的动物在他们面前奔逃而去。这些动物出奇地灵活,像是无意让人靠近。不过在追逐了半小时后,他们终于逮住了把窠筑在稠密的矮林中的一对。就在这时,在小岛的北部,离他们几百步远之处,响起了叫喊声,其中还夹杂着完全是非人的咆哮声。

彭克洛夫和杰丁·斯皮莱听到喊声直起了身子,那对野猪便乘机逃跑了,而这时,水手正在准备捆绑它们的绳子。

"是哈伯特的声音!"记者说。

"快跑!"彭克洛夫喊道。

水手和杰丁·斯皮莱马上拔腿全速朝发出声音的地方跑去。

他们这么着急是对的,因为,在小径的拐弯处、一片林中空地附近,他们发现哈伯特被一个野人打倒在地,那大概是一只巨猴,正要伤害哈伯特。

彭克洛夫和杰丁·斯皮莱朝那怪物扑过去,也把它打倒在地,救出哈伯特,然后把它结结实实地捆住。水手力大无比,记者也非常强壮,尽管那怪物拼命抵抗,它还是牢牢地被缚住了,再也无法动弹。

"你没受伤吧,哈伯特?"杰丁·斯皮莱问。

"没有!没有!"

"啊!它要是把你弄伤了,这猴子……"

"可这不是猴子!"哈伯特答道。

听到这话,彭克洛夫和杰丁·斯皮莱于是看了看躺在地上的怪物。

果真,这不是猴子!这是个人,而且是个男人!可又是个什么样的男人!一个无论怎样说都是个令人感到恐怖的野人,更可怕的是,他已经沦落到了最粗野的地步!

他毛发直竖,不加梳理的胡子垂至胸部,身体近乎裸露,除了腰间围着块破布;他目光凶狠,双手巨大,指甲极长,脸色棕红,双足坚硬如蹄。这就是那个可怜的生灵,然而却还得称其为人!不过人们实在应该寻思一下,在这躯体里是否还有颗灵魂,或在他身上是否仅残存着野蛮人的本能!

他们发现哈伯特被一个野人打倒在地,那大概是一只巨猴,正要伤害哈伯特。

"您确信这是个人,或他曾经是个人?"彭克洛夫问记者。

"唉,这是毫无疑问的。"记者回答。

"那么这就是那个落难者了?"哈伯特说。

"是的,"杰丁·斯皮莱答道,"不过这不幸的人已完全不像个人了。"

记者说得对。很显然,假如这落难者曾经是个文明人的话,离群索居则已使他成了个野人,更糟的是,也许已使他成了只真正的猩猩。嘶哑的声音从他的喉咙里和牙齿间发出,而那牙齿,尖锐得如同食肉动物的牙齿,它们已只适于嚼生肉了。他的记忆大概已丧失很久,而他也已很久不会使用工具、武器,也不会生火了!看得出他是敏捷、灵活的,可他的身体素质的发展,却是以牺牲精神素质为代价的!

杰丁·斯皮莱对他说了几句话。他好像听不懂,甚至没听见……然而,当记者盯着他的眼睛时,他看出,这个人身上的理性并没有完全泯灭。

此时,这俘虏并不挣扎,也不试图挣断绳索。他莫非因为这些人的出现而感到沮丧?要知道,他自己还曾经是他们的同类呢。他莫非在头脑的某个角落里找到了使他恢复人性的短暂的记忆?放开他,他会企图逃跑呢,还是会留下来?他们不知道,但也没做试验。在对这可怜的人极其仔细地打量了一番后,杰丁·斯皮莱说:"不管他是谁,不管他曾经是谁、可能会变成什么,我们的责任是把他带回林肯岛!"

"对!对!"哈伯特答道,"也许通过精心照料,能唤起他身上的智慧之光!"

"灵魂并没有死去,"记者说,"能让这上帝的创造物摆脱粗野状态,将是一大快事!"

彭克洛夫面带怀疑的神情,摇了摇头。

"不管怎样得试试,"记者回答,"是人道主义在指使我们这么做。"

的确,这是他们作为文明人和基督教徒的责任。三个人都明白这点,而且他们知道,赛勒斯·史密斯会赞成他们这样做的。

"难道就让他捆着吗?"水手问道。

"没准他能行走,若松开他的脚的话?"哈伯特说。

"那就试试吧。"彭克洛夫回答。拴住俘虏双脚的绳子被解开了,可他的双臂仍被牢牢地捆着。他自己站了起来,似乎并没有流露出任何逃跑的欲望,他那双冷酷无情的眼睛向三个走在他身边的人射出了尖锐的目光,而没有什么能表明,他记起了自己是他们的同类,或起码曾经是。他的嘴里不断地发出嘘嘘声,样子很凶狠,但他并不试图反抗。

按照记者的建议,这个不幸的人被带到了他的房子里。也许,看到那些属于他的东西,他会有些感觉!也许,只需一点火星,就能重新使他那变得暗淡的思想明亮起来,就能重新点燃他那熄灭的灵魂!

那房子并不远。走了几分钟,他们就到了。可是在那儿,那俘虏什么都没认出来,他仿佛对一切东西都失去了意识!这可怜的人竟沦落到如此愚钝的程度,人们从中能猜测到什么呢?无非是他被监禁在这小岛上已有很久了,而且来的时候是有理性的,是与世隔绝使他退化到了如此状态。

记者于是认为,见到火,他或许会有反应,而片刻之后,这甚至能吸引动物的美丽的火焰,便照亮了炉膛。一见到火,那不幸者的注意力起先像是集中了,但他很快就往后退,他那无意识的目光变暗淡了。

很显然,起码目前是毫无办法了,除了把他带到"好运"号上去。于是他们就这么做了,到了船上,他便被置于彭克洛夫的看管之下。

哈伯特和杰丁·斯皮莱则回到岛上去完成他们的行动计划。几小时后,他们又回到海岸上,同时带来了器皿和武器、采集到的菜子、几只猎物和两对猪。这一切全都被装上了船。"好运"号准备起锚,就等翌日早晨涨潮了。

俘虏被安置在了前舱,他待在那里很安静,不出什么声,总之是又聋又哑。彭克洛夫给他拿来了吃的,可他推开了递给他的熟肉,而熟肉大概已不适合他。果然,水手拿给他看哈伯特打死的一只鸭子时,他便野兽般贪婪地扑上去,狼吞虎咽地吃了。

"您认为他会摆脱这种状态吗?"彭克洛夫摇着头说。

"也许会,"记者回答,"要说我们的照料最终对他不会起作用,这是不可能的,因为是与世隔绝使他变成这副样子的,而从今往后他不会再是孤孤单单的一个人了!"

"这可怜的人处于这种状态,大概已有很久了!"哈伯特说。

"或许吧。"杰丁·斯皮莱答道。

"他能有多大年龄呢?"小伙子问道。

"这很难说,"记者回答,"因为无法看到他的相貌,胡子太密,把他的脸都遮住了。不过他已不再年轻,我猜他起码该有五十岁了。"

"他的眼睛在眉弓下面陷得有多深呀,您注意到了吗,斯皮莱先生?"小伙子问。

"是的,哈伯特,不过我要补充一句,和一看到他整个人所产生的感觉相比,它们较为有人性。"

"总之,看看再说吧,"彭克洛夫答道,"我倒很好奇地想知道史密斯先生对我们这位野人的评价。我们是来找个人的,结果却带回了一个怪物。不过,能做什么就做什么吧!"

黑夜过去了,那俘虏是否睡着了,没人知晓。不管怎样,虽然他已被松绑,却没动弹。他就像有些野兽一样,关押的第一时段会感到沮丧,后来则会恢复狂怒。

翌日,10月15日,日出时,不出彭克洛夫所料,天气发生了变化。风向已转为西北,而这有利于"好运"号返航。但与此同时,天气也转凉了,航行因此会变得比较困难。

清晨五点,起锚了。彭克洛夫收起主桅帆,朝东北偏东方向航行,以便直接驶向林肯岛。

穿越大海的第一天,一切顺利。俘虏安静地待在前舱,而因为他当过水手,海水的动荡起伏在他身上引起了有益的反应。他莫非回想起了自己所干过的水手往事?总之,他很平静,显得有些惊讶,但并不沮丧。

翌日,10月16日,风力大大增强了,而且风向更加偏北,这就不那么有利于"好运"号的航行了。"好运"号在海浪上跳跃着,很快就到了逆风航行的地步,彭克洛夫虽然什么也没说,却对大海的状况开始担忧起来,而海浪在猛烈地拍击船头。假如风向不变,返回林肯岛,就肯定要比来时到达塔波尔岛花更多的时间。果然,17日早晨,"好运"号出发后四十八小时,毫无迹象表明它已进入了林肯岛所在的水域。此外,也不可能靠推算船的位置来估计已走过的路程,因为方向和速度太无规律。

二十四小时后,仍望不到任何陆地,刮的完全是逆风,海上的状况十分恶劣。海水大量涌来,盖过了小船,需要迅速操纵和收缩船帆,经常拉紧帆的前下角索,并抢风航行才行。甚至在18日白天,"好运"号完全被一股浪盖住了,如果它的乘客们事先没采取预防措施,把自己绑在甲板上,他们就有可能被卷走了。

值此之际,正忙于摆脱困境的彭克洛夫及其同伴们,却意想不到地得到了那俘虏的帮助。他冲出舱口,像是他那海员的本能占了上风。他用圆木使劲一砸,砸碎了舷墙,让淹没了甲板的水尽快流走。然后,等小船脱险后,他又一言不发地回到自己的船舱里去了。

彭克洛夫、杰丁·斯皮莱和哈伯特完全惊呆了,任由他去做。

然而情况仍然很糟,水手甚至有理由认为自己迷失在了这茫茫的大海上,毫无可能找到回去的路了!18日到19日的那个夜晚又黑又冷。不过在十一点左右,风浪平息了。"好运"号不那么摇晃了,速度也比较快了。另外,它的航海性能显得非常出色。

彭克洛夫、杰丁·斯皮莱和哈伯特都没想到要睡上哪怕一个小时。他们都在密切地注意着,因为林肯岛可能不远了,这点拂晓时就能知道,要不就是"好运"号被水流带走了,被风刮得偏了航,无法再校正方向了。

彭克洛夫焦急万分,但他并没有失望,因为他很坚强,他坐在那里掌着舵,执著地试图用目光穿透这包围着他的浓浓的黑暗。

深夜两点左右,彭克洛夫突然站了起来。"火光!火光!"他喊道。

的确,有一股强光出现在东北方向二十海里处。林肯岛在那儿,而这火光,显然是赛勒斯·史密斯点燃,用来给他们指路的。

彭克洛夫过于偏北行驶了,于是他改变了方向,把船头对准火光,只见它宛如一颗一等星,在地平线上闪烁。

第 15 章

　　归来——讨论——赛勒斯·史密斯和陌生人——气球港——工程师的尽心尽意——一次感动人的试验——流出了几滴眼泪

　　翌日，即10月20日早晨七点，旅行了四天后，"好运"号缓缓驶来，停在了感恩河河口的沙滩上。

　　赛勒斯·史密斯和纳布见天气恶劣，同伴们迟迟不归，心里非常担忧。他们黎明时就登上了眺望岗，并终于看到了那条晚到了多时的船。

　　"感谢上帝！他们回来了！"赛勒斯·史密斯大声说道。

　　纳布高兴得跳起了舞，转起了圈，一边拍手一边喊道："哦，我的主人！"他的表情动作比最精彩的话语更动人。

　　工程师迫不及待地数了一下他所能在"好运"号的甲板上望见的人，他的第一个念头便是，彭克洛夫没找到塔波尔岛上的那个落难者，要不就是那位落难者拒绝离岛，不肯换所"监狱"。

　　的确，只有彭克洛夫、杰丁·斯皮莱和哈伯特在"好运"号的甲板上。

　　小船靠岸时，工程师和纳布便在海岸上等着，乘客们还没跳上沙地，赛勒斯·史密斯便对他们说：

　　"你们迟迟不归，让我们好担心。朋友们，是不是发生了什么不幸？"

　　"没有，"杰丁·斯皮莱说，"相反，一切都非常顺利。回头给你们讲讲。"

　　"可是，"工程师又说，"你们的寻找没成功吧，既然你们和走时一样只有三个人？"

　　"对不起，赛勒斯先生，"水手回答，"我们是四个人！"

　　"你们找到那位落难者了？"

　　"是的。"

　　"而且把他带回来了？"

　　"是的。"

"他在哪儿？他是谁？"

"这是个……"记者回答，"或确切来说这曾经是个人！瞧，赛勒斯，这就是我们能告诉您的全部情况。"

工程师很快就了解了旅行过程中所发生的一切。他们给他讲了是在什么样的条件下进行寻找的，小岛上那所唯一的房子又是怎样被长期废弃的，最后则是一位好像已不属于人类的落难者是怎样被抓住的。

"甚至，"彭克洛夫说，"我都不知道我们把他带到这儿来是否做对了。"

"你们肯定是做对了，彭克洛夫！"工程师迅疾回答。

"可是这不幸的人已丧失了理性。"

"现在可能是这样，"赛勒斯·史密斯回答，"也许就在几个月前，这个不幸的人还是一个像你我一样的人。谁知道我们当中最后一个活着的人，在长期孤零零地待在这个岛上之后，会变成什么样呢？孤独者是不幸的，朋友，应当相信，离群索居会很快毁灭理性，显然你们找到的这个可怜人处于这种状况！"

"但是，赛勒斯先生，"哈伯特问，"什么理由让您认为，这个不幸者变得这么粗野，不过只是几个月前的事？"

"因为我们找到的文件是最近写的，"工程师回答，"只有这位落难者才有可能写出这份文件。"

"说不定是此人的一位同伴写的呢，"杰丁·斯皮莱提醒道，"可他后来死了。"

"这不可能，我亲爱的斯皮莱。"

"那又是为什么呢？"

"因为如果是那样，文件上就会提到两个落难者，"赛勒斯·史密斯说，"而结果只提到一个。"

哈伯特用寥寥数语讲述了海上发生的事，并强调了那位俘虏精神上的暂时复活这件怪事。当时，在风暴最猛烈的时候，他又变成了水手，不过为时短暂。

"很好，哈伯特，"工程师答道，"你很重视这件事是对的。这位不幸者不该是无法医治的，再说是绝望使他变成这副样子的。可在这里，他将重新找到他的同类，而既然他身上仍有颗灵魂，那么我们将拯救这颗灵魂！"

那位令工程师十分怜悯又令纳布十分惊讶的落难者，被从他占着的"好运"号的前舱带了出来。他一旦着地，便流露出逃跑的意图。

赛勒斯·史密斯走近他，把手放在他的肩膀上，动作十分有威力，然后无比温和地打量了他一番。这不幸者很快便像是受到了瞬间的控制，渐渐安静下来。他垂下眼睛，低下脑袋，不再做任何反抗。

"可怜的被遗弃者！"工程师喃喃地说。

赛勒斯·史密斯已认真地观察过他了。从外表来判断，这不幸者已毫无人性，然而同记者一样，赛勒斯·史密斯从他目光中像是捕捉到了一丝难以察觉的智慧之光。

他们决定，那位被遗弃者，或确切来说那位陌生人——从今往后他们将以此来称呼他——将住在花岗岩宫的一个房间里。再说，他也不可能从花岗岩宫逃跑。他挺顺从地让他们把他带到了那个房间里。大家希望，靠着悉心照料，有朝一日他将成为林肯岛的移殖民们的又一个同伴。

纳布已赶紧做好了午饭，因为记者、哈伯特和彭克洛夫都快饿死了。席间，工程师让他们详细讲述了发生在勘察过程中的种种事情。在有一点上他和他们意见一致，那就是，陌生人大概是英国人或美国人，因为是"不列颠尼亚"号使他这么想的。再说，透过那副不加修剪的胡子和乱蓬蓬的头发，工程师似乎辨出了显示盎格鲁-撒克逊人特点的相貌。

"不过，"杰丁·斯皮莱对哈伯特说，"其实你还没告诉我们你是怎样遇见这个野人的，所以我们在这方面尚一无所知，除了他要掐死你，要不是我们幸好及时赶到救了你的话！"

"说真的，"哈伯特回答，"我也不知该如何讲事情经过。我想，我当时正忙着采集植物，突然听到有雪崩的声音，那是从一棵很高的树上坠下来的。我几乎来不及转身……这可怜的人大概是躲在了一棵树上，他在刹那间扑向了我，要不是斯皮莱先生和彭克洛夫……"

"我的孩子！"赛勒斯·史密斯说，"你可真是冒险了。不过也许没有这次危险，那可怜的人会永远躲过你们的搜索，而我们也不会多一个同伴了。"

"那么您希望能成功地使他重新变成人吗？"记者问。

"是的。"工程师回答。

午饭结束，赛勒斯·史密斯及其同伴们离开花岗岩宫，又来到海滩上。大家动手从"好运"号上卸货。工程师检查了武器和工具，没看见任何能确定陌生人身份的东西。

在小岛上的抓猪之举，被视为是对林肯岛大有好处的，这些动物被送到了畜栏，它们很快会适应那个环境的。

那两桶火药和铅弹，以及那几盒雷管，颇受欢迎。大家甚至商定要建一个小小的弹药库，或是建在花岗岩宫外面，或是就建在上面的岩洞里，那两处都不用怕会发生任何爆炸。然而火棉还得继续使用，因为这种物质效果极佳,不存在任何用普通火药取而代之的理由。

卸完船,彭克洛夫说:"赛勒斯先生,我想,为谨慎起见,得把'好运'号停在安全可靠的地方。"

"停在感恩河河口难道不妥吗?"赛勒斯·史密斯问。

"是的,有一半时间它都搁浅在沙地上,这样它会受损的。这是一条好船,要知道;回来时我们遭到了那股风的猛烈袭击,可它表现得非常出色。"

"甚至也不能让它停在河里吗?"

"兴许能,赛勒斯先生,可这个河口毫无遮挡,要是风从东方来的话,'好运'号可就要大大遭受海浪的冲击了。"

"那好,您想把它停在哪儿呢?"

"停在气球港,"水手回答,"这个小港湾有岩石遮挡,在我看来恰恰是它所需要的港口。"

"是不是有点远?"

"啊!它离花岗岩宫不超过三海里,而我们又有一条很好走的直路可通到那儿!"

"就这么办吧,彭克洛夫,把您的'好运'号开到那儿去,"工程师回答,"但我宁可让它能比较直接地在我们的看管之下。等我们有空了,得给它建个小港口。"

"太棒了!"彭克洛夫喊道,"一个有灯塔、码头和船坞的港口!啊!的确,有了您,赛勒斯先生,一切都变得太容易了!"

"是的,我忠厚的彭克洛夫,"工程师答道,"不过只要您肯帮助我,因为,我们所有的活中,四分之三都是适合您干的!"

哈伯特和水手于是又上了"好运"号。起锚,张帆,海风迅速把它送到了爪形海角。两小时后,它停在了气球港的平静的水面上。

那陌生人在花岗岩宫度过的头几天里,他是否令人想到他的野性已有所改变了呢? 一缕较为强烈的光是否在这昏暗的灵魂深处闪烁呢? 总之,灵魂是否又回到肉体中去了呢? 是的,这是肯定的,甚至赛勒斯·史密斯和记者都在寻思,那不幸者的理性是否曾经完全丧失过。

起初,因为习惯于户外生活和在塔波尔岛享有的那种无限的自由,那陌生人显得有些愠怒,于是大家不免担心他会从花岗岩宫的窗户里跳到海滩上去。可是渐渐地,他平静下来,他们便给予了他行动的自由。

于是大家便有理由抱有希望,而且是很大的希望。那陌生人已忘记了他那些食肉动物的天性,能接受一种不同于他在小岛上吃的即不那么兽性的食物了。煮熟的肉也不再使他产生反感情绪,而他在"好运"号上的表现则另是一个样。

赛勒斯·史密斯趁他睡着之际,给他修剪了蓬乱的头发和胡子,而它们好似马鬃一般,使他显得是如此之粗野。他还给他除去了那块遮体的破布,让他穿上了比较得体的衣服。由此可知,由于这些照料,那陌生人恢复了人样,甚至好像他的眼睛也重新变得比较温和了。有一点确凿无疑,当从前智慧之光照耀他时,他的形象应该是具有某种美的。

每天,赛勒斯·史密斯都要陪伴他几小时,并把这当作自己的一项任务。他来到这位陌生人身边干活,做各种事情,以吸引他的注意力。的确,只需一缕光,便可照亮这颗灵魂,只需一丝回忆掠过这个大脑,便可重新唤起他的理性。风暴期间,在"好运"号上时,他们已经清楚地看到这点了!

工程师还注意到要大声说话,以便通过听觉和视觉器官,同时进入到这迟钝的智力的深处。他的同伴们,时而是这个,时而是那个,有时是全体,和他在一起。他们聊得最多的,是和航海有关的事,想必这更能触动一位水手。有时候,那陌生人似乎会对他们所讲的事稍加关注,移殖民们很快便相信,他能听懂其中的一部分。甚至有时他的面部表情极为痛苦,这表明他的内心非常苦闷,因为在这一点上他的面容是骗不了人的。可他不说,尽管有许多次,他们以为有几句话就要脱口而出了。

不管怎样,那可怜的人是平静而忧郁的。可他的平静难道只是表面的?他的忧郁难道又只是关押的结果?尚无法下任何断言。从只能见到的某些东西、而且是在一个有限的范围内来看,通过不断地和移殖民们接触,他已习惯了他们。他没有任何欲望要满足,因为他的吃穿都比以前好了。在这种情况下,很自然地,他的体质渐渐发生了变化,可他是否已被一种新生活所感染?或者用一句正好适合于他的话来说,他难道像一只动物似的在主人面前已变得听话了?这正是赛勒斯·史密斯要解决的重要问题,可他不愿对他的病人操之过急!对他来说,那陌生人只是一个病人!他会有康复的一天吗?

因此工程师无时无刻不在观察他!他是怎样地在守候他的灵魂,若可以这么说的话!又是怎样地在准备抓住它!

赛勒斯·史密斯着手进行的这项治疗的每个阶段,移殖民们都真诚而激动地注视着。他们也帮助他搞这项人道主义的工作,而且也许除了彭克洛夫,他们终于很快和他一样怀有希望和信心了!

已经说过,那陌生人极为平静,他显然受到了工程师的影响,并对他表现出某种依恋。赛勒斯·史密斯决定考验他一下,他把他带到另一个环境中,让他面对大海,那是他的眼睛过去习惯于注视的;又让他置身于森林边缘,这或许会让他回想起另一片森林,他曾经在那里度过了一生中的那么多岁月!

"可是,"杰丁·斯皮莱说,"难道我们能指望他一旦获得自由后不会逃跑吗?"

"就是要试验一下嘛。"工程师说。

"得!"彭克洛夫说,"当这家伙面前有了空间,感受到了新鲜空气,他就会拼命逃跑的!"

"我不信。"赛勒斯·史密斯答道。

"那就试试吧。"杰丁·斯皮莱说。

"试试吧。"工程师答道。

那天是10月30日,塔波尔岛的落难者在花岗岩宫已被"囚禁"了九天。天气炎热,岛上阳光灿烂。

赛勒斯·史密斯和彭克洛夫来到陌生人居住的那个房间里,他们发现他正躺在窗边,望着天空。

"来吧,我的朋友。"工程师对他说。

陌生人马上站了起来。他定睛看了看赛勒斯·史密斯,便跟他走了,水手则走在他后面,他对试验结果没多大信心。

到了门口,赛勒斯·史密斯和彭克洛夫让他进了升降机,此时,纳布、哈伯特和杰丁·斯皮莱正在花岗岩宫下面等他们。柳条筐下去了,不一会儿,全体便都聚集在了海滩上。

移殖民们稍稍离开那陌生人,好让他有点自由。那陌生人朝着大海向前走了几步,目光异常活跃地闪烁了一下,但他丝毫没有企图逃跑的意思。他注视着那些浪花,只见它们被小岛撞碎,消失在了沙地上。

"这还只是大海,有可能唤不起他逃跑的欲望!"杰丁·斯皮莱指出。

"是的,"赛勒斯·史密斯回答,"得把他带到高地去,那里挨着森林。那样试验更有说服力。"

"再说,他不可能逃跑,"纳布提醒道,"既然桥都吊起来了。"

"哦!"彭克洛夫说,"这可不是一个会被甘油河那样的小溪困住的人!他很快会穿过去的,甚至只需一跳!"

"等着瞧吧!"赛勒斯·史密斯仅仅说道,而他的眼睛始终没有离开他病人的眼睛。

于是那位陌生人被带往感恩河河口。大家都沿着河的左岸而上,到了眺望岗。到达生长在森林中的前几排美丽的树木前,微风轻轻地吹动着树叶,那陌生人像是在陶醉地吮吸着这浸透在空气里的沁人心脾的香气,并从胸中长长地出了口气!

移殖民们在后面站着,准备拦住他,假如他做出一个要逃跑的动作的话!

果真,那可怜的人就要跳到那条把他和森林隔开的河里去了,他的双腿像弹簧似的伸直了片刻……可几乎马上,他又把腿收住了,他半倒在地上,一大滴眼泪夺眶而出!

"啊!"赛勒斯·史密斯喊道,"瞧,你又重新变成人了,因为你哭了!"

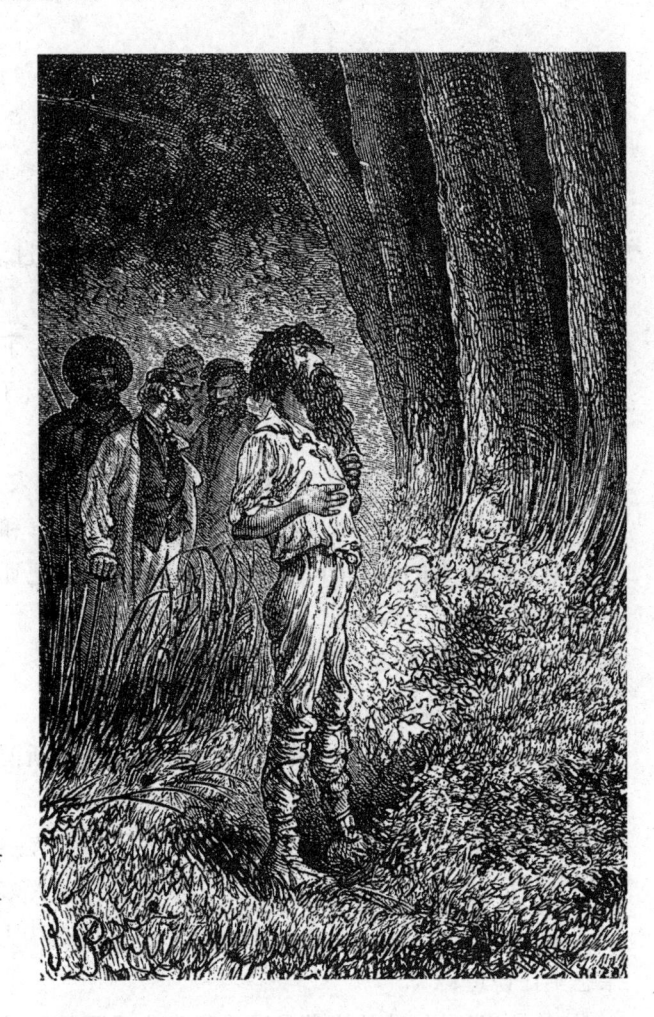

那位陌生人朝着大海向前走了几步……但他丝毫没有企图逃跑的意思。

第 16 章

　　一个有待揭开的秘密——陌生人的头几句话——在小岛上待了十二年——表白——消失——赛勒斯·史密斯的信心——建磨坊——第一个面包——忠诚之举——友善之举

　　是的！那可怜的人哭了！大概是某段往事掠过了他的大脑，用赛勒斯·史密斯的话来说，眼泪使他重新变成了人。

　　移殖民们让他在高地上待了一阵，甚至稍稍给了他一点独处的空间，好让他感到自己是自由的，可他丝毫不想利用这自由，于是赛勒斯·史密斯便决定把他带回花岗岩宫。

　　这件事发生后两天，那陌生人像是有了渐渐融入共同生活的愿望。很显然，他听得见也听得懂别人的话，也很显然，他不肯和移殖民们说话，而且在这点上态度极为固执。因为有天晚上，彭克洛夫把耳朵贴在他的房门上，听见他说了这样几句话：

　　"不！在这儿！我！绝不！"

　　水手把这些转告给了同伴们。

　　"这其中必定有个痛苦的秘密！"赛勒斯·史密斯说。

　　他待在那里，就像是把注意力都集中在自身了。按照工程师的嘱咐，大家尊重他的独处，而他似乎也有这种愿望。如果有一位移殖民走近他，他就会后退，而胸脯一起一伏地啜泣着，仿佛里面装了太多的伤心事！

　　难道是悔恨使他如此痛苦不堪吗？可以这么认为，而有一天，杰丁·斯皮莱忍不住说道：

　　"他所以不说，我认为那是因为他有太重要的事情要说！"

　　那就得耐心等待。

　　几天后，11月3日，那陌生人在高地干活时，手中的铲子掉在地上，他停了下来。在不远处观察他的赛勒斯·史密斯又一次看见他眼睛里流出了眼泪。他克制不住内心的怜悯,朝他走去,轻轻地碰了碰他的胳膊。

"我的朋友!"赛勒斯·史密斯叫道。

那陌生人的目光企图回避他,而当赛勒斯·史密斯想握住他的手时,他却迅疾后退了。

"我的朋友,"赛勒斯·史密斯用更加坚定的语气说,"望着我,我要您这样做!"

那陌生人看了看工程师,然后似乎起了变化,犹如一只接受磁气疗法的动物,该疗法的施行者使他起了变化一样。他想逃避,可这时他的面容仿佛变了。他的眼睛闪闪发光,有些话竭力想从唇间脱出。他再也忍不住了!……终于,他交叉双臂,声音低沉地说:

"你们是谁?"他问赛勒斯·史密斯。

"像您一样,是些落难者。"工程师回答,这时,他非常激动,"我们把您带到了这儿,带到了您的同类中间。"

"我的同类!……我已没有同类了!"

"您是在朋友中间……"

"朋友!……我的!朋友!"陌生人把头埋在手掌里喊道,"……不……绝不……别管我!别管我!"

然后,他逃到俯视大海的高地,久久地待在那里,一动不动。

赛勒斯·史密斯回到同伴们中间,给他们讲述了刚才发生的事情。

"是的,此人的生活中有个秘密,"杰丁·斯皮莱说,"似乎他只有通过悔恨之路才能回到人类中间。"

"真不太清楚我们带来了一个什么样的人。"水手说,"他有秘密……"

"我们不会去问他的,"赛勒斯·史密斯迅疾地说,"如果他犯过什么错,那他也已经痛苦不堪地补赎了。在我们看来,他已经被赦罪了。"

在两个小时之内,那陌生人独自待在海滩上,显然是在回忆自己全部的过去——大概是一个不幸的过去,而移殖民们既没有忘记他的存在,也没有试图去打扰他的独处。

然而,两小时后,他像是做出了一个决定,他来找赛勒斯·史密斯了。他的眼睛红红的,那是因为流泪的缘故,但他已不再哭了。他整个的面容显得非常谦卑。他似乎很拘束、很胆怯,尽量不想惹人注意,而他的目光低垂,总是望着地面。

"先生,"他对赛勒斯·史密斯说,"您和您的同伴们是英国人吗?"

"不,"工程师回答,"我们是美国人。"

"啊!"陌生人说,接着又喃喃地说了这样一句,"我宁愿是这样!"

"而您呢,我的朋友?"工程师问道。

"是英国人。"他急忙回答道。

像是说出这几个字后他心里感到很不安似的,他离开了沙滩,从瀑布一直走到感恩河河口,情绪显得非常激动。

然后,在经过哈伯特身边时,他停下了,用哽住的声音说:

"现在是几月?"他问道。

"11月。"哈伯特回答。

"今年是哪一年?"

"1866年。"

"十二年! 十二年哪!"他喊道,接着便突然离开了。

哈伯特把陌生人的问话和自己的回答告诉了移殖民们。

"这个不幸的人,"杰丁·斯皮莱指出,"已不知道月份和年代了!"

"是的!"哈伯特补充道,"当我们找到他时,他已在小岛上待了十二年!"

"十二年!"赛勒斯·史密斯回答道,"啊,经过了一段也许是该诅咒的生活后,十二年的与世隔绝足以毁掉一个人的理性!"

"我多半认为,"彭克洛夫说,"此人并不是因为海难而到塔波尔岛的,而是因为犯了某种罪,被放逐在这儿的。"

"您可能是对的,彭克洛夫,"记者回答,"如果真如此,那些把他留在岛上的人,就不可能不在某一天回来找他!"

"而他们将找不到他了。"哈伯特说。

"可是,"彭克洛夫又说,"那就得回塔波尔岛去,而且……"

"朋友们,"赛勒斯·史密斯说,"我们先要做到心中有数,再来讨论这个问题。我认为,这不幸的人已吃过苦受过罪了,他已为自己的过错付出了惨重的代价,不管那是什么样的过错,而现在,他需要宣泄,所以他感到压抑。我们不要去引诱他给我们讲述他的经历! 他以后或许自己会对我们说的,等知道了,再看看该怎么做。再说,也只有他本人会告诉我们,他是否对回国不仅存有希望,而且坚信不疑。可我对此表示怀疑!"

"为什么?"记者问道。

"因为,他要是断定自己能在某一段确定的时间后获释,那他就会等获释的那一刻到来而不会把求救信抛到大海里去。不,多半可能是,他被判处死在那小岛上,而他将永远再见不到自己的同类!"

"不过,"水手指出,"有件事我弄不明白。"

"什么事？"

"如果此人被抛弃在塔波尔岛上已有十二年，那就完全可以认为，他已有好几年处于我们找到他时的那种野蛮状态了！"

"这有可能。"赛勒斯·史密斯回答。

"因此，那封信他大概是好几年前写的！"

"大概吧……可那信却像是最近写的！……"

"再说，又怎能相信，那装信的瓶子，是花了好几年时间才从塔波尔岛漂流到林肯岛的？"

"这不是绝对不可能的，"记者回答，"它难道不会在林肯岛附近已搁置了很久吗？"

"不会，"彭克洛夫回答，"因为它当时还在漂流。甚至都无法设想，它在海滩上或多或少逗留了一段时间后，还会被海水带走，因为，南海岸都是岩石，它在那里必定会被撞碎的！"

"这倒是真的。"赛勒斯·史密斯若有所思地回答。

"还有，"水手补充道，"如果求救信是好几年前写的，如果它是好几年前被装进这个瓶子里的，那它必定会因为受潮而被损坏，然而情况完全不是这样，它被保存得非常好。"

水手的意思非常明确，而且的确有件事让人搞不懂，因为，当移殖民们在瓶子里发现那封信时，它好像是最近写的。另外，它精确地提供了塔波尔岛的经纬度，这意味着它的作者在水文地理方面有着相当完整的知识，而这是一位普通水手所不可能具备的。

"这又是一件无法解释的事，"工程师说，"但我们不要去引诱我们的新同伴说，当他愿意说的时候，朋友们，我们就准备洗耳恭听好了！"

在随后的日子里，那陌生人一言不发，并一次也没有离开眺望岗的那块圈地。他总在地里干活，一刻不停，一会儿也不休息，而且始终和别人保持距离。到了吃饭的时间，他也不回花岗岩宫，哪怕请他好几次，而他光吃几棵生蔬菜就够了。黑夜来临时，他连指定给他的房间也不回，而是留在那儿，待在几丛树下。或者，当天气恶劣时，他就蜷缩在岩石的凹处。就这样，他又过得像原来那样了。那时候，除了塔波尔岛的森林，他别无遮挡。现在，为使他改变自己的生活坚持不懈所做的一切都白费了，移殖民们只有耐心等待了。

可那一刻终于来了，像是不由自主地受着良心的驱使，他急切地要说出可怕的心里话来。

11月10日，晚上八点，当天开始黑下来时，陌生人意外地出现在移殖民们面前。他们当时正聚集在凉棚下。他的眼睛亮得出奇,而他整个的人又恢复了他那在艰苦岁月中的粗野相。

看到陌生人情绪激动得无以自制,像发烧病人似的牙齿咯咯作响,赛勒斯·史密斯及其同伴们似乎都惊呆了。他是怎么啦?见到自己的同类他难道受不了吗?他是否对生活在这诚实公正的环境中感到厌倦了?他是否又怀念那种粗野的生存状态了?当听到他用不连贯的话语表白时,他们不得不这么认为。

"我为什么在这里?……你们有什么权利把我从我的小岛上弄走?难道我和你们之间有某种联系吗?你们知道我是谁……又做过什么……为什么我在那儿……而且是一个人?谁对你们说我不是被抛弃在那儿的……我不是被判死在那儿的?你们了解我的过去吗?我是否偷过东西,杀过人……是不是一个坏蛋……一个可恶的……适合像野兽一样活着的……远离众人的家伙……说呀……你们知道吗?"

移殖民们只是听而不去打断这可怜的人,可以说,这些不完整的表白是不由自主地说出来的。赛勒斯·史密斯试图走过去安慰他,不料他迅速地往后退去。

"不!不!"他喊道,"只问一句话……我是不是自由的?"

"您是自由的。"工程师回答道。

"那么再见了!"他大声地说,并疯子似的逃跑了。

纳布、彭克洛夫、哈伯特马上朝森林边缘跑去……可回来时还是他们几个。

"随他去吧!"赛勒斯·史密斯说。

"他决不会再回来了……"彭克洛夫嚷道。

"他会回来的。"工程师回答。

自那时起,好多天过去了,可赛勒斯·史密斯——莫非是一种预感——的观点是不可动摇的,他坚持认为,那可怜的人迟早会回来的。

"这是那粗野之人的最后的反抗,"他说,"他已感到了内疚,但重新离群索居会让他感到恐惧。"

此时,各项工程在继续进行,不论是在眺望岗,还是在牲畜栏,赛勒斯·史密斯有意在那里建一个农场。无须说,哈伯特在塔波尔岛采集的种子都已精心地播下了。眺望岗于是成了一个规划和养护得都挺不错的大菜园,它都不让移殖民们的手闲着,那里总有活干。随着蔬菜植物的不断增多,早就该扩大那些简易的四方形地了,那些地有变成真正的田地,并取代草场的趋势。

不过岛的其他部分有大量的草料,野驴想必是不用担心食物会受到限制的。另外,最好是把眺望岗变成菜园,因为眺望岗有环绕它的那条河床很深的小河保护;而把草场外迁,因为它无须加以保护,以防止四手动物和四足动物来毁坏。

11月15日,他们收获了第三批麦子。自十八个月前种下第一颗麦子以来,麦地的面积已扩大了!第二次收获的六十万颗麦子,这次产了四千斗,相当于五亿多颗麦子!移殖民们这下可不缺麦子了,因为,只需播上十来斗麦子,就能确保每年的收成,并能让人和牲畜都够吃。

其实,他们只是有麦子而没有面粉,所以必须建一个磨坊。赛勒斯·史密斯本可以利用泻在感恩河上的第二道瀑布来建,因为第一道瀑布已被用来驱动缩绒机的臼槌了。但经过讨论,大家决定,在花岗岩宫的顶上,建一个简易的风磨。建风磨并不比建水磨难,而另一方面,可以肯定,这高地上不缺风,因为它正对着海风。

"另外,"彭克洛夫说,"这风磨会比较欢快,能在风景中产生不错的效果呢!"

于是大家开始动手选择构架木,来做风磨的支架和机械结构。湖的北面有几块砂岩,可以把它们轻而易举地改制成磨盘。至于风车的翼,那用之不竭的气球囊给他们提供了必不可少的帆布。

赛勒斯·史密斯绘好了平面图,风磨的位置选在稍稍靠家禽饲养场右边的地方,靠近湖的陡岸。整个支架安在一个轴上,而这个轴装在粗大的构架里,这样,轴一转,按照风力和风向等安装的机械结构便也跟着转了。

这项工作很快便完成了。纳布和彭克洛夫早已成了非常熟练的木匠,他们只需按照工程师提供的尺寸去干就行了。因此,一个圆柱形的岗亭似的东西,一个真正的有尖盖的胡椒瓶,很快就在指定地点竖立起来了。四个构成风翼的木框,被牢牢地固定在动力轴上,并和它形成一定的角度,而且它们是用铁扣钉固定的。至于内部机械结构的各个部分,有用来装两个磨盘的箱子,其中一个是固定磨盘,另一个是活动磨盘;有料斗,是一种长方形的、上宽下窄的装置,它能让麦子落在磨盘上;有振动槽,它用来调节麦子的通过量,由于它持续不断地滴答作响,被称为"絮叨者";最后还有筛子,它用来分离麸皮和面粉。所有这些都不难制作。工具很好使,活的难度又不大,因为风磨的构件都是很简单的,只需花点时间而已。所有的人都为建造风磨而出了力,12月1日,这项工作完成了。

一如既往,彭克洛夫对自己的作品感到非常满意,不认为风磨会有什么问题。

"现在,来股好风,"他说,"那我们就能好好地磨我们的第一次收成了!"

"来股好风就可以了,但风不要太大,彭克洛夫。"工程师说。

"还是风大好!那样我们的风磨只能转得更快!"

"没必要转得那么快,凭经验得知,风磨通过风翼在一分钟内所转动的次数,以英尺计算,是风在一秒钟内所穿越的距离的六倍时,所完成的工作量最大。而当风速中等,每秒为二十四英尺时,一分钟内能使风翼转十六次,无须再多了。"

"正好!"哈伯特喊道,"现在正从东北方向吹来一阵好风,这对我们正合适!"

没有任何理由推迟风磨的开工,因为移殖民们急于要品尝林肯岛上的第一块面包。于是那天上午,便磨了两三斗麦子,而翌日午餐时,一个烤得焦黄的圆形大面包——尽管用啤酒酵母发了酵,但也许还是不够松软——出现在了花岗岩宫的餐桌上。每个人都大口大口地吃着,而且吃得非常高兴,这点是很能让人理解的!

然而那陌生人竟没有再露面。杰丁·斯皮莱和哈伯特好几次从花岗岩宫附近的森林里经过,却没有遇见他,也没有发现他的任何踪迹。对这长时间的消失,他们深感不安。诚然,这个塔波尔岛上的原先的野人,是不会对生活在猎物成群的远西森林里感到为难的,但他会恢复自己原来的习惯,而且这种独立自主、不受约束的状态,也会重新唤起他那粗野的本能,这难道不让人担心吗?不过赛勒斯·史密斯大概是出于某种预感,始终坚持说那个逃跑者会回来。

"是的,他会回来的!"他很有信心地一再说,但他的同伴们却缺乏这种信心,"当这个不幸者在塔波尔岛上时,他知道自己是孤独的!而在这里,他知道他的同类在等他!既然他对自己过去的生活已讲了一半,这悔悟的可怜人,他会回来把它全部讲完的。到了那天,他就是我们的人了!"

一件意外事件的发生,将证明赛勒斯·史密斯是对的。

12月3日,哈伯特离开眺望岗去湖的南岸钓鱼。他没带武器,因为直到那时,尚无须采取任何防备措施,既然没有危险动物在岛的这一部分出没。

此时,彭克洛夫和纳布正在家禽饲养场干活,而赛勒斯·史密斯和记者则在"烟囱"忙着制苏打,因为储备的肥皂已用完了。

突然,传来了声声喊叫:

"救命!救救我!"

赛勒斯·史密斯和记者离得太远,没能听到这喊叫声。彭克洛夫和纳布急忙离开家禽饲养场,朝湖的方向冲去。

谁也没料到那陌生人会在这个地方出现。还没等他们赶到,他就已穿过那条把高地和森林隔开的甘油河,跃到了河的对岸。

在那里,哈伯特正面对一头可怕的美洲豹,它很像在蛇尾岬角被杀死的那头。哈伯特感到非常害怕,他靠着一棵树站在那儿,而那头动物则正收缩身子,准备扑上去……

这时候,那陌生人出现了,他除了一把刀没别的武器,向那令人生畏的野兽冲了过去。那野兽连忙转过身来对付这位新的对手。

搏斗是短暂的。那陌生人力大无比,身手又出奇地敏捷。他用钳子般强有力的手抓住了那豹子的喉部,并不担心那野兽的利爪是否会扎进他的肉里,而另一只手则用刀去刺它的心脏。

美洲豹倒下了。陌生人用脚把它踢开,然后便要逃走。这时,移殖民们赶到了搏斗现场,哈伯特一把拽住了他,并喊道:

"不,不,您别走!"

赛勒斯·史密斯朝那陌生人走去。那陌生人见他靠近自己时,不禁皱了皱眉头。只见他的上衣被扯破了,露出了肩膀,而肩膀在流血,不过他并没在意。

"我的朋友,"赛勒斯·史密斯对他说,"我们刚才欠下您一笔人情债,您冒着生命危险救了我们的孩子!"

"我的生命!"陌生人喃喃地说,"它值什么?什么都不值!"

"您受伤了?"

"不要紧的。"

"请把您的手给我好吗?"

哈伯特力图抓住那只刚才救了他的手,不料陌生人却叉起了胳膊。他胸脯鼓起,目光暗淡,像是要逃跑。不过他使劲克制住自己,并语气生硬地说:

"你们是谁?你们打算对我怎样?说说你们自己。"

他这是在问移殖民们的经历,而且这是第一次。也许,讲完了这番经历,他才会讲自己的?

赛勒斯·史密斯用寥寥数语,讲述了自从里士满出发以来所发生的一切,讲述了他们是怎样摆脱困境的,而现在又有哪些资源可供他们支配。

陌生人专心致志地听着。

然后,工程师对他讲了他们所有人——杰丁·斯皮莱、哈伯特、彭克洛夫、纳布和他自己——的情况,并补充道,自从他们到林肯岛以来,最感高兴的是,当他们从小岛归来时,又多了一个同伴。

听到这些话,那位陌生人脸红了,头垂到了胸前,整个人流露出一种愧疚感。

"既然您已经了解我们了,"赛勒斯·史密斯又说道,"那就请把您的手给我好吗?"

"不,"陌生人声音低沉地回答,"不!你们都是些正派人,你们!而我……"

第 17 章

总是不合群——陌生人的一个请求——建在畜栏的农舍——十二年了！——"不列颠尼亚"号的水手长——被抛弃在塔波尔岛——赛勒斯·史密斯的手——神秘的信件

这最后几句话证实了移殖民们的预感。在这不幸者的生活中有段不堪回首的过去,在移殖民们的眼里,这过去已补赎了,但不幸者的良心却还没有宽恕自己。总之,这罪人感到内疚,他在后悔,而他们要他伸出的那只手,他的新朋友们是会友好地握住它的,可他觉得自己不配把它伸给那些正直的人！然而,经过了美洲豹那一幕后,他没有返回森林,而且从那天起,他也没有离开花岗岩宫这块地盘。

此人的生活中有何秘密？这陌生人有一天会说吗？这秘密将来总会得知的。不管怎样,大家说好,绝不可要求他说出自己的秘密,而且,和他生活在一起时,要装着什么也没猜到。

有那么几天,共同生活一如既往地继续着。工程师和记者在一起干活,他们时而当化学家,时而又当物理学家。记者只有在和哈伯特一起去打猎时,才离开工程师,因为让小伙子一个人去森林是不谨慎的,得照看着他点。至于纳布和彭克洛夫,他们一天在畜栏或在家禽饲养场,另一天则在牲口棚,外加还有花岗岩宫里的活,他们有的是活要干。

那陌生人干活时不和大家在一起,他又恢复了他往常的生活,不回去吃饭,在高地的树下过夜,总是独来独往。看来拯救了他的这个小群体真的令他难以接受！

"不过,"彭克洛夫说,"他为什么要求他的同类去救他呢？为什么他要把那封信扔到大海里去呢？"

"他会告诉我们的。"赛勒斯·史密斯总是这么回答。

"什么时候？"

"也许比您想象的要早,彭克洛夫。"

的确,敞开心扉的日子临近了。

12月10日,那陌生人回花岗岩宫后一周,赛勒斯·史密斯看见他朝自己走来。他声音平静、语气谦卑地说:"先生,我有个请求。"

"请说吧,"工程师回答,"不过先让我向您提个问题。"

一听这话,陌生人脸红了,马上就要走。赛勒斯·史密斯明白这罪人心里在想什么,他大概是怕工程师询问他的过去!

工程师拉住了他,对他说:"老兄,我们不仅是您的同伴,而且还是您的朋友。这就是我一心要对您说的话。现在,我来听您说。"

陌生人用手抹了一下眼睛,他浑身颤抖,说不出一句话来,就这样待了一会儿。"先生,"他终于说道,"我来是请您给我一项恩典的。"

"什么恩典?"

"离这里三四海里,在山脚下,你们有一个家畜栏。那些动物需要照料。让我和它们一起生活在那里好吗?"

工程师深表同情地注视了那不幸者片刻,然后说道:"我的朋友,家畜栏不过是些牲口棚而已,就连对动物也只是勉强适合……"

"这倒挺适合我,先生。"

"我的朋友,"赛勒斯·史密斯又说,"我们绝不会在任何事情上惹您不快的。既然您喜欢住在牲畜栏,那就去住吧。另外,您在花岗岩宫将永远是受欢迎的。不过,因为您愿意住在牲畜栏,我们将做些必要的安排,好让您在那里住得还舒服。"

"无论怎样,我都会在那里过得很好的。"

"我的朋友,"赛勒斯·史密斯答道,他执意要这么亲切地称呼他,"在这方面该怎么做,您就让我们自己来决定吧!"

"谢谢,先生。"那陌生人说完便走了。

工程师很快就把陌生人的建议告诉了同伴们。于是大家决定,在牲畜栏建一座木屋,并尽可能把它布置得舒适些。

就在当天,移殖民们带上必要的工具去了牲畜栏。不到一周,那木屋就准备接待它的主人了。木屋被建在了离牲口棚二十来英尺处,从那儿,将很容易看管那群岩羊——它们已超过了八十头。还做了几件家具,有床、桌子、凳子、衣柜和箱子,武器、弹药、工具也被运到了畜栏。

此外,那陌生人尚未见到他的新居,他随移殖民们去干,自己并不参加。这段时间,他总在高地上忙活,大概是想干完他的活。事实上,多亏了他,所有的地都被耕过了,并准备播种,只要时节一到。

12月20日,畜栏那边都布置完了。工程师告诉那陌生人,他的新居已准备接纳他了。陌生人回答,他当晚就去那里过夜。

那天晚上,移殖民们都聚集在花岗岩宫的大厅里。当时是八点——正是他们的同伴该离开他们的时刻。他们不想因为自己的在场而令他尴尬,和他道别没准会使他感到为难,于是他们便把他单独留下了,他们则回到了这里。

然而,当他们在大厅里聊了一阵后,突然听到有轻微的敲门声。几乎马上,那陌生人就进来了。他直截了当地说:"先生们,"他说,"在我离开你们之前,有必要让你们知道我的经历。我这就说。"

这简单的话语,引起了赛勒斯·史密斯及其同伴们的强烈反应。

工程师站了起来。

"我们对您没有任何要求,我的朋友,"他说,"您有权保持沉默……"

"我有义务说出来。"

"那就请坐下吧。"

"我还是站着吧。"

"我们准备洗耳恭听。"赛勒斯·史密斯答道。

那陌生人站在大厅的一个角落里,有点被半明半暗保护着。他光着头,两臂交叉在胸前,就以这姿态,用低沉的声音,像是逼着自己似的,讲述了以下的故事,而他的同伴们一次都没打断他。

"1854年①12月20日,有条蒸汽游艇在南纬37°的澳大利亚西海岸百努依角抛了锚。这条游艇叫'邓肯'号,是属于苏格兰人格里那凡爵士的。当时在这条游艇上有格里那凡爵士、他的妻子、一名英军少校、一位法国地理学家、一个少女和一个男孩。后面两位是格兰特船长的儿女,格兰特船长的'不列颠尼亚'号一年前已连人带货全部遇难。'邓肯'号是由约翰·孟格尔船长指挥的,并配备了十五名船员。"

"为什么这条游艇会在那个时期出现在澳大利亚的海岸上?"

"六个月前,一只装着一份信件的漂流瓶,在爱尔兰海域被发现,并被'邓肯'号拾得。文件是用英文、德文和法文写的,其大意是:'不列颠尼亚'号失事后,还有三名生还者,他们是格兰特船长和他手下的两个人,他们已在一片

---

① 儒勒·凡尔纳作品中有多处矛盾,在《格兰特船长的儿女》中,"邓肯"号寻找格兰特船长,将坏人艾尔通遗弃在塔波尔岛是在1864年,而此处写的却是1854年。但从本书的上下文看,发生在1854年似乎是通的,因为到本书中的1866年,艾尔通在塔波尔岛度过了正好十二年。

陆地上找到了避难处。而文件提供了纬度，但经度却被海水抹去了，已无法辨读。纬度是南纬37°11′。虽然经度是未知的，但只要沿着这条37°的纬线，越过大陆和海洋，就一定能到达格兰特船长及其两位同伴居住的陆地。

"英国海军部对进行搜寻迟疑不决，但格里那凡爵士却决定要尽一切努力找到船长。格兰特船长的儿女已与他取得了联系。'邓肯'号游艇按照远征被进行了装备，愿意参加这次远征的有爵士一家和船长的儿女。于是'邓肯'号离开格拉斯哥港，朝大西洋驶去，它绕过麦哲伦海峡，由太平洋溯流而上，直到巴塔哥尼亚高原。按照对文件的第一种解释，可以假定格兰特船长已在那里做了土著们的俘虏。

"'邓肯'号把它的乘客们送到巴塔哥尼亚高原的西海岸后，便又开走了，准备到东海岸的科连特斯角去接他们。

"格里那凡爵士沿着37°纬线穿越了巴塔哥尼亚高原，却没发现船长的任何踪迹，便于11月3日又上了船，打算越过太平洋继续搜寻。'邓肯'号查看了沿途的特里斯坦-达库尼亚群岛和阿姆斯特丹群岛，但毫无结果。正如我上面所说的，1854年12月20日，它到达澳大利亚西海岸的百努依角。

"格里那凡爵士意欲像穿越美洲一样穿越澳大利亚。于是他下了船。离海岸几英里处有座农场，是属于一位爱尔兰人的，此人殷勤接待了旅客们。格里那凡爵士向他说明了自己来到这片海域的原因，并问他是否听说过一条英国三桅船，船名叫'不列颠尼亚'号，该船是在不到两年前在澳大利亚东海岸失事的。那位爱尔兰人从未听说过这起海难。可令在场者大为惊讶的是，在他家里打工的一个人却介入了谈话，那个人说：'先生，感谢上帝。如果格兰特船长还活着，他一定是在澳洲的土地上。'

"'您是谁？'格里那凡爵士问。

"'像您一样，一位苏格兰人，'此人回答道，'我是格兰特船长的一位同伴，"不列颠尼亚"号上的一位幸存者。'

"'此人名叫艾尔通，他的确是"不列颠尼亚"号的水手长，正如他的证件所证明的。不过，帆船在礁石上撞碎后，他就和格兰特船长失散了。此前他一直以为他的船长和全体船员都丧生了，而只有他，艾尔通，是"不列颠尼亚"号的唯一幸存者。'

"'只是，'他补充道，'"不列颠尼亚"号并不是在澳大利亚的西海岸，而是在东海岸沉没的，要是如文件所指，格兰特船长还活着，那他就已做了澳洲土著的俘虏，得去另一个海岸找他。'

"此人这么说时，声音果断，目光坚定，让人无法对他的话产生怀疑。那爱尔兰人因为雇用他已有一年多,便替他作了担保。格里那凡爵士相信他为人正直,并在他的建议下,决定沿37°纬线穿越澳大利亚。格里那凡爵士、他的妻子、那两个孩子、少校、法国人、孟格尔船长和几名水手,组成了一支由艾尔通带领的远征队,而'邓肯'号将听凭大副汤姆·奥斯丁的吩咐,前往墨尔本,并在那里等候格里那凡爵士的指令。

"他们于1854年12月23日出发了。

"现在该说明,这个艾尔通其实是个叛徒。他的确是'不列颠尼亚'号上的水手长,可是,他在和船长发生了一番争执后,便企图带领船员们造反,并夺取这条船。于是格兰特船长便于1852年8月,让他在澳大利亚西海岸下了船,然后扔下他又出发了——这不过是他应得的惩罚。

"其实,这个坏蛋对'不列颠尼亚'号遇难之事一无所知。他是刚才从格里那凡爵士的讲述中获悉的!他自从被抛弃后,便化名为本·乔伊斯,成了一些逃犯的首领。他之所以轻率地认定海难是发生在东海岸,他之所以要把格里那凡爵士向这个方向引,是因为他想把格里那凡爵士和他的船分开,然后夺取'邓肯'号,并把这条游艇变成太平洋上的一条海盗船。"

至此,那陌生人停顿了片刻。他的声音在发抖,不过他还是继续讲了下去:"远征队出发了,他们要穿越澳洲大陆。此举当然是失败的,既然由艾尔通或本·乔伊斯——愿意怎么叫都行——带队,他时而让那帮罪犯打头,时而让他们殿后,而他们对要干的事早已清楚。

"当时,'邓肯'号已开往墨尔本去修理。艾尔通想,得让格里那凡爵士给那条船下令,让它离开墨尔本,前往澳大利亚东海岸。在那里,他艾尔通能够不费吹灰之力地夺取这条船。于是,艾尔通把远征队带到了距这个海岸相当近的地方,带进了让人一筹莫展的茫茫林海之中。然后他就想弄到一封格里那凡爵士的签名信,由他带给'邓肯'号的大副,这信要指示游艇立即开往东海岸的杜福湾,那地方距远征队的停留地点只有几天的路程。那也是艾尔通和他的同谋们所约定的地点。

"就在格里那凡爵士要把信交给他时,这叛徒被揭露了,他于是只有逃跑。可那封将使他得到'邓肯'号的信,他无论如何也要弄到手。艾尔通终于劫获了那封信。两天后,他到了墨尔本。直到这时,这罪犯卑劣的计划都得逞了。他就要把'邓肯'号开进杜福湾,在那里,那帮坏蛋很容易夺取'邓肯'号。一旦杀掉它的船员,本·乔伊斯就将在这片海域称霸……但上帝总会在那些不祥的计划收尾时来阻止它的实现。

"艾尔通到了墨尔本,把信交给了'邓肯'号的大副汤姆·奥斯丁。汤姆·

奥斯丁见信后立即起航。可是,起航后的第二天,艾尔通发现大副不是把船开往澳大利亚东海岸的杜福湾,而是开往了新西兰的东海岸。想象一下艾尔通该有多么恼火、多么失望吧。艾尔通想加以阻止,可奥斯丁给他看了信!……原来,巧得很,为格里那凡爵士代笔的法国地理学家出了个错,把澳大利亚东海岸写成了新西兰东海岸。

"艾尔通的全部计划都落空了!他想造反,结果被关了起来。他被带到了新西兰的东海岸。对于他的同谋和格里那凡爵士后来的情况,从此一概不知。'邓肯'号在这片海岸一直巡航到3月3日。那天,艾尔通听到了巨响。那是'邓肯'号的大炮在开火。不一会儿,格里那凡爵士和他的那一行人都到了船上。

"下面是事情经过:不知付出了多少辛苦,经历了多少危险,格里那凡爵士才终于结束了他的旅行,到达澳大利亚东海岸的杜福湾。可'邓肯'号不见踪影!他便给墨尔本船舶保险经理人拍电报。得到的回电是:'"邓肯"号已于本月18日起航,去向不明。'

"此时格里那凡爵士脑子里只有一件事:那条正大光明的游艇已落入本·乔伊斯手中,成了海盗船!

"可格里那凡爵士不愿就此打退堂鼓。这是个顽强勇敢的人。他上了一条商船,让对方把他送到新西兰。他和一行人沿着37°纬线穿越新西兰,可是不见格兰特船长的任何踪迹。但在新西兰东海岸,大大出乎他意料的是,由于上苍的旨意,他又找到了'邓肯'号,大副在那儿已等了他五周!

"那天是1855年3月3日。格里那凡爵士于是又上了'邓肯'号。被俘的艾尔通也在船上,他被带到格里那凡爵士面前受审,爵士想让这个歹徒说出他所知道的有关格兰特船长的一切情况。可艾尔通拒不开口。于是格里那凡爵士对他说,到下一个停泊港,就把他交给英国当局。艾尔通始终保持沉默。

"'邓肯'号继续沿着37°纬线行驶。期间,格里那凡夫人对负隅顽抗的歹徒进行了说服工作。她的话终于起了作用,艾尔通愿意说出他所能说的情况,但作为交换,他提出格里那凡爵士把他扔在太平洋的一个岛上,而不是把他交给英国当局。格里那凡爵士决心无论如何也要获知有关格兰特船长的情况,便同意了。

"艾尔通于是讲述了自己的生平。而他一口咬定,自从格兰特船长在澳大利亚海岸将他解雇后,后来发生的事他一无所知。

"不过格里那凡爵士还是兑现了诺言。'邓肯'号继续行驶,并到达塔波尔岛。这正是艾尔通该下船的地方,而也就是在那儿,发生了真正的奇迹,他们找到了格兰特船长和他手下的两个人,恰恰是在37°纬线上。那罪犯于是取代了他们,待在了那个荒岛上。在那罪犯离开游艇时,格里那凡爵士说了下面这番话:'在这里,艾尔通,您将远离任何陆地,并无法和您的同类取得联系。我们现在把您留在这个岛上,而您是不可能从这里逃走的。在能洞察心灵的上帝的监督之下,您将孤身一人。您将像格兰特船长一样,既不会消失,也不会不为人知,尽管您是那么不配留在人们的记忆中,但人们还是不会忘记您。我知道您是谁,艾尔通,也知道您在哪儿。我决不会忘记!'

"'邓肯'号扬帆起航,很快就消失了。那天是1855年3月18日。

"艾尔通形单影只,但他不缺弹药武器、工具和种子。供他这个罪犯使用的,还有正直的格兰特船长建造的房子。他只需随心所欲地生活,并在孤独中赎自己的罪。

"先生们,他追悔莫及,为自己的罪行感到羞愧,并且非常愁苦!他对自己说,若有朝一日人们来这岛上找他,他一定是一个有资格回到他们中间的人!他拼命地劳动,通过劳动来改造自己!他虔诚地祈祷,通过祈祷来获得新生!在前两三年中都是这样。因为孤独而陷入沮丧的艾尔通,总是眺望是否有条船出现在小岛的地平线上,总是寻思赎罪期是否很快就要结束。他所受的苦非常人所能比!啊!这种离群索居的生活,对一颗被愧疚折磨的灵魂来说是多么难熬!也许上苍觉得他这个不幸的人所受的惩罚还不够,因为,他渐渐感到自己正在变成一个野人!他渐渐感到自己越来越粗野!他没法告诉你们,这种情况是发生在被抛弃两年后还是四年后,但他最终成了你们所发现的那个不幸的人!

"我无须对你们说,先生们,艾尔通或本·乔伊斯和我,我们只是一个人!"

故事结束时,赛勒斯·史密斯及其同伴们都站了起来。很难说他们激动到了什么程度!这么多的不幸、这么多的痛苦和这么多的绝望,都赤裸裸地暴露在他们面前!

"艾尔通,"工程师说道,"您曾经是个罪大恶极的人,但上苍肯定是认为您已赎清了自己的罪过!他把您送回到了您的同类中间,这便是证明。艾尔通,您已被宽恕了!而现在,您愿意做我们的同伴吗?"

艾尔通后退了。"这是我的手!"工程师说。

艾尔通朝赛勒斯·史密斯伸给他的手冲了过去,大滴的眼泪夺眶而出。"您愿意和我们生活在一起吗?"赛勒斯·史密斯问。

"史密斯先生,你们还是再放任我一段时间,让我独自住在畜栏的那间屋子里吧！"

"随您的便，艾尔通。"赛勒斯·史密斯答道。

艾尔通正要离去，工程师又问了他最后一个问题：

"还有一句话，朋友。既然您决意独自生活，那您又为什么要把那封信扔到大海里去呢？是它让我们去寻找您的。"

"信？"

"是啊，就是那封装在我们拾到的漂流瓶里的信，它提供了塔波尔岛的确切位置！"

艾尔通摸着额头思索了片刻，回答道："我从没有往大海里扔过信！"

"从没有？"彭克洛夫喊道。

"从没有！"

艾尔通深鞠一躬，反身向门口走去，随即离开了。

艾尔通朝赛勒斯·史密斯伸给他的手冲了过去，大滴的眼泪夺眶而出。

第 18 章

　　交谈——赛勒斯·史密斯和杰丁·斯皮莱——工程师的一个主意——电报——铁丝——电池——字母表——美好季节——移殖民地的兴旺发达——拍照——雪景——林肯岛上整两年

　　"可怜的人！"哈伯特说，他冲到门口，见艾尔通沿着升降机的绳子滑了下去，并消失在了黑暗中，才又返了回来。
　　"他会回来的。"赛勒斯·史密斯说。
　　"啊，赛勒斯先生，"彭克洛夫嚷道，"究竟是怎么回事？怎么！不是艾尔通把那个瓶子扔到海里去的？那又会是谁呢？"
　　无疑，万一有问题该产生的话，那就是这个！
　　"是他扔的，"纳布回答，"只是，那不幸的人已经半疯了。"
　　"的确如此，"哈伯特说，"他当时已意识不到自己在做什么。"
　　"只能这么解释了，朋友们。"赛勒斯·史密斯迅疾回答，"而且我现在明白，艾尔通为什么能准确地指出塔波尔岛的位置了，他被抛弃在岛上之前不是发生了一些事件吗？正是这些事件让他知道的。"
　　"不过，"彭克洛夫说，"如果他写文件时还不是一个野人，如果他是在七八年前把它扔进海里的，那张纸怎么会没有因潮湿而受损呢？"
　　"这便证明，"赛勒斯·史密斯回答，"艾尔通丧失理性的那个时期，距离现在要比他所认为的近得多。"
　　"必定是这么回事，"彭克洛夫说，"不然的话事情就没法解释了。"
　　"没法解释，的确。"工程师回答，他似乎不想再继续这番谈话了。
　　"可艾尔通讲的是真话吗？"水手问。
　　"是的，"记者回答，"他讲的事完全是真的。我清楚地记得，当时，各家报纸都报道了格里那凡爵士所做的壮举，以及他所取得的结果。"
　　"艾尔通讲的是真话，"赛勒斯·史密斯补充道，"您不必怀疑，彭克洛夫，因为这番话对他来说是相当残酷的。当一个人认罪到了这种程度,是不会说假话的!"

翌日,是12月21日,移殖民们来到了海滩上,他们登上了高地,发现艾尔通已不在那儿了。艾尔通夜里已进了他那间在畜栏里的房子,移殖民们认为还是不去打扰他为好。鼓励做不到的,也许时间能做到。

哈伯特、彭克洛夫和纳布于是恢复了他们的日常工作。那天,赛勒斯·史密斯和杰丁·斯皮莱正好在"烟囱"的车间里干同一样活。

"您知道吗,亲爱的赛勒斯,"杰丁·斯皮莱说,"我根本就不满意您昨天对那瓶子所做的解释!那可怜的人写了那文件,并把那瓶子扔进了大海,可他对这一切却毫无记忆,这怎么能让人接受呢?"

"所以,瓶子并不是他扔的,我亲爱的斯皮莱。"

"那么,您认为还有⋯⋯"

"我什么都不认为,什么都不知道!"工程师打断了记者的话说道,"我仅把这个事件归入那些迄今为止我都无法解释的事件之中!"

"的确,赛勒斯,"杰丁·斯皮莱说,"那些事情都是难以置信的!对您的营救、在沙滩上搁浅的箱子、托普的奇遇,最后还有那瓶子⋯⋯难道我们就永远揭不开这些谜了吗?"

"能揭开!"工程师迅速回答,"能揭开,只不过得一直搜寻到这岛的深处!"

"也许机遇会给我们这些秘密的答案!"

"机遇?斯皮莱!我几乎不相信什么机遇,就像我不相信这世上有什么秘密一样。这里所发生的无法解释的一切,都是有原因的,而这原因,我们会找到的。不过眼下,我们还是观察和干活吧。"

一月份到了。1867年开始了。夏天的活,由于不间断地干,都已完成了。在随后的日子里,哈伯特和杰丁·斯皮莱去了畜栏那边,他们得以看到,艾尔通已享用了给他准备的房子。他照管托付给他的那一大群牲畜,这样他的同伴们就不必那么辛苦,每隔两三天来一趟畜栏了。然而,为了不再让艾尔通孤独得太久,移殖民们经常去看望他。

既然工程师和杰丁·斯皮莱都有所怀疑,那么将岛的这一部分置于某种监视之下,便并不是无足轻重的事,而一旦发生什么事件,艾尔通也必定会去通知花岗岩宫的居民们。

然而,情况有可能是,事件发生得很突然,要求马上让工程师知道。甚至,除了和林肯岛的秘密有关的事,也可能会发生许多别的需要移殖民们立即介入的事,比如,有条路过的船出现在海上,而在西海岸可以望得见;西面近海岸处发生海难,海盗船有可能到达,等等。

因此,赛勒斯·史密斯决定让畜栏可随时与花岗岩宫取得联系。

1月10日,他把自己的计划告诉了同伴们。

"啊!您准备怎么干呢,赛勒斯先生?"彭克洛夫问道,"您难道想安装一部发报机吗?"

"正是这样。"工程师回答。

"电的?"哈伯特嚷道。

"电的,"赛勒斯·史密斯回答,"我们有做一个电池所需的各种元件,最困难的是拉制铁丝,但用一个拉丝模,我想我们能成功。"

"好啊,既然能成,"水手说,"那我就有希望看到我们在铁路上行驶了。"

于是大家开始干,并从最难的,即从制作铁丝干起。因为,如果失败,就不必制作电池和其他附件了。

众所周知,林肯岛的铁属优质铁,所以很适于拉制。赛勒斯·史密斯首先制作一个拉丝模,即制作一块钢板,上面钻了一些各种直径的锥形孔,这些孔将相继使铁丝达到所要求的纤细程度。这块钢板经过淬火后,便变得非常坚硬,然后便不可动摇地被固定在一个牢牢地插入地里的架子上,这套装置离大瀑布仅几英尺,工程师将再次利用它的动力。

的确,缩绒机就在那里,它当时没运转,但它那根功率极大的转动主轴,倒可以用来拉制铁丝,并把铁丝卷起来。

这道工序不太好干,得很细心才行。先准备好又长又薄的铁杆,顶端用锉刀锉细,然后把它伸进拉丝模的大孔中,用转动主轴拉制,按二十五至三十英尺的长度卷起来,然后再展开,依次伸进那些小孔中!最后,工程师得到了一些长四十至五十英尺的铁丝,而把它们连接起来,并在畜栏和花岗岩宫之间的这段长五海里的距离中拉起来,就不是什么难事了。

只需几天,便可出色地完成这项活,甚至,等机器一开始运转,赛勒斯·史密斯便让其同伴们去当拉丝工,而自己则忙着去制作电池了。

在这种情况下,必须得到一只直流电电池。要知道,新式电池的元件通常是由炭精、锌和铜组成的。可工程师手头根本没铜,尽管他竭力寻找,也没在林肯岛上找到哪怕一星半点。所以只好不用。至于炭精,即那种煤气工厂的转炉中的硬石墨,让煤脱氧后便能产生,但必须得安装专用设备,这可不是那么容易的。至于锌,大家记得,在漂流物海角找到的那只箱子就衬有这种金属,在这种情况下,它是最为适用的。

经过一番深思熟虑,赛勒斯·史密斯决定制作一个十分简单的电池,它近似于贝克勒耳①于1820年想出来的那种,其中只用上了锌。至于其他的物质,如硝酸和钾碱,这些他手头就有。

工程师制作了一定数量的玻璃瓶,并在里面装满硝酸。他用塞子把它们塞住,而塞子上穿过一根玻璃管,玻璃管的下端堵住,并准备浸入硝酸中。堵塞物是用布包着的一团黏土。然后他从这管子的上端倒入一种钾碱溶液,这是他事先焚烧各种植物所得到的。就这样,硝酸和钾碱得以通过黏土相互起反应。

赛勒斯·史密斯随后取来两片锌,其中一片浸入硝酸中,另一片浸入钾碱溶液中。很快地,电流便产生了,它从瓶子里的锌片流到管子里的锌片,这两片锌已用一根金属丝连上,管子里的锌片成了正极,而瓶子里的锌片则成了负极。每个瓶子都产生等量的电,它们合在一起,便足以产生所有的电极现象。这便是赛勒斯·史密斯制作的巧妙而又十分简单的仪器,这套仪器将能使他在花岗岩宫和畜栏之间建立电极联系。

2月6日,开始竖杆子,杆子都用玻璃绝缘。这些杆子是用来支撑电线的,而电线将沿着去畜栏的路架设。几天后,电线架好了,并准备以每秒十万公里的速度传送电流,而大地将负责将其送回起点。

一共制作了两组电池,一组用于花岗岩宫,另一组用于畜栏,因为,如果畜栏该和花岗岩宫联系,那花岗岩宫和畜栏联系也会有好处的。

至于收报机和发报机,也非常简单。在这两个站,电线被缠在一块电磁铁上,也就是说,缠在一块绕有线圈的软铁块上。两极之间的联系既已建立,电流便从正极出发,通过电线,进入电磁铁,而电磁铁会被临时磁化。然后电流又通过地面回到负极。而电流一中断,电磁铁便马上退磁。因此,只需在电磁铁前放一块软铁片即可,电流通过时它被吸住,而电流中断时它则落下。铁片的运动就这样得到了,赛勒斯·史密斯便得以轻而易举地把一根针和铁片连在一起,而这根针是带有盘的,盘上有字母表,就这样,站与站之间便可联系了。

2月12日,一切安装完毕。那天,赛勒斯·史密斯通过电线发出电流后,便询问畜栏那边是否一切顺利,不一会儿,便收到了艾尔通的令人满意的答复。

---

① 贝克勒耳,法国物理学家世家,祖父安托百·西萨·贝克勒耳(1788—1878),电化学的先驱者;父亲亚历山大·贝克勒耳(1820—1889),因磷光和分光镜的研究而著名;儿子安托·亨利·贝克勒耳(1852—1908),由于在核物理学方面的重要贡献而获1903年度诺贝尔物理学奖。本书中指的是祖父。

彭克洛夫喜不自禁,每天早晨和晚上,他都要给畜栏那边发电报,而对方则每次必有回电。

这种联系方式具有两个显著的优点,首先是能确定一下艾尔通是否在畜栏,其次是不至于让他太孤独。再说,工程师没有一周不去看他的,而艾尔通则也不时地来花岗岩宫,在那里,他总是受到热情接待。

美好季节就这样在日常劳作中过去了。移殖民们的资源,尤其是蔬菜和粮食方面的,在与日俱增。从塔波尔岛带来的植物已完全移栽成功,眺望岗呈现出一派让人放心的景象。第四次麦收产量惊人,没人考虑到要去数数是否收获了四亿粒麦子。不过彭克洛夫还是有此念,不料赛勒斯·史密斯告诉他,就算他每分钟能数三百粒,即一小时一万八千粒,那他也要大约五千五百年才能数完,忠厚老实的水手认为只有放弃了事。

天气极好,而白天的气温很高;但到了晚上,海风阵阵吹来,驱散了大气中的热量,为花岗岩宫的移殖民们提供了凉爽之夜。然而暴风雨还是有几场的,尽管它们为时不长,但下劲儿却不同寻常。在几小时之内,电光在空中闪个不停,而隆隆的雷声则不绝于耳。

差不多在这个时期,这个移殖民小群体特别兴旺发达。家禽饲养场的住户们迅速大量繁殖,他们以那过多的部分为食,因为,把它们降到一个比较适中的数字变得甚为紧急。猪已经下了小崽,大伙意识到,照料这些动物耗费了纳布和彭克洛夫的一大部分时间。那时野驴也生了两只漂亮的小驴,最常骑它们的是杰丁·斯皮莱和哈伯特,而哈伯特在记者的指导下,已成为一名出色的骑手。那两头野驴也被套上车,或是往花岗岩宫运木头和煤,或是运工程师要用的矿产品。

在这个时期,对远西森林的深处进行了好几次勘察。勘察者们尽可以进去探险,而不必担心气温过高,因为阳光几乎透不过在他们头顶上交错的茂密的枝叶。他们因此视察了感恩河整个左岸,而沿着左岸边上的一条路,能从畜栏到瀑布河的河口。

不过在勘察期间,移殖民们都想到把武器带上了,因为他们经常遇到一些野性十足又凶猛异常的野猪,必须认真对付它们。

在这个季节,还和美洲豹有过一场激战。杰丁·斯皮莱特别憎恶它们,而他的弟子哈伯特则大力协助他。武装成他们那样,就几乎不用怕会遇上一只这种野兽了。哈伯特胆量极大,而记者则冷静得惊人。因此,花岗岩宫的大厅里已饰有二十来张华丽的豹皮了。照此下去,美洲豹很快就要在岛上绝迹了,而这正是猎人们要达到的目的。

在岛陌生部分所进行的勘察，工程师有时也参加。他观察得很仔细。他在这些大树林的最稠密的部分要寻找的，是其他的痕迹，而非动物的踪迹，可他没见任何可疑之物出现在眼前。托普和朱普陪伴着他。可它们的态度让人感觉不到有任何异常。然而，狗却不止一次地到那井口叫过，那口井工程师勘探过，但毫无结果。正是在这一时期，在哈伯特的帮助下，杰丁·斯皮莱在岛的景色最秀丽的部分拍了好几张照片，所用的照相机是在箱子里找到的，此前他们还从未用过。

那架带有高效能镜头的相机，十分完整。印照片所需的材料，制作底片所需的胶棉，使底片感光的硝酸银，定影用的亚硫酸钠，浸润相纸的氯化铵，浸泡相片的醋酸钠和氧化金等，一应俱全。甚至相纸也有，已氯化了的，在把相纸放进遮光格中之前，只需将其在掺水的硝酸银中浸泡几分钟便可。

记者及其助手于是在短时间内便成了熟练的摄影师。他们获得了一些相当漂亮的风景照，如岛的全景，那是从眺望岗拍摄的；有富兰克林峰、感恩河的河口，而河口被高耸的岩石环抱，景象非常别致；还有林中空地和倚山的最下面的小圆丘而建的畜栏；爪形海角和漂流场岬角的稀奇古怪的全貌，等等。摄影师们没忘记给岛上的居民照相，无人例外。

"我们被复制出来了。"彭克洛夫说，见自己被忠实地复制出来的形象挂在墙上，他非常高兴，并常常驻足在这批展品前，一如驻足在百老汇大街的最华贵的橱窗前。但是得说，拍得最成功的照片，无可争辩的是朱普的那张。朱普师傅摆的姿势一本正经得无法形容，而它的形象则惟妙惟肖！

"它像是要做怪相！"彭克洛夫嚷道。

如果朱普师傅还不满意的话，那只能说它太苛求了，然而它是满意的，它深情地注视着自己的形象，而那神情中还透着些许的自命不凡。

随着三月的到来，夏季的酷暑结束了。天空有时会下雨，但大气仍是炎热的。这年的三月——气候相当于北半球的九月——天气并不像人们期望的那么好，这也许预示着冬天会早到，而且会很冷。

一天早晨，那天是21日，他们甚至以为，第一场雪已经出现了。一大早就趴在花岗岩宫窗口的哈伯特喊道："瞧！小岛上覆盖着雪呢！"

"这个时节会有雪？"记者走过来问道。

他们的同伴也很快来到他们身边，他们能看到的只有一件事，那就是，不仅是小岛，而且是花岗岩宫下面的全部沙滩，都覆盖着一层白色。

"这就是雪呀！"彭克洛夫说。

"或者说这非常像雪！"纳布说。

拍得最成功的照片,无可争辩的是朱普的那张。

"可是温度计指在58度呀(零上14℃)!"杰丁·斯皮莱指出。

赛勒斯·史密斯望着那一大片白色沉默不语,因为他不知该如何解释这一现象,它发生在一年中的这个时期,而且又是在这种温度下。

"真见鬼!"彭克洛夫嚷道,"我们的庄稼要冻坏了!"

水手正准备下去,不料那灵活的朱普已抢了先,并顺着绳子滑到了下面。可没等那猩猩挨地,那一大片雪便起来了,在空中分散成无数的絮团,连阳光也被遮住了几分钟。"是鸟儿!"哈伯特喊道。

原来,这是羽毛白得耀眼的海鸥。它们先是成千上万地落在小岛和海岸上,现在又消失在了远方,任由移殖民们在那里目瞪口呆。他们仿佛观看了景色的变化,那是幻梦剧中的冬去夏来。可惜变化发生得如此突然,记者和小伙子都未能从中击落一只,所以他们也无法辨认其种类。

几天后,即3月26日,这些落难者们被抛到林肯岛上就整整两年了!

第 19 章

思念祖国——未来的机会——岛岑勘察计划——4月16日出发——从海上看蛇形半岛——西海岸的玄武岩——坏天气——黑夜降临——又一个意外

已经两年了！两年来，移殖民们和自己的同类没有过任何联系。他们被遗忘在这个岛上，得不到文明世界的任何消息，就像是生活在太阳系的某颗极小的行星上！

他们的国家此时正在发生什么呢？祖国的形象时时出现在他们的眼前，而这个在他们离开时就已被内战分裂的祖国，也许因为南军的叛乱而仍在遭受着血洗！这对他们来说是一种巨大的痛苦。他们经常谈论这些事，但却从不怀疑，为了美利坚合众国的荣誉，北方的事业必将取胜！

在这两年中，从林肯岛上没望见过一条船，甚至没望见过一叶帆。显而易见，林肯岛地处航线之外，甚至不为人知——地图已证明了这一点。那是因为缺个港口，它这个淡水补给点本该是会吸引那些想补充淡水的船只的。极目远眺，小岛四周的大海总是那么荒凉，要想回国，移殖民们几乎只得依靠自己了。

然而获救的机会还是存在的，就在四月的头一周的一天，这个机会正巧被移殖民们讨论过，他们当时聚集在花岗岩宫的大厅里。

当时正好在谈论美洲问题，于是便提到了故乡，而要想再见到它，希望是如此之渺茫。

"无疑，我们只有一个办法，"杰丁·斯皮莱说，"离开林肯岛的唯一办法，便是造一条大到能在海上航行几百海里的船。我觉得，既然已造了一条小船，那大船肯定也能造！"

"肯定能去帕摩图群岛，"哈伯特说，"既然已去了塔波尔岛！"

"我不说不能，"彭克洛夫答道，在航海问题上，他的见解总是有决定意义的,"我不说不能,尽管去近处和去远处不完全是一回事!虽说我们的小船在去塔波尔岛的途中受到了狂风恶浪的威胁,但我们知道哪边的避风港都离得不远,可是,要穿越一千二百海里,这可是好长一段路程呢,离我们最近的陆地起码有这个距离!"

"必要时,难道您也不想冒险吗?"记者问。

"斯皮莱先生,你们愿意的,我都会去做,"水手回答,"而且您很清楚,我可不是个知难而退的人!"

"还要看到,我们中间又多了一名水手呢。"纳布指出。

"是谁?"彭克洛夫问道。

"艾尔通。"

"对呀。"哈伯特说。

"他要是同意过来就好了!"彭克洛夫指出。

"好!"记者说,要是格里那凡爵士的游艇到了塔波尔岛,而艾尔通还住在那儿,你们认为他会拒绝离去吗?"

"你们忘了,朋友们,"工程师说,"艾尔通在塔波尔岛居住的最后几年里,已丧失了理性。可问题不在于此,而是在于,我们是否该把这条苏格兰船的返回算在我们获救的机会中。格里那凡爵士可是答应去塔波尔岛接艾尔通的,当他判定他的罪已赎够时。我认为他会来的。"

"是的,"记者说,"我要补充的是,他就快来了,因为艾尔通已被抛弃十二年了!"

"嗨!"彭克洛夫答道,"要说爵士会来,甚至快了,这我完全同意。可他会在哪里靠岸呢?在塔波尔岛,而不是在林肯岛。"

"这是肯定的,"哈伯特回答,"林肯岛甚至都没有标在地图上。"

"既然如此,朋友们,"工程师又说,"那我们就得采取必要措施,让登上塔波尔岛的人知道我们和艾尔通在林肯岛。"

"显然得这样,"记者答道,"而最容易不过的做法就是,在格兰特船长和艾尔通住过的小木屋留个通知,上面说明我们这个岛的位置,而这通知,格里那凡爵士和他的船员们必然会看到的。"

"真遗憾,"水手指出,"我们上次去塔波尔岛时竟忘记这么做了。"

"我们哪会这么做呢?"哈伯特答道,"我们当时又不了解艾尔通的经历,不知道有朝一日他们会来接他,而当我们知道了,季节已经过了,不可能再回塔波尔岛了。"

"是这样,"赛勒斯·史密斯答道,"太晚了,只能等明年春天再去了。"

"可那条苏格兰游艇要是在这段时间来呢?"彭克洛夫说。

"不可能,"工程师说,"因为格里那凡爵士是不会选择冬季冒险到这些远海来的。要么自从艾尔通和我们在一起后,也就是说五个月来,他已经去过塔波尔岛,而且已经走了,要么他以后会来。所以,等到了十月,风和日丽的日子一来,我们就去塔波尔岛,并在那里留张通知。"

"必须承认,"纳布说,"要是'邓肯'号就在这几个月里已在这片海域出现过了,那可就太不幸了!"

"但愿不是这样,"赛勒斯·史密斯答道,"这是留给我们的最好的机会了,但愿上帝不会夺走!"

"我认为,"记者指出,"不管怎样,当我们再去塔波尔岛时,我们会知道该怎么办,因为,如果苏格兰人去了那里,他们必然会留下某些痕迹。"

"这是肯定的,"工程师答道,"所以,朋友们,既然我们有这个回国的机会,我们就耐心等待吧,假如一旦失去了,我们再看看该怎么办。"

"总之,"彭克洛夫说,"假如我们以这样或那样的方式离开林肯岛,这当然不是因为我们觉得这里不好。"

"是的,彭克洛夫,"工程师回答,"这是因为,我们在这里远离了一个人在世上最值得珍爱的一切:家庭、朋友和故乡!"

事情就这样决定了,问题已不在于着手建造一条足够大的船去冒险,要么直到北部的群岛,要么直到西边的新西兰,所以大家便只顾忙活日常的工作去了,准备在花岗岩宫过第三个冬天。他们决定在坏天气到来之前,用小船作一次环岛旅行。对海岸的全面勘察尚未结束,移殖民们对西部和北部的沿海地带,从瀑布河河口到颌骨海角,只有一个不完整的概念,对在它们之间形成的如鲨鱼下颌的小海湾,也同样如此。

这次远足的计划是彭克洛夫提出来的,而赛勒斯·史密斯举双手赞成,因为他想亲自看看他这块领地的这一部分。

当时的天气变化多端,不过气压计并没有忽上忽下地波动,这样便可指望会有一个适于航行的天气。正好,在四月的第一周,气压急剧下降后又回升了,刮了一阵强劲的西风,并持续了五六天;然后,仪表的指针又变得稳定了,停在了29.9英寸的高度,所以情况似乎有利于勘察。

出发的日子定在4月16日,停泊在气球港的"好运"号,装好了必需品,准备做一次可能多少要花点时间的旅行。

赛勒斯·史密斯把计划好的这次探险通知了艾尔通,并建议他也参加,可艾尔通宁愿留在陆地上,于是决定,同伴们不在的期间,他到花岗岩宫来。朱普师傅则将和他做伴,他对此没作出任何反驳。

4月16日清晨,全体移殖民们带着托普上了船。劲风从西南方向吹来,而"好运"号离开气球港时是逆风行驶,以便到达蛇尾岬角。岛的周长为九十海里,而南海岸计有二十海里,是从气球港直到蛇尾岬角。从气球港驶出,就必须靠逆风航行来走完这二十海里。

起码得一整天才能到达岬角,因为小船离港后仅遇到了两小时的退潮,相反,却遇到了六小时的满潮,顶潮行驶是非常艰难的。绕过蛇尾岬角时,黑夜降临了。

彭克洛夫于是建议工程师收缩两叶帆以慢速航行。但赛勒斯·史密斯却宁可在离陆地几链处抛锚,以便能在白天再看看这部分海岸。大家甚至商定,既然这是一次对岛的沿海地带的细致的勘察,那就不搞夜航了,等天一黑,只要天气许可,就在近岸处抛锚。

他们就在岬角下的锚地度过了黑夜。雾起风息,恢复了宁静。除了水手,比起在花岗岩宫的房间里来,乘客们在"好运"号上睡得稍差了些,但他们毕竟睡着了。

翌日是4月17日,天刚蒙蒙亮,彭克洛夫就开船了。因为是满后侧风和左舷风,船可以贴近西海岸航行。

移殖民们对这片树木繁茂、景色极美的海岸非常熟悉,因为他们早已徒步走过它的边缘,然而它还是引起了他们的赞赏。他们尽可能沿着海岸行驶,同时放慢速度,以便能观察到一切,只是小心别撞到漂浮在这儿和那儿的树干上。他们甚至抛了好几次锚,杰丁·斯皮莱还对着这片美丽的海岸拍了一些风景照。中午时分,"好运"号到了瀑布河河口。在那边,在右岸,树木又出现了,但较为稀疏。但过了三海里,已只有一些孤零零的树丛,它们长在富兰克林峰西边的山果分支之间,而干旱的山脊一直延伸到沿海地带。

这片海岸的南北部分对照是何等鲜明!南部树木繁茂、青翠葱绿,而北部则崎岖不平、荒凉原始!仿佛是一片"铁岸",这是某些国家的人们对这类海岸的叫法。那犬牙交错的结构像是表明,在地质时期,仍在沸腾的玄武岩中突然发生过一次真正的结晶。这堆积物外观十分可怕,若当初移殖民们被偶然抛到岛的这一部分,他们一开始有可能会被吓坏的!他们当时登上富兰克林峰之巅时,没能看出这海岸的面目竟是十分凶险,因为他们所在的位置太高了。但从海上望去,这海岸则具有稀奇古怪的特点,像这样的海岸,恐怕在世界的任何一个角落都不可能再有。

"好运"号在这片海岸前驶过,而这段距离有半海里。不难看出,它是由大小不等的石块构成的,这些石块的高度从二十英尺直到三百英尺,而且它们的形状各异,有像塔楼那样的圆柱形、钟楼那样的棱柱形、方尖碑那样的角锥形、工厂"烟囱"那样的圆锥形。就连冰洋的雄伟而又可怕的高高耸立的浮冰,也不比它们更随意!这里,是岩石和岩石之间架着的一座座桥;那里,是安排得像望不见深处的教堂大殿的拱顶的拱形物;此处,是宽大的洞穴,而其拱穹显得十分宏伟;另一处,则是真正的石柱、尖塔和尖穹挤在一起,它们像是任何哥特式的教堂都从来拥有过的。大自然的构思,比人的想象力更具有随意性、更变幻莫测,所以才有了这绵延八九海里的雄伟壮丽的海岸。

赛勒斯·史密斯及其同伴们望着这一切时,他们简直惊讶到了近乎惊愕。不过,虽然他们保持着缄默,托普却毫不拘束地发出了叫声,并引起了由玄武岩峭壁反射回来的无数回音。工程师甚至注意到,这叫声有些怪,就像这狗在花岗岩宫的井口发出的那样。"我们靠岸吧。"他说。

"好运"号尽可能地贴近海岸的岩石。兴许那里有个适于勘察的岩洞?可赛勒斯·史密斯一无所见,没见到任何可供某个生灵藏身的岩洞和缝隙,因为岩石的下部就浸泡在海水的激浪中。托普的叫声很快便停止了,小船重新和海岸保持几链的距离。

在岛的西北部,海岸又变得平坦和多沙了。稀稀拉拉的几棵树,清晰地显现在低矮的沼泽地上,而这块地移殖民们早已见过。和那一片荒凉的海岸形成强烈对照的是,由于无数水禽的存在,这里显得富有生气。

晚上,"好运"号停泊在海岸的一个浅凹处,是在岛的北面,靠近陆地的地方,那里的水很深。这一夜平静地过去了,因为,随着白昼的最后一点光亮的逝去,海风平息了,直到晨曦微露时,才又刮起。

那天早晨因为靠岸容易,移殖民们中的老猎手哈伯特和杰丁·斯皮莱,去溜达了两小时,回来时带了好几串野鸭和沙雉。托普干得很出色,由于它的热忱和机灵,一只野味也没错过。早晨八点,"好运"号开航,朝着北颌骨海角飞快地驶去,因为是顺风,而且风力有增强的趋势。

"再说,"彭克洛夫说,"我不奇怪即将刮一阵西风。昨天太阳落山时天际红得很,瞧,今天早晨有'猫尾',这可不是个好兆头。"

这些猫尾是分散在天顶的细长形云彩,其高度从不低于海平面以上五千英尺,仿佛是一些轻盈的棉絮,它们的出现通常表明要变天。

"那好,"赛勒斯·史密斯说,"能撑开多少帆就撑开多少,到鲨鱼湾去找个避风港。我想,'好运'号在那里会很安全的。"

"就这么办,"彭克洛夫答道,"再说,北海岸尽是些沙丘,意思不大,不值

老猎手哈伯特和杰丁·斯皮莱,去溜达了两小时,回来时带了好几串野鸭和沙锥。

得重视。"

"倒不妨在那个海湾过夜,"工程师说,"而且明天还要在那里度过整个白天,它值得我们仔细勘察。"

"我认为我们非去那里不可,不管我们愿意不愿意,"彭克洛夫说,"因为天际的西部开始变得吓人了,瞧,乌云堆起来了。"

"不管怎样,我们去颌骨角还是顺风的。"记者指出。

"非常顺风,"水手回答,"可是要进那个海湾,就得逆风换抢行驶,我倒是很想把那片海域看个清楚,因为我还不了解它!"

"那片海域大概布满了礁石,"哈伯特补充道,"根据我们在鲨鱼湾南海岸见到的情况来判断。"

"彭克洛夫,"赛勒斯·史密斯说,"尽力而为吧,我们信得过您。"

"请放心,赛勒斯先生,"水手回答,"我是不会去冒险的,除非迫不得已!我宁可让自己的身体被刀子扎一下,也不愿让'好运'号的身体被岩石撞一下。"

彭克洛夫所谓的身体,是指他那条小船的水下体,他珍惜它胜过自己的生命!

"现在几点了?"水手问。

"十点。"杰丁·斯皮莱回答。

"距颌骨角还有多远,赛勒斯先生?"

"大约十五海里。"工程师答道。

"这得花两个半小时,"水手说道,"十二点到一点之间,我们可到达颌骨角附近。遗憾的是,那时正好退潮,海水将从港湾退出,风和海水都逆向而来,要进去恐怕很难。"

"更何况今天是满月,"哈伯特说,"而四月的潮水是很猛的。"

"那么,彭克洛夫,"赛勒斯·史密斯问道,"您不能在颌骨角的深处抛锚吗?"

"眼看就要变天了,还要在靠岸处抛锚!您是这么想的吗,赛勒斯先生?这可是故意让自己在岸边搁浅!"

"那您将怎么办呢?"

"我打算在海上航行,直到涨潮,也就是说直到晚上七点,如果天还有点亮,我就尽量驶进海湾,否则的话我们就整夜在海边驶来驶去,等明天日出时再进去。"

"我已经对您说过了,彭克洛夫,我们信任您。"赛勒斯·史密斯说。

"啊!"彭克洛夫说,"这片海岸要有座灯塔就好了,这样对航海的人来说就比较方便了!"

"是呀,"哈伯特说,"这回我们可不会有乐于助人的工程师为我们点火领航了!"

"喂,说真的,亲爱的赛勒斯,"杰丁·斯皮莱说,"我们还从来没谢过您呢,的确,要没有那火,我们大概永远也到不了……"

"火……?"赛勒斯·史密斯说,他对记者的话感到非常惊讶。

"我们是想说,赛勒斯先生,"彭克洛夫说道,"在我们回来之前的那最后几个钟头,我们在'好运'号上的处境非常艰难,若不是您在去年10月19日到20日的夜里采取预防措施,在花岗岩宫的高地上点了堆火,我们可能就驶到岛的下风处去了。"

"是呀,是呀！我当时是想出了个好主意！"工程师回答。

"而这次,"水手补充道,"除非艾尔通能想到,否则就不会有人给我们帮这个小忙了！"

"是的！不会有人了！"赛勒斯·史密斯答道。

过了一会儿,当工程师和记者单独待在船头时,他俯在记者的耳边说道:"如果这世上有一件事是确凿无疑的,那就是,去年10月19日到20日的那个黑夜,我既没在花岗岩宫的高地上,也没在岛的任何其他地方点过火！"

第 20 章

海上之夜——鲨鱼湾——隐情吐露——准备过冬——坏季节的早到——严寒——室内活——半年之后——一张底片——意想不到的事件

事情正如彭克洛夫所预测的那样发生了,因为他的预感是不会错的。风力增强了,从劲风转成了阵风状态,也就是说风速为每小时四十五海里,而一条在海上航行的船得收起帆,放下顶桅。然而,当"好运"号驶近海湾时,已是六点左右,这时已能感觉到退潮了,所以不可能驶进去。于是只得待在海上。因为,就算彭克洛夫愿意,他也无法到达感恩河河口。彭克洛夫把三角帆升到主桅上供起暴风时用,然后便把船的航向对着陆地,等待着。

很幸运,虽然风力很强,但有海岸做掩护,海浪并没有大到极点,于是便不用怕小船会有受冲击的危险。"好运"号装了足够的压载物,大概翻不了。大量的水落在船上,如果舱盖经受不住,船有可能受损。彭克洛夫作为一名精明能干的水手,对一切可能发生的事件都提防到了。诚然,他对自己的小船信心百倍,但他还是不无几分焦虑地在等待着天明。

这一夜,赛勒斯·史密斯和杰丁·斯皮莱都没机会在一起交谈,然而工程师对记者耳语的那句话,确实值得他们再次讨论一下那股神秘的力量,而它似乎一直笼罩着林肯岛。杰丁·斯皮莱禁不住地还在想那堆火在海岸上的出现。那堆火他可是真的看见了!其同伴哈伯特、彭克洛夫和他一样也看见了!在那个黑魆魆的夜里,那堆火帮助他们确认了岛的位置,而他们深信是工程师的手点燃了它,可现在赛勒斯·史密斯却明确声明,这根本不是他干的!

杰丁·斯皮莱决定,等"好运"号一返航,他就要重提这件事,并敦促赛勒斯·史密斯把这些怪事告诉同伴们。也许,到时候大家会决定一起来对林肯岛的各个部分作一次彻底的调查。

不管怎样,那天晚上,在那些海岸上没燃起任何火,而那些构成海湾入口的海岸,对他们来说至今仍是陌生的。于是小船在海上待了一整夜。

当黎明的曙光出现在东方的地平线上时,已稍稍平息的风转了两个方位,彭克洛夫于是能较为容易地把船驶进海湾的狭窄的入口了。清晨七点左右,"好运"号朝北颌骨角航行,小心翼翼地驶进了航道,并在被最奇形怪状的熔岩包围着的水中冒险行驶。

"瞧,"彭克洛夫说,"这部分海有可能成为一个出色的锚地,而船队可在此任意转向!"

"尤为奇怪的是,"赛勒斯·史密斯指出,"这海湾竟是由火山喷发出的两股熔岩构成的,并且是由持续不断的火山爆发堆积而成的。所以嘛,它四面全被遮挡住了。可以认为,哪怕是刮起最不利的风,这里的海水也平静得像一片湖。"

"有可能,"水手又说,"既然风要钻进去,只有通过那两个海角的狭窄入口,何况北颌骨角还遮挡着南颌骨角,这样狂风就很难进去了。其实,我们的'好运'号要是在这里抛锚,都能一动不动地待上一年!"

"这对它来说有点大!"记者指出。

"嗨!斯皮莱先生,"水手答道,"要说对'好运'号来说这海湾太大了点,可假如合众国的船队需要在太平洋上找个安全的避风港,那我认为它们决找不到比这锚地更好的了!"

"我们是在鲨鱼嘴里。"纳布指出,他是在指海湾的形状。

"正好是在嘴中间,我的好纳布!"哈伯特答道,"可您不会怕它合拢,把我们关在里面的,对吧?"

"对,哈伯特先生,"纳布回答,"但我不大喜欢这海湾!因为它有一副凶相!"

"得!"彭克洛夫大声说道,"没想到纳布会贬低我的海湾,而我正打算把它赠送给美国呢!"

"不要弄清这里的水深吗?"工程师问道,"因为,同一个深度,对'好运'号的龙骨来说够了,对我们的装甲舰来说未必就够。"

"这很容易查出来。"彭克洛夫说。

于是水手将一根长绳沉没,他把它当作探测线,并在一端拴了个铁块。这根绳子长约五十英寻,它都放到头了,却还没有碰到底。

"行了,"彭克洛夫说,"我们的装甲舰可以来这里了!它们不会搁浅的!"

"的确如此,"赛勒斯·史密斯说,"这海湾可是个真正的深渊,不过,考虑到该岛来源于火山爆发,那么海底有多么凹陷,也就不奇怪了。"

"好像是,"哈伯特指出,"这些峭壁是笔直地深入海底的。我深信,在它们的基部,哪怕是用一根长五六倍的探测绳,彭克洛夫也探不到底。"

"所有这些都很好,"记者说道,"不过我要提醒彭克洛夫,他的锚地还缺一样重要的东西!"

"什么东西,斯皮莱先生?"

"一个舷门,一个随便什么样的凹洞,那样就可通到岛内了。我没见过有什么落脚点!"

果真,那些高耸的熔岩十分陡峭,以致在海湾的四周竟没有一处适宜登陆。这是一道无法逾越的护墙,它令人联想到挪威的峡湾,不过还要更干旱些。"好运"号尽管紧贴着这些高耸的峭壁,却连一个能让乘客们离船的凸起都没遇到。

彭克洛夫聊以自慰地说,必要时,用炸药肯定能将这峭壁炸开,既然在这海湾中无事可干,他便将船驶向那狭窄的通道,并于午后两点驶出。

"喔唷!"纳布说道,他满意地舒了口气。真好像是这善良正直的黑人在这张巨大的嘴里感到很不舒服似的!

从颔骨角到感恩河河口,几乎只有八海里。于是,"好运"号在后侧风下朝花岗岩宫航行,沿海岸行驶了一海里。继巨大的熔岩之后,很快便是那些形状随意的沙丘,工程师当时就是在其间被找到的,这事儿真奇。这里还常有数百只鸟儿来光顾。

四点左右,彭克洛夫让小岛的岬头靠着他的左边,就这样驶进了小岛和海岸之间的水道。五点时,"好运"号在感恩河河口的沙质的水底抛锚。

移殖民们离家外出已有三天了。艾尔通正在沙滩上等他们,朱普师傅也兴高采烈地前来迎接他们,嘴里还一边发出快乐的叫声。

对本岛海岸的全部勘察工作就此结束,没有观察到丝毫可疑的迹象。如果有什么神秘人物在岛上居住,那他也只能是在那个蛇形半岛的枝叶繁茂得难以进入的密林中,而移殖民们还没有对那儿展开调查。

杰丁·斯皮莱就这些事情和工程师进行了交谈。他们谈到,岛上发生的某些事情性质很古怪,而最后一件则属最难以解释的。于是两人商定,这件事要引起同伴们的注意。赛勒斯·史密斯又提起某个陌生人在海岸上点火一事,他不禁第二十遍地对记者说:

"您肯定看清楚了?不会是火山的局部爆发或某种流星现象?"

"不会,赛勒斯先生,"记者回答,"那肯定是有人点燃的火,再说,您去问问彭克洛夫和哈伯特。他们像我一样看见了,他们会证实我的话。"

几天后,4月25日的晚间,趁大家都聚集在眺望岗上时,赛勒斯·史密斯说道:"朋友们,我认为应该提醒诸位注意岛上发生的某些事情,对此我很乐意听听大家的看法。这些事情可以说是不可思议的……"

"不可思议?"水手吐出一口烟说道,"我们的岛有可能是不可思议的吗?"

"不,彭克洛夫,但肯定是神秘的,"工程师回答,"除非您能给我们,我和斯皮莱,解释一下至今我们都无法搞懂的事。"

"请说吧,赛勒斯先生。"水手回答。

"那好,"工程师说道,"我坠海之后,却是在岛内四分之一海里的地方被找到的,但我竟对这移位毫无知觉,您明白这是怎么回事吗?"

"除非是,您当时昏过去了……"彭克洛夫说。

"这没法接受,"工程师答道,"不过算了,不追究了。托普是怎么发现你们的藏身之处的,您明白吗?那儿离我躺着的岩洞有五海里呢。"

"那是狗的本能……"哈伯特回答。

"奇特的本能!"记者指出,"那天夜里有狂风暴雨,而托普到'烟囱'时身上却是干的,没沾一点泥!"

"还有,"工程师又说,"我们的狗和儒艮搏斗时,怎么会那么奇怪地被抛出湖面,您明白吗?"

"不,不太明白,我承认,"彭克洛夫回答,"而儒艮侧面的伤口,那像是被利器造成的伤口,也同样让人无法理解。"

"还有,"赛勒斯·史密斯又说道,"朋友们,你们明白吗,那颗铅弹是怎么会在小西猯体内的?那只箱子是怎么在毫无海难迹象的情况下幸运地搁浅的?那只装着信的瓶子,是怎么在我们初次海上游览时及时出现的?我们的小船是怎么在挣断绳索后,在我们需要之时正巧顺着感恩河的水流漂过来的?猴子入侵后,绳梯为什么那么及时地被从花岗岩宫的高处送下来?最后,艾尔通声称绝不是他写的那封信,又是怎么落到我们手里的?"

赛勒斯·史密斯刚才一件不落地列举了发生在岛上的怪事,哈伯特、彭克洛夫和纳布面面相觑,不知该如何回答。因为,这一系列的事件初次被这样汇总起来,他们不禁惊讶至极。

"的确,"彭克洛夫终于说道,"您是对的,赛勒斯先生,要解释这些事情是很难的!"

"那好,朋友们,"工程师又说,"除了这些,还有最后一件,它和其他的同样不可理解!"

"是哪件,赛勒斯先生?"哈伯特急切地问。

"当你们从塔波尔岛回来时,彭克洛夫,"工程师又说道,"你们说,林肯岛上出现了火?"

"当然。"水手回答。

"您能肯定见到那火了?"

"就像我现在见到您一样。"

"你也见到了吗,哈伯特?"

"啊!赛勒斯先生,"哈伯特大声说,"那火当时就像一颗一等星那样闪闪发光!"

"可那难道不是一颗星吗?"工程师一再问道。

"不是,"彭克洛夫回答,"因为当时天空布满了厚厚的云,而且,不管怎样,一颗星星是不可能低到出现在地平线上的。斯皮莱先生和我们一样也看到了,他可以证实我们的话!"

"我补充一下,"记者说,"那火非常明亮,就像是发出了一片电光。"

"对!对!正是这样……"哈伯特说,"它肯定是在花岗岩宫的高处。"

"那好,朋友们,"赛勒斯·史密斯回答,"在去年10月19日到20日的那个夜晚,无论是我还是纳布,我们都没有在海岸上点火。"

"你们没有……"彭克洛夫喊道,他惊讶至极,甚至都没能把话说完。

"我们没有离开花岗岩宫,"赛勒斯·史密斯说,"如果有堆火出现在海岸上,那就是另一只手,而不是我们的手点燃的!"

彭克洛夫、哈伯特和纳布都惊呆了。那不可能是幻觉,在去年10月19日到20日的那个夜晚,的确有片火光照亮了他们的眼睛!

是的!他们不得不承认,有个秘密存在!可以感觉到林肯岛上有股无法解释的力量,它显然对移殖民们有利,但又强烈地激起了他们的好奇心,而且它出现得又是那么适时!是否有什么生灵深藏不露?这正是无论如何也要弄清的!

赛勒斯·史密斯也同样提醒同伴们注意托普和朱普的态度,它们当时在围着井口转,而那口井使花岗岩宫和大海相通。他还对他们说,他勘探过那口井了,但没发现任何可疑之物。最后,这番交谈的结果是,全体移殖民们做出了一个决定:等美好季节一回归,就彻底搜索整个岛。

但从那天起,彭克洛夫便显得忧心忡忡。这个正在被他变成个人产业的岛,在他看来已不完全属于他,而正在和另一位主人分享,而且不管他愿意与否,他觉得自己是受制于对方的。他和纳布经常聊这些不可思议的事,两个人出于本性,都对不可思议的事情感兴趣,所以几乎相信,林肯岛是隶属于某种神奇的力量的。

然而，随着五月——相当于北半球的十一月——的到来，坏天气也来了。冬天似乎将是严寒的，而且会早到。所以冬季的活已在毫不拖延地着手进行。移殖民们已为迎接这个冬天而做好了充分的准备，不管它有多么难熬。毛毡服装并不缺乏，因为当时老羊的头数已有很多。它们大量提供了制作这种保暖衣料所必需的羊毛。

无须说，艾尔通也有了这些舒适的衣服。赛勒斯·史密斯建议他来花岗岩宫度过气候恶劣的季节，在那里，他会住得比在畜栏舒服些，艾尔通答应照办，但要等畜栏的最后一点活干完。他是在四月中旬左右住过来的。从那时起，他便参与了共同生活，并时时处处都发挥自己的作用，但他始终是一副低声下气、闷闷不乐的样子，从不和同伴们一起作乐！

这第三个冬季的大部分时间，移殖民们是在林肯岛上度过的，他们待在花岗岩宫里，闭门不出。期间有过暴风雨和可怕的狂风，连岩石的基部仿佛都被撼动了。巨大的海啸来势汹汹，都快盖住整个岛了，任何在近海岸处停泊的船只都会连人带货沉没。在一次暴风雨期间，感恩河两度上涨到令人担忧的程度，只怕大大小小的桥会被冲走，于是必须加固沙滩上的那些，当海水拍击海岸时，它们便都消失在层层水波下面。

可以料想到，像这样的可与龙卷风相比、夹杂着雨雪的狂风，已在眺望岗上造成了损失。磨坊和家禽饲养场的情况尤为严重。移殖民们不得不经常作紧急修理。不然家禽的生存可就要遭受严重的威胁了。

在这极其恶劣的天气里，有几对美洲豹和一群群四手动物冒险来到眺望岗的边缘，所以，时时得担心最大胆的、最灵活的那些，它们会在饥饿的驱使下最终越过小溪；何况小溪一旦结冰，它们就能顺利通过。到那时，农作物和家养动物必然会被毁，若不是老有人守护的话；而且还得经常放枪，不让那些危险的动物挨近。因此，过冬的人们不缺活干，除了在户外照料动物，花岗岩宫里也总有许多整理布置方面的活。

还有过几次成功的狩猎。是在大冷天，在开阔的冠鸭沼地里进行的。在朱普和托普的帮助下，杰丁·斯皮莱和哈伯特弹无虚发，在那无数的鸭子、沙雉、野鸡、针尾鸭和麦鸡中，他们想打哪只就能打中哪只。再说，进这片猎场也很容易，要么先过感恩河上的那座桥，再走气球港的那条路，要么就从漂流物岬头的那些岩石绕过去，而猎人们从不远离花岗岩宫，只在二三海里的范围内活动。

冬季的四个月，即六月、七月、八月和九月就这样过去了，这段时间的确很寒冷。不过总的来说，待在花岗岩宫里并不觉得太冷，在畜栏里也一样，因为畜栏不像眺望岗那么暴露，它的很大一部分受到富兰克林峰的遮挡，所以刮过来的，只是一点余风，而那狂风，已被森林和海岸上高耸的岩石拦截。损失因此也不大，艾尔通那双勤快而又能干的手，足以很快加以弥补，而他在十月份的后半个月，又回畜栏去住了几天。

这年冬天，没再发生任何无法解释的事件。什么怪事也没出，尽管彭克洛夫和纳布一直在伺机捕捉那些最无关紧要，但却能和神秘原因挂上钩的事。托普和朱普已不再围着那口井转悠，也不再显出任何不安的样子，似乎是，那一系列不可思议的事件到此为止了，尽管他们晚上在花岗岩宫聊天时常常提到，也尽管大家还是商定，岛要搜索，直到它那些最难勘察的部分。

可是一个极为严重、其后果有可能是不堪设想的事件，使赛勒斯·史密斯及其同伴们暂时搁下了他们的计划。

当时是十月，美好季节阔步回归。在阳光的照耀下，大自然在更新，而且，在形成森林边缘的松柏树的常绿叶丛中，已出现了朴树、山茂树和喜马拉雅杉的新芽。

大家总还记得，杰丁·斯皮莱和哈伯特曾多次拍摄过林肯岛的风景照。而在这个10月的17日，下午三点左右，哈伯特受了纯净的天空的诱惑，想拍下整个合众国湾，它面对眺望岗，从颌骨角，直到爪形海角。

地平线惊人地清晰，而大海在柔和的海风下微微波动，远远望去，海水平静如湖水，就像到处点缀着亮闪闪的金属片。照相机放在花岗岩宫大厅的一个窗口，因此镜头俯临沙滩和海湾。哈伯特如往常那样进行了操作，等获得底片后，他便去花岗岩宫的一个暗室里进行定影。

回到光线充足处，哈伯特便仔细端详底片，结果他发现，海平面上有一个几乎是难以察觉的小点。他便反复冲洗，试图让它消失，但不成。

"这是玻璃上的一个瑕疵。"他心想。

于是他从望远镜上拧下一个高倍凸镜，好奇地细看这个瑕疵。

可是，他刚看了一眼，便发出了一声喊叫，而底片也差点从他手中脱落。他马上跑到赛勒斯·史密斯待着的那个房间里，把底片和凸镜递给工程师，并指给他看那个小点。

赛勒斯·史密斯仔细查看了这个点，然后便抓起望远镜，朝窗口冲去。望远镜慢慢扫过海平面，终于停在了那个可疑的点上。赛勒斯·史密斯放下望远镜，只说了一个字：

"船！"

果然，有条船在林肯岛的视野中！

第三部分　林肯岛的秘密

第 1 章

毁灭还是得救——召回艾尔通——重要的讨论——那不是"邓肯"号——一条可疑的船——要采取预防措施——船靠近了——一声枪响——船在海岛的视野中抛锚——夜幕降临

两年半来,气球落难者自从被抛到林肯岛上,就一直没能和自己的同类建立任何联系。有一次,记者试图和有人居住的地方取得联系,他把一份情况说明托付给了一只鸟儿,而这份说明中包含着他们所在位置的秘密。但对这件事是不能认真指望的。直到如今,只有艾尔通一个人,在众所周知的情况下,前来加入了移殖民小群体。不料,那一天,1867年10月17日,竟然有另一些人突然出现在了林肯岛的视野中,出现在了这片始终是荒凉的大海上!

这已不容置疑!有条船在那儿!但它是要从外海经过,还是靠港?而过上几个小时,他们才知道该怎么办。

赛勒斯·史密斯和哈伯特马上把杰丁·斯皮莱、彭克洛夫和纳布叫到花岗岩宫的大厅里,把正在发生的事告诉了他们。彭克洛夫抓起望远镜,飞快地扫视了一番地平线,并停在了那个点上,即照片底片上那个难以察觉的点上。"真见鬼!的确是一条船!"他说,声音中并没有流露出一种特别的高兴。

"它是朝我们开来的吗?"杰丁·斯皮莱问。

"现在还无法确定,"彭克洛夫回答,"因为只有桅杆露出在海平面上,船身还根本看不到!"

"那该怎么办?"小伙子问。

"等待。"赛勒斯·史密斯回答。

于是,在相当长的一段时间里,移殖民们默默无语地等着,他们沉浸在这一事件有可能使他们产生的各种想法、感情、担忧和希望之中,而这个事件,是他们到林肯岛以来所发生的最重大的事件。的确,移殖民们的处境和某些落难者的处境不同,那些人是流落到了一个寸草不生的小岛上,他们得为了自己的勉强生存而和虐待他们的大自然斗争,并且因为迫切需要重见有人居住的陆地而不停地受着煎熬。他们不一样。尤其是彭克洛夫和纳布,他们觉得自己既幸福又富有,若要他们离开自己的岛,他们会伤心的。况且,他们已习惯了这种新生活,习惯了生活在这片可以说是用他们的智慧开发出来的领地上。但归根结底,这条船不管怎样也是大陆消息的象征,也许它还代表祖国来见他们了! 它载的是他们的同类。可以理解,为什么一见到它,他们的心便剧烈地颤动!

彭克洛夫不时地拿起望远镜到窗口去守候。从那儿,他聚精会神地观察那条位于东面二十海里之处的船。移殖民们尚无任何办法让对方注意到他们的存在。摇旗可能觉察不到,放枪可能听不见,而点火则可能看不到。

然而,确凿无疑的是,这个高耸着富兰克林峰的岛,是逃不过船上瞭望员的目光的。可那条船干吗要来这里靠岸呢? 莫非它来到太平洋的这个地方仅仅是出于偶然? 而地图上并没有标出这里有任何陆地呀,除了塔波尔岛。可连这个岛,也是在波利尼西亚群岛、新西兰和美洲海岸的那些远程邮船通常的航线之外。

每个人都在寻思这个问题,而哈伯特突然做出了一个回答。

"那不会是'邓肯'号吧?"他大声地说。

"邓肯"号,他们没有忘记,这是格里那凡爵士的游艇,他把艾尔通遗弃在了小岛上,而他有朝一日还要回来接他。然而,小岛离林肯岛没那么远,所以一条船在前往该岛时,不至于会从另一个岛的视野中经过。它们之间的经度距离仅一百五十海里,而纬度距离仅七十海里。

"得通知艾尔通,"杰丁·斯皮莱说,"马上把他招来。只有他能告诉我们,那是不是'邓肯'号"。

这也是大家的意见,于是记者走到能使畜栏和花岗岩宫产生联系的电报机前,发了这样一份电报:

请赶快过来。

片刻之后,电报铃响了。

我这就过去。

艾尔通答复道。

然后,移殖民们继续观察那条船。

"如果那是'邓肯'号,"哈伯特说,"艾尔通会毫不费劲地认出它来,既然他在上面驾驶过一段时间。"

"他要是认出来了,会非常激动的!"

"对,"工程师说,"不过艾尔通现在有资格上'邓肯'号了,愿上帝保佑那的确是格里那凡爵士的游艇,因为,任何其他的船在我看来都是可疑的!这一带常有坏人出没,我始终担心我们的岛会有马来海盗光顾。"

"我们会保卫它的!"哈伯特喊道。

"是的,我的孩子,"工程师微笑着说,"可最好是无须去保卫它。"

"我有个简单的意见,"杰丁·斯皮莱说,"林肯岛对航海家们来说是陌生的,既然连最新出版的地图上都没有标出。而现在有条船意外地出现在这片新陆地的视野中,它多半不是在力图避开它,而是想察看它,您难道不觉得这是一个原因吗?"

"当然。"彭克洛夫回答道。

"我也是这么想的,"工程师补充道,"甚至可以断言,一位船长有责任示意发现了尚未编入目录的一片陆地或一个岛,而因此也有责任对其进行全面勘察。林肯岛的情况正是如此。"

"那好。"彭克洛夫于是说,"要是那条船靠岸,在离我们的岛几链远的地方抛锚,我们该怎么办?"

这个突然被提出的问题,起初竟得不到回答。但赛勒斯·史密斯经过思索,用惯有的平静语气说道:"朋友们,我们将做的和我们该做的事情是:与那条船取得联系,并以合众国的名义占据我们的岛后,上船离去。然后我们再回来,并带上所有愿意追随我们的人,目的是要最终占领这个岛,并把位于太平洋这一部分的一个有用的补给站,捐赠给美利坚合众国!"

"好啊!"彭克洛夫喊道,"我们要赠给我们国家的可不是一份薄礼!垦殖工作已几乎完成,岛的各个部分已被命名,有一个天然港、一个淡水补给场、一些道路、一条电报线、一个工地和一个工厂,就差把林肯岛标在地图上了!"

"可要是有人趁我们不在霸占它怎么办?"杰丁·斯皮莱指出。

"真见鬼!"水手喊道,"那我一个人留下来看管它好了。我彭克洛夫保证,没人能像从看热闹的人的兜里偷走表似的,把它从我这里偷走!"

没法断定,那条引起注意的船是否在朝林肯岛驶来,这种情况持续了一个小时。然而它靠近了,但不知是在以什么速度行驶。这正是彭克洛夫无法确认的。不过,因为风从东北方向来,大概可以认为,船是在以左舷风行驶。

另外，刮的是清劲风，能促使它靠岸，而尽管水的深度没在地图上标明，但因为大海很平静，它不会怕接近陆地的。

四点左右——通知发出后一个小时——艾尔通来到了花岗岩宫。他走进大厅，说道："悉听吩咐，先生们！"

一如往常，赛勒斯·史密斯朝他伸出了手，并把他带到窗户旁，对他说："艾尔通，我们请您来，是有重要原因的。有条船在海上。"

艾尔通起先脸色有些发白，眼睛也模糊了片刻。然后他探出窗外，扫视了一下海平面，但他一无所见。

"用这望远镜，"杰丁·斯皮莱说，"仔细看看，艾尔通，因为，有可能这条船是'邓肯'号，它是来这片海域接您回国的。"

"'邓肯'号？"艾尔通喃喃地说，"没想到它已经来了！"

这最后一句话像是不由自主地脱口而出的，艾尔通任由自己的头埋在手掌里。被遗弃在一个荒岛上十二年，他难道觉得这远不足以抵罪吗？追悔莫及的罪人难道觉得自己还没得到宽恕吗？无论是在他自己看来，还是在别人看来。"不，"他说，"不！这不可能是'邓肯'号。"

"您看看，艾尔通，"工程师对他说，"因为，必须事先知道，我们该怎么办。"

艾尔通拿起望远镜，对准所指的方向。他一动不动、一言不发地观察了海平面几分钟。"不错，那是条船。"艾尔通说，"但我不认为那是'邓肯'号。"

"为什么不是？"杰丁·斯皮莱问道。

"因为'邓肯'号是条蒸汽游艇，但我没发现任何冒烟的痕迹，无论是在这条船的上面还是在边上。"

"也许它只是在扬帆行驶？"彭克洛夫指出，"它好像是在顺着风走，节约用煤想必是有好处的，既然远离任何陆地。"

"有可能您是对的，彭克洛夫先生，"艾尔通答道，"也有可能那条船熄火了。那就让它开近海岸吧，我们很快就会知道该怎么办的。"

话毕，艾尔通坐到大厅的一个角落里，默默地待着。移殖民们又谈论了一下那条陌生的船，艾尔通没有介入。

此时，大家已处在无法继续干活的情绪中，杰丁·斯皮莱和彭克洛夫尤为烦躁，他们走来走去，坐立不安。哈伯特多半是感到好奇。只有纳布保持着他惯有的平静。他的主人在哪儿，他的国家不就在哪儿吗？至于工程师，他沉浸在思索中，其实他多半是惧怕而不是希望那条船到来。这时，那条船离岛有点近了。借助于望远镜，可以辨出，这是一条远洋轮船，而不是那种太平洋上的海盗通常使用的马来快艇。于是可以认为,工程师的担忧是没有理由的,那条船在林肯岛海域的出现,并不会对这个岛构成什么危险。彭克洛夫经过仔细观察,认为可以肯定,那是一条双桅横帆船,它扬起了高、中、低三层帆,以左舷风斜向地向海岸驶来。这得到了艾尔通的证实。

可是,若继续以这种速度行驶,它大概会很快消失在爪形海角后面,因为此时刮的是西南风,而要想观察它,就必须到气球港附近的华盛顿湾的高处去。这情况真叫人恼火,因为已是傍晚五点半,天色很快就会暗下来,那就很难观察到什么了。

"天要是黑了,我们该怎么办?"杰丁·斯皮莱问,"是不是点堆火,表明我们在这片海岸上?"

这个问题非同小可,然而,尽管工程师有某些预感,但肯定会有些问题有待解决。那条船有可能在夜间消失,并一去不复返,而它消失后,是不是会有另一条船来到林肯岛的海域呢?而又有谁能预料到,将来会怎样安排移殖民们的命运呢?

"是的,"记者说,"不管这是一条什么船,我们都得让它知道,岛上有人居住。送上门来的机会一旦错过,我们将来会后悔的!"

于是决定让纳布和彭克洛夫前往气球港,等天一黑,就在那里点燃一堆大火,而那火光必定会引起那条双桅横帆船船员的注意。可是,就在纳布和水手准备离开花岗岩宫时,那条船改变了速度,航向稍离风向,干脆对着岛,朝合众国湾开来。这是条快速的双桅横帆,因为它很快就靠近了。

纳布和彭克洛夫暂时不走了,而望远镜交到了艾尔通手中,好让他最终确认一下那条船是不是"邓肯"号。苏格兰游艇也是一条双桅横帆船。问题是要弄清,那条被观察的船的两桅中间是否竖着一根烟囱,现在那船离林肯岛仅十海里了。

天际还很明亮,核实一下很容易。艾尔通很快就让望远镜落下,说道:"这不是'邓肯'号!这不可能是它!"

彭克洛夫重新用望远镜对准那双桅帆船。他辨出,这条吨位为三四百吨、船身修长、桅杆安装得很大胆、非常适合于航海的双桅帆船,应该是一条海上快船。可它是属于哪个国家的?这可就难说了。

"不过,"水手补充道,"倒是有面旗在它的斜桁上飘,可我分辨不出它的颜色。"

"过不了半个小时,我们就能确定了,"记者答道,"很显然,那船有意靠岸,所以,如果不是今天,最迟明天我们就能认出它了。"

"没关系!"彭克洛夫说,"最好能知道是在和谁打交道,而且我也乐意辨清那旗帜的颜色。"

水手说这些话时,并没有放下望远镜。天开始变暗,海风也随之平息。那面旗帜不那么绷紧了,嵌入了旗杆绳中,变得越来越难以观察到了。

"这不是一面美国旗,"彭克洛夫不时地说着,"也不是一面英国旗,因为英国旗上的红色是很容易看到的,也不是法国或德国的多色旗,俄国的白旗,西班牙的黄旗……它好像是一面单色旗……让我想想……在这片海域,我们比较常见的是什么旗?智利旗?可它是三色的……巴西旗?那是绿色的……日本旗?则是白红的……而这面……"

此时,一阵海风吹开了那面陌生的旗帜,艾尔通抓起水手放下的望远镜,把它贴在眼睛上,然后声音低沉地说:"是黑色旗!"

的确,有块深色的平纹布在船的斜桁上招展。现在有充足的理由可以认为它是一条可疑的船!

艾尔通抓起水手放下的望远镜,把它贴在眼睛上,然后声音低沉地说:"是黑色旗!"

工程师的预感莫非是对的？这难道是一条海盗船？它难道是在这太平洋的地势低洼的海区进行抢劫，和仍在这一带进行骚扰的马来快船争雄称霸？它来林肯岛沿岸找什么？它是不是看出这是一块陌生的、不为人知的陆地，很适合成为一个窝藏赃物的地点？它是不是到这片海岸来寻求一个避风港，以度过冬季的那几个月？移殖民们的这片净土莫非注定要变成一个藏污纳垢之地——太平洋上海盗们的大本营？

移殖民们的脑海中本能地闪过这些念头。再说，该赋予那面竖着的旗帜的颜色以什么意义，那是无须犹豫的。这正是海盗们的旗帜，也正是"邓肯"号差点挂上的旗帜，如果当初罪犯们的罪恶计划得逞的话。

大家抓紧时间交换意见。

"朋友们，"赛勒斯·史密斯说，"也许这条船只想观察一下岛的沿海地带？也许它的船员不会下船？有这种可能。不管怎样，我们得竭尽所能掩饰我们的存在。建在眺望岗上的磨坊目标太大，艾尔通和纳布去把风翼拆下来。还有，用比较茂密的树枝把花岗岩宫的窗户挡起来。所有的火都要熄灭。总之，千万不要暴露这岛上有人存在！"

"那我们的小船呢？"哈伯特说。

"哦！"彭克洛夫回答道，"它被藏在气球港了，我看那些无赖未必能找得到！"

工程师的命令很快被执行了。纳布和艾尔通登上眺望岗，采取必要措施来掩盖一切有人居住的痕迹。当他们忙着干这项活时，同伴们则去了中南美鸳森林边缘，并从那里带回了大量树枝和爬藤。隔着一定距离看，它们就像是一簇簇天然树叶，把花岗岩宫峭壁上的门窗遮挡得严严实实。与此同时，武器弹药也准备好了，万一遭到突如其来的入侵，便可在第一时间里用上。做完所有这些防备工作，赛勒斯·史密斯说道：

"朋友们，如果那帮浑蛋要想占领林肯岛，我们就捍卫它，对不对？"

"对，赛勒斯先生，"记者回答，"必要的话，我们会誓死捍卫它的！"

工程师向他的同伴们伸出了手，而他们则激动地将它紧紧握住。

艾尔通独自待在角落里没有介入。也许他这个昔日的罪犯觉得自己不配！赛勒斯·史密斯理解艾尔通此时的内心活动，便走过去问他：

"而您，艾尔通，您将做什么？"

"尽我的本分。"艾尔通回答。

然后，他走过去守在窗前，越过叶丛远眺。

当时是七点半。太阳已在花岗岩宫后面消失了二十分钟。因此，东方的地平线在渐渐变暗。然而,那双桅帆船始终在朝合众国湾前进,它们之间的距离至多只有八海里了,而且正巧是在眺望岗附近,因为在爪形海角旁边拐弯后,它便借助于上涨的水流,到了北面。甚至可以说,它已经进入了这宽阔的海湾,因为,若从爪形海角到颌骨角拉一条直线,那直线会落在它的西面,右侧的后半部。那双桅帆船会深入海湾吗?这是第一个问题。一旦深入,它会停泊吗?这是第二个问题。它是不是仅观察一番沿海地带,然后便重新出海去了,而其船员也并不上岸?这些问题用不了一个小时便会有答案。移殖民们于是只有等待。

赛勒斯·史密斯见那条可疑的船竖起黑旗,不免深感忧虑。这会不会直接威胁到他们至今一直在顺利进行的工作呢?那些海盗——无须怀疑,那条船上的水手是此等人——是否已光顾过该岛,既然他们靠岸时竖起了自己的旗帜?他们先前难道已入侵过?如果答案是肯定的,便可以解释至今尚不得其解的某些特殊情况了。在该岛尚未勘察的部分,莫非有某个同党正准备和他们进行联络?

对所有这些暗暗给自己提出的问题,赛勒斯·史密斯不知该如何回答。可他感到,那条双桅帆船的到来,只能对移殖民们的处境产生非常不利的影响。然而,他和同伴们决定抵抗到底。那些海盗是不是人多势众,武器比他们的精良?弄清这一点非常重要,得设法到他们那儿去!

黑夜已来临。新月被太阳的辐射盖过消失了。浓浓的黑暗包围着海岛和大海。浓云堆积在天际,不让一丝光透过。随着黄昏的到来,风已完全平息。树上的叶子全都纹丝不动,沙滩上也听不见任何海浪声。已完全看不到那条船,因为它的灯光都熄灭了,即使它仍在岛的视野中,他们也无法知道它所在的位置。

"嗨!谁知道呢?"彭克洛夫说道,"也许那条该死的船夜里就开走了,等天一亮我们再也找不到它了呢。"

像是对水手的看法做出回应似的,一缕强光射到了海面上,接着是一声炮响。那条船始终在那儿,而且船上还有几门大炮。

亮光和炮声之间相隔六秒钟。

由此可知,那条船距海岸约1.25海里。

与此同时,他们又听见有铁链穿过链孔迅速移动的嘎吱声。船在花岗岩宫的视野中抛锚了!

第 2 章

　　讨论——预感——艾尔通的一个建议——建议被采纳——艾尔通和彭克洛夫上了格兰特小岛——诺福克岛的罪犯们——他们的计划——艾尔通英雄主义的企图——他的归来——六个对五十个

对海盗们的意图已无可怀疑。他们已在离岛很近之处抛了锚,很显然,他们打算翌日乘小艇靠岸!工程师及其同伴们准备采取行动,不过,尽管他们已下定决心,但也不该忘记得谨慎行事。没准他们的存在还是可以掩饰,万一海盗们只是在沿海地带登陆而并不深入岛的内部。那些人可能没别的打算,只是想去感恩河补充些淡水。所以,那座架在离河口1.5海里的桥和"烟囱",不是不可能躲过他们的目光。

可为什么船的斜桁上要竖起那面旗?为什么要开炮?大概纯粹是为了炫耀,若不是表示占领的话!工程师现已知道,那条船武装得极为出色。移殖民们有什么可用来回击海盗们的大炮呢?几支枪而已。

"不管怎样,"赛勒斯·史密斯指出,"我们在这里所处的位置是不可攻克的,敌人不可能发现那个出水口,既然有芦苇和杂草遮挡,所以他们休想闯进花岗岩宫来。"

"可我们的农作物,我们的饲养场,我们的畜栏,总之一切的一切!"水手跺着脚嚷道,"他们会在几小时内破坏一切、毁灭一切的!"

"是的,一切,彭克洛夫,"赛勒斯·史密斯回答,"而我们却毫无办法阻止他们。"

"他们人多吗?这就是问题所在,"记者说道,"如果他们只是十来个人,我们就可以阻止他们,但如果是四五十个,也许甚至更多!……"

"赛勒斯先生,"这时艾尔通走上前来说,"请准许我做一件事好吗?"

"什么事,我的朋友?"

"我到船上去侦察一下对方的兵力。"

"可是，艾尔通，"工程师犹豫地答道，"您这是在拿生命冒险……"

"为什么不呢，先生？"

"这超出您的本分了。"

"我何止该尽我的本分。"艾尔通答道。

"您要乘独木舟到那条船上去？"杰丁·斯皮莱问。

"不，先生，我泅水去。那个地方船过不去，但一个人可以过去。"

"您知道吗？那船离海岸有1.25海里呢。"哈伯特说。

"我水性很好，哈伯特先生。"

"这是要冒生命危险的，我可告诉您。"工程师又说。

"没关系，"艾尔通答道，"赛勒斯先生，我请求您恩准。也许这样一来，我会觉得自己又有价值了！"

"那就去吧，艾尔通。"工程师答道，他觉得拒绝会让昔日的罪犯伤心不已的，而他现在已重新变成正派人了。

"我陪您去。"彭克洛夫说。

"您不信任我！"艾尔通迅疾做出了反应。

接着，又更谦卑地叹息道："唉！"

"不！不！"赛勒斯·史密斯激动地说，"不，艾尔通！彭克洛夫不是不信任您！您误解他的话了。"

"其实，"彭克洛夫答道，"我是向艾尔通建议陪他到小岛。那些坏蛋中可能有人已下船，尽管这种可能性不大。在这种情况下，要阻止那人发出警报，两个人不会太多的。我在小岛等艾尔通，他独自上那条船，既然他提出来要这么干！"

事情就这么定了，艾尔通准备出发。他的计划很大胆。多亏了那天夜里很黑，他有可能成功。一旦到了船上，艾尔通要么抓住艏斜桅支索，要么抓住固定侧支索的铁链，就可辨认人数，并探听罪犯们的意图。

艾尔通和彭克洛夫下到海岸上，同伴们也跟着下来了。艾尔通脱去衣服，并在身上抹了一层油脂，以增强对水温的承受能力，因为水还很凉。的确，他有可能得在水里待上好几个小时。

在这段时间里，彭克洛夫和纳布去取独木舟，独木舟停泊在较高处，在几百步远的地方，感恩河的陡岸上。当他们回来时，艾尔通正准备出发。

艾尔通肩膀上搭着一条毯子，移殖民们都过来和他握手告别。

艾尔通和彭克洛夫一起上了独木舟。当两个人都消失在黑暗中时，是晚上十点半。他们的同伴们回"烟囱"去等他们。

海峡很容易便通过了,独木舟停靠在小岛的对岸。他们做这些时是很谨慎的,万一海盗们在此处转悠呢。不过经过观察,似乎可以肯定,小岛上没人。于是艾尔通由彭克洛夫尾随着疾步穿过小岛,途中惊飞了栖身在岩洞里的鸟儿。然后,他毫不犹豫地纵身跳入大海,悄然无声地朝船所在的方向游去,不久前亮起的灯光,表明了船的确切位置。

至于彭克洛夫,他躲进海岸上的一个凹处,等他的同伴回来。

此时,艾尔通在奋力游着,他滑过那一大片水时,连最轻微的响声都没有弄出。他的脑袋几乎不露出水面,而眼睛则盯着船的幽暗的整体,其灯光映照在海面上。他一心惦念着自己答应完成的任务,甚至都没有想到自己正在冒险;不仅船上有危险,就是这片海域也有危险,因为经常有鲨鱼出没。在水流的带动下,他很快离开了海岸。一小时后,艾尔通不露形迹、不出声响地靠近了那条船,并用一只手抓住了船的艏斜桅支索。这时他喘了口气,登上了铁链,到达船艏斜桅托板的尽头。那里晾着几条水手裤。他穿上了一条,然后便站定不动,侧耳聆听。

船上的人都还没睡,他们在争论、唱歌、嬉笑,让艾尔通感到震惊的是伴有辱骂声的一些话:"我们弄来的这条双桅横帆船真不赖!"

"它走得真快,这'奋进'号真是名副其实!"

"诺福克的所有船都可以来追它!跟在它后面跑!"

"向船长致敬!"

"向鲍勃·哈维致敬!"

听到这番交谈的片言只语时,艾尔通的内心感受是什么,接下来便会明白。要知道,他刚才认出,这个鲍勃·哈维,是他昔日在澳大利亚时的一个同伴,一个厚颜无耻的水手,他接手了当初艾尔通那罪恶计划的后面部分。鲍勃·哈维在诺福克岛海域抢走了这条双桅帆船,而船上装有武器、弹药以及各种器皿和工具,这些东西是要运往三明治群岛的一个岛屿的。他那帮人全都上了船,这些恶棍原先是罪犯,现在则成了海盗,他们在太平洋上掠夺,毁坏船只,屠杀船员,比马来海盗们更残忍。

这些罪犯们正在大声地说笑,他们一边狂饮,一边讲述着自己的壮举。下面是艾尔通所能听懂的内容:

"奋进"号目前船上的人员,全都是一些从诺福克岛逃走的英国犯人。

我们这就来讲讲诺福克岛。在南纬29°2′东经165°42′的地方,澳大利亚的东面,有个周长二十四公里的小岛,岛上耸立着海拔一千一百英尺的毕特峰。这便是诺福克岛,一个机构的所在地,里面关押着英国苦役监狱最难对付的犯人。他们一共是五百名,这些人得服从铁的纪律,接受不堪忍受的惩罚,而看管他们的是听命于现任总督的一百五十名士兵和一百五十名职员。很难想象还会有比他们更凶恶的歹徒群。有时——尽管这种情况很少见——虽则他们被看管得非常严,但还是有歹徒得以逃脱,他们采取突然袭击,抢走船只,流窜在波利尼西亚群岛一带。

这就是鲍勃·哈维及其同伙们的所作所为,也正是艾尔通从前想干的。鲍勃·哈维夺取了停泊在诺福克岛视野中的"奋进"号,把船上的人员全都杀掉了。一年来,这条成了海盗船的帆船,在哈维的指挥下,一直在太平洋诸海区游荡搜索。而对于哈维这个人——昔日的远洋轮船长,如今的海盗——艾尔通则非常熟悉!

这时候,罪犯们大部分都聚集在船后部的艉楼,只有几个躺在甲板上,在大声地交谈。交谈始终在喊叫声和痛饮中继续,艾尔通得知,"奋进"号来到林肯岛的视野中纯属偶然。鲍勃·哈维还从未涉足过这一带。但正如赛勒斯·史密斯所预感到的那样,因为在沿途发现了这块陌生的、任何地图都没标出其位置的陆地,他便打算上去察看一下,必要时,如果合适,就把它变成这条船的船籍港。

至于竖在"奋进"号斜桁上的黑旗和效仿战舰降旗时的鸣炮,这纯粹是海盗们在自我夸耀,而并不是什么信号,诺福克岛的逃犯们和林肯岛之间因此不存在任何联系。移殖民们的领地于是面临着巨大的危险。显然,林肯岛因为补水方便,有小港口,有各种被移殖民们充分开发利用的资源,还有花岗岩宫的那些深藏不露之处,只能是非常适合那些罪犯;而一旦落入他们之手,它就会成为一个绝妙的藏身之地。而且正是因为它不为人知,所以它也许会确保他们长期不受惩罚,处境安全。同样明显的是,移殖民们的生命将遭到蔑视,而鲍勃·哈维及其同伙最先想到的将是毫不留情地把他们杀光。赛勒斯·史密斯及其同伴们甚至都无法逃跑和藏身于岛,既然罪犯们打算在此定居,既然……万一"奋进"号出发去远征,可能会有几名船员留下来镇守。所以得和他们斗,得把这些不值得怜悯的坏蛋彻底消灭光!

这就是艾尔通脑子里所想的,而且他深知赛勒斯·史密斯会赞成自己的看法。但是进行抵抗,并最后取得胜利,是否有可能呢?这要取决于帆船的武器装备和船上的人数了。

这正是艾尔通决心无论如何也要弄清的。他到达一小时后,喊叫声开始平息下来,而且好多罪犯都已醉得进入了梦乡。艾尔通毫不犹豫地冒险上了甲板,此时,手提灯都已熄灭,"奋进"号陷入一片漆黑之中。

他于是登上船艏斜桅托板，并由艏斜桅到达船的艏楼。他在躺得到处都是的罪犯们中间穿过，绕船转了一圈，发现船上有四门大炮，这些大炮能发射八至十磅重的炮弹。他甚至通过触摸查证到，这些大炮是从炮闩装炮弹的。这么说，这是些新式炮，使用方便，而且威力巨大。

　　至于躺在甲板上的那些人，大约有十个，不过可以猜想，其余的都睡在船舱里，而且人数更多。再说，在偷听他们谈话时，艾尔通认为自己已弄清，船上一共有五十来个人。这对林肯岛上的那六位移殖民来说可是够多的！但不管怎么说，多亏有艾尔通的效忠精神，赛勒斯·史密斯还不至于措手不及，他将了解对手的力量，并因此采取措施。

　　艾尔通剩下要干的，就只是把自己所担负的使命，回去向同伴们作一汇报。于是他准备回到船首，以便潜入大海。可此人想做超出他本分的事，这他已说过。这时他突然产生一个英雄主义的念头，那就是牺牲自己的性命，拯救海岛和移殖民们。显然，赛勒斯·史密斯是抵抗不住五十名全副武装的匪徒的。匪徒们或者是强行闯入花岗岩宫，或者是让被围困者在里面忍饥挨饿，总之都能取胜。他想象他的恩人们将被冷酷无情地杀害，他们的劳动成果将毁于一旦，而他们的岛将变成一个海盗的巢穴。然而就是他们，把他重新变成了一个人，一个正派的人。他今天的一切全亏了他们！他心想，总之，他——艾尔通，是这许多灾难的罪魁祸首。因为他昔日的同伙鲍勃·哈维，只是实现了他自己的计划而已。他不由得产生了一种厌恶感，抑制不住地想炸掉这条船，连同船上所有那些人。他艾尔通也将同归于尽，可那是他在尽自己的本分。

　　艾尔通毫不犹豫。到达火药库并不难，而火药库一般总是位于一条船的尾部。对于干这类勾当的一条船来说，火药大概不会缺少，只需一点火星，就足以在顷刻间使它毁灭。

　　艾尔通沿着绳索小心翼翼地滑到中舱，只见地面上躺着许多人，他们都睡着了，多半是醉意而不是睡意，使他们保持着这种迟钝状态。船的主桅下亮着一盏手提灯，而主桅周围悬挂着一个枪架，上面放着各种火器。艾尔通从枪架上摘下一支手枪，查明它已上了子弹，并可击发。只需这个，他便可完成毁灭工作。

　　于是他朝船尾溜去，以便到达船的艉楼，那里该是火药库。

　　然而，中舱里几乎是漆黑一团，要想不碰到某个睡得不够死的罪犯就得弓着身子过去，这是很难的。一不小心，就会挨骂和挨打。艾尔通被迫不止一次地中断脚步。不过他总算到了后舱的板壁那儿，并找到了一扇门，想必一打开就是火药库。艾尔通只能把它强行打开,他着手干了起来。这件活儿要想不出声地完成可不容易,因为得砸开挂锁。可艾尔通的手很有劲,于是锁被拧开了,而门也就打开了……

正在这时,一只胳膊按在了艾尔通的肩膀上。

"你在这里干什么?"一个身材高大的男人用生硬的语气问道,他站在阴影中,猛地把灯光对准艾尔通的脸。

艾尔通连忙往后退。灯光迅速闪了一下,于是他认出了昔日的同伙鲍勃·哈维,但他却没能被对方认出来,因为对方大概以为他早死了。

"你在这里干什么?"鲍勃·哈维问道,他一把抓住了艾尔通的裤腰带。艾尔通并不搭理他,而是把这个罪犯头头使劲推开,自己则力图往火药库里冲。只要朝这些火药桶中间开上一枪,一切就都完了!

"快来呀,伙计们!"鲍勃·哈维早已喊开了。

两三个被他喊醒的海盗爬起来扑向艾尔通,企图击倒他。体魄健壮的艾尔通挣脱了他们的包围,用手中的枪开了两枪,两名罪犯应声倒下,但他没能躲过扎过来的刀子,他的肩膀被划破了。艾尔通很清楚,他已不可能实施自己的计划。鲍勃·哈维已重新关上了火药库的门,而中舱里一阵骚动,这表明海盗们都醒了。为了能和赛勒斯·史密斯并肩作战,艾尔通必须保存自己。他剩下要做的,就只有逃跑了!

但是有可能逃跑吗?值得怀疑。尽管艾尔通决心尽一切办法回到同伴们那里去。

他的枪里还剩下四发子弹,又打出了两发,其中一发朝鲍勃·哈维射去,虽没有打死他,但至少把他打成了重伤。艾尔通利用对手们的后退,朝盖着防雨罩的船梯冲去,以便到达甲板。在手提灯前经过时,他用枪托将其打碎,于是周围一片漆黑,这大概有利于他的逃跑。

两三名被惊醒的海盗此时从船梯上下来了。艾尔通开的第五枪把其中一名撂倒在船梯下,其余的躲开了,但他们完全不明白正在发生什么。艾尔通跃了两步,到了甲板上。三秒钟后,他冲着刚才扑过来掐住他脖子的海盗开了最后一枪,而且是对准他的脸,然后便跨过舷墙,跳入大海。

艾尔通游了不到六英寻,子弹便像下冰雹似的在他周围噼啪作响。

躲在小岛的一块岩石下的彭克洛夫,以及躲在"烟囱"里的工程师、记者、哈伯特、纳布,当他们听到船上响起了枪声时,真无法形容他们有多么不安!赛勒斯·史密斯他们扛起枪,冲到了沙滩上,准备打退任何来犯者。对他们来说,已毫无疑问,艾尔通已被海盗们当场捉住,并被他们杀害,而且这些坏蛋们还会趁着天黑登上林肯岛！

半个小时在极度的焦虑中过去了。然而，枪声已停止，艾尔通和彭克洛夫却还没出现。小岛难道被侵占了？是否该去救艾尔通和彭克洛夫？可怎么个救法？海水已上涨，海峡过不去了。独木舟已不在！可以想象得出，他们此时真是心急如焚！

终于，深夜十二点半左右，一条载着两个人的独木舟在沙滩靠岸了。这是艾尔通和彭克洛夫，前者肩膀上受点轻伤，后者安然无恙，他们受到了朋友们的热忱欢迎。大家马上都躲进了"烟囱"。在那里，艾尔通讲述了事情的经过，同时也没有隐瞒他试图实施的炸船计划。

所有的手都伸向艾尔通，因为他如实地说出了局势的严重性。海盗们已觉醒了，他们知道林肯岛上有人居住。他们会全副武装、蜂拥而来。他们将无视一切。移殖民们一旦落入他们手中，那就别指望会得到丝毫的怜悯。

"那好，我们死也要死得值！"记者说。

"我们回去吧，并保持警惕。"工程师说。

"我们有脱险的可能吗，赛勒斯先生？"水手问道。

"有，彭克洛夫！"

"唔，六个人对付五十个人！"

"是的！六个人……不包括……"

"不包括谁？"彭克洛夫问道。

赛勒斯不作回答，而是用手指了指天。

第 3 章

雾散——工程师的部署——三个哨位——艾尔通和彭克洛夫——第一条小船——其他两条小船——在小岛上——六个罪犯登陆了——帆船起锚——"奋进"号发射炮弹——绝境——出乎意料的结局

黑夜太平无事地过了,移殖民们始终保持警惕,没离开"烟囱"这个哨所。海盗那方面呢,似乎没做任何登陆的尝试。自从朝艾尔通开了最后几枪,再没有一声枪响,甚至也没有任何声音表明那条船仍在岛的近海岸处。无奈之下,不妨认为,那船觉得自己是在和过于强大的对手打交道,便起锚离开这片海域了。然而情况绝非如此,晨曦微露时,移殖民们在晨雾中隐约看见了一堆模糊不清的东西。那正是"奋进"号。

"朋友们,"工程师于是说道,"我这就来说说我觉得应该采取的措施,趁着雾还没散尽。有了雾,海盗们便看不到我们,这样我们便可行动起来,而不会引起他们的注意。尤为重要的是,要让罪犯们相信,岛上的居民很多,能抵抗得了他们。所以我建议我们分成三组,第一组就守在"烟囱"这儿,第二组守在感恩河河口,第三组守在小岛上,以便阻止或起码推迟海盗们的任何登陆企图。我们有两支卡宾枪和四支步枪可供使用,所以我们人人都将得到武器。鉴于我们有充足的火药和子弹,大家只管放枪。我们完全不用怕那条船上的枪,甚至是炮。它们能对这些岩石怎么样?而且我们又不从花岗岩宫的窗口射击,海盗们也就不会想到朝那里开炮,而炮弹则有可能造成不可弥补的损失。值得担心的是,最终必然会打起来,既然他们人多势众,因此必须设法阻止他们的任何登陆行动,同时又不要暴露我们自己。所以别节省弹药。常放枪,但要射得准。我们每个人有六至八个敌人要消灭,而且必须消灭他们!"

工程师对形势作了明确的分析,说话时的声音再平静不过。他像是在指挥一项工程,而不像是在部署一个战役。同伴们甚至不发表任何意见就赞成了这些安排。接下来要做的便是,在雾散尽前各就各位。

纳布和彭克洛夫立即上花岗岩宫取来了足够的弹药。杰丁·斯皮莱和艾尔通这两名优秀射手持有的武器是两支精密的卡宾枪,它们的射程近一海里。其余四支枪,在赛勒斯·史密斯、纳布、彭克洛夫和哈伯特之间进行了分配。

下面来看看哨位的安排。赛勒斯·史密斯和哈伯特仍然埋伏在"烟囱"里,他们就这样控制着花岗岩宫脚下的沙滩,一片相当大的范围。杰丁·斯皮莱和纳布去躲藏在感恩河河口的岩石中间,而河上的大大小小的桥已经吊起。他们的任务是阻止任何人驾小船通过,甚至阻止任何人在对岸登陆。

至于艾尔通和水手,他们把独木舟推下水,打算穿过海峡,分占小岛上的两个哨位。这样一来,枪声从四个不同的地点响起,好让罪犯们误以为岛上有足够的居民,而且防守严密。万一海盗们登陆,而艾尔通和水手未能阻挡住,即使他们眼看着自己就要被某条小船绕过,他们也应该驾着独木舟回到沿海地带,奔赴正遭受重大威胁的地方。

各就各位之前,移殖民们互相握了最后一次手。彭克洛夫总算克制住了自己的感情,当他拥抱哈伯特——他的孩子时!

……然后他们便分手了。

片刻之后,赛勒斯·史密斯和哈伯特在这边,记者和纳布在另一边,各自消失在了岩石后面;五分钟后,艾尔通和彭克洛夫顺利地通过了海峡,登上小岛,藏在了其东岸的凹处。他们谁都没被对方发现,因为他们自己也几乎看不清雾中的那条双桅帆船。

此时是清晨六点半。很快地,空气上层的雾渐渐散了,那船的桅顶露了出来。又过了一会儿,大团的涡形雾从海面上滚过,接着刮起了海风,这团雾气很快就被吹散了。"奋进"号完全显露出来,它抛下两个锚,船头朝北,左舷后半部对着海岛。正如赛勒斯·史密斯所估计的,它离海岸至多1.25海里。那不祥的黑旗在船的斜桁上飘扬。

工程师用望远镜可以望到,那构成船上炮兵部队的四门大炮已对准了海岛。很显然,只要一发信号,他们就准备开火。然而,"奋进"号始终保持沉默。可以看到有三十来个海盗在甲板上来回走动。有几个登上了艉楼,其他两个待在主桅旁,用望远镜专心致志地观察着海岛。

很显然,要说鲍勃·哈维和他的船员们很难弄清夜里船上发生了什么,倒未必。那个半裸的人刚才强行打开了火药库的门,而他们一经发觉,便和他干了起来,他则朝他们开了六枪,打死了他们中的一个,又伤了两个。不知那人是否躲过了他们的子弹,他是否游回海岸了,他从哪里来?到船上来干什么?如鲍勃·哈维所想,他的计划难道真的是要炸毁他们的船?所有这些在罪犯们的头脑里是相当模糊的。但有一点他们已很明确,那就是,他们在其前面抛锚的这个无名岛有人居住,而且岛上可能有整整一群移殖民在准备捍卫它,然而却没人露面,无论在沙滩上,还是在高地上。沿海地带似乎绝对是荒无人烟的。总之,毫无迹象表明有人居住。莫非居民们都向岛内逃去了?

这大概就是海盗们的头头所寻思的,而且,也许他为人谨慎,在让他的团伙进岛前,先要察看一下岛上的情况。

在四个半小时之内,不论是进攻还是登陆的迹象,船上都没出现。很显然,鲍勃·哈维在犹豫。他最出色的望远镜,想必都不能让他发现哪怕是一个藏匿在岩石里的移殖民。他甚至也不可能注意到那些绿枝和爬藤,它们遮住了花岗岩宫的窗户,并和光秃秃的石壁形成了鲜明的对照。的确,他怎能想象得到,在那个山冈上,在那块花岗岩的高地中,居然会有个居所?从爪形海角直到颌骨角,在合众国湾四周,大概没什么能告诉他,岛已有人占或可能已有人占。

可在八点,移殖民们观察到"奋进"号上有了些动静。有人在拉小船架的复滑车,还有只小船下海了。下去了七个人,他们都带着枪,其中一个掌舵,四个划桨,另外两个蹲在船头,他们一面观察岛,一面准备射击。他们的目的没准是要进行一次初步的侦察,而不是要登陆,因为如果是后一种情况的话,来的人数有可能会比较多。

海盗们显然已能够看到,有个小岛掩护着海岸,而它们之间隔着一道宽半海里左右的海峡。然而,通过观察小艇行驶的方向,工程师很快就确信,它一开始不是要进入那海峡,而是要靠近小岛,况且,他们采取这个谨慎的措施是有理由的。彭克洛夫和艾尔通各自躲在岩石的狭窄凹处,看见小船径直朝他们开来,于是他们等它进入射程之内。

小船小心翼翼地前进着,桨要间隔很久才浸入水中。还可看到,位于船头的一名罪犯手拿探测线,试图测一下被感恩河水冲成的航道深度。这表明鲍勃·哈维有意让他的帆船尽量靠近海岸。分散在桅的侧支索中的三十来名海盗,一直没闲着,记下一些能让他们安全靠岸的岸边助航标志。小船离小岛已只有两链时,突然停了下来。掌舵的那人站起来寻找可以靠岸的最佳地点。

顷刻间,两声枪响。小岛的岩石上面冒出一小股烟,舵手和测深水手仰面倒在了小船里。艾尔通和彭克洛夫的子弹同时击中了他们。

几乎马上,传来了一阵更为猛烈的爆炸声,一股明亮的蒸气从船侧喷出,一颗炮弹击中了掩护艾尔通和彭克洛夫的那堆岩石的顶部,岩石被炸成碎片,四处乱飞,但两名射手幸免。船上发出了可怕的诅咒,船随即又行驶了。舵手立刻被他的一个同伴取代,桨手们猛地划了起来。

人们可能会以为,小船会掉头回去,然而不,它沿小岛的海岸航行,以便绕过它南面的岬头。为了不让子弹射着,海盗们拼命地划桨。

他们就这样前进到离沿海地带凹进部分五链之处,而那个地带在漂流物岬头告终。走了一个半圆形,绕过这个岬头,始终是在炮火的掩护下,他们朝感恩河河口驶去。他们的意图很明显,就是要这样进入海峡,并从背面袭击在小岛上防守的移殖民们,不管他们的人数有多少,都要让他们受到小船和帆船的火力夹攻,从而处在非常不利的情形下。

这样过去了一刻钟,这段时间,小船一直在朝这个方向前进。一片寂静,空气中和水面上完全安静下来。

水手和艾尔通尽管明白他们有可能被绕过,但并没有离开他们的哨位,要么是他们还不想把自己暴露给进攻者,遭受"奋进"号炮火的袭击,要么是他们信得过自己的同伴。纳布和记者正守在河口,而工程师和哈伯特正埋伏在"烟囱"的岩石中。

第一阵枪炮声过后二十分钟,小船来到感恩河的近旁,即离河不到两链之处。由于海水像往常一样开始猛涨——由海峡的狭窄所引起,罪犯们感到自己在被带往感恩河,全靠奋力划桨,他们才在海峡中待住了。可是,因为他们进入了感恩河河口的射程,途中受到了两颗子弹的致意,他们中有两位又倒在了小船上。纳布和斯皮莱弹无虚发。

那帆船立即发射了第二颗炮弹,目标是火器的烟雾所暴露的哨位。但除了削去一些岩石的角,别无结果。

此时,船上已只有三个健全者。在水流的裹挟下,它在海峡中箭似的行驶,并从赛勒斯·史密斯和哈伯特面前经过,他们认为它不在射程内,便没放枪。然后,海盗用剩余的两支桨绕过小岛北面的岬头,开始设法返回。至此,移殖民们无可抱怨。他们的对手可谓是出师不利。那帮人已有四个重伤,也可能是死了。而他们则相反,没人受伤,也没浪费一颗子弹。如果海盗们继续用此法攻打他们,如果他们用小船再次企图登陆,他们就有可能一个接一个地被消灭。大家现在可以明白,工程师的部署是多么正确。海盗们有可能以为,他们是在和人数众多、武器精良的对手打交道,所以他们是不会轻易取胜的。

小船和水流搏斗了半小时才得以返回。当它带着伤员回到船上时,响起了一片可怕的叫声,于是又发射了三四颗炮弹,但那只能是毫无结果。

可此时,另一些罪犯跳进了小船,他们的人数有十来个。他们的此举是由于气得发狂,也许是因为昨夜的醉意尚未消。第二条小船也投放到了海上,里面坐了八个人。当第一条小船径直朝小岛驶去,想逐出移殖民时,第二条小船在使计强行夺取感恩河河口。彭克洛夫和艾尔通的处境显然变得非常危险,于是他们明白,他们该返回真正的陆地了。

但他们还是等第一条小船进入了射程,两颗子弹被机敏地射出,再次在船员中间造成混乱。然后,彭克洛夫和艾尔通在离开哨位时,免不了遭到十来下枪击。他们飞快地穿越小岛跳进独木舟,在第二条小船到达小岛南面的岬头时越过了海峡,然后跑进"烟囱"躲了起来。

他们刚和赛勒斯·史密斯、哈伯特重聚,小岛就被侵占了,而第一条小船的海盗正在上面四处搜索。

几乎就在同一时刻,感恩河的哨位上又响起了枪声,而第二条船已迅速靠近感恩河。八个人中的两个人正在往哨位上爬,结果被杰丁·斯皮莱和纳布击毙,而小船本身不可抗拒地冲向礁石,在感恩河口撞得粉碎。但那六个幸存者则把武器举过头,以防止它们和水接触,就这样他们登上了河的右岸。然后,他们发现自己离哨位的火力太近,便拼命向漂流物岬头的方向逃去,以脱离射程范围。

目前的形势是这样的:小岛上有十二个罪犯,其中大概有好几个受了伤,但仍有一条小船可供他们使用;在林肯岛上,有六名登陆者,但他们不可能到达花岗岩宫,因为他们无法过河,河上的桥都被吊起来了。

"行啊!"彭克洛夫冲进"烟囱"时说,"行啊,赛勒斯先生!您怎么想?"

"我想,"工程师回答,"战斗将采取一种新的形式,因为无法设想,那些罪犯会笨到继续在如此不利于他们的条件下和我们斗!"

"他们不是总能穿过海峡的,"水手说,"艾尔通和斯皮莱先生的卡宾枪在那里阻截他们。您很清楚,它们的射程超过一海里!"

"大概吧,"哈伯特说,"可两支卡宾枪对那船上的大炮能怎么样?"

"嘿!那船还没进海峡呢,我想。"彭克洛夫答道。

"它要是来呢?"赛勒斯·史密斯说。

"这不可能,因为它恐怕会搁浅和沉没的!"

"有这可能,"艾尔通说,"罪犯们会利用涨潮进入海峡,冒落潮时搁浅的危险;到时候,在他们的炮火下,我们的哨位可就没法待人了。"

"叫他们见鬼去吧!"水手嚷道,"好像那帮恶棍准备起锚了。"

"也许我们将被迫躲进花岗岩宫?"哈伯特指出。

"等等再说!"赛勒斯·史密斯答道。

"可纳布和斯皮莱先生呢?……"彭克洛夫说。

"他们会在适当的时候和我们会合。您准备好,艾尔通,现在,您和斯皮莱的卡宾枪该说话了。"

这太对了!"奋进"号已开始起锚,显示出向小岛靠近的意图。海水还得上涨一个半小时,而海潮已经停止流动,帆船将不难操纵。可要说进入海峡,和艾尔通的意见相反,彭克洛夫不相信它胆敢尝试。

此时,占领小岛的海盗已渐渐在向对面的海岸转移,他们和陆地之间仅隔着一条海峡了。他们的武器只有枪,所以他们根本伤害不了移殖民们,而移殖民们不是埋伏在"烟囱"里,就是埋伏在感恩河口。可是,海盗们不知道他们持有远程卡宾枪,也不相信自己正暴露在他们面前。于是他们便毫无遮掩地在小岛上大步走来走去,并跑遍小岛的边缘。

他们的错觉为时短暂。艾尔通和杰丁·斯皮莱的卡宾枪说话了,而且大概是对罪犯中的两位说了些伤人的话,因为他们仰面倒下了。

海盗们乱成一团。其他十位甚至来不及扶起他们死伤的同伙,就匆忙转移到小岛的另一边,跳进来时乘坐的小船,用桨拼命向帆船划去。

"少了八个!"彭克洛夫喊道,"的确,斯皮莱先生和艾尔通像是约好要同时开枪似的!"

"先生们,"艾尔通一边给他的卡宾枪上子弹一边说,"情况将变得比较严重,那帆船开航了!"

"起锚了!……"彭克洛夫喊道。

"是的,已起锚了。"

果然,随着船上装备的转动,止链器撞击卧式锚机的叮当声清晰可闻。"奋进"号起先被锚拉回原位,然后,当锚彻底拔出时,它便开始驶向陆地。风从海上来,于是三角帆和前桅帆扬起了,船渐渐靠岸。

移殖民们从感恩河和"烟囱"这两个哨位上注视着对方的操作情况,他们屏息静气,又不无几分担心。距离这么短,要是他们遭到那船的炮火,又无法做出有效的回击,那他们的处境可就糟了。他们如何才能阻止海盗们登陆呢?赛勒斯·史密斯清醒地意识到这一点,他在寻思能干什么。这需要他很快做出决定。可是作什么决定?躲进花岗岩宫里,任由对方围困,坚持数周,甚至数月?反正里面储粮充足。好吧!可然后呢?海盗照样会霸占林肯岛,他们会肆意破坏它,随着时间的推移,他们最终将战胜被困在花岗岩宫里的人。

然而，仍存在着一种可能，那就是，鲍勃·哈维不会冒险把他的船驶进海峡，他会待在小岛外面。这样他就距离海岸还有半海里，因此，他的炮击可能不会造成特别大的危害。

"绝对不会，"彭克洛夫再三说道，"鲍勃·哈维绝对不会进入海峡，既然他是一名有经验的水手！他很清楚这样做那条帆船就会遭到危险，只要海上情况稍一变糟！没有船，他可怎么办？"

但是，那船已靠近小岛了，而且可以看出，它在竭力到达小岛的下端。此时，海风轻拂，水流的力量已大大减弱，鲍勃·哈维绝对能随心所欲地操纵他的船。那些小船先前走过的路线使他能认出航道，如果他放肆地进入的话。他的计划再清楚不过：他想在花岗岩宫前抛锚，从那儿，用炮弹来回击那些子弹。因为此时，这些子弹已对他的海员们造成了大量伤亡。"奋进"号很快便到达小岛的岬头，并顺利地绕过。船的后帆于是也扬起，船侧风行驶，来到感恩河近旁。

"强盗！他们来了！"彭克洛夫喊道。

此时，纳布和杰丁·斯皮莱跑来与赛勒斯·史密斯、艾尔通、水手及哈伯特会合了。记者及其同伴认为该放弃感恩河那个哨位了，因为在那里他们已奈何不了那条船，于是他们采取了明智的做法。在一个决定性的行动大概将要开始时，移殖民们最好能聚在一起。杰丁·斯皮莱是从岩石后面溜过来的，但仍然遭到了一阵枪林弹雨，所幸没被击中。

"斯皮莱！纳布！"工程师喊道，"你们没受伤吧？"

"没有！"记者回答，"只是在拐弯时被挫伤了一点而已！可那条该死的帆船开进海峡了！"

"是的！"水手回答，"用不了十分钟，它就会在花岗岩宫前抛锚！"

"您有打算吗，赛勒斯？"记者问道。

"我们得躲进花岗岩宫，趁还来得及，而且罪犯还没能看见我们……"

"我也这么认为，"杰丁·斯皮莱回道，"可一旦躲进去……"

"我们见机行事吧。"工程师回答。

"那就走吧，赶快！"记者说。

"您不想让我和艾尔通留在这里，赛勒斯先生？"水手问道。

"有什么用，彭克洛夫？"赛勒斯·史密斯回答，"不，我们不分开！"

一刻也不能耽搁。移殖民们离开了"烟囱"。护墙的一个小凸角使得船上的人看不见他们，但两三声枪响和炮弹打在岩石上发出的轰隆声使他们得知,"奋进"号已离他们很近。不一会儿,他们便冲进升降机,到了花岗岩宫门口,跑进了大厅。托普和朱普从前一天起就一直被关在宫里。

好险,因为移殖民们透过树枝看到,烟雾缭绕的"奋进"号驶进了海峡。他们甚至得闪到一边,因为炮火一直不停,那四门炮射出的炮弹,非常盲目地打在已无人占据的感恩河哨位上和"烟囱"上。岩石被击碎了,而每一声轰鸣都伴随着海盗们的叫好声。

多亏赛勒斯·史密斯采取防范措施,遮住了花岗岩宫的窗户,大家本可指望花岗岩宫能幸免,不料一颗炮弹擦过门洞,钻进了走廊。

"该死!难道我们被发现了?"彭克洛夫嚷道。

也许移殖民们还没被看见,但有一点可以肯定,鲍勃·哈维认为该穿过这些树叶发射一颗炮弹,他觉得那些遮蔽这部分峭壁的树叶很可疑。甚至马上,当另一颗炮弹冲开窗帘似的树叶在花岗岩上露出一个大洞时,他会变本加厉地发射。移殖民们陷入了绝境。他们的隐蔽所被发现了;他们无法阻挡那些发射物,也无法抵御在他们周围横飞的碎石片;他们只有躲到花岗岩宫上层的过道里,任由他们的住所惨遭破坏。

不料,此时突然传来一声闷响,紧接着便是一片可怕的叫声……

赛勒斯·史密斯及其同伴们冲到一个窗户前……

那条帆船不可阻挡地被一股龙卷风似的水举了起来,裂成了两半。不到十秒钟,它就连同它那些罪恶的船员一起被海水吞没了!

第 4 章

> 移殖民们在沙滩上——艾尔通和彭克洛夫积极抢救——午餐时的交谈——彭克洛夫的推理——仔细察看船体——火药库完好无损——新的财富——最后一些残骸——一个碎裂的圆柱体

"他们被炸死了!"哈伯特喊道。

"是的,就好像艾尔通点燃了炸药一样!"彭克洛夫一边跳进升降机,一边喊道,同时跳进去的还有纳布和小伙子。

"可究竟发生了什么?"杰丁·斯皮莱问道,他仍在为这意想不到的结局感到惊愕。

"啊,这我们会知道的!……"工程师迅速答道。

"知道什么?……"

"别着急!别着急!来呀,斯皮莱。重要的是,那些海盗已被歼灭了!"

赛勒斯·史密斯拽上记者和艾尔通,去沙滩与彭克洛夫、纳布和哈伯特会合。

那帆船已完全不见踪影,甚至连桅杆在内。被那一大股水举起后,它就侧着倒下去,并以这种姿势沉没了,大概船上有一个巨大的漏水洞吧。此处的海峡深不过二十英尺,所以落潮时,那被淹没的帆船的侧面肯定会再露出来。

一些残骸漂浮在海面上。只见有整套的备用件,是由桅杆和横桁组成的;有鸡笼子,里面的家禽还活着;有箱子和木桶。这些东西漂出舱门后,渐渐浮出水面。可漂流物中没有任何沉船碎片、甲板的木板和船壳板,这便使"奋进"号的骤然沉没变得相当怪诞。

然而,两根在桅孔加固板上面几英尺处折断的桅杆,在挣脱了支索后,很快又浮在海峡的水面上,上面还带着帆,一些是张开的,而另一些是收拢的。但可别让退潮有时间把所有这些财富带走,于是艾尔通和彭克洛夫跳进独木舟,意欲把所有这些漂流物或弄上林肯岛的沿海地带,或弄上小岛的沿海地带。

可当他们正要上船时,杰丁·斯皮莱想到的一件事把他们留住了。

"那六个在感恩河右岸登陆的罪犯呢?"他说。

的确,不该忘记那六个人,他们的小船撞碎在了岩石上,然后他们便在漂流物岬头上岸了。

大家望了望那个方向,不见有任何逃跑者。很有可能,他们在见到那帆船在海峡的水中沉没后,便逃到岛内去了。

"现在先不管他们,"赛勒斯·史密斯于是说道,"我们仍然是有危险的,因为他们手里有武器。但总之是六对六,机会均等。先去办最紧急的事吧。"

艾尔通和彭克洛夫上了独木舟,奋力朝漂流物划去。

海水正处于平潮,但水面很高,因为两天前就已是新月了。起码还要等整整一小时,船壳才会露出海峡的水面。

艾尔通和彭克洛夫来得及把桅杆和圆材用缆绳系住,而绳子的一端搭在花岗岩宫的沙滩上。在那里,移殖民们一起使劲,终于把这些漂流物拉了上来。然后,独木舟又把所有的漂浮物都打捞上来,如鸡笼子、木桶和箱子。这些东西马上就被运到了"烟囱"。

有几具尸体也浮在水面上。艾尔通在其中认出了鲍勃·哈维的尸体,他把它指给同伴们看,并声音激动地说:

"这就是从前的我,彭克洛夫!"艾尔通说道。

"可您现在已不是这样了,正直的艾尔通。"

挺奇怪,浮着的尸体竟是如此之少,仅有五六具,而退潮已开始把它们带向大海了。很可能,罪犯们因为突然遭遇沉船,没来得及逃走,而船又是侧倒,所以其中的大部分都留在舷墙下面了。然而,退潮将把这些恶棍的尸体带往公海,这就省得移殖民们把它埋在海岛的某个角落里了,这可是件苦差事。

在两个小时里,赛勒斯·史密斯及其同伴们就光忙着把圆材拉上沙滩,并解下帆篷,然后就晾晒那些帆,而它们都完好无损。他们很少交谈,而只是埋头干活,可他们思绪万千!拥有这条帆船,或确切来说拥有这船上的一切,等于拥有一笔财富。的确,一条船就好比是一个完整的小世界,而移殖民们的物资将增加许多有用的东西。从大处看,这相当于那个在漂流物岬头找到的箱子。

"另外,"彭克洛夫心想,"为什么不能让这帆船重新浮起呢?如果它只有

艾尔通认出了水中鲍勃·哈维的尸体,他对水手说:"这就是从前的我,彭克洛夫!"

一个漏水洞,堵上就行了,而一条三四百吨的船,和我们的'好运'号相比,那可是一条真正的船!可以乘着它去远航!而且想去哪儿就去哪儿!我和赛勒斯·史密斯、艾尔通一定得把它检查一下,它值得我们这么干!"

的确,如果这帆船还适于航行,林肯岛的移殖民们回国的机会可就大大增加了。可是,要想解决这个重要的问题,得等海水完全低落,这样才能检查船身的各个部分。

当漂流物都安全存放在沙滩上后,工程师及其同伴们便拿出一点时间来吃午饭。他们简直快饿死了,所幸备膳室离得并不远,而纳布又被认为是手脚快的厨师。大家于是在"烟囱"旁吃了饭。吃饭时,正如人们所想,话题离不开那意想不到的事件,它奇迹般地救了移殖民们。

"'奇迹般地'!这词用得好。"彭克洛夫反复说道,"因为,应当承认,那些坏蛋被炸得正是时候!花岗岩宫当时都开始变得没法待人了!"

"您想象得出来吗,彭克洛夫,"记者问道,"这事是怎么发生的,又是谁引起了这场爆炸?"

"嗨,斯皮莱先生,再简单不过,"彭克洛夫回答,"一条海盗船并不是管理得像一艘军舰,罪犯们也不是水手!那帆船的火药库肯定是开着的,因为他们不停地用炮轰我们,只要出个冒失鬼或蠢货,就足以使船炸毁!"

"赛勒斯先生,"哈伯特说,"我感到奇怪的是,这次爆炸并没有产生更大的威力。爆炸声不大,总之,没多少碎片和掀掉的船壳板。好像那船多半是沉没的,而不是炸毁的。"

"你觉得这很奇怪,孩子?"工程师问。

"是的,赛勒斯先生。"

"我也是,哈伯特,"工程师答道,"我也觉得这很奇怪,不过等我们察看船壳时,大概就能得到解释了。"

"啊,居然是这样,"彭克洛夫说,"你们不是要认为,'奋进'号仅仅是沉没,就像一条触礁的船那样?"

"为什么不是呢?"纳布指出,"如果海峡中有礁石呢?"

"得啦!纳布,"彭克洛夫答道,"关键时刻你没睁眼。那船沉没前的一刻,我可是看得非常清楚,它被一股巨浪举起来了,然后就挣扎着倒在了左舷上。如果它只是触礁,它就会平稳地沉没,就像一条从底部开始消失的正派人的船一样。"

"这恰恰是因为,这不是一条正派人的船!"纳布答道。

"总之,我们会弄清楚的,彭克洛夫。"工程师又说。

"我们会弄清楚的。"水手补充道,"可我敢用我的脑袋打赌,海峡中没有礁石。哦,赛勒斯先生,您是不是想说,这个事件中又有什么不可思议的事呢?"

赛勒斯先生没有回答。

"不管怎样,"杰丁·斯皮莱说道,"撞沉也罢,炸沉也罢,您总该同意,彭克洛夫,事情发生得正是时候!"

"对!……对!……"水手回答,"可这不是问题所在。我是问赛勒斯先生,他是否在所有这一切中看到了某种超自然的东西。"

"我不表态,彭克洛夫,"工程师说,"这就是我所能给您的全部回答。"

这一回答丝毫不能令彭克洛夫满意。他坚持认为这是一次爆炸,而且十分固执。这海峡的底部像沙滩一样,是由细沙构成的,而且他在落潮时经常从中穿越,所以他决不赞同,里面有块他居然不知道的礁石。另外,那帆船沉没时,是涨潮,也就是说,水量比它穿越海峡时所需要的还要大,所以它是不可能撞上那些落潮时都不会露出的礁石的。因此嘛,没发生撞击,因此嘛,船没触礁。因此嘛,它是被炸毁的。

应当承认,水手的推理不乏某种正确性。

一点半左右,移殖民们上了独木舟,朝搁浅地点驶去。遗憾的是,帆船上的那两条小船没能保住,其中一条,大家知道已撞碎在感恩河河口,完全不能用了;另一条在帆船沉没时消失了,想必是被它压烂了,没能再现。

此时,"奋进"号的船体开始露出水面。那帆船何止是侧卧,因为,船倒下时移位的压载物的重量压断了桅杆后,它就几乎是龙骨朝天了。它的确是被一种无法解释但又可怕的海底作用力翻转的,这一作用力还表现在使一大股水挪了位。

移殖民们围着船体转了一圈,随着海水的下降,他们就算不能确认引起灾难的原因,也起码能看出所产生的效果。

在船头,在龙骨的两侧,艏柱的根部前七八英尺处,船的两侧被可怕地扯掉了至少二十英尺。在那里,炸开了两个无法堵塞的巨大的漏水洞。不仅是船底的铜衬板和包板不见了——大概已成粉末,而且连船框架本身、连接框架的木栓和螺钉,也都无影无踪。整个船体直至后面的部分,那些甲板都撕裂了,已支撑不住。最下面的甲板被一股无法解释的强力拉脱了,而龙骨则有好几处被从纵梁拉开,整个都断裂了。

"真见鬼!"彭克洛夫嚷道,"这可是一条很难再浮起的船!"

"甚至是不可能再浮起来。"艾尔通说。

"总之,"杰丁·斯皮莱指出,"爆炸——如果有过爆炸的话——产生了奇特的效果!它破坏了船体的下层部分,而没有炸掉甲板和水上部分!这些大洞多半像是触礁造成的,而不是火药库爆炸造成的!"

"海峡中没有礁石!"水手反驳道,"您说的我都同意,除了触礁!"

"让我们试着进入船的内部吧,"工程师说,"这样,也许我们对船毁灭的原因心中能有个数。"

这个主意最好。另外,该清点一下船上所装的全部财产,并做好一切安排来抢救它们。

进入船内很容易。水面始终很低,而由于船体的翻转,甲板下面成了上面,这就可以通行了。由沉重的铸铁构成的压载物,把船体撞穿了好几处,只听得海水从船体的裂缝中流过的汩汩声。

赛勒斯·史密斯及其同伴们手持斧子,在半裂的甲板上前进。而甲板上堆满各种各样的箱子,由于它们在水中待的时间很有限,里面的东西大概并没有受损。

大家忙着把所有这些货物都搬到安全地点去。要过几小时才会涨潮,而这几个小时则利用得非常好。艾尔通和彭克洛夫在船体的洞口见到了一台复滑车,这正好可用来吊木桶和箱子。独木舟装上它们,并马上运到沙滩上。他们不加区别地拿走了一切,哪怕以后再挑选呢。

总之,移殖民们首先极为满意地看到的是,这帆船拥有各种各样的货物,和品种齐全的整套物品,有器皿、加工产品、工具,就像那些波利尼西亚远洋轮上所装载的那样。在那里大概几乎能找到一切,而人们将会承认,这正是林肯岛上的移殖民们所需要的。

然而,赛勒斯·史密斯默默而吃惊地观察到,正如他所说,船体遭到了某种撞击而严重受损,结果造成了灾难,但不仅如此,所有的内部布置也破坏了,尤其是船头。隔板和柱子碎裂了,像是有某颗威力巨大的炮弹在船内爆炸过似的。移殖民们能畅通无阻地从船头走到船尾,在那些箱子陆续搬走后。这并不是一些搬动费劲的沉重的包裹,而只是一些轻便的包裹,但上面的标签已难以辨认。

移殖民们一直来到船尾。这部分原先是有艉楼的。根据艾尔通所提供的情况,应在此寻找火药库。赛勒斯·史密斯心想,既然它没有爆炸,那就有可能抢救出几桶来,而火药通常是装在金属包皮里的,所以不可能接触到水。

情况果真如此。他们在大量的炮弹中间找到了二十来桶火药,而桶内都衬有铜。这些桶被小心翼翼地取出来了。彭克洛夫通过自己的眼睛终于相信,"奋进"号的毁灭不可能是一次爆炸造成的。而火药库所在的那部分船体,恰恰是受损最轻的。

"这有可能!"固执的水手答道,"不过,要说是触礁,海峡中并没有礁石呀!"

"那么,这究竟是怎么回事呢?"哈伯特问道。

"我一无所知,"彭克洛夫答道,"赛勒斯先生也一无所知,谁都是一无所知,而且永远都是如此!"

在搜寻各种东西的过程中,好几个小时过去了,开始能感觉到涨潮了。抢救工作只得暂停。再说,无须担心船的骨架会被海水带走,因为它已陷进了泥沙中,被牢牢固定住了,就像抛双锚停泊似的。

大家于是可以安心等到下次退潮时再来接着干。可是,虽然船本身已完全无法使用,但必须得把船身中的剩余物资赶快抢救出来,因为船身会很快消失在海峡的流沙中的。

已是傍晚五点。干了一天活,够辛苦的。他们吃饭时胃口大开。而累归累,他们还是忍不住要查看一下那些箱子,里面装的都是"奋进"号的货物。

大部分箱子装的是成衣,可以想见,它们大受欢迎。里面的东西足够全体移殖民们穿的,有各种用途的衣服和各种尺寸的皮鞋。

"我们这下子可太富有了!"彭克洛夫嚷道,"可我们将怎么处理这一切呢?"

快乐的水手不时地发出欢呼声,因为他认出了一桶桶烈性酒、一箱箱烟草、一些火器和刀剑、一包包棉花、一些耕具、一些木匠和铁匠用的工具,一箱箱各种各样的种子——它们在水中没待多久,丝毫没变质。啊!这要是在两年前,这些东西来得该是多么及时!但不管怎样,即使现在这些心灵手巧的移殖民们已自己为自己配备了工具,这些财富仍将会有其用途的。

花岗岩宫的仓库里不缺地方,可那天,时间不够了,没法把所有的东西都入库。但是不要忘了,"奋进"号上的那六个幸存者已登上林肯岛,这很可能是一帮头号坏蛋,得提防他们。尽管感恩河上的桥和其他的桥都吊起来了,但那些罪犯是不会被一条河流或小溪挡住的,在绝望的驱使下,像这样的无赖有可能是很可怕的。

他们以后再来研究该怎么对付他们。眼下,得照看堆在"烟囱"附近的箱子。为此,移殖民们夜间得轮流值班。

黑夜过去了,那些罪犯们倒没有企图入侵。朱普师傅和托普守在花岗岩宫脚下,一有情况会很快向他们报告的。

接连三天,10月19日、20日、21日,都被用来抢救一切可能有价值或有用的东西,不是从货物中就是从帆缆索具中。落潮时,他们从货舱里搬东西,涨潮时,他们就把抢救出来的东西入库。一大部分铜板得以从船身上扯了下来,而船身则一天比一天陷得更深。可是,在流沙把那些沉到船底的重物吞没前,艾尔通和彭克洛夫好几次潜到海峡底部,找到了铁链和锚、压载铁,甚至那四门炮,它们都是用空桶减轻重量,才得以弄上岸的。

只见移殖民们的武器库所得的并不比备膳室和仓库少。一向热衷于自己的计划的彭克洛夫,已经在谈要建一个可居高临下控制海峡和河口的炮台了。有了四门炮,他就能阻挡任何舰队冒险进入林肯岛水域,"不管它有多么强大"!

那帆船已只剩下一个毫无用处的空壳了,就在这时,坏天气来了,并终于把它毁掉了。赛勒斯·史密斯原想把它炸掉,然后去海岸收集残骸,不料东北方向刮来的一阵大风和一大股海水,让他省下了火药。

果然,在23日到24日的那个夜里,船壳完全解体了,一部分残骸被打到了沙滩上。

至于船上的文件,无须说,尽管赛勒斯·史密斯仔细搜查了艉楼的柜子,却找不到一点痕迹。海盗们显然已毁掉了有关"奋进"号船长或船主的一切,而因为船尾板上没写着船籍港的名称,所以根本没法猜测它的国籍。不过,根据船头的某些形态,艾尔通和彭克洛夫认为,这船该是英国造的。

这场灾难,或确切地说这个幸运而又无法解释的、让移殖民们得救的结局发生后一周,那条船就完全看不到了,甚至在落潮时,它的残骸已分散,花岗岩宫几乎拥有了它装载的一切。

然而,包藏它那离奇的毁灭的秘密,本来大概是永远都不会揭开了,若不是纳布在沙滩上转悠,发现了一个厚厚的铁制圆柱体,上面有爆炸的痕迹。这个圆筒已变形,棱边被撕了,像是受到过爆炸物质的作用似的。

纳布把这块金属带给他的主人。他的主人正和同伴们在"烟囱"的车间里忙碌着。

赛勒斯·史密斯仔细检查了这个圆柱体,然后转身对彭克洛夫说:

"朋友,您坚持认为,'奋进'号不是被撞沉的?"

"是的,赛勒斯先生,"水手回答,"您和我同样很清楚,海峡中没有礁石。"

"可它要是撞上了这个铁块呢?"工程师指着那碎裂的圆柱体问。

"什么,这截管子?"彭克洛夫嚷道,语气显得十分怀疑。

"朋友们,"赛勒斯·史密斯又说,"那船在沉没前,曾被一股真正的旋流举起,你们还记得吗?"

"是的,赛勒斯先生!"哈伯特回答。

"那好,你们想知道是什么掀起了这股旋流的吗?是这个。"工程师指着那截碎裂的管子说。

"是这个?"彭克洛夫反问道。

"对!这圆柱体便是一颗水雷所剩下的全部!"

"一颗水雷!"工程师的同伴们喊道。

"那又是谁放在那儿的呢,这水雷?"彭克洛夫问道,他不想让步。

"我所能对您说的便是,那不是我干的!"赛勒斯·史密斯回答,"可它曾经在那儿,而且您已经能判断出它那无可比拟的威力了!"

第 5 章

　　工程师的断言——彭克洛夫的夸张设想——一座空中炮台——四门炮——关于幸存的那些罪犯——艾尔通的犹豫——赛勒斯·史密斯的慷慨大度的感情——彭克洛夫勉强依从

　　因此,这颗水雷的海底爆炸说明了一切。在南北战争期间,工程师曾试验过这种武器,所以他不可能弄错。这圆筒里装有一种爆炸物质——硝化甘油、苦味酸盐或其他性质相同的物质。正是在这圆筒的作用下,海峡的水像漩流一样被举起,而被这漩流击穿底部的帆船顷刻间便沉没了。这就是为什么船遭到了重创浮不起来的缘故。一颗水雷炸毁一艘装甲舰,就像炸毁一条渔船那么容易,难怪"奋进"号在劫难逃!

　　是的! 一切都清楚了,一切……除了那颗水雷在海峡中的出现!

　　"朋友们,"赛勒斯·史密斯又说,"有个神秘人物存在,对此已不容置疑。他也许是像我们一样的落难者,被抛到了我们的岛上。我说这个,是为了让艾尔通知道两年来所发生的怪事。那位陌生的行善者是谁呢? 我想象不出来。他在多种情况下进行了干预,而他的干预都是非常有利于我们的。他做了这么多好事后躲起来,他这样又有什么好处呢? 我搞不懂。可他做的那些好事毕竟是真的,是只有一个具有惊人能力的人才能为我们做的。艾尔通和我们一样,是他的受恩人。如果说气球坠落后是那陌生人把我从波涛中救了出来,那么显然也是他写了那封信,并把那只漂流瓶投放到海峡的航道上,就此让我们得知了我们同伴的处境。我要补充的是,那只恰如其分地装有我们所缺的一切的箱子,是他把它引来,并使它在漂流物岬头搁浅的。那堆放在岛的高处并能让你们着陆的火,是他点燃的;那颗在西猫体内找到的铅弹,是他射的;那颗炸毁了帆船的水雷,是他布在海峡里的;总之一句话,那些无法解释、让我们搞不懂的事,都是这个神秘人物干的。所以,不管他是什么人,落难者还是放逐者,如果我们以为自己可以不对他表示任何感激,那我们就是忘恩负义的人。我们已欠下了一笔债,我希望有朝一日能还他。"

"您有理由这么说,亲爱的赛勒斯。"记者答道,"是的,有个几乎是万能的人躲在岛的某个部分,而其作用对我们这个移殖民群体非常有益。我要补充的是,我觉得这个陌生人具有一些超自然的本事,如果说在现实生活中超自然现象是存在的话。难道是他,通过花岗岩宫的那口井暗中和我们联系,并因此了解了我们的全部计划?难道是他,当独木舟在海上初次航行时,给我们送来了那个漂流瓶?难道是他,把托普抛出了湖面,并杀死了儒艮?难道是他,正如一切都让人所认为的那样,把您赛勒斯从波涛中救了出来?而在当时的情况下,换了另一位,如果他只是个凡人的话,那是无法做到的。如果真是他,那他就拥有一种主宰自然力的本领。"记者的见解是正确的,每个人都深感到这一点。

"是的,"赛勒斯·史密斯答道,"如果说有个人介入这一点已不容怀疑的话,我认为他的确具有超人的本事。这又是个谜。但假如我们能发现那个人,那谜也就揭开了。问题在于:我们是该尊重这慷慨之人的隐姓埋名呢,还是该千方百计地找到他?对此你们有何看法?"

"要我说,"水手说,"不管他是什么人,总之是个好人,我很敬重他。"

"好吧,"赛勒斯·史密斯又说,"但这算不得回答,彭克洛夫。"

"我的主人,"纳布说,"我认为,只要我们愿意,我们可以寻找我们所谈到的这位先生,但只有当他乐意时,才能让他现身。"

"这主意不笨,纳布。"彭克洛夫说。

"我同意纳布的意见。"杰丁·斯皮莱说,"但这不能成为不去找他的理由。不管能不能找到这位神秘人物,我们至少也要尽我们的义务。"

"而你,我的孩子,说说你的看法吧。"工程师转身对哈伯特说。

"啊!"哈伯特喊道,只见他的目光活跃起来,"我想谢谢他,因为他先救了您,然后又救了我们!"

"这话倒不让人反感,小伙子,"彭克洛夫说,"而我也要感谢他,我们大家都要感谢他!我这个人并不好奇,但为了能面对面地见到此人,我宁愿失去一只眼睛!我觉得他应该是相貌英俊、身材高大、体魄健壮,留有美髯和阳光似的头发,并且手托大球,斜卧在云彩上!"

"可是,彭克洛夫,"记者说,"您给我们描绘的可是上帝的形象!"

"有可能,斯皮莱先生,"水手答道,"可我想象他就是这样的!"

"而您呢,艾尔通?"工程师问道。

"史密斯先生,"艾尔通说,"在这方面我几乎说不出什么。您要做的这件事肯定能做到。当您需要我和你们一起去时,我随时跟你们去。"

"谢谢您,艾尔通,"赛勒斯·史密斯又说,"可我想要一个更直接的回答。您是我们的同伴,您已有好几次为我们效劳了,所以,当涉及作某个重大决定时,应该征求您的意见。请说说吧。"

"赛勒斯先生,"艾尔通答道,"我觉得我们应该尽一切努力来找到这位陌生的恩人。也许他是孤身一人?也许他在受苦?也许他的生活有待改变?我也一样,您已说了,有一笔人情债要还给他。是他,也只能是他,来到了塔波尔岛,并在那里找到了你们已认识的那个可怜人,而且让你们知道那里有个不幸者需要救助!……所以,多亏了他,我才重新变成了一个人。不,我永远也忘不了他!"

"这事就这么定了,"赛勒斯·史密斯于是说道,"我们将尽早开始寻找。我们将不放过岛的任何一个未经勘察的部分,连那些最隐秘的藏身处都要搜到。但愿这位朋友能考虑到我们的意图而原谅我们。"

有几天时间,移殖民们全力以赴地收割草料和麦子。他们计划要勘察本岛的那些未知部分。在实施该计划前,他们希望能把所有非干不可的活都干完。这也是收获各种蔬菜的季节,这些蔬菜是塔波尔岛的一些植物移栽的结果。一切都需要入库,好在花岗岩宫不缺地方,哪怕要储存岛上的全部财富也办得到。移殖民们的产品都在那里,摆放得井井有条,而且很安全,可以说,既能防野兽也能防人。在这厚厚的花岗岩高地,还根本不用担心产品会受潮。上层的过道里有好几个天然洞穴,后来用鹤嘴锄或炸药扩大挖空,花岗岩宫就成了一个大仓库,存放食物、弹药、工具和备用器皿。一句话,存放移殖民们的全部物资。至于来自那条帆船的大炮,那都是些浇铸的优质钢炮,应彭克洛夫的一再要求,它们被用复滑车和起吊机升到了花岗岩宫的平台上,窗户间又开了几个炮眼,很快,就能看到那亮闪闪的炮筒从花岗岩壁中伸出来。这些炮居高临下,真正控制着整个合众国湾。这就像是一个小直布罗陀,凡是停泊在小岛外海的船只,都不可避免地置于该空中炮台的火力之下。

"赛勒斯先生,"有一天——那是11月8日——彭克洛夫说,"既然这个炮台完工了,那我们就一定得试试这几门大炮的射程了。"

"您以为这有用吗?"工程师问道。

"何止有用,简直是必要!若不试试,又怎能知道我们能把他们供给我们的炮弹发送多远呢?"

"那就试试吧,彭克洛夫,"工程师说,"我想,我们不要用火药来试验,不去动它的储备,而是用火棉,这东西我们永远不会缺。"

"这些炮能承受火棉的爆燃吗?"记者问,他和彭克洛夫一样,渴望试试花岗岩宫的大炮。

"我认为能。再说,"工程师补充道,"我们会谨慎行事的。"

工程师有理由认为,这些炮制作精良。他在这方面很懂行。它们用锻钢制造,从炮闩处装弹药,因此能装可观的弹药量,也因此能发射得很远。的确,从有效作用的角度来看,炮弹划出的弹道应尽可能地平直,而这平直性,只有在炮弹是用很大的初速推出时才可能获得。

"然而,"赛勒斯·史密斯对同伴们说,"初速取决于所用火药的数量。归根结底,这些炮是用一种尽可能坚固的金属造的,而钢毫无疑义是金属中最坚固的。所以我有理由认为,我们的炮能毫无风险地承受火棉气体的膨胀,并产生出色的效果。"

"等试过后,我们就更能肯定这一点了。"彭克洛夫答道。

那四门炮状态完好。自从它们被从水里捞上来,水手就自觉担当起擦亮它们的任务。他不知花了多少时间来擦拭它们,给它们上油、抛光,把气密装置、炮栓和压气栓擦干净!现在这些炮闪闪发亮,就好像它们是在美国军舰上!那天,那四门炮相继试放,当时全体移殖民都在场,包括朱普师傅和托普。他们往里装了火棉,同时考虑到它的爆炸力是火药的四倍,这前面已说过。他们要发射的炮弹是圆锥形的。

彭克洛夫抓住导火线,准备开火。工程师一挥手,炮就响了。炮弹冲着大海飞去,它越过小岛,消失在大海上;所穿越的距离,很难确切估计。

第二门炮瞄准漂流物岬头最尽头的岩石。炮弹击中了距花岗岩宫约三海里的一块尖利的石头,并炸得它碎片横飞。这门炮是哈伯特瞄准和发射的,他对自己的试射感到很骄傲。而只有彭克洛夫比他更骄傲!像这样的一次发射,其荣誉可是归于他亲爱的孩子!

第三颗炮弹射向合众国湾海岸上的沙丘,它打在了至少四海里处的沙地上,然后弹起来消失在海里,同时激起了一大片浪花。

第四门炮工程师稍微多装了一些火棉,以试试其极端射程。然后每个人都闪到一旁,以防发生爆炸,引爆线用一个长绳来点燃。发出了一声巨响,可那门炮经受住了,移殖民们冲到窗前,只见炮弹削去了颌骨角的岩石的角,距离约在五海里左右,然后它便坠入了鲨鱼湾。

"嘿,赛勒斯先生,"彭克洛夫嚷道,其欢呼声可与爆炸声相比,"您看我们的炮台怎么样?太平洋上所有的海盗都只能在花岗岩宫前止步!没有我们

那四门炮状态完好。自从它们被从水里捞上来，水手就自觉担当起擦亮它们的任务。

的允许，谁也别想上岸！"

"如果您相信我，彭克洛夫，"工程师说，"最好别经历这种事。"

"对了，"水手又说道，"那六个在岛上转悠的无赖，我们该如何处置他们？难道就由他们在我们的森林、田野和牧场上随便瞎跑？那些海盗呀，可是真正的美洲豹，我觉得我们是不是该毫不犹豫地把他们当美洲豹对待呢？您怎么想，艾尔通？"彭克洛夫转身对着他的同伴，补充道。

艾尔通起先有些吞吞吐吐。工程师觉得彭克洛夫有点冒失。因此，当听到艾尔通用谦卑的声音回答时，工程师有些感动。

"我曾经是这些美洲豹中的一只，彭克洛夫先生，我没权利说话……"

然后艾尔通步履缓慢地走开了。水手顿时明白了。

"我这该死的笨蛋！"他喊道，"可怜的艾尔通！他可是和任何人一样有权在此说话的！"

"是啊，"杰丁·斯皮莱说，"但他的谨慎态度是得体的，应当尊重他对自己可悲的过去的感情。"

"那当然，斯皮莱先生，"水手说，"我不会再犯这样的错误，我宁愿把话吞到肚里，也不愿意艾尔通伤心！不过我们还是来谈刚才那个问题吧。我觉得那些歹徒丝毫不值得怜悯，我们应该尽早把他们从岛上除掉。"

"这确实是您的意见吗，彭克洛夫？"工程师问道。

"这完全是我的意见。"

"不等他们又对我们采取敌对行动，您就无情地追杀他们吗？"

"他们干得还不够吗？"彭克洛夫问，他一点不懂有什么可犹豫的。

"他们会恢复其他感情的！"工程师说，"也许他们会悔恨……"

"悔恨？他们这种人？"水手耸耸肩嚷道。

"彭克洛夫，想想艾尔通吧！"哈伯特一把抓住水手的手说道，"他已重新变成一个正派人了！"

彭克洛夫逐一望了望他的同伴们。他不相信他的这个建议会引起什么犹豫。他性情粗犷，无法容许有人姑息那些已登上海岛的恶棍——鲍勃·哈维的同伙、杀害"奋进"号船员的凶手，他把他们视为必须毫不犹豫地消灭的野兽，而且绝不后悔。"瞧！"他说，"大家都反对我！你们想宽容那些无赖！好吧。但愿我们别后悔！"

"如果我们注意提高警惕，又会有什么危险呢？"哈伯特说。

"嗯！"记者说，他始终没过多地发表意见，"他们是六个，而且全副武装。假如他们各自埋伏在一个角落里，朝我们中的一位开枪，他们很快就会把这块移民地占为己有的！"

"那为什么他们没这么干呢？"哈伯特答道，"大概是因为他们的兴趣不在于此。再说，我们也是六个。"

"好！好！"彭克洛夫答道，他是不可能被任何道理说服的，"让这些好人忙他们自己的事吧，别再去想他们了！"

"得啦，彭克洛夫，"纳布说，"别这么凶狠，要是那帮坏蛋中的一位就在这里，在你枪的射程之内，你是不会朝他开枪的……"

"我会的，就像朝一只疯狗开枪一样，纳布。"彭克洛夫冷冷地说。

"彭克洛夫，"工程师于是说道，"对我的意见你通常都是很尊重的，在这方面您愿意再听凭我来决定吗？"

"我会照您喜欢的去做，赛勒斯先生。"水手说，他根本没被说服。

"那好，我们等着，只有在受到攻击时再出击。"

就这样,针对那些海盗的做法决定了,尽管水手预料这不会有什么好结果。不攻击他们,但要警惕他们。反正,海岛地大物博。这些坏蛋如果灵魂深处还保留着某种良知,他们也许可以改邪归正。显然,他们感兴趣的是要在他们赖以生存的环境里为自己创造一种新生活。总之,哪怕是出于人道,也应该等。移殖民们也许不能像以前那样来去方便、无所顾虑了。迄今为止,他们只需提防野兽,而现在却有六个罪犯,没准还是罪大恶极的,在他们岛上游荡。这事大概是严重的,而对那些不那么勇敢的人来说,这样一来,就没有安全可言了。没关系!眼下,移殖民们有理由反对彭克洛夫。他们以后还会有理由吗?走着瞧吧。

第 6 章

探险计划——艾尔通去畜栏——视察气球港——彭克洛夫在"好运"号上发表的见解——发往畜栏的电报——艾尔通没有回音——翌日出发——为什么线路不通——一声枪响

然而，移殖民们最操心的事，还是对海岛进行全面的勘察，这是早已决定了的。这次勘察有两个目的：首先是找到那个神秘人物，而其存在已无可争议；同时，弄清那些海盗的现状，看看他们选择了什么样的藏身之处，正在过着怎样的生活，并找出他们的可怕之处。

工程师想尽快动身，可探险得持续好几天，似乎应该在车上装上各种露营用品和工具，这样便于安排休息。然而此时，有一头野驴伤着了腿，没法套车了，必须休息几天，大家觉得推迟一周出发没什么妨碍，也就是说11月20日出发。在这个纬度上，十一月相当于北半球的五月，是个美好季节。太阳来到南回归线上，形成了一年中最长的一段日子。因此这个时期十分有利于计划中的探险。这次探险即使达不到主要目的，也会有许多发现，尤其是从天然物产的角度来看，因为赛勒斯·史密斯建议勘察那茂密的远西森林，它一直延伸到蛇形半岛的尽头。

出发前九天，大家说好把眺望岗上的最后一点活干完。

然而艾尔通必须回畜栏去，那里的家畜需要他照料。于是决定让他去那里待两天，等给牲口准备足饲料再回来。

他正要走，赛勒斯·史密斯问他是否想要他们之中的一个人陪他去，同时提醒他，岛上已不如从前安全。艾尔通回答说不用，那点活他一个人足够了，再说，他什么也不怕。如果畜栏或周围发生什么事，他会通过给花岗岩宫发电报马上通知移殖民们。

艾尔通于11月9日黎明出发了，他是驾着车走的，车辕上只套着一头野驴。两小时后，电报铃响了，他告诉大家畜栏那边一切正常。

这两天里，赛勒斯·史密斯忙着实施一项计划，这项计划将最终使花岗岩宫免遭任何突然袭击。这是要把先前的那个泄水道上面的口完全掩盖住，那排水口已用砖石堵住，并被草木半遮，位置是在格兰特湖的南角。事情再容易不过，只需把湖面升高三英尺即可，这样那排水口就完全被淹没了。

然而，要升高水面，就得在湖堤上的两个排水沟处筑道坝，而那两个排水沟是给甘油河和瀑布河供水的。移殖民们投入了这项工作。再说，那两道坝宽超不过八英尺，高超不过三英尺，用注上水泥的岩石块很快就筑成了。这项工作一完成，就不可能怀疑湖角有个地下水道了，那是从前用来排过多的湖水的。

不用说，给花岗岩宫的蓄水池供水和用于启动升降机的那股小分流，也已作了精心设置，所以任何情况下都不会缺水。升降机一旦吊起，这个安全又舒适的藏身之处就不怕任何突然袭击了。

这活儿很快就干完了，彭克洛夫、杰丁·斯皮莱和哈伯特抽出时间来一直到了气球港。水手很想知道，那些罪犯们是否已光顾过那个小港湾，"好运"号可是停泊在它的深处呢。

"正好，"他指出，"那帮绅士是在南海岸登陆的，而如果他们是沿着海滨走的，恐怕他们就已经发现那个小港湾了，万一如此，我是绝不会把我们的'好运'号送给他们的。"

彭克洛夫的担心并不是毫无根据的，因此，去气球港看看便显得非常及时。11月10日午后，水手及其同伴们便全副武装地出发了。彭克洛夫一边不加掩饰地把两颗子弹塞进他那支枪的枪筒里，一边摇着头，这便预示着无论是谁，只要离得他太近，是毫无好处的，"不管是野兽还是人。"他说。杰丁·斯皮莱和哈伯特也拿上了枪，三点左右，三个人便离开了花岗岩宫。纳布把他们一直送到感恩河的拐角，等他们过去后，他便吊起了桥。双方说好等回来时放上一枪，纳布一听到这个信号，便再来恢复两岸的通行。

小分队沿着港口的路直奔南海岸。这不过是一段三海里半的路程，可杰丁·斯皮莱及其同伴们花了两小时才走完。因此，他们对整个的路边进行了搜索，不论是茂密的森林一边，还是冠鸭沼地一边。他们没发现任何逃亡者的踪迹，那帮人大概吃不准移殖民的人数，和他们的防御手段，便逃到海岛的最不容易进入的地方去了。

一到气球港，彭克洛夫便极为满意地看到，"好运"号安然停泊在狭窄的港湾里。况且气球港隐蔽得非常好，它的周围是高大的岩石，无论是从海上还是陆地上都不可能发现它，除非是从它上面或是里面。

"得啦,"彭克洛夫说,"那些无赖还没来过这里呢。深草更适合蛇,我们肯定将在远西森林找到他们。"

"真走运,他们要是找到'好运'号,早就乘船而逃了,这样我们最近就去不了塔波尔岛了。"哈伯特补充道。

"的确,"记者答道,"必须送份文件去那儿,好让人知道林肯岛的位置和艾尔通的新住地,万一那条苏格兰游艇来接他呢。"

"好吧,'好运'号始终在那儿,斯皮莱先生!"水手说,"只要一发信号,它和它的船员就准备出发!"

"我想,彭克洛夫,等我们的勘察一结束,就来做这件事。总之,那个陌生人——如果我们能找到他的话——可能深知林肯岛和塔波尔岛的底细,别忘了,他是漂流瓶中那封信的作者,这点无可争议。而且,他对游艇回来的事,心中大概也是有数的。"

"真见鬼!"彭克洛夫嚷道,"那人到底会是谁呢?他认识我们,而我们却不认识他!如果这是一个普通的落难者,他又干吗要躲起来?我们都是些正派人,我认为,正派人的圈子是不会让任何人讨厌的!他莫非是自愿来这里的?他能高兴离岛就离岛吗?他还在岛上吗?他是不是已不在了?"

就这么聊着,彭克洛夫、哈伯特和杰丁·斯皮莱上了"好运"号,并扫视了一下甲板。突然,水手在检查了系着锚绳的短桩后,喊了起来:

"啊!真想不到!太过分了!"

"怎么啦,彭克洛夫?"记者问道。

"这个结不是我打的!"彭克洛夫指了指一根把缆绳系在短桩上的绳子——这样做是为了防止走锚。

"怎么,不是您打的?"杰丁·斯皮莱问。

"不!我敢发誓,这是个平结,而我则习惯于打半结。"

"您一定是弄错了,彭克洛夫。"

"我没弄错!"水手断言道,"我的手都打熟了,而手是不会弄错的!"

"那么说,那些罪犯有可能来过了?"哈伯特。

"我哪儿知道,"彭克洛夫说,"可有一点是肯定的,'好运'号起过锚,然后又重新抛锚了!瞧,又有一个证据。锚的缆绳松过了,它的属具已过不了导缆孔。我再对您说一遍,有人用过我们的小船了!"

"可假如罪犯们用过,那他们就会把它抢走,或者早就驾船逃走了……"

"逃走?……逃到哪儿去?……塔波尔岛吗?……"彭克洛夫反驳道,"您以为他们会乘一条吨位这么小的船去冒险?"

"此外,应当承认,他们认识那小岛。"记者答道。

"不管怎样,我们的'好运'号在我们不在的情况下出过海了,这件事的真实性不亚于我是葡萄园的好运水手彭克洛夫!"

水手显得如此肯定,杰丁·斯皮莱和哈伯特都无法争辩。很显然,小船自从彭克洛夫把它开回气球港后是被移动过的。对水手来说,毫无疑问船是起过锚,后来又抛锚了。如果船不是用来出海,那又干吗要这么来回操作呢?

"可是,我们怎么就没有看到'好运'号从岛的外海经过呢?"记者指出,他执意要提出一切可能有的反对意见。

"唉,斯皮莱先生,"水手回答,"只需在夜里趁着刮劲风时出发,两小时后,就驶出岛的视野了!"

"好吧,"杰丁·斯皮莱又说,"我还要再问一问,那些罪犯们使用小船目的何在?而用过后又干吗要送回来?"

"嗨,斯皮莱先生,"水手回答,"让我们把这件事归入那些无法解释的事中去吧,然后就别再去想它了!重要的是'好运'号以前在哪儿,现在仍在哪儿。不幸的是,如果罪犯们第二次再把它开走,它就很可能不会在原来的位置上了!"

"那么,彭克洛夫,"哈伯特说,"把'好运'号开回到花岗岩宫前去,这样也许是谨慎之举呢?"

"是,也不是,"彭克洛夫说,"或多半不是,感恩河河口不是个停船的好地方,那里风大浪急。"

"可停在沙滩上怎么样,甚至停在'烟囱'脚下?……"

"也许……可以……"彭克洛夫说"总之,既然我们得离开花岗岩宫,作一次为时较长的探险,我认为当我们外出时,'好运'号在这里比较安全。我们最好还是让它停在这里,直到岛上清除掉那些恶棍为止。"

"这也是我的意见,"记者说,"起码,万一天气恶劣,它不会像在感恩河口那样会遭遇危险。"

"可是,假如罪犯们再次光顾的话!"哈伯特说。

"那好,小伙子,"彭克洛夫说,"在这里找不到,他们很快就会到花岗岩宫那边去找的,我们外出时,什么也挡不住他们把船抢走!所以我和斯皮莱的想法一样,应该把它留在气球港。不过等我们回来后,还没把那些恶棍从岛上清除掉,那就得为谨慎起见,把我们的船开回花岗岩宫,直到再不用担心任何不怀好意的来访者为止。"

"就这么定了,走吧!"记者说。

回到花岗岩宫后,彭克洛夫、哈伯特、杰丁·斯皮莱便把发生的事告诉了工程师。而工程师赞成他们对目前和将来的安排。他甚至答应水手研究一下小岛和海岸之间的那部分海峡,以便看看是否有可能用坝在那里建一个人工港口。这样一来,"好运"号将永远置于移殖民的眼皮底下,需要时还可锁起来。

当天晚上,他们给艾尔通发了封电报,请他带一对山羊来,纳布想让它们适应一下眺望岗牧场的环境。奇怪的是,艾尔通没像往常一样表明接到电报。这令工程师惊讶不已。但有可能艾尔通此刻没在畜栏,或他正在回花岗岩宫的路上。他已走了两天,他曾决定于10日晚,最迟于11日早晨回来。

移殖民们于是等艾尔通出现在眺望岗上。纳布和哈伯特甚至整夜守在桥边,等他们的同伴一露面,就可放下吊桥。

可是,都快晚上十点了,艾尔通还毫无指望。大家于是认为应该再拍一封电报,并要求对方立即回电。

花岗岩宫的电报铃仍然没响。移殖民们都非常焦急。出什么事了?艾尔通难道没在畜栏,或者,他虽然还在那里,却已失去了行动自由?是否该在这漆黑的夜里赶往畜栏?

大家讨论了一番。一些人想去,另一些人想留下。

"可是,"哈伯特说,"也许电报机出了故障,运转不了了?"

"有这可能。"记者说。

"那就等到明天吧,的确,有可能艾尔通没收到我们的电报,或甚至我们没收到他的电报。"

可以理解,大家等待时的心情不免有几分焦虑。

天一亮——11月11日——赛勒斯·史密斯又拍了一封电报,但仍没收到任何回音。他重发了一次电报,结果同样。

"走,到畜栏去!"工程师说。

"带上武器!"彭克洛夫补充道。

大家当即决定,花岗岩宫这边不能没人,纳布留下来。把同伴们一直送到甘油河后,他将拉起吊桥,并躲在一棵树后,等他们或艾尔通回来。

万一海盗们出现并企图过桥,他就开枪竭力阻止他们,而最终他将躲进花岗岩宫,升降机一旦吊起,他就安全了。

赛勒斯·史密斯、杰丁·斯皮莱、哈伯特和彭克洛夫得直接去畜栏,如果在那里找不到艾尔通,他们就搜索周围的树林。

清晨六点,工程师及其三位同伴们过了甘油河,纳布则守候在小河左岸,一个环绕着几棵高大的龙血树的小土堆后面。

离开眺望岗后,移殖民们便立即上了去畜栏的路。他们手里端着枪,准备稍有敌对行动就开火。两支卡宾枪和两支步枪均已上了子弹。

道路两边,是稠密的矮树丛,坏人很容易藏身其间,而他们若持有武器,就真的是很可怕的了。移殖民们步履匆匆,并沉默不语。托普走在他们前面,时而在路上奔跑,时而在树下突然绕个弯,但始终不出声,像是没有感到什么异常。可以相信,这忠实的狗是不会让人捉住的,只要有一点危险的迹象,它就会吠叫。

在沿着路走的同时,赛勒斯·史密斯及其同伴们也是在沿着连接畜栏和花岗岩宫的电线走。走了两海里左右,他们仍没有发现有任何断裂。电线杆状态完好,绝缘子也毫无损坏,电线则很整齐地绷着。然而,从这一处起,工程师注意到电线绷得没那么紧了,终于,到了第七十四根杆子,走在前面的哈伯特停下来喊道:"电线断了!"

他的同伴们加快步伐,赶到小伙子停步的地方。

在那里,电线杆倒了,横在了路上,于是电线的断裂处便找到了。很显然,畜栏没能收到花岗岩宫发出的电报,而花岗岩宫也没能收到畜栏发出的电报。

"这电线杆不是风刮倒的。"彭克洛夫指出。

"对,"杰丁·斯皮莱说,"电线杆下的土被挖开了,它是被人连根拔起的。"

"另外,电线断了。"哈伯特补充道,他给他们看铁丝的两端,那铁丝是被使劲弄断的。

"断口是不是新的?"赛勒斯·史密斯问道。

"是的,"哈伯特回答,"断裂肯定是不久才发生的。"

"去畜栏!去畜栏!"水手嚷道。

移殖民们当时在花岗岩宫和畜栏的半道上。他们还有两海里半的路要走,于是他们跑步前进。

的确,他们大概是在担心畜栏那边已发生了重大事件。艾尔通可能是发过电报的,但没发到,这倒不是令其同伴们焦急的理由,而更无法解释的情况是,艾尔通本答应昨天晚上回来的,结果没出现。总之,畜栏和花岗岩宫之间的联系中断,并不是无缘无故的。除了那些罪犯,谁还会有兴趣这么干呢?

移殖民们于是心情很激动地跑着。他们发自内心地喜爱他们的新同伴。他们是否会发现他正在被打,而动手的人又恰恰是他从前的手下呢?

他们很快就到了道路沿红河的一条支流延伸的地方,这条支流灌溉着畜栏的牧场。于是他们放慢脚步,免得到必须搏斗时会气喘吁吁。枪已不再处于未顶火状态,而是处于待发状态。每个人都监视着森林的一边。托普发出了几声低沉的叫声,这可不是好兆头。

终于,透过树木,可以看到那块围着栅栏的场地了。不见有任何损坏的迹象。门像往常一样关着,畜栏一片寂静。既听不到岩羊一贯的咩咩声,也听不到艾尔通的嗓音。

"我们进去吧!"赛勒斯·史密斯说。

工程师走上前去。这时,他的同伴们在离他二十步之处望风,准备开火。赛勒斯·史密斯抬起门的内闩,正要推开一扇门,不料托普突然狂叫起来。只听得栅栏上面发出一声枪响,而回应它的是一声惨叫。

哈伯特被一颗子弹击中,倒在地上!

哈伯特被一颗子弹击中,倒在地上!

第 7 章

记者和彭克洛夫在畜栏里——哈伯特被抬进屋里——水手的绝望——记者和工程师的诊断——治疗方法——又有了一点希望——怎样通知纳布？——一位忠实可靠的使者——纳布的回信

听到哈伯特的叫声,彭克洛夫禁不住扔下武器,朝他冲去。

"他们杀了他!"他喊道,"他,我的孩子! 他们杀了他!"

工程师和记者已朝哈伯特冲了过去。记者在听那可怜的孩子的心脏是否仍在跳动。"他活着,"他说,"得把他运到……"

"运到花岗岩宫? 这是不可能的!"工程师答道。

"那就抬进畜栏!"彭克洛夫喊道。

"稍等片刻。"赛勒斯·史密斯说。

说着,工程师冲到左面,绕过栅栏。在那里,他看见对面有个罪犯在瞄准他,并一枪打穿了他的帽子。几秒钟后,没等罪犯开第二枪,这个家伙便倒下了,是赛勒斯·史密斯用匕首刺中了他的心脏,这一刀比他的枪法还准。

这工夫,记者和水手爬到栅栏的角上,他们跨过它的顶端,跳到围栏里,推倒从里面支撑门的支柱,冲进空无一人的房子。很快地,可怜的哈伯特便躺在了艾尔通的床上。片刻之后,工程师来到哈伯特的身旁。

见哈伯特了无生气,水手痛苦万分。他哭泣着,脑袋往墙上撞去。工程师和记者都无法使他平静下来,他们自己也情绪激动得说不出话来。

然而,为了把这个已奄奄一息的可怜孩子从死神手里夺回来,他们做了能做的一切。一生历尽磨难的杰丁·斯皮莱,不至于没有一点日常医学的经验。他样样都懂一点,而且,在他所遇到的各种情况下,他治疗过刀伤或枪伤。于是由工程师做帮手,他对哈伯特进行了必要的治疗。记者对这孩子全身性的僵硬感到震惊。这种状况要么是因为失血过多,要么是因为脑震荡,假如子弹击中了骨头,而且力量相当大,引起过剧烈的震动的话。

哈伯特脸色苍白之极,脉搏微弱到杰丁·斯皮莱要间隔很长时间才能感觉到它的跳动,仿佛它就要停止似的。与此同时,感觉和智力活动几乎已完全消失。这些症状非常严重。

哈伯特的胸脯被袒露,因为血已用手帕止住,记者便用凉水给他清洗伤口。枪伤,确切来说枪伤的伤口显露了。在胸部第三和第四根肋骨间有个椭圆形的窟窿。这正是哈伯特的中弹之处。

赛勒斯·史密斯和杰丁·斯皮莱把可怜的孩子翻转过来,他发出一声呻吟。其声音之微弱,真让人以为这是他的最后一口气。另一个枪伤的伤口染红了哈伯特的背,击中他的子弹很快就从这里出来了。

"感谢上帝!"记者说,"子弹没留在体内,我们无须把它取出来了。"

"可是心脏呢?……"赛勒斯·史密斯问道。

"心脏没被击中,否则哈伯特就没命了!"

"没命了!?"彭克洛夫喊道,他大吼了一声。

水手只听到了记者说的最后几个字。

"不,彭克洛夫!"赛勒斯·史密斯答道,"不,他没死!他的脉搏一直在跳!他甚至还发出了一声呻吟。可是,为了您孩子的利益,请您安静下来。我们需要十分冷静。切不可不知所措,朋友!"

彭克洛夫不作声了,但他内心在起反应,大滴大滴的眼泪流满了他的面颊。此时,杰丁·斯皮莱在竭力回忆自己过去的经历,并有条不紊地进行治疗。在他看来,子弹无疑是从前面进去,从后面出来的。但这颗子弹在体内经过时造成了哪些伤害?哪些主要器官被击中了?这恐怕是一个职业外科医生几乎都无法在此刻说清的,更何况是记者呢?

然而,有一点他是知道的:他得防止受伤部位的炎症性收缩,然后又得治疗局部炎症和伤口引起的发烧,而这伤口没准还是致命的!可该用什么局部药?该用什么消炎药?怎样才能不引起发炎呢?

总之,重要的是,那两处伤口要尽快进行包扎。杰丁·斯皮莱觉得不必用温水清洗它们,并压迫创口的边缘来引起排血。出血已经很多了,而由于失血,哈伯特太虚弱了。

于是记者认为,应该仅用凉水清洗两处伤口。他们让哈伯特朝左边侧卧,并保持这种姿势。"不要让他动,"杰丁·斯皮莱说,"他这个姿势最利于背部和胸部的伤口排脓,而且他必须完全休息。"

"什么?我们不能把他运往花岗岩宫?"彭克洛夫问道。

"不能,彭克洛夫。"记者回答。

"该死!"水手嚷道,只见他把拳头对着天空。

"彭克洛夫!"赛勒斯·史密斯说道。

杰丁·斯皮莱继续极为专注地观察受伤的孩子。哈伯特的脸色始终苍白得吓人,记者感到十分忧虑。

"赛勒斯,"他说,"我不是医生……我感到非常为难……您一定得帮帮我,给我出主意,提供些经验!……"

"您要保持冷静……朋友,"工程师答道,同时握住记者的手,"……要冷静地作出判断……脑子里要只想着:必须救活这孩子!"

这些话使杰丁·斯皮莱恢复了自制力,而这是在那泄气的片刻,强烈的责任感曾使他失去了的。他坐到了床边,赛勒斯·史密斯在一旁站着。彭克洛夫则把自己的衬衣撕开,机械地做着绷带。

杰丁·斯皮莱向赛勒斯·史密斯解释道,他认为首先应该止血,但并不封闭两个伤口,也不让它们马上结疤,因为体内有穿孔,不应该让脓在胸部积聚。赛勒斯·史密斯表示完全赞同,于是决定包扎两个伤口,但并不让它们马上愈合。很幸运,它们似乎不需要做清创术。

而现在,他们是否拥有一种有效的办法来对付突如其来的炎症呢?

是的,他们有,因为大自然慷慨地献出了它。他们有凉水,即用来对付伤口发炎的最有效的镇静药,在伤势严重的情况下,它成了最佳药物,而且现在已被所有的大夫所采用。另外,凉水还有一个好处,就是能让伤口绝对休息,防止它被过早地包扎,这个好处很重要,因为经验证明,头几天和空气接触是有害无益的。

杰丁·斯皮莱和赛勒斯·史密斯就这样用他们的普通常识进行了推理,而按最出色的外科医生可能会做的那样去做。一些用布做的敷料被敷在了可怜的哈伯特的两处伤口上,它们得经常用凉水浸透。

水手一开始已在房子的壁炉里生了火,这幢房子里不缺生活必需品。有枫糖、一些草药,而草药正是小伙子先前在格兰特湖畔采集的,可以用来熬些清凉茶。在他无意识的情况下,他们喂他喝了。哈伯特生命垂危,随时都有停止呼吸的可能。

翌日,11月12日,赛勒斯·史密斯及其同伴们又有了某种希望。哈伯特摆脱了他那长时间的僵硬状态。他睁开眼睛,认出了赛勒斯·史密斯、记者、彭克洛夫,还说了两三句话。他不知道发生了什么事,大家便告诉了他,杰丁·斯皮莱恳求他要绝对休息,并对他说,他的生命已没有危险,而他的伤口将在几天里愈合。另外,哈伯特已几乎不再感到痛苦,而因为不断地往伤口

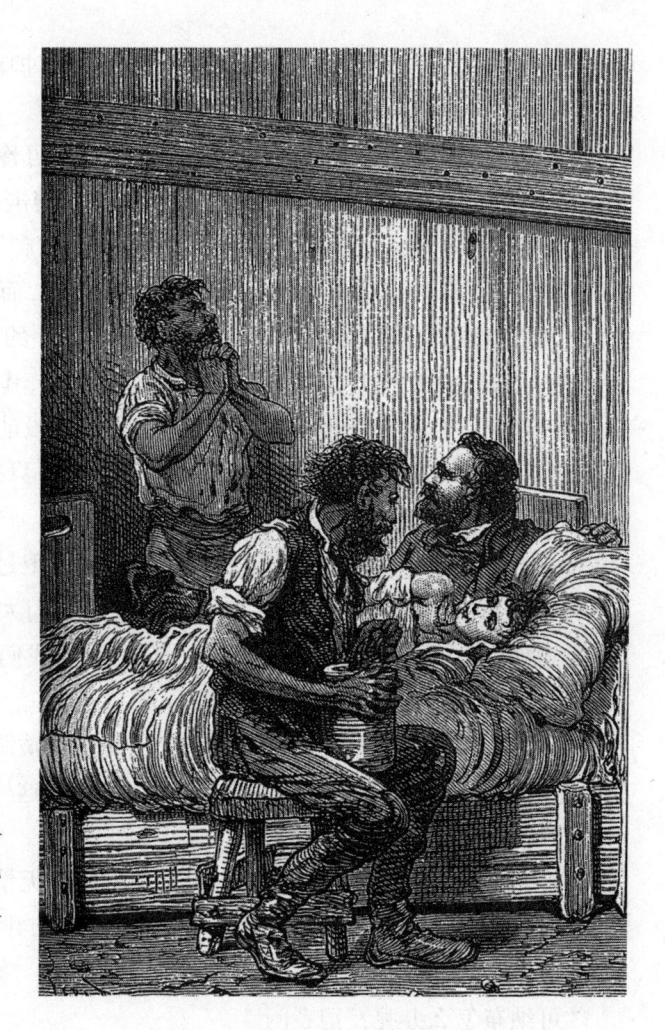

哈伯特的脸色始终苍白得吓人,记者感到十分忧虑……工程师说:"必须救活这孩子!"

上洒凉水,所以伤口没发炎。脓正常排出,体温无增高趋势,可以希望,这可怕的伤势不会引起任何严重后果了。彭克洛夫感到自己的心渐渐放下了,他就像一位修女,一位守护在自己孩子床边的母亲。

哈伯特又进入了半睡状态,不过他的睡眠显得好些了。

"您再对我说一次您有信心了,斯皮莱先生!"彭克洛夫说,"再对我说一次您会救活哈伯特的!"

"是的,我们会救活他的!"记者答道,"伤势很严重,也许子弹还穿透了肺,但这个器官被打穿并不致命。"

"但愿上帝能听到您的话!"彭克洛夫反复地说道。

正如人们所想,移殖民们到畜栏后二十四小时以来,一心一意地在照料哈伯特,他们没去考虑那些罪犯一旦卷土重来有可能对他们造成的危险,也没去考虑日后要采取的措施。那天,当彭克洛夫守护在病人床边时,工程师和记者商谈了一下该做的事。

首先,他们找遍了畜栏,艾尔通踪迹全无。这可怜的人难道被他昔日的同伴带走了?莫非他在畜栏里遭到了他们的突然袭击?他抵抗过,但没抵抗住?这最后一种假设太有可能了。杰丁·斯皮莱在爬围栏时,清楚地看到其中一名罪犯从富兰克林峰南边的山梁分支逃跑了,而当时托普朝他冲了过去。这是在感恩河河口撞碎在岩石上的那条小船上的罪犯之一。另外,赛勒斯·史密斯杀死的那个,肯定是属于鲍勃·哈维团伙的,其尸体正躺在围栏外边。

至于畜栏,没遭到任何破坏。门都关着,家畜没能逃到森林里去。房子里和栅栏旁,都没有任何搏斗的痕迹和任何损坏。只是,配备给艾尔通的武器弹药随他一起消失了。

"可怜的人遭到了突然袭击,"工程师说,"他自卫过,但被击败了。"

"对!恐怕正是这样!"记者答道,"然后罪犯们大概就在畜栏安营扎寨了,因为他们发现这里样样都很充足。直到看见我们来了,他们才逃跑了。很显然,生死未卜的艾尔通已不在此地了。"

"得搜索森林,"工程师说,"把那些坏蛋从岛上清除掉。彭克洛夫当时希望能像追捕野兽一样追捕他们,他的预感是对的。这样我们就会免遭许多不幸了!"

"是啊,"记者答道,"现在我们有权对他们冷酷无情了!"

"不管怎样,"工程师说,"我们还得等一段时间,并待在畜栏里,直到可以毫无危险地把哈伯特运到花岗岩宫去。"

"可纳布怎么办呢?"记者问。

"纳布很安全。"

"假如他见我们老不回去感到很焦急,冒险前来呢?"

"一定不能让他来!"工程师迅速回答道,"他会在路上被杀害的!"

"他很可能设法来找我们的!"

"如果电报还通的话,我们就能通知他了!可现在不行了!至于把彭克洛夫和哈伯特单独留下,我们又不能!……好吧,我自己去一趟花岗岩宫。"

"不,不!赛勒斯,"记者答道,"您千万别冒险!您的勇气无济于事。那些坏蛋肯定在监视畜栏,他们埋伏在周围的茂密的树林里,您要是走,我们很快就会感到痛惜的,而且是为两起,而不是一起不幸事件!"

"可是纳布怎么办?"工程师再三说道,"他已有二十四小时得不到我们的消息了!他会来的!"

"而他比我们还要缺乏戒备,"记者说,"他会遭到袭击的!"

"难道就没有办法通知他了吗?"

工程师思考时,目光落在了托普身上,只见它走来走去,像是在说:

"我不是在这儿吗?"

"托普!"赛勒斯·史密斯喊道。那狗听到主人的呼唤蹦了一下。

"对呀,托普可以去!"记者说,他明白了工程师的意图,"我们过不去的地方托普可以过去!让它把畜栏的消息给花岗岩宫送去,并把花岗岩宫的消息给我们带回来!"

"赶快!"赛勒斯·史密斯说,"赶快!"

记者赶紧从笔记本上撕下一页,并在上面写下了这样几行字:

哈伯特受伤了。我们在畜栏。要提高警惕。别离开花岗岩宫。罪犯们在附近出现了吗?回信让托普捎回。

这封简短的信包括了纳布应该获悉的一切,同时还询问了移殖民们想要知道的一切。信被折好,以显眼的方式系在了托普的颈圈上。

"托普,我的狗!"工程师抚摸着动物说道,"去找纳布,托普!去找纳布!去吧,去吧!"

托普听到这些话又蹦了一下,它明白了,它猜到了主人要求它做什么。它熟悉畜栏这条路,不到半小时它就可以走完。工程师和记者若冒险走在这条路上,难免会遭到危险,但托普却能在草丛中或树下跑过去,而不被人发现。

工程师走到畜栏门口,推开一扇门。"纳布!托普,纳布!"工程师又重复了一遍,同时把手伸向花岗岩宫的方向。托普冲到外面,转眼工夫便消失了。

"它会到的!"记者说。

"是的,而它还会回来的,这忠实的狗!"

"现在几点?"杰丁·斯皮莱问道。

"十点。"

"一小时后它就会在这里了。我们等它回来。"

畜栏的门又关上了。工程师和记者回到了屋里。哈伯特昏昏沉沉地睡着了。彭克洛夫让他伤口的敷料一直保持着湿润状态。杰丁·斯皮莱见此时无事可做,便忙着去准备一点吃的,同时密切监视着靠着山梁分支的那部分围栏,因为罪犯们有可能从那里入侵。

移殖民们焦灼不安地等待着托普归来。快到十一点时,赛勒斯·史密斯

"托普，我的狗！"工程师抚摸着动物说道，"去找纳布，托普！去找纳布！去吧，去吧！"

手持卡宾枪，躲在门背后，准备一听到他们的狗叫便开门。他们毫不怀疑，托普会顺利到达花岗岩宫，纳布则会立即打发它回来的。

他们在那里待了十分钟左右，突然传来了一声枪响，紧接着响起了几声狗叫。工程师打开门，仍能看到百步远的森林里有一缕残烟，他便朝这个方向开了枪。几乎同时，托普跳进了畜栏，而门又马上关上了。

"托普，托普！"工程师喊道，同时把狗的大脑袋搂在怀里。

有张便条系在它的脖子上，赛勒斯·史密斯读到了纳布用粗大的笔体写的这样几句话：

花岗岩宫周围并没有海盗。我不会动地方的。可怜的哈伯特！

364

第 8 章

罪犯们在畜栏附近——临时安顿——继续医治哈伯特——彭克洛夫开始感到狂喜——回顾过去——未来的命运——赛勒斯·史密斯对这一问题的想法

那么说,罪犯们始终在那儿窥伺着畜栏,并准备将移殖民们一个个杀死!那就只有把他们当猛兽对待了。可是得采取重要措施,因为这些坏蛋此时占据了有利位置,他们看得见移殖民们,而移殖民们却看不见他们,他们能搞突然袭击,但却不会遭到突然袭击。

赛勒斯·史密斯们于是设法在畜栏住下来,况且,那里的食物够他们吃一阵子的。艾尔通的房子里备有一切生活必需品,而罪犯们当时被移殖民的到来吓坏了,没来得及抢走。正如杰丁·斯皮莱所指出的,事情的经过可能是这样的:那六名罪犯登上海岛后,便沿着南面的沿海地带行走,他们走遍了蛇形半岛的两道海岸后,由于没有兴致到远西森林的树下去冒险,便到达了瀑布河的河口。一旦到了那里,他们便沿着河流的右岸,来到富兰克林峰的山梁分支处,而他们自然会在山梁分支之间寻找藏身之处,结果他们很快就发现了当时并无人居住的畜栏。在那里,他们很可能就安顿下来了,并等待时机,实施他们那罪恶的计划。艾尔通的到来令他们感到十分意外,可他们终于制伏了这位不幸者,而且……随后发生的事便不难猜测!

现在,罪犯们——已减少到五名,的确,但装备优良——在树林里游荡,而冒险进树林就等于是撞在他们的枪口上,既不可能避开他们,又不可能防备他们。

"等着吧!现在没别的事可做!"赛勒斯·史密斯一再地说,"等哈伯特伤好了,我们就在岛上搞一次大搜捕,并制伏那些罪犯,这将是我们的大探险的目的,同时还要……"

"寻找我们那位神秘的保护人。"杰丁·斯皮莱补充道,他接着说完了工程师的话,"啊!应当承认,我亲爱的赛勒斯,这回他没有保护我们,而且是在我们最需要他的保护之时!"

"谁知道呢!"工程师答道。

"您想说什么?"记者问道。

"我想说,我们的苦难还没到头,我亲爱的斯皮莱,他那万能的干预也许还会有机会实施。但现在涉及不到这个。哈伯特的生命才是最重要的。"

这是让移殖民们最感痛苦、最感操心的事。几天过去了,可怜的小伙子的伤情幸好没有恶化。赢得了时间,没让病魔占上风,这就够好的了。始终用来维持适当体温的凉水,完全阻止了伤口的发炎。记者甚至觉得,这有点含硫的水——因为附近有火山——对伤口的愈合有着一种直接的作用。脓水已少多了,多亏周围人的不断照料,哈伯特没有生命危险了,而他的热度也在渐渐下降。此外,由于按照严格的食谱进食,他的身体极为虚弱,而且也应该如此。但汤药却不限量,而且绝对的休息对他再好不过。

赛勒斯·史密斯、杰丁·斯皮莱和彭克洛夫已能很熟练地给受伤的年轻人包扎伤口了。房子里所有的衣物都已用上。哈伯特的伤口因为覆盖着敷料和纱布团,收缩得正好,能引起结疤,却又不会造成发炎。记者在包扎时极其仔细,他很清楚这有多么重要,便一再地对他的同伴们说大多数医生往往承认的话:包扎得好也许比手术做得好更难得。

十天后,即11月22日,哈伯特明显好转了。他开始进食了,面颊又变得红润了,他那双和善的眼睛对他的看护者们露出了笑意。他有时还说点话,尽管彭克洛夫为了不让他说话而自己说个不停,并给他讲最离奇的故事。哈伯特问起了艾尔通,身边见不到艾尔通他感到很惊讶,他认为他应该在畜栏的。可水手不想让哈伯特伤心,便只是回答说,为了保卫花岗岩宫,艾尔通去找纳布了。

"嘿!"水手说,"那些海盗们!他们不应得到任何尊重!而史密斯先生却想用感情来笼络他们!我会给他们送去感情的,不过是用子弹!"

"没再见到过他们吗?"哈伯特问。

"没有,孩子,"水手回答,"可我们会找到他们的,等你伤好了,我们倒要看看这些从背后袭击的胆小鬼,敢不敢和我们正面交锋!"

"我还是感到非常虚弱,我可怜的彭克洛夫!"

"体力会慢慢恢复的!一颗子弹穿过胸脯算得了什么?一个小小的玩笑而已!比这再厉害的我也领教过,身体不是照样很好吗!"

终于,情况似乎再好不过,既然没出现任何并发症,便可认为哈伯特肯定能痊愈了。可假如他的伤情恶化,假如,比方说,子弹留在了他的体内,假如他的胳膊或腿得锯掉,移殖民们的处境又会怎样呢?

"不,"杰丁·斯皮莱不止一次地说,"一想到会有这种可能性,我就不寒而栗!"

"可是,如果必须采取行动,"有一天工程师回答他说,"您不会犹豫吧?"

"不会,赛勒斯!"杰丁·斯皮莱说,"不过得感谢上帝,没让我们遇到并发症!"

就像在其他许多情况下一样,移殖民们合理地运用了普通常识,他们已多次这么做,而这一次,多亏了他们大家的知识,他们成功了!可是,万一有他们全部的知识都不够用的时候呢?他们可是孤零零地在这个岛上。人类是通过社会状态而互为补充的,他们彼此需要。赛勒斯·史密斯深知这一点,所以他有时会寻思,不知是否会发生某种他们没有能力应付的情况!

另外,他觉得,此前一直都很幸运的他们,现在进入一个不祥的时期了。从里士满出逃两年半来,可以说,一切都符合他们的意愿。海岛为他们提供了大量的矿产、植物和动物,如果说大自然经常馈赠给他们许多,他们则用自己的才能来加以利用。移殖民们的物质生活可以说是完善的。此外,在某些情况下,一种无法解释的力量还会来帮助他们!……可这一切只能是一时的!

总之,赛勒斯·史密斯觉得他们在走背运了。

的确,罪犯们的船在海岛的水域出现了,假如那些海盗们是被奇迹般地消灭了,那么至少其中的六人躲过了那场灾难。他们登上了海岛,而存活下来的那五人几乎是无法抓住的;毫无疑问,艾尔通是被那些坏蛋杀害了,他们拥有火器,而一经使用,哈伯特就倒下了,受的伤几乎是致命的。难道说这是厄运给移殖民们的最初打击?这正是赛勒斯·史密斯在思忖的。这也正是他经常翻来覆去对记者所说的,而且他们还觉得,那种奇特、有效、此前一直给他们帮了许多忙的干预,现在却不再出现了。那个神秘人物——不管他是谁,他们都无法否认他的存在——难道已经离岛了吗?他是否也招架不住了?对于这些问题,找不到任何答案。但无法想象,赛勒斯·史密斯及其同伴们——因为那些事情是因他们而起——是一些会绝望的人!远非如此。他们正视自己的处境,分析种种可能性,就是准备应付任何事件。他们坚定地直面未来,假如厄运最终将落到他们头上的话,它将发现他们是一些准备和它抗争的人。

第 9 章

　　纳布杳无音讯——彭克洛夫和记者未被采纳的建议——杰丁·斯皮莱的几次外出——一块破布——一封信——仓促动身——到达眺望岗

　　受伤的年轻人的身体,正在很正常地恢复。现在大家只盼一件事,那就是他的身体状况能允许把他运回花岗岩宫。尽管畜栏的房子布置得很好,里面的必需品也一应俱全,但他们还是觉得它不如那花岗岩整洁的住所来得舒适。另外,它也不那么安全,它的主人们虽说密切监视着罪犯们,但他们仍然时刻处于枪击的威胁之下。而相反,在花岗岩宫,在不可攻克、不可进入的高地中间,移殖民们却无所畏惧,若企图攻打他们,则非失败不可。他们焦急地等待着能运送哈伯特的这一时刻到来,到那时,哈伯特的伤势将不再有危险。而且,他们已决定运送他,尽管穿越中南美鸳森林将十分艰难。

　　纳布杳无音讯,但不必为他担心。这勇敢的黑人只要坚守在花岗岩宫深处,就不会遭到突然袭击。没再派托普过去,似乎没必要再让忠实的狗去冒被枪击的危险,他们可不愿意失去最有用的助手。

　　于是大家便等,可移殖民们急于要在花岗岩宫团聚。见自己的力量被分散,工程师心里很不好受,因为这正好让海盗们钻了空子。自从艾尔通失踪以来,他们已是四个人对付五个人了,哈伯特还不能算在其中,这善良的孩子很清楚自己所造成的困境,内心很是不安!

　　在目前的情况下,该如何对付那些罪犯? 于是在11月25日白天的某一时刻,赛勒斯·史密斯、杰丁·斯皮莱和彭克洛夫,对这一问题进行了彻底的研究。当时哈伯特正处于昏睡状态,没能听见他们的谈话。

　　"朋友们,"记者说,"纳布令人牵挂,但又无法和他联系。我和你们同样认为,冒险行走在这畜栏路上,将有可能挨枪子儿,却又不可能还击。可你们难道不认为,现在该做的,就是毫不犹豫地去追捕那些坏蛋吗?"

　　"我正是这么想的,"彭克洛夫回答道,"我认为,我们都不是怕挨枪子儿的人,至于我,只要赛勒斯·史密斯赞成,我就准备冲进森林去!没什么大不了的!一个顶一个!"

"可一个得顶五个。怎么办?"工程师问道。

"那我就和彭克洛夫一起去,"记者回答,"两个人全副武装,再带上托普……"

"亲爱的斯皮莱,还有您,彭克洛夫,"工程师又说道,"让我们冷静地思考一下。假如那些罪犯们是藏身在岛上的某个地方,而那个地方我们又是熟悉的,那就只需把他们赶出来就行了。按我的理解,这将是一次正面进攻。可是,难道我们就不担心,他们肯定会开第一枪吗?"

"嗨,赛勒斯先生,"彭克洛夫嚷道,"子弹并不总是飞向自己的目标的!"

"击中哈伯特的那颗子弹并没有偏离,彭克洛夫,"工程师答道,"再说,如果你们两人都离开畜栏,那就只有我一个人留下来防守了。你们难道能保证,罪犯们看不见你们离开?他们会让你们进森林?在明知这里只有一个受伤的孩子和一个大人的情况下,他们不会趁机来进攻?"

"您说得对,赛勒斯先生,"彭克洛夫答道,他心里憋着一股气,"您说得对。为了夺回畜栏,他们什么都干得出来,他们知道畜栏里有充足的储备!而您一个人是不可能对付他们的!啊!我们要是在花岗岩宫就好了!"

"如果我们在花岗岩宫,"工程师说,"情况就完全不同了!在那里,我会放心地让哈伯特和我们之中的一位留下来,而让其他三位去搜索海岛的森林。可我们是在畜栏,还是待在这里好,直到我们能一起离开!"

对赛勒斯·史密斯的推理无可反驳,其同伴们很明白这一点。

"艾尔通要是还和我们在一起就好了!"杰丁·斯皮莱说,"可怜的人!他重新回来过群居生活的时间太短了!"

"他要是没死呢?……"彭克洛夫补充道,他的语气显得相当古怪。

"那么说,彭克洛夫,您指望那些无赖会放过他?"杰丁·斯皮莱问。

"是呀!如果他们认为这样做对他们有好处的话!"

"什么!您设想艾尔通和他昔日的同伙又到了一起,把我们对他的恩德都忘了吗?……"

"谁知道呢?"水手答道,他冒昧地做出这个令人不快的假设,其实也是有所犹豫的。

"彭克洛夫,"赛勒斯·史密斯抓住水手的胳膊说,"您这个想法不对,而且让我伤心,如果您非要这么说的话!我敢保证,艾尔通是忠实的!"

"我也是。"记者迅速补充道。

"是呀……是呀!……赛勒斯先生……我错了,"彭克洛夫答道,"我这个想法的确不对,而且毫无理由。可又有什么办法?我已完全失去理智了。这样被关在畜栏里,真让我受不了,我从没有这么激动过!"

"耐心点,彭克洛夫,"工程师答道,"我亲爱的斯皮莱,您认为要过多长时间哈伯特才能被运往花岗岩宫?"

"这很难说,赛勒斯,"记者回答道,"因为稍一不谨慎,就会引起不堪设想的后果。不过,他总算恢复得很正常,一周后他就会恢复体力的,如果真是那样,到时候看着办吧!"

一周后!这表明得把回花岗岩宫的时间推迟到十二月初。

当时,春天已经过去两个月了。天气晴好,而且已经开始变得很热了。岛上的森林正值长叶时期,庄稼的收获期也临近了。回花岗岩宫后,紧接着就要大干农活了,而这只有在实施计划中的岛上探险才会中断。

于是便可明白,被围在畜栏里对移殖民们来说该是多么有害。虽说他们不得不服从需要而这么做,可他们心里十分焦急。

有一两次,记者冒险上了路,绕围场转了一圈。托普伴随着他,而他则手持上膛的卡宾枪,准备应付任何事件。他没遇到任何危险,也没发现任何可疑的迹象。一有危险,狗会提醒他。而因为狗没叫,便可断定,至少在此时没什么可怕的,罪犯们正在岛的另一边忙活呢。

然而,11月27日,杰丁·斯皮莱再次外出了。在山的南面,在树下,他冒险走了四分之一海里后,注意到托普在嗅什么东西。它不再是一副无所谓的样子,而是走来走去,在草丛和灌木丛中到处搜索,似乎它凭着嗅觉发现了什么可疑物件。

记者跟在托普后面,用声音鼓励它、激发它,同时窥探着周围,并把卡宾枪抵住肩准备射击,还利用树木来掩护自己。托普不可能是嗅到了有人在场,因为,如果是这样,它就会用半克制住的叫声和愠怒来向他报告。不过,既然它没发出任何叫声,这就说明附近并没有危险。

五分钟就这样过去了,托普四处搜索,记者谨慎地跟着它,突然,狗朝一个稠密的灌木丛扑去,并从中叼出了一块破布。这是衣服上的一块布,又脏又破,杰丁·斯皮莱即刻把它带回了畜栏。

在那里,移殖民们将它仔细检查了一番,他们认出,这块布是艾尔通衣服上的,是一块由花岗岩宫的车间特制的毡子。

"看见了吧,彭克洛夫,"赛勒斯·史密斯指出,"可怜的艾尔通进行过反抗,可罪犯们强行把他带走了。您现在还怀疑他的忠诚吗?"

"不怀疑了,赛勒斯先生,"水手回答道,"我早就打消对他的不信任了,其实那不过是瞬间的事!不过我觉得,找到这块破布能让我们得出一个结论。"

"什么结论?"记者问道。

"艾尔通没在畜栏遇害!他是被活着带走的,既然他进行过反抗!没准他还活着!"

"也许真是这样。"工程师若有所思地答道。

艾尔通的同伴们又有了信心。的确,他们大概曾经认为,艾尔通在畜栏遭到了袭击,中弹倒下了,就像哈伯特一样。可是,假如罪犯们一开始并没有杀害他,假如他们是把他活着带到了海岛的另一部分,那是不是可以假定,他现在仍是他们的俘虏?也许他们之中的一位认出了艾尔通是他们以前在澳大利亚的同伙,即本·乔伊斯,越狱的罪犯们的头头?谁知道他们是否曾痴心妄想地想让艾尔通重新入伙!他对他们简直太有用了,如果他们能让他当叛徒的话!……

记者跟在托普后面,用声音鼓励它、激发它,同时窥探着周围……

于是，移殖民们在畜栏对这个事件从有利的角度作了解释，而找到艾尔通似乎已不再是不可能的了。从艾尔通那方面来说，如果他只是被俘，那他想必会尽一切可能逃脱那帮强盗的手掌，而他对移殖民们来说，是一个多么能干的助手呀！

"总之，"杰丁·斯皮莱指出，"如果艾尔通有幸得以逃脱，那他会直接去花岗岩宫，因为他并不知道罪犯们的谋杀企图，而哈伯特已经成了这一企图的受害者。因此，他不可能想到我们被困在畜栏了。"

"啊！我倒希望他在花岗岩宫！"彭克洛夫嚷道，"而且希望我们也在那里！因为，不管怎么说，如果那帮无赖对我们的住所无可奈何，那他们起码会洗劫我们的眺望岗、农作物和家禽饲养场！"

彭克洛夫已成了一名真正的农夫，心里老牵挂着他那些待收的庄稼。但应当说，哈伯特比所有的人更急于要回花岗岩宫，因为他知道，花岗岩宫多么需要移殖民们，而他却把他们留在了畜栏！因此，一个唯一的念头占据了他的头脑：离开畜栏，怎么说也得离开畜栏！若把他运回花岗岩宫，他认为自己能受得了。他确信在自己的房间里体力会恢复得更快，因为能呼吸到新鲜空气，还能望到大海！

他催促了杰丁·斯皮莱好几次，可那位有理由担心，哈伯特的伤口还没有愈合好，途中有可能开裂，所以他始终没有下令出发。

然而发生了一个事件，这导致赛勒斯·史密斯及其同伴们遂了小伙子的心愿。而上帝却知道，这一决定有可能给他们造成痛苦和内疚！

那天是11月29日。清晨七点，三位移殖民在哈伯特的房间里聊天，突然，他们听见托普发出了激烈的叫声。赛勒斯·史密斯、彭克洛夫和杰丁·斯皮莱抓起枪，随时准备开火，并走出了屋子。

托普已跑到畜栏脚下，又蹦又叫，但这是高兴，而不是愤怒。

"有人来了！"

"是的！"

"不是敌人！"

"也许是纳布？"

"或是艾尔通？"

工程师和他的两位同伴刚交换了这样几句话，一个身影便跃过栅栏，落在了畜栏的地面上。原来是朱普，是朱普师傅亲自来了，而托普正对它表示真正的友好的欢迎！

"是朱普！"彭克洛夫喊道。

"是纳布派它来的!"记者说。

"那么,"工程师说道,"它身上应该有张便条。"

彭克洛夫朝猩猩冲了过去。显然,纳布如有什么重要事要告诉其主人,他是不可能不使用比这更可靠、更快捷的信使的,这信使能通过移殖民们乃至托普都无法通过的地方。

赛勒斯·史密斯没弄错。朱普的脖子上挂着一个小口袋,而这口袋里有纳布亲笔写的一张便条。想象一下赛勒斯·史密斯及其同伴们有多么痛心吧,当他们读了这几句话后:

星期五,清晨六点。
眺望岗遭罪犯入侵!

纳布

他们面面相觑,说不出话来,然后他们回到了屋子里。他们该怎么办?罪犯入侵眺望岗,这意味着灾难、掠夺、破坏!

哈伯特见工程师、记者和彭克洛夫进来,便明白局势最近恶化了,而当他见到朱普时,就不再怀疑花岗岩宫要遭到不幸了。"赛勒斯先生,"他说,"我想走。路上会很辛苦,但是我受得了!我想走!"

杰丁·斯皮莱走近哈伯特,看了看他,然后说道:"那我们走吧!"

哈伯特是用担架抬呢,还是用前些日子艾尔通赶来的大车运呢,这个问题很快就解决了。对伤员来说,担架的动作比较柔和,但它需要两个人来抬,也就是说,路上要是遭到袭击的话,少了两支自卫的枪。

而相反,难道不能使用大车,而腾出所有的人手来吗?难道不能在车上铺上垫子,让哈伯特躺在上面,前进时则小心翼翼,别让它受到任何撞击吗?这是可以做到的。大车被拉来了。彭克洛夫套上了野驴。赛勒斯·史密斯和记者把哈伯特睡的床垫掀起来,放到大车的底部,两个侧栏之间。

天气晴朗,灿烂的阳光透过树林泻下来。

"武器准备好了吗?"赛勒斯·史密斯问。

准备好了。工程师和彭克洛夫人手一支两响步枪,而杰丁·斯皮莱则拿着他那支卡宾枪,只需要出发便可。

"你感觉怎么样,哈伯特?"工程师问。

"啊!赛勒斯先生,"小伙子回答,"请放心,我不会死在路上的!"

在这么说话时,大家看出,可怜的孩子用尽了全部精力,并以极大的毅力在留住行将消失的体力。工程师心里感到非常难受。他还在犹豫要不要下令出发。可这会让哈伯特失望的,没准还会杀了他。

"动身吧!"赛勒斯·史密斯说。

畜栏的门被打开了。懂得要适当保持沉默的朱普和托普,冲到了前面。大车出去了,门又关上了,由彭克洛夫驾驭的野驴,步履缓慢地前进着。当然,最好是走另一条路,而不走从畜栏直接到花岗岩宫的这条路,可是大车在林下移动将会十分困难。所以只好走这条路,尽管罪犯们大概对它很熟悉。

赛勒斯·史密斯和杰丁·斯皮莱走在大车的两侧,准备应付任何袭击。然而,有可能罪犯们尚未离开眺望岗。纳布的便条显然是在罪犯们一露面就写好并送来的。便条上注明的时间是清晨六点,机灵的猩猩平时常来畜栏,所以它才花了三刻钟就穿越了畜栏和花岗岩宫之间的五海里路程。这条路此时应当是安全的,就是开火,大概也得快到花岗岩宫时。

然而,移殖民们还是严加防范。托普和朱普——后者手持木棍——时而跑在前面,时而搜索道路两旁的树林,从它们的表现来看,显然一切正常。在彭克洛夫的驾驭下,大车缓缓前进。离开畜栏时是七点半。一小时后,已走了五海里中的四海里,这当中没发生任何事件。

路上阒无一人,一如中南美鸳森林的这整个部分。这部分是从感恩河一直延伸到格兰特湖。没发出任何警报。矮林中似乎也是了无人迹,就像移殖民们登上海岛的那天一样。

他们已接近眺望岗了。还有一海里,甘油河上的吊桥就能望得见了。赛勒斯·史密斯并不怀疑那吊桥是放下的,因为,罪犯们有可能是从此处进去的,也有可能他们在穿过一条防御河后,为给自己准备退路,而预先把它放下了。终于,透过最后一排树的缺口,可以望见海平面了。可是大车继续在走,因为任何一位护车人都不可能想到要扔下它。

此时,彭克洛夫让野驴停下,并用可怕的声音喊道:"啊!那帮坏蛋!"他用手指着在磨坊、牲口棚和鸡窝鸽棚上空盘旋的一股浓烟。

有个人在这烟雾中晃动。原来是纳布。他的同伴们喊叫了一声。他听到了,朝他们跑了过来……

罪犯们在破坏了高地之后,已走了有半小时左右。

"哈伯特先生呢?"纳布喊道。杰丁·斯皮莱于是回到大车旁。哈伯特已失去了知觉!

第 10 章

哈伯特被运进花岗岩宫——纳布讲述发生之事——赛勒斯·史密斯视察眺望岗——废墟和破坏——面对疾病移殖民们束手无策——柳树皮——致命的发烧——托普又叫了

罪犯呀,花岗岩宫面临的危险呀,遍布眺望岗的废墟呀,已算不了什么。哈伯特的病情压倒了一切。这次运送是否造成了内伤,危及了他的生命?记者没法说清,可他和他的同伴们都陷入了绝望。

大车被赶到了河流的拐弯处。在那里,他们用一些树枝做成担架,把哈伯特连同身下的垫子一起搬到担架上。十分钟后,工程师、记者和彭克洛夫来到峭壁下,让纳布负责把大车再赶到眺望岗上去。

升降机开动了,不一会儿,哈伯特便进了花岗岩宫,躺在了自己的小床上。在大家的精心照料下,他苏醒过来。发现自己回到了自己的房间里,不禁微笑了一下,可他太虚弱了,只能勉强低语几句。

记者查看了哈伯特的伤口。他担心它们会开裂,因为还没有完全愈合……然而却一点没事。那么这衰竭的原因何在?哈伯特的病情怎么就恶化了呢?小伙子因为发烧而处于昏睡状态。记者和彭克洛夫便守在他的床边。

在这段时间里,工程师把畜栏里发生的事告诉了纳布,而纳布则给主人讲述了刚刚发生在眺望岗上的事件。罪犯们出现在靠近甘油河的森林边缘,不过是昨天夜里的事。纳布当时正守在家禽饲养场附近,他毫不犹豫地朝其中一名海盗开了枪,因为那家伙正准备过河。可是昨天夜里天挺黑,他没法知道那坏蛋是否被击中。总之,这不足以赶跑那帮匪徒,纳布只来得及跑上花岗岩宫,他在那里起码是安全的。

怎么办?高地眼看要遭到罪犯们的破坏,怎样才能阻止呢?纳布有办法通知其主人吗?再说,畜栏那里的人他们自己的处境又如何呢?

工程师及其同伴们是11月11日走的,而今天是29日,纳布已经有十九天没有他们的消息了,除了托普给他送来的不幸的消息:艾尔通失踪,哈伯特受重伤,工程师、记者、水手可以说是被囚禁在畜栏里了。怎么办?可怜的纳布一再地寻思。对他本人来说,他没什么可怕的,因为那些罪犯不可能到花岗岩宫里来伤害他。可是那些建筑物、农作物,他们创办的一切,都将由海盗们任意摆布!难道不该让工程师来判断一下他该做什么,并起码把他所面临的危险告诉同伴们?

纳布于是想到使用朱普,让它来送信。他知道这猩猩极为聪明,因为他们常常在这方面考验它。朱普能听懂畜栏一词,因为他们常常当着它的面说这个词。大家甚至还能记得,它常常在彭克洛夫的陪同下,驾车去那里。天还没有亮,机灵的猩猩肯定能穿过树林而不被人察觉,再说那些罪犯大概会以为它是大自然中的一位居民呢。

纳布并没犹豫。他写好便条,把它系在朱普的脖子上,然后把朱普领到

升降机开动了,不一会儿,哈伯特便进了花岗岩宫,躺在了自己的小床上。

花岗岩宫的门口,从那里,他放下一根长绳,并让它一直拖到地,然后,他多次重复这几个词:"朱普!朱普!畜栏!畜栏!"

那猩猩听懂了,它抓住绳子,迅速滑到沙滩上,并消失在暗影里,这一切,丝毫没有引起罪犯们的注意。

"你做得对,纳布,"赛勒斯·史密斯答道,"可你要是不通知我们,也许做得还要对呢!"

工程师之所以这么说,是因为他想到了哈伯特,这一运送像是严重影响了他的康复。纳布接着讲完了事情的经过。罪犯们并没有出现在沙滩上。因为弄不清岛上有多少居民,他们可能认为,花岗岩宫是由一支大部队防守着。他们想必记得,那条帆船发动进攻时,有大量的子弹从低处和高处的岩石飞过来迎接他们,所以他们大概不想暴露自己。可是眺望岗却是不设防的,花岗岩宫的炮火是穿不过它的。他们于是在那里释放自己破坏的本能,抢劫放火,肆意报复,直至移殖民们赶到前半小时,他们才撤退。而他们没准还以为移殖民们仍被困在畜栏里呢。

纳布冲出了自己的藏身处。他冒着挨枪子儿的危险,登上了眺望岗,力图扑灭正在烧毁家禽饲养场的那些建筑物的大火。他和这场火灾进行了搏斗,但无济于事。他一直搏斗到大车出现在树林边缘。

这些严重事件的始末就是这样。罪犯们的存在对林肯岛上的移殖民们构成了一种经常性的威胁。他们此前是那么幸福,而现在则可以料想还有更大的不幸在等着他们!

杰丁·斯皮莱待在花岗岩宫里,守在哈伯特和彭克洛夫身边,赛勒斯·史密斯则由纳布陪着,亲自去判断一下灾难波及的范围。

所幸的是,罪犯们并没有一直来到花岗岩宫的脚下。不然的话,"烟囱"的车间非遭殃不可。但不管怎样,比起眺望岗上的一堆堆废墟来,这损失也许会比较容易弥补。赛勒斯·史密斯和纳布朝感恩河走去,登上了左岸,没遇到任何罪犯们经过时留下的踪迹。在河的另一面,在茂密的树林里,他们也没发现任何可疑的迹象。

另外,根据一切可能,可以假定:或许罪犯们知道移殖民们回花岗岩宫了,因为他们可能看见他们从那条畜栏路上经过了;或许在破坏了眺望岗后,他们钻进了中南美驾森林,而且是沿着感恩河,所以他们不知道移殖民们回来了。

在第一种情况下,他们大概已返回畜栏了,那里现在已无人防守,而且里面有可供他们使用的宝贵资源。在第二种情况下,他们可能会回到他们的营地,伺机进行反扑。所以得提防他们。但所有旨在清除他们的行动,还得取决于哈伯特的身体状况。的确,赛勒斯·史密斯不可能有太多的精力,而且,此时也无人能离开花岗岩宫。

工程师和纳布来到了眺望岗。那里惨遭蹂躏。田地被践踏,即将灌浆的麦穗,倒在地上。其他的农作物也同样遭了难。菜园子被弄得乱七八糟。幸好花岗岩宫里还保存着一些种子,可以用来弥补这些损失。

至于磨坊、家禽饲养场的建筑场、野驴棚,都已被大火烧毁。有几只受惊的动物在眺望岗上胡乱转悠。火灾期间在湖面上避难的水禽,已返回岸上,回到它们往日的栖身地。那里的一切都有待重建。

赛勒斯·史密斯的脸色比平时更苍白,这表明他内心有一股勉强克制住的怒火。但他一言不发。他最后一次望了望他那被毁的田地、仍在废墟中冒的烟,然后便回到了花岗岩宫。

接踵而来的日子,是移殖民们迄今为止在岛上度过的最阴郁的日子!哈伯特显然变得更虚弱了。似乎是由严重的生理失调引起的一种较为严重的疾病即将发作,杰丁·斯皮莱预感到,哈伯特的病情将恶化到令他束手无策的地步。的确,哈伯特处于一种几乎是持续昏睡的状态,某种谵妄的症状也开始出现。清凉饮料是唯一可供移殖民们使用的药品。热度虽然还不是很高,但很快就好像不愿退了,发烧已成常事。

12月6日,记者确认了这一点。可怜的孩子的手指、鼻子、耳朵变得极其苍白,他起先是微微打寒战,浑身起鸡皮疙瘩,脉搏微弱而不规律,皮肤干燥,口渴得厉害;紧接着就是一个发热阶段,脸很兴奋,皮肤变红,脉搏加快,大量出汗,随之热度似乎退了。发作过程持续约五小时。记者没离开过哈伯特,哈伯特现在患了间歇热,这是再肯定不过的事,这热病无论如何得根治,趁它还没变得更严重。

"要想根治,"杰丁·斯皮莱对赛勒斯·史密斯说,"得有退烧药。"

"退烧药!"工程师答道,"我们既没金鸡纳树皮,也没硫酸奎宁!"

"是呀,"杰丁·斯皮莱说,"不过湖边有柳树,柳树皮有时可取代硫酸奎宁。"

"那就马上试试吧!"赛勒斯·史密斯答道。

的确,柳树皮和七叶树、冬青树叶、蛇根树一样,被视为金鸡纳树的代用药。显然应当试试该物质,尽管它不如金鸡纳有价值;而且还只得使用天然状态下的柳树皮,因为没办法提取生物碱,即柳醇。

工程师亲自去从一种黑柳树的树干上割了几块树皮,他把它们带回花岗岩宫,并磨成粉,这粉当晚就让哈伯特服下了。

一夜过去,没发生什么严重事件。哈伯特说了几句谵语,夜里没发烧,第二天体温也没升高。

彭克洛夫又有了点希望,杰丁·斯皮莱什么都没说。因为有可能间歇热不是每天都发作,是隔天发作一次,所以明天还会反复。于是大家极为焦虑地等待着明天的到来。

另外,大家注意到,在退热期间,哈伯特像是累垮了似的,他脑袋发沉,很容易晕眩。还有另一个令记者惊恐不已的症状:哈伯特的肝脏开始充血,而很快地,他越来越多地说胡话,这表明他的脑子也受到了疾病的侵袭。杰丁·斯皮莱被这新的并发症吓呆了,他把工程师带到一边。

"这是一种恶性疟疾!"他说。

"恶性疟疾!"赛勒斯·史密斯喊道,"您弄错了。恶性疟疾是不会自行发作的,得有病毒!……"

"我没弄错,"记者答道,"哈伯特大概是在沼泽地感染病毒的,这就足够了。他已发作了一次,如果再发作第二次,而我们又无法阻止第三次……那他就完了!……"

"那这柳树皮呢?……"

"作用不大,"记者回答,"如果不用硫酸奎宁来消除恶性疟疾的第三次发作,那这次发作怎么说也是致命的了!"

幸好彭克洛夫没听到这番话,否则他会发疯的。在12月7日的整个白天和接下来的整个夜晚,工程师和记者都处于万分焦急的状态,这是可以理解的。中午时分,第二次发作产生了。这次发作很可怕。哈伯特觉得自己完了!他朝工程师、记者和彭克洛夫伸出了胳膊!他不愿意死!……这个场面令人悲痛。得把彭克洛夫支走。

发作持续了五个小时。很显然,哈伯特是承受不了第三次发作的。

夜晚是可怕的。哈伯特在狂热状态中说了些令其同伴们心碎的事!他说胡话,与罪犯搏斗,呼叫艾尔通!他苦苦哀求那位神秘人物、那位保护人,他现在消失了,但他的形象萦绕在他的脑际……然后他又陷入深度的虚脱,筋疲力尽到了极点……有好几次,杰丁·斯皮莱都以为可怜的小伙子死了!

翌日白天,12月8日,无非是接连不断的昏厥。哈伯特瘦骨嶙峋的手,在被单上蜷缩着。他们又按新的剂量给他服了研碎的树皮,可记者已不指望会有任何结果。

"假如明天早晨之前我们还不能给他服下更有效的退烧药,"记者说,"哈伯特就没命了!"

　　黑夜来临了,这大概是这个勇敢、善良、聪慧的孩子的最后一夜,从他的年龄来看,他真是太优秀了,大家都像爱亲生儿子一样爱他!唯一能对付这种可怕的恶性疟疾的药,唯一能战胜它的特效药,林肯岛上却找不到!在12月8日到9日的这一夜,哈伯特更加神志不清。他的肝脏极度充血,脑子受了感染,他已经认不出任何人了。

　　他是否能活到明天,活到必然会夺走他性命的第三次发作?这已不可能了。他已精疲力竭,而在发作的间歇,他像是死去一般。

　　凌晨三点,哈伯特叫了一声,声音很吓人。他扭动着,像是陷入了极度的痉挛。守在他身边的纳布吓坏了,冲到了隔壁房间,他的同伴们都在那里守夜!托普此时怪异地叫了起来……

彭克洛夫蓦地叫了一声,他指了指放在桌子上的一样东西……

大家马上进来了,并终于按住了想扑到床外去的垂死的孩子。杰丁·斯皮莱抓住他的胳膊时,感到他的脉搏渐渐在加快。

清晨五点,曙光开始溜进花岗岩宫的房间。这将是美好的一天,而这一天又将是可怜的哈伯特的最后一日!……

一缕阳光照到了床边的桌上……

彭克洛夫蓦地叫了一声,他指了指放在桌子上的一样东西……

原来是一个长方形的小盒子,盒盖上写着这样几个字:

硫酸奎宁

第 11 章

无法解释的谜——哈伯特康复了——岛的有待勘探的部分——出发前的准备工作——第一天——夜晚——第二天——卡利松——一对鹤鸵——脚印——在森林中——到达蛇尾岬角

杰丁·斯皮莱拿起盒子,打开一看,里面装着约二百格令的白色粉末,他把一些微粒送到唇边。这种物质味道极苦,所以他不可能会弄错。这正是从金鸡纳树皮中提取的宝贵的生物碱,抗疟疾的特效药。

必须毫不犹豫地让哈伯特服下这粉末。至于它是怎么会出现在这儿的,以后再讨论。

"来点咖啡。"杰丁·斯皮莱要求道。

不一会儿,纳布就送来了一杯温热的泡茶。杰丁·斯皮莱往里倒了约十八格令的奎宁,并终于让哈伯特喝下了这种混合液。

还来得及,因为恶性疟疾的第三次发作还没出现!

可以补充一句:它大概不会再出现了!

另外应该说,大家又产生了希望。神秘的力量又发挥了作用,而且是在最重要的时刻,当大家对它感到绝望之时!……

几小时后,哈伯特睡得比较安稳了。移殖民们于是便谈论起这个事件。那陌生人的干预前所未有的明显。可他夜里是怎么进入花岗岩宫的呢?这根本没法解释。其实,这"海岛守护神"的行动方式,和他本人一样的奇特。

在这一天,每隔大约三小时,哈伯特便服一次硫酸奎宁。

从第二天起,哈伯特便感到有了些好转。当然,他并没有痊愈,间歇热是容易经常复发的,而且复发时很危险。不过他受到了精心的照料。何况,特效药就在那里,而送药人大概离得也不远!终于,巨大的希望又回到了大家的心中。

这希望并没有落空。十天后,12月20日,哈伯特进入了康复期。他仍然很虚弱,于是给他规定了严格的食谱,不过疾病没再复发。再说,这孩子很听话,自觉自愿地遵守所有针对他的规定! 他是那么渴望痊愈。

彭克洛夫像是一个被从深渊拉上来的人。他欣喜若狂。第三次发作的时间一过,他便紧紧抱住记者,直到让他透不过气来。从那时起,他便只叫他斯皮莱大夫了。

而真正的大夫还有待于发现。

"会发现他的!"水手一再地说。

当然,那个人不管是谁,都得准备接受高尚的彭克洛夫的某种生硬的拥抱!

十二月份结束了,1867年也随之结束了,在这一年里,林肯岛上的移殖民们经受了严峻的考验。他们现在迈进了1868年,伴随着他们的是一个极好的天气,一个炎热的好天气,气温是热带地区的,不过幸好海风送来了凉爽。哈伯特的体力正在恢复,他从他那张摆放在窗户边的床上,吮吸着这有益于健康的、带有盐的挥发物的空气,这能使他康复。他开始进食,天知道纳布给他准备了哪些好吃的小菜,既清淡,又可口!

"真叫人想当一回快死的人!"彭克洛夫说。

在此期间,罪犯们一次都没在花岗岩宫附近露面。艾尔通毫无音讯。虽然工程师和哈伯特对找到他还存有一线希望,他们的同伴们却不再怀疑,那不幸的人已死了。然而,这些不确定因素是不可能持久的,等小伙子一康复,勘察工作就将进行,而其结果将是如此之重要。可是大概还得等一个月,因为,要制服罪犯们,移殖民们就得全力以赴,而这并不太过分。

此外,哈伯特的身体状况越来越好,肝脏的充血已经消失,伤口可以认为确实已痊愈了。

在这一月期间,主要的活是在眺望岗上干的,仅只是抢救被毁坏的收成中能抢救的东西,要么是麦子,要么是蔬菜。籽儿和秧苗都收了,以便为春秋两季提供一次新的收成。至于重建家禽饲养场的建筑物、磨坊和牲口棚,赛勒斯·史密斯宁可等一阵。当他的同伴去追捕那些罪犯时,那帮人很可能再次光顾眺望岗,不应当让他们有理由重操旧业,再干抢劫放火的事。等那些坏蛋被从岛上清除了,再来考虑重建家园。

一月份的后半个月,年轻的康复者已经开始下床了。起先是每天一小时,然后是两小时、三小时。眼看着他的体力在恢复,而他的体质一向是那么健壮。他时年十八岁。他身材高大,有望成为一个人品高贵、仪表堂堂的男子汉。从此时起,他的康复便正常化了,虽说他还需要某些照料,而斯皮莱大

哈伯特的体力正在恢复,他从他那张摆放在窗户边的床上,吮吸着这有益于健康的、带有盐的挥发物的空气,这能使他康复。

夫对他则显得非常严格。

快到月底时,哈伯特已经在眺望岗和沙滩上走动了。在纳布和彭克洛夫的陪同下,他洗了几次海水浴,而这对他再好不过。赛勒斯·史密斯认为从现在起可考虑出发的日子了,而这日子定在2月15日。一年中的这一时期,夜间很明亮,有利于在整个岛上进行搜索。

这次勘察需要做的准备工作于是开始了,而这想必是很重要的,因为移殖民们已经发誓,不达到两个目的,决不回花岗岩宫。他们一方面要消灭罪犯,找回艾尔通,如果他还活着的话;另一方面,要发现如此之有效地主宰移殖民们命运的那个人。

对林肯岛的整个东海岸,移殖民们已了如指掌,这部分是从爪形海角直到颌骨角,包括大片的冠鸭沼地、格兰特湖的四周、畜栏路和感恩河之间的中南美鸳森林,感恩河和红河,最后还有富兰克林峰的山梁分支,而畜栏正是建在它们之间的。

他们已勘察过了华盛顿湾的广阔的海滨,但并不彻底。这部分从爪形海角直到蛇尾岬角,包括西海岸的森林和沼泽地边缘,以及那些连绵不断的沙丘,它们终止于鲨鱼湾那半张的嘴。

可那大片的树木繁茂的地带,他们还没以任何方式勘察过,这个地带包括蛇形半岛、感恩河的整个右岸、瀑布河的左岸、错综复杂的山梁分支和山谷的护壁,它们承受着富兰克林峰西面、北面和东面共四分之三的基部,在那里,想必存在着许多深藏不露的躲避处。因此,岛上有好几千英亩地尚未经过勘察。

于是决定,他们将穿过远西森林,对感恩河右岸的整个部分进行探险。

也许最好是先去畜栏,恐怕罪犯们又去那里躲藏了,或是为了抢劫,或是为了在那里安营扎寨。可是,要么对畜栏的破坏已是既成事实,想阻止已为时太迟,要么罪犯们有兴趣在那里坚守,那就还来得及把他们赶回老巢。

经过讨论,维持第一方案。移殖民们于是决定越过树林去蛇尾岬角。他们将手持斧子行进,就这样初步标出一条路线来,它将贯通花岗岩宫和半岛的尽头,长度为十六到十七海里。

大车状态完好。野驴得到充分休息后,将能走一段长路。粮食、宿营用具、便携炊具、各种器皿,以及武器弹药都装上了车。而武器弹药,都是从现已十分完备的花岗岩宫的军火库里精选出来的。但别忘了,罪犯们大概经常出没于树林,而在那密林中,放一枪和挨一枪都是很快会发生的。所以移殖民们的这支小部队必须保持紧凑,别以任何借口分散行动。

同时还决定,花岗岩宫将无人留守。连托普和朱普也得参加探险。这个无法进入的住所靠自我防御就可以了。

2月14日,出发前夕,是一个星期天。它被完全用来休息和向天主表示谢恩。哈伯特已彻底痊愈,但仍有些虚弱,所以车上给他留了个位子。

翌日,天刚蒙蒙亮,赛勒斯·史密斯便采取必要措施,以使花岗岩宫免遭任何入侵。以前用于攀爬的梯子,被送到"烟囱"去了,并深埋在沙土里,以便回来时能使用,因为升降机的鼓轮已被拆除,上面没什么东西了。彭克洛夫最后一个留在花岗岩宫里完成这项工作,他是用一根绳子下来的,绳子的两头都固定在下面,一旦人到了地面,上面的平台和沙滩之间,就不存在任何联系了。

天气好极了。

"又将是一个热天!"记者快活地说。

"唔！斯皮莱大夫，"彭克洛夫说，"我们将在树荫下走，那样就连太阳都看不见了！"

"上路吧！"记者说。

大车等在"烟囱"前面的海滩上。记者要求哈伯特到车上去坐着，起码在旅行的头几个小时里，小伙子只得服从大夫的指令。

纳布走在野驴前面，赛勒斯·史密斯、记者和水手则先行一步。托普蹦跳着，一副欢快的样子。哈伯特给朱普在车上让出了一个位子，朱普毫不客气地接受了。出发的时间到了，小部队起程了。

大车首先绕过了河口的拐角，然后沿感恩河左岸往上走了一海里，接着便过了桥，桥的尽头是气球港路，而在那里，勘探者们靠路的右面走，开始深入到树荫下，而那大片大片的树林则形成了远西森林区。

在走头两海里时，树木很稀疏，能让大车自由通行，但不时地得斩断一些爬藤和林立的荆棘，但没有任何重大障碍阻止移殖民们行进。

茂密的枝叶在地面上投下了一个凉爽的阴影，喜马拉雅杉、洋松、加苏林那树、山茂、橡皮树、龙血树和其他一些已经辨认过的树种，接连不断，望不到头。许多岛上常见的鸟儿在这里汇集，有山鸡、啄木鸟、雉、吸蜜小鹦鹉、整个爱叽叽喳喳的白鹦家族、虎皮鹦鹉和鹦鹉。刺鼠、袋鼠和水豚在草丛中飞快地溜过去。所有这些都令移殖民们想起他们的第一次远足，当时他们刚来到岛上。

"可是，"赛勒斯·史密斯指出，"我注意到这些动物，无论是四足的还是有翅的，都比以前胆怯了。可见罪犯们最近到过这片林子，所以我们必定能找到他们的踪迹。"

的确，可在多处辨认出一群人最近或早些时候经过的痕迹：在这里，树木被折断了，其目的大概是设置路标；在那儿，有熄灭的炉火留下的灰烬，还有某些含黏土的土壤部分所保存的脚印。但不管怎样，一切都像是属于一个临时营地的。

工程师曾叮嘱其同伴们不要打猎。枪声有可能会惊动罪犯的，他们没准就在森林里游荡。另外，猎人必定会离开大车一段距离，而单独行走是被严格禁止的。

在一天的后半段时间里，距花岗岩宫约六海里，通行变得相当困难了。为了穿过一些矮树丛，必须砍倒一些树，开出一条路来。在进去前，赛勒斯·史密斯想到先把托普和朱普派到这些矮林中去，而它们则自觉完成交给它们的任务。当狗和猩猩回来时没有任何异样的表示，这说明里面没什么可怕的,罪犯或是野兽,不论从哪方面来说。这两种个体同属动物,并具有同样凶恶的本性。

在第一天的夜晚,移殖民们在离花岗岩宫九海里之处宿营,这地方在感恩河的一条小支流的岸上,而他们一直不知道有这条小支流,而它应该是附属于河海系统的,由于它的存在,这片土地出奇地肥沃。

移殖民们吃了一顿丰盛的晚餐,因为他们胃口大开。为了让黑夜能平安度过,他们采取了一些措施。如果工程师只需和美洲豹或其他的猛兽打交道,那他只要在营地周围点燃火堆即可,这就足以起到防范作用;可罪犯们多半是会被火堆引来,而不是被吓住,所以在这种情况下,最好还是让周围保持漆黑一团。

另外,还严格地安排了夜间值班。每两个人一起守夜,而每隔两小时换一次班。哈伯特则被免去值班任务,尽管他一再要求。既然如此,彭克洛夫便和杰丁·斯皮莱一班,工程师便和纳布一班,他们轮流在营地附近站岗放哨。

再说,不过只有几个小时的黑夜。黑暗多半是由枝叶的茂密,而不是由太阳的消失造成的。一片寂静,隐约能听到美洲豹嘶哑的吼声和猴子的傻笑,而这傻笑似乎格外令朱普师傅不快。

一夜无事。翌日,2月16日,多半是缓慢而不是艰难地行进,穿越森林又开始了。

那天,他们只走了六海里,因为每时每刻都得用斧子开辟道路。移殖民们是真正的开拓者,他们放过那些高大美丽的树木,而牺牲小树,再说砍那些大的太累人。不过这样一来,路的走向就不大直了,而且由于拐弯很多而距离变长了。

在这一天里,哈伯特发现了一些新树种,它们在岛上的存在还没有被注意过,比如像乔木状的蕨,他们具有下垂的、像喷泉般散开的棕榈叶,又比如像角豆树,野驴贪婪地吃着它们那长长的荚,而这种荚的肉质是甜的,味道极佳。在那里,移殖民们又找到了非常出色的卡利松,它们长成一簇一簇,而树干呈圆柱形,顶上是一个青枝绿叶组成的圆锥,它们的高度达二百英尺。这正是新西兰的树王,与黎巴嫩的杉树一样驰名。

至于动物,除了猎人们此前已见识过的,没有出现其他品种。然而,他们还是隐约看见了一种澳洲特有的大鸟。是鹤鸵,人称鸸鹋,身高五英尺,羽毛为褐色,属涉禽类。托普撒开四条腿冲过去拼命追它们,可这些鹤鸵轻而易举地和它拉开了距离,因为它们的速度之快是惊人的。

至于罪犯们在森林中留下的踪迹,他们又注意到了一些。在一堆像是新近熄灭的火边,移殖民们发现了一些脚印,并极为认真地观察了一番。他们逐一量了它们的长度和宽度,于是很容易便看出,这是五个男人的足迹。那五名罪犯显然在此宿营过,可是——这是仔细观察的目的！——他们没能发现第六个脚印,若有的话,那就是艾尔通的。

"艾尔通没和他们在一起！"哈伯特说。

"没有,"彭克洛夫答道,"他之所以没和他们在一起,那是因为那些坏蛋已把他杀害了！可那些无赖连个窝也没有,否则就可以去围捕他们,就像围捕老虎一样！"

"是这样,"记者答道,"较为可能的是,他们在四处闲荡,而他们有兴趣这么闲荡到他们成为岛上主人的那一刻！"

"岛上的主人！"水手嚷道,"岛上的主人！……"他重复道,他的声音哽住了,像是有一只铁腕掐住了他的喉咙。然后,他用较为平静的声音说:

"您知道吗,赛勒斯先生,我塞进枪里的是哪颗子弹？"

"不知道,彭克洛夫！"

"就是穿过哈伯特胸膛的那颗,我向您保证,它一定会击中目标的！"

可这正义的复仇并不能使艾尔通死而复生。通过查看留在地上的脚印,又只得断定,不必再对重新见到他存有任何希望了！

那天晚上,营地设在离花岗岩宫十四海里之处,赛勒斯·史密斯认为,离蛇尾岬角大概已超不过五海里了。

果真,翌日,他们到达半岛的尽头,并纵向地穿越了森林,但没有任何迹象能让他们找到罪犯们的藏身之处,以及那位神秘陌生人的同样隐秘的庇护之地。

第 12 章

勘察蛇形半岛——在瀑布河河口宿营——距畜栏六百步——杰丁·斯皮莱和彭克洛夫进行侦察——他们回来了——全体前进！——一扇开着的门——一扇被照亮的窗户——在月光下

翌日白天，2月18日，被用来勘察这整个树木繁茂的部分。这部分是沿海地带，从蛇尾岬角，直到瀑布河。移殖民们得以彻底搜索了这片森林。它的宽度不等，从三海里到四海里，因为它被夹在蛇形半岛的两个海岸之间。那些树木躯干高大，枝叶繁茂，说明了这块土地上植物的生长能力比岛上任何其他部分都更加惊人。真让人以为，这是一小片迁移到这个温带地区的美洲或中非的原始森林呢。不妨假定，在这片表层湿润、内部靠火山供暖的土地上，这些美丽的植物得到了一种不可能是属于温带的热量。而主要的树种恰恰是那些体积巨大的卡利松和桉树。

可移殖民们的目的并不是欣赏这些雄伟壮观的植物。他们已经知道，在这方面，林肯岛应该被列入加那利群岛之类的岛屿，而加那利群岛最初被称为幸运岛。可现在，唉，他们的岛已不完全属于他们。另一些人要占有它，一些匪徒在践踏它的土地，所以必须把他们彻底消灭。

在西海岸，已找不到他们的任何踪迹，尽管移殖民们已仔细寻找。找不到脚印，找不到折断的树木，找不到冷却的灰烬和遗弃的营地。

"我觉得这并不奇怪，"赛勒斯·史密斯对同伴们说，"罪犯们在漂流物岬头附近登陆后，便马上进了远西森林，此前他们还穿过了冠鸭沼地。他们走的路线，大致就是我们离开花岗岩宫后所走的。这就是为什么我们能在树林里看到那些踪迹。可是，罪犯们到达海滨后，意识到他们不可能在这里找到合适的藏身之处，于是便北上，结果发现了畜栏……"

"他们也许又返回畜栏了……"彭克洛夫说。

"我不这么想，"工程师说，"因为他们很可能认为，我们会到那边去搜寻。畜栏对他们来说只是一个必需品供应地点,而非最终的营地。"

"我同意赛勒斯的看法,"记者说,"我认为,罪犯们有可能是在富兰克林峰的山梁分支中间找到了一个巢穴。"

"那么,赛勒斯先生,直奔畜栏吧!"彭克洛夫嚷道,"该结束了,到目前为止我们一直在浪费时间!"

"不,朋友,"工程师答道,"您忘了,我们还有兴趣知道,远西森林里是否藏有某个住所。我们的勘察是有双重目的的,彭克洛夫。如果说,我们一方面要惩恶,那另一方面我们还要报恩呢!"

"说得好,赛勒斯先生,"水手答道,"可我的看法是,要想找到那位绅士,除非他本人愿意!"

的确,彭克洛夫不过是表达了大家的意见。很可能,那陌生人的隐居地和他本人一样神秘!

那天晚上,大车停在了瀑布河河口。宿营的事,照例安排了,并像往常一样采取了夜间预防措施。哈伯特又变成了一个生龙活虎的小伙子,身体和生病前一样好,他充分利用这户外生活,置身于大西洋的海风和森林的爽人的空气之中。他的位置已不是在大车上,而是在队伍的前列。

翌日,2月19日,移殖民们离开了海滨。在海滨上,在河口的那边,非常别致地堆着各种形状的玄武岩。他们从左岸溯流而上。道路已被部分地清理出来了,因为他们先前到此远足过,当时是从畜栏直到西海岸。移殖民们所在的地方离富兰克林峰有六海里。

工程师的计划是这样的:仔细观察其最深处形成了河床的那个山谷,并小心谨慎地推进到畜栏附近;如果畜栏已被占领,就用武力将它夺回,如果没被占领,那就筑垒固守,把它变成一个行动基地,而行动目标是勘察富兰克林峰。这一计划得到了移殖民们的一致赞成。他们实在是急于重新完全拥有自己的岛!

于是大家在狭窄的山谷里行走,而这山谷,隔开了富兰克林峰的那些最大的山梁分支中的两条。在河岸上,树木长得很稠密,而在接近火山上部的地方,树木则变得稀疏了。这块地高低不平,相当多变,非常适合设下埋伏,所以大家在上面冒险行走时极其谨慎。托普和朱普充当尖兵,一左一右地扑进茂密的矮林中,比智慧也比灵活性。可是,没什么能表明,河岸最近有人光顾过;也没什么能表明,罪犯们就在现场或就在附近。

晚上五点左右,大车停在了距畜栏约六百步之处。一排呈半圆形的大树挡住了它。于是,得侦察一下畜栏,以弄清它是否已被占领。在充足的光线下公然地走过去,万一罪犯们埋伏在那里,那岂不是要挨子弹,一如哈伯特的情况。所以,最好是等黑夜降临。

然而,杰丁·斯皮莱迫不及待地要侦察一下畜栏的周围,而彭克洛夫的耐心则到了头,他主动提出要陪斯皮莱去。

"不,朋友们,"工程师说,"等天黑吧。我不会让你们当中任何一个在大白天去冒险的。"

"可是,赛勒斯先生……"水手反驳道,他不大准备服从。

"我请求您这么做,彭克洛夫。"工程师说。

"算了!"水手答道,他换了一种方式来发泄怒火,用水手的语汇中最难听的话来痛骂罪犯。

移殖民们于是待在大车周围,监视着与森林相邻的部分,不敢掉以轻心。三小时就这样过去了,风停了,大树下面一片死寂。折断一根最细小的树枝,脚踩枯叶发出的声音,有个人在草丛中溜过,都能轻易听见。一切都很平静。另外,托普趴在地上,伸出的脑袋搭在前爪上,毫无不安的迹象。

八点钟,夜够深了,可以安全地进行侦察了。杰丁·斯皮莱声称准备出发,并由彭克洛夫做伴。赛勒斯·史密斯同意了。托普和朱普得与工程师、哈伯特和纳布待在一起,因为,若不合时宜地发出吠声或叫声,会惊动对方的。

"别轻举妄动,"赛勒斯·史密斯叮嘱水手和记者,"你们无须占据畜栏,只要侦察一下里面是否有人即可。"

"就这么办。"彭克洛夫答道。

于是两人便出发了。

他们在树下走着。树木枝叶繁茂,周围有些暗,三十至四十英尺以外的景物就已经看不见了。一听到有什么可疑的声音,记者和彭克洛夫就停下来。他们彼此分开走,以减少中弹的机会。总而言之,他们时时刻刻都在提防枪响。

离开大车五分钟后,杰丁·斯皮莱和彭克洛夫来到树林边缘的林中空地前面,而在林中空地的深处,便是栅栏围住的那片场地。他们停了下来。几缕朦胧的微光仍照在移走树木的草地上。在三十步处,竖着畜栏的门,而那门似乎是关着的。若借用弹道学上的说法的话,这在树林边缘和围栏之间跨越的三十步,构成了一个危险区。的确,一颗或好几颗子弹有可能从栅栏顶上射出,把任何胆敢闯入该区的人撂倒在地。

杰丁·斯皮莱和水手并不是退缩不前者,可他们知道,只要稍一不谨慎,自己首先受害不说,还会牵连同伴们。他们要是被杀,赛勒斯·史密斯、纳布、哈伯特怎么办？

彭克洛夫觉得离畜栏已很近了，而且认为罪犯们就躲在里面。他有些激动过头，想往前冲，记者用一只有力的手拉住了他。

"再过一会儿天就完全黑了，"杰丁·斯皮莱在彭克洛夫耳边轻语道，"到那时再行动。"

彭克洛夫痉挛似的紧紧握住枪托，克制住自己，等待着，同时低声地发着牢骚。很快地，落日的余晖完全消失了。仿佛从茂密的森林里出来的阴影，占满了林中空地。富兰克林峰如巨大的屏幕，耸立在西方的天际前，而黑暗很快形成了，有如低纬度的地区所发生的那样。时机已到。

记者和彭克洛夫自守候在树林边缘后，视线就没有离开过围栏。畜栏里似乎根本没人。栅栏的顶端形成了一条比周围的暗影更黑一点的线，没有什么能破坏它的清晰度。然而，如果罪犯们在那里，他们大概会派个人站岗放哨的，以防遭到任何突然袭击。

杰丁·斯皮莱握了握同伴的手，然后两人朝畜栏匍匐前进。他们的枪随时准备开火。他们到达畜栏的门前，仍然是暗影一片，不见有一道光线。

彭克洛夫试图推开门，正如他和记者设想的那样，门是关着的。然而，水手发现，外面的门闩并没有插上。他们因此断定，罪犯们正占据着畜栏，而且很可能他们把门固定住了，免得有人破门而入。

杰丁·斯皮莱和彭克洛夫侧耳倾听。畜栏里毫无声响。岩羊和山羊大概都在羊圈里睡着了，丝毫没扰乱黑夜的宁静。

记者和水手没听到什么，便商量是否该翻过栅栏，进畜栏去。这和赛勒斯·史密斯的指示可是相违背的。

的确，此举可能成功，但也可能失败。然而，假如罪犯们没猜到什么，假如他们并不知道这试图对付他们的勘察，总之，假如此时有个机会能突然袭击他们，是否该考虑翻越栅栏，不丧失这一机会？

这可不是记者的意见。他认为合理的做法是，等移殖民们都到齐了再试图闯进畜栏。有一点是肯定的，那就是可以一直到达栅栏，而不被人看见，而且围栏不像是有人防守着。这点一旦确定，就该回到大车那儿去，把情况告诉众人。

彭克洛夫多半同意这种看法，因为当记者撤退到林下时，他很痛快地跟随记者走了。几分钟后，工程师得知了情况。

"好吧，"他经过思索说道，"我现在有理由相信，罪犯们没在畜栏。"

"我们会知道的，"彭克洛夫答道，"等我们越过围栏后。"

"去畜栏,朋友们!"赛勒斯·史密斯说。

"把大车留在树林里吗?"纳布问道。

"不,"工程师回答道,"这是我们的运货车,上面装着粮食和弹药,必要时,还可为我们充当防御工事。"

"那就前进吧!"杰丁·斯皮莱说。

大车出了树林,无声地朝栅栏驶去。周围漆黑一团,鸦雀无声,和彭克洛夫与记者刚才匍匐着离开时一样。浓密的草完全抑制住了脚步声。移殖民们准备开火。朱普按照彭克洛夫的指令,待在后面。纳布牵着托普,免得它往前冲。

林中空地很快就出现了,上面空空荡荡的。小部队毫不迟疑地向围栏走去。短短一会儿工夫,危险区就穿越了。没放一枪。大车到达栅栏区,停下了。纳布留在野驴前面控制它们。工程师、记者、哈伯特和彭克洛夫则朝门

彭克洛夫觉得离畜栏已很近了,而且认为罪犯们就躲在里面。他有些激动过头,想往前冲,记者用一只有力的手拉住了他。

走去，想看看它是否从里面闩住了。

一扇门居然是开着的！

"可你们刚才是怎么说的？"工程师转身问水手和杰丁·斯皮莱。

两个人都惊呆了。

"以我的灵魂起誓，"彭克洛夫说，"这扇门刚才是关着的！"

移殖民们于是犹豫了。彭克洛夫和记者侦察那会儿，罪犯们莫非在畜栏里？这无可怀疑，因为门当时是关着的，现在却开了，而且只能是他们开的！他们是仍在里面呢，还是他们当中有个人刚才出去了？

所有这些问题顷刻间出现在他们每个人的脑海里，但如何回答？

此时，已向围栏里走了几步的哈伯特又急忙退了回来，并抓住了赛勒斯·史密斯的手。

"怎么啦？"工程师问道。

"有亮光！"

"屋子里？"

"是的！"

五个人朝门口走去，果真，越过正对着他们的窗户的玻璃，只见有道微弱的光在抖动。赛勒斯·史密斯迅速做出了决定。

"机会难得，"他对同伴们说，"罪犯们都关在屋里，又根本没料到会发生什么！他们跑不了了！上！"

移殖民们潜入围栏，肩抵准备发射的枪。大车已被留在外面，由朱普和托普看守，为谨慎起见，它俩被拴在了车上。

赛勒斯·史密斯、彭克洛夫、杰丁·斯皮莱在一边，纳布和哈伯特在另一边，他们沿着栅栏前进，同时观察了一下畜栏的这一部分，发现它毫无亮光，又阒无一人。

不一会儿，全体都来到了房子边——那扇开着的门前。

赛勒斯·史密斯向同伴们打了个手势，叫他们别动，然后他走近被里面的灯光微微照亮的那扇玻璃。他一直望到那房间的深处，这唯一的一个房间构成了这幢房子的底层。

桌子上亮着一盏点燃的手提灯。桌子旁是以前艾尔通睡的床。

床上躺着个人。赛勒斯·史密斯猝然往后退着，压低声音喊道："艾尔通！"

门很快开了，是撞开的，而不是打开的。移殖民们冲进了房间。

艾尔通像是睡着了。他的脸，表明他曾长期遭受过残酷的折磨。而他的手腕和脚踝上有大片的青肿。赛勒斯·史密斯朝他俯下身去。

"艾尔通！"工程师抓住他的胳膊喊着。他是工程师刚刚在意想不到的情况下找到的。

听到这声呼唤，艾尔通睁开眼睛，直愣愣地望着赛勒斯·史密斯，又望了望其他人，然后喊道："是你们，是你们吗？"

"艾尔通！艾尔通！"赛勒斯·史密斯一再地喊道。

"我在哪儿？"

"在畜栏的房子里！"

"一个人？"

"是的！"

"可是他们会来的！"艾尔通喊道，"你们要防备！要防备！"

艾尔通筋疲力尽地又倒下了。

"斯皮莱，"工程师于是说，"我们随时可能受到攻击。把大车赶进畜栏来。然后把门闩上，所有的人都回到这里来。"

彭克洛夫、纳布和记者连忙去执行工程师的命令，一刻都耽误不得，也许大车已落入了罪犯们的手中！一转眼，记者及其两位同伴已穿过畜栏，到了栅栏的门那儿，只听得托普在栅栏后面发出低沉的吠声。

工程师离开艾尔通片刻，走出屋子，准备开火。哈伯特在他的身边。两人都监视着俯视畜栏的山梁分支的顶部。如果罪犯们埋伏在那里，他们可以从那儿将移殖民们一一击毙。

此时，月亮在东方露面了，悬挂在一排黑魆魆的森林上面，一片白光洒在围栏里。整个畜栏连同那一丛丛树木、流经它的小溪，还有那大片的草地，都被照亮了。在山那边，房子和一部分栅栏，以白色清晰地显现出来，而在对面，靠门的方向，围栏依然是暗的。

一堆黑乎乎的东西很快就出现了，那是进入光圈的大车，赛勒斯·史密斯听见了同伴们的关门声，他们把门从里面牢牢地固定住了。

可此时，托普猛地挣断了绳索狂叫起来，并冲向畜栏的深处，房子的右边。

"注意，朋友们，瞄准！……"赛勒斯·史密斯喊道。

移殖民们已肩抵枪，只等时机一到就开火。托普一直在叫，而朱普朝狗跑去，也发出了叫声。

移殖民们跟着它，来到大树遮蔽的小溪旁。在那儿，在月光下，他们看见了什么？

五具尸体躺在河岸上！这正是四个月前登上林肯岛的罪犯们的尸体！

第 13 章

艾尔通的叙述——他的旧同伙的图谋——他们在畜栏住下——林肯岛上的伸张正义者——"好运"号——搜索富兰克林峰四周——上部山谷——地下隆隆声——彭克洛夫的反应——火山口深处——返回

究竟发生了什么？是谁击毙了罪犯们？莫非是艾尔通？不，因为片刻之前，他还在惧怕他们回来呢！

可此时艾尔通处于昏睡状态，而且无法把他弄醒。他说了几句话后，昏昏沉沉得难以支撑，于是又倒在床上一动不动了。

移殖民们脑子里有许多想法，却理不出头绪来，而情绪又激动过头，他们就这样等了一整夜，既没离开艾尔通的房间，也没再到躺着罪犯们尸体的地方去。至于罪犯们是在什么样的情况下死去的，很可能艾尔通也无法告诉他们什么，因为他都不知道自己是怎么会在畜栏的房子里的。但他起码能讲讲这可怕的处决之前所发生的事情。

翌日，艾尔通摆脱了这种昏昏沉沉的状态，他的同伴们由衷地向他表示，分离一百零四天后，又重新见到他，而他几乎安然无恙，他们感到十分欣喜。

艾尔通于是用寥寥数语讲述了所发生的事情，或至少是他所知道的事情。

他到畜栏的第二天，即去年11月10日，傍晚时分，他遭到了罪犯们的袭击，他们是翻过围栏进来的。那帮人把他捆了起来，并塞住了他的嘴。然后，他就被带到一个黑乎乎的岩洞里，这岩洞在富兰克林峰的脚下，是罪犯们的藏身之地。

他们决心要处死他，而翌日，他正要被杀害时，有个罪犯认出了他，并叫出了他在澳大利亚所用的名字。这些坏蛋们要杀的是艾尔通，而他们尊敬的是本·乔伊斯！

可从那时起，艾尔通成了他从前的同伙纠缠的对象。他们想把他拉过

究竟发生了什么？是谁击毙了罪犯们？

去,并指望靠他来夺取花岗岩宫,进入这外人进不去的住所,并把移殖民们杀掉,然后成为海岛的主人！艾尔通拒不屈服。这昔日的罪犯已悔过自新,并得到了宽恕,他宁死也不愿背叛自己的同伴们。

艾尔通便被捆绑起来、塞住嘴巴,并被置于看管之下,就这样在这岩洞里过了四个月。

其实罪犯们来到这海岛不久,便发现了畜栏,从那时起,他们便靠那里的储备来维持生活,但并不住在那里。11月11日,移殖民们到达畜栏时,被其中的两名匪徒意外地发现了,他们朝哈伯特开了枪。其中一位回去吹嘘自己打死了岛上的一位居民,但他是单独回去的,而他的同伴,众所周知,已倒在了赛勒斯·史密斯的匕首下。

当艾尔通获悉哈伯特的死讯时,请判断一下他有多么焦急和绝望吧。移殖民们只剩下四个人了,可以说是将受到罪犯们的任意摆布！

在这个事件之后,而且是在移殖民们因哈伯特受伤而留在畜栏的整段时间里,海盗们并没离开岩洞,甚至在洗劫眺望岗后,他们也认为离开它是不谨慎的。

于是他们变本加厉地虐待艾尔通。他的手脚至今还留有被日夜捆绑的血印。他每时每刻都在等死,似乎他是逃脱不了死亡的命运了。

就这样一直到了二月的第三个星期。罪犯们始终在等候有利时机,难得离开他们的老巢,只是去打过几次猎,要么在岛内,要么一直到南海岸。艾尔通已得不到同伴们的消息,也不再指望见到他们了!

终于,这不幸的人因受尽虐待而身体虚弱,陷入了深度衰竭,视觉和听觉都失灵了。从那时起,即两天来都发生了什么,他已说不上来。

"可是,赛勒斯先生,"他补充道,"既然我是被囚禁在那个岩洞里的,又怎么会在畜栏的呢?"

"罪犯们又怎么会躺在那儿,死在围栏中间的呢?"工程师问。

"他们死了?"艾尔通喊道,尽管他很虚弱,也半抬起了身子。

同伴们扶住了他。他想起来去看看,大家便由着他,全体朝小溪走去。

天已大亮。在那儿,在他们曾意外地发现有个死人(估计是被击毙的)的地方,躺着五具罪犯的尸体!

艾尔通惊呆了。赛勒斯·史密斯及其同伴们一言不发地望着他。

工程师一示意,纳布和彭克洛夫便去查看那些已变凉发僵的尸体。

尸体表面没有任何伤痕。只是在经过仔细检查后,彭克洛夫才分别在不同尸体的额部、胸部、背部、肩部,发现了一个小红点,是一种几乎看不出的挫伤,而其起因却无法确认。

"这是他们的被击中点!"赛勒斯·史密斯说。

"但又是用的什么武器呢?"记者喊道。

"一种致命的对我们来说是秘密的武器!"

"是谁击毙他们的?……"彭克洛夫问。

"岛上的伸张正义者,"赛勒斯·史密斯回答,"是他,把您运到这儿来的,艾尔通;是他,至今仍在发挥自己的作用;是他,为我们做了我们自己所无法做的一切;而他一做完,就躲开了。"

"那我们去找他吧!"彭克洛夫喊道。

"是的,我们去找他吧,"赛勒斯·史密斯答道,"可是,这位完成了这样一些奇事的神秘人物,只有当他最终乐意让我们去见他时,我们才能找到他!"

这种看不见的、把他们自己的行动化为乌有的保护,令工程师既恼火又感动。它证实,相比之下他们处于劣势,而这是一颗骄傲的灵魂,有可能会因此感到被刺伤。这种规避任何感恩的表示的慷慨大度，凸显出对受恩者的轻视。在赛勒斯·史密斯看来，这在某种程度上贬低了善举的价值。

"我们去找吧，"他又说，"但愿上帝能让我们有朝一日向这位高傲的保护人证明，他并不是在和一些忘恩负义之人打交道！只要能让我们报恩，也为他帮某个大忙，哪怕以我们的生命为代价，我们也在所不惜！"

从那天起，寻找恩人便成了林肯岛上的居民唯一操心的事。一切都在促使他们去发现这个谜的谜底，而这个谜底只能是一个人的名字，他具有真正无法解释而又几乎是超人的力量。

不一会儿，移殖民们回到了畜栏的房子里，由于他们的精心照料，艾尔通很快便恢复了精力和体力。然后，艾尔通便了解到了他在被监禁期间所发生的事情。他于是得知了哈伯特的遭遇，和移殖民们所经历的种种磨难。至于他们，已不再指望能再见到艾尔通，恐怕罪犯们已残忍地杀害了他。

"现在，"赛勒斯·史密斯讲到最后说道，"我们还有一件事要做。我们的任务已完成了一半，可如果说已不用再怕罪犯了，那也不是我们应该重新成为岛上的主人。"

"那好，"杰丁·斯皮莱说，"让我们来搜索富兰克林峰的山梁分支这整个迷宫吧！别放过一个未勘察过的洞穴！啊，万一有记者发现了一个动人的秘密，那就是正在对你们说话的我，朋友们！"

"只有等找到我们的恩人，"哈伯特说，"我们才回花岗岩宫。"

"对！"工程师说，"凡人力所能做的，我们都要做……不过我又要说，只有他愿意，我们才能找到他！"

"我们就待在畜栏吗？"彭克洛夫问。

"就待在畜栏，"赛勒斯·史密斯答道，"这里有丰富的储备，而且，我们这是在调查范围的中心。另外，必要的话，大车能很快去花岗岩宫。"

"好吧，"水手答道，"只是，我有个意见。"

"什么意见？"

"美好季节即将来临，别忘了，我们要过一次海。"

"过海？"杰丁·斯皮莱说。

"是啊！去塔波尔岛，"彭克洛夫答道，"必须送个通知去，在通知上面说明我们岛的位置，说明艾尔通现在就在我们这里，万一那条苏格兰游艇来接他的话。谁知道是不是已经太迟了呢！"

"不过，彭克洛夫，"艾尔通问，"您打算怎样过海？"

"乘'好运'号！"

"'好运'号!"艾尔通喊道,"它已不存在了。"

"我的'好运'号已不存在了?"彭克洛夫暴跳如雷。

"不存在了!"艾尔通答道,"罪犯们在小港湾发现了它,那不过是一周前的事,他们出海了,后来……"

"后来怎样?"彭克洛夫说道,他的心怦怦直跳。

"后来,因为掌舵的鲍勃·哈维不在了,他们就在岩石上搁浅了,而小船就整个撞碎了!"

"啊!浑蛋!恶棍!卑鄙无耻的流氓!"彭克洛夫喊道。

"彭克洛夫,"哈伯特抓住水手的手说,"我们另造一条'好运'号,一条更大的!我们有那条双桅横帆船上的全部金属配件、全部索具可供使用!"

"可您知道吗,"彭克洛夫答道,"造一条三十至四十吨位的船,起码要五至六个月呢?"

"我们不必着急,"记者答道,"而且我们今年可以不去塔波尔岛。"

"您要怎样,彭克洛夫,只好认命了,"工程师说,"但愿这一推迟不会对我们不利。"

"啊!我的'好运'号!我可怜的'好运'号!"彭克洛夫喊道,他真正为失去他的小船而感到难过,而他是那样地引以为骄傲!"好运"号的被毁,对移殖民们来说显然是一件令人惋惜的事,而这一损失应该尽早弥补。这一点一旦定下来,大家便忙着去完成勘察工作,这次是要勘察岛上最隐秘的部分。

勘察是于当天,即2月19日开始的,并持续了整整一周。山的基部,在它的山梁分支和山梁分支的许多分支之间,形成了一个由山谷和山谷外围的对壕组成的迷宫,而这个迷宫布局十分不规则。显然是在那儿,在那些峡谷的深处,也许甚至是在富兰克林峰这块高地的内部,应该继续寻找。那些地方比岛上任何一个部分更适合隐藏一个住所,假如它的主人想不为人知的话。但山梁分支是如此之错综复杂,以致赛勒斯·史密斯不得不以严格的方法来进行他们的勘察。

移殖民们首先勘察通向火山南面,并盛放瀑布河水源的那整个山谷。正是在那儿,艾尔通指给他们看了罪犯们藏身的岩洞,艾尔通被运到畜栏前,曾经一直被监禁在那里面。这个岩洞完全保持了艾尔通离开时的状态。他们在里面找到了一定数量的弹药和粮食,那是罪犯们抢去的,目的是要留作备用。

通到岩洞的整个山谷,覆盖着美丽的大树,其中主要是针叶树类。移殖民们极其仔细地勘察了这个山谷,并从下部绕过西南山梁分支后,进入了一道比较窄的峡谷,而这座峡谷,是从海滨的那堆十分别致的玄武岩开始的。

这里的树木比较稀少了,石头代替了青草。野山羊和岩羊在岩石间蹦跳。岛的荒芜部分从这里开始了。已经可以辨认出,这许多从富兰克林峰基部分出的山谷中,仅有三个是像畜栏所在的山谷那样,是树木葱茏、牧场片片的。畜栏所在的小谷,西面与瀑布河河谷相邻,而东面与红河河谷相邻。这两条小溪,由于合并了几条支流,而在较低处变成了河流,汇集了山上所有的水,从而决定了其南面部分的肥沃。至于感恩河,则由大量的水源直接供水,这些水源消失在中南美鸳森林的绿盖下,它们同样也是自然之源,它们通过无数的水网渗出,浇灌着蛇形半岛的土地。

这三个不缺水的山谷,其中可能会有一个被某位隐居者充当藏身之处,因为那里可以找到一切生活必需品。可是这些山谷移殖民们已经勘察过了,哪儿都没能发现有人存在。莫非这隐居场所及其主人,是在那些荒芜的山谷的深处、崩塌的岩石堆的中间、北面崎岖不平的隘谷里和熔岩流之间?

富兰克林峰的北面部分,基部只有两个宽而不太深的山谷,表面没有青枝绿叶,布满不规则的石块、一道道长冰碛、熔岩、高低不平的大矿石、黑曜岩和长石岩。这部分勘察起来既费时又艰难。那里有岩洞无数,想必不大舒适,但绝对隐蔽,而且不易进入。移殖民们甚至察看了火成时期的阴暗的隧道,由于从前有火苗经过,至今仍是黑乎乎的,它们一直深入到富兰克林峰的高地中。他们跑遍了这些阴暗的通道,并用点燃的树脂四下里照了照,还搜索了哪怕是最小的洞穴,探查了哪怕是只有一点点深度的地方。但到处是寂静的黑暗,不像是有人涉足过这些古代通道,搬动过其中的任何一块岩石。那些岩石原封未动,保持着海岛浮现时期火山把它们喷射出水面的模样。

然而,虽说这些下部结构绝对是荒无人烟、漆黑一团的,但赛勒斯·史密斯不得不承认,里面倒不是寂静无声的。

这些阴暗的洞穴延伸至山的内部好几百米处。当他到达其中一个的尽头时,他很惊讶地听到了低沉的隆隆声,由于岩石的传声性能,增加了声音的强度。一直陪着工程师的杰丁·斯皮莱也听到了远远的低沉持续的声音,这表明地下火在恢复。两个人听了好几次,最后达成共识:在土地的深处,正在酝酿着某种化学反应。

"那么说火山并没有完全熄灭?"记者说。

"自从我们勘察火山口以来,"赛勒斯·史密斯回答道,"下层可能已发生了某种变化。任何一座被认为已熄灭的火山,显然都是有可能死灰复燃的。"

"可是,假如富兰克林峰将发生火山爆发,"杰丁·斯皮莱问,"那林肯岛是否会有危险呢？"

"我想不会，"工程师答道，"有火山口，也就是安全阀存在，过多的蒸气和岩浆会像从前一样，按照它们一贯的渠道泄走的。"

"除非这些岩浆开辟出一条往岛上肥沃部分去的新通道！"

"为什么，亲爱的斯皮莱，"赛勒斯·史密斯答道，"为什么它们不沿着原本为它们辟出的路走呢？"

"嗨！火山是反复无常的！"记者回答。

"注意呀，"工程师又说，"富兰克林峰整个高地的倾斜度，有利于这些物质流向我们此时正在勘察的山谷。需要有一次地震，才能改变山的重心，从而改变它们的流向。"

"可是在这种情况下，地震恐怕总会发生的。"杰丁·斯皮莱指出。

"总会，"工程师答道，"尤其是当地底下的力量经过长期休眠后开始苏醒，而地球腹地又有可能被阻塞时。因此，亲爱的斯皮莱，火山爆发对于我们来说是一件严重的事，而最好是这火山不要有苏醒的愿望！可我们对此是无能为力的，是不是？总之，不管发生什么，我不认为我们的眺望岗领地会受到严重威胁。在眺望岗和富兰克林峰之间，地势明显低洼，一旦岩浆向格兰特湖流去，它们也会被抛回到沙丘和鲨鱼湾附近的部分。"

"我们还没在峰顶上看到任何表明不久要发生火山爆发的烟雾。"

"没有，"赛勒斯·史密斯回答，"没有烟雾从火山口冒出，而昨天我正巧还观察过火山口的顶上。不过也有可能在火山管的下部，久而久之堆积了一些岩石、灰烬、变硬的岩浆，而我提到的那个安全阀一时会超负荷。可一有重大的力量产生，任何障碍都将消失，而您可以相信，亲爱的斯皮莱，无论是充当锅的海岛，还是充当'烟囱'的火山，都不会在气体的压力下爆炸。然而，我还是要说，最好是不发生火山爆发。"

"可是我们并没有搞错，"记者又说，"我们明明听到了火山内部有低沉的隆隆声。"

"的确如此，"工程师答道，他又聚精会神地听了一下，"不可能搞错的……那里面在起反应，而我们既无法估计出其重要性，也无法估计出其最终结果。"

赛勒斯·史密斯和杰丁·斯皮莱出来后，找到了同伴们，他们把事情的现状告诉了他们。

"好啊！"彭克洛夫嚷道，"这火山要犯老毛病了！那就让它试试看！会有人来治服它的！"

"谁呀?"纳布问。

"我们的守护神,纳布,我们的守护神,他会堵住它的出口的,哪怕这火山只是装着要把出口打开!"

可见,水手对海岛特有的这位神灵是绝对信任的。当然,到目前为止,他通过这许多无法解释的行为所表现出来的神秘力量,似乎是无限的。可他也善于躲过移殖民们的仔细搜寻。因为,尽管他们全力以赴、满腔热情,甚至是坚韧不拔地勘察,都没能发现任何奇特的隐居场所。

从2月19日到25日,搜寻范围扩大到了林肯岛的整个北部地区。他们连最隐秘的凹处都搜到了,甚至连海面岩壁也要探查一番,一如警察探查一幢可疑房子的墙壁。工程师甚至精确地测绘了整座山,他把搜寻一直推进到支撑它的最后那些地层。勘察就这样进行到了火山的锥顶、第一层岩石的终极处,然后又到这顶巨型帽子的上部山脊,而帽顶处便是火山口。

何止如此,他们还察看了深渊,虽然仍处于熄灭状态,但其深处,隆隆声却清晰可闻。然而,没有烟雾,没有蒸气,岩壁也不发热,没有什么能表明近期会有火山爆发。但是,这里也好,富兰克林峰的任何其他部分也好,移殖民们都没找到他们在找的那个人的踪迹。

于是搜查被引向整个沙丘地区。他们从基部到顶部,仔细察看了鲨鱼湾的高耸的岩壁,尽管到达鲨鱼湾这一层面极其困难。一个人也没有!什么都没有!

总之,上面这两句话概括了他们白白付出的许多辛苦和没产生任何结果的无比的执著。赛勒斯·史密斯及其同伴们不只是沮丧,好像还有些愤怒。得考虑回去了,因为搜寻是不可能没完没了地继续下去的。移殖民们确实有理由认为,那神秘人物并没住在岛的表面。于是他们的想象力被过分激起,一些最疯狂的假设产生了。尤其是彭克洛夫和纳布,他们不再仅仅是感到离奇,而是身不由己地被带进了超自然的世界。

2月25日,移殖民们回到了花岗岩宫,他们用双股绳——用箭把它送到门所在的平台上——恢复了居所和地面的联系。

一个月后,在三月的第二十五天,他们庆祝了他们到达林肯岛三周年!

第 14 章

三年过去了——造新船的问题——决心造船——移民地的繁荣景象——造船工地——南半球的寒冷——彭克洛夫屈从了——洗衣物——富兰克林峰

里士满的俘虏们自出逃以来,已过去三年,而这三年中不知有多少次他们谈论起时时出现在他们脑海中的祖国!

他们毫不怀疑,国内战争已结束,在他们看来,北军的正义事业必定已取胜。可这场可怕的战争中发生了哪些事件?它让人们付出了多少鲜血?他们有哪些朋友在战斗中牺牲?这就是他们经常谈论的。与此同时,他们却看不到能让他们重见祖国的那一天。回国,哪怕只是回去几天,和有人居住的世界恢复关系,在他们的祖国和海岛之间建立联系,然后在这块他们亲手创建的、到时候将隶属于首都的移民地,度过他们一生中最漫长、也是最美好的一段时光,这难道是一个无法实现的梦吗?可这个梦,只有两种方法能使它实现:或者是某一天有条船出现在林肯岛水域,或者是移殖民们自己造一条相当结实、航海性能良好、能一直行驶到最近的陆地上的船。

"除非我们的保护神能提供给我们回国的交通工具!"彭克洛夫说。

的确,就是有人来对彭克洛夫和纳布说,有条三百吨位的船正在鲨鱼湾或气球港等他们,他们也不会有任何惊讶的表示。鉴于他们的思想范畴,无论发生什么,对他们来说都是预料之中的。可赛勒斯·史密斯却不那么有信心,他劝大家回到现实中来,也就是指造船的事。这活儿确实紧迫,因为要尽快把一份说明艾尔通住在新居地的信件送往塔波尔岛。

"好运"号已不复存在,而造一条新船,起码需要半年时间。可冬天来了,来年春天之前,这趟旅行是实现不了了。

"那我们就在美好季节成行。"工程师说,他是在和彭克洛夫谈这些事,"我想,我的朋友,既然我们要重造一条船,那最好把它造大些。苏格兰游艇能不能到塔波尔岛,其实还很成问题。甚至有可能好几个月前它就又离开那儿了,因为没找到艾尔通的踪迹。所以,难道我们不该造条船吗?必要时,能让它把我们运送到波利尼西亚群岛或新西兰去。您认为怎么样?"

"我认为,赛勒斯先生,"水手回答道,"您既然能造一条小船,便同样也能造一条大船。木料、工具我们都不缺,这只是个时间问题。"

"造一条二百五十至三百吨位的船,需要几个月?"赛勒斯·史密斯问。

"至少需要七八个月吧,"彭克洛夫回答,"但别忘了,冬天来了,在大冷天里,木材是很难加工的。我们就作好停工几周的打算吧。如果我们的船能在明年十一月造好,那我们就感到很幸运了。"

"好吧,"赛勒斯·史密斯答道,"这一时节正好有利于进行一次具有某种重要性的渡海,或者去塔波尔岛,或者去更远的陆地。"

"是这么回事,赛勒斯先生,"水手答道,"那您就造计划吧,工人们都准备好了,我想到时候艾尔通会助我们一臂之力的。"

和移殖民们商量的结果,是大家一致赞成工程师的计划,事实上,这也是最好的做法。的确,造一条二百至三百吨位的船,是一项大工程,可移殖民们有自信心,而已经取得的成功证明,这种自信心并不是盲目的。

赛勒斯·史密斯于是着手设计图纸并确定尺寸。在此期间,其同伴们全力以赴地砍伐和运送树木,这些树木将提供曲线、肋骨和船壳板。是远西森林提供了橡树和榆树这样的优质树种。他们利用上次远足时已打开的缺口,开辟了一条可通行的路,并将其命名为远西路,然后树木便被运到了"烟囱",因为造船工地就设在那里。至于提到的那条路,则是不规则的,这多少是因为选择树木的缘故,可它方便进入蛇形半岛的一个值得注意的部分。

重要的是,这些树木得马上砍伐并锯开,因为它们还是绿色时是不能用的,得过上一段时间,它们才能变硬。木匠们于是在四月期间干得很欢,只是在春分时节刮了几阵相当猛烈的风时,他们的活才受到干扰。朱普师傅灵巧地帮助他们,不是爬到树顶上去固定伐木绳,就是用它那结实的肩膀运送砍下的树干。所有这些木头都堆在一个大木板棚下面,而木板棚就建在"烟囱"旁边。它们在那里等着被派用场。

四月的天气相当不错,就像北半球十月的天气,常常风和日丽。与此同时,地里的活也在积极地推进。很快,所有被破坏的痕迹都从眺望岗上消失了。磨坊重建了,新的建筑物在家禽饲养场的原地上竖起来了。似乎按较大的尺寸重建是有必要的,因为家禽的数目正在按可观的比例增长。牲口棚现在容纳着五头野驴,其中四头身强力壮,训练有素,能让人套车或骑坐,而一头小的则刚刚出生。移民地上的农具已增加了一张犁,而野驴被用来耕地,就像约肯州或肯塔基州的真正的牛一样。移殖民们人人都被分配到了活,所有的手都忙个不停。因此,这些劳动者的身体该有多么健康啊,他们又是以多么愉快的心情在花岗岩宫的夜晚,制定着无数今后的计划!

无须说,艾尔通完全融入了共同生活,已不存在独自去畜栏住的问题。然而,他总是郁郁寡欢,感情不大外露,多半是和同伴们一起干活,而不是和他们一起作乐。他干起活来是一把好手,有劲、灵活、机敏、聪明。他为大家所尊重和喜爱。这他不可能不知道。

原来的畜栏并没有被弃之不管。每隔两天,他们之中都会有一位驾车或骑驴去照料岩羊和山羊群,并带回奶来供应纳布的备膳室。这些远足同时也是打猎的机会。因此,哈伯特和杰丁·斯皮莱——托普在前——在去往畜栏的路上比任何其他同伴都跑得更勤,并携带着由他们所支配的出色的武器。于是,大野味有水豚、剌鼠、袋鼠和野猪;小野味有野鸭、山鸡、松鸡、啄木鸟和沙雉;家里从来不缺。还有养兔场的产品、牡蛎养殖场的产品、抓到的几只海龟,从感恩河水中新捕到的美味鲑鱼、眺望岗的蔬菜、森林里的野果子,这一笔又一笔的财富,光把它们存仓,大师傅纳布都几乎忙不过来了。

不用说,架设在畜栏和花岗岩宫之间的电报线,已经修复了,当哪位移殖民在畜栏,并认为有必要在那里过夜时,它就会起作用。另外,海岛现在安全了,不用再担心会遭到任何入侵——起码是来自人类的。然而,发生过的事还会再现。海盗、甚至越狱罪犯的登陆,总还是要防。有可能仍被监禁在诺福克岛的鲍勃·哈维的一些同伙,已掌握了他那些计划的内情,试图效仿他。

移殖民们没有停止观察海岛的着陆点,他们的望远镜每天都会在那广阔的地平线上扫过,那儿有合众国湾和华盛顿湾。当他们去畜栏时,他们也会仔细地察看大海的西部,而当登上山梁分支时,他们的视线便可扫过西方海平面的一大片区域。不见有任何可疑的东西出现,但还得时刻保持警惕。

因此,有天晚上,工程师把他想出来的加固畜栏的计划,告诉了朋友们。加高栅栏,并在栅栏旁边建个碉堡,必要时,移殖民们可以在里面抵御一群敌人,他觉得这样做是谨慎的。由于其位置,花岗岩宫应当被视为不可攻克的,而畜栏呢,因为里面有房舍、储备物、圈养的动物,将永远是海盗们的攻击目标,不管他们是谁,反正只要他们登上海岛。而假如移殖民们被迫关在里面,他们就应该能进行抵抗而不至于受损失。

这是一个有待仔细考虑的计划,何况要实施,也得推迟到来年春天。

5月15日,新船的龙骨躺在了工地上,而很快地,艏柱和艉柱,也都固定在了它的每个顶端,几乎是垂直地竖在那里。这个龙骨是用优质橡木做的,长度为一百一十英尺,这能使主横梁的宽度达到二十五英尺。可在寒冷和坏天气来临之前,这也就是木匠们所能做的一切了。随后的一周,他们又安装了后面的第一批肋骨,然后就只好暂时停工了。

在当月的最后几天,天气极其恶劣。刮的是东风,有时像飓风那么猛烈。工程师对造船工地的工棚有些担忧,而他又不可能把它建在邻近花岗岩宫的任何其他地方。他担忧是因为,小岛并不能完全挡住海滨,使它免遭大海的狂怒,而在大风暴中,海浪袭来,直接地拍击着花岗岩峭壁的基部。

幸好这些担忧是多余的。风向多半是转到东南部去了,在这种情况下,花岗岩宫的海岸就完全置于漂流物岬头这个棱堡的保护之下了。

彭克洛夫和艾尔通这两位最热心的新船的建造者,他们能干多长时间活,就干多长时间。风吹乱了他们的头发,雨淋湿了他们的脊背,但他们风雨无阻,无论天气好坏,一锤下去照样很准确。但在这潮湿的阶段之后,接踵而来的是严寒,木头的纤维变得坚硬如铁,木工活因此太难干了。于是在6月10日左右,这造船的工作,最终只好放下了。

赛勒斯·史密斯及其同伴们并非没有注意到,林肯岛冬季的气温有多么寒冷。其寒冷可与在新英格兰所感觉到的相比,而新英格兰所在的位置和林肯岛以及赤道之间的距离大致相当。如果在北半球,或至少在新英格兰和合众国北部所占的部分,这种现象可解释为地形平坦,毗邻北极,地面没有任何隆起可阻挡北极风。而在这里,说到林肯岛,这种解释并不适用。

"甚至有人观察到,"有一天,工程师对同伴们说,"在纬度相同的情况下,岛屿和沿海地区就不像地中海地区那么寒冷。我经常听到有人说,比如伦巴第的冬天,就比苏格兰的冬天寒冷,这是因为,大海在冬天把它在夏天吸收的热量释放出来了。而岛屿所处的环境,最有利于它从这一释放中获益。"

"可是,赛勒斯先生,"哈伯特问,"为什么林肯岛好像逃脱了普遍规律呢?"

"这就很难解释了,"工程师回答,"然而,我准备假定,这一特殊性是由于林肯岛位于南半球,而正如您所知,我的孩子,南半球比北半球冷。"

"的确,"哈伯特说,"比起太平洋的南部来,太平洋的北部有浮冰的地区,纬度要更低。"

"确实如此,"彭克洛夫答道,"我干捕鲸那个行当时,就曾在合恩角附近见到过冰山群。"

"那么,"杰丁·斯皮莱说,"袭击林肯岛的严寒,也许可以解释为是由于冰山或大浮冰相对来说离得很近。"

"的确,您的看法是很可以接受的,我亲爱的斯皮莱,"赛勒斯·史密斯答道,"我们这里冬天很冷,显然是因为靠近大浮冰。我还要请您注意,有个纯物理方面的原因,使得南半球比北半球寒冷。是这样的:既然太阳在夏天比较靠近南半球,那么冬天它就必然离南半球比较远。这便是为什么这两季中有极端温度。如果我们觉得林肯岛的冬季很冷,那也别忘了,反过来,这里的夏季则是非常热的。"

"可是为什么,请问,赛勒斯先生,"彭克洛夫皱着眉头问道,"为什么我们的半球,正如您所说,分割得如此不均呢?这样可是不公平的!"

"彭克洛夫朋友,"工程师笑着回答,"公平还是不公平,情况反正就是这样。我们来看看这种特殊性的来历。地球绕太阳转时画出的不是一个圆,而是一个椭圆,这是按照理论力学定律所得出的。地球占据着这椭圆上的一个焦点,因此,在其运行的某一时期,它便是在其远地点,即在其离太阳最远处,而在另一个时期,则是在其近地点,即在其离太阳最近处。而恰恰是当它在其离太阳最近处时,南半球地区在经历冬季,所以情况规定了这些地区得经历最寒冷的天气。对此毫无办法,而人类,彭克洛夫,不管他们多么高明,都丝毫不能改变上帝确立的宇宙秩序。"

"可是,"彭克洛夫补充道,他有些不甘心,"人类是很有学问的。要是把人类所知道的一切写成书,那该是多厚的一本书啊!"

"而把人类所不知道的一切写成书,相比之下,那本书还不知道要厚多少呢!"赛勒斯·史密斯回答。

总之,出于这样或那样的理由,六月份又照样冷得厉害,而移殖民们则经常被关在花岗岩宫里。这种监禁生活真让他们难以忍受,也许尤其对杰丁·斯皮莱而言。"知道吧,"有一天他对纳布说,"我真的会把应当归我所有的全部遗产,通过公证书送给你的,只要你行行好,去不管什么地方,给我订份随便什么报纸来!显然,最让我感到美中不足的是,每天早晨竟不能知道,除这里以外的地方,前一天都发生了什么!"

纳布笑了起来。"说真的,"他答道,"我要忙的是日常活!"

其实,里里外外都不缺活干。移殖民们的生活当时正处于鼎盛时期,这是三年来坚持不懈地干出来的。被毁的双桅横帆船成为一个新材源。且不提那将用于正在造的那条船的全套帆缆索具、各种各样的器皿、武器弹药、衣服和仪器,现在正堆在花岗岩宫的仓库里。甚至早已不必再靠制作毛毡粗布来解决穿衣问题了。如果说移殖民们在过第一个冬天时挨了冻,现在天气恶劣的季节尽管来吧,他们再也不用怕严寒了。日用织物同样也很多,何况他们用得十分仔细。赛勒斯·史密斯从氯化钠(它只是海盐而已)中轻而易举地提取了小苏打和氯。小苏打很容易转化成碳酸盐碱,而氯呢,他把它变成了漂白粉和其他东西。这两种物质都用在家务劳动中,确切来说是用于洗衣物。另外,就像旧时家庭中所实行的那样,他们一年只洗四次衣物。还得补充一下,彭克洛夫和等邮递员给自己送报来的杰丁·斯皮莱,在洗衣服方面表现得很出色。

冬天的几个月,六月、七月、八月,就这样过去了,这段时间的天气十分寒冷,观察到的平均温度不超过华氏8度(零下13.33℃),低于去年冬天的温度。所以,花岗岩宫壁炉里的火总是烧得很旺,烟把花岗岩壁熏出了一道道长长的黑痕。他们没省燃料,因为它们纯天然地生长在几步之遥的地方。另外,造船剩下的多余木料,也能使他们省煤。运煤是比较辛苦的。

人和动物都很健康。朱普师傅显得有点怕冷,应当承认这点。这也许是它唯一的缺点,得给它做一件暖和的睡袍,棉花要絮得厚厚的。可这是一个多好的仆人啊,机灵、热情、不冒失、不多嘴、不知疲倦,完全有理由推荐它为新旧大陆上的它那所有同类动物中的模范!

"总之,"彭克洛夫常说,"当你有四只手可用时,活反而会干不好!"

而事实上,这聪明的四手动物活干得非常好!

自从上次在山周围进行搜寻以来,七个月过去了。在此期间和在带来好天气的九月间,海岛的守护神毫无动静。他没在任何情况下显灵。的确,没发生任何使移殖民们经受苦难的事件,所以也没必要显灵。

赛勒斯·史密斯甚至观察到,虽说那个神秘人物和花岗岩宫的主人们之间的联系,曾穿过花岗岩高地意外地建立起过,而且可以说托普也本能地感觉到了这一点,但这个时期却丝毫没有这方面的情况。狗的低沉的叫声和猩猩的烦躁不安,完全停止了。这两位朋友——它们的确是朋友——已不再围着内井的边沿转,也不再以那种古怪的方式吠叫和呻吟,而当初它们的这些表现,曾引起了工程师的注意。可工程师断定,有关这个谜的一切,他已经说过,他永远也不可能得到谜底了。可他能保证某种能使神秘人物重新登场的局面不会再出现吗?谁知道今后还会发生什么呢?

冬天终于结束了,可有件能引起严重后果的事,恰恰发生在春回大地的头几天。9月7日,赛勒斯·史密斯观察了一下富兰克林峰,他发现火山口上面有轻烟缭绕,并有蒸气开始从里面向空中喷射。

第 15 章

　　　　火山复活——美好季节——工程又继续——10月15日的夜晚——一封电报——一个问题——一个回答——动身去畜栏——一份说明——一根加线——玄武岩海岸——涨潮时——落潮时——岩洞——一束耀眼的光

　　移殖民们经工程师一提醒,便都放下手里的活,默默地注视着富兰克林峰顶。
　　那么说火山已复活了。蒸气已穿过堆积在火山口深处的矿层。可地下火会引起某种猛烈的爆发吗?这可是一种无法预防的意外情况。
　　然而,就算假定会有一次火山爆发,大概也不会殃及全岛。火山物质的溢出,并不总是灾难性的。林肯岛已经受过这种考验,正如山的北坡那一道道熔岩流所证明的。另外,从火山口的形状和它上沿的缺口来看,喷发物想必会被抛射到岛的肥沃部分的对面去。
　　然而,过去怎样,将来不一定也会怎样。往往是,在火山顶上,旧的火山口关闭了,而新的打开了。这样的事在新旧大陆都发生过,埃特纳火山、波波卡提佩特火山和奥里萨巴火山的情况就是这样。所以,在一次火山爆发前夕,人们会担心一切。总之,只需一次地震——这种现象有时会和火山爆发同时发生,山的内部结构便会改变,新的道路就会为白炽的熔岩开辟。
　　工程师为同伴们解释了这些事,而且还实事求是地让大家了解了形势的有利和不利的方面。总之,他们对此无能为力。花岗岩宫好像是不会受到威胁的,除非有一次地动山摇的地震。可畜栏那边就让人担心了,如果有什么新的火山口在富兰克林峰南面的峭壁上打开的话。
　　从那天起,蒸气就不停地像羽毛似的装饰着山顶,甚至可以辨认出,它们在高度和浓度上都有所发展,虽说火焰并没有掺杂在其中。这种现象在中央火山管的下部更为集中。

然而,随着风和日丽的日子的到来,工程又继续了。大家尽可能加快造船进度,而且,利用沙滩上的瀑布,赛勒斯·史密斯建成了一个水力锯木场,这样就能较迅速地把树干锯成木板。这套装置的机械,就和在挪威的乡村锯木场运作的那些机械一样简单。先给木材一个水平动作,再给锯子一个垂直动作,这便是所要得到的全部,工程师通过很恰当地安装一个轮子、两个圆筒和一组滑轮,成功地做到了。

九月底,船的框架已耸立在造船工地上。该船将配备成一条双桅纵帆船。船的肋骨已几乎全部完工,而所有那些肋骨早就用临时拱条固定住,所以已可看出船的形状。这条双桅纵帆船头部纤细,尾部开阔,必要时,显然适合做一次长距离航行。可是船壳板、内部护板和甲板的安装,仍需好长一段时间。非常幸运的是,原先那条双桅横帆船的金属配件,在海底爆炸后,都被抢救上来了。而从残缺不全的船壳板上,彭克洛夫和艾尔通已拔下了木栓和大量的铜钉,这便大大节省了铁匠们的活,可木匠们似有许多活要干。

由于收割庄稼、收割草料,并把眺望岗上获得丰产的各种作物都收回来,造船工程不得不中断一周。等这项农活一结束,所有的时间都将全部用于完成双桅纵帆船。

当黑夜来临,干活的人们确实都已筋疲力尽。为了不耽误工夫,他们修改了用餐时间:午饭在正午吃,而晚饭要等日光消失了才吃。然后他们便回花岗岩宫,并赶紧上床睡觉。然而有时,当交谈涉及某个有趣的话题时,睡眠时间也会稍加推迟。移殖民们会情不自禁地谈到未来,而谈话的内容往往是,乘双桅纵帆船去最近的陆地将会给他们的处境带来什么样的变化。在这些计划中,将来回林肯岛的打算永远居于主导地位。他们是决不会放弃这片他们辛辛苦苦、非常成功地建立起来的移民地的,而一旦和美国联系上,它将会取得新的发展。

彭克洛夫和纳布尤其希望在此度过余生。

"哈伯特,"水手说,"您绝不会离开林肯岛吧?"

"绝不会,彭克洛夫,尤其是如果您决定留下的话!"

"我决定了,小伙子,"彭克洛夫答道,"我会等您的!您可要把您的妻儿们带来,我会把您的孩子培养成少有的果敢刚毅的人!"

"一言为定!"哈伯特答道,他一边笑一边羞红了脸。

"而您,赛勒斯先生,"彭克洛夫又兴奋地说道,"您将永远是岛上的总督!啊!它能养活多少居民呢?起码一万!"

大家就这么聊着,而且任由彭克洛夫去发挥。他说这说那,竟说到记者终于创办了一份报纸,报名叫《新林肯岛先驱报》!

人就是这样,需要做一番持久的、在自己身后能延续下去的事业,这便表明人是世上万物中最高等的生灵。正因为如此,所以人能建立自己的统治。所以人统治整个世界是合情合理的。

说完这些,谁知道朱普和托普是否也有它们对未来的小梦想呢?

艾尔通默不作声,他想,他希望再见到格里那凡爵士,并重新获得大家的尊重。

一天晚上,那是10月15日,大家作着这样那样的假设,交谈的时间不觉比平时长了些。已是九点钟了,难以掩饰的长长的呵欠表明该休息了。彭克洛夫刚要朝自己的床走去,安装在大厅里的电报铃突然响了。

全体都在场,工程师、记者、哈伯特、艾尔通、彭克洛夫、纳布。所以没人在畜栏。记者已站了起来。其同伴们面面相觑,都以为听错了。

"这是怎么回事?"纳布嚷道,"难道是鬼在按铃?"

没人回答。

"要下暴雨了,"哈伯特说,"会不会是感应起电……"

哈伯特没把话说完。大家的目光已转向了工程师。工程师则摇了摇头,表示否定。

"我们等等吧,"杰丁·斯皮莱说道,"如果这是一个信号,不管是谁发出的,他总会再发的。"

"可您希望这是谁呢?"纳布嚷道。

"可是,"彭克洛夫答道,"那位……"水手的话被又一阵铃声打断了。

工程师朝电报机走去,他接通电源,向畜栏发问:"您要什么?"

不一会儿,指针在字母盘上动了起来,给了花岗岩宫的主人们这样一个回答:

请速来畜栏。

"终于要见到他了!"赛勒斯·史密斯喊道。

是的!终于要见到他了!谜底就要揭开了!在这将驱使他们去畜栏的莫大的兴趣面前,他们的疲劳全部消失,对休息的需求也完全停止。他们二话没说,转眼间便离开了花岗岩宫,来到了沙滩上。只有朱普和托普留下了。这次用不着它们。

夜,黑沉沉的。那天的新月已经和太阳同时消失了。正如哈伯特所指出的,预示着暴风雨即将来临的大片的乌云,形成了一个低矮而沉重的拱顶。把星光都挡住了。几道热光,远处雷雨的闪电,照亮了地平线。

很有可能,几小时后,岛的上空就会雷声隆隆。这将是一个暴风雨之夜。可是,天不管有多黑,都不能阻挡走惯了这条畜栏路的人们。他们沿着感恩河左岸而上,到达眺望岗,穿过甘油河上的桥,越过森林。

他们步履轻快地走着,内心非常激动。对他们来说,毫无疑问,他们终于将揭开这苦苦寻求的谜底了,终于将知道那神秘人物的名字了,他深深地闯进了他们的生活,慷慨无比地发挥着自己的作用,而其所作所为又是那么神通广大!的确,这陌生人必定已介入他们的生活,已熟悉他们生活中的种种事情,哪怕是鸡毛蒜皮的小事,已听到在花岗岩宫里所谈论的一切,否则他怎么总能及时采取行动呢?

每个人都陷入了沉思,步履匆匆地走着。在这树木形成的拱顶下,天黑得连路边都看不清。况且,森林里万籁俱寂。四足动物和鸟类受沉重气氛的影响,一动不动,寂然无声。也没有一丝风在晃动树叶。只有移殖民的脚步在暗影中,在坚硬的地面上发出响声。在最初的一刻钟里,只有水手的话打破了寂静:"我们该拿上一盏手提灯。"

工程师回答:"畜栏里有一盏。"

赛勒斯·史密斯及其同伴们是九点十二分离开花岗岩宫的,九点四十七分,他们已走完三英里,而感恩河口和畜栏之间的距离是五英里。此时,大片微白的闪电在海岛上空绽开,并用黑色勾画出叶丛的边缘。强光使人眼花缭乱,让人看不见东西。显然,暴风雨很快就要来了。闪电渐渐变得更迅速、更明亮。远处的隆隆声在天空深处滚过。空气令人感到窒息。移殖民们走着,就像在被不可抵御的力量往前推着一样。

十点一刻,一道强光让他们看到了栅栏围住的那片场地。没等他们穿过门就打雷了,声音极其猛烈。片刻工夫,他们穿过畜栏,来到房子前。

有可能陌生人在里面,既然电报是从这幢房子里发出去的。然而,窗户黑洞洞的。工程师敲了敲门。没人应。

赛勒斯·史密斯打开了门,移殖民们走进了房间,里面漆黑一团。

纳布打了一下火镰,不一会儿,手提灯点亮了,他们用手提灯照遍了房间的每个角落……没人。东西都保持着原样。

"我们是不是产生了错觉?"赛勒斯·史密斯喃喃地说。

不!这不可能!电报明明是这样要求的:"请速来畜栏。"

大家走近电报专用桌。一切都在原位,电池和盛电池的盒子,以及发报机和收报机。

"是谁最后一次来这里的?"工程师问。

"是我,赛勒斯先生。"艾尔通回答道。

"那是……"

"四天前。"

"啊!有份说明!"哈伯特指着桌上的一张纸说。

纸上用英文写着这样几个字:

请沿着新电线走。

"我们走吧!"赛勒斯·史密斯喊道,他明白了,电报不是从畜栏发出的,而是从那个神秘住所发出的。一根接在旧线上的新线,把它和花岗岩宫直接联系在了一起。

纳布拿上点亮的手提灯,大家便离开了畜栏。此时,雷雨大作。每道闪电和每声雷鸣之间的间隔时间,明显减少。大气现象将很快控制富兰克林峰和整个海岛。在不间断的闪电中,可以看到冒着蒸气的火山顶。

在房子和栅栏之间的那部分畜栏,没有任何电报线。可是过了门,工程师径直跑到第一根电线杆那儿,在电光中,他看到一根新电线从绝缘子上垂下来,拖到了地上。

"它在这儿!"工程师说。

这根线在地上拖着,但像海底电缆一样,它全部用一种绝缘物质包上了,这样一来,就能确保电流自由通过了。从它的走向来看,它像是穿过了树林和富兰克林峰的南面的山梁分支,因此,它是朝西去的。

"沿着它走!"赛勒斯·史密斯说。

时而在手提灯的微光下,时而在雷电的闪光中,移殖民们奔走在电线标出的路上。隆隆的雷声持续不断,猛烈到连任何说话声都无法听见。再说,重要的是要往前走,而不是要说话。

赛勒斯·史密斯及其同伴们,首先爬上了耸立在畜栏山谷和瀑布河河谷之间的山梁分支,而他们在河的最狭窄部分过了河。那根电线时而绷在低矮的树枝上,时而在地上伸展,万无一失地引导着他们。

工程师本料想这根电线也许会到谷底为止,陌生人的住所没准就在那儿。可那儿根本没有什么住所,只得再登上西南面的山梁分支,再下到贫瘠的高地上。而高地的边界,便是那堆积得奇形怪状的玄武岩峭壁。不时地,他们中会有这个或那个弯下腰来,用手摸摸电线,必要时纠正一下方向。然而已无可怀疑,这根电线是一直延伸到大海的。在那里,大概在火成岩的某个深处,有个至今为止他们找来找去都找不到的住所。

天空似火烧一般,闪电一道接着一道。有好几道击中了火山顶,并冲进了被浓烟包围的火山口,这不时地让人以为,山峰在喷射火焰。

十一点差几分时,他们来到了俯临西大西洋的高耸的边界。起风了,拍岸的海浪在边界下面五百米之处轰鸣。赛勒斯·史密斯计算了一下,自他和同伴们从畜栏出发,已走了一海里半。

在此处,电线进入了岩石中间,沿着一条狭窄而不规则的冲沟的陡坡伸展。移殖民们走了进去,不顾有可能引起堆积得不平衡的岩石崩塌,而自己被推入大海的危险。往下走极其危险,但他们已不去考虑,因为他们已控制不住自己,一种无法抵御的引力在把他们引向那神秘之地,一如磁石吸引铁一般。

就这样,他们几乎是不知不觉地走下了这条冲沟,而这条冲沟,即使是在大白天,也可说是无法通行的。石头在滚动,当它们越过光区时,就像火流星一样闪闪发光。赛勒斯·史密斯打头,艾尔通殿后。在这里,他们一步步走;在那儿,他们从光滑的石头上滑过去。然后他们又直起身子继续赶路。

终于,电线猛地一拐,碰到了海滨的岩石。这片海滨确实布满了礁石,到涨潮时,海浪大概会拍击到它们。移殖民们已到了玄武岩峭壁的下部边界。

在那里,有一面狭窄的陡坡,它垂直而又平行地通向大海。电线顺着它延伸,移殖民们走上了这面陡坡。他们还没走上百步,陡坡就倾斜了,成了缓坡,就这样到达了海平面。

工程师抓住了电线,他看出电线是深入到大海中去的。

停在他身边的同伴们都惊呆了。一种失望而且几乎是绝望的叫声,从他们口中发出。那么说他们得潜入水下去寻找某个海底洞穴?

鉴于他们当时精神和身体都处于兴奋过度的状态,他们毫不犹豫地准备这么做。但工程师的一番考虑阻止了他们。

赛勒斯·史密斯把同伴们带到岩石的一个凹处下面,在那里,他说道:

"我们在这里等着。现在是涨潮。等退潮了,路就显出来了。"

"可您凭什么认为……?"彭克洛夫问道。

"如果没办法到他那里,他就不会叫我们来了!"

赛勒斯·史密斯说话时的语气充满信心,所以没人提出异议。况且,他的看法是符合逻辑的。必须承认,峭壁脚下有个洞口,退潮时是可以通行的,而现在被海浪堵住了。

得等上几小时。移殖民们于是蜷缩在一个很深的、类似于柱廊的岩石的凹处。雨下起来了，并很快成了倾盆大雨，那是被雷电撕裂的乌云凝聚而成的。回声将隆隆的雷声反射回来，使之变得洪亮而雄壮。

移殖民们激动已极。无数稀奇古怪、不可思议的想法掠过他们的脑海，而他们在脑海里展现出某个身材高大的超人，因为只有这样的形象，才符合他们心目中的神秘的海岛保护人。

半夜时分，赛勒斯·史密斯提着灯往下走，一直走到与海滩齐平，以便观察一下岩石的布局。海潮已退去两小时了。

工程师没弄错。一个大洞的拱形曲线开始显现在水面上。在那儿，电线弯成直角，进了这张张开的嘴里。赛勒斯·史密斯回到同伴们身边，只是对他们说："一小时后，洞口就可以通行了。"

"那么说，真有个洞口？"彭克洛夫问道。

"您不相信？"赛勒斯·史密斯反问道。

"但那个洞可能灌满了水，而且水都达到一定高度了。"哈伯特指出。

"要是那个洞里的水都排尽了，我们就走进去，要是没排尽，会有某个交通工具供我们使用的。"

一小时过去了。大家冒雨往下走，到达了海平面。三小时内，海潮降了十五英尺。那拱形曲线勾勒出的弧形顶，从起码八英尺的高度俯视着海平面。这就像一个桥孔，而桥孔下面，泛着浪花的水在流过。

工程师俯下身去，他看见一个黑色物体浮在海面上，便把它拽了过来。原来是条小船，它被绳子系在石壁外面的某个突起处。小船是用铁皮做的。有两支桨放在船底，即长凳下。

"我们上船吧。"赛勒斯·史密斯说。

小船一开始穿过拱顶时，拱顶很低，后来又突然升高了。只是里面太黑，而手提灯的光度又不太足，没法确认这个岩洞有多大，即有多宽、多高、多深。这玄武岩地下洞穴里，一片肃静。外面的任何声音都进不来，就连雷电的巨响也穿不透它的厚壁。

在地球的某些部分存在着这类巨大的岩洞，它们是形成于地质时期的天然地下室。有些涌入了海水，有些在侧面含有湖泊。诸如芬戈尔洞穴，它在属赫布里底群岛的斯塔法岛上；诸如莫加尔洞穴，它在布列塔尼的杜瓦尔奈内海湾上；诸如科西嘉岛上的博尼法乔洞穴；挪威的利斯峡湾洞穴；诸如肯塔基州的马默斯洞穴，它规模巨大，高五百英尺，长二十英里！在地球的好些地方,大自然挖掘了这些地下室,并把它们保存下来,供人类观赏。

至于移殖民们当时在勘察的这个岩洞,它是否一直延伸到岛的中央呢?已有一刻钟了,小船一直在拐弯抹角地前进。需要拐弯时,工程师就用短促的声音向彭克洛夫发出指令。突然,在某一个时刻,他指挥道:

"再向右点儿!"

小船改变方向,很快便沿着右壁前进。工程师想确认一下,电线是否总在沿着这面壁延伸。他想这么做不无道理。

电线在那儿,挂在岩石的突起处。

"往前走!"赛勒斯·史密斯说。

于是两支桨插入黑魆魆的水中,船向前走着。

小船又走了一刻钟,从洞口算起,它大概走了有半海里了。这时,赛勒斯·史密斯的声音又响起了:"停下!"他说。

小船停下了,而移殖民们发现,有一道强光照亮了这个巨大的、深挖在海岛腹地的地下室。

这下有可能仔细观察这个岩洞了,其存在已无可怀疑。

圆形拱顶高一百英尺,由一些玄武岩柱子支撑着,而这些柱子像是用一个模子浇铸成的。一些不规则的拱底石、随意的肋条,则靠在这些柱子上。像这样的柱子,在地球形成初期,大自然就已竖起成千上万根了。这些互相接合的玄武岩柱子,高达四千零五十英尺,而尽管外面是波涛翻滚,里面的海水却很平静,只浸到基部。工程师所指出的那个光源的光芒,照到了每个棱边上,使它们布满光点,可以说就这样透进了石壁,仿佛它们是半透明似的,并把这个地下室的那些哪怕最小的突起,都变成了熠熠闪光的宝石。

由于反射现象,水面映照出这各种光芒,以致小船像是漂浮在两个闪烁地带之间。

这个光源中心的辐射属什么性质,是不会搞错的,因为它发出的光芒清晰而呈直线,照到这地下室的每个拐角和每个棱边都会碎裂。这道光来自电源,而它的白色暴露了它的来源。它是这个岩洞的太阳,它把它整个都照亮了。

赛勒斯·史密斯一打手势,桨又落下了,溅起了许多水点,真像是一场宝石雨。小船朝光源划去,于是很快,距离那儿就只有半链了。

在这块地方,那一大片水宽约三百五十英尺,而在光源的那一边,是一面巨大的玄武岩壁,所以在那一边是无法出入的。岩洞因此大了许多,而海水在那里形成了一个小湖。可是拱顶、侧面的石壁、后面的石壁,所有那些棱柱、圆柱和锥体,都沐浴在电光中,以致这光芒像是它们自身固有的,简直可以说,这些像昂贵的钻石一样琢磨出刻面的石头,是它们自己在发光!

在湖中央,有个梭状的长形物体浮在水面上,它悄然无声,一动不动。光是从它的两侧发出的,就像是从两个加热到白热化程度的炉口发出的一样。这个装置酷似一条巨鲸的身体,它长约二百五十英尺,高出海平面十至十二英尺。

小船缓缓靠了过去。工程师已站在船头。他激动万分地注视着。然后,他突然抓住记者的胳膊喊道:

"这是他!这只能是他!"

接着,他又重新坐到长凳上,嘴里喃喃地说出一个只有杰丁·斯皮莱一个人听到的名字。

记者大概熟悉这个名字,因为这名字在他身上产生了一种奇特的效果,

"尼摩艇长,是您要求我们来的吗?我们来了。"

只听他声音低沉地回答：

"是他，一个无法无天的人！"

"是他！"赛勒斯·史密斯说。

按照工程师的指令，小船靠近了这个漂浮的怪物，停泊在它的左侧的后半部，一束灯光透过厚厚的玻璃从那里射出来。

赛勒斯·史密斯及其同伴们登上了平台。一座洞开的进口塔在那儿。大家冲进了入口。在楼梯下面是一条纵向内部通道，里面有灯光照着。通道的尽头有扇门，赛勒斯·史密斯把它推开了。

移殖民们迅速穿过一个装饰得富丽堂皇的大厅，来到和它毗邻的书房。书房那明亮的天花板泻下了一大片光。

书房的尽头有扇大门，也关着，工程师把它推开了。

一个大客厅出现在移殖民们的眼前。它像个博物馆似的，里面堆着各种矿物质的珍宝、一些艺术品和工业精品。移殖民们以为自己被魔法带到了梦幻世界。

在一张华丽的长沙发上，他们看见那儿躺着一个人，而他好像没发现他们的到来似的。于是赛勒斯·史密斯提高嗓门，令同伴们极为惊讶地说出了下面的话：

"尼摩艇长，是您要求我们来的吗？我们来了。"

第 16 章

尼摩艇长——他的一番话——一位独立英雄的故事——对入侵者的仇恨——他的同伴们——海底生活——形单影只——林肯岛,"鹦鹉螺"号最后的避难之地——海岛的神秘守护神

听到这些话,躺着的人直起身体,他的脸显现在灯光下。他相貌堂堂,额头高耸,目光骄傲,胡子雪白,浓密的头发甩在脑后。

此人用手撑着他刚才离开的沙发靠背。他的目光很安详。可以看出,一种慢性病已使他的身体日渐衰弱,可他的声音似乎还很有力。他以极为惊讶的语气用英语说道:"我没有名字,先生。"

"我知道您!"赛勒斯·史密斯答道。

尼摩艇长用火热的目光盯住工程师,像是要将他毁灭似的。接着,他又倒在沙发的靠枕上,低语道:"这无关紧要,反正,我快要死了。"

赛勒斯·史密斯走近尼摩艇长。杰丁·斯皮莱抓起他的手,他发现那手是滚烫的。艾尔通、彭克洛夫、哈伯特和纳布,毕恭毕敬地站在一旁,站在这豪华客厅的一角。这客厅显得灯火辉煌。

然而,尼摩艇长马上把手缩了回去,并打手势请工程师和记者坐下。

大家都十分激动地望着他。那么说,他就是在那么多情况下进行过卓有成效的干预,因而被他们称为"海岛守护神"、万能者的那个人,是他们将感激不尽的那位行善者!在他们眼前的只是个人,而且是个垂死之人,而彭克洛夫和纳布原以为他几乎是个神!

可是,赛勒斯·史密斯怎么会认识尼摩艇长呢?为什么尼摩艇长一听到他说出这个名字便如此迅速地做出反应?他想必以为没人知道这个名字?艇长坐在沙发上,他用胳膊支着身子,望着坐在他旁边的工程师。

"您知道我用过的名字,先生?"他问。

"我知道,"赛勒斯·史密斯回答,"正像我知道这条令人赞美的潜水艇的

名字一样。"

"'鹦鹉螺'号?"艇长半微笑着说。

"'鹦鹉螺'号。"

"可您知道……知道我是谁吗?"

"我知道。"

"可我已有三十年和有人居住的世界不发生任何联系了,三十年来我生活在海洋深处,这是我唯一能找到独立和自由的地方!泄露我秘密的会是谁呢?"

"一个从没有对您有过承诺的人,艇长,因此,不能说他是泄露。"

"是十六年前被命运抛到我艇上的那个法国人?"

"正是他。"

"那么说,他和他的两位同伴并没有在'鹦鹉螺'号过迈尔海峡时丧生?"

"没有,他还发表了一部作品,书名是《海底两万里》,其中有了您的故事。"

"只是我几个月的故事罢了,先生!"艇长迅速答道。

"不错,"赛勒斯·史密斯又说道,"可那奇特生涯中的几个月,已足以让世人了解了您……"

"说不定了解我是一个大罪犯?"尼摩艇长答道,同时嘴边露出了一丝高傲的微笑,"是的,一个也许是被人类放逐的叛逆者?"

工程师没有回答。

"那么,您怎么看,先生?"

"我无从评价尼摩艇长,"赛勒斯·史密斯答道,"起码是对他过去的生活。我和世人一样,不知道他为什么要过这种古怪的生活,不了解原因,我是无法评判结果的。但我所知道的是,自从我们来到林肯岛后,一只乐善好施的手经常不断地伸向我们,一个善良、慷慨、万能的人对我们有救命之恩,而这个善良、慷慨、万能的人,就是您,尼摩艇长!"

"是我。"艇长简短地回答。

工程师和记者站起来,其同伴们也都靠拢过来。他们要用动作和话语来表达自己心中的无限感激之情……

尼摩艇长用手势阻止了他们,并用超出他本意的激动的声音说道:

"等听完我的故事再说吧。"他说。

于是,艇长用几句明了而匆忙的话,讲述了他的整整一生。

他的故事很简短,然而,他得集中自己身上残存的全部精力,才能把它讲完。很显然,他在和极度的虚弱做斗争,有好几次,赛勒斯·史密斯劝他休息一会儿,可他摇了摇头,认为明天已不属于自己。当记者提出要照料他时,他答道:"不必了,"他说,"我的时日已屈指可数。"

尼摩艇长是个印度人,达卡王子,当时独立的本德尔汗德领地的一位王公的儿子,也是印度英雄蒂波-萨伊布的侄子。在他十岁时,其父就把他送往欧洲,以让他在那里接受一种全面的教育,并暗中希望他有朝一日能以同样的手段来对付被他视为自己国家的压迫者的那些人。

从十岁到三十岁,天赋极高、志向远大的达卡王子什么都学,而且深入地研究了科学、文学和艺术。达卡王子游历了整个欧洲。他的出身和财富使他深受欢迎,可他从不为世上的种种诱惑所动。他英俊年少,却严肃忧郁,心怀难以平息的不满,如饥似渴地学习。

达卡王子怀有仇恨。他仇恨那唯一他永不想涉足的国家,那唯一他拒绝与之不断接近的民族:他仇恨英国,而且因为它有不少地方博得他的欣赏,他便更加仇恨它。这个印度人在自己身上集中了战败者对战胜者的所有刻骨仇恨。入侵者没能得到被入侵者的宽恕,联合王国只是在名义上得以奴役了那些君主,而他们其中一位的儿子,即蒂波-萨伊布家族的这位王子,是在恢复主权和复仇的思想中长大成人的。他对他那富有诗意却套上了英国人的枷锁的国家,有着不可抗拒的爱;而他对那片奴役印度的、被他诅咒的土地,却永不愿涉足。

达卡王子成了一位能被艺术精品唤起高尚而强烈的情感的艺术家,一位通晓任何高深科学的学者,一位成长于欧洲宫廷的政治家。在那些不能全面观察他的人的眼里,他或许是那种好学而轻视实践的世界主义者——骄傲而崇尚空谈的富有的旅行者——他们不停地周游世界,却又不属于任何一个国家。他全然不是这种人。这位艺术家、学者、政治家,始终是个地道的印度人,一个有复仇欲望,希望有朝一日能收回国家主权,赶走外国人、恢复国家独立的印度人。

因此,达卡王子于1849年回到了本德尔汗德。他与一位印度贵族女子结了婚,她和他一样,内心也在为祖国的不幸而流血。他有两个为他所钟爱的孩子,可是家庭幸福并不能使他忘记印度的被奴役状态。他在等待时机,而时机到了。英国人套在印度人民身上的枷锁也许太沉重了。他听到了不满者的呼声,他乘机向他们灌输他对外国人的仇恨。他不仅跑遍了仍保持独立的印度半岛上的那些地区,还跑遍了直接遭受英国人统治的地区。他提醒大家不要忘记蒂波-萨伊布的那些伟大的日子,而蒂波-萨伊布是为了保卫祖国在塞林伽巴丹英勇牺牲的。

1857年，殖民军中的印度兵发动了大规模的武装叛乱。达卡王子是叛乱的首领，他组织了声势浩大的起义。他把自己的才能和财富都用于这项事业，他为此付出了代价。他战斗在最前列，他像这些为解放祖国而揭竿而起的英雄中的最卑微者一样，在冒生命危险。交战中他十次有九次负伤，而当最后一批独立战士倒在英国人的枪弹下时，他却没被打死。在印度的英国统治集团从没遇到过这样的危险。假如印度士兵如愿以偿地得到外援，那联合王国在亚洲的影响和统治恐怕就会完蛋。

达卡王子的名字家喻户晓。叫这名字的英雄没有东躲西藏，而是公开进行斗争。他被悬赏通缉。虽说没有一个叛徒出卖他，但他的父母妻儿，却在他意识到他们因为他而所冒的危险之前就都替他抵命了……

权利这次又败在了权力面前。可文明是绝不会倒退的，而且它似乎会在必要时借用所有的权利。印度士兵失败了，前印度王公的国家再度陷入了英国的统治中，而且被统治得更严。幸存下来的达卡王子回到了本德尔汗德山区。在那儿，他从此离群索居。他无比厌恶和人有关的一切，仇视和憎恨文明世界，希望永久远离尘世。他变卖了剩余的财产，聚集了二十来名最忠实的同伴，有一天他们全部消失了。

那么，这种有人居住的陆地拒绝给予他的独立自由，他又到哪里去寻找呢？到水下，去大海深处，那里没人能跟踪到他。学者取代了军事家。太平洋上的一个荒岛被他用来建了工地，在那儿，一艘潜水艇按他的图纸造出来了。电则被用于潜水艇的一切需要，如动力、照明、取暖。他是靠源源不断的泉水获取电的，并通过一些将为世人所知的方法，利用它那无限的机械力。大海以它那无尽的宝藏、数不胜数的鱼类、大量的褐藻和马尾藻，以及巨大的哺乳动物——不仅有大自然供养的一切，还有人类遗失的一切——充分满足了王子及其船队的需求。而这实现了他最强烈的愿望，既然他不愿和陆地再有任何联系。他将他的潜水艇命名为"鹦鹉螺"号，并自称为尼摩艇长，然后便遁迹于海底。有好多年，艇长都在遨游所有的大洋，从南极到北极。

这个有人居住的世界的弃儿，在这陌生的世界里收集到了一些令人赞叹的珍宝。西班牙商船于1702年失落在维哥湾里的百万财物，为他提供了一个取之不尽的宝库，而他通过匿名的方式，始终用它来帮助为自己国家的独立而战的人民。

总之，他已有很久没和自己的同类发生任何联系了，直到1866年11月6日夜间，有三个人被抛到了他的艇上。他们是一位法国教授、法国教授的秘书和一位加拿大渔民。这三个人是被抛入大海的，因为当时美国驱逐舰"亚伯拉罕·林肯"号在追击"鹦鹉螺"号的过程中,与之发生了相撞。尼摩艇长从这位教授口中得知,"鹦鹉螺"号时而被当作一头巨大的鲸类哺乳动物,时而被当作装有一帮海盗的潜水艇,在各个海域遭到了追击。尼摩艇长本可以将这三个人退还给大海,而他们是偶然被抛进他的神秘生活的。但他没这样做,他把他们当俘虏留下了。于是,在七个月里,他们在海底经历了一次行程为两万海里的旅行,欣赏到了所有的奇异景观。

有一天,那是1867年6月22日,这三个对尼摩艇长的过去一无所知的人,从"鹦鹉螺"号上抢了一只小艇,终于逃走了。当时"鹦鹉螺"号被迈尔海峡的旋涡带到了挪威海岸,所以艇长大概认为,逃跑者们被这可怕的旋涡淹没了,已葬身于海底。他哪里知道,法国人及其两位同伴奇迹般地又被抛到海岸上,并被罗弗敦群岛的渔民们收留。后来教授回到了法国,而且还出版了一本书,他在其中讲述了"鹦鹉螺"号这奇特而冒险的七个月的航行,从而满足了读者的好奇心。

尼摩艇长就这样生活了好久,他漫游诸海。可是渐渐地,他的同伴们都死了,长眠在他们那位于太平洋深处的珊瑚墓地中。"鹦鹉螺"号变得空荡荡的了。终于,和他一起躲避在太平洋深处的所有人中,就剩下了他自己。

尼摩艇长时年六十岁。当他成了孤身一人时,他终于把"鹦鹉螺"号开到了一个海底港口。有几个海底港口为它充当船籍港,这是其中之一。这些港口中有一个在林肯岛下面,此时供"鹦鹉螺"号避难的正是它。

六年来,艇长就一直待在那儿,不再航行,他在等死,也就是在等和同伴们团聚的那一刻,直到他偶然目睹了载着南军的俘虏的气球坠落下来。工程师猛然掉进大海时,他正穿着潜水服在离海岸几链远的水下游来游去。艇长善心大发,他救了赛勒斯·史密斯。一开始,他是想避开这五个落难者的,可是他的避难港被封闭了,由于火山活动的影响而玄武岩上升,他无法再穿过洞穴的入口了。那里仍有足够的水可让一条轻便小船穿过,却已没有足够的水让"鹦鹉螺"号穿过,因为它的吃水度相对比较大。

尼摩艇长于是便留在那儿了。接下来,他观察了一下这五个无可挽回地被抛到荒岛上的人,可他不愿意被他们看见。渐渐地,当他看出他们正直、坚强,彼此之间团结友爱、亲如手足时,他便对他们所做的努力感兴趣了。像是无意中似的,他洞悉了他们生活中的所有秘密。穿上潜水服,他能轻而易举地到达花岗岩宫内井的底部,并攀着突起的岩石,一直升到井口,他听到移殖民们在讲述过去,探讨目前和将来。他从他们那里得知,为了废除奴隶制,美国自己打自己,并付出了巨大的代价。是的,这些人在岛上的表现是如此之令人满意,他们理应重新唤起艇长对像他们这样的人类的好感!艇长救了赛勒斯·史密斯。也正是他,把狗带回了"烟囱";把托普抛出了湖面;让那箱子在漂流物岬头搁浅,而里面装了那么多对移殖民们有用的东西;让小船在感恩河中顺流而下;当猴子进攻时,从花岗岩宫高处扔下绳子来;把信装在漂流瓶里,让他们得知艾尔通在塔波尔岛的存在;在水道深处布下水雷,炸掉双桅横帆船;送来硫酸奎宁,救活必死无疑的哈伯特。而最后又是他,用那些电弹击毙了罪犯们——他掌握着制造电弹的秘诀,平时他用它们来进行海底狩猎。就这样,这么多看似超自然的事件有了解释,而它们全都证明了艇长的慷慨和万能。

然而,这位愤世嫉俗者却渴望行善。他还有忠告要提供给他的被保护人,另外,从自己的心跳状况感觉到死神在逼近,他便像人们所知的,通过一根把畜栏和"鹦鹉螺"号相连的电线,把移殖民们招来了,而"鹦鹉螺"号上有台电报机……他若知道赛勒斯·史密斯其实相当了解他的经历,竟至于能用"尼摩"这个名字向他致意,没准他是不会这么做的。

艇长讲完他的生平,赛勒斯·史密斯说话了。他回顾了那些对他们大有裨益的事件,并以他自己和同伴们的名义,向为他们做了那么多的慷慨之事的人表示感谢。可尼摩艇长并不打算对自己所提供的帮助索取回报。还有最后一个想法使他心神不安,在握住工程师朝他伸出的手之前,他说:

"既然,先生,既然您了解我的生平,那就评判一下吧!"

艇长说这话,显然是在影射一个严重事件,而那三个被抛到他艇上的外国人,则是该事件的目击者。那位法国教授必定已在自己的作品中讲述了它,而且大概引起了巨大的反响。

原来,在教授及其两位同伴逃走前几天,"鹦鹉螺"号在大西洋北部遭到了一艘驱逐舰的追击,它像一只公羊一样撞向这艘驱逐舰,并毫不留情地将它撞沉。赛勒斯·史密斯明白他在指什么,没有作答。

"这是一艘英国驱逐舰,先生,"尼摩艇长大声说道,他又变成了达卡王子,"一艘英国驱逐舰,您听清楚了!它袭击我!我被挤在一个又窄又浅的小海湾里!我得过去,所以……我过去了!"

然后,他用平静的声音补充道:"我是主持正义和公道的,不管到哪里我都惩恶扬善,做我能做的和该做的。而凡是正义,是不需要宽恕的!"紧接着这番话的是片刻的沉默,然后他又说了:"你们怎么看我,先生们?"

赛勒斯·史密斯把手伸给艇长,声音低沉地回答了他的问题:

"艇长,您错就错在以为能重现过去,并和必要的进步做斗争。这种错误一些人欣赏,而另一些人指责,但唯有上帝才能加以评判,而照道理应当予以宽恕。有人犯错是因为他以为自己的意图是好的,对这种人可以和他斗,但仍然要尊重他。您的错就是不排斥钦佩的那种,而您完全不用怕历史的评判会有损您的名声。历史喜欢英勇而愚蠢的行为,虽说它同时也谴责这种行为所引起的后果。"

艇长的胸脯起伏着,他把手伸向天空。"我到底是对还是错?"他喃喃地说。

赛勒斯·史密斯又说:"一切伟大的行为都可追溯到上帝,因为它们来自于上帝!尼摩艇长,在这里的这些正直的人,是您曾经救助过的,他们将永远怀念您!"

哈伯特走近艇长。他屈膝下跪,抓起艇长的手来亲吻。垂死者的眼里流出一行热泪。"我的孩子,"他说,"愿上帝赐福于您!"

艇长的胸脯起伏着,他把手伸向天空。"我到底是对还是错?"他喃喃地说。

第 17 章

尼摩艇长的最后几小时——一个垂死之人的遗嘱——赠给仅一日之交的朋友们的纪念物——尼摩艇长的棺材——给移殖民们的几句忠告——临终时刻——长眠于海底

白昼来临了。没有一丝亮光射进这巨大的地下室。此时是涨潮,海水堵住了洞口。但透过"鹦鹉螺"号的舱壁射出的长长的一束人造光,却并没有减弱,而大片的水始终在潜水艇周围闪闪发亮。

尼摩艇长又倒在了长沙发上,他疲惫不堪。休想把他运到花岗岩宫去,因为他执意要留在"鹦鹉螺"号的这些无价之宝中间,并在那里等待死亡,想必它是不会迟迟不来的。在一段相当长的时间里,他陷入了衰竭,并几乎失去知觉。在此期间,赛勒斯·史密斯和杰丁·斯皮莱注意地观察着病人的情况。显而易见,艇长的生命之火在渐渐熄灭,而他的体力也行将消失。这从前是那么健壮的身体,现在则成了一个瘦弱的躯壳,而一颗灵魂就要从中脱出。他全部的生命都集中在了心脏和头颅部位。

工程师和记者已小声地商量过了。是否能给这位垂死者提供某种治疗?如果救不了他,是否起码能让他多活几天呢?他本人已说过,他已无药可治,而他在平静地等待死亡,他也不惧怕死亡。

"我们无能为力。"杰丁·斯皮莱说。

"他死于什么?"彭克洛夫问。

"死于衰竭。"记者回答。

"可是,"水手又说,"如果我们把他抬到露天去,抬到太阳底下,也许他会活过来呢?"

"不,彭克洛夫,"工程师回答,"什么也不要尝试!再说,尼摩艇长也不同意离开他的艇。他在'鹦鹉螺'号上生活三十年了,他愿意死在'鹦鹉螺'号上。"

尼摩艇长大概听见了赛勒斯·史密斯的话,他稍稍抬起身子,用虚弱但依然能听得清的声音说道：

"您说得对，先生，我应该愿意死在这里。所以，我对您有个请求。"

赛勒斯·史密斯及其同伴们走近沙发，把沙发垫子摆放得能让垂死者靠得更舒服些。

大家看到，他的目光停留在客厅里的每件精品上。客厅被电灯光照耀着，而电灯光透过明亮的天花板上阿拉伯式装饰图案，变得柔和了。他一件一件地看：挂在富丽堂皇的壁毯上的油画，那是意大利、法国和西班牙大师的杰作；矗立在底座上的缩小的大理石和青铜雕像；靠着后舱壁的豪华管风琴；然后是玻璃橱窗，中间是一个浅水盆，里面有最奇妙的海产品，像海洋植物、植形动物、一串串无法估价的珍珠。最后，他的眼睛停在了刻在这个博物馆三角楣上的铭言，即"鹦鹉螺"号的名言：

动中之动

他似乎想用目光最后一次抚摸一下这些人工和大自然的杰作，在海底居住这么多年来，他的视野仅限于此。在艇长默默地这么做的过程中，赛勒斯·史密斯没去打扰他。他在等待垂死者重新说话。

在这几分钟的时间里，尼摩艇长大概回顾了自己的整整一生。然后，他转身对着移殖民们说道："先生们，你们认为欠了我的人情？……"

"艇长，为了延长您的生命，我们愿付出自己的生命！"

"好，"尼摩艇长又说道，"好！……请答应我，执行我的遗嘱。这样一来，我为你们所做的一切，就都得到补偿了。"

"我们答应您。"赛勒斯·史密斯回答道。

他保证自己和同伴们会履行诺言。

"先生们，"艇长又说道，"明天，我就要死了。"

哈伯特想提出异议，被艇长用手势制止了。

"明天，我就要死了，除了'鹦鹉螺'号，我不想要别的坟墓。它是我的棺材，是属于我的棺材！我所有的朋友都长眠在海底，我也要长眠在这里。"艇长这番话引起的反应是一阵深深的沉默。

"请好好听我说，先生们，"他又说道，"'鹦鹉螺'号出不了这个岩洞了，因为入口升高了。可是，它虽然无法离开它的监狱，却至少能沉入深渊，并将我的遗体保存在那里。"

移殖民们虔诚地聆听着垂死之人说这番话。"明天，在我死后，史密斯先生,"艇长又说道,"您和您的同伴们就离开'鹦鹉螺'号,因为它所装有的全部财富都应当和我一起消失。达卡王子将留给你们唯一一件纪念物,至于他的经历,你们现在已知道了。

"那只盒子……就是那只……装着价值好几百万的钻石,其中大部分是我当父亲和丈夫那个时期的纪念品,我当时几乎认为是有幸福的;外加一批我和我的朋友们从海底采集的珍珠。在将来的某一天,您和您的同伴们可以用这些珍宝做善事。钱到了您和您的同伴们这样的人的手里,史密斯先生,是不会成为祸害的。我将在天上参与你们的事业,而且我相信它会成功!"

尼摩艇长虚弱至极,不得不休息一会儿。然后,他接着说道:"明天,你们就拿上这盒子离开这客厅,然后把门关上,再登上'鹦鹉螺'号的平台,并关上进口塔,同时用螺栓把它固定住。"

"我们会这么做的,艇长。"赛勒斯·史密斯答道。

"好。那你们就乘上你们划来的那条小船。不过在离开'鹦鹉螺'号前,请到后面去把两个大龙头打开,它们在吃水线上。这样水就会进入蓄水池,而'鹦鹉螺'号将渐渐沉入水下,到海底去长眠。"

见赛勒斯·史密斯做了个手势,艇长补充道:"怕什么!你们不过是要埋葬一个死人罢了!"

赛勒斯·史密斯也好,其同伴中的任何一位也好,都不认为应当指责尼摩艇长。这是他交代给他们的遗嘱,他们只有照办。

"你们能保证做到吗,先生们?"艇长补充道。

"我们能,艇长。"工程师答道。

艇长做了个手势,以示感谢,并请移殖民们让他独自待几个小时。杰丁·斯皮莱坚持要留在他身边,生怕万一病情发作。可垂死之人拒绝了,他说道:"我会活到明天的,先生!"

全体都离开了客厅。他们穿过书房、餐厅,来到艇头,进入机房,那里安装着发电机,在提供热和光的同时,也给"鹦鹉螺"号提供动力。

"鹦鹉螺"号上装有杰作,而它本身就是杰作。工程师赞叹不已。

移殖民们登上了平台,平台高出水面七八英尺。在那儿,他们挨着一块厚厚的凸镜似的玻璃躺下了。这玻璃堵着一个大眼,而有束光从这大眼里射出。这大眼后面,是个舵轮舱,而舵手就在那里驾驶"鹦鹉螺"号通过水层。电灯光想必能照到一大段距离的水层。

赛勒斯·史密斯及其同伴们起先静静地待着,因为他们刚才所看到和听到的,使他们产生了强烈的感受。当他们想到那无数次向他们伸出救援之手的人、那位他们才认识了几个小时的保护人就要离世了,心里难过至极!不管后人会怎样评价这种可说是生活在人类之外的行为,达卡王子将永远是一个奇特的、令人无法忘怀的人物。

"真是个男子汉!"彭克洛夫说,"简直无法相信,他就这样生活在海洋深处!我有时想,他在那里不见得比在别处更安宁!"

"'鹦鹉螺'号,"艾尔通提醒道,"或许能帮我们离开林肯岛,到达某个有人居住的陆地。"

"真见鬼!"彭克洛夫嚷道,"我可绝不会冒险去开这种船,在海上航行,可以!但在海下,不行!"

"我认为,"记者答道,"驾驶一艘像'鹦鹉螺'号这样的潜水艇,想必是很容易的,彭克洛夫,而且我们很快就会适应的。不必怕暴风雨,也不必怕撞船。在海面以下几英尺处,海水和湖水一样平静。"

"有可能!"水手反驳道,"但我宁可在一条帆缆索具配备齐全的船上让一股强风吹着。一条船是用来在水上而不是在水下航行的。"

"朋友们,"工程师答道,"没必要讨论潜水艇问题,至少就'鹦鹉螺'号而言。'鹦鹉螺'号不是我们的,我们无权支配它。再说,无论如何它也不能为我们所用,由于玄武岩上升,岩洞的入口关闭了,它已出不去了,除此以外,尼摩艇长希望在自己死后,艇能和自己一起沉没。他的遗嘱是很明确的,我们得执行。"

交谈又持续了一阵,然后,工程师及其同伴们又走下去,进入"鹦鹉螺"号。在那里,他们吃了点东西,便回到客厅。尼摩艇长已从极度的衰竭中缓过来,他的眼睛又变得有光彩了,唇边还似乎有了一抹微笑。"先生们,"艇长对他们说,"你们都是些勇敢、正直、善良的人。你们毫无保留地致力于共同的事业。我曾经常观察你们。我过去喜欢你们,现在也喜欢你们!……把您的手给我,赛勒斯先生!"

赛勒斯·史密斯把他的手伸给艇长,艇长深情地握住了它。

"这样很好!"他喃喃地说。

接着他又说道:"关于我,说得够多的了!我现在要谈谈你们和你们藏身的林肯岛……你们打算离开它吗?"

"我们还会回来的,艇长!"彭克洛夫迅速答道。

"回来?……的确,彭克洛夫,"艇长微笑着说道,"我知道你们是多么热爱这个岛。由于你们的细心照料,它现在改变了模样,所以它是你们的。"

"我们的计划是,艇长,"赛勒斯·史密斯说,"把它赠送给美利坚合众国,并为我们的航海者在上面建一个停泊地,它将有幸位于太平洋的这一部分。"

"你们为自己的国家着想,先生们,"艇长答道,"为它的繁荣和荣誉而努力奋斗,你们是对的。祖国!……该回到那儿去!该死在那儿!……而我,我却死在这远离我所热爱的一切的地方!"

"您是否还有什么遗嘱要托付?"工程师连忙说道,"是否还有什么纪念物要交给您留在印度那些山里的朋友?"

"没有,赛勒斯先生,我已没有朋友了!我是我家族的最后一位成员……凡是认识我的人,都以为我早已死了……可我们还是来谈谈你们吧。孤独、离群索居,是凄惨的事,是人类力所不及的事……我死是因为,我以为人可以独自生活!……所以你们应该千方百计地离开林肯岛,回到你们的出生地去。我知道那些坏蛋已毁了你们造的那条船……"

"我们正在造一条船,"杰丁·斯皮莱说,"这条船足够大,能把我们载送到最近的陆地去。不过,虽说我们迟早会离开林肯岛,但我们还会回来的。太多的回忆把我们和它联系在一起,我们决不会忘记它!"

"我们又是在这里认识尼摩艇长的。"赛勒斯·史密斯说。

"也只有在这里,我们才能重新找到对您的全部回忆!"哈伯特补充道。

"而我,将在这里长眠,假如……"艇长答道。

他犹豫了一下,没把话说完,而只是说:"赛勒斯先生,我想和您谈谈……就和您一个人!"

工程师的同伴们尊重垂死者的意愿,退了出去。

赛勒斯·史密斯只和尼摩艇长关起门来一起待了几分钟,很快他就把朋友们叫了进来,但他只字不提垂死者告诉他的秘密事。

杰丁·斯皮莱极其认真地观察了一番病人。很显然,艇长已只靠精神力量在支撑着,而精神力量很快就对付不了身体的虚弱了。

白天过去了,没出现任何变化。移殖民们一刻也没离开"鹦鹉螺"号。黑夜来临了,尽管在这地下室里是觉察不到的。

尼摩艇长并不感到痛苦,但他在衰退。他那张高贵的、因死亡逼近而变得苍白的脸,显得十分平静。他那两片嘴唇有时会吐出一些几乎听不见的话,而这些话都是和他那奇特生活中的各种事件有关。可以感到,生命正在渐渐离开这个躯体,而这躯体的四肢已经变凉。

他又对站在他身边的移殖民们说了一两次话,然后便露出了微笑,这是最后的微笑,它将持续到他死去。终于,刚过午夜,尼摩艇长做了最后一个动作,他把双臂交叉在胸前,他似乎是想以这个姿势死去。

凌晨一点左右，整个生命都躲在了他的目光中，这对眸子下面还有最后一点火星在闪烁，而在过去，它们曾是那样的光芒四射。然后，艇长喃喃地说了这样几个字："上帝和祖国！"接着便慢慢断了气。

赛勒斯·史密斯弯下腰去，合上了他的双目。此人曾经是达卡王子，而他甚至已不再是尼摩艇长。哈伯特和彭克洛夫在哭泣。艾尔通在擦去悄然流下的眼泪。纳布跪在记者身边，而记者已变成了一尊雕像。

赛勒斯·史密斯把手举过死者的头顶，说道："愿他的灵魂升天！"

然后，他转向朋友们，补充道："为我们失去的人祈祷吧！"

几小时后，移殖民们便开始履行对艇长的承诺，实现死者的遗愿。

赛勒斯·史密斯及其同伴们带上他们的恩人遗留给他们的唯一纪念物——那只装有一大笔财富的盒子，离开了"鹦鹉螺"号。

那永远充斥着灯光的神奇的客厅，已被小心翼翼地关上了。进口塔的铁皮门也被用螺栓固定住了，以使海水一滴也不能进到"鹦鹉螺"号的房间里。

然后，移殖民们便下到停泊在潜水艇侧面的小船里。

他们把船划到后面。在那儿，他们把吃水线上的两个大龙头打开，它们是和决定潜水艇下潜的蓄水池相连的。

龙头打开了，蓄水池灌满了，"鹦鹉螺"号便渐渐下沉，消失在大片的水下。

但移殖民们仍能透过深深的水层看见它。

"鹦鹉螺"号的强光照耀着透明的海水，而这地下室里又变得黑暗了。然后，大范围扩散的灯光终于消失。已成了尼摩艇长的棺材的"鹦鹉螺"号，很快便停在了海底。

第 18 章

每个人的思索——继续造船——1869年1月1日——火山顶上在冒烟——火山爆发的初兆——艾尔通和赛勒斯·史密斯去畜栏——勘察达卡地下室——尼摩艇长对工程师所说的话

天蒙蒙亮时,移殖民们悄然无声地抵达了洞穴的入口。他们将这洞穴命名为"达卡地下室",以纪念尼摩艇长。当时是退潮,他们能毫不费力地从拱廊下通过,而波浪正拍打着它那玄武岩的拱脚柱。

铁皮小船就停在了此处,这样就能免遭波浪的冲击了。为谨慎起见,彭克洛夫、纳布和艾尔通把它推到了和地下室的一边相连的小沙滩上,再放在一个对它来说是绝对安全的地方。

随着黑夜的过去,暴风雨停了。最后几声雷鸣消失在了西方。雨已不下,但天空依然布满乌云。总之,这个十月,南半球的春天的开端,是不能令人满意的,风向从罗盘上的这个点跳到另一个点,无法让人指望会有稳定的天气。

赛勒斯·史密斯及其同伴们离开达卡地下室,又踏上了去畜栏的路。纳布和哈伯特边走边注意拆除艇长拉在畜栏和地下室之间的电线,以供今后使用。

行路时,移殖民们很少说话。10月15日至16日的这一夜发生的各种事件,给他们留下了强烈的印象。那个卓有成效地保护过他们的人,那个被他们想象成守护神的人,即尼摩艇长,已不在了。他和他的"鹦鹉螺"号已被埋葬在了深渊里。每个人都觉得,他们比以前更孤单了。可以说,他们已习惯于依靠这种强有力的干预,但如今这种干预没有了。杰丁·斯皮莱和赛勒斯·史密斯也回避不了这种感觉。因此,他们在沿着畜栏路走时,全都默默无语。

早上九点左右,移殖民们回到了花岗岩宫。

已经说好,造船工程要积极地往前赶,于是赛勒斯·史密斯便在其中比任何时候都投入了更多的时间和精力。谁知道将来会怎样。有条结实的船可供使用,哪怕在有大风大浪的天气,它也照样能在海上行驶。而且它够大,必要时,能尝试着做一次为时较长的航行,这对他们来说是一种保障。假如船造好,而移殖民们还没决定离开林肯岛,前往太平洋的波利尼西亚群岛或新西兰海岸,那他们起码也该尽早去塔波尔岛,在那里放置一封和艾尔通有关的说明信件。这项措施是必不可少的,万一那条苏格兰游船又在这片海域出现呢?所以切不可在这方面有所忽略。

　　工程又继续了。赛勒斯·史密斯和艾尔通干个不停,每当没有什么其他紧要活要干时,纳布、杰丁·斯皮莱和哈伯特也来帮忙。新船必须在五个月内造好,也就是说在三月初,如果想去塔波尔岛的话;再迟些就起秋风了,不能航行了。所以木匠们一刻也不耽误。另外,他们无须为创造帆缆索具而操心,因为"奋进"号的那套全部抢救出来了。所以,首先要完成船壳。

　　1868年年底就在这重要的工程中过去了,他们几乎没干其他活。两个半月后,船的肋骨安装完毕,第一批船壳板也已装配好。已可判断出,赛勒斯·史密斯的设计是一流的,船的航海性能将是良好的。彭克洛夫对这项工作积极得要命,若有谁丢下木工斧子去拿猎枪,他便会毫无顾忌地发牢骚。然而,得为下一个冬天补充花岗岩宫的储备了。不过没关系。当工地上缺工人时,忠厚老实的水手是会不高兴的。但在这种情况下,他会一边嘟哝,一边怒气冲冲地干着六个人的活。

　　整个季节天气都很恶劣。有几天,天气酷热难当。先是大气中充满了电荷,然后便是把空气层大大搅乱的狂风暴雨。罕有听不到远处有隆隆的雷声的。那就像是一种低沉而连续的声音,一如地球赤道地区所发生的那样。

　　1869年的1月1日,甚至是以一场特大狂风暴雨而著称的。雷电好几次落在岛上,一些大树被流体击中,碎裂了,其中就有那些巨大的朴树,它们位于格兰特湖南端,遮蔽着家禽饲养场。这种大气现象是否与地球深处正在完成的现象有某种联系呢?地球内部的骚动是否与空气中的骚动之间有某种关联呢?赛勒斯·史密斯倾向于这么认为,因为,在暴风雨展开的同时,火山爆发的征兆再度出现,而且越发明显。

　　那是在1月3日,哈伯特拂晓时便登上眺望岗,去给一头野驴加鞍,他看见有一股巨大的烟雾在火山顶上散开。

　　哈伯特立即通知了移殖民们,他们马上便观察富兰克林峰顶。

　　"嗨!"彭克洛夫喊道,"这回可不是蒸气了,我觉得这巨人已不满足于呼吸,它抽起烟来了!"

水手使用的这个形象,恰如其分地表达了火山口所发生的变化。已经有三个月了,火山口一直在或多或少地冒蒸气,可这还只能表明矿物质内部在沸腾。这回,继蒸气而来的是一股浓烟,其形状似一根浅灰色的柱子,底部宽三百多英尺,而在峰顶以上七百至八百英尺处充分展开,宛如一个巨大的蘑菇。

"'烟囱'里有火。"杰丁·斯皮莱说。

"而我们却无法扑灭它!"哈伯特答道。

"应当把火山口的烟道好好通一通。"纳布指出,他那说话的样子再正经不过。

"好吧,纳布,"彭克洛夫嚷道,"难道你负责去通吗?"

彭克洛夫发出一阵哈哈大笑。

赛勒斯·史密斯认真地观察着富兰克林峰喷发出的浓烟,而且他甚至还侧耳聆听,似乎想捕捉到某种远远的隆隆声。然后,他又朝同伴们走去,因为他刚才稍稍离开了他们一段距离。他对他们说:"的确,朋友们,是发生了重大的变化。应该承认这一点。火山物质已不仅仅处于沸腾状态,而且还着火了。所以,确凿无疑,即将发生火山爆发,而我们正面临着这样的威胁。"

"好哇,赛勒斯先生,那就看看火山爆发吧,要是爆发成功的话,我们就给它鼓掌!我不认为这有什么可让我们操心的!"

"说得对,彭克洛夫,"赛勒斯·史密斯答道,"因为熔岩原先的路始终是通的,由于它的走向,此前火山口都是让熔岩向北流的。然而……"

"然而,既然从一次火山爆发中得不到任何好处,最好还是别爆发。"记者说。

"谁知道呢!"水手答道,"说不定这火山会喷发出某种有用而宝贵的物质来取悦我们,那样我们就可好好利用它们了!"

赛勒斯·史密斯摇了摇头,他并不指望从发展如此急遽的现象中得到任何好处。他对一次火山爆发的后果,也不像彭克洛夫似的看得那么淡。假如由于火山口的朝向,岩浆不会直接威胁到岛的树木繁茂和已种上东西的部分,即便如此,其他错综复杂的情况也有可能会发生。事实上,火山爆发的同时发生地震,这样的情况并不少见。而像林肯岛这类性质的岛,则有分崩离析的危险,因为它的组成物质是如此之不同,一边是玄武岩,另一边是花岗岩,北面是熔岩石,中部是松软的土壤,而这些物质,是无法牢固地结合在一起的。

就算火山物质的奔流不会构成很重大的危险,但撼动海岛的构架的任何运动,也有可能会导致极其严重的后果。

"我好像,"艾尔通说,他刚才曾卧倒,用耳朵贴着地面,"我好像听见有沉闷的隆隆声,就像一辆装着铁杠的大车发出的那种。"

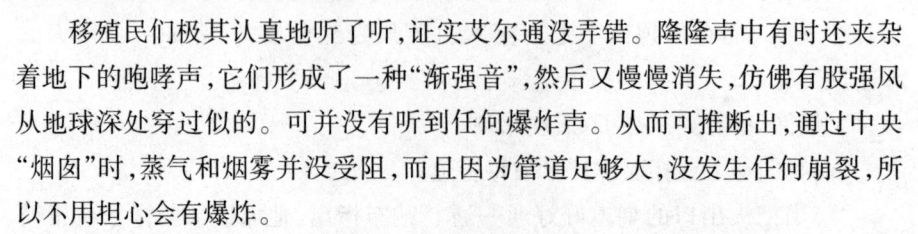

移殖民们极其认真地听了听,证实艾尔通没弄错。隆隆声中有时还夹杂着地下的咆哮声,它们形成了一种"渐强音",然后又慢慢消失,仿佛有股强风从地球深处穿过似的。可并没有听到任何爆炸声。从而可推断出,通过中央"烟囱"时,蒸气和烟雾并没受阻,而且因为管道足够大,没发生任何崩裂,所以不用担心会有爆炸。

"啊,原来是这样!"彭克洛夫说道,"那我们是不是还回去干活?富兰克林峰冒烟也罢,喊叫也罢,呻吟也罢,喷火也罢,反正随它高兴就是了,但这总不能成为什么都不干的理由吧!走吧,艾尔通、纳布、哈伯特、赛勒斯先生、斯皮莱先生,今天人人都得动手干活!我们得装配内龙骨,十二只手可不算太多。两个月之内,我希望我们的新'好运'号——我们将为它保留这个名称,对不对?——能漂浮在气球港的水面上!所以嘛,一小时都耽误不得!"

被彭克洛夫要求都得动手的移殖民们,来到工地上,着手安装内龙骨,这厚厚的包板形成了船的护舷木,把船的骨架的肋骨结实地连在一起。这是一项重要而辛苦的活,人人都得参加。

1月3日这天,大家埋头苦干了一整天,不再去关心火山,况且,从花岗岩宫的沙滩上,也无法看见火山。可是,有一两次,巨大的阴影遮住了太阳,而太阳在极其纯净的天空上划出了它白昼的弧。这些阴影表明,有浓浓的烟雾在太阳的圆面和林肯岛之间经过。风从海上来,把所有这些烟雾都带到了西边。赛勒斯·史密斯和杰丁·斯皮莱完全注意到了这一时的阴暗,并就火山现象的明显发展交谈了好几次,不过活儿并没有停下来,况且,无论从哪方面来看,把船在最短的期限内造好,都是非常有好处的。面对有可能发生的意外情况,移殖民们的安全只能是更有保障。谁知道这船有朝一日会不会是他们唯一的避难所呢?

晚上,吃罢晚饭,赛勒斯·史密斯、杰丁·斯皮莱和哈伯特又登上了眺望岗。天已黑了,而黑暗能让人辨认出,火山喷发出的火焰或白炽的物质,是否和堆积在火山口的蒸气和烟雾掺杂在一起。

"火山口在燃烧!"哈伯特喊道,他比同伴们敏捷,第一个到达眺望岗。

距离他们大约有六海里的富兰克林峰,此时显得像一个巨大的火把,在它的顶上,扭动着冒烟的火焰。也许有那么多的烟、那么多的岩渣和灰烬掺杂在其中,以致那大大减弱的火焰的光,在夜幕上并不显得很突出。但岛的上空放射出一种浅黄褐色的微光,这微光隐约勾勒出了近景中的树群。滚滚浓烟染黑了高空,透过浓烟,有几颗星星在闪烁。

"发展得真快!"工程师说。

"这并不奇怪,"记者答道,"火山复活已有一段时间了。您还记得吗,赛勒斯,蒸气最早是在我们搜索山梁分支那个时期出现的,我们当时在找尼摩艇长的藏身之处。如果我没记错的话,那是在10月15日左右。"

"是的!"哈伯特回答道,"已经有两个半月了!"

"那么说,地下火已藏了有十周了,"杰丁·斯皮莱又说道,"难怪它们现在发展得如此迅猛!"

"您是否觉得地底下有些震动?"赛勒斯·史密斯问道。

"是有些,"杰丁·斯皮莱答道,"可是地震就是由此而来的……"

"我并不是说,我们正面临着地震的威胁,"赛勒斯·史密斯答道,"而且,上帝在保护我们!这震动是由于地心火的沸腾所引起的。地壳不是别的,只是炉壁而已,要知道炉壁在气体的压力下,会像一块能发声的板一样震动。此时所产生的效果正是这样。"

"瞧,那一束束火有多美!"哈伯特喊道。

此时,火山口喷射出一种烟火,而蒸气并未能减弱它的光芒。无数的亮片和亮点被抛向四面八方。其中一些越过圆盖似的烟雾,一下子将它冲破,在后面留下了一道真正的白热化的粉尘。这绽放还伴有连续不断的爆炸声,像一组机关枪在射击。

在眺望岗上待了一小时后,赛勒斯·史密斯、记者和小伙子便下到海滩,回到花岗岩宫。工程师若有所思,甚至是心事重重,以致杰丁·斯皮莱认为应该问问他,是否预感到有什么危险要临近,而这危险,则是由火山爆发直接或间接引起的。

"可以说是,也可以说不是。"赛勒斯·史密斯答道。

"然而,"记者又说道,"有可能发生的最大的不幸,不就是一次把海岛搞得混乱不堪的地震吗?不过我认为这不必担心,因为蒸气和熔岩已有了一条畅通无阻的通道,可以顺着它流到外面去。"

"所以,"赛勒斯·史密斯答道,"我倒不是在担心会发生地震,这通常是指由地下气体的膨胀所引起的地面痉挛。但其他的原因也会导致大灾难。"

"什么灾难,我亲爱的赛勒斯?"

"我不太清楚……我得看看……得巡视一下山……过几天我才能确定。"

杰丁·斯皮莱没再坚持。尽管火山的爆炸声越来越密集,再加上有回声,花岗岩宫的主人们还是很快就沉沉入睡了。

1月4日至6日,这三天很快就过去了。大家一直在致力于造船,而且,工程师不大解释原因,而只是竭尽所能地加油干。此时,富兰克林峰蒙上了一层不祥的阴云,而且在喷发火焰的同时,还喷发出炽热的岩石,而其中一些就落在了火山口内。只愿从有趣的一面来看待这一现象的彭克洛夫,因此说道:"瞧,巨人在玩接球游戏!在表演手技!"

果真,那些喷吐出来的物质又掉进了深渊里,似乎是,由于内部压力而膨胀的熔岩,尚未升到火山口。起码,能部分地看到的东北面的裂口,没在向北山坡倾泻岩浆。

然而,尽管造船工程很紧迫,其他方面也需要顾及,移殖民们得出现在海岛的各个地方。首先得去畜栏,那里关着岩羊和山羊,又得给这些动物储备草料了。商量的结果是让艾尔通第二天即1月7日去畜栏。这活他已经干惯了,所以他一个人就行了。因此,彭克洛夫和其他人便显得有些惊讶,当他们听到工程师对艾尔通说:

"既然您明天去畜栏,那我就陪您一起去吧。"

"嘿,赛勒斯先生!"水手嚷道,"我们干活的日子已屈指可数,您要是也去,那我们就要少四只手了!"

"我们第二天就回来,"赛勒斯·史密斯答道,"我需要去畜栏……我想弄清火山爆发的发展情况。"

"火山爆发!火山爆发!"彭克洛夫答道,他像是不大满意,"火山爆发是件重要事,可我就是不怎么担心!"

不管水手是什么态度,工程师打算进行的勘察,还是定在了翌日。哈伯特很想和赛勒斯·史密斯一起去,可他不想因为自己不在而惹彭克洛夫生气。

翌日,天一亮,赛勒斯·史密斯和艾尔通,便乘上套了两头野驴的大车,沿着畜栏路大步小跑而去。

森林上空,只见有厚厚的乌云经过,而富兰克林的火山口在向它们不断地输送煤灰色的物质。这些在大气中笨拙地滚动的乌云,显然是由性质不同的物质组成的。它们如此出奇地浓重,不仅仅是由于烟雾的缘故。粉状的岩渣,如白榴火山灰,和细得像最细的淀粉似的浅灰色灰烬,悬浮在它们厚厚的涡状物中间。这些灰烬是如此之细小,有时都看见它们在空中待了整整数月了。在冰岛,1783年火山爆发后,在一年多的时间里,大气中就这样充满火山粉尘,连阳光都几乎透不过。

不过这些粉状物质往往会降落,此时的情况正是如此。赛勒斯·史密斯刚到畜栏,一种像打猎用的分量很轻的火药似的黑雪,就落下来了,并顷刻间使地面变了样。树木、草地都蒙上了好几英寸。不过幸好风是从东北方向刮来的,绝大部分的乌云都被刮到了海面上空,并在那里消散了。

"这真是少见,赛勒斯先生。"艾尔通说。

"这真是严重,"工程师答道,"这种白榴火山灰,这种粉状浮石,总之是所有这些矿石粉,表明火山内层的骚动有多么大。"

"难道就毫无办法了吗?"

"毫无办法,除了了解现象的发展情况。您就负责照料牲畜吧,艾尔通。趁这工夫,我再往上走,到红河源头的那边去,观察一下北山坡的情况。然后……"

"然后怎样,赛勒斯先生?"

"然后我们再去一趟达卡地下室……我想看看……总之,两小时后我回来找您。"

艾尔通于是进了畜栏的院子,他一边等工程师回来,一边照料岩羊和山羊。面对火山爆发的这些最初征兆,动物们似乎也感到有些不安。

此时,在东西的山梁分支的顶上冒险行走的赛勒斯·史密斯,绕过了红河,来到了他和同伴们曾经发现硫黄泉水的地方,那是在他们第一次勘察时发现的。

情况已大不相同!从地底下冒出来的不再只是一根烟柱,而是十六根,它们像是被某种活塞猛烈地推出来似的。很显然,地壳在地球的这一位置上承受着巨大的压力。大气中充满了硫黄气体、氢气、碳酸气,还掺杂着水蒸气。赛勒斯·史密斯感觉到布满平原的火山凝灰岩在颤动,它们原只是些粉末状的灰烬,天长日久,便成了坚硬的石块,可他们还没看到任何新熔岩的痕迹。

这便是工程师所能更加全面地确认的,当他观察了整个北山坡后。滚滚的浓烟和火焰从火山口冒出,冰雹似的火山岩渣落到了地面上,可丝毫没有岩浆从火山口的细颈中喷出,这便证明,火山物质的水平面还没有到达中央"烟囱"上面的口。

"我宁愿它到达!"赛勒斯·史密斯心想,"起码我能确定,岩浆走的是老路。谁知道它们会不会从新口溢出来?但危险不在于此!这点尼摩艇长早就预感到了!不!危险不在于此!"

赛勒斯·史密斯一直走到高大的河堤上,河堤延伸出去,围住了狭窄的鲨鱼湾。他得以从这边充分地察看了岩浆原先留下的长条痕。他认为,最后一次火山爆发应追溯到一个很久远的时期。

然后他又返回来,同时侧耳聆听地下的隆隆声,这声音像持续不断的雷声在扩散,同时还能清楚地听到响亮的爆炸声。早上九点,他回到了畜栏。

艾尔通在等他。

"草料都给动物们备好了,赛勒斯先生。"艾尔通说。

"很好,艾尔通。"

"它们好像很烦躁,赛勒斯先生。"

"是的,它们这是出自本能,而本能是不会弄错的。"

"您什么时候想……"

"拿上一盏灯和一把火刀,艾尔通,"工程师说,"然后我们走吧。"

艾尔通遵命。卸了套的野驴,在畜栏里游荡。门从外面被关上了。赛勒斯·史密斯和艾尔通沿着那条通往海岸的小径,一前一后地朝西走去。

两个人走在软绵绵的地面上,只见上面落满了从云端下来的粉状物质,树下不见有任何四足动物,就连鸟儿也飞了。有时候,一阵微风拂过,扬起了一层灰烬,于是两位移殖民被卷进了不透光的旋涡中,谁也看不见谁。他们当时已注意用手帕把眼睛和嘴巴捂上,因为他们有可能迷眼和窒息。

在这种情况下,赛勒斯·史密斯和艾尔通无法快走。另外,空气很沉闷,仿佛氧气被烧掉了一部分,空气变得不适宜呼吸了。每走一百步,就得停下来喘口气。当工程师和他的同伴到达那巨大的岩石堆的顶上时,已是十点多了。那是些玄武岩和斑岩。它们形成了岛的西北海岸。

艾尔通和赛勒斯开始沿着这陡峭的海岸往下走,他们几乎是走在那条可憎的路上,就是在那个暴风雨之夜,把他们引向达卡地下室的那条。大白天在这里往下走没那么危险,再说,覆盖着光滑的岩石的那层灰烬,能使脚比较稳当地踩在它们的斜面上。

他们很快就到了悬崖,那是海滩的延伸部分,它高达四十英尺左右。赛勒斯·史密斯记得,这座悬崖连着一个直达海平面的缓坡。此时尽管是落潮,海滩却丝毫不见露出,被火山粉尘弄污的海浪,直接拍打着海岸上的玄武岩。

赛勒斯·史密斯和艾尔通毫不费力地找到了达卡地下室,他们停在了最后一块岩石上,而这块岩石形成了悬崖下面的平台。

"铁皮小船应该是在那儿吧?"工程师说。

"它在呢,赛勒斯先生。"艾尔通回答道,同时把藏在拱顶下的轻便小船拽过来。

"上船吧,艾尔通。"

两位上了小船。一道轻波把他们送到了低矮的扁圆拱顶下。在那里，艾尔通打了一下火刀，点亮了手提灯。他把灯放在船头，好让灯光投射到前面去，然后便抓起了两支桨。赛勒斯·史密斯则把握方向，让船驶进了黑暗的地下室。

"鹦鹉螺"号已不再在那里用它的灯光把这个幽暗的岩洞照得通明。也许，由强大的能源供应的电灯光，仍在水底下扩散着，但没有一丝光透出在这深渊中，即尼摩艇长的安息地。

手提灯的亮度尽管不足，却也能照着工程师沿地下室的右壁前行。拱顶下一片死寂，至少在它的前面部分是这样，因为，赛勒斯·史密斯很快就听到了从大山深处发出的隆隆声。

"是火山的声音。"他说。

很快地，他们还闻到了一股强烈的气味，这表明有化合物存在，而硫黄的蒸气让工程师和他的同伴感到喉咙非常难受。

"这正是尼摩艇长所担心的！"赛勒斯·史密斯喃喃地说，而他的脸，微微变白了。但他要一直走到头。

"走！"艾尔通说，他弯腰划桨，把小船划向地下室的后部。

穿过洞口二十五分钟后，小船到达洞穴尽头的岩壁，并停住了。

赛勒斯·史密斯站在长凳上，用手提灯照遍了岩壁的各个部分，这岩壁也是地下室和火山的中央"烟囱"之间的隔板。这岩壁有多厚呢？是一百英尺，还是十英尺？这没法说。但地底下的声音听得太清楚了，所以它不可能很厚。

工程师在沿水平方向勘察了岩壁后，便把手提灯固定在一支桨的顶端，把它举高些，重新来照玄武岩壁。

在那儿，从一些几乎看不见的缝隙间，通过接合得不好的棱柱，渗出了一股刺鼻的烟雾，而这烟雾污染着洞穴的空气。岩壁上有一道裂缝，有几道比较明显，往下一直走到离地下室的水面仅两三英尺处。

赛勒斯·史密斯先是若有所思，然后他又低声地说了这些话：

"是的，艇长说得对！这才是危险所在，而且是一种可怕的危险！"

艾尔通没言声，不过他按照赛勒斯·史密斯的手势，又拿起了桨，半小时后，他和工程师离开了达卡地下室。

第 19 章

赛勒斯·史密斯讲述其勘察——加快造船工程的进度——最后一次去畜栏——水火之战——海岛表面所剩下的——决定让船下水——3月8日到9日的那个夜晚

翌日早晨,1月8日,在畜栏待了一天一夜,把所有的事情办妥后,赛勒斯·史密斯和艾尔通便返回花岗岩宫。

工程师马上召集同伴们,并告诉他们,林肯岛正面临着巨大的、人的力量所无法消除的危险。"朋友们,"他说,他的声音表明他激动无比,"有些岛屿的寿命和地球一样长,但林肯岛不在其中。它注定将毁灭,这是迟早的事,原因在于它本身,而这是根本无法避免的!"

移殖民们互相看了看,又看了看工程师。他们不明白他的意思。

"请解释一下,赛勒斯!"杰丁·斯皮莱说。

"我来解释一下,"赛勒斯·史密斯说,"或确切来说,我只是来传达一下尼摩艇长对我所做的解释,那是在我们秘密谈话的那几分钟里。"

"尼摩艇长!"移殖民们喊道。

"是的,而这是他在临终前想给我们提供的最后一次帮助!"

"最后一次帮助!"彭克洛夫喊道,"最后一次帮助!你们将会看到,他虽已去世,但仍在给我们提供帮助!"

"可尼摩艇长都对您说了些什么?"记者问道。

"要知道,朋友们,"工程师回答道,"林肯岛的情况,和太平洋其他岛屿不一样,据尼摩艇长说,它的布局很特殊,所以它的地下构架迟早会散。"

"会散?林肯岛?得了吧!"彭克洛夫喊道,尽管他对赛勒斯·史密斯非常尊重,还是忍不住耸了耸肩。

"请听我说,彭克洛夫,"工程师又说,"尼摩艇长注意到的情况,我昨天在达卡地下室勘察时,也注意到了。这个地下室在岛下一直延伸到火山,而它和中央'烟囱'之间仅一壁之隔,就是封住地下室后部的那面岩壁。然而,那岩壁上已有了一道道裂痕和缝隙,而在火山内部形成的硫黄气体,都从那些地方渗出来了。"

"那又怎样?"彭克洛夫问,他额头紧蹙。

"是这样,我看出,那些裂缝在内部压力的作用下正在扩大,而玄武岩壁也在渐渐开裂,它早晚——反正过不了多久——会让岩洞里的海水通过的。"

"那好!"彭克洛夫反驳道,他试图再次开玩笑,"海水将浇灭火山,一切也就结束了!"

"是呀,一切也就结束了!"赛勒斯·史密斯答道,"哪一天海水冲过岩壁,涌进中央'烟囱',直达海岛深处,而那里有火山物质正在沸腾,那这一天,林肯岛就会爆炸,就像西西里岛会爆炸一样,假如地中海水涌进埃特纳火山的话。"

对工程师这番如此肯定的话,移殖民们没做出任何回答。他们已明白,他们正面临着什么样的危险。另外还应该说,工程师没作任何夸大。不少人已经想过,可以把火山浇灭,因为火山几乎全都耸立在海边和湖畔,只要把水引过去就行。但他们并不知道,这样就有可能引起一部分地球爆炸,就像引起一个加了旺火而蒸气猝然膨胀的锅炉爆炸一样。水涌进一个封闭的环境中,而这环境的温度也许高达数千度,于是水便气化,同时突然释放出能量,以致任何外壳都无法抵挡住。

毫无疑问,林肯岛正遭受着崩溃的威胁,而这种崩溃是可怕的,而且是即将发生的,达卡地下室的岩壁能持续多久,它也就只能持续多久,这甚至不是以月,也不是以周来计算的问题,而是以天,也许是以小时!

移殖民们的第一感觉便是痛苦万分!他们想到的并不是自己将直接遭受到危险,而是这片土地,这个岛即将毁灭!它为他们提供了避难所,而他们又使它变得肥沃多产。他们热爱它,希望它有朝一日能变得繁荣昌盛。而眼看那么多辛苦要白费了,那么多活要白干了!彭克洛夫不禁掉泪了,大滴的泪珠顺着他的面颊滚下来,可他并不想掩饰。

交谈又持续了一段时间。讨论的话题是,他们还有哪些得救的机会。而结果大家认为,一小时都不能耽搁了,要以冲天的干劲把船赶造出来,并把内部布置好。现在,这是林肯岛的居民们唯一的得救机会了!

所以,得投入全部的人力。从今往后,收割、收获、打猎、增加花岗岩宫的储备又有何用?仓库的配餐室里所储存的已富富有余,如果要给漂洋过海的船供应食物的话,不管路程有多么漫长!在不可避免的灾难形成之前,能用上船,这才是必要的。

工程又狂热地继续了。1月23日左右,船壳板已安装了一半。至此,火山顶上没发生任何变化,始终是蒸气、烟雾、烟雾中夹杂着火焰,并有从火山口中喷出的白炽的石块从中穿越。可是,在23日到24日的那个夜晚,在到达火山第一层面的岩浆的作用下,那帽子似的火山锥被去掉了。只听一声巨响,移殖民们起先以为岛崩溃了。他们冲出了花岗岩宫。

当时是深夜两点左右。天空像着了火似的。上面的那个火山锥——一块高一千英尺、重亿万磅的高地——被抛到了岛上,并引起了地震。幸好这火山锥是朝北面倒的,它落在了火山和大海之间的平原上:而那里只有沙子和凝灰岩。火山口此时大开,向空中投射着强光,仅只是反射作用,大气就似乎已经白热化了。与此同时,大量的岩浆涨到了新顶上,呈长长的瀑布往下泻,就像水从一只盛得太满的水盆中往外溢一样,上千条火蛇在火山的斜坡上爬行。

"畜栏!畜栏!"艾尔通喊起来。

的确,由于新火山口的朝向,岩浆是向畜栏涌去的,结果,是岛的肥沃部分,红河的源头、中南美鹭森林,有可能马上就要遭到毁灭了。

一听到艾尔通的喊声,移殖民们立即冲向野驴棚,把大车套好。大家脑子里只有一个想法:赶到畜栏去,把关着的动物放出来!

凌晨三点之前,他们到了畜栏。可怕的嚎叫声足以表明,岩羊和山羊是何等的惊恐。滚滚洪流般的白炽物质、液化的矿物质,从山梁分支落到了草场上,并吞噬着栅栏这一面。艾尔通猛地把门打开了,惶恐中的动物向四面八方逃去。

一小时后,沸腾的岩浆布满了畜栏,使从中穿越的小溪的水迅速挥发,把房屋烧毁,让它像茎秆一样燃烧,并把围栏吞没。畜栏瞬间荡然无存!移殖民们曾想与这番入侵做斗争,他们尝试过了,但这是疯狂而徒劳的,因为,对这些大灾难,人类是无能为力的。

天亮了,这天是1月24日。赛勒斯·史密斯在返回花岗岩宫前,想观察一下这洪水泛滥似的岩浆最终的走向。总的来说,地面是从富兰克林峰向东倾斜,但让人担心的是,尽管有茂密的中南美鹭森林,湍急的岩浆流恐怕还是会蔓延到眺望岗。

"湖会保护我们的。"杰丁·斯皮莱说。

"但愿如此!"赛勒斯·史密斯答道,这便是他的全部回答。富兰克林峰上面的那个火山锥已落在了平原上,移殖民们很想到那里去看看,可岩浆挡住了他们的去路。一方面,它们沿红河谷奔流,另一方面,它们又沿瀑布河谷奔流。要想穿越这种急流是绝对不可能的。相反,只得在它面前退却。去了顶的火山已认不出来了,头部像一张平坦的桌子,它取代了原先的火山口。火山口南面和东西边沿的两个裂口,不停地倾泻着岩浆,它们就这样形成了两股清晰的岩浆流。在新火山口上空,一片夹杂着烟雾和灰烬的云,和空中的水蒸气混在一起,堆积在岛的上空。震耳欲聋的雷鸣声和山的隆隆声交织成一片。火山口喷吐着火成岩,它们被抛出一千多英尺,并在空中爆炸,像机枪连续扫射似的散开。天空电光闪闪,回应着火山爆发。

清晨七点左右,移殖民们所在的地方已不能待了,他们当时是藏身在中南美鸳森林的边缘。不仅抛射物开始雨点般地落在他们周围,而溢出红河河床的岩浆,也即将切断畜栏路。第一排树着了火,它们的液汁顿时化为蒸气,使它们像烟火盒一般炸开,而其他那些湿度不那么大的树,在洪水中完好无损。

移殖民们已上了畜栏路。他们走得很慢,可以说是在倒退着走,但由于地面倾斜,洪流很快就到达东面,而下方的岩浆刚一硬化,另一大片沸腾着的岩浆很快就把它们盖住了。然而,红河谷那条主流,变得越来越危险。这部分的森林已着了火,树木上空浓烟滚滚,而树根已在岩浆中噼啪作响。

移殖民们在湖边停下了,那里距红河河口有半海里。一个生死抉择的问题摆在了他们面前。惯于估计严重形势的赛勒斯·史密斯,知道自己面对的是一些能听真话的人,于是便说道:

"要么湖水挡住这洪流,而一部分海岛将免遭彻底毁灭,要么洪流漫及远西森林,那样地面上的草木将荡然无存。在这光秃秃的岩石上,我们的前景将只有死路一条,而且不用等,因为海岛就要爆炸!"

"那么说,"彭克洛夫叉着双臂,跺着脚嚷道,"造船也是白搭,对吗?"

"彭克洛夫,"赛勒斯·史密斯回答道,"做事情可不能半途而废!"

此时,岩浆流吞噬了那些美丽的大树,开辟出一条通道,到达湖的边缘。那里的地面有些高,如果它再高出许多的话,也许足以挡住洪流。

"动手干吧!"赛勒斯·史密斯喊道。大家顿时明白了工程师的意图。可以说,得筑坝拦住这股洪流,迫使它流入湖中。

移殖民们跑到了工地上。他们从那里取来铁锹、十字镐、斧子,通过挖土砍树,在几小时内,筑起了一道高三英尺、长几百米的坝。当他们干完时,他们觉得自己好像才干了几分钟似的!

好险!那些熔化的物质几乎马上就到了土堆的下部。岩浆流像上涨的河水似的涨起来了,它快要越过那唯一阻止它漫及远西森林的障碍了……可那道坝终于挡住了它。那岩浆流犹豫了一分钟后——而这一分钟是可怕的——它终于像一道高二十英尺的瀑布似的,泻入了格兰特湖。

移殖民们喘着气,一动不动、一言不发地望着这两者之间的搏斗。

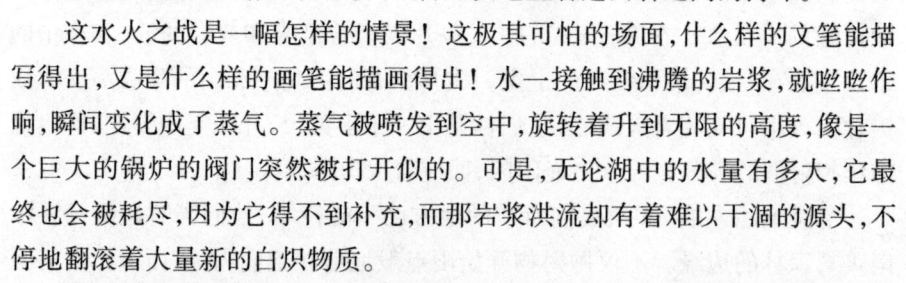

这水火之战是一幅怎样的情景!这极其可怕的场面,什么样的文笔能描写得出,又是什么样的画笔能描画得出!水一接触到沸腾的岩浆,就咝咝作响,瞬间变化成了蒸气。蒸气被喷发到空中,旋转着升到无限的高度,像是一个巨大的锅炉的阀门突然被打开似的。可是,无论湖中的水量有多大,它最终也会被耗尽,因为它得不到补充,而那岩浆洪流却有着难以干涸的源头,不停地翻滚着大量新的白炽物质。

最初落在湖里的岩浆,立即就固化了,并堆积起来,以致很快就露出了水面。其他的岩浆从它们表面滑过,也变成了石头,但在朝湖中心扩展。一个堰堤就这样形成了,并快要把湖填平。不过湖水并没溢出来,因为过满的水都化成蒸气了。震耳欲聋的咝咝声和噼啪声划破了天空,被风带走的水蒸气又凝结成雨水,落在了海面上。堰堤在延伸,而固化的岩浆大块大块地相互堆积在一起。从前躺着平静的湖水的地方,现在则出现了一个巨大的冒热气的岩石堆。像是由于地面的隆起,出现了无数的礁石似的。让我们来假定这一湖水在刮飓风时被搅乱,然后又突然在零下20℃的严寒中凝固,那么,在势不可当的洪流闯入湖中三小时后,湖的面目就将是这样。这一回,水要被火击败了。

然而,对移殖民们来说,岩浆朝着格兰特湖方向奔流还算是件幸事。这样他们就赢得了几天喘息的时间。眺望岗、花岗岩宫、造船工地暂时保住了。而这几天,得用来装船壳板和仔细嵌填船缝。然后便让船下水,而大家将在船上避难,哪怕没装帆缆索具,船也是能停在水中的。只怕爆炸会威胁到岛的存在,那样的话,待在陆地上就毫无安全可言了。而花岗岩宫这个藏身之处,虽说此前是那么安全,现在则随时有可能合拢它那些花岗岩壁!

接下来的六天,即从1月25日到30日,移殖民们全力以赴地造船,而且干了二十个人才能干完的活。他们才稍事休息,从火山口喷出的火焰的闪光,就让他们又夜以继日地干上了。火山始终在喷吐,但也许喷吐量不那么大了。幸好如此,因为格兰特湖几乎已完全被填平,如果新的岩浆再从旧的岩浆上滑过去,它们将不可避免地扩散到眺望岗,并从那里再扩散到海滩。

可是,虽然岛的这一边部分地被保住了,它的西面部分却不然。

情况是,沿瀑布河谷泻下来的第二股岩浆流,因为河谷宽阔,红河的两边地势低洼，一路上没遇到任何障碍。白炽的液体于是漫及远西森林。在一年中的这个时期，因为天气酷热，树木都变得非常干燥，森林便在一瞬间着起火来了。火同时烧到树干的基部和高处的枝叶，而相互交织的枝叶则有助于火势的发展。树顶上的火流甚至比树下面的岩浆流跑得还快。于是，惊慌失措的动物、猛兽或其他动物，如美洲豹、野猪、水豚、地上跑的和天上飞的猎物，都躲到了感恩河那边和冠鸭沼地里，而这条河和这块沼地都过了气球港路。可移殖民们一心忙于造船，哪顾得上去当心那些最可怕的动物。另外，他们已放弃了花岗岩宫，他们甚至不想到"烟囱"里去躲避，他们就在感恩河河口搭帐篷过野外生活。

赛勒斯·史密斯和杰丁·斯皮莱天天都要登上眺望岗。有时哈伯特也陪他们去，而彭克洛夫却从不去，他不愿看到遭到如此严重的破坏以致面目全非的海岛！这的确是一派令人痛心的景象。海岛的整个树木繁茂的部分，现在都成了光秃秃的，只有一丛绿树还耸立在蛇形半岛的尽头。到处都是被去了树枝又被烟熏黑的怪模怪样的树根。森林被毁的地方，比冠鸭沼地更干旱。从前郁郁葱葱的土地，现在则堆满了火山凝灰岩，显得十分荒凉。瀑布河谷和感恩河谷不再向大海注入一滴水，如果格兰特湖也完全干涸的话，移殖民们就没有任何办法解渴了。但幸好它南面的沙嘴没遭难，并形成了一个池塘，里面盛着岛上全部剩余的饮用水。西北方向，显现出火山的山梁分支，它们的棱边很尖，而且崎岖不平。这些山梁分支酷似一只贴在地面的巨爪。对移殖民们来说，这是多么令人痛苦的场面、多么可怕的景象，而且一切演变成这样，又是多么令人惋惜呀。他们原先是在一块土地肥沃、有森林覆盖、有河流浇灌、收成良好的领地上，不料顷刻间却被送到了一块荒芜的岩石上，要不是他们有储备，简直就无法生存了！

"这让人心都要碎了！"有一天杰丁·斯皮莱说。

"是啊，斯皮莱，"工程师答道，"但愿上帝能让我们来得及造好这条船，现在它是我们唯一的避难所了！"

"您难道没发现，赛勒斯，我要是没弄错的话，火山像是要平息了？虽说还在喷吐岩浆，但量少了。"

"这无关紧要，"赛勒斯·史密斯答道，"大山深处的火始终是猛烈的，而海水随时有可能涌入。我们现在正处在乘客的境地，他们搭乘的那条船着火了，而他们却没法扑灭，并且知道，火势迟早会蔓延到火药库！来吧，斯皮莱，来吧，一小时也耽误不得了！"

在一周的时间内，也就是直到2月7日，岩浆仍在扩散，但火山爆发的规模却维持原状。赛勒斯·史密斯最怕的是，那些液化物质会泻到沙滩上来，那样造船工地就必定要遭殃了。然而大约就在这个时期，移殖民们感到海岛的构架在颤动，这令他们极为担忧。

一转眼到了2月20日。还需一个月，船才能出航。这座岛能坚持到那时吗？彭克洛夫和赛勒斯·史密斯打算等船一密封好，就让它下水。甲板、船舷、内部布置和帆缆索具，可以后再说，重要的是移殖民们得在岛外有个安全可靠的避难所。甚至也许把船开到气球港为好，也就是说尽可能让它远离火山爆发的中心，因为，感恩河河口在小岛和花岗岩峭壁之间，船若停泊在那儿，一旦岛发生崩溃，它就有被压碎的危险。干活的人们于是全力以赴地完成船壳。

就这样到了3月3日。可以指望十来天后船就能下水了。

移殖民们的心中又有了希望。这是他们在岛上居住以来的第四个年头，而在这一年里，他们经受了多少磨难！但现在就连彭克洛夫也有点摆脱了郁郁寡欢、不苟言笑的状态，自他们的领地遭到破坏、变成一堆废墟后，他就一直是这个样子。于是，除了这条船，他已不再去想其他，他把自己的全部希望，都寄托在了这条船上。

"我们会造好它的，"他对工程师说，"我们会造好它的，赛勒斯先生，也该造好了，因为这个季节快完了，很快就到秋分了。好，必要时，可以停泊在塔波尔岛，并在那里过冬了！可是继林肯岛之后塔波尔岛又会怎样！啊！这真是我此生的不幸！我哪里想到会碰到这种事！"

"快干吧！"工程师一成不变地答道。于是大家一刻不停地干着。

"主人，"几天后纳布问道，"假如尼摩艇长还活着，您认为这一切会发生吗？"

"会的，纳布。"赛勒斯·史密斯回答。

"哎，我呀，我认为不会！"彭克洛夫在纳布耳边低语道。

"我也一样！"纳布郑重其事地回答。

在三月的头一个星期里，富兰克林峰又变得吓人了。由稀薄的岩浆形成的无数的玻璃丝，下雨般落在地面上。火山口又充满了岩浆，而岩浆流到了火山的背面。洪流在硬化的凝灰岩表面迅速移动，最终毁掉了那些光秃秃的、顶住了第一次火山爆发的树。洪流这次是沿着格兰特湖的西南岸跑，涌向甘油河那边，并漫及眺望岗。这最后一下是可怕的，因为它是针对移殖民们的劳动成果的，磨坊、家禽饲养场的建筑物、牲口棚，全都荡然无存。受惊的家禽朝四面八方逃去。托普和朱普惊恐万状，它们的本能告诉它们，灾难临近了。岛上的动物已有好多在第一次火山爆发中丧生。幸存下来的那些，除了冠鸭沼地，没找到别的避难所。仅有几只躲在了眺望岗。可这最后藏身之地终于也对它们关闭了，溢出花岗岩峭壁尖脊的岩浆流，开始把它那炽热的瀑布泻到沙滩上。而这场面之可怕，非笔墨所能描述。到了夜间，这就仿佛是一个岩浆构成的尼亚加拉大瀑布。只见上面冒着白炽的蒸气，而下面有岩浆在沸腾！

移殖民们不得不采取他们最后的自卫手段，尽管船的上部的缝隙还没填好，他们还是决定让船下水！彭克洛夫和艾尔通于是着手做下水的准备工作，船将在3月9日即翌日清晨下水。

可是，在8日至9日的这个夜晚，一个巨大的蒸气柱从火山口脱出，在可怕的爆炸声中升到了三千多英尺的高空。达卡洞穴的岩壁在气体的压力下显然已裂开，而海水通过中央"通道"涌进了喷火的深渊，并突然化成了水蒸气。但火山口不够大，水蒸气无法排出。于是便发生了连一百海里处都能听见的爆炸声。爆炸声震动了空气层。山的碎片掉进了太平洋中，在几分钟内，太平洋淹没了曾经是林肯岛的那块地方。

第 20 章

太平洋上的一块孤石——林肯岛的移殖民们的最后的避难所——死期将至——意想不到的救援——救援发生的原因和经过——最后的善举——一个陆地岛——尼摩艇长的墓碑

一块长三十英尺、宽十五英尺、露出水面几乎不到十英尺的孤石,这便是太平洋的海水唯一没有淹没的一块坚实之地。

这也就是在花岗岩宫这块高地所剩的全部!岩壁倒了,崩溃了,大厅里的几块岩石堆成了这个制高点。它周围的一切都消失了:炸碎的富兰克林峰下面的火山锥、鲨鱼湾的熔岩颌骨、眺望岗、安全岛、气球港的花岗岩、达卡地下室的玄武岩、长长的蛇形半岛,而它离爆发中心是如此之远!整个林肯岛,所能看见的,就只有这块狭小的岩礁了,它于是充当了六位移殖民和他们的狗托普的避难所。

动物们也都在灾难中丧生了,鸟儿们和岛上其他的动物一样,不是被压死了就是被淹死了。唉,朱普也死了,它陷进了地面的某个裂缝中!

赛勒斯·史密斯、杰丁·斯皮莱、哈伯特、彭克洛夫、纳布、艾尔通之所以大难不死,是因为当岛的碎片从四面八方雨点般落下来时,他们被抛到了海里,而他们当时聚集在帐篷里。

当他们浮出水面时,除了半链之处的这堆岩石,就再也看不见什么了。于是他们朝它游去,并在上面站稳。

就是在这块岩石上,他们生活了九天。灾难发生前从花岗岩宫取出来的一点食物、岩石的凹处存留的一点雨水即淡水,这就是不幸的人们所拥有的一切。他们最后的希望——他们的那条船,也被砸碎了。他们没有任何办法能离开这块礁石。没有火,再说又拿什么来生火?他们注定要完了!

那天,即3月18日,他们只剩下够吃两天的食品罐头了,尽管他们尽量节省。处在这样的境地,他们全部的聪明才智都发挥不了任何作用。他们的命运完全由上帝掌握了。

赛勒斯·史密斯镇定自若。杰丁·斯皮莱比较激动，彭克洛夫则很愠怒，他们在这块岩石上走来走去。哈伯特一直不离开工程师，而且老望着他，像是在向他求救似的，可那位也爱莫能助。纳布和艾尔通则听天由命。

"啊！不幸呀！真是不幸呀！"彭克洛夫翻来覆去地说，"如果有什么能把我们送到塔波尔岛去就好了，哪怕是一个核桃壳呢！可是什么都没有，什么都没有！"

"尼摩艇长倒是死得好！"有一回纳布说道。

接下来的五天里，赛勒斯·史密斯和他那些不幸的同伴们过得十分俭省，他们只吃为了不饿死所必须吃的一点东西。他们的身体虚弱之极。哈伯特和纳布开始出现谵妄的征兆。

在这样的处境中，他们还能存有一丝希望吗？不能！他们唯一的生机是什么呢？能有一条船出现在这块礁石的视野之中吗？而凭经验他们很清楚，船只是决不会光顾太平洋的这一部分的！他们能指望恰恰在这个时候，苏格兰游艇去塔波尔岛寻找艾尔通吗？这是不可能的，况且，就算它去了，因为移殖民们没能送去通知，说明艾尔通境遇的突然改变，游艇的艇长在搜遍小岛毫无结果的情况下，会重新出海，回到纬度较低的海域去。

不！他们不可能存有任何获救的希望了，一种可怕的死，饥渴而死，正在这块岩石上等着他们！而他们现在已经像死去一般躺在这块岩石上了，再也意识不到周围所发生的一切。只有艾尔通，用尽最后一点力气又抬起头来，向这荒凉的大海投去绝望的一瞥！……

可是瞧，在3月24日早晨，艾尔通的胳膊伸向空间的一个点，他起身了，起先是跪着，然后是站着，他的手像是在发信号……

有条船在岛的视野中！这条船并不是在海上盲目地航行的，那块礁石对它来说是个目标，它现在正全速航行，直奔它而来。不幸者们本该在好几个小时前就看见它了，若是他们有力气观察天边的话！

"'邓肯'号！"艾尔通喃喃地说，然后他便又倒下了，一动也不动。

在精心的照料下，赛勒斯·史密斯及其同伴们恢复了知觉。他们发现自己是在一条游船的舱房里，可他们不明白自己是如何幸免于死的。

艾尔通的一个字眼，足以让他们知道了一切。

"'邓肯'号！"他喃喃地说。

"'邓肯'号！"赛勒斯·史密斯说道。

他朝天空举起双臂，喊道："啊，万能的上帝！那么说您愿意我们得救！"

这的确是"邓肯"号,格里那凡爵士的游艇,现在由格兰特船长的儿子罗伯特指挥。他被派往塔波尔岛来寻找艾尔通,在他赎罪十二年后把他带回国。

移殖民们得救了,他们已经是在回去的路上了!

"罗伯特船长,"赛勒斯·史密斯问道,"你们在塔波尔岛没找到艾尔通,离开那里后,你们又怎么会想到往东北方向航行一百海里呢?"

"赛勒斯先生,"罗伯特·格兰特答道,"这不仅是为了找艾尔通,也是为了您和您的同伴!"

"我和我的同伴?"

"当然!而你们是在林肯岛!"

林肯岛!杰丁·斯皮莱、哈伯特、纳布和彭克洛夫同时喊了起来,他们惊讶至极。

"您怎么知道林肯岛的?"赛勒斯·史密斯问道,"这个岛甚至都没有标在地图上呀!"

"我是看了你们在塔波尔岛上的留言才知道的。"格兰特船长答道。

"留言?"

"是啊,就是这个。"罗伯特·格兰特答道,同时出示了一份信件,上面用经度和纬度指出了林肯岛的位置,并用文字说明,这是"艾尔通和五位美国移殖民目前的居住地"。

"尼摩艇长!……"赛勒斯·史密斯读了留言后说道,他认出这份留言和在畜栏找到的那份留言乃出自同一人之手!

"啊!"彭克洛夫说道,"那么说是他使用了我们的'好运'号,并独自冒险去了塔波尔岛!……"

"为了送这份留言!"哈伯特说。

"我果然说对了,"水手嚷道,"艇长就是死了,也会最后再帮我们一回的!"

"朋友们,"赛勒斯说,他的声音显得十分激动,"愿无比仁慈的上帝接纳我们的救命恩人尼摩艇长的灵魂!"

听了赛勒斯·史密斯的这最后一句话,移殖民们都脱下了帽子,并低声念着艇长的名字。

此时,艾尔通走近工程师,直截了当地说:"该把这盒子放在哪儿?"

这是在海岛沉没之时,艾尔通冒着生命危险抢救出来的盒子,他现在来把它原封不动地交给工程师了。

"艾尔通！艾尔通！"赛勒斯·史密斯激动万分地说。

然后，他对罗伯特·格兰特说道："在你们留下一个罪犯的地方，你们找回了一个通过赎罪又变好的人，能和他成为朋友我感到很自豪！"

于是罗伯特·格兰特得知了这个尼摩艇长和林肯岛的移殖民们的离奇故事。接着，他测了一下这块礁石的方位，从今以后，这块礁石将出现在太平洋地图上。然后他便下令掉转船头。

半月后，移殖民们在美国下船。他们又见到了自己的祖国，在经历了那场可怕的、导致正义和权力获胜的战争后，它现在已安定了。

尼摩艇长赠送给林肯岛的移殖民们的盒子里的珍宝，绝大部分被用来在衣阿华州购买了一大片领地，其中只有一颗最漂亮的珍珠被扣下，以被"邓肯"号送回国的落难者们的名义寄给了格里那凡爵士夫人。

在那块领地上，移殖民们召集了一些人来工作，也就是来创造财富和幸福，那些人都是他们本打算在林肯岛殷勤接待的。他们在那里建了一大片移民地，并用消失在太平洋深处的那个岛的名字来命名。那里有条河，它被叫作感恩河；那里有座山，它取名为富兰克林峰；那里有个湖泊，它就是格兰特湖；而那里的森林则成了远西森林。这就好比是一个陆地岛。

在工程师及其同伴们的精明管理下，那里的一切都很兴旺。林肯岛上原先的那些移殖民们一个都不缺，他们发誓要永远生活在一起。纳布是主人在哪儿他就在哪儿，艾尔通随时准备奉献自己，彭克洛夫当农夫比当水手更出色，哈伯特在赛勒斯·史密斯的指导下已完成了学业，杰丁·斯皮莱呢，则创办了《新林肯岛先驱报》，这是全世界报道情况最准确的报纸。

在那里，赛勒斯·史密斯及其同伴们多次接待了格里那凡爵士和夫人，约翰·孟格尔船长及其妻子——罗伯特·格兰特的姐姐，以及罗伯特·格兰特本人，还有麦克那布斯少校，总之是所有那些曾经介入过格兰特船长和尼摩艇长这两段故事的人。

在那里，大家都生活得很幸福，他们团结一致，就像从前那样。对那个海岛，他们将终生难忘，他们刚到时，穷困潦倒，一无所有，而在四年的时间里，它让他们丰衣足食。然而现在它却只剩下一块经受太平洋海浪拍击的花岗岩——尼摩艇长的墓碑！